KB120382

김가네

1

이 번역서는 2017년 대한민국 교육부와 한국연구재단의 지원을 받아 수행된
연구임(NRF-2017S1A6A3A03079318)

접경인문학
번역총서
009

김가네

1

블라디미르 김(용택) 지음

손은정 옮김

學古房

　중앙대·한국외대 HK⁺ 접경 인문학 연구단은 2017년 한국연구재단
의 인문한국사업(HK⁺)에 선정되어 1단계 사업을 3년에 걸쳐 수행한
후, 2020년부터 2단계 사업을 시작했습니다. 접경 인문학에서 접경은
타국과 맞닿은 국경이나 변경만을 의미하지 않습니다. 같은 공간 안에
서도 인종, 언어, 성, 종교, 이념, 계급 등 다양한 내부 요인에 의해 대
립과 갈등이 발생하기 때문입니다. 연구단이 지향하는 접경 인문학 연
구는 경계선만이 아니라 이 모두를 아우르는 공간을 대상으로 진행됩
니다. 다양한 요인들이 접촉 충돌하는 접경 공간(Contact Zone) 속에서
개인과 집단이 이를 어떻게 인식하고 변화시키려 했는지를 추적하고
분석하는 것이 접경 인문학의 목표입니다.

　연구단은 2단계의 핵심 과제로 접경 인문학 연구의 심화와 확장, 이
론으로서의 접경 인문학 정립, 융합 학문의 창출을 선택하였습니다. 1
단계 연구에서 우리는 다양한 접경을 발견하고 그곳의 역사와 문화를
'조우와 충돌', '잡거와 혼종', '융합과 공존'의 관점에서 규명하였습니
다. 이 성과를 바탕으로 삼아 2단계에서는 접경 인문학을 화해와 공존
을 위한 학술적이면서 동시에 실천적인 방법론으로 제시하고자 합니
다. 연구단은 이 성과물들을 연구 총서와 번역 총서 및 자료 총서로
간행하여 학계에 참고 자원으로 제공하고 문고 총서의 발간으로 사회
적 확산에 이바지하고자 합니다.

　접경은 국가주의의 허구성, 국가나 민족 단위의 제한성, 그리고 이분

법적 사고의 한계성을 여실히 드러내는 대안적인 공간이자 역동적인 생각의 틀이라 생각합니다. 우리 연구단은 유라시아의 접경에서 일어나는 다양한 조우들이 연대와 화해의 역사 문화를 선취하는 여정을 끝까지 기록하고 기억할 수 있기를 희망합니다.

중앙대·한국외대 HK⁺ 접경 인문학 연구단
단장 손준식

믿고 싶다!
한국 독자들에게 전하는 메시지

이 책은 2003년에 러시아어로 출판되었습니다. 이 기간 동안 저는 책에 대한 다양한 의견들을 들었는데 그 중에는 이런 의견도 있었습니다. "당신의 책 덕분에 어려운 시기에 우리 조상들이 한국에서 도망쳤다고 비난하는 한국인들에게 이제 무슨 말을 해야 할지 알게 되었습니다. 모든 것이 실제로 그렇지 않았다는 것도 밝혀졌습니다. 많은 사람들이 더 나은 삶을 찾아 한반도에서 러시아 극동으로 떠났습니다. 그러나 그들 중에는 일제와 맞서 싸운 사람들, 저항세력을 조직하고 한반도를 무력으로 습격한 사람들도 있었습니다. 그러나 일반적으로 자칭 "고려사람"이라 부르는 한반도에서 온 이민자들은 러시아를 포함한 CIS 나라에서 합당한 방식으로 스스로의 모습을 보여주었습니다."

독자의 이러한 반응은 매우 의미있는 것입니다. 그러나 우리가 '한국인'이라고 부르는 한국에 사는 동포들이 고려사람들의 러시아로 이주의 역사에 대해 잘 모르기 때문에 우리에게 그러한 공격적인 비난을 할 수 있다는 사실에 씁쓸할 뿐입니다.

그리고 이 책이 출판된지 20년이 지난 지금, 한국어로 번역되어 한국에서 출판을 준비하고 있습니다. 작가의 말이 한국어를 사용하는 독자들의 영혼과 정신에 절실하게 전달되어, 이 책을 읽은 사람들은 '고려사람'을 다르게 생각하게 될 것이라고 믿고 싶습니다. 왜냐하면 150년 동안 외국 땅에서 살면서 내 형제들은 정말로 자랑스러워할 만한 일을 해냈기 때문입니다.

예를 들면, 지구상의 6분의 1을 차지하는 가장 열심히 일하는 민족 중 하나로 한국인의 이미지를 만드는 것입니다. 소련에서 노동자에게 가장 영예로운 상은 사회주의 노동 영웅이라는 칭호를 받았던 것이었습니다. 그래서 인구 1,000명 당 노동 영웅의 수로 보면 우리 형제들이 전국에 살고 있는 150개가 넘는 민족 중에서 1위를 차지했습니다. 그리고 고려사람은 교육에 대한 열망이 높아 대학 및 학교 졸업생 수에 있어서 여러 민족들 중 2위를 차지했습니다. 우리는 올해로 각각 100주년과 95주년을 맞이한 신문 '고려일보'와 '고려극장'을 지키며 시공간을 넘어 민족의 정체성을 지켜왔습니다. 세계 디아스포라 역사상 그러한 예는 찾아보기 힘들 것입니다.

내 형제들의 장점은 조상의 고향에서 멀리 떨어져 살면서 항상 우리를 보호해 준 나라의 애국자임을 증명하려고 노력했다는 것입니다. 우리 아버지와 할아버지가 참여한 두 차례의 세계 대전의 시련이 그러했습니다. 그리고 일제에 맞선 투쟁의 영광스러운 연대기 속에는 전설적인 유격대 홍범도, 한창걸 등 고려사람 애국자들이 생생하게 담겨져 있습니다. 그런데 국민영웅 안중근이 극동의 한인군 기지 중 한 곳에서 위업을 위해 훈련을 받았다는 사실을 아는 한국사람은 많지 않습니다.

나는 기사와 저서에 다음과 같이 썼습니다. "150년 동안 우리가 잃어버린 모국어, 문화 등 모든 것을 복구할 수 있지만, 우리가 새로운 조국에서 얻은 이웃 나라의 언어, 관습, 관용 등도 놓을 수 없습니다. 이것은 CIS의 한인뿐만 아니라 한민족 전체의 유산입니다. 그리고 우리의 조상인 고려사람이 고요한 아침 나라의 미래 경제, 문화 공간의 멀고 가까운 경계선에서 진정한 전초기지인 한국의 가치 있는 개척자였다는 사실을 매우 자랑스럽게 생각합니다."

여러 대한민국 국민들의 도움이 없었더라면 이 책은 세상에 나올 수 없었을 것입니다.

　20년 전 러시아어 소설 『김가네』 출판을 후원해 준 내 친구 박제선, 이 책의 한국어 번역을 위해 기금을 기부한 타슈켄트 한국문화궁전 프로젝트의 책임자였던 건축가 김태우, 그리고 그의 친구들 최홍철, 박정현, 강영만, 장준하, 한국 독자들에게 내용이 잘 전달될 수 있도록 전문적으로 번역해주신 번역가 손은정, 한국에서 이 책이 출간될 수 있도록 물심양면으로 힘써주신 중앙대·한국외대 접경인문학연구단 손준식 단장님과 양민아 연구교수님, 출판사 학고방의 임직원 및 실무자분들, 마지막으로 이 작품을 읽기 위해 시간과 애정을 할애해 주신 모든 분들께 깊은 감사의 말씀을 전합니다.

저자 블라디미르 김(용택)

번역 양민아(중앙대·한국외대 HK⁺ 접경인문학연구단 연구교수)

1. 러시아어 표기는 기본적으로 외래어의 한국어 표기법에 따라 표기
   했다. 단, 인물들의 대화를 표기할 때에는 낯설게 하기를 통한 원작
   의 묘미와 현장성을 살리기 위해 원 발음에 가깝게 표기하였다.

2. 이 책에서 '고려, 조선, 한국, 한반도, 조선 사람, 고려 사람, 한인'으
   로 번역한 단어는 모두 'Korea, Korean'에 해당하는 러시아어 'Коре
   я, Кореец'이다. 문맥과 화자, 역사적 사실, 상황에 따라 달리 번역
   하였다.

3. 2003년 이 책이 러시아어로 초판될 당시 한국어 제목 『김가네』로
   소개되었다. 연구단은 작가의 작품세계와 창작 의도를 존중하기 위
   하여 원작의 한국어 제목을 그대로 반영하였음을 미리 밝힌다.

이 책은 한국에서 가장 많은 성(姓)인 김씨 가족의 이야기이다.
그 후손들은 다른 나라들로 이주하게 되는 운명에 놓여 20세기에
크고 작은 다양한 극적인 사건들을 경험하게 된다.

제1부
왕의 광영을 위하여

제1장

조선 건국 이씨 왕조 제26대 왕인 고종황제에게는 예의범절이 아무것도 아니었다. 백성을 불러놓고 하릴없이 그냥 기다리게 할 수 있었던 것이다. 아랫사람들의 시간을 전적으로 자기 것으로 여겼던 왕조 선대들과 이런 점에서 고종은 그리 다르지 않았다.

그보다 이미 2백 년 앞선 프랑스 왕 루이 15세는 '정확성은 왕의 예의'라는 유명한 격언을 남긴 바 있다. 그가 그렇게 할 수밖에 없었던 이유는 아날로그시계가 발명되어서라기보다는 절대주의에 맞선 전쟁과 혁명 때문이었다.

시계는 20세기 초 대한제국 상류계급 사이에서 이미 생활용품이 되어가고 있었지만, 군왕에게 예의를 기대할 수 있다는 것은 아직 머나먼 나라 이야기였다.

대갓집 양반들, 군 수장들, 관청의 고관대작들이 호출을 기다리며 지쳐가는 작은 알현소는 시간이 멈춘 것 같았다. 빳빳하게 풀을 먹인 의복의 바스락거림과 부채 소리, 가린 주먹 사이로 새어 나오는 기침 소리만이 이따금 기다림의 적막을 깨뜨렸다.

육중한 궁중 담장 밖에선 1911년 4월 봄의 생기가 어지럽게 날뛰고 있었지만, 그 안은 무거운 공기가 숨을 내리눌렀다. 8개월 전 대한제국은 군국주의 일본에 병합되었다. 죽어가는 짐승에 똥파리가 달라붙듯 무장한 군인 무리가, 군수산업 사업가들이, 무역업자와 그저 모험을 즐기는 사람들이 이 불행한 한반도로 들이닥쳤다. 강탈자들은 가장 중요한 권력기관을, 기업을, 항구를, 조세 기관을 이미 통제하고 있었다. 그리고 당연하게도 그들이 먼저 한 일은 오랜 세월 대한제국의 왕좌에 머물렀던 사람을 둘러싸 밀착 감시하는 일이었다.

역대 군왕 중에서 현왕의 운명은 최소한 놀랍기는 했다. 음모와 쿠데타, 숙청이 뒤따르는 통치자의 권좌를 노린 쟁탈전이 노상 펼쳐지는 나라에서 고종의 즉위는 드물게도 평화적으로 이뤄졌다. 전대 왕이 후사를 남기지 않고 승하하였기 때문이다. 대신들은 머리를 짜내 흥선군의 아들을 공주와 혼인시키기로 마음먹었다. 이 상황에서 꺼림칙한 건 한 가지뿐이었다. 왕의 나이가 열두 살, 왕비가 열다섯 살이었던 것이다.

고종은 조선 역사상 가장 어린 나이에 왕위에 오른 인물이었다. 그리고 독특한 재위 기간 44년을 기록하며 폐위했다. 재위 기간에 고종은 몇 번의 시해 기도, 명성황후 시해, 일본 암살자들의 손을 피해 러시아 공사관에서 1년여를 기거했던, 수치스러운 아관파천을 겪었다. 그 후 결국 폐위되었다. 고종은 국호를 조선에서 '대한제국'으로 바꾸고 초대 황제로 즉위했다. 그렇게 했어도 새로 탄생한 제국을 식민지 압제로부터 지켜내지는 못했다. 1905년 가을 일본 정부는 합법적 통치자를 무시하면서 대한제국 대신들에게 을사늑약에 서명하도록 한다. 이 조약으로 인해 대한제국은 일본 정부와 해외 외교 공관에 나라의 외교권을 넘겨주면서 사실상 일본의 보호국으로 전락했다. 이 상황에서 고종 황제는 조약 비준을 거부하고 국제사회에 호소하기로 함으로써 어쩌면 살면서 처음으로 성격을 드러냈을 것이다. 1907년 여름 고종은 헤이그 만국 평화회의에 특사를 파견하지만, 이 거사는 성공하지 못했다. 이 사건에 대한 보복으로 일본은 고종을 강제로 폐위하고 왕세자 순종을 황제로 앉혔다. 하지만 순종 황제의 왕위는 그리 오래 지속되지 않았다. 고종의 어린 아들은 사무라이들이 음모의 소용돌이로 던져버렸다. 강제로 일본으로 보내진 황태자는 거기서 일본 여자와 약혼했다.

이 모든 일을 꾸미려고 의도했던 사람들이 만족할 만한 얽히고설킨 형편이 조성되었다. 그들은 상황에게 황제 역할을 예전처럼 계속하도록 은혜롭게 허락했다. 말하자면 경호를 받고 조상의 묘를 참배하는 연례행사, 알현과 같은 일부 특권을 행사하도록 하였다. 하지만 이 또한 오래가지 않을 것을 모두가 알고 있었다. 조정 대신 직위는 점차로 줄어들었고 수년간 왕위를 둘러쌌던 지체 높은 고관대작들이 내몰리고, 떠오르는 태양 일본제국의 교만한 아들들이 그 자리를 차지했다.

막막하고 서글픈 공기가 옛 조정의 알현소를 에워쌌다. 차려입은 의복 속에서 사람들은 점점 지쳐갔고, 온순하게 기다리는 가면 밑으로도 숨기지 못한 걱정과 불안이 그들의 눈빛에 문득문득 서렸다. 알현소에서는 모두가 앉아있었다. 정확하게 말하면 나지막한 병풍을 바라보며 거의 고개를 앞으로 숙이는 모양으로 무릎을 꿇고 앉아있었다. 그야말로 순종적인 자세 그것이었다.

가장자리에서 세 번째 열에 나이가 마흔다섯 정도 돼 보이는 호위대 제복을 입은 무관이 앉아 있었다. 사내의 엄격한 얼굴은 왼쪽 귀에서 턱까지 뻗은 칼에 베인 상처 때문에 험상궂었다. 사내도 무릎을 꿇고 있긴 했으나 그의 넓은 어깨와 굵직한 목에서 어찌나 차분한 힘과 확신이 풍기는지 주위 사람들의 시선이 자기들도 모르게 그의 몸에 머물렀다.

그들의 시선에는 감탄이나 부러움보다는 심술이 서려 있었다. 무관의 이름은 김철이었다.

알현소로 들어서는 순간 김철은 적대적인 시선을 포착했지만, 아무것도 눈치 채지 못한 척하였다. 표정 없는 그의 얼굴에도 눈만큼은 애잔하고도 골똘한 사유의 빛을 이따금 뿜어냈다.

김철도, 같이 있던 고관대작들도 근위대 부관인 호위대장이 오늘 해임되는 것을 알고 있었다. 바로 그래서 적들의 얼굴에는 심술이, 은총을 잃은 신하의 눈에는 고민이 서려 있었던 것이다.

어쩌면 이런 숙명을, 최근에는 더더욱, 모두가 받아들여야 할 수도 있지만, 모든 것이 태양인 군왕 곁으로 다가가려는 유일한 노력에 맞추어진 궁정의 도덕과 전통은 으레 그런 법이다. 그리고 그 바닥에는 시기와 중상, 모략이 깔려있었다.

병풍 뒤에서 관방장이 이따금 나와 낮은 목소리로 사람들의 이름을 불렀다. 자기 이름을 들은 사람은 등이 굽은 자세로 엉거주춤 일어나서 성은을 입거나 혹은 총애를 잃을 일을 맞으러 서둘러 갔다. 그들은 다른 문으로 들락거렸다. 비밀스러움은 구중궁궐의 속성인 것이라 그 어떤 궁중도 계략이 없는 곳은 없었다.

마침내 김철의 이름이 호명되었다. 그는 잠시 주춤하다 당당하게 앞으로 나갔다.

김철은 궁궐의 방 하나하나부터 비밀 출입문에 이르기까지 구석구석 꿰고 있기에, 황제가 백성을 맞이하는 공간 또한 잘 알고 있었다. 어쨌든 여기서 25년을 복무했다. 무감으로 시작하여 수문장으로 복무하다 일직 사관이 되었고 마침내 호위대장이 되었다. 군왕의 생을 지키기 위해 김철은 얼마나 많은 불면의 밤을 이곳에서 보냈던가. 그는 두 번이나 시해 시도를 막았다. 첫 시도는 고종황제의 사촌이 정변 실패 후 만주로 달아나자, 만주 통치자가 암살자들을 밀파했을 때 일어났다. 그들은 중국 사신이라고 자신을 소개하고 궁으로 들어왔다. 선물 수여식을 하는 와중에 가짜 사신들이 말아놓았던 융단을 펼치려는 참이었다. 옥좌 뒤에 서 있던 김철은 이방인의 행동에서 뭔가 석연치 않은 점을 감지했다. 암살자들이 미처 무기를 뽑아 들 새도 없이 용수철이 앞으로 튕겨 나가듯 김철이 몸을 던져 한 명을 베어 죽였다. 그리고 그 자신은 얼굴에 장검을 맞고 쓰러졌다. 급작스러운 공격은 실패했고 암살자들은 체포되었다. 고문 끝에 그들은 모든 것을 자백했다.

당시 김철은 겨우 스물두 살이었다. 이 행위로 그는 시위대 장교가 되었다. "적들로부터 백성들을 지키면서 생기는 저런 상처가 과인에게도 있었으면 하오." 임금이 김철이 있는 자리에서 측근들에게 이런 말을 내비친 적이 한두 번이 아니었다.

이로부터 10년이 흘렀을 때 닌자라고 불리는 악명 높은 일본의 전투 집단 자객들이 궁궐로 잠입했다. 그들은 고양이처럼 소리 없이 기민하게 담장을 기어올라 마치 그림자가 드리우듯 황제의 침소에 나타났다. 하지만 이번에도 운명은 다시 한 번 고종을 살렸다. 황제의 승은을 입은 소실이 침소에서 측간에 가려고 나갔을 때 단검에 찔려 경련을 일으켜 숨이 멎기 전에 비명을 질렀던 것이다. 이 소리는 김철이 지휘하는 수문병들이 암살자들의 도주로를 막기에 충분할 만큼 컸다. 7인의 닌자 중 한 명도 생포하지 못했다. 그들은 닌자라는 자객 집단이 왜 그렇게 엄청난 명성을 떨치는지를 증명하고서 치열하고 긴박한 전투에서 죽임을 당했다. 호위대원 열여덟 명이 그날 밤 사건으로 목숨을 잃었다.

김철은 닌자 둘의 목을 베었고 한 명은 목을 졸라 죽였다. 이 일로 그는 궁의 전체 경호를 책임지는 호위대장이 되었다.

그리고 이렇게 해임이다.

고종은 얼마 전 쉰다섯이 되었지만, 외양은 훨씬 더 나이 들어 보였다. 노쇠한 증거는 해롭게 찐 살이나 가쁜 숨, 굼뜬 행동에서 새어 나왔다. 흔들리는 눈동자만이 마음의 근심을 비춰주었다. 고종은 여느 때처럼 양반다리를 하고 어좌에 앉아있었다. 옆으로는 별감들이 조각상처럼 굳은 듯 자리를 지켰다.

김철을 보고서 고종은 눈을 살짝 감았다가 다시 떴다. 가벼운 목례로 받아들일 수 있는 행동이다. 이때 황제의 검은 익선관이 살짝 흔들렸다.

"아아, 김철 대장인가, 안녕하신가, 일가식솔들은 잘 계시나?"

"안녕하옵니다. 성은이 망극하옵니다." 김철이 고개를 약간 숙였다.

"공은 여전히 건장하네." 고종이 말했다. 이 말에 부러움과 인정 중에서 뭐가 더 묻어나는지 알기 어려웠다. "나는 몸이 완전히 성치 못해 ··· 허허. 무엇 때문에 다른 나라 국왕들이 왕좌를 버리고 배추를 심게 되었는지 과인이 작금에서야 알겠어, 배추를 말일세. 물론 우리나라가 아니라 저기 멀리 구라파 같은 데서 일어난 일이지만. 그런 일이 실제로 있었는지 누가 알겠느냐만 ··· "

호위대장이 되고 나서 김철은 황제를 정기적으로 알현하였다. 그들의 대화는, 몹시 자주, 직무에 관한 질문과 답변의 틀을 넘어섰다. 까닭은 모르나 고종은 김철에게 마음을 열고 싶을 때가 잦았다. 어떤 사람이나 일에 관해 묻고 싶기보다는 아무와도 나눌 수 없는 것을 김철에게 말하고 싶었다. 처음에는 이런 솔직함에 고종 자신도 당황했지만, 나중에는 그 이유가 무엇인지를 깨달았다. 말수가 적은 김철은 무의식적으로 절대적 신뢰감을 불러

일으켰다. 계략과 뒷말, 위선 속에서 평생을 산 사람은 그런 말벗을 만나면 기적 같은 숨 쉴 구멍을 얻는 셈이다. 자신이 김철에게 했던 그 어떤 말한마디도 남의 귀에 들어간 적이 없다는 것을 고종은 오랜 세월 겪어서 알고 있었다.

"그래, 구라파." 고종은 다시 눈을 내리깔았다. "그런 곳에 가보지를 못했다. 공의 작고한 부인은 운이 좋았네. 부인이 어린아이일 때 아비랑 같이 구라파에 다녀왔는데 거기서 얼마나 미인이 되어 왔는지 과인이 기억해. 부인 생각은 자주 하는가?"

"그렇사옵니다, 전하." 이 질문이 미처 채 아물지 못한 상처를 건드려 오랜 상실의 아픔이 잠시 심장을 조이긴 했지만, 김철은 차분하게 대답했다. 겉모습이 초래해진 이 군왕이 아무리 그의 운명을 바꿔놓았다 해도 지금 그는 모든 것을 용서했다. 단순한 인간적 연민으로.

"과인이 기억하기로는 공이 부인과의 혼인을 마다했지." 옛 기억이 고종에게 활기를 조금 불어넣었다. "온 궁중이 이유를 찾으려고 공연히 애쓰다가 공을 얼간이라고 놀렸지. 그렇게 많은 늠름한 장정 중에서 공을 골랐다는데 정작 본인은 아무 관심도 보이지 않는다고 수군댔지. 왜 자네가 마음을 정하지 못했는지 과인만 알고 있었어. 자상 때문이야. 그렇지 않나?"

김철은 목울대로 울컥 치미는 뜨거운 것을 가까스로 억누르고선 잠자코 고개를 끄덕였다. 낮은 목소리로 읊조리듯 나오는 다음 말을 듣고서 고개만 아래로 숙였다. "그런데 과인은 공의 자상을 부러워했네. 막을 수도, 앗아갈 수도, 죽일 수도 있는, 무엇이든 할 수 있는 왕이 할 수 없는 것은 단 하나, 다른 사람이 되는 것이야. 그것을 못 할 때 왕이 어떤 부러움을 느끼는지 공은 모를 테지." 고종이 살짝 미소를 머금었다. 그러고선 마치 누군가 거기서 엿보고 있기라도 한 양, 그림이 그려진 옆 벽면으로 눈을 돌리고선 입을 다물었다. 그런 다음 속삭이듯 말했다. "그런데 지금은 과인에게도 흉터가 하나 있다, 바로 여기에."라고 말하며 오른손을 가슴에 갖다 댔다.

자신의 통치자라고 여기는 데 익숙해진 사람의 약한 모습 앞에서 남자는 무엇을 느끼는가? 분노, 무시, 연민? 김철이 분노를 느끼던 한때가 있었다. 나라의 쇄국정책을 바꾸고 경제와 군대를 개혁하고 관료를 길들이고 농노를 해방하고 교육의 역할을 강화할 힘도 의지도 황제에게는 없다는 생각이 점점 더 강하게 들던 때이다. 김철에게는 이 모든 것을 왕에게 고할 수 없다는 자기 경멸도 있었다. 겁이 나서는 아니었다. 그렇게 해도 아무것도 바꿀 수 없음을 분명히 알고 있어서였다. 젖먹이 때부터 스며든, 삶을 바라보는 유교적 시각, 다시 말해, 모든 것이 운명이 정한 길에 따라 이루어지고 사람은 우주 속 모래 알갱이에 불과하다는 그 유교적 시작은 단호한 행동보다는 철학적 사색으로 몰고 갔다. 그리고 마지막으로 연민이었다. 군왕도 다른 이들과 마찬가지로 나름의 연약함을 가진, 죽을 운명을 가진 그런 존재라는 것을 김철이 어느 날 명확하게 깨달았을 때 느꼈던 감정이었다. 연민에서 공감까지는 한끗 차이다. 어떤 사람도 왕보다 더 행복할 순 있겠지만, 왕이 불행하다면 왕보다 더 불행한 사람은 없는 법이다.

침묵이 일 분이 넘도록 이어졌다. 이 순간 어떤 기억들이 이 두 남자의 머릿속을 스쳤는지 누가 알겠는가. 마침내 고종이 감은 눈을 떴다.

"김철 대장, 과인은 공이 자주 그리울 거네. 공은 충신이었네, 비록 아주 … 독특하긴 했지만."

해임의 원인에 대해서는 아무것도 거론되지 않았다. 일본인들이 들어오고부터는 궁중에 더는 충신이 필요치 않음을 두 사람 다 너무나도 잘 알고 있기 때문이었다.

"과인이 공에게 이제 줄 것이 없다. 게다가 공이 하사품을 기대한 적도 없고. 물러가라." 고종은 힘없이 손짓했다.

김철은 꿇었던 무릎을 펴고 몸을 일으킨 후 옆문을 통해 천천히 물러났다. 순간 김철이 보기에 왕의 뺨을 타고 눈물이 굴러 떨어지는 것 같았다.

제2장

김 철이 알현했을 때 고종이 기대고 있던 측면의 벽에는 쌍두 용을 포획하는 환상적인 그림이 화려하게 장식되어 있었다. 고대 설화의 플롯에는 인간의 영원한 사냥 열정과 기민함, 용감무쌍함과 지략이 담겨있어 세대를 불문하고 화가들은 언제나 이에 매혹되었다. 가느다란 대나무 막대로, 얇은 명주 끈으로, 날카롭게 벼린 갈고리로 깊은 물에서 그런 험상궂고 섬뜩한 악과 공포의 상징인 괴물을 들어 올리는 것이다.

그런데 대군주의 조심스러운 시선을 잡아끈 것은 이 무시무시한 용이 아니라 누군가가 그들의 대화를 엿듣는다는 예감이었다. 이런 의혹은 우연히 생긴 것이 아니다. 한 달 전 왕의 안위를 위한다는 명분을 내세워 꼭 필요하다며 이 알현소를 개조했었다. 일본에서 특별히 파견된 장인들이 이 일을 맡았다.

고종의 추측은 옳았다. 실제로 불청객 첩자들이 벽 뒤에 앉아있었다. 일본 조선주차군사령부 방첩대장 나카무라 소좌와 제3과 특수 요원 아카츠키 중위가 그들이었다.

황제 알현이 시작되는 순간부터 그들은 이곳에 있었다. 일부러 뚫어놓은 구멍으로 훔쳐보면서 대화를 엿듣고 있었다. 사람이 들어올 때마다 소좌는 귓속말로 그가 누구인지 전했고 종종 생긴 모양을 빗대어 별명으로 말했다. 갑자기 소좌가 맹수처럼 바짝 다가붙어 말을 잘랐다.

"우리 사냥감이 여기 납셨네, 중위. 호위대장 김철이오. 한마디도 놓치지 말고 모조리 나에게 통역해 주시오."

아카츠키가 들어온 김철을 뚫어지게 바라보았다. 그리고 이 사람을 다른 이와 혼동하는 것은 불가능함을 금세 알아차렸다. 자상 때문이 아니었다. 아카츠키 자신이 첩자라 그런 흉터쯤은 어떻게 감출 수 있는지 알고 있었다. 하지만 품위가 넘치는 몸가짐과 늠름하게 벌어진 어깨, 그리고 가장 눈에 띄는, 분명하고 침착한 눈빛을 바꾸기는 아주 숙련된 배우나 할 수 있는 일이었다.

감시 대상이 원치 않는 호감을 불러일으켰다는 것을 인정할 수밖에 없어서 젊은 중위가 인상을 썼다. 겉모습이 주는 인상에 마음이 쏠리는 것은 정보요원에게 허용되지 않는 일이라 여겼기 때문이다.

그는 이야기를 엿듣다가 깜짝 놀랐다. 황제가, 아무리 폐위되었다지만, 자기 신하와 그렇게 대화할 수 있다니! 마치 평민이라도 된 양 그를 부러워하다니! 미카도(일본 천황)가 그런 식으로 행동하는 것은 상상하기조차 두려운 일이었다. 아니면… 어쩌면 이 우직한 장교가 자기가 신처럼 추앙하는 이 양반에게 어떤 마력을 행사하고 있는 것은 아닐까?

하지만 대화를 더 엿듣자, 중위는 자기 판단이 잘못됐음을 깨달았다. 김철은 고종에게 어떤 영향력도 행사하지 않았다. 거의 말을 하지도 않았고 심지어 익선모를 쓴 고종을 쳐다보지도 않았다. 그렇다면 김철은 고종의 측근이자 신뢰하는 사람이라는 말이다. 소좌님이 대화를 빈틈없이 잘 관찰하라 주문한 이유가 여기에 있었구나.

이때부터 아카츠키는 감정을 떨쳐내고서 엿들은 말을 한마디도 놓치지 않고 냉정하게 머릿속에 담기 시작했다. 김철이 알현소를 나가고 나서야 그는 소좌에게 몸을 돌렸다. 소좌가 의미심장하게 웃으며 말했다.

"더 나올 건 없소. 가십시다."

비밀 통로를 통해 그들은 방첩대장 집무실로 들어갔다. 비밀부서장 나카무라 소좌가 거의 종일 시간을 보내는 공간은 유별나게도 창문이 없었다.

벽에 걸린 가림막 뒤에는 일본과 대한제국의 대형 지도가 걸려있었다. 그 밑에는 묵직한 유럽식 탁자와 의자들이 놓여있었다.

집무실 주인인 나카무라 소좌는 지식인 같은 인상을 풍겼다. 중키 정도의 다부진 체격에 테가 얇은 안경을 써 갸름하고 말쑥한 얼굴이 더 돋보였다. 나카무라 소좌는 군복을 잘 입지 않았다. 그는 비싸지만 화려하지는 않은 천으로 프랑스에서 맞춘 양복을 입고 있었다. 겉모습만 보면 의사나 교수로 보였으면 보였지, 대단한 전설로 소문난 무소불위의 방첩대장으로는 보이지 않았다.

바로 얼마 전 나카무라는 서른 살이 되었다. 평범한 사무라이 집안 출신인 그는 비상한 머리와 두려움을 모르는 성격, 비범한 외국어 습득 능력 덕에 빠르게 승진했다. 그의 부모는 동경 성안토니오 성당에 다니는 모범적인 가톨릭 교인이었다. 교구 신부인 장비에 신부는 이 영민한 소년 에시토 나카무라를 일찌감치 알아보고 교토의 예수회 대학에 보냄으로써 그의 운명에 개입하게 되었다. 학업을 마칠 때 즈음 나카무라는 어마어마하게 집요한 노력으로 일본인 특유의 악센트를 떨쳐버리고 프랑스어를 완벽하게 구사하게 된다.

바로 이때 그는 일본군 제6해외정보부의 시야에 들어온다. 대학을 졸업한 에시토 나카무라는 그렇게 성안토니오 성당 부설 학교의 교사가 되지 못할 운명을 맞이한다. 그 대신 마드리드에서 가장 오래된 대학교가 섬나라 출신의 가느다란 눈을 가진 청년에게 사상 처음으로 문을 열어줬다.

나카무라는 프린스턴에서 20세기의 시작을 맞았다. 그곳의 명문대에서 수학한 덕분에 나카무라는 영어를 완벽하게 구사한다. 여러 해를 보내면서 그는 이국의 문화를, 철학과 문학을 게걸스럽게 흡수한다. 마키아벨리, 탈레랑, 니체, 맬서스의 저작들에 그는 특히 매료되었다. 그들의 냉소주의 철학과 인간 운명을 철저하게 경시하는 태도는 어린 시절부터 일본 국민과 대표적인 일본인인 자신의 우월성을 굳게 믿었던 나카무라의 관점과 공명하였다.

나카무라는 돌이킬 수 없을 만큼 오롯이 첩보 활동에 빠져들었다. 그는 비독, 스위프트, 리사치 같은 이 분야 수사, 첩보, 밀고, 암살의 대가들이 쓴 글을 모조리 다 읽었다. 그들 중에는 '빼어난' 실력을 갖춘 러시아 경찰 요원 불가린이 쓴 글도 있었다.

그는 러일전쟁이 발발했을 당시 아서 항(뤼순)에 있었다. 아둔하고 수다스러운 중국 채소 행상 차림을 하고서 그는 그곳에 주둔해 있던 러시아 주둔군 숫자와 무장 상태에 관한 비밀 정보를 수집했다.

나카무라는 상처 입은 한반도 땅에 초기에 상륙하여 대한제국의 내각총리대신과 일본의 한국 통감이 체결한 한일병합조약 체결식에 참석하는 영광을 누렸다. 이 조약은 총성 한 번 울리지 않고 나라 전체를 찬탈한 것으로 미카도(일본 천황) 군사 정책의 대승리를 알리는 사건이 되었다. 자기들 삶의 터전을 넓히려는 사무라이들의 숙원이 이루어졌다. 게다가 한반도는 세계 지배를 향한 첫걸음에 불과했다.

서른 살, 소좌, 제1대 조선주차군사령부 정보부장, 실질적인 조선 왕위의 비밀스러운 수탁자. 최근 상황을 보면 나라 전체를 비공식적으로 통치하는 사람이 자신이라는 강렬한 쾌감이 나카무라의 자존심을 유달리 드높였다. 아시아보다는 유럽 국가 전문가인 자신을 왜 첫 식민지인 조선으로 보내는 결정을 본부에서 내렸는지 나카무라는 알 것 같았다. 그것은 바로 영국도, 프랑스도, 독일도, 미국도 태평양 동남아에 대한 영토 소유권을 남겨주지 않았기 때문이었다.

아카츠키 중위는 단순히 그의 부하만은 아니었다. 8년 전 조선으로 보낼 요원 선발 업무를 하면서 그는 고요한 아침의 나라 출신들이 12세기부터 정착했던 혼슈섬 인촌 마을에 가본 적이 있었다. 그들은 한반도의 왕이 일본으로 보냈거나 팔았거나 선사한 도예, 무기, 직조, 제지 등 공예 대가들의 후손이었다. 이들이 예전처럼 충실히 자신의 풍습과 전통을 지켜오긴 했지만, 오랜 세월이 흐르면서 이들의 특성은 희석되어 갔다. 그렇지만 이들은 현지의 언어는 물론 일상생활에 많은 변화를 일으켰다. 그중에서 가장 놀라운 것은 수많은 변방의 일본 사내아이들이 인촌 마을 동갑내기들과 함께 놀면서 조선어로 신나게 떠드는 것을 배운 것이다. 그들 중에서 현지 아이들의 대장 노릇을 하던 훤칠한 소년 켄토 아카츠키가 나카무라의 눈에 띄었다. 먼저 이 소년을 사관학교에 입학시켰고 졸업 후에는 조선으로 세 차례 파견했다. 첫 방한 때는 불교 사찰의 행자 행세를 하였고, 그다음은 무역대리인, 마지막에는 방랑승을 가장하였다. 마지막이 가장 어렵고 위험하긴 했지만, 가장 유익한 것이었다. 방랑자라는 가면은 아카츠키에게 한국의 가장 깊숙한 곳까지 들어가 임무를 수행하고 여러 지방의 생활과 도덕, 사투리를 인지할 수 있게 했다. 한국 사람 누구도 아카츠키의 외모나 말투에서 그가 외국인일 수도 있다는 의심을 하지 않았다. 아카츠키는 지금까지도 평민이나 상인 옷으로 갈아입은 후 자유를 잃은 국민의 동향을 객관적으로 파악할 만한 정보를 낚아 올리기 위해 시장과 선술집을 자주 돌아다닌다.

나카무라는 자신이 키우는 이 학생이 끔찍이도 자랑스러웠지만, 상하 관계가 분명한 사무라이식 절도를 따랐기에 칭찬 한 번 하지 않았다. 이따금 인정하는 의미의 '흠' 소리를 내는 정도였다. 나카무라가 한국어를 썩 잘하지 않아서 아카츠키는 대체 불가능한 그의 보좌가 되었다. 일본이 호랑이처럼 한반도로 뛰어오를 것을 미리 내다보고 이렇게 훌륭한 첩자를 키워낸 자기 예지력을 나카무라가 흐뭇하게 여긴 적은 한두 번이 아니었다.

"중위는 이 모든 것을 어떻게 생각하시오?" 아카츠키가 엿들은 대화를 자세하게 통역해 주자 나카무라가 물었다.

"전하가 우리가 생각하는 대로 그렇게 단순한 사람이 아니거나, 아니면 호위대장이 잊을 수 없을 정도로 왕을 잘 받들었을 수도 있습니다." 아카츠키가 신중하게 대답했다.

"둘 다겠지." 나카무라가 말했다. "그리고 세 번째는, 김철 같은 사람은 그 자체로 호감과 신뢰를 얻지 않기가 어렵소. 정직하고 기품 있고 영특하니까. 이것이 김철에 대한 자료요. 들여다보면 시기하는 비방도, 악의적인 저주도, 온당한 성격묘사도 있소. 이는 우리가 비범한 사람을 상대한다는 사실을 입증하는 것이오. 그는 특별한 교육을 받은 적도, 한반도 밖을 나가본 적도 없는데 그 양반의 서재는 부럽기만 할 따름이오. 우리가 조사한 바로는 2개 외국어도 썩 능란하다 하오. 아카츠키, 서반아어와 불어를 아는 한인을 많이 봤습니까?"

중위가 고개를 가로저었다.

"이런 사람이 부정부패로 얼룩진 궁중에서 25년 동안이나 복무할 수 있었다… 중위, 나는 이 점을 생각해 보다가 이런 결론에 이르렀지. 김철은 지혜가 출중해서 강한 사람인 게 아니오. 그는 시기 질투에도, 탐욕에도, 허영심에도 사로잡히지 않기에 강한 사람인 게요. 이것이 유교의 가르침이오. 한번 생각해 보시오. 궁궐 안에, 궁중에 그런 사람이 있을 수 있다면 나라 전체에는 그런 이들이 얼마나 많겠소? 매수할 수 없고 용맹하고 자기희생적인 사람들 말이오. 앞으로는 우리 일이 쉽지 않을 거요. 지금까지 있었던 모든 것은 앞으로 닥칠 일에 비하면 산들바람 같을 거요. 두뇌들이 설쳐댈 것이고 공공연한 저항, 심지어 봉기가 일어날지도 모를 미래를 우리가 지금 예견해야 하오. 이 호위대장 김철 같은 자는 비켜서지 않을 것이오. 바로 그래서 중위가 김철을 맡아주길 내가 바라는 것이오." 나카무라의 어조는 많은 것을 말해주었다. "지금 우리가 그를 무장 해제시켰소. 우리가 주장해서 두 달간 휴가를 보낸 다음 이제 그는 완전히 해임되었소. 만약 중위가 어떻게 해서든 그를 우리 편으로 끌어들이게 된다면 그건 어마어마한 행운이오. 어려운 임무이지만 달성할 수 없는 건 아니오. 김철에게는 아들이 둘 있소. 큰 놈은 아비를 빼닮았고 우리가 현재 해산 중인 군대에서 복무했소. 특출난 장교 중 하나라고 하는데 차후에 우리가 조선인 보조 부대를 만들면 그를 부를 거요. 작은놈은 고등보통학교에 다니오. 특히 이놈에게 신경을 써야 합니다. 지금 조선 청년들 사이에서, 중위도 알다시피, 우리의 공작대로 한일병합이 조선에 득이 된다는 의견이 돌고 있소. 고등 문화를 접하고 세계 문명으로 발전한다는 측면에서 말이오. 김철의 아들은 이 사상을 완전히 신봉하여 일본어와 문화를 주도적으로 공부하고 우리나라 일본에서 공부를 이어가기를 꿈꾸고 있소. 우리가 그런 기회를 줄 수 있소. 그러면 아들이 아비를 설득해서 자기편으로 끌어들이는 것은 완전히 가능한 일이오. 우리 편이 되는 거요."

아카츠키는 지휘관의 선견지명과 흩어진 사실들을 모아서 목표를 이루는 데 사용하는 능력에 다시금 놀랐다. 한국 지식인들의, 특히 배우는 젊은 이들의 머리와 가슴에 '문화 이식' 사상을 심어주는 임무는 아카츠키도 잘 알고 있었다. 그는 사상 개발을 함께한 내각 산하 특수선전부에서 근무했었다. 이 사상은 새로울 것이 없다. 어떤 침략도 진보와 미래 번영이라는 옷을 입는 법이니까. 그런데 섬나라 제국은 이웃 나라들을 점령하고 식민지로 만드는 첫걸음에 이 사상을 앞세웠다.

아카츠키는 유라시아 대륙 맨 끝자락의 연결고리인 조선이 일본의 운명에 어떤 역할을 했는지 그 어떤 역사책에서도 읽지 못했다. 중국과의 관계가 항상 우선이었다. 그러나 책에 없어도 아카츠키는 이를 알고 있었다. 그는 옛날에 일본 섬에 정착하여 도자기와 강철, 종이와 화약을 만드는 비결을 수없이 일본인에게 전수한 한반도에서 온 수공업자들의 후손들 속에서 자란 사람이 아닌가. 일본 문화와 예술, 문학에 지대한 영향을 끼친 중국 한자와 종교, 철학이 한반도를 통하여 일본으로 스며든 것은 비밀이 아니다. 반면 아카츠키가 알고 있는 한 가지가 더 있었다. 지난 반세기 동안 그의 나라 일본이 영국이나 독일, 프랑스, 미국 같은 선진국들과 어깨를 나란히 할 정도로 비약적인 경제 발전을 이루어 냈다는 사실이다. 러일전쟁에서 러시아의 패배는, 일본 영토의 40배가 넘는 땅을 가진 어마어마한 제국의 패배는 '해가 뜨는 나라' 일본의 성공을 말해주는 선명한 증거가 아니란 말인가? 봉건주의에 갇혀 굳어버린 한반도에 한일병합은 그야말로 위대한 서광이 비치는 것이다.

"조선인 사이의 첩보망, 감시와 보고 체계 구축에 대한 중위의 계획을 주의 깊게 검토해 보았소." 나카무라 소좌가 입을 떼고선 승인하는 듯한 '흠' 소리를 냈다. "서로 책임을 나누는 몽골 유목민 무리처럼 그것들을 수십 개 단위로 나눈다는 생각은 내가 볼 때 바람직하오. 하지만 한국 농민들의 심리와 훈육, 전통을 고려해서 다시 한 번 분석하시오.

양반은 다루기가 더 쉬울 거요, 만약 … 만약 가는 길목마다 김철 같은 이가 나타나지만 않는다면 말이오. 김철을 잘 연구하여 우리 편으로 끌어들일 작전을 짜보시오. 어떤 도발도, 협박도, 그의 명예와 존엄을 훼손하는 것으론 안 된다는 걸 명심하시오. 할복은 틀림없이 안 하겠지요, 그건 당연히 사무라이만의 특권이니까, 허나 문제를 일으킬 수 있소.

또 한 가지는, 이 서류철에는 일본제국에 특히 위험한 분자들의 정보가 있소. 그들 중 일부는 중위가 보고서를 직접 작성했으니 이미 아는 이들이오. 중위는 저 방에서 일하시오."

두툼한 서류철에는 종이 수십 장이 들어 있었고, 각 장에는 출신지, 나이, 직업, 현 거주지 등 구체적인 인물 정보가 담겨 있었다.

각 항목을 나카무라 소좌가 잘고 단정한 필체로 손수 메웠다. 먹의 색감을 보니 기록이 정기적으로 추가되는 듯했다.

아카츠키가 맨 위에 놓인 종이 한 장을 집었다. 신상 정보는 넘기고 중요한 것에만 집중하려고 애썼다.

'이범진, 생년 및 출생지 … 대신, 국가 요직 두루 역임. 1884년 갑신정변을 일으킴. 친노서아 성향. 1896년 고종의 아관파천 단행. 미국, 불란서 공사, 1901년부터 노서아 공사. 한반도 보호령화에 저항하여 공사를 사임하고 상트페테르부르크에 체류. 노서아 극동에서 조선 정치가들을 적극적으로 지원 중이며 많은 자금을 제공.'

'이범윤, 생년 및 출생지 … 만주 간도(중국식 명칭 젠다오)의 전 간도관리사. 러일전쟁 당시 대한제국 황제의 명으로 천 명 규모로 민병을 조직하여 함경도에서 노서아 군을 지원. 현재 연해주나 만주에서 활동. 의병장 중 하나. 확인되지 않은 자료에 따르면 지휘하는 의병 숫자가 사천 명이라고 함. 요주의 인물.'

'이상설, 출생년과 출생지 … 대한제국 내부대신의 옛 동지. 한반도 보호령화에 반대하여 1906년 여름 블라디보스토크로 도주. 프리모리에(러시아 극동의 남부)와 만주의 조선인 이주민 속에서 항일운동 지도. 1907년 고종이 헤이그 만국평화회의에 특사로 파견한 인물 중 하나. 요주의 인물.'

'유인석, 생년과 출생지 … 이범윤과 함께 프리모리에와 간도의 조선인 독립군 선봉장 중 하나. 이범윤과 달리 무기를 발명하여 해외로 발송. 평양 남부와 북부를 습격할 계획을 공공연히 밝히고 경성 공격을 준비하고 있음.'

'김인석, 생년과 출생지 … 옛 황제 근위대 무감. 고종의 신임을 받던 인물. 1909년 1월에 특명을 받고 하바롭스크로 건너가 아무르 군 – 행정부 공식 인사들과 접견. 조선 습격을 위해 러시아 정부로부터 부대 조직과 무기 획득에 대한 허가와 도움을 받으려 함. 현 체류지 미상.'

'홍범도, 생년과 출생지 … 독립군 활동. 의병대를 초기에 조직한 인물 중 하나. 조선 북부 지방에서 지속해서 유격전을 벌임. 현재 러시아 보리소바 지역에 주둔. 이 자의 목적은 조선의 전국민적 궐기임. 1910년 여름에 마지막으로 두만강을 건넜음. 요주의 인물.'

아카츠키 중위는 무슨 수로 이렇게나 많은 황국의 적들에 대한 첩보를 나카무라 소좌가 모을 수 있었는지에 거듭 놀라면서 서류철을 뒤적이며 저녁 무렵까지 앉아있었다. 서류철에는 비단 손에 무기를 들고 일본 통치를 공격하려는 자의 성명만이 아니라 사회활동가, 신문 발행자, 심지어 선교사의 이름까지 들어있었다. 그들의 활동 무대는 실로 드넓었다. 중국, 러시아, 미국, 조선 그리고 일본에서 종횡무진했다. 그리고 이 점은 나카무라 소좌의 주도면밀한 작품에 더 큰 의미를 부여했고 일본 첩보 활동에 대한 긍지를 불러왔다.

아카츠키는 소좌가 그 서류철을 우연히 보여준 것이 아님을 직감했다. 그리고 그 느낌은 옳았다.

"중위는 이제 곧 조선의 북쪽으로 파견될 것이오. 거기서 할 일은 러시아로 이주하는 조선인들의 상황을 현지에서 세세히 알아내는 것이오." 아카츠키가 서류철을 돌려주었을 때 나카무라 소좌가 말했다. "이 흐름을 방해하는 것이 몹시 힘들어서 군대 절반은 국경 지역에 배치해야 할 지경이오. 우리의 임무는 이미 러시아에 정착한 조선인들을 활용할 방안을 찾아서 그들과 함께 우리 요원들을 파송하는 것이오. 이 임무를 위해 우리가 지금 뭔가를 진행하고 있는데 자세한 건 나중에 알려주겠소. 지금 그곳 상황은 어느 정도 잠잠하오. 우리가 국경으로 무력을 집중해 놔서 조선인 유격대 습격도 거의 중단되었소. 하지만 유격대를 조직하려는 자들이 조선 땅 안에서 등장할 가능성을 배제할 수는 없소. 당연히 그들은 북쪽으로 진격하려 할 것이오. 국경 부근에서 발생하는 민병들의 습격은 보통 자연발생적이고 일시적이오. 불이 내부에서부터 발생한다면 끄기가 몹시 어려운 법이오. 그래서 유격대를 조직할 만한 이들을 색출해 미리 작업하는 것이 내 보기에 매우 중요한 것 같소. 현지 사람들에 대한 감시도 제쳐둘 일은 물론 아니고. 내가 무슨 말 하는지 알겠소?"

"네, 소좌님!"

"내일모레 나는 총독부 관저에서 열리는 황태자 탄생일 축하연에 참석할 예정이오. 중위가 나를 수행했으면 하오. 물러가시오!

아카츠키는 기쁨에 겨워 얼굴이 확 달아올랐으나 애써 침착함을 유지했다. 일본인은 자기감정을 드러내는 것을 통념상 맞지 않는다고 여겼다.

제3장

날이 저물어 갔다. 1859년에 설립된 한성고등보통학교가 본교 학생들을 작은 마당으로 쏟아냈다. 흰 바지저고리, 두루마기와 검은 모자, 조선식 복장을 한 가지 모양으로 단정하게 한 학생들이 차례로 커다란 문으로 나와 계단을 내려가자, 표정이 바뀌었다. 지루한 수업이 끝났고, 흐드러진 봄기운에 취했고, 또 피가 끓는 나이가 아닌가. 학생들의 얼굴이 환해지면서 우스갯소리와 웃음소리가 울려 퍼지자 지나가던 사람들이 빙그레 웃으며 이들을 바라보며 각자의 봄날을 떠올렸다.

"동철아, 이리 와!" 갑자기 누군가의 목소리가 고등보통학교 학생들 무리를 좇아 들려왔다. 그들 중 한 명이 뒤를 돌아보고 깜짝 놀라 기뻐하며 뒤로 서둘러 갔다.

"환일이 너야?"

청년들이 얼싸안고 서로의 등을 토닥거렸다.

"환일아, 너 어디 갔었어?" 동철이라 불린 친구가 물었다. "무슨 일 있었어?"

환일이 고개를 가로저었다.

"별일 없었어."

"그럼 새 학년이 시작되었는데 왜 학교에 안 왔어? 한 달이 넘어가는데 너는 계속 안 보이고. 내가 얼마나 걱정했는데 … "

"나중에 얘기해줄게. 너 지금 어디 가? 집에 가?"

"아니지, 네가 가자는 곳으로 가야지." 깔깔대던 동철은 문득 먼지로 덮인 친구의 옷과 등에 진 봇짐을 보았다. "너 먼 길 갔다가 바로 학교로 온 거야?"

"그래, 너를 만나고 싶어서."

"나도 네가 보고 싶었어. 우리 어디 잠깐 앉을까?"

"〈은비〉로 가자."

"좋아! 오랜만에 가보는 거네."

그들은 웃는 눈길을 주고받으며 때로는 어깨동무도 하며 나란히 걸었다.

그들의 모습은 남들이 보기에 뚜렷하게 대조적이었다. 동철은 호리호리하고 날렵하고 걸음걸이가 사뿐했다. 그의 살아있는 눈빛과 야윈 얼굴은 감정이나 기분, 생각이 바뀔 때마다 예민하게 반응했다. 환일은 반대로 단단한 체격에 키는 친구와 비슷했지만, 다부진 몸매 때문에 더 작아 보였다. 가무잡잡하고 살갗이 거친 얼굴에 광대뼈가 투박하게 튀어나온 모양이라 그는 도시 사람보다는 시골 농사꾼에 가까워 보였다. 하지만 지혜와 침착함으로 밝게 빛나는 기다랗고 커다란 눈은 농부나 도시 사람에 대한 흔한 통념에 의문을 품게 했다. 교육과 사고력이야말로 각기 다른 사회 계층 출신들을 진정으로 평등하게 만드는 것이다.

동철과 환일은 동급생이었다. 1년을 함께 공부한 그들 사이에 단단한 우정이 활짝 피어났다. 겉보기엔 전혀 다른 이들이 선과 명예, 의리를 위해서라면 어떤 때라도 자기를 희생할 수 있는, 어린아이 눈물처럼 투명한 마음으로 하나가 되었다.

〈은비〉는 학교에서 가깝고 호주머니 사정에 비교적 맞으며 주인인 박첨지가 싹싹했기에 학생들이 자주 찾는 곳이었다. 박첨지는 젊은 학생들을 주객으로 장사하면 큰돈은 못 벌어도 안정적인 밥벌이는 된다는 것을 일찍감치 깨친 사람이었다. 이곳에선 어느 정도 풍류도 즐길 수 있었다. 예를 들면 기생을 불러들인 별실에서 저녁을 주문할 수 있는 것이다. 기생은 손님 접대 교육을 따로 받은 젊은 처자들이고 가무나 또 다른 뭔가로 손님을 만족시켜야 했다. 외상으로 식사를 할 수도 있었다. 젊은 시절에는 절약을 모르는 경우가 잦지 않는가, 어쩌면 이것이 바로 젊음의 특권일지도 모르겠다.

〈은비〉를 거쳐 간 학생들은 한 세대를 넘는다. 그중 많은 이들이 장차 굵직한 인물이 되었다. 마차를 타고 〈은비〉 출입문으로 다가와 주인을 불러내어 그가 자신을 알아보는지를 시험하는 순간을 즐기는 벼슬아치들도 종종 있었다. 박첨지는 당연하게도 어른이 된 얼굴을 멍하니 뜯어보고 나서 깜짝 놀라며 '아이고머니'하고 외친다. "진정 '아무개'가 아닌가. (그리고 또다시 감탄이 이어진다) 하이고, 누가 생각이나 했겠나! 아이고, 누가 예상이나 했겠나! 아이고, 누가 상상이나 했을까! 아이고, 아이고, 어제의 학생이 이렇게 귀하신 나리님이 되실 줄이야!" 감명을 받아 기분이 좋아진 나리님은 환한 미소를 띠며 얼떨떨한 주인에게 돈을 찔러주는데 주인은 끝내 사양하지 못하는 모양새다.

허세와 순박한 꾀가 씨줄과 날줄이 되어 얽힌 이 놀이의 바탕에는 아주 옛날 배고픈 날들이 있었던 학생 시절에 받은 도움에 대한 고마운 기억이 깔려있었다.

동철과 환일은 〈은비〉의 단골은 아니었지만, 박첨지는 그들을 알아보았다.

"참 오랜만에 행차하시네." 싹싹하게 웃으며 박첨지가 고개를 까딱했다. "특히 자네 환일이. 방학 때 고향에 갔다 왔나 보네."

"예, 박첨지." 환일이 대답하고 주문했다. "여기 소주 한 병과 안주 좀 주시오."

두 친구는 신을 벗고 누런 갈대로 엮은 돗자리를 따라 구석으로 가서 나지막한 반상이 놓인 바닥에 앉았다. 반상 위에는 전형적인 양념 세트가 놓여 있었는데 간장, 고춧가루, 식초가 작은 도자기 용기에 담겨 있었다. 행동이 잽싼 하녀가 돌돌 말린 뜨거운 물수건을 자리마다 올려놓았다. 얼굴과 손을 미처 다 닦을 새도 없이 음식과 나무젓가락을 내왔다.

"동철아, 이렇게 만났으니 한잔하자." 환일이 소주를 하얀 도자기 잔에 따르면 말했다. "이곳에 언제 다시 올 수 있을지 누가 알겠어. 마시게, 마셔, 뭐가 겁나? 아직 겁낼만한 일은 아무것도 일어나지 않았어."

그들은 술잔을 비우고 안주를 먹었다. 젓가락으로 접시에서 음식을 능숙하지만 조심스럽게 집으면서 말이다. 안주라고 할 것은 깍두기와 시금치, 고추장을 곁들인 황태포였다.

"환일아, 왜 그리 고향에 오래 있었어?" 동철이 물었다.

"한 잔 더 마시고, 후에 이야기함세." 이렇게 말하고 환일은 푸르스름한 술병의 가는 모가지를 다시 쥐었다.

"내가 따라줄게." 동철이 말했다.

"그러게, 따라봐." 환일이 잔을 내밀었다.

"무슨 일이 있었던 거야? 이야기 좀 해봐."

"너도 알다시피 내 아버지는 평생 과수원을 하면서 의생(의술로 병을 고치는 것을 직업으로 삼았던 사람 - 옮긴이)을 해왔어." 환일이 이야기를 시작하며 주먹을 불끈 쥐었다. "우리 집은 언제나 땅이 부족해서 7년 전에 아버지가 한 지주에게서 약 1정보(약 3,000평)를 빌렸어. 계약서에는 임대 기간이 15년이야. 그보다 더 짧으면 과수를 심을 의미가 없어. 이 세월 동안 지주는 어려움도 걱정거리도 알지 못했지. 아버지는 소작료를 부지런히 지급했고 그 외에도 매년 농사지은 과일을 갖다 바치고 무료로 온 가족을 치료해줬어. 과수원도 진짜 얼마나 잘 키웠는지! 조선 땅을 다 뒤져봐도 그런 사과와 배는 없을 거야! 궁궐에도 납품할 정도였으니! 그런데 내가 이 말을 왜 하겠나? 너도 우리 집에 와봤으니까 두 눈으로 똑똑히 봤겠지."

동철은 이 말을 들으며 작년 가을 환일의 집에 가서 보냈던 꿈같은 한때를 떠올리고선 자기도 모르게 환한 표정이 되었다.

"그런데 지금 우리 것 전부를 모조리 빼앗아 간다네!" 환일이 이를 갈며 말했다.

"무슨 말이야?" 동철이 외쳤다.

"모조리 빌어먹을 그 대단한 동양척식주식회사 때문이지. 수단과 방법을 안 가리고 그걸 얼마나 찬양했는지 기억하지? 농민의 좋은 친구라고 하면서 동양척식주식회사가 도우면 농업 혁명이 일어날 것이다, 이 회사와 협력하는 자의 미래는 부와 번영이 함께할 거다, 하면서 말이지. 이 모든 것이 뻔뻔스러운 거짓이었어.

가을에 두 사람이 우리 집에 찾아왔어. 하는 말이 동양척식주식회사에서 보냈다네. 두 사람 다 농학자라고 했어. 아버지가 그들을 귀한 손님으로 맞으며 과수원을 보여주고 과일을 대접했어. 아버지는 새 품종을 개량하고 나무를 가꾸는 비결과 수확한 과일을 보관하는 법과 해충 퇴치법을 그들에게 알려주었어. 그들이 별 관심을 보이지 않았는데 나중에 보니 우리 과수원을 뺏을 방법을 찾고자 염탐하러 온 것이었어. 이 개보다 못한 놈들이 무슨 짓을 저질렀는지 아나? 과수원 지주와 새 계약서를 쓴 것이야! 모르긴 몰라도 뭔가를 준다고 꼬셨거나 겁을 줬겠지. 그로부터 얼마 후에 집달관이 아버지를 호출해서 이제 아버지는 소작인이 아니라고 선언했어. 아버지는 군수에게 갔지만, 군수는 결정 권한이 아무것도 없어. 그 대신에 총독이 임명한 일본인 수장이 있었어. 그가 한국인 편을 들어주겠나? 아버지는 손가락질하며 횡설수설하고 분을 못 이겨 몸져누우셨지. 이제야 조금 나으셨어."

이 소식은 동철에게 충격적이었다. 그리고 그를 뒤흔들어 놓았다. 한일병합이 한국인에게 치욕이며 예속이라고 환일이 주장할 때 동철이 그와 목소리를 높여 다툰 적이 한두 번이 아니지 않았던가.

"동양척식주식회사 탓이 아닌지도 모르지. 계약을 위반한 건 지주잖아.

이런 개불상놈! 횡포를 막을 방법이 진정 없단 말이야?"

"동철아, 없어. 그건 전부 계획적이었어. 인근 마을에서 같은 일이 일어나고 있어. 일본 정부가 목적을 가지고 추진하는 정책이야. 네가 보기엔 그렇지 않아?"

동철은 아무 말도 하지 않았다. 대형 지주가 도맡을 농업의 미래가 어떤 것이며, 유럽이나 미국이 너른 평야 전체에 다양한 장비와 비료를 사용할 때 조막만 한 땅뙈기에서 조상 대대로 이어온 곡괭이질을 하고 있을 거냐는 이런저런 반박할 말들이 머릿속에 떠오르긴 했지만. 이 모든 것을 일본인들이 가지고 들어온다. 구식과 신식 사이의 투쟁이 벌어지긴 하지만, 어떤 투쟁에도 희생은 따르는 법이다.

하지만 이 문명의 직접적인 피해 당사자인 친구가 앞에 앉아있는데 이런 논거를 입에 담을 수는 없다. 친구는 자신의 실패가 진보적인 혁신적 경영법에 길을 깔아줬다는 생각을 위안으로 삼을 수 있을 것인가? 동철이 고개를 떨구었다. 비바람 치는 일상에서 물러나 있을 때 따져보는 것이 좋다. 통 속에 살았던 고대 그리스의 철학자 디오게네스가 그랬던 것 같다.

"제일 어처구니없는 건 그때 왔던 사이비 학자 한 명이 아버지를 다시 찾아와 과수원 지기 자리를 제안했어." 환일이 쓰라린 이야기를 이어갔다. "다 앗아가고서 이제는 자기들을 위해 일해달라고 하다니! 과수원을 확장한다는 그림을 그리기 시작했는데 이것이 아버지에게 새 품종을 개량할 수 있는 모든 조건을 만들어 주는 거라더군. 그래서 아버지는… 그래서 아버지는… "

"아버지가 왜?"

"그러마 하셨어." 한숨을 내쉬는 환일의 눈 속에 당혹감이 일었다. "속고 약탈당하고 나서 그러겠다고 동의하시다니."

동철이 안도감에 깊은숨을 내쉬었다.

"환일아, 네 말은 옳지 않아. 정말 지주가 계약을 어기면 안 되는 상황이었는데 소작농이 양반을 상대로 소송에서 이겼다는 말을 한 번이라도 들어본 적이 있니? 이제 아버지는 지주도 소작농도 없고, 신분에 따른 차별도 없는 회사의 전문가가 되신 거야. 알겠어? 이제는 생산관계, 경쟁과 이익이라는 최종 목표만 있는 거야."

"그래, 그래, 아무렴, 네가 서양 경제학자들의 저작을 많이 읽은 것은 내가 알지." 환일이 이렇게 말했지만, 그 말속에 비친 것은 공격적인 조소가 아니라 관계를 망치지 않으려는 마음이었다. "그러게, 거기서 이제 뭘 하겠어. 한잔하고 이제 다른 얘기 하자."

술병이 다시 술잔 위를 넘나들었다.

"너 그 일 때문에 수업이 시작된 지 오랜데 이렇게 늦은 거야?"

"수업은 이제 아무 의무가 없어. 나 학교 그만둬."

"뭐라고?" 어리둥절한 동철이 물었다. "어떻게 학업을 포기할 수 있어?"

"뭘 할 수 있겠어? 아버지 수입이 예전의 절반도 안 될 텐데. 아버지를 도와야지. 그러다 보면 나도 대단한 의생이나 과수원 지기가 될지도 모르지."

친구의 농담을 듣고 즐거워지기는커녕 울적함과 절망적인 기분이 들었다. '그런 질문을 하다니 나도 참.' 동철이 자책했다.

넉넉하긴 했지만, 양반은 아니고 농사꾼의 아들인 환일이 특권층의 고등보통학교에 어떻게 입학했는지를 동철은 알고 있었다. 언젠가 환일의 아버지가 한 청년을 치료한 적이 있는데 이 청년이 세월이 흐른 뒤 큰 학자가 되어 나라의 엘리트 교육 기관의 수장이 되었다. 그리고 그는 감사가 무엇인지를 잊지 않았다. 이제 그 총장은 이곳에 없다. 새 학년부터 학교의 중요한 직책은 일본인들이 차지했다. 이렇게 환일을 도울 가장 확실한 기회가 사라졌다.

"우리 아버지랑 내가 얘기해 볼 수 있어." 말은 그렇게 했지만 퇴임한 호위대장의 능력은 별 볼 일 없다는 것을 동철 자신도 알고 있었다.

"부탁이다, 아무것도 하지 마. 내가 직접 내린 결정이고 결정을 바꿀 수 있는 사람은 아무도 없다."

환일은 '사내라면 어때야 한다'라는 몇 가지 금언을 품고 살았다. '진정한 사내는 항상 알아서 독자적으로 결정을 내린다'가 그런 금언 중 하나였다.

"퇴학신청서 제출하러 온 거야?"

"아니, 너 보러 왔지." 환일이 가볍게 대답하고 친구의 눈을 응시했다. 부드럽고 애정 어린 이 형제의 눈빛이 오랜 세월 동철 마음을 따스하게 데워주었다.

"노래 한가락 할까? 환일이 이렇게 말하더니 대답을 기다리지도 않고서 곧바로 구전 노동요를 부르기 시작했다. 동철이 젓가락을 집더니 방글거리며 노래하는 환일을 보면서 박자에 맞춰 반상과 술잔을 두드리기 시작했다.

지방 출신인 환일은 입학한 날부터 도시 출신 학생들의 놀림 대상이었다. 놀리는 데 가장 열심인 이건식은 키가 크고 미끈하고 인물이 훤한 청년이었다. 이건식은 왕의 6촌 재종손 아니면 8촌 삼종손인데 그의 부친이 내각에서 높은 자리에 있었다. 그런 집안 환경과 자존심이 센 성격이 건식으로 하여금 무슨 일에서든 선두를 차지하려 들게 했을 것이다. 물론 잘하는 건 인정해야 한다. 그는 학업이든 체육이든 심지어 환일을 놀리는 일에서도 우등생이었다. 시골 출신의 옷, 말씨, 행동거지 등 환일의 모든 것이 건식의 눈에 걸리면 재치 있는 농담거리가 되었다. 같이 폭소를 터뜨릴 만한 구경꾼은 언제라도 넘쳐났다.

학업에 전념하던 동철은 주변에서 무슨 일이 벌어지는지 처음엔 몰랐다. 언제 한번은 동철이 교실에 들렀는데, 으레 그러하듯, 시선을 한 몸에 받고 선 건식이 사투리를 그럴싸하게 흉내 내면서 어떤 종이를 큰소리로 읽고 있었다. 형언할 수 없는 폭소가 터졌다. 동철도 웃었다. 어떻게 이 장난꾸러기들 손에 들어갔는지 모르겠지만 이들이 환일의 편지를 가지고 조롱하고 있는 사실을 알기 전까지는. 동철이 앞으로 성큼성큼 걸어가서 큰 소리로 말했다. "양반은 감히 남의 편지를 읽는 행동을 하지 않아!"

한순간 교실에 정적이 맴돌았다. 건식이 하얗게 질린 얼굴로 웬일인지 미적거리며 말했다. "이거 … 이거 내가 바닥에서 주웠어." 그러나 동급생들의 시선을 의식하고 자세를 바로잡고 도전장을 내밀었다. "근데 너는 뭔데 나한테 지적질이냐?"

동철이 건식의 눈을 똑바로 바라보면서 응수했다. "나는 비열한 짓은 못 참는 인간이다!"

건식의 얼굴을 덮친 무안함과 부끄러움의 홍조가 필사적인 결단으로 바뀌더니 건식이 갑자기 팔을 뻗고 앞을 향해 달려들었다. 시선의 중심에 서는 것에 익숙한 이 젊은이가 하려고 한 행동이 밀치고 때리고 멱살을 잡는 일이었을까? 동철은 옆으로 몸을 돌려 공격을 피했고 손날로 그의 뒤통수를 가격했다. 동철은 아버지에게서 이 외에도 수많은 공격법을 배웠다. 당연히 발을 써야 하는 지금 이 싸움으로 말할 것 같으면 뒤꿈치 차기가 실로 강력한 힘을 발휘했다.

건식은 낫으로 벤 것처럼 얼굴을 처박고 넘어졌다. 그러자 환호성이 들렸다. "동철이, 멋있는데! 애초에 한 수 가르쳐줘야 했어." 강의실 문에 서 있던 환철이 이 주먹다짐을 보기는 했지만 뭐 때문에 싸움이 벌어졌는지는 아직 몰랐다.

건식이 천천히 일어나 동급생들을 한번 휙 둘러보고 교실에서 나갔다.

동철이 환일 편을 들지 않았다 해도 그들 사이에 여전히 우정이 싹텄을 수도 있다. 더구나 나중에 보니 환일은 자신을 지킬 힘이 충분한 시골 사람이었다. 이 사건이 있고 한 달 뒤에 단오 명절을 맞아 개최된 씨름대회에서 전년도 대학 씨름대회 천하장사, 일명 '호랑이'라 불리는 거구의 대학 선배를 쓰러뜨리고 환일이 천하장사에 등극했다. 하지만 이 사건은 겉모습은 아주 다르지만, 마음은 아주 닮은 그들을 단번에 가깝게 만들었다. 이제 이들은 갈림길에 선 것이다. 동철은 너무 슬펐다. 가슴이 아려 왔고 눈물이 눈망울을 뿌옇게 흐렸다. 무슨 일이 있어도 그는 항상 충실하게 우정을 지킬 것이고, 앞에 앉아서 목청껏 노래를 부르는 이 친구도 기억 속에서 절대 사라지지 않을 것이다. 젊을 때는 불가능이란 없다.

"야, 동철아, 너 살았냐 죽었냐?"

친구의 목소리에 동철은 정신을 차렸다.

"어, 생각 좀 하느라."

"어여쁜 춘향이 생각에 빠졌냐?"

"허 참, 아니야" 동철이 웃었다. "네가 전에 얘기했던 그 처녀는 어떻게 지내?"

그 처자가 과수원을 임대한 지주의 딸이라는 사실을 떠올리자 괜히 물었다는 후회가 일었다.

"별일 없이 잘 지내. 곧 시집갈 건데 신랑이 좋은 사람이면 좋겠네."

잠자코 한동안 앉아 있다가 깊은숨을 몰아쉬었다. 그러니 술이 좀 깼다. 그들이 있는 동안 주점에 두 차례 손님들이 밀려들었다가 이제는 아무도 없었다.

"완전히 까먹었었네." 갑자기 환일이 입을 열었다. "누이동생이 너한테 안부 인사 전해달라네."

"옥순이가?" 동철이 화색을 띠었다. "인제 옥순이를 봐도 못 알아볼 거야."

"그럼 내가 지금 보여주지."

친구의 호기심에 흡족해진 환일이 잠시 뜸을 들이더니 봇짐에서 종이

한 장을 꺼냈다.

"여기 봐, 누이가 직접 그렸대."

동철이 기억하던 웃는 얼굴의 소녀 대신에 그림에는 빼어난 미인이 그를 바라보고 있었다. 그녀의 호기심 어린 눈길이 젊은이의 심장을 뜨겁게 달구었다. 먹으로 그린 초상화는 붓놀림으로 솜씨 좋게 다듬어진 것이었다.

"정말 직접 그렸단 말이야?" 동철이 믿지 못하겠다는 투로 말했다.

"물론이지, 아니면 누가 그렸겠어?" 환일이 눈썹을 찌푸렸다. "그리고 이 그림이 마음에 들면 선물로 주는 거라고 누이가 전해달라네."

"무척 마음에 든다. 고맙다!" 동철이 그림을 챙겨 넣기 전에 다시 들여다보며 말했다. 옥순이 그를 보면서 천연덕스럽게 웃는 것 같은 느낌이 잠시 들었다.

"환일아, 벌써 시간이 이렇게 됐네. 우리 집에서 자고 가, 좋지?"

"아니, 아니야." 환일이 거절했다. "아침 일찍 다시 고향으로 떠나야 해, 나는 여관으로 갈게…"

"무슨 소리야, 사양하지 마." 동철이 단호하게 말하더니 갑자기 표정이 환해졌다. "그게, 내일 아버지와 같이 형을 보러 가게 됐다. 형이 널문리 주막마을 근처에 사는데 너희 고향 쪽으로 가는 길이잖아. 그럼 세 시간이나 우리가 동행할 수 있는 거야!"

처음에는 사양하려 했지만, 친구의 마지막 말에 환일은 설득되었고 묵묵히 고개를 끄덕이는 것으로 친구의 말을 따르겠다고 답했다.

제4장

사꾼의 습관은 어디에서도 드러난다. 환일은 새벽이 밝아오는가 싶을 때 눈을 떴다. 눈길이 낯선 천장에 처음으로 닿자 '여긴 어디지?'라고 생각했다. 그러고 나서 곧바로 어제 일이 떠올랐다. 친구를 만났고 주막에서 저녁을 먹었지. 안심한 그는 옆으로 돌아누웠다. 옆에는 동철이 자고 있었다. 얼마나 가만히 자는지 숨소리조차 들리지 않았다.

동철이 환일의 시골집에 놀러 왔을 때도 그들은 한방에서 잤는데 그때도 환일은 어떻게 사람이 저렇게 바른 자세로 평온하게 잘 수 있는지 놀랐었다.

미끄러져 저만치 밀려난 요, 다리에 엉겨 뭉친 이불, 머릿밑이 아니라 아무 데나 나뒹굴고 있는 쌀겨로 만든 둥그런 베개가 환일이 보통 잠에서 깨면 맞닥뜨리는 광경이었다.

고요함이 참으로 어색했다. 수탉의 울음도, 집짐승들의 움직임도, 물긷는 소리도 들리지 않았다. 농촌에선 이미 아침을 먹을 시간인데도 말이다.

'음, 이제 기침들 하시나 보네.' 환일은 잠에서 깨어나는 집안의 소리가 반가웠다. 누워서 편안하고 게으르게 뭉그적대는 것은 그의 기질에 맞지 않았다.

환일이 조용히 동철을 내려다보며 땋은 머리를 조심스럽게 들어 올려 머리끝으로 동철의 얼굴을 간지럽혔다. 머리를 짧게 자르는 유행이 아직 한국에 들어오기 전이어서 총각들은 머리를 땋고 다녔다. 동철이 얼굴을 찌푸리다 재채기를 하더니 눈을 떴다. 환일의 싱글거리는 눈길을 마주하자 동철이 소리쳤다.

"너 또 장난질이냐!"

그러고선 몸을 일으켜 잽싸게 환일을 덮쳤다. 하지만 소용없는 일이었다. 환일이 동철을 뒤집고 위로 올라탔다.

"항복이냐?"

"농부의 자식을 이길 수가 있겠냐?"

두 친구는 깔깔거리며 재빠르게 이불을 개 놓고 미닫이문을 통해 마당으로 바로 나갔다.

봄날의 새벽이 이슬 먹은 풀 내음을 실어 왔다. 기다란 새벽빛이 동쪽 하늘을 발갛게 물들였다. 오늘은 틀림없이 화창한 날일 것이다.

마당 구석 헛간 뒤에 뒷간이 있었다. 뒷간에 다녀오니 동철이 소리쳤다.

"환일아, 너는 물론 씨름을 잘하지. 하지만 작대기를 들면 내가 너한테 한 수 가르쳐줄 수 있지."

"어쭈, 양반댁 아드님께서 어쩌시겠어?"

"한번 겨뤄봐?"

"좋아!"

헛간 담벼락 옆에 비스듬히 세워 놓은 굵직한 나뭇가지 뭉치에서 더 긴 것을 고르려고 애쓰면서 굽은 가지 하나씩을 뽑았다. 작대기를 장검처럼 허리춤에 차고 마주하고 선 두 친구는 서로에게 정숙하게 고개를 숙이며 예를 표했다.

"시작!" 동철이 갑자기 사납게 소리를 지르더니 마치 칼집에서 칼을 꺼내듯 작대기를 들고 날렵한 동작으로 달려들었다. 갑작스러운 공격에 어리둥절해서 반격할 정신을 차릴 때까지 환일은 축축한 나무가 자기 몸에 닿는 걸 세 번 느꼈다.

"너는 꼭 사무라이 같다, 갑자기 그렇게, 응?"

"나는 전사처럼 느닷없고 빠르다!"

나뭇가지 장검이 부딪히는 소리와 젊은이들의 우렁찬 외침이 고요한 아침이라 유독 크게 울려 퍼졌다.

"하이고, 맛 좀 봐라, 요건 어떠냐!"

"내가 본때를 보여주지!"

소란스러운 결투 소리가 복잡한 절차로 관복을 입고 출타할 채비를 하던 이 집안의 가장 김철의 주의를 끌었다.

"무슨 고함이냐?" 김철이 하인에게 물었다.

"도련님이 친구와 작대기로 훈련하고 있습니다." 하인이 마당을 내다보더니 싱글거리며 말했다.

"알았다, 대문 열어두거라." 집주인이 분부했다.

한국의 집은, 특히 남쪽 지방의 집들은 복도가 없고 방에서 마당으로 바로 나갈 수 있는 구조이다. 그래서 결투하는 장면이 김철의 눈에 바로 들어왔다. 나이 든 장수는 흐뭇한 미소를 얼굴에 머금고 눈으로는 공격 자세 하나하나를 전문가답게 야무지게 평가했다. '몸통을 돌리고, 그렇게, 찌르기, 그렇게, 내려치기! 다시 내려치기!' 김철은 마음속으로 아들의 동작을 미리 알려주려고 했다. 의도치 않아도 아들의 맞수보다 아들을 더 까다롭게 주시하게 되는 법이다.

환일은 힘껏 몰입해서 싸웠지만, 싸움의 기술을 몰라서 계속 방어만 하는 형편이었다. 어떤 결투든 방어는 공격과 번갈아 이루어져야 한다. '공격을 막았다면 이제는 쳐라, 옆으로 피했다면 몸을 바로 세워 다시 쳐라' 이렇게.

헛간 담장으로 환일을 몰아붙인 동철은 날카롭고 정확한 타격으로 친구를 무장 해제시킨 다음 작대기 끝을 그의 가슴에 갖다 대었다.

"자, 항복해라."

"항복, 항복." 가쁜 숨을 몰아쉬며 환일이 말했다. "양반댁 도련님을 어떻게 칼싸움으로 이기겠냐?"

둘은 정답게 한바탕 웃고 나서 찬물을 끼얹으려 우물로 뛰어갔다. 김철은 살짝 미소를 머금고 둘을 지켜보다가 하인에게 말했다.

"친구와 같이 내 방에 아침을 들러 오라고 도련님에게 아뢰라."

김철은 보통 아침 식사를 혼자 해왔으나 오늘은 평소대로 하지 않기로 했다.

"아버지, 들어가도 되겠습니까?" 문밖에서 아들의 목소리가 들렸다.

"그래, 들어오너라."

청년들이 문턱을 넘어와 문안을 드렸다.

"이리들 와서 앉거라." 김철의 얼굴에 다시 웃음기가 어렸다. "환일이 너는 참으로 오랜만에 보는구나. 밤낮으로 학업에 열중하는 게지?"

"그렇습니다." 환일이 이렇게 대답하고 부끄러워 고개를 떨구었다. 어른을 오해하게 하는 것은 못쓴 일이지만, 동철의 아버지가 진실을 알게 되는 것은 지금 환일이 무엇보다도 바라지 않는 일이었다.

"배움은 훌륭하고 요긴한 것이다. 나라에 무슨 일이 일어나더라도 나라에는 교육과 충직한 국민이 필요할 것이다."

나이 든 장수의 말이 얼마나 나지막하고 단조롭게 나오는지 자기 생각을 혼잣말로 읊조리거나 자명한 사실이 저절로 기술되는 것만 같았다.

동철이 아버지에게 진짜 형편을 설명하기 위해 몸을 앞으로 기울였다가 친구를 보더니 완전히 다른 말을 했다.

"아버지, 환일이가 고향에 가야 합니다. 우리와 동행해도 되겠습니까? 고향 가는 방향과 같습니다."

"아무렴 그래도 되지. 환일이 자네 고향이 널리 알려진 곳이다. 그렇게 된 데는 자네 부친의 공이 컸네. 자네 부친 같은 분이 나라의 자랑이지. 부친께서는 무탈하신가?"

"예." 환일이 작은 목소리가 대답하고 고개를 더 숙였다.

밥상을 들여왔다. 집안의 가장이 앉을 상과 나머지 상이 따로 차려졌다.

"어서들 들어라." 김철이 말했다. "차린 건 없지만 많이 드시게."

"많이 드십시오!" 아이들이 말했다.

보통 한국 가정에서 그렇듯 식사 시간에는 말없이 조용히 밥만 먹었다. 아이들은 빠르게 밥 한 그릇을 뚝딱 해치웠다.

"잘 먹었습니다!"

"벌써 다 들었나? 더 들지 그러나? 그래, 가서 채비들 해라. 갈 길이 멀다."

반 시간쯤 지나 모두가 마당에 모였다. 배웅하는 사람들 속에는 곱지만, 어딘가 슬픈 얼굴을 한 젊어 보이는 여자가 있었다. 동철과 환일이 이 여인에게 다가가 고개를 숙이며 인사했다.

"이모님, 다녀오겠습니다." 동철이 말했다.

여인이 다정하게 대답했다.

"잘 다녀들 오시게."

말을 데리고 오자 김철이 탄탄한 몸으로 날렵하게 안장에 앉았다. 고삐를 정리하면서 방금 청년들과 인사했던 여인의 시선을 느끼고 그녀에게 고개를 까닥했다.

출발. 활짝 팔을 벌린 문이 집안의 가장을 환송했다. 동철과 환일이 김철의 뒤를 따랐다. 그들은 말 한 마리에 함께 탔지만 불편하지 않았다.

김철의 저택은 주변 집들과 별다르지 않았다. 높은 담장이 마당 안을 가리고 있어서 행인의 시야에 들어오는 건 기와지붕뿐이었다. 그중에서 가장 중심이 되는 것이 경사면이 4면인 모임지붕인데 위로 뻗은 우아한 곡선의 추녀와 화려한 색의 대들보를 가진 모양이 마치 이 집 주인을 묘사하는 것 같았다. 나머지는 경사면이 2면인 맞배지붕이었는데 버섯 덩어리처럼 친근하고 편안하게 서로서로 뭉쳐있는 것이 이 집안의 식솔들을 나타내는 것 같았다.

한국 집의 지붕 모양 건축이 왜, 언제, 그리고 어떻게 해서 그런 식으로 발달해 왔는지 말하기는 어렵지만, 그간의 세월이 이런 구조의 타당성을 입증해 주었고, 수많은 예술가와 시인들은 지붕의 아름다움을 찬양했다.

세월이 흐르고 새로운 건축 양식과 자재가 나타나겠지만, 고요한 아침의 나라는 하늘로 피어오르려는 끝없는 의지가 순식간에 박제된 파도 모양 처마 끝을 품은 기와지붕의 모습으로 언제까지나 남을 것이다.

김철의 이웃들은 그와 마찬가지로 특별한 것 없는 관원이었다. 국가에서 녹봉을 받으면서도 보통은 소작을 준 작은 토지에서 나오는 소득이 있어서 화려하진 않아도 자녀에게 당시 기준으로 좋은 교육을 받게 하고 부모의 삶을 잇도록 양육하는 생활은 부족함 없이 할 수 있었다. 많은 관직이 대를 이어 상속되었고 아들이 아비보다 더 높은 자리까지 오르는 일은 드물었다. 김철같이 예외를 만든 사람은 양반 중에서도 드물었다. 김철이 이웃들 사이에서 권위를 얻고 공경을 받긴 했지만, 행동이나 말로 이웃들을 궁지로 몬 일이 드물지는 않았다. 하지만 누구에게 별난 점이 없겠는가? 예를 들면, 김철이 가마를 타지 않는 것을 누구나 안다. 물론 무관은 말에 올라 재주를 부리는 것이 더 어울리겠지만, 어깨가 떡 벌어진 장정들이 멋지게 조각된 사인교(네 명이 드는 가마 - 옮긴이)를 떠메고서 목적지까지 모셔다드린다는데 폭신한 방석이 주는 안락함을 마다할 이유 또한 없지 않겠는가?

남 말하기 좋아하는 사람들이 김철의 또 다른 별난 점을 헐뜯고 다녔다. 부인이 살아있을 때 김철이 번쩍 안아 들어올리고 뜰을 거닐었다느니, 한 날은 무릎을 꿇고 빌었다느니 하는 말이었다. 그러나 그런 말을 믿는 사람은 적었다. 강인한 철인 김철이 그런 약한 모습을 보일 리가 있는가? 독한 소주로 정신이 취해서 기생과 그렇게 노닥거렸다면 그런가 보다 하겠지만, 부인과 그런 짓을 하겠는가? 부인 인물이 세 배는 더 낫다 해도 말이야. 아니다, 그 어떤 한국 남자도 그렇게까지 몸을 낮추진 않을 것이다.

하지만 김철이 술에 취해있거나, 욕할 구실로 딱 좋을, 기생하고 노닥거리는 모습을 본 사람은 아무도 없었다.

이웃을 헐뜯는 것에서 낙을 찾는 사람들이 이구동성으로 같은 결론에 도달한 적이 있다. "맞다, 김철의 집에 작고한 부인의 언니가 사는데 남편이 죽고 그 집으로 들어와 헌신적으로 조카들을 기른 이모라네. 그래, 애들 이모가 애들 아비와 낮에만 보는 게 아닐 수도 있어, 하기야 한창나이에 배필을 저세상으로 보낸 팔자 사나운 사람들을 누가 욕하겠어?"

지금 그는 널문리 주막마을에서 군관으로 복무하는 큰아들네로 가고 있다. 손주의 돌잔치가 있다. 해임된 사람이 친지나 벗을 보는 것 말고 무슨 할 일이 있겠는가?

사는 마을을 벗어난 김철 일행은 자갈로 포장된 넓은 길로 나갔다. 도로 양변에는 대부분 상사가 입주한 2층 건물들이 늘어서 있었다. 도시 상업의 중심지가 아직 깨어나기 전이었지만 청소부나 채소 배달부, 하녀들이 이미 여기저기서 보였다.

한때는 성벽이 한양의 극히 일부만 둘러쌌다. 궁궐은 성벽 안에 들어가 있었고 권문세가의 저택, 그리고 무관이나 상인, 관원들이 거주하는 지금의 상업 중심지가 인접해 있었다. 각기 동, 서, 남, 북쪽을 의미하는 이름을 단 사대문이 과거 성곽의 경계를 나타내는 표시로 남았다. 이 사대문 주변마다 오래전부터 시장이 형성되었다. 인근에 사는 농민들이 사대문으로 농산물을 가지고 와서 팔거나 수공예 제품과 교환했다. 김철 일행은 이때 북쪽 문인 숙정문으로 지나가고 있었다. 음식 냄새와 섞인 아궁이 연기와 쓰레기 냄새가 아직 한산한 작은 광장 위로 피어올랐다. 이제 곧 '사요, 팔아요, 바꿔요' 같은 사람들의 왁자지껄한 소리가 여느 때처럼 곧 울려 퍼질 것이다.

조금 더 가니 장인들이 모여 사는 공예 마을이 나왔다. 수예, 도예, 철공, 목공 작업장들이 모두 뒤죽박죽 섞여 제비 둥지처럼 서로서로 붙어있었다. 이곳 사람들의 하루가 이미 진행 중이었다. 누군가는 활짝 열린 출입문 안에서 아침을 먹고 있고, 누군가는 벌써 일을 시작했다. 망치 소리와 주석의 울림이 곧 있을 힘든 노동을 향한 약한 전주곡처럼 울린다. 진열된 온갖 도구들 곁에서 탄복하는 시선으로 장인들의 신바람을 돋우는 손님이나 구경꾼이 있을 리 만무한 지금은 장인들이 한가롭게 호기심에 사로잡힌 구경꾼 역할을 하는 듯하다. 이를테면, 이 양반이 식솔을 거닐고 이리도 이른 시간에 어딜 가는가, 같은 생각을 하는 걸까?

일본의 침략은 일장기와 새로운 간판에만 드러나는 것이 아니었다. 낯선 검은색 제복을 입고 납작한 총검이 위협적으로 붙은 카빈총과 군도를 찬 일본 기마경찰대가 여기지기 눈에 띄었다.

그들이 무엇으로부터 누구를 지키는지는 모른다. 한국이 일본에 나라를 자발적으로 내주고 강도들은 오래전에 자취를 감추었다. 더구나 외부 적들이 침입할 가능성도 없었다. 그래서 무장된 이방인들의 모습을 보는 한국인들은 처음에는 공포를 느꼈다기보다는 의아해했다. 아이들은 밥만 먹으면 기마경찰들을 보러 갔고, 초기에는 떼를 지어 일본 군인들을 따라다녔다. 하지만 순사 하나가 이유도 밝히지 않고 사내아이를 군도로 베어 죽인 날부터 사람들은 되도록 초소 근처에도 얼씬하지 않으려 했다. 많은 사람이 그들을 못 본 척하고 다녔다. 비록 집에서는 아이가 울면 순사가 잡아간 다고 겁을 주기는 했지만 말이다.

김철 일행이 도시를 벗어났을 때 금빛 아침 햇살이 산마루로 쏟아졌다. 시골길이 논두렁과 농가 사이로 꼬불꼬불 나 있었다. 이미 논물을 댄 논에는 하얀 옷에 밀짚모자를 쓴 농부를 닮은 허수아비들이 꿈실거렸다. 멀리서 황소 두 마리가 거름이 담긴 수레를 느릿느릿 끌고 있었다. 나무하러 산으로 가는 아이들 서넛은 등에 지게를 지고 있었다.(지게는 짐을 옮기는 용도로 쓰는 독특한 나무 골조인데 옆에서 보면 'ㄴ'자를 닮았다)

맡은 직무의 속성상 김철은 대궐 안에만 있어야 했다. 왕은 일 년에 두 차례만 수도를 떠났는데 사원사와 경주 이씨 왕릉에 행차하는 동선은 매번 같았다. 그런 행차가 있을 때면 호위대장이 맡은 일과 걱정거리가 언제나 넘쳐났다. 노장은 실로 오랜만에 무거운 책임감 없이 이렇게 길을 떠나는 것이라 이런 자유가 유난히 홀가분하게 느껴졌다. 노장은 즐거이 주변 풍경을 둘러보고 산과 들의 향기가 가득 스며든 신선한 공기를 마음껏 들이켰다.

한반도 중부는 나지막한 나무와 떨기나무들로 뒤덮인 야트막한 산맥이 풍경을 이룬다. 나무들 사이로 곳곳에 돌출된 바위가 많은데 그 위에서 빈약한 흙과 바람으로 기괴하게 뒤틀린 소나무가 자라는 기적은 어떻게 이뤄지는지 알 도리가 없다. 그 너머로 가옥들과 경작된 밭뙈기 같은 인간 활동의 흔적을 보여주는 골짜기가 나오고, 봄여름에는 빠르게, 가을에는 느긋하게 협곡을 따라 졸졸 흐르는 은빛 개울이 나온다. 물을 따라 위로 올라가면 '부채', '비단 너울', '은방울' 같은 시적 표현으로 자연이 까무러치게 비현실적으로 빚어놓은 재주를 정확하게 노래했던, 믿을 수 없이 아름다운 폭포가 떨어지는 광경을 감상할 수 있다.

첫 번째 동산에서 김철이 말을 세웠다. 저 멀리에선 파란 안개를 뒤집어 쓴 짙푸른 봉우리가 졸고 있었다.

지평선을 막고 하늘을 좁히는 산에 에워싸여 있으면 김철은 자신이 아주 작고 무력한 존재라고 느꼈다. 하지만 적어도 지금 이 순간 김철은 마음의 눈으로 산등성이 너머 나라 전체를 내려다보았다. 절벽의 발톱이 바다를 물어뜯는 남단 해안에서부터 위대한 거인 백두산이 자리한 북단 침엽수림에 이르기까지, 금강산을 안고 태백산맥을 두른 동단에서부터 대동강과 한강의 생명수가 흘러 고이는 서단에 이르기까지. 마치 날아오른 독수리처럼 노장은 유라시아 대륙의 품으로 파고드는 힘없는 아기 새우 같은 한반도를 가슴으로 쓸어안았다.

김철의 감정은 젊은 일행들에게도 전이된 듯했다. 아이들 또한 펼쳐지는 광경에 매혹되어 말없이 꿈쩍 않고 서 있었다.

"애들아, 이곳이 우리의 조국이다!"

김철의 낮은 외침에 긍지와 부드러움이, 아픔이 묻어났다. 그렇게 서 있다가 다시 길을 떠났다. 올라갔다 내려갔다 이리저리 꺾여있는 가파른 비탈길이 이어졌다. 이 길도 우리 삶과 닮아있구나. 이런 식의 비유가 김철의 머릿속에 자주 떠올랐다. 뒤돌아보지 않고 달려갈 수도, 느긋하게 갈 수도, 넘어질 수도, 기어갈 수도 있다. 그렇지만 어떤 식으로든 지나가야 한다. 그 끝에 무엇이 우리를 기다리고 있는지 아무도 알지 못한다. 젊은 일행들은 그런 생각을 하는 것 같지 않아 보였다. 김철의 뒤를 따라가는 그들의 웃음과 탄성이 섞인 청아한 목소리가 여행길에 활기를 불어넣었다.

당시에는 여행하기가 쉽지 않았다. 산세는 길을 내기가 어려운 형편이었고 말을 키울만한 목초지가 없었다. 짐을 끄는 동물은 대부분 황소였는데 소를 타고 멀리 갈 수는 없는 일이었다. 평민들은 걸어 다녔고 양반은 신분에 따라 가마를 타거나 말을 탔다.

시골 마을 부근에 당도하자 나뭇짐을 진 노인과 개울에서 고기를 잡는 소년들, 나물 바구니를 든 처녀들이 보였다. 농촌에 대한 환상이 불러오는 평화로운 장면이다. 그 뒤에는 노동과 상실, 고난으로 가득 찬 혹독한 일상이 숨어있다.

길을 떠난 후 몇 시간이 한순간에 휙 지나갔다. 헤어질 시간이 임박했음을 느끼는 아이들이 조용해졌다. 칠산 마을 뒤에서 갈림길이 나타났다. 이제 환일은 혼자서 길을 떠나야 한다.

가까운 곳에 샘이 보였고 거기서 그들은 점심 요기도 할 겸 잠시 쉬기로 했다. 누군가의 따스한 손길이 돌로 밥상과 아궁이 모양을 만들어 놓은 나무 아래 빈터에 자리를 잡았다. 환일이 샘물을 떠 왔고 동철이 음식을 꺼냈다. 젊을 때의 식욕이 그렇듯 아이들은 음식을 잘 먹었지만, 얼굴은 수심에 차 있었다. 김철이 이따금 아이들을 흘긋거렸다. 한때 그에게도 어린 시절에라야 만날 법한 가장 가까운 친구가 있었다. 하지만 인생은 그 둘을 떨어뜨려 놓았고 지금은 함께 보낸 날들의 좋은 기억만 남았다.

모든 것엔 때가 있는 것일까? 마음이 생활로 흐려지지 않고 진심으로 열려있을 청춘에만 만날 수 있는 것이 친구일까? 어쩌면 모든 것이, 무엇을 보고 그랬는지는 모르겠지만, 그를 특별한 여인에게 데려다주었던 운명에 달린 일인지도 모른다. 그 여인과 함께하면서 행복한 사랑이, 다정한 친밀함이 무엇인지 알게 되었다. 운명은 마음에 영원한 기억과 영원한 아픔을 남기고서 데려온 여인을 다시 데리고 떠났다. 그렇다, 잊을 수 없는 그 이름, 민화. 얼마 안 있으면 부인이 세상을 떠난 지 11년이 되지만, 부인 생각을 하지 않고 지나간 날은 단 하루도 없었다. 오늘도 마음속으로 여러 번 부인과 이야기를 나누었는데 그가 아는 목소리, 바로 그 따스한 목소리가 얼마나 선명하게 들리는지 숨이 멎을 것 같았다.

김철이 장죽을 꺼냈다. 그는 담배를 자주 피우지는 않았지만, 식후에는 늘 피웠다. 천천히 청동 구멍에 담배를 채우고 부싯돌을 정확하게 몇 번

쳐서 부싯깃에 불을 내 담뱃불을 붙였다. 장죽은 서두르거나 부산스럽지 않게, 여유롭게 사색하며 피울 수 있어서 좋다.

아이들은 멀지 않은 곳에 앉아있었다. 동철이 친구의 손바닥을 잡아 자기 주먹을 올리더니 이내 폈다.

"이게 뭐야?" 환일이 놀라 물었다.

"부적." 동철이 진지한 모습으로 말했다.

손바닥에는 양면에 한자가 새겨진 둥글납작한 검은 옥이 놓여있었다. 한 자어는 두 친구의 이름이었다.

"이거 어디서 났어?"

"어디서 난 게 뭐가 그리 중요해? 온 세상에 이런 돌은 두 개밖에 없는 게 중요해. 너 하나, 나 하나. 겨를이 없어서 끈을 매달 구멍을 못 뚫은 게 아쉽네."

"동철아, 염려 마, 구멍은 내가 직접 뚫을게. 그리고 죽을 때까지 네가 준 부적을 몸에 지니고 다닐게."

"정말 백 년을 지니고 있겠다고?"

"백 년? 내가 백 년을 살았으면 좋겠어?"

"물론이지."

"친구의 부탁이니 어쩌겠어, 들어주는 수밖에. 너도 나한테서 멀어지지 마, 알았지?"

"당연하지, 내가 언제 너한테서 멀어진 적이 있었어?"

김철이 담뱃대를 털어내고 쌈지에 넣었다. 그리고 자리에서 일어섰다.

갈림길에서 친구들은 작별 인사를 했다.

"환일아, 잘 가!"

"동철아, 잘 가! 아버님, 무사히 가십시오!"

두 사람이 재를 넘어 보이지 않을 때까지 환일은 길에 서서 눈으로 그들을 환송했다.

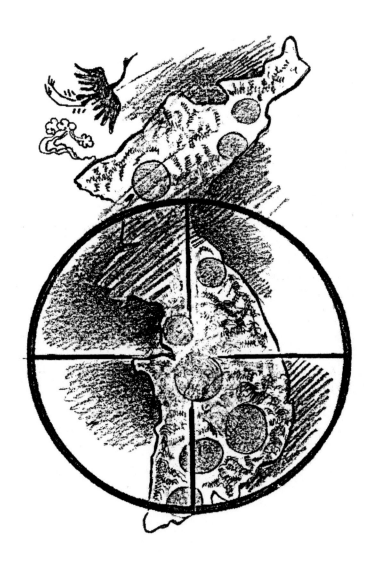

제5장

반도에 주둔한 일본의 제1대 조선주차군사령부 정보부는 4개 과로 업무가 분담되었다. 각 과는 나름의 특수성이 있는데 제1과는 중국, 2과는 러시아, 3과는 조선, 4과는 미국, 영국, 프랑스를 담당했다. 동아시아에서 얽힌 이들 국가의 이해관계가 사무라이 나라 일본의 원정 정복 계획에 위험 요소가 되었다.

을사늑약으로 조선을 묶은 일본은 한반도를 완전히 정복하려는 계획을 곧바로 실행하지 못했다. 고종황제의 조약 비준 거절이나 국제사회의 비난을 두려워해서가 아니라 속박된 나라 안에서 의병운동이 일어나 뜻밖의 저항에 부딪혔기 때문이다. 이 운동의 자연발생적인 확산을 진압하는 데에 1907년도에만 일본은 육군 사단 전체를 잃었고, 치안 경찰력으로 2천 명을 배치한다.

하지만 이 조치도 충분하지 않았다. 일본 경무국의 일부 자료에 따르면 1908년 수백 차례 일어난 작은 규모의 무력 충돌에 참여한 한국인 의병은 수만 명이 넘었다. 그토록 대대적인 저항에 부딪힌 일본 정부는 점령군의 숫자를 늘리기로 했다. 일본 주차대가 대대적으로 한반도로 들어왔고 항일 의병운동이 한창일 때 6개 사단 병력을 잃었다. 한국에서 처벌 조치가 강화된 후에야 소강상태가 되었다. 1909년 봄, 중국 주재 러시아 재정부 요원이 황실 대신으로부터 받은 정보를 인용하여 다음과 같이 보고했다.

"1년 전만 해도 저항의 중심지가 곳곳에 조직되었고 무기를 나라로 들여가려는 시도가 수차례 있었다 …… 현재는 모든 것이 잠잠해진 것 같다. 해가 갈수록 늙은 황제와 그의 비타협 정책을 신봉하는 층이 엷어지고, 투쟁이 무익하고 모든 노력이 헛되다고 인식하는 새로운 인사들이 연약한 어린 군주를 중심으로 결집한다."

이때 일본 외무대신 고무라의 지시로 외무부 정무국장 구라치가 한일병합조약 안을 준비하여 각료회의에 제출한다. 그해 7월에 일본 천황이 각서를 승인한다. 그 이후 '한일 병합 준비 위원회'가 비밀리에 발족한다.

1910년 8월 22일 내각총리대신 이완용과 일본 통감 데라우치의 이름으로 이른바 한일병합조약이 조인되었고, 한국은 일본의 식민지가 되었다.

특수요원 아카츠키는 숫자가 가장 많은 제3과 소속이었다. 일제의 정치가, 군인, 사업가, 정보 요원들은 더더욱 지금 한국의 소강상태가 일시적이라는 것을 잘 알고 있었다. 나사를 조일수록 저항은 거세지는 것이라, 미리 내다보고 각종 반체제 인사를 토벌하기 위한 대책을 지금 수립하지 않으면 화산 위에서 사는 꼴이 된다.

일본 정부 수뇌부에서는 한국의 일본화를 위한 프로그램을 야심 차게 준비하고 있었다. 민족성을 말살해야 민족을 완전히 노예로 만들 수 있기 때문이다. 교육기관에서 사용하는 주된 언어가 이미 일본어로 지정되었고, 역사, 문화, 예술작품에 관한 조선 학자들의 서적이 불태워졌다. 대신 일본과 관련된 모든 것이 칭송되었다. 이와 함께, 떠오르는 아침의 나라 일본의 정신적 가치를 이상으로 받들며 그 가르침에 따르는 것을 영광으로 여기는 한국 젊은 세대 교육에 특별히 신경 썼다. 그래서 한일병합 1년 후에는 이미 동경대에서 유학할 젊은이들이 선발되었다. 그 명단에 한성 고등보통학교의 최우등생 동철도 들어갔다.

본국에 보낼 후보생 선발을 아카츠키가 직접 담당했다. 그는 스무 명을 선발하기 전에 수백 명의 신상 명세를 주의 깊게 검토하였다. 다섯 명을 더 거르고 나서 선발된 인원을 한 사람씩 아카츠키가 직접 면담했다.

열다섯 명 후보 모두 양반집 자제였다. 모두가 공부를 잘했고 본국에서 교육받을 기회를 애타게 원했다. 그들 각자는 조선총독부 총독 앞으로 청원서를 쓰면서 문명과 번영으로 세계를 이끄는 일본제국의 이익을 위해서만 교육받은 지식을 사용하겠다고 맹세했다.

바로 얼마 전에 경성부윤 산타야마 장군이 그들을 초대했다. 청년들이 이 일의 중요성을 온전히 인식하도록 만남은 성대하게 준비되었다. 스모킹 재킷, 하얀 스카프, 나비넥타이, 처음으로 이런 서양식 정장을 입은 청년들은 떨려서 제정신이 아니었다.

같이 사복을 입은 아카츠키는 신상 명세에서 얻은 공식적인 정보에다가 면담에서 알게 된 청년들의 상세한 정보를 추가하여 부윤에게 그들을 소개하였다. 아카츠키가 자기 의지대로 그렇게 할 수 있었던 데는 부윤과 미리 협의한 것도 있지만, 수백 명 첩자와 공작원이 해상과 육상에서 러일전쟁의 승리를 결정하는 데 톡톡한 역할을 했기에 첩보 활동의 위력은 특히 강화되었고 아카츠키가 첩보활동의 대명사였기 때문이었다.

한국에 대한 일본의 첩보 활동은 아득한 옛날부터 이루어졌다. 일본을 대륙과 연결하는 가장 가까운 이웃 나라가 아닌가. 하지만 양국 관계가 문화, 무역, 외교에만 머물렀던 건 아니다. 한반도를 통한 외부 침략 위협이 항상 존재해 왔다. 1342년 몽골 제국 쿠빌라이 칸이 일본의 코앞, 한반도 남단까지 도달해서 그런 일이 일어날 뻔했다. 강력한 기병대가 바닥을 딛고 일본 땅에 침입할 수 있도록 모든 해안에서 수천 척의 배를 불러 일렬로 정렬했다. 배가 정렬되어 다리가 만들어지는 전례 없는 광경을 지켜보며 엄청난 공포에 떨던 일본인들이 전국적으로 자기들의 신 아마사테에게 살려달라고 빌었다. 이에 신은 그들의 기도를 듣고 강력한 돌풍을 보내 배들을 일거에 날려버렸다. 이 바람에 일본인들은 '가미카제'라는 이름을 붙였고 '신의 위력으로 일어나는 바람'이라는 뜻이다.*

----

* 신의 위력으로 일어난다는 바람은 1274~1281년에 원나라가 일본을 침공했을 때, 원나라 배를 전복시킨 폭풍우를 일컫는다.(옮긴이)

역사로부터 뭔가를 배웠다면 많은 나라가 다음 세대들의 어깨를 짓누르는 큰 부담이 될 실수를 피할 수 있었으리라. '신의 위력으로 일어나는 바람'이 언젠가 일본을 파멸로부터 구했지만, 일본 자신이 뿌린 식민지 정복의 바람은 원자 폭탄 허리케인으로 돌변하게 되고, 그 어떤 '가미카제'도 일본열도를 응징으로부터 구할 수 없게 된다.

한국과 일본 같은 양국 관계의 예를 다른 나라에서도 적지 않게 찾을 수 있다. 과도하게 강해지는 것도, 과도하게 약해지는 것도 두려워하면서 한 나라가 다른 나라를 항상 주시하는 그런 상황 말이다. 편 가름이나 내분이 일어나면 이웃은 흐뭇했다. 14세기까지 한국은 고려, 백제, 신라라는 3개의 작은 나라로 나누어져 있었고, 이 나라들은 항상 다툼이 있었다. 문헌을 보면 일본은 온갖 방식으로 이 나라 저 나라를 바꾸어 가며 지지했었다. 일본은 해상을 통해 한반도 침략을 지속해서 일삼았다. 1347년에 숙원이었던 한반도 통일이 이루어지고 그로부터 수십 년이 흐른 후 한국은 가장 가까운 일본의 대마도에 군사를 상륙시켜 반격에 성공한다.*

1380년 일본이 군선 500여 척을 끌고 한반도 해안으로 진입했다. 진포해전이 일어났고 고려군은 당시 신식 화포를 주 무기로 왜군에게 처참한 패배를 안겨주었다.

해상을 통한 사무라이의 계속되는 침략에 한국은 항상 수군과 무기를 강화할 수밖에 없었다. 15세기 후반에 해상 교전에 참여한 왜군 군관이 쓴 글이다.

" … 우리 함대 선박들이 상륙하려고 정박하고 있을 때 연기 기둥 4개가 만에서 우리 쪽으로 돌진해 왔다. 극도로 놀란 우리는 대체 이것이 무엇인지 밝히려고 자세히 들여다보았다. 바람의 방향이 바뀌고 우리 앞에 돛대와 돛이 없는 이상하게 생긴 배가 모습을 드러냈는데 그 외양이 거대한 거

• • • • • • • • • •

* 이 문단의 연도들이 정확하지 않으나 수정하지 않고 원작 그대로 번역하였다.(옮긴이)

북이와 똑같이 생긴 것이다. 이물(뱃머리)에는 용머리의 형상이 달렸고 그 주둥이에서 우리를 혼란에 빠뜨렸던 짙은 연기가 뿜어져 나왔다. 뱃전에 달린 기다란 노 덕분에 배가 인상적인 속도로 움직였다. 갑판은 지금껏 본 적이 없는 것인데 동판으로 된 독특한 상갑판을 올렸고, 그 위에 창과 칼이 울창한 숲을 이루어 박혀있었다. 군함의 길이는 30~35m 정도였다. 우리가 미처 정신을 차리고 닻을 올리기도 전에 괴기스러운 거북이가 착탄 거리로 다가와 뱃머리 무기에서 일제 사격을 시작했다. 그다음 뱃전으로 정확하게 방향을 돌렸다. 포문의 마개가 이미 열려있었고 대포에서 뿜어지는 불이 끔찍하였다. 포탄과 산탄이 우리 선원들을 갑판에서 쓸어버렸으나 우리의 사격은 '거북이'에게 아무런 해도 끼치지 못했다. 서른여섯 척에서 두 척만 닻을 베어버리고 바람의 방향을 잡아 적으로부터 가까스로 도망칠 수 있었다."

이 목격자가 전례 없는 조선의 군함과 거북이의 공통점을 정확하게 포착했다. 이 군함은 바다 동물의 이름대로 '거북선'이라고 불렸다. 이 새로운 배는 세계 최초 철갑함의 독창적인 원형이 되었다. 100년이 흘러 옥포해전, 당포해전, 노량해전, 그리고 한산대첩에서 이 전함은 결정적인 임무를 수행하였다. 조선의 수군을 지휘한 사람이 바로 그 저명한 이순신 장군이었는데 그가 거북선을 많은 부분 개량하였다. 그런데 이토록 훌륭한 효용성을 가진 거북선은 근해 항해만 할 수 있었다는 사실을 언급할 필요가 있다. 다시 말해 거북선은 처음부터 공격이 아니라 방어를 위한 용도였다.

때때로 민감한 격퇴를 당했음에도 일본이 한국을 정복하겠다는 야심을 버린 적은 없었다. 19세기 말부터 일본은 다른 전술을 취한다. 이때는 세계가 재편되는 시기였다. 역사가 길지 않은 미국 같은 나라들도, 예전에 배부르게 포식했던 식민지 지배자들이 이제는 한몫 떼어주어야 한다고 생각하는 독일과 일본도 세계사의 무대 전면에 섰다. 동남아 '파이' 때문에 유독 격렬한 각축전이 시작되었다. 외교적 압력, 제너럴셔먼호 사건, 신미양요, 촉발된 아편 전쟁은 한국 정치가들의 심장을 두려움으로 물들였다. 작고 힘없는 나라가 몰아치는 비바람을 어떻게 막을 수가 있겠는가? 러시아의 러일전쟁 패배가 한국으로 하여금 승자에게 유리한 선택을 하도록 했다. 한국은 북방의 이웃인 러시아의 호의를 느끼며 항상 그쪽으로 마음이 갔지만 말이다. 러일전쟁 당시 한국의 제물포항이 안드레예프 깃발(러시아 해군의 상징 - 옮긴이)을 단 선박의 피난처였다는 사실을 말하는 것만으로도 충분하다. 심지어 포함 중 하나의 이름은 '카레예츠'(러시아어로 한국인이라는 뜻 - 옮긴이)였다. 하지만 랴오둥반도에서의 패배, 아서 항 포기, 쓰시마 해전에서의 참패로 인해 러시아제국은 굴욕적인 포츠머스조약을 체결하고 남사할린과 쿠릴열도를 사무라이들에게 할양할 수밖에 없었다.

한국도 일본의 비호 아래 살아남길 바라면서 그 발아래 엎드렸다. 양반들도 평민들도 본국이 새 공민들을 어떤 계획으로 쓰다듬어 줄지 상상조차 할 수 없었다.

조선주차군사령부 정보부 제3과에는 스무 명이 근무하고 있었다. 그중 여섯은 중앙에서 일했고 나머지는 지방에 있었다. 그들은 주로 현지에서 첩보 요원들의 망을 구축하고 한국의 사농공상 계층에서 반체제 인사를 색출하는 일을 했다. 제3과 과장은 다나카 대위였는데 교육을 많이 받진 않았지만, 실무에 능한 직원이고 고문과 테러 행위의 대가였다. 내각에서 반대 세력 몇 명이 사라진 것과 대한제국 군대의 굵직한 인사 정주옥 장군의 자결도 다나카의 손이 꾸민 일이었다. 작은 키에 무표정한 얼굴, 안경, 작은 목소리, 시선을 피하는 눈은 누구든 속일 수 있을 것이다. 다나카의 부하였던 자들만 그의 교활하고 포악하고 앙갚음하는 성격을 잘 알았다. 그는 누구와도 가까이 지내지 않았고 어떤 부하라도 일정한 거리를 두고 두려움에 떨게 했는데, 한마디로 말해서, 전세기 사무라이의 형상을 탁월하게 구현해 냈다.

아카츠키는 새 시대 군대를 대표하는 인물이었다. 그는 첩보와 방첩 활동에서 상관과 부하 사이에는 커다란 신뢰가 있어야 한다고 여겼다. 정보 요원은 보통 혼자서 활동하고 독자적으로 상황을 분석하고 결정을 내린다.

명령이 항상 모든 것을 예견할 수는 없지 않은가. 사복 차림과 사람을 대하는 거친 태도, 끊임없는 음모와 서로에 대한 필사적인 의존 같은 업무의 특수성은 일본 군대에서 실재하는 사령관과 부하의 관계와는 좀 다른 양상이었다.

아카츠키가 자기 관점과 생각을 당연히 다나카에게 표현하지는 않았지만, 다나카는 그런 것 없이도 젊은 아카츠키 중위를 알게 되자마자 바로 싫어했다. 그렇게 된 이유가 적지 않은데 대위의 악의적인 발언 중 일부라도 정리하자면 이렇다. "어이, 가방끈 긴 놈! 조선어를 안다고 정보요원이 된다고 생각해? 내가 너에게 진짜 업무가 뭔지 보여주지, 너는 나한테 다시 배워야 할 거다, 이 젖내나는 자유주의자야! 봐라, 부하들과 무슨 격의 없는 관계냐, 이 고린내 나는 주제넘은 놈아! 조선 문제 특수요원이란다, 참! 책상머리 이론가가!"

많은 부분에서 아카츠키의 본보기였던 나카무라 소좌는 항상 자신의 행보를 심사숙고하였다. "첩보에는 사소한 일이라는 게 없다." 나카무라가 언젠가 일기에 썼다가 찢어버린 말이다. 일기 같은 그런 '사소한 일'이 정보요원에게 있어서는 안 되기 때문이다. 그는 다나카와 아카츠키가 어울리기 힘든 사람들임을 명확하게 알았지만, 나카무라에게는 다나카도, 아카츠키도 다 필요한 사람이었다. 두 사람이 서로 경쟁하면서 나카무라에게 필요한 존재가 되어갈 것이다. 나카무라는 젊고 재능있는 정보원을 위해 특수요원이라는 직책을 일부러 만들었다. 요원은 분과에 속하긴 하지만, 어떤 임무는 분과의 직속상관이 아니라 나카무라에게서 직접 받는다.

일본 내각 직속 특수부에서의 업무 때문에 아카츠키는 한국주차대 제1대와 함께 한국으로 갈 수 없었다. 그런 상황 때문에 아카츠키가 새 직원으로 소개되었을 때 제3과 젊은 직원 몇몇은 관대한 미소를 지었다. '우리가 물불을 안 가리고 다 만들어 놓은 곳에 이 사람이 왔구나'라고 생각하면서. 아카츠키는 아무것도 눈치채지 못하는 척했다. 일본군이 한반도에 상륙하기 훨씬 전에 아카츠키가 수행한 특수 임무에 관해 나카무라가 지나가는 소리로라도 일절 한마디 하지 않은 것이 사실 아카츠키는 마음에 걸렸다. 하지만 그는 곧바로 자기 생각이 부끄러워졌다. '임무에 대해 아무도 몰라야 진정 사무라이의 위업이라고 할 수 있지 않은가?'

정보부 직원 중에서 아카츠키는 말수가 적은 가와부치 소위가 가장 좋았다. 그의 담당 업무는 서한 검사였다. 그의 분석 보고서는 정확한 결론과 단호한 대책 제시로 귀감이 되었다. 더욱더 놀라운 것은 회의에서 가와부치는 보통 잠자코 앉아있는데, 말을 시키면 거의 더듬는 게 아닌가 싶을 정도로 천천히 말했다. 그는 일본인 기준으로 볼 때 몸집도 크지만, 어딘가 어색하게 보여서 소심한 사람 아니면 아주 수줍은 사람이라는 인상을 자아냈다.

경청이 가와부치의 특장점이었다. 단어 하나하나에 집중하여 시선이 생기있게 반응하고 입이 살짝 벌어져 있어서 얼굴이 몹시 놀란 빛을 띠었다. 누가 보면 이야기를 하는 사람이 뭔가 충격적인 소식이라도 전하는 것처럼 보였을 것이다. 아카츠키는 이렇게 훌륭한 경청자 앞에서 너무나 쉽고 감격스럽게 마음을 열어 보이는 자신을 여러 번 발견했다.

방첩 장교들이 여가를 보내는 방식은 엇비슷했다. 보통 일본 주점에서 저녁 시간을 때웠는데 여자와 함께 시간을 보낸 사람은 그 일을 드러내지 않으려 애썼다. 그들은 감당할 수 있을 정도로만 마셨지만, 사케 몇 잔에도 혀가 풀렸다. 병역 생활의 힘듦과 고향이 그리운 마음이 말속에 쏟아져나왔다. 주점에서는 울려 퍼지는 시 낭송이나 주먹으로 탁자를 치며 부르는 주로 애국적인 내용의 전쟁 노래를 들을 수 있었다.

아카츠키가 제3과에서 일한 지 어느덧 석 달 정도 지났다. 다나카 과장과 새 직원 아카츠키가 오롯이 서로 반목하는 사이였음에도 그들이 대놓고 충돌하는 일은 없었다. 다나카는 나카무라가 총애하는 아카츠키를 건드리고 싶지 않았고 아카츠키는 우쭐댈 필요가 없었다. 그러다 어느 날 허약한 균형이 급기야 깨져버렸다.

근무 시간이 끝나갈 때 다나카가 갑자기 직원 전체 회의를 소집했다. 회의에서 그는 조선의 시골 마을에 10호 감호제를 만들자는 아카츠키의 제안을 강하게 비판했다.

"몇몇 똑똑이들이 자기들만 몽골군의 조직 원리를 알고 있다고 착각하지. 이 똑똑이들은 그 원리를 한국 땅에 기계적으로 이식하려고 해, 그것이 농민들을 이간질로 멀어지게 할 수 있다고 순진하게 생각하면서 말이야. 똑같은 원칙이 완전히 반대되는 결과를 가져다줄 거라고 똑똑이들이 생각하는 이유는 뭐야? 만약 멀어지는 것 대신에 사이가 더 끈끈해진다면? 똑똑이들은 그런 일은 일어날 수 없다고 말하지. 유목민과 농민은 생활 방식이나 하는 일이 서로 다르니까. 이 모든 것이 참신한 생각인 것처럼 보이는데, 한국 농민 조직이 어떤 것으로 둔갑할 수 있는지를 모르고 하는 말이야, 어쩌면 너무나도 잘 알면서 하는 말일지도 모르지(여기서 다나카는 의미심장하게 아랫입술을 쑥 내밀었다)!"

이런 분위기로 과장은 두 시간 동안 회의를 끌었고, 자기만 잘난 줄 아는 '책상머리 이론가'라는 악의적인 암시로 급기야 아카츠키의 뚜껑을 열어버렸다. 다나카가 말미에 독살스럽게 "중위, 할 말이 있소?"라고 물었을 때 젊은 장교 아카츠키는 발언하기로 마음을 굳혔다. 그는 자리에서 튕기듯 일어나 발끈해서 말했다.

"영국 해군에는 훌륭한 전통이 있습니다. 중요한 결정을 채택하기에 앞서 계급이 가장 낮은 군인에게 발언 기회를 줍니다. 이는 상관의 말에 장교들이 제압되지 않도록 하기 위함입니다. 그래서 제가 생각할 때…"

"뭐가 됐든 중위가 생각은 할 수 있소. 하지만 그 누구도 중위에게 남의 나라 해군의 규율을 지나치게 칭송하고 천황의 장교들 사이에 수백 년 존재해 왔던 것을 부정할 권리는 주지 않았소!" 다나카가 아카츠키의 말을 거칠게 끊고 회의를 마쳤다.

아카츠키는 화가 나서 제정신이 아니었다. 독한 사케 석 잔을 마셔도 마음이 가라앉지 않았다. 그는 속마음을 쏟아놓고 싶었는데 마침 옆에는 그 누구보다도 잘 들어주는 가와부치가 있었다. 아카츠키가 억눌렀던 감정을 터트렸다.

"유식하지 않아도 존재가 의식을 규정한다는 고대 그리스 철학자의 훌륭한 금언쯤은 이해할 수 있어. 유목민과 농민의 일상은 완전히 달라. 그 말인즉슨 그들의 의식도 같을 수가 없다는 말이지. 칭기즈 칸이 무소불위의 군대를 조직할 때 유목민의 심리를 잘 파악했지. 유목민은 가족이 있는 장소에서 멀어지는 것, 자기 사람들로부터 차단되는 것을 가장 두려워해. 그래서 같은 종족 출신 열 명을 한 부대로 편성했고 상호 책임하에 묶어놓았지. 한 명이 배신하거나 비겁한 행동을 하면 책임은 열 명이 같이 졌고, 열 명에 대한 책임은 백 명이, 백 명에 대한 책임은 천 명이 졌어. 농민은 가진 게 있는 사람이야, 잃을 게 있다는 말이야, 땅뙈기야. 땅이 없으면 집도 가족도 없어. 땅을 지키기 위해서라면 무슨 짓이라도 할 거야! 나 자신이 농부 집안에서 자라서 전답이 없는 농민이 무엇을 의미하는지 알아!" 아카츠키가 잠시 조용해졌다. 기억의 그림자가 그의 얼굴에 드리우더니 분노로 찌푸린 주름을 펴주었다. 아카츠키의 어조가 한풀 꺾였다. "맞아, 진짜 바보만이 농민과 유목민의 의식이 현격히 차이가 난다는 것을 모를 거야. 내가 제안한 체계는 아주 단순한 거야. 서로를 감시하도록 농민을 열 가구씩 묶자는 거야. 무슨 일이 있으면 열 가구의 책임자에게 적시에 알리기도 하고, 그 책임자가 상부에 대표로 보고하는 체계로 운영하는 거지. 아무리 최선을 다해도 우리가 조선인 전부를 다 감시할 수는 없어. 그래서 조선인들이 직접 감시하게 해야 한다고!"

아카츠키의 마지막 말에는 창안자의 의기양양함이 반짝였다.

그때 가와부치가 들릴락 말락 하는 소리로 물었다.

"우리가 지금의 일에 대해 책임질 날이 언젠가는 오거나, 아니면 쓰라리게 후회할 날이 오는 것이 두렵지 않으십니까?"

아카츠키는 처음에는 무슨 말인지 못 알아들었다. 그가 의아하게 가와부치를 바라보더니 인상을 찌푸렸다.

"책임지다니? 누구한테?"

"자기 자신에게 말입니다. 가령 말하자면 … "

자신도 모르게 가와부치가 아카츠키가 아파할 만한 질문을 무심코 던진 셈이다.

한국인들 사이에서 자란 아카츠키는 그들이 얼마나 순진하고 부지런하고 무구한 사람들인지 어릴 적부터 겪어 알고 있었다. 그들을 속이는 것은 어린아이를 속이는 것만큼 쉬웠다. 그것보다 더 끔찍한 죄는 없지 않은가. 모든 것을 보는 신이 반드시 벌할 것이다. 아카츠키가 평생 기억하는 일화가 있다. 그가 살던 시골 마을에 미쯔하키라는 사람이 있었는데 한국 장인들이 만든 물건을 외상으로 가져가 되파는 일을 하는 사람이었다. 섣달그믐에는 언제나 며칠 동안 장이 섰는데 미쯔하키는 적지 않은 물건을 장으로 가져가곤 했다. 모든 일이 그럭저럭 괜찮게 풀렸지만, 사케 한잔으로 잘된 일을 축하하는 오랜 습관이 이번에는 미쯔하키를 배신했다. 누가 술에 뭔가를 슬쩍 섞어 넣었는지, 나이 때문에 몸이 쇠약해진 건지는 모르겠지만, 석 잔을 마시고 나서 기절해 버렸다. 그는 동틀 무렵 물이 졸졸 흐르는 도랑에서 깨어난 다음에야 속주머니에 넣어두었던 돈이 사라져 버린 걸 알아차렸다.

운이 나빴던 미쯔하키는 물건을 외상으로 가져온 적이 없다고 시치미를 떼는 것 외에는 다른 방법을 짜낼 수가 없었다. 인수증을 안 썼으니, 장인들은 아무것도 증명할 수가 없었다. 하지만 이 거짓말이 미쯔하키의 손에서 대가 없이 그냥 사라지지는 않았다. 그는 장사를 그만둘 수밖에 없었는데 외상으로 물건을 주려는 사람이 더는 없었기 때문이었다. 이윽고 봄이 되고 뇌우가 몰아치는 시기에 이 동네에서는 드문 구상번개가 다른 집은 놔두고 미쯔하키의 집만 덮쳐서 순식간에 불타버렸다. 이 일로 아내가 몸 져누웠고 일주일을 앓다가 죽었다. 이런 불행을 당한 미쯔하키는 예전에도 술을 가까이하기는 했지만, 이제는 완전히 술독에 빠져버렸다. 그는 만취 해서 맞짱을 뜨러 한인촌으로 달려갔다. 자기가 이렇게 끔찍한 불행을 겪 는 것은 장인들이 그에게 재앙이 닥치도록 주술을 부린 탓이라고 생각했 다. 그렇게 믿는 사람들도 많았다. 바다를 건너와 새로 정착한 사람들이 잘 사는 모습을 시기하는 사람들이 특히 이 황당한 소리를 믿었다.

미쯔하키는 어느 날 바닷가 바위틈에서 뻣뻣해진 송장으로 발견되기 전 까지 몇 년 동안 한국인과 일본인 주민 사이를 갈라놓는 불화의 씨를 마을 곳곳에 뿌리고 다녔다. 그가 기거했던 움막에서 그간 일본인 집에서 사라 졌었던 물건이 적지 않게 발견되었다. 자기가 훔쳐놓고 한국인들이 훔쳤다 고 죄를 뒤집어씌운 것이다.

그런 이야기가 있었던 거다. 15년이 넘게 흘렀지만, 아카츠키의 집에 이 웃 어른들이 모여 한국인들에 대한 밑도 끝도 없는 터무니없는 소문을 주 고받던 장면이 마치 어제 일처럼 떠올랐다. 어린 가슴이 두려움으로 조여 왔고 입술은 딱딱해졌다. 절대, 다시는 무당에게 가지 않을 것이다. 하지만 새로운 날이 찾아왔고 이런 두려움과 맹세는 날아가 버렸다. 하지만 한국 아이들과의 우정은 계속되었다.

언제나 한길로 함께 걷기 위해 이제 두 나라가 병합되었다. 마치 두 형 제처럼. 그리고 당연히 그들은 형인 일본이 지시할 그 길로 같이 나아갈 것이다. 일본은 항상 더 선진적이고 더 강대한 나라이지 않았던가. 그리고 겐토 아카츠키, 농민 집안 출신이지만 호의적인 운명의 의지로 제국 군대 의 장교가 된 그는 이 병합이 영원할 수만 있다면 모든 것을 바칠 것이다. 또 그렇게 하는 것을 절대 후회하지 않을 것이다.

"각 세대는 후손들 앞에서 자신의 행적에 대한 책임을 지지. 후손들은 우리가 두 나라를 병합한 일을 두고 우리에게 고마워할 일밖에 없을 거다."

아카츠키가 조금 뜸을 들여 더디게 대답해서 가와부치는 뭔가 다른 생각을 하고 있었다. 하지만 그의 생각은 대화의 주제에서 그리 벗어나지는 않은 것처럼 보였다. 가와부치가 중위의 말에 빠르게 응수했다.

"어떤 통합이든 평등한 협력자들의 연합이 전제되어야 합니다. 그런데 한국은 우리의 속국이니 이것으로 다 드러난 거 아닙니까."

"한국은 우리의 동맹국이고 우리의 동생이야." 아카츠키가 더는 이 주제로 논쟁하고 싶지 않다는 표시로 천천히 딱 잘라 말했다.

가와부치는 반박하고 싶었지만, 중위의 어조를 보고 멈칫했다. 마신 술 덕분에 속마음을 전부 털어내고 싶은 상황에서는 침묵하는 것도 불가능한 일이다. 타협안은 "시간이 흐르면 알겠지요"라는 분명치 않은 중얼거림으로 새어 나왔다.

무심코, 어쩌면 아주 신중하게 한 가와부치의 말이 아카츠키를 고민에 빠뜨렸다. 그가 아무리 낭만적으로 생각하더라도 일본인들이 한국을 대하는 태도가 얼마나 바뀌는지 눈에 보이는 것을 알아채지 않을 수가 없었다. 평화롭고 친절한 태도에서 무시하고 거만한 태도로 변했다. 이런 현상은 특히 총독 관저에서 열렸던 황태자 탄생일 축하연에서 두드러졌다. 한반도에서 입김이 센 사람들이 그 자리에 모였다. 제복을 입은 장군, 칠흑처럼 검은 턱시도를 입은 자본가, 연미복을 입은 외교관 같은 고위인사들이 참석했다. 많은 이들이 부부 동반으로 왔는데, 그 부인들은 하나같이 모두 기모노 차림이었다. 이 일본 전통 의상은 신식 유럽 정장과 매우 조화롭게 어울렸다. 외양은 모든 것이 아름답고 성대하게 보였다. 아직 어린 시절 감수성을 잃지 않은 아카츠키는 마음 깊은 곳까지 떨렸다. 그러다가 그는 연회에 초대된 한국인들을 보았다. 엉뚱하게 검은 갓을 쓰고 꼴사나운 하얀 바지를 입은 그들은 우스꽝스럽고 불쌍해 보였다. 어쩌면 불쌍한 모습이 그들이 입은 옷 때문이 아니라 이렇게 화려한 연회에 쓸데없이 끼인 자신을 바라보면서 당황스러운 얼굴로 출입문 옆에 붙어있는 모습 때문인지도 몰랐다.

총독의 연설은 승리를 천명하는 내용에 가까웠고, 무방비 상태의 한반도를 높으신 손길로 너그러이 품어주시기로 하신 천황의 위대한 선견지명을 찬양하는 내용이 반복되는 중심 주제였다. 많은 이들이 뒤를 이어 연설에 동참했다. 하지만 총독의 연설 주제는 변함없이 모든 연설자의 입에 오르내렸다. 한국인은 앞으로 행복할 것이다… 결국 한반도에는 질서가 자리잡힐 것이다… 우리가 한국인들에게 이상적인 일본 문화와 생활을 보여줄 것이다… '반자이(일본어로 '만세' - 옮긴이)'라고 외치는 소리가 우레와 같은 박수 소리와 뒤섞여 쏟아져나왔다. 샴페인과 사케도 강물을 이룰 만큼 흘러 넘쳤다.

아카츠키는 이따금 한국인들에게 눈길을 돌렸다. 그들은 어깨에 파묻힐 정도로 목을 움츠리고 있었고 때때로 박수를 따라 쳤다. 다행스러운 일은 그들이 일본어를 못 알아듣는 것이었다. 하지만 알아듣는 날은 오기 마련이다. 무슨 말인지 알아는 듣지만 납득하지는 못할 때, 그때는 어떻게 할 것인가?

축하연에서 아카츠키는 이런 생각에 잠겨있었지만, 아무에게도 털어놓지 않았다. 그런데 오늘은 가와부치가 아주 위험한 생각을 말하면서 아픈 곳을 무심코 건드렸다. 모르지, 어쩌면 가와부치 소위가 다나카의 사주를 받고 행동했기에 그렇게 더 단호하게 그의 말을 잘라버릴 필요가 있었는지도. 아카츠키가 궁금해서 가와부치를 쳐다보았지만, 그의 얼굴은 골똘한 생각에 잠겨있었다.

시간이 흐르면 세상에서 일어나는 모든 것의 진실을 알 날이 당연히 올 것이다. 하지만 이날 저녁부터 두 정보요원 사이에는 거리를 두어 서로를 경계하는 선이 생길 것이고 두 사람 다 그것을 넘을 엄두를 오랫동안 내지 못할 것이다.

제6장

강철은 아버지 김철을 빼닮은 큰아들이었다. 한국인들은 그럴 때 '빼다 박았다'라고 말한다. 아버지처럼 다부지고 어깨가 넓고 이마가 차분하고 훤했다. 외모가 그렇게 닮았는데 성격이 다르다면 좀 이상했을 것이다. 아버지와 비슷하게 강철 또한 한국의 아들이라면 으레 그렇듯 조바심을 억제할 줄 알았지만, 뭔가를 생각하면 재빠르게 행동했다. 이런 자질은 그의 군 경력에 큰 영향을 끼쳤다. 한국 군대 해산 명령이 내려졌을 때 그는 가장 나이가 적은 중대장이었다. 이런 식으로 강철은 스물두 살에 복무할 곳도 돈도 없이 남겨졌다. 강철이 장가갈 때 아버지가 근무지 근처에 소작을 내줄 마음으로 작은 전답을 사주었다. 명문가는 아닐지라도 꽤 유서 깊은 양반의 후손인 강철로서는 직접 농사를 짓는 건 생각도 못 할 일이었다.

퇴역한 후 강철은 할 일이 없어 괴롭지 않도록 지금껏 충분히 신경 쓰지 못했던 집안일에 머리를 짜내 몰두했다. 지붕을 수리하고 벽면을 회칠하고 창고와 여름용 부엌을 지었다. 이 일은 전부 아들내미 철수가 곧 돌을 맞이하기에 강철이 오래전부터 생각해 오던 일이었다. 하지만 종일 얼마나 많은 일을 했던 간에 저녁을 먹고 나서 담뱃대를 들고 툇마루에 앉아 쉴 때면 무의식적으로 한숨이 새어 나왔다. 아니다, 강철은 군대 해산을 애석하게 여기지 않았다. 그런 군대를 갖느니 차라리 없는 게 나아. 군인이 병영에 살지도 않고, 명확한 군사 교범도, 통일된 군복도, 신식 무기도 없는 군대가 군대인가? 어쩌면 해산이 더 나은 일일지도 모른다. 더구나 지금은 나라를 지켜야 할 이들이 없지 않나.

그런데도 한국에 자국 군대가 이제는 없다고 생각하면 마음은 왜 움츠러드는 것이며 그럴싸해 보이는 일본 군인과 장교를 보면 눈은 또 왜 침침해지는 걸까? 사무라이들은 대체 언제, 어떻게 자기 군대를 동아시아에서 견줄만한 상대가 없을 정도로 그리 튼튼하게 만들 수 있었을까?

이런 생각들이 강철을 괴롭히면 괴롭힐수록 그는 아버지를 만나서 이 고통을 두고 이야기를 나누고 싶었다. 집안 잔치가 있는 날에 그는 아침부터 농사꾼 사내아이들에게 길을 내다보라고 시켰다. 그러면서 자기도 일을 하면서 이따금 길 쪽으로 눈길을 던졌다.

손님들이 많이 오기로 돼 있었다. 연대 동료들과 이웃 양반들이 참석하기로 돼 있었다. 마을 농민들을 위해 마당에도 상을 차렸다.

잔칫날을 하루 앞둔 날, 강철의 집으로 일본 군인이 불쑥 나타나서 하인이 유난히 부산을 떨었다. 그런데 알고 보니 군인은 서신을 전달하러 온 것이었다. 강철은 의아한 마음으로 푸르스름한 봉투를 열었는데 이내 얼굴이 밝아졌다. 그것은 서반아어로 쓰인 축하 서신이었다.

존경하는 세뇨르 김!
아드님의 생일을 축하드립니다. 건강과 행복과 장수를 기원합니다!
직접 귀하께 경의를 표할 수 있음을 영광으로 생각합니다.

히코마다 대위

강철은 키가 작은 백발의 일본인 장교를 곧바로 떠올렸다. 그는 강철이 속한 해산되는 부대의 무기를 수거하러 온 병참위원회 위원장이었다. 인수증에 서명하면서 대위가 갑자기 서반아어로 중얼거렸다.

"그렇습니다. 승자도 패자만큼이나 서글픈 순간들이 있사옵니다."

강철은 너무도 오랜만에 서반아어를 들어 깜짝 놀랐다. 왜 이 일본 장교가 밑도 끝도 없이 자기가 어린 시절부터 아는 언어로 말을 하는지 강철은 영문을 몰랐다. 철학적이고도 너그러운 그의 어조가 강철의 마음에 가닿았다. 그럴 때가 있지 않은가. 게다가 이 말은 아무도 알아듣는 사람이 없을 거라고 확신하는 상태에서 나온 말이었다.

대위의 눈을 빤히 바라보면서 강철이 서반아어로 물었다.

"당신은 정말로 우리가 패자라고 생각합니까?"

이제 히코마다가 놀랄 차례였다.

"오~, 서반아어 할 줄 아십니까?" 히코마다가 의자에서 엉거주춤 일어섰다. "세뇨르 김, 생각도 못 했습니다, 정말 생각도⋯ "

"앞으로도 놀라실 일이 적지 않을 겁니다. 대위님, 아직 제 질문에 대답하지 않으셨습니다. 귀하께서는 정말로 우리가 패배자라고 생각하십니까?"

대위가 빙그레 웃자 그의 얼굴이 조금 젊어졌다.

"삶의 가변성을 누가 알겠습니까? 모든 것은 상대적이고 모든 것은 흘러가고 변화합니다. 패자에게 승자보다 우월한 점이 한 가지 있다는 것은 누구나 알지요. 그것은 바로 설욕전을 치르려는 욕구입니다. 패자가 원하는 걸 쟁취하는 장면을 우리가 역사에서 자주 보지요."

"그럴 수도 있겠지요. 하지만 그렇게 생각한다고 더 편해집니까!" 강철이 아프게 소리쳤다.

"물론 아니지요." 대위가 피식 웃었다. "이제부터 그 누구도 편치 않을 겁니다."

마지막 말을 듣자, 대위가 새롭게 보이면서 어인 일인지 강철의 마음이 단번에 진정되었다.

"대위께서는 어디서 서반아어를 배우셨습니까?" 강철이 물었다.

"저는 예수회 대학을 졸업했습니다. 귀하께서는 위대한 세르반테스의 언어를 어떻게 아십니까?"

"어머니 덕분입니다. 어머니가 소싯적에 서반아에서 사셨습니다."

"어머니의 젖과 함께 서반아어도 같이 흡수하셨군요." 히코마다가 웃었다.

"그렇게 된 셈이네요." 강철이 미소로 수긍했다.

그들은 많은 이야기를 나눌 수도 있었지만, 반쯤 비어있는 군용 창고, 아무도 해제하지 않은 직무, 장교들이 느닷없이 외국어로 말하는 것에 별 관심을 두지 않는 수상쩍은 행정병 하사, 한마디로 말해서 모든 것이 마음을 터놓고 이야기하기에는 적대적인 상황이었다. 그런데 갑자기 다시 만날 기회가 이렇게 생긴 것이다. 어디서? 바로 그의 집에서!

강철이 빠르게 답신을 썼다.

"세뇨르 히코마다! 축하해 주셔서 감사합니다! 내일 오후에 열리는 누추한 저희 집안 잔치에서 귀하를 뵙는 영광을 누리길 바랍니다."

대위가 보낸 군인이 뒷굽을 한번 찍더니 정확하게 원을 그리며 돌아섰다. 그를 눈길로 배웅하며 강철은 절도가 벤 그런 탁월한 동작에 무의식적으로 부러움을 느끼는 자신을 발견했다.

군인이 나가자마자 아내가 방으로 들어왔다. 아내의 얼굴에 궁금한 표정이 담겼다.

"위대한 일본 제국의 장교께서 우리 집을 처음으로 방문하실 거요." 강철이 슬며시 웃음을 머금고 말했다. "내가 서반아어를 아는 대위 이야기를 한 적이 있잖소. 바로 그이가 축하 서신을 보냈고 내가 그를 초대했소."

"철수가 돌을 맞이하는 것을 그이가 어떻게 알았을까요?"

"모르겠소." 강철은 의아했다. "아마도 누군가 그에게 말했겠지요. 그이가 오면 부인이 불편하지는 않겠소?"

"조금은 어렵겠지요. 얼마나 할 일이 많은지! 그만 또 가봐야겠어요 … "

"그렇게 하시오." 강철이 손바닥으로 부인의 어깨를 부드럽게 쓰다듬었다. 미옥은 김철의 오랜 지기의 딸이었다. 소싯적에 어떤 술자리에서 그들은 나중에 아이가 생기면 서로 혼인시키면 좋겠다는 말을 나눴었다. 생이 그들의 기대를 배신하지 않아서 한 친구에게 먼저 아들이 태어나고 그로부터 1년 뒤에 다른 친구에게서 딸이 태어났다. 어린 시절에 강철과 미옥은 자주 만났었는데, 나중에 미옥의 부친이 부산으로 전근하였고 얼마 지나지 않아 거기서 병을 얻어 세상을 떠났다. 김철은 아버지를 잃은 가족을 그냥 보고만 있을 수가 없어서 힘이 닿는 대로 도왔고, 아들이 열여덟이 되자 친구와의 숙원을 이루기로 결정했다. 어린 시절에 같이 놀던 동무가 해가 갈수록 아름다운 처녀로 자라나는 모습을 보면서 장가들고 싶었기에 강철은 이 결정에 흡족하기만 했다.

가정 교육이 그렇지 않았지만, 당시 여인 중에는 드물게 미옥은 읽고 쓸 줄 알았다. 한국 전통 악기인 가야금도 켜고 그림도 그렸다. 미옥은 비단에 자수 놓는 것을 가장 좋아했는데 이런 취미로 보면 침착하고 참을성이 많은 성격임을 알 수 있었다. 강철의 가정에는 지금껏 어두운 그림자가 드리운 적이 없었다. 강철은 집안의 가장인 남편답게 아내를 사랑과 배려로 대했다. 미옥은 남편을 깊이 사랑했고, 그렇게 강하고 슬기롭고 다정한 인생의 동반자를 만나게 해준 운명에 연신 감사했다. 게다가 아들을 낳아 남편을 기쁘게 했기에 미옥은 더할 나위 없이 행복했다.

집안 잔치가 있는 날은 분주하고 떠들썩하기 마련이다. 대접할 음식을 전날에 거의 준비하긴 했어도 하인들과 거드는 이웃들과 미옥은 이른 아침부터 부엌에서 바쁘게 움직였다. 그런 다음에서야 금쪽같은 아들내미의 옷을 입히고 자기도 몸단장을 하러 갔다.

손님들에게는 세 시 가까이 오시라고 일렀다. 그 전 정오에는 한국 가정에서 아이가 첫돌을 맞으면 반드시 치러야 하는 재미있는 의식, 돌잡이를 해야 했다. 미래의 운명을 상징하는 여러 물건을 올려놓은 돌상을 차려서 이날의 주인공인 아기 앞에 놓는다. 계집아이가 가위를 집으면 재봉을 하는 침선장이 될 것이고 사내아이가 붓을 집으면 화가의 삶이 기다린다는 의미다. 물론 속해 있는 신분에 따라 올려놓는 상징물에 제한을 받았다. 농민은 자기 자식에게 밝은 미래를 제시하기가 어렵고 양반 또한 자기 자식이 평민의 직업을 택하도록 소망하기 어려운 법이니까. 그렇긴 하지만 건강, 교육, 풍요와 같이 모두가 바랄 수 있는 것들도 있다. 그래서 어떤 집에서 태어났느냐와 상관없이 돌상에는 다른 물건들과 함께 곡식 한 사발, 책, 돈을 반드시 올려놓는 것이다.

강철은 아버지가 돌잡이를 시작하기 전에 당도하시기를 바랐다. 그래서 사내아이가 집으로 헐레벌떡 뛰어와 "오십니다, 오세요!"라고 외쳤을 때 매우 기뻤다. 강철이 안채로 갔다.

미옥은 결혼한 여성의 복장인 기다랗고 화려한 비단 치마와 짧은 저고리, 배자를 차려입었다. 연보라 - 노랑 - 진홍으로 무지갯빛이 화려한 머리 장식은 온통 금빛과 은빛으로 반짝거렸다. 어머니에게서 물려받은 이 옷을 미옥은 처음으로 입었다.

부인의 아름다움에 감탄한 강철은 그냥 얼어버렸다. 남편의 솔직한 눈길에 약간 당황하긴 했지만, 여느 여인과 마찬가지로 남편을 흥분시켰다는 사실에 만족하여 기쁘게 큰 소리로 말했다.

"철수야, 내 새끼, 누가 오셨는지 보렴! 아빠에게 우리가 얼마나 말을 잘 듣고 얼마나 옷을 예쁘게 입는지 보여주자." 그러더니 남편을 보며 짓궂게 말했다. "애가 누굴 닮았는지 옷을 입힐 때 가만히 있질 않네요."

"나도 어릴 때 때때옷 입는 걸 안 좋아했네." 강철이 웃었다.

이때 아기가 아버지를 보면서도 못 알아보았다. 강철도 옷을 차려입었다. 눈부시게 하얀 비단 바지와 마고자, 위에는 다채로운 우단으로 무늬를 수놓은 두루마기를 입고 있었다. 놀란 철수가 이 낯이 익은 아저씨가 누구인지 알아보려고 애쓰는 동안 어머니의 손이 잽싸게 옷을 집어 아이에게 입혔다.

"아버지야, 못 알아보겠어, 아들아?" 강철이 다정하게 물었고 얼굴을 찌푸려 괴상한 표정을 지었다. "무섭지?"

목소리로 앞에 있는 사람이 누군지 알아차린 철수가 함박웃음을 지으며 아빠를 향해 몸을 뻗었다. 어머니가 놓아주자, 아가는 아빠를 향해 아장아장 걸어갔다.

"아이고, 옳지, 잘 걷네! 옳지, 조금만 더, 조금만 더!" 그러고선 넘어지는 아이를 얼른 받아 안았다. "발이 조막만 해서 땅바닥이 아직 흔들리는 거야." 즐거워 소리를 지르는 철수를 헹가래 치면서 강철이 말했다. 미소를 머금고 그들을 바라보는 미옥의 가슴이 따스해졌다.

"할아버지가 곧 오신단다, 철수야. 같이 마중 나갈까, 응?"

온 가족이 대문 밖으로 나갔다. 김철이 눈에 익은 검붉은 종마를 타고 조금 앞장서서 왔다. 강철은 자신이 어렸을 때도 탔던 말이니 대체 몇 살이나 됐을까 생각했다. 그때는 이 말이 그리 작아 보이지 않았었는데… 말 등에 올라타려면 커다란 나무둥치를 가져와야 했다. 그렇게 해도 쉽지는 않았던 것이 말이 이제 곧 광란의 질주가 또다시 시작될 것을 알아차리고 고집을 피웠기 때문이다. 이 말을 많이 타봐야 세 번 정도 탔을 이 집의 막내아들은 상황이 달랐다.

강철이 동생의 손짓에 호응하여 손을 흔들면서도 눈길은 아버지에게서 거두지 않았다. 철수가 태어날 때 보고 못 봤으니, 그들이 거의 1년 만에 만나는 것이었다. 그런데 안장에 가볍게 앉아서 채찍을 휘두르는 모양을 보니 아버지는 조금도 늙지 않았다.

그들이 대문으로 다가왔다. 동철이 먼저 안장에서 뛰어내려 아버지 말의 고삐를 잡았다.

강철과 아내는 아버지를 기쁘게 맞이하며 고개 숙여 인사했다. 김철이 아들을, 그다음엔 며느리를 안아주었다.

"어떻게들 지냈느냐? 평안들 하셨는가, 편찮은 곳은 없고?"

"다들 건강하게 안녕합니다. 아버지께서는 어떠십니까? 오시는 길은 힘들지 않으셨습니까? 집안은 다들 평안하십니까?"

그러고선 다시 인사가 이어졌다. 이제는 동철이 형과 형수에게 인사했다. 비슷한 질문과 대답도 뒤따랐다.

그다음 김철이 손자에게 눈을 돌렸다.

"이게 누군가? 아이고 저런, 철수 아닌가, 내 손자! 그간 많이 컸구나! 허허, 못 알아보겠구나!"

그는 며느리가 안고 있던 아기를 받아 안았다.

"할아비 알아보겠느냐, 철수야?"

아기는 낯선 얼굴을 보는데도 겁을 내지 않았다. 조막만 한 손으로 할아버지 수염을 잡아당기니 할아버지가 몹시도 즐거워했다.

"아이고, 우리 집에 장군이 나셨네, 응? 아비랑 똑같구나, 이 개구쟁이야!"

손자를 안은 할아버지와 옆에 선 장성한 아들들, 어여쁜 며느리가 화기애애한 기운 속에서 마당으로 들어섰다. 여기서 더 바랄 게 뭐가 있겠는가? 마음이 그렇게 행복한 것이 김철은 실로 오랜만이었다. 그렇다, 운명은 연속해서 시험을 보낸다. 김철이 먼저 업을 잃었고 이번에는 큰아들 일이 없어졌다. 하지만 아들은 낙담하지 않았고 집안일로 마음을 다잡고 있었다. 집을 수리했고 여러 곳을 증축했다. 정신이 굳세면 어떠한 재난에도 망가지지 않는다. 만약 생의 가치관이 올바르게 정해졌다면 길은 곧고 명확하게 보일 것이다. 여독을 풀고 차를 마시고 잠시 쉴 수 있도록 마련된 방으로 김철을 안내했다.

누구라도 다섯 시간을 길에 있으면 지친다. 샘물로 얼굴을 씻고 차가운 보리차를 마시고 나니 피로감이 눈 녹듯 사라졌다. 김철은 퍽퍽한 다리를 뻗고서 편안한 마음으로 담뱃대에 불을 붙였다. 문밖에서 들려오는 동철의 들뜬 목소리와 차분하게 울리는 강철의 낮은 목소리를 김철은 구분할 수 있었다.

결혼이 강철을 단단하게 한 것은 어쨌든 놀라운 일이다. 어릴 때 강철은 쌈박질과 말썽으로 성가신 일을 얼마나 많이 만들던 아이였던가. 열한 살에 어미를 잃은 강철은 민화의 언니인 이모가 집으로 들어와 모성으로 조카를 보살피고 돌보려 할 때도 이모를 오랫동안 받아들이지 않았다. 강철이 때문에 김철은 처형과 결혼하지 않았을지도 모른다. 타협을 모르는 아들 때문에 김철은 노여울 때가 가끔 있었지만, 마음 한구석에선 아들이 어머니를 그토록 기억하는 것이 항상 놀랍고 존경스럽기까지 했다. 다른 측면에서 보면 강철이 악의로 뭔가를 한 적은 한 번도 없었다. 그는 복수심이나 시기 질투라는 것 자체가 없는 사람이었다. 강철이 하는 모든 행동은 누구에게도 그 무엇에도 지지 않는 고집스러운 성격에서 비롯되었다. 육군무관학교에서의 학업과 관련된 군대 규율이 여러 면에서 그의 성격을 바꿔놓았다. 찢어진 바지에 얼굴은 시퍼렇게 멍이 들었지만, 눈빛만은 굴복당하지 않고 형형하게 빛내면서 집으로 오던 말썽꾸러기가 이제는 과거 속으로 사라졌다는 사실이 때로는 애석할 정도였다. 군대는 강철이 자신을 찾는 자연스러운 환경이 돼주었다. 모든 과목에서 우수했고 선생들의 사랑과 동급생들의 지지를 한 몸에 받았다. 학업과 체육에 얼마나 열정을 쏟았는지 장난질할 시간이 없었다. 강철은 차분하고 부드러워졌고 이모를 대하는 태도에서 이런 모습이 두드러졌다. 근무지로 발령받아 떠날 때 강철은 한때 그다지도 많은 슬픔과 눈물을 주었던 이모 앞에 무릎을 조아리고 손에 입을 맞추면서 용서를 빌었다.

김철은 이제 맏아들이 자랑스러웠다. 하지만 지금의 형편에서는 강철이 앞으로 어떻게 될지를 생각하면 불안이 자주 엄습했다. 일본이 한국의 군대를 어떤 식으로라도 편성하게 된다면 장교를 모집할 수도 있지 않을까? 두 국가의 병합에 그런 일이 득을 가져다준다면 그들의 국방력에 이바지하게 될 터이니 그렇게 되면 군 복무를 승낙할 수 있고 또 승낙해야만 한다. 혹시라도 다른 나라를 침략하는 일에 아들이 참전하라고 부름을 받는다면?

너 자신은 이 일을 승낙할 수 있겠나? 군인에게 가장 치욕적인 숙명이 강탈자가 되는 것이라고 평생 믿었던 네가? …

김철은 한 가지만은 확신할 수 있었다. 아들은 아버지의 백발을 욕되게 하는 일은 절대 하지 않을 것이다. 이 확신이 가슴을 데우며 진정시켰다. 강철의 인생은 다 잘될 것이다. 마음에 강직함과 진실함, 결단력과 용기를 담은 자가 진정 그리 많은가, 이런 자질이 결국 남자의 존재를 결정하는 것이 아니겠는가?

이런 생각을 하는 와중에 강철이 왔다.

"아버지, 돌잡이 준비가 다 됐습니다. 하지만 피곤하시면 저희가 … "

"아들아, 무슨 말을 하느냐? 우리 집 장손이 직접 미래를 선택하는 순간을 놓치자고 그 먼 길을 달려온 것이 아니다!"

널따란 툇마루가 사람들로 그득 찼다. 손님 중에는 강철의 동료 군인들도 있었다.

"아버지, 같이 군에서 복무했던 동료들을 소개해 올리겠습니다." 병역을 시작한 지 얼마 되지 않은 때에 소집 해제되어야 했던 젊은 장교 다섯이 옆에 나란히 앉아있었다. 왼쪽 제일 끝에 앉은 장교를 아들이 첫 번째로 소개했는데 그에게 곧바로 시선이 갔다. 이름은 이창호, 나이도 가장 많고 계급도 가장 높아 보였다. 중키에 눈빛은 차분하고 품위가 넘쳤다. 그 옆이 김만길, 건장한 몸에 눈빛이 쾌활하고 착해 보였다. 다음이 박두봉, 공상이 가득한 잘생긴 얼굴이었다. 그다음이 손이설, 장난을 잘 치고 싸움도 잘할 것 같이 생겼다. 마지막이 제삼별, 누가 봐도 가상 어리고 순진해 보였다. 아들 친구가 모두 마음에 들어서 김철은 기분이 한껏 좋아졌다. 아들에게 저렇게 좋은 친구들이 있다는 것은 잘된 일이다. 이들이 보통 무슨 이야기를 나누는지, 서로 다투기도 하는지 궁금했다.

툇마루에는 같은 마을에 사는 이웃 양반 몇도 있었다. 손님들의 관심이 돌을 맞은 아기에게 집중되었다. 낯선 상황에 놀란 토실토실한 아가 철수가 고개를 갸우뚱대다가 엄마 팔에서 바둥거렸다. 어머니가 아가를 어르기 시작했다.

올릴 수 있는 물건은 다 올린 상이 아기 앞으로 등장했다.

"자, 철수야, 여기서 뭘 고를지 우리한테 보여주럼…"

아기가 꿈쩍도 하지 않고 가만히 상 위를 응시했다. 아이 바로 앞에 돈과 찰떡 한 사발, 작은 손거울이 있었지만, 아이는 여기에는 관심을 두지 않고 칼 쪽으로 팔을 뻗어 집었다. 남자들이 환호하는 소리를 냈지만, 어머니는 아가의 선택이 그리 탐탁지 않은 모양이었다. 그 어떤 여인이 아들이 무관이 되어 힘들고 험한 인생을 살기를 바라겠는가?

손님들이 선물과 돈이 든 봉투를 상 위에 올려놓았다. 그러고선 전부들 김철에게 다가가 인사해야 한다고 여겼다. 그들 모두가 왕을 보필했던 전직 호위대장의 위업을 수없이 들은 터였다. 아들의 동료들이 유난히 경외심을 드러냈는데 그들의 눈빛에는 존경과 감탄이 가득했다.

이때 일본인 장교 두 명이 갑자기 마당으로 들어오는 바람에 모두가 그리로 시선을 돌렸다. 두 사람 다 정복을 입었고 옆구리엔 장검을 찼다. 강철이 그들 중 히코마다 대위를 알아보고 서둘러 맞으러 나갔다. 히코마다가 경례를 하고 같이 온 군인을 소개했다.

"오카야마 상위입니다."

"오카야마상, 어서 오십시오." 상냥하게 말하고 나서 강철은 이 사람이 한국어를 모른다는 것을 문득 알아차리고는 고개를 숙이면서 '이리 오세요'라고 손짓했다.

장교들이 고개를 까딱하더니 툇마루로 올라섰다.

"히코마다 대위님, 인사 나누십시오, 제 아버지십니다. 아버지도 서반아어를 아십니다. 저보다 훨씬 잘하시는 걸 보실 겁니다." 감출 수 없는 긍지가 강철의 목소리에 배어났다.

"만나 뵙게 돼서 매우 기쁩니다, 세뇨르." 대위가 고개를 숙였다. "제가 이해하고 이해받는 기쁨을 누릴 수 있게 되었습니다."

"저 또한 아들의 집에서 만나 뵙게 돼서 반갑습니다." 미소를 지으며 말하고서 김철은 재빨리 한마디 덧붙였다. "동행하신 분도 반갑습니다."

솔직히 말하면 김철은 오카야마가 썩 마음에 들지 않았다. 일본 장교들이 마당에 들어서자마자 김철은 오카야마 상위를 눈여겨보았는데 그는 마치 숨겨진 위험이 이곳에 도사리고 있다는 듯 장검 칼자루에 손을 갖다 댄채 거만하게 사방을 훑어보았다. 사람들의 행동을, 특히 남의 나라 사람들을 오랜 세월 용의주도하게 관찰해 온 노장 김철은 보통은 첫인상이 가장 정확하다는 것을 경험으로 알고 있었다. 선의를 가지고 손님으로 온 사람이, 다른 민족의 모르는 사람 집에 왔다 하더라도, 그렇게 경계하는 자세를 취할 이유는 없는 것이다. 마치 이곳에서 잔칫상이 아니라 필사의 결투라도 기다리고 있다는 듯 잔뜩 긴장한 일본 장교의 가늘고 웃음기 없는 눈이 경계심을 발산하고 있었다.

잔칫날을 맞아 대청마루를 말끔하게 치워놓았다. 바닥에는 새 돗자리를 깔았고 벽에는 알록달록한 끈과 등불을 걸어놓았다.

손님들이 벽을 따라 자리에 앉았다. 문 맞은편에 김철과 장남이 앉았고 그 좌우로 친구들과 이웃이 앉았다. 한국 풍습대로 남자만 있었다.

일본인들은 강철 옆에 자리를 잡았다. 히코마다가 편하게 장검을 풀어 옆에 놓을 때 오카야마는 군모만 벗었다. 그가 등을 똑바로 세우고 앉아 있어서 다른 사람들보다 커 보였다. 고개는 미동 없이 꼿꼿했고 눈길은 한순간도 평온해 보이지 않았다.

여자들이 음식이 차려진 작은 반상을 들여오기 시작했다. 고개를 숙여 인사를 하며 손님 앞에 한 상씩 놓았다. 반짝거릴 정도로 닦은 놋그릇, 음식이 담긴 푸른 사기 접시들이 눈앞에 펼쳐졌다. 뜨거운 밥에서 김이 맛있게 피어올랐고, '부어라 마셔라' 할 이슬이 맺힌 소주 한 병도 청했다. 별다른 연설도, 건배사도 하지 않았다. 집주인이 작은 목소리로 "많이 드십시오!"라고 하는 말이 음식을 들어도 된다는 신호였다.

처자 몇 명이 잔에 소주를 따라서 두 손으로 손님상에 올렸고 손님들은 감사의 뜻으로 고개를 끄덕였다. 젊고 고운 처녀가 술을 따라 주면 술이 별스레 달았다.

그릇 소리와 술잔을 비울 때 나는 날숨소리, 음식을 먹을 때 나오는 한국인 특유의 입술 핥는 소리가 잇달았다. 이것은 맛있게 먹는다는 표시이자 요리 솜씨에 대한 일종의 보상이었다.

김철은 이따금 일본인들에게 은근슬쩍 시선을 던졌다. 벌써 소주를 두어 잔 마신 히코마다는 맛있게 먹고 있었다. 그는 오카야마를 보면서 한잔하라는 뜻으로 젓가락으로 술병을 가리켰다. 오카야마가 어깨를 으쓱했다. 그는 음식도 별로 먹지 않았고 소주도 건드리지 않았다.

분위기가 점점 더 무르익어 갔다. 사람이 흥겨울 정도로만 취할 수 있다면, 자기 성격이나 사회 상규, 다른 사람들과의 관계에 따라 스스로 만든 자기 모습에서 잠시나마 탈출할 수 있어 좋다. 술에 과하게 의지한 적이 한 번도 없었던 김철은 술이 사람을 어떻게 바꿔놓는지를 수없이 봐왔다. 술은 어진 사람은 더 어질게, 악한 사람은 더 악하게 만든다. 마신 술이 언제나 자신을 부드럽게 풀어놓은 것을 그도 알고 있었다. 진심 어린 대화와 서정적인 시나 노래를 읊조리고 싶어지는 것이다. 바로 지금 소주가 몸속을 타고 흐르니 여독이 풀리고 여러 불안과 고민으로 생긴 긴장이 머리와 가슴에서 녹아내린다. 자기가 조각배를 타고 있는데 옆에 민화가 앉아서 뭔가 서글픈 노래를 서반아어로 흥얼거리는 장면이 순간 김철을 스쳤다. 그것이 이십 년 전 그들이 신혼을 즐길 때 있었던 일이 아니라 바로 지금, 이 순간인 것처럼 느껴졌다.

아들의 목소리가 김철을 현실로 다시 불러냈다.

"귀빈 여러분, 마당으로 가서 신선한 공기를 좀 마시시지요. 그리고 나서 우리 잔치를 계속합시다!"

해가 벌써 뉘엿거리고 산에서는 찬 기운이 내려왔다. 황새 가족이 메마른 소나무 꼭대기 커다란 둥지에서 편안하게 쉬고 있었다.

한편 마당에서는 한국의 잔칫날에는 절대 빠질 수 없는 볼거리가 시작되었다. '씨름'이라고 불리는 몸싸움이었다.

두 사내가 크게 그려놓은 동그라미의 중앙으로 들어갔다.

"이 사람들은 우리 마을에서 가장 힘센 장사입니다." 강철이 손님들에게 이들을 소개했다.

"이 사람 중에서 도대체 누가 더 힘이 센지 도무지 알 도리가 없다네요. 그래서 오늘 손님들께서 오랫동안 경쟁해 온 이 사람들에게 판가름을 좀 해주셔야겠습니다."

손님들 속에서도 흥이 돋아났다. 씨름은 다른 많은 민족에게도 여러 모양으로 있는 일대일 싸움인데 아주 오래된 놀이이다. 한국사람 중에 씨름을 한 번도 안 해본 사람은 없을 것이다.

출전한 한 사내는 흰색, 다른 사내는 빨간색 천으로 만든 샅바를 허리춤에 찼다. 두 사람이 격투를 시작하기 전에 서로 샅바를 잡았다.

믿을 수 없는 괴력을 가져서 불곰이라는 별명이 붙은 육중한 남자가 심판이 되었다. 그는 두 선수의 샅바가 잘 고정되었는지 검사하고 나서 선수들을 양손 너비로 벌려놓고 잠시 뜸을 들인 뒤 외쳤다. "시작!"

그러자마자 팽팽하게 긴장된 두 쌍의 다리가 먼지바람을 일으켰다. 몸무게라도 재려는 듯 돌아가며 서로를 들어 올렸다. 실제로 이것은 가장 흔한 기술로 중심을 잃게 해서 넘어뜨리려는 들배지기이다. 씨름 규칙은 간단하다. 무릎으로라도 땅에 닿으면 지는 것이다. 뒷다리 걸기를 해서는 안 되고 손으로 다른 신체 부위를 잡아서도 안 된다. 엄격한 규칙으로 씨름에서 쓰는 기술의 종류를 제한했기에 속도와 결단, 기습공격이 더욱 중요했다.

두 선수는 실제로 기량이 비슷했다. 아무리 해도 누군가 한 사람이 이기질 못했다. 감탄과 탄식이 흘러나왔고 구경꾼들은 술렁거렸다. 어떤 이들은 팔을 벌려 허리춤에 얹고 서서 당장이라도 원형의 모래판 안으로 뛰어들어갈 기세였다. '빨강 샅바'가 마침내 기막힌 기술을 썼다. '백색 샅바'를 들어 올려 몸을 뒤로 젖히면서 마치 자기 등이 바닥에 닿도록 눕는 듯 보이는 자반뒤지기를 선보인 것이다. 그러고선 '빨강 샅바'는 마지막 순간에 몸을 비틀어 두 발로 우뚝 섰다. 이때 '백색 샅바'는 땅에 드러누웠다.

우승자는 여유롭게 패자에게 악수를 청했고 환호를 받으며 구경하던 사람들에게 절을 올렸다. 강철이 그를 가까이 불러 멋들어진 수탉 한 마리를 상으로 주자 분위기가 한껏 달아올랐다. 유난히 즐거워하는 농사꾼들이 안 그래도 사람들의 관심이 자기를 향해서 쑥스러운 총각에게 이번엔 수탉을 받았으니, 다음번엔 암탉을 탈 차례라고 농을 쳐댔다. 이제 장가들 때가 되었다는 암시였다.

김철이 사내에게 물었다.

"네 이름이 무엇이냐?"

"민기복입니다, 나리."

"민기복이라, 씨름을 잘하는구나. 여기 십 원이 있다. 새 두루마기 사 입도록 해라."

"고맙습니다, 나리."

다음 순서로 줄다리기가 이어졌다. 한 편에는 불곰 혼자, 다른 편에는 총각들이 떼로 늘어섰다. 수십 개의 손이 이 장사를 움직이려고 했으나 그는 땅에 뿌리를 뻗고 자란 것처럼 그 자리에서 꼼짝도 하지 않았다. 심지어 여자들도 도우러 왔다. 고함과 웃음소리, 헐떡거리는 숨소리가 왁자지껄한 이때 갑자기 오카야마가 모래판으로 만들어 놓은 동그라미 안으로 들어와 장검을 휘둘렀다. 잘린 밧줄이 꼬리를 흔들다 끝을 향해 떨어졌고 줄다리기를 하던 사람들이 놀라 비명을 지르며 땅으로 넘어졌다. 상황이 우스꽝스러웠지만 웃음소리는 뚝 끊겼다. 군복, 맹수 같은 사무라이의 얼굴, 위협적으로 번쩍거리는 장검이 전혀 장난처럼 보이지 않았다. 조금 뜸을 들이다 오카야마가 쉰 목소리로 놀란 사람들에게 일본어로 뭔가 한마디를 던졌다. 오만한 경멸이 분명하게 느껴지는 어조였다. 아무도 그 말을 못 알아들었기에 모두가 놀라서 얼어붙은 듯 서 있었다. 이때 문득 상황을 파악한 히코마다가 강철을 돌아보며 서반아어로 재빨리 통역해주었다.

"상위가 한 말은… 그게, 그러니까… 양반이 평민들의 놀이를 즐기는 것이 온당하지 않은 것 같답니다."

언어적 모욕까지 가세한 일본 장교의 무분별한 돌발행동은 함께 있던 사람들의 심기를 확실하게 건드렸다. 아들 얼굴에 광대뼈 근육이 씰룩거리는 것을 본 김철은 이 상황을 풀어야겠다고 마음먹었다.

"상위께서는 이런 것 대신에 무엇을 제안하신답니까?" 김철이 어진 말투로 물었다.

히코마다도 웃으면서 장난스러운 말투로 비위를 맞추려고 애쓰면서 오카야마에게 질문을 통역했다. 하지만 말썽을 일으킨 오카야마 상위의 표정은 바뀌지 않았다. 여전히 호전적인 태도로 그는 장검 끝으로 모래판 원형을 가리키며 칼을 두 번 휘둘렀다. 칼날이 내는 바람 소리에 서 있던 사람들이 뒤로 물러섰다. 통역하지 않아도 오카야마의 몸짓이 무엇을 의미하는지는 자명했다. 그는 결투를 원하는 사람에게 도전장을 내밀었다.

아무도 꿈쩍도 하지 않았다. 일본 장교의 결투 신청은 끔찍할 정도로 느닷없는 것이 아닌가. 모인 손님 중에서 검도를 좋아하는 사람이 적지는 않았지만, 보통은 목검이나 일부러 무디게 만든 검으로 훈련했다. 양반들의 망설임을 보고서 오카야마가 업신여기듯 빙긋거렸다. 이 비웃음이 행동을 낳았다. 몇 사람이 곧바로 한 걸음 앞으로 나왔다. 가장 먼저 나선 사람이 강철이었다. 그를 보고 오카야마는 만족스럽게 히죽거렸다. 강철이 눈으로 아내를 찾아 말했다.

"내 검을 가져와."

미옥이 잠자코 순종하여 수십 개의 눈이 지켜보는 가운데 검을 가져와 고개를 숙이고 남편에게 전해주었다.

김철이 개입해야겠다고 판단했다. 지금 일어나는 상황에 심기가 불편해지기 시작해서였다. 그 자신도 오늘 같은 날 몸을 풀고 젊은 시절의 행동을 해볼 요량이었지만 이 사무라이가 너무 호전적이라 마음에 걸렸다. 하지만 결투를 막는 것은 이미 늦었다. 도전장을 내밀었고 수락했다!

"세뇨르, 이 훈련용 싸움의 조건은 무엇입니까?" 김철이 '훈련용'이라는 말에 강세를 주면서 히코마다에게 물었다.

히코마다가 오카야마와 몇 마디를 주고받았다. 히코마다의 말투는 설득하는 어조였고 오카야마의 대답에는 완강함이 여전히 내비쳤다. 대답을 들은 히코마다가 어깨를 으쓱하더니 말했다.

"결투는 죽을 때까지가 아니라 첫 번째 찌르기까지로 합시다."

김철의 이성은 싸움을 말려야 한다고 말했지만, 그의 마음은 '아들아, 이 분별없는 무뢰한에게 한 수 가르쳐주어라'하는 생각으로 끓어올랐다.

장검을 든 두 사람은 극명한 대조를 보였다. 하얀 옷이 강철의 모습에 지대한 위엄과 힘을 실어주었고 몸에 딱 맞는 검은 정복은 오카야마의 날렵한 솜씨와 수완을 대변했다.

두 사람이 원 안으로 들어가 서로에게 예를 갖춰 인사했다. 모두가 숨을 죽이다가 오카야마의 속공에 탄식이 터져 나왔다. 오랜 세월 쌓은 분노가 한꺼번에 폭발하는 것처럼 타격이 우박처럼 쏟아졌다. 강철은 뒷걸음치며 겨우 공격을 막아내고 있었다.

"사무라이처럼 공격하네." 김철은 아침에 동철의 친구가 했던 뭔가 이와 비슷한 말이 떠올랐다. 어떻게 오늘 같은 날이 있단 말인가, 한날에 큰놈, 작은놈의 싸움을 다 보다니. 큰놈의 결투는 어떻게 끝날지 아직 모른다. 힘

내라, 힘내라, 아들아! 옳거니 그렇지! 태양을 등지도록 몸을 돌려라, 돌려
…

　모래판 바깥으로 완전히 밀려난 강철이 아버지의 마음을 읽은 듯 공격
을 피하며 오카야마를 태양의 맞은편에 세웠다. 그런 다음 오카야마가 순
간 방심하는 틈을 타 빠른 원을 그리며 장검으로 내리쳐 그의 손에서 칼을
떨어뜨렸다. 사람들이 한꺼번에 안도의 한숨을 내쉬는 것 같았다.

　수치와 무력감에 오카야마의 온몸이 어두워졌다. 그리고 얼어붙었다. 이
제 올 것이 왔다. 두려움 없이 가슴을 내밀고 마지막 일격을 달게 받아야
한다. 싸움이 얼마나 치열했는지 모두가 진짜 결투로 받아들였다.

　강철이 오카야마를 노려보며 고개를 흔들었다. 그런 다음 몸을 돌려 집
을 향해 걸어갔다. 무장 해제된 상대방에게 상징적인 공격을 가할 마음이
없다는 이 행동을 오카야마는 모욕으로 받아들였다. 그는 재빨리 떨어진
장검을 주워 들고 강철에게 달려갔다. 그보다 더 재빠르게 미옥이 "여보,
피해요!" 외치며 달려오는 오카야마를 막아섰고 … 거기서 날카로운 칼날
에 찔려 쓰러졌다.

　뒤돌아선 강철이 칼을 빼 들고 아내를 향해 달려갔다. 사람들이 외마디
비명을 내질렀다.

　"무슨 짓을 한 거야, 이 개새끼야!" 이창호도 주먹을 치켜들고 오카야마
를 향해 달려들었다. 오카야마가 본능적으로 뒷걸음질 쳤다.

　"멈추시오!" 김철이 말했다. "이창호 장교, 뒤로! 모두 조용히! 내가 며
느리에게 갈 수 있도록 길을 비키시오!"

　사람들이 즉시 입을 다물었고 길을 내주었다. 강철이 다친 아내를 살펴
보았다.

　"수건을 빨리! 수건 몇 개를!" 그가 명했다. 칼이 왼쪽 옆구리를 찔렀고
피가 분출하는 상황으로 볼 때 간을 건드린 것 같았다.

어찌어찌 상처를 동여매었다. 대청마루로 미옥을 옮겨갔다. 흥분한 히코마다가 김철에게 말했다.

"세뇨르, 저에게 말을 내주십시오, 제가 최대한 빨리 연대 군의관을 모시고 오겠습니다."

"그래요, 그렇게 합시다." 김철이 동의했다. "동철아, 외양간에서 말을 가져오너라."

"이런 일이 생겨서 정말 유감입니다. 저를 믿어주십시오, 세뇨르. 오카야마 상위도 충격을 받았습니다!"

가해자의 이름을 들은 강철이 머리를 들었다.

"여기서 지금 당장 나가라고 하십시오!"

오카야마가 고개를 떨어뜨리고 나가는 모습을 사람들이 말없이 지켜보았다. 그의 군모가 대청마루에 남았지만 아무도 가져다주려고 생각하지 못했다.

옆에 선 민기복을 본 김철이 그를 가까이 불렀다.

"내 부탁 하나 들어줄 수 있나?" 김철이 속삭이듯 말했다.

"예, 나리."

"뒷문으로 나가서 이 일본 장교의 뒤를 밟아라. 이 사람은 아마 오늘 바로 주둔지를 떠날 거다. 그가 어디로 가든 발꿈치를 따라서 가되 네가 뒤를 밟는 것을 그가 모르도록 해야 한다. 그가 어디에 머무는지 확인하고 다시 오거라. 그렇게 할 수 있겠느냐?"

"분부대로 하겠습니다, 나리." 기복이 단호하게 대답했다.

"다시 한 번 일러준다, 눈에 띄지 않게 행동해라. 가거라, 기다리고 있으마."

미옥을 찌른 자가 묵는 곳이 어디인지를 왜 알아두려고 하는지 김철은 아직 몰랐다. 오카야마가 오늘 잔치에 단순히 그냥 온 게 아니라는 짐작이 막연하게 들었다. 오늘 그는 연극 대본 대로 움직이듯 뭔가 꾸민 것처럼 도발적이지 않았나? 무슨 목적을 이 사무라이가 가지고 온 걸까? 강철을 죽이려 했나? 하지만 그러려면 소동 없이 훨씬 더 쉬운 방법이 있지 않은가? 미옥이 우연히 희생된 건 명백하다. 그냥 손 닿는 곳에 있었을 뿐이다. 아무리 오카야마가 위협적인 태도로 있었다 해도 강철을 죽이고자 하는 의도는 없었다. 그렇다면 그가 원하는 건 무엇이란 말인가?

이 생각을 계속할 겨를이 없었다. 눈앞에서 아들의 아내가 죽어가고 있지 않은가.

한 시간이 지난 후, 이미 임종의 고통이 시작되었을 때 군의관이 도착했다. 조금 전에 미옥의 정신이 잠시 돌아왔다. 미옥의 초점 없는 눈빛이 눈물로 얼룩진 가족과 지인들의 얼굴을 둘러보고 남편에게 머물렀다.

강철이 미옥을 향해 몸을 바짝 기울였다.

"좀 나아지는 것 같아, 응?" 강철이 애타게 물었다.

"예." 겨우 들릴만한 소리로 미옥이 말했다. "우리 아들, 철수…"

미옥은 말을 다 맺지 못했다. 입꼬리에서 피가 새어 나왔고 축 늘어진 몸에는 경련이 일었다.

초로의 일본인 군의관은 경험으로 모든 것을 알고 있었다. 맥을 짚더니 이내 고개를 저었다.

"정말로 할 수 있는 일이 아무것도 없단 말입니까?" 강철이 비통하게 일갈하고 아내에게 몸을 갖다 댔다. 모든 것이 끝났다.

여자들의 통곡 소리가 집안을 가득 메웠다. 남자들은 이를 갈았다. 강철은 미동도 없이 앉아 식어가는 미옥의 얼굴을 뿌연 눈으로 응시했다.

형언할 수 없는 슬픔에 휩싸인 김철은 가슴에 고개를 파묻었다. 그는 사랑하는 여인을 잃는 것이 무엇을 의미하는지 아는 사람이 아닌가. 하지만 운명이 그에게 11년의 행복을 선사했다면 아들은 미옥과 고작 2년도 못 살지 않았나. 끔찍이 사랑했고, 끔찍이 헌신했는데 … 운명이란 어찌 이토록 불의한 것인가! 무방비인 여인에게 그렇게 다짜고짜 칼을 휘두르다니! 이런 못된 놈, 이런 악한 놈! 안 된다, 이 일을 그냥 놔두면 절대 안 된다.

"히코마다 대위는 어디 있습니까?" 김철이 군의관을 한쪽으로 데려가 물었다. 처음에는 한국어로, 그다음에는 서반아어로.

아는 사람의 성을 들은 군의관이 고개를 끄덕이고 일본군 병영 쪽을 손가락으로 가리켰다. 김철이 자기 가슴을 찌르며 말했다. "히코마다 대위에게 가십시다." 군의관이 못 알아듣는 것을 보고서 작은아들을 떠올렸다. "동철아, 이리 와서 내가 지금 이 사람과 같이 히코마다 대위에게 가고 싶다고 일러주어라."

"하이, 하이." 군의관이 고개를 끄덕였다.

이 상황에 큰아들을 놔두고 가기가 김철은 몹시 힘들었지만, 이 사고에 대해 일본군 사령부에 알려야 한다고 마음을 굳게 먹었다.

"이렇게 행복한 날이 이렇게 슬프게 끝나는가 봅니다." 그곳에 있는 사람들을 향해 김철이 말했다. "제가 잠시 자리를 비우겠으니 이 비통한 시간 속에 있는 제 아들을 지켜주실 것을 당부드립니다."

일본군 병영까지 걸어서 30분이 걸렸다. 일본인 군의관이 김철과 그의 작은아들을 한 집으로 데리고 갔다. 그 집은 해산된 대한제국군 부대의 참모장이 살았던 집이었다.

"이곳에서 위관급 장교들이 삽니다." 그렇게 말하고 군의관이 가려고 했다.

"잠시만요." 김철이 그를 불러 세웠다. "저와 같이 들어가서 제 아들의 처가 오카야마 일본 장교의 칼에 찔려 사망했다는 것을 증명해 주십시오."

군의관이 어깨를 으쓱하는 것으로 보아 그는 이 일에 관여하고 싶지 않은 듯했다.

히코야마 대위도, 오카야마 상위도 집에 없었다. 대신 일본 연대장이 그들을 직접 맞았다.

그는 마흔 정도 돼 보이는 마른 사내였다. 짧게 자른 억센 머리카락은 고슴도치를 연상시켰고 가느다란 눈에는 경계심과 냉정함이 녹아있었다.

김철은 곧바로 이곳으로 온 것이 무익한 일이었다고 생각했다. 무엇을 말해야 하며, 일어난 일을 어찌 설명한단 말인가? 우리가 직접 초대했고 사나이들의 놀이를 하자고 해서 한다고 했고 그러다 불행한 사고로 끝났다. 그럼 이제 오카야마 상위를 쏘아 죽여야 하나?

"연대장님" 김철이 한걸음 가까이 갔다. "먼저 이렇게 갑자기 찾아뵙게 돼서 죄송하다는 말씀을 드립니다. 저는 대한제국의 호위대장이었습니다. 손자가 돌을 맞아서 제가 큰아들 집에 왔습니다. 잔칫날에 대령님 연대에서 히코마다 대위와 오카야마 상위가 초대되어 우리 집에 왔습니다. 잔치에서 무슨 일이 있었는지 그들이 직접 말하도록 이리로 불러주실 수 있겠습니까?"

"유감스럽게도 그 장교 두 명은 급하게 출장을 떠났습니다." 연대장이 태연하게 말했다. "그들이 일본 장교의 명예를 실추시킬 만한 행동은 저지르지 않았기를 바랍니다."

'저질렀습니다!' 김철은 소리치고 싶었다. '당신의 장교 오카야마가, 천벌을 받을 겁니다, 결투를 부추겨서 무고한 제 아들의 아내가, 불쌍한 미옥이가 죽었습니다! 그를 처벌해야 합니다. 그는 벌을 받아야 합니다.'

그래, 처벌할 것이다. 10일 정도 가둬두겠지. 아니면 그냥 야단만 치고 풀어줄지도 모른다. 연대장이 무슨 일이 일어났는지 이미 알고 있다고 그의 눈이 말하고 있지 않은가? 김철이 숨을 내쉬고 힘겹게 말했다.

"귀하의 장교 중 하나가 여인에게 치명상을 입힌 일을 제외한다면요."

사무라이의 얼굴에서 근육 하나도 실그러지지 않았다.

"그 일이 불의의 사고였습니까, 아니면 의도적인 살인이었습니까?"

"불의의 사고에 가깝습니다, 하지만…"

연대장이 김철의 말을 잘랐다.

"그런 일이 생겨 매우 유감입니다. 장교는 무단이탈에 대해 처벌받을 겁니다. 하실 말씀이 남았습니까?"

김철은 분노로 질식할 것 같았다. 일본인 연대장이 김철을 분명 조롱한 것이다. 그 비열한 살인자가 살인이 아니라 무단이탈로 처벌받을 거라니. 있을 수 있는 일이란 말인가. 할 수 있는 것이 아무것도 없구나… 아들 옆에서 이렇게 무력한 자신을 보는 것이 이리도 괴로울 수가!

"이제 가보셔도 됩니다." 대령이 단호하게 말했다. "부관, 배웅해드리게."

출입문에서 내려오며 김철이 휘청거리자 동철이 부축하려 했다. 하지만 김철은 몸을 곧게 세우고 동철의 눈을 똑바로 바라보며 말했다.

"동철아, 이들이 진정 사람이냐? 어찌 인간의 탈을 쓰고…"

노장의 말속에 피투성이 분노가 끓어올랐다.

제7장

국인들은 고인을 널에 올려놓고 세 군데를 묶어 얼마간 눕혀 놓는다. 몸이 바르고 평온한 모습을 얻도록 하기 위함이다. 여기서 아주 짧은 '세 막기'(소렴, 대렴 등 염하는 모습을 나타내는 말인 것 같음 - 옮긴이)라는 표현이 탄생했는데 '세 번 묶기'라는 뜻이다. 보통 누군가의 유언이나 약속에 대한 응답으로 철학적인 형식을 갖춰 행한다. 살다 보면 관에 들어갈 때에야 알게 되는 것이 있다고들 한다.

가엾은 미옥이 정해진 의식 '세 막기'를 마쳤고 이제 하얀 덮개 아래 누워있었다. 비록 생이 짧았지만, 여인의 마음이 얼마나 어질고 정성스러운지 이 여인을 알던 모든 사람이 알아보기에는 충분한 시간이었다. 친지들, 특히 남편의 슬픔은 어디에서도 위로받을 수 없는 것이었다. 비극이 일어난 그날 밤 거의 아무도 눈을 붙이지 못했다.

관 옆에서 밤을 지새우는 사람들의 비통한 얼굴을 호롱불이 고루 비추고 있었다. 삶과 죽음이 한국인의 상복을 상징하는 하얀 덮개 하나로 나뉘었다.

저녁때가 되자 미옥을 위한 밥도 들여왔다. 미옥이 여기에 있는 한 그녀의 영혼은 예전처럼 인간의 모든 것을 받아들이리라.

여자들의 곡소리가 간헐적으로 들렸다. 그 자리에서 몇 시간째 꿈쩍도 하지 않고 앉은 강철은 통곡이 들릴 때면 견딜 수 없는 고통 때문인지 고개를 흔들었다. 김철은 아들의 슬픔을 보기가 힘들어 잠시 눈이라도 붙이게 하려고 몇 번이나 옆방으로 데리고 가려고 했다. 오랜 세월 야간 불침번에 익숙한 김철은 피로를 느끼지 못했다.

동철은 형 옆을 지켰다. 두 형제가 어찌 이리도 다르게 생겼는지, 그러면서도 미묘한 공통점은 또 얼마나 많은지. 동철은 어머니를 빼닮았다. 긴 얼굴형에 눈이 크고도 길고 손가락은 우아한 날씬한 체형이었다. 왜 동철이는 딸로 태어나지 않았을까, 하는 생각을 김철은 수없이 하기도 했고, 아내에게 농을 던질 때 트집거리로 삼았다. 장남 강철이 해를 거듭할수록 분별력이 높아졌다면 둘째 동철은 어릴 때부터 그랬던 것처럼 여전히 충동적이었다. 보통 감정을 앞세웠고 감정에 지배되면 무슨 행동도 할 수 있었다. 그런데 동철에게는 이와 모순되는 중요한 특징이 있었으니, 그건 성실함이었다. 동철의 성격은 공상과 다혈질, 용기와 소심함, 무욕과 이기심이 납득하기 힘든 방식으로 얽혀 있었다. 강철을 단단하고 굳센 바위에 비유할 수 있다면 동철은 기묘하게 요리조리 흐르는 산 개울에 빗댈 수 있을 터였다.

두 아들은 행복한 사랑의 결실이다. 잊을 수 없는 민화는 이미 세상을 떠났고, 앞으로 김철이 얼마나 살지는 아무도 모른다. 그렇지만 노장 김철이 확신할 수 있는 한 가지가 있었다. 그것은 바로 아들들은 아버지 때문에 부끄러울 일을 절대 겪지 않으리라는 것이다. 그렇기에 그는 남자다운 결정을 내렸고 아들들에게 알릴 것이다. 지금은 아니다, 나중에, 슬픔이 가라앉을 때 그때 하자. 밤에 등잔불이 켜지고, 고요와 슬픔이 자욱해지면 무엇에 눈길이 닿든 간에 그것은 사랑하는 민화가 곁에 있던 그 행복하던 때로 이끌었다.

사람들은 가슴이 예언자라고 말한다. 그들이 만날 운명이었던 날을 하루 앞두고 김철은 평소대로 왕을 알현할 영광을 누릴 사람들의 명단을 검토하다 여자가 포함된 것을 눈여겨보았다. 그 여자의 이름이 김철에게 아무런 암시도 주지 않았기에 달리 특별할 게 없었다. 시위대 당직 장교는 궁궐을 방문하는 모든 사람이 누구인지 알아야 했다. 김철이 의전관, 다른 말로 하면 주임관에게 문의했고 답을 들었다. '이 사람은 그 유명한 이순신 장군의 사촌 형제의 증손녀입니다. 전하께서 젊은 시절에 처자의 부친을 특사로 유럽에 파견했습니다. 그는 서반아와 불란서에서 살았고 독일에서 세상을 하직했습니다. 미망인이 된 부인과 딸은 수중에 가진 자금이 전혀 없어서 끔찍한 형편에 처했어요. 그런데 누가 그 사람들을 도왔는지 아십니까? 노서아 공사예요. 이 불행한 부녀자와 딸이 다시 한국으로 돌아올 수 있도록 노국 공사가 도운 것입니다. 광활한 노서아 땅을 서에서 동으로 횡단하는 데 1년이 걸렸어요. 그런데 딸만 우리나라로 돌아올 수 있었고 부인은 도중에 객사했습니다.'

"그런데 이 처자가 왜 전하를 알현하려 하는 겁니까?" 알지 못하는 처자의 운명에 흥미를 느낀 김철이 물었다.

"알현은 처자의 숙부가 청한 겁니다. 처자가… 처자가 부친의 일기와 여러 문서를 전하께 손수 전해 드리고 싶어 합니다."

왕을 호위하는 무관은 어느 때라도 왕에게 가까이 다가갈 수 있었다. 김철은 특별한 처자를 보기 위해 이 기회를 활용하기로 마음먹었다. 게다가 처자가 젊고 아직 미혼이라는 사실에 마음이 동했고 왠지 관심이 갔다.

김철은 벌써 스물아홉이나 됐지만, 같이 있으면 심장이 뛰는 여인을 지금껏 만나본 적이 없었다. 한때는 얼굴에 자상이 남았다는 의식이 김철이 여인을 멀리하는 이유가 되기도 했지만, 나중에는 그럭저럭 외로움에 길이 들었다. 게다가 친구나 동료들이 전하는 가정생활은 지루하고 재미가 없었다. 장가를 간 그가 기생집을 드나들며 몸을 파는 젊은 여자들 앞에서 부인의 포악한 성질을 흉볼만한 위인가? 아니다, 김철이 원하는 것은 조금 다른 것이었다. 그는 흉하게 된 외모에도 불구하고 자기를 사랑해 줄 여인을 지극히 아끼고 귀히 여기며 살고 싶었다.

김철은 그런 처자를 만날 수 있다는 희망을 더는 품지 않았다. 당시에는 늦어도 열일곱에는 시집을 갔기에 그가 부인을 맞이하기에는 이미 늦었다. 사방에 꽃향기가 진동하고 사랑이 만발하는 봄이 되면 유난스럽게 찾아오는 설렘을 저버리고 평정심을 유지할 나이가 된 것이다. 그렇지만 그럴 수가 없었다. 그날 저녁 알지도 못하는 처자를 생각하면 왠지 모르게 가슴이 조여왔다. 김철은 그 처자가 미인이기를 바랐다. 비록 논리적으로 생각하면 자기가 미인을 감당할 처지가 아니었음에도 말이다. 고개를 들면 주변에 젊고 잘생긴 구혼자들이 얼마나 많겠나. 그 처자가 대체 무엇 하러 그를 선택하겠는가. 그렇긴 하지만, 그렇긴 해도 … 아무나와 함께 하느니 차라리 인생의 동반자 따위는 없는 것이 낫다.

그러나 미인이라고 해서 마음이 차는 것은 아니었다. 지혜롭고 어질고 상냥한 사람을 택하고 싶었다. 부지런함, 꼼꼼함, 깔끔함 같은 것을 김철은 생각하지 않았다. 그런 건 헤아리지 않아도 응당 마땅한 것이다. 당연한 것을 굳이 바랄 필요가 있는가?

사랑이 주는 행복감을 느껴본 적이 없는 김철은 이 위대한 감정이 사랑하는 상대가 세상에서 가장 아름다운 사람이라고 믿게끔 하는 궁극의 허상을 심어준다는 사실을 몰랐다. 그리고 그런 허상의 믿음 속에 실제로 사람을 변화시키며 더 아름답게 가꾸고 정신적으로 더 풍요롭게 하는 신성한 힘이 있다는 사실도 몰랐다.

숙부가 조카와 함께 알현소로 들어서는 순간 김철이 들어와 왕의 뒤편에 섰다. 처음 본 순간 민화가 김철의 마음을 흔들었다고 그는 훗날 직접 그녀에게 여러 차례 말했었다. 무엇이 흔들었는지는 그 자신도 몰랐다. 얼굴이나 눈, 아니면 맵시, 목소리? 그럴 수도 있지. 그러나 그 만남 이후에 민화의 외모가 어땠는지 그는 아무것도 제대로 상세하게 떠올리지 못했다. 민화는 황홀하게 일렁이는 노을빛 태양과 같았다.

시인이나 예술가들이 세상을 그렇게 바라본다고들 한다. 그들은 눈만이 아니라 가슴으로도 보는 것이다. 가장 깊은 곳까지 들어가 본질을 보는 신처럼. 그 순간 김철이, 어떻게 그렇게 되었는지는 알 수 없으나, 신들의 무리에 합류했고, 이 여인이 그의 인생으로 들어와 그 순간부터 그들이 하나의 운명으로 묶였다는 것을 그의 세포 하나하나는 이미 알고 있었다.

왕 앞에 선 민화는 너무 떨려서 김철이 있는지도 몰랐다. 민화가 공손하게 이마를 숙인 채 앉아있었다. 그런데 갑자기 뭔지 모를 힘에 이끌려 민화가 고개를 들었고 하마터면 헉하고 소리를 지를 뻔했다. 왕의 등 뒤에 선 어깨가 넓은 남자가 눈을 떼지 않고 그녀를 바라보고 있었는데 그의 시선에 놀람과 기쁨, 슬픔이 얼마나 그득한지 민화도 온 마음을 다하여 그를 바라보았다. 유럽 여러 나라 궁전을 방문할 때마다 멋진 신사들을 보곤 했던 민화는 고국에 돌아와서는 우스꽝스러운 옷을 입은 한국 남자들이 칙칙하고 따분해 보였다.

여기서 민화는 김철이 무슨 옷을 입었는지조차 알아채지 못했다. 그녀가 본 것은 어떤 남자라도 더 남자답게 만들 수 있는 흉터가 난 용맹한 얼굴과 마음을 들뜨게 하는 그 눈초리였다!

알현을 마치고 나오면서 민화는 숙부에게 왕의 측근에 관한 질문을 시작했는데 흉터를 가진 군관을 마치 우연히 떠올린 것처럼 물었다. 말이 많은 친척은 젊은 군관의 위업을 중심으로 열을 올리며 그에 관해 알려주었다.

"숙부님, 그 사람은 왜 아직 결혼하지 않았답니까?"

"누가 그 사람한테 시집가겠니? 적당한 처자들이 있었을 수도 있지만, 그 사람이 여자를 멀리한다네. 그래서 그렇게 홀아비처럼 사는 거지. 그런데 너는 그 사람 얘기를 캐묻는구나? 그 사람이 마음이 들었느냐?"

"그럴 수도 있지요, 숙부님." 민화가 웃었다.

그 당시의 풍습에 따르면 총각과 처녀가 마음에 든다고 무턱대고 만날 수는 없었다. 부모님이나 친척 어른이 정혼하여 혼사가 이루어지는 것이 상례였다. 젊은이들은 명절이 아니면 서로를 먼발치에서나 볼 수 있었다.

하지만 민화는 기회가 생길 때까지 기다리는 성격이 아니었다. 김철의 눈빛이 밤낮으로 마음을 달구었다. 민화는 이 용맹스러운 남자가 먼저 감히 첫발을 내디디지 못할 것 같았기에 자기가 먼저 손을 내밀기로 마음먹었다.

… 김철이 숙직을 마치고 집으로 돌아오는 길이었다. 그는 요사이 생각에 빠져있는 일이 잦아서 자기 집 언저리에서 길을 막고 선 나이 든 하녀가 무슨 말을 하는지 바로 알아듣지 못했다.

"김철 나리, 제가 분부를 받고 나리께 왔습니다." 머리를 조아리며 하녀가 말했다. "저희 아씨께서 나리께 이것을 전하라고 하셨습니다. 에구머니나, 그걸 어디에 뒀더라?"

"뭐라고? 무슨 분부더냐?"

"저희 민화 아씨가 이것을 나리께 전하라고 하셨습니다… 어머나, 여기 있구나. 여기 서신입니다."

마른 목으로 올라오는 뜨거운 것을 꿀꺽 삼키고 김철은 한 5초 정도 작은 봉투를 물끄러미 바라보았다. 그런 다음 조심스럽게 편지를 받았다.

"답신을 가져오겠다고 아씨에게 약조했습니다. 늙은 할멈이 약조를 어기는 것을 나리께서도 원치 않으시겠지요?"

이 말을 하는 노파의 얼굴에 실없는 웃음이 피어났다.

하지만 무슨 일이 있어도 김철은 민화의 서신을 사람들이 보는 길거리에서 읽을 수가 없었다.

"여기서 기다리게." 김철이 집 안으로 들어갔다.

봉투에서 야릇한 꽃향기가 옅게 풍겼다. 심장이 가슴을 찢고 튀어나올 듯이 뛰었다.

종이를 펴보니 거기에는 딱 한 줄, 질문이 쓰여 있었다. "언젠가 저에게 백학도 부채를 선물하신 분이 아닌지요?"

김철이 멍해졌다. 무슨 부채? 언제? 그는 다시 한 번 질문을 읽었다. 그러자 문득 뭔가가 떠올랐다. '백학도 부채'는 고려 시대 사랑 이야기의 제

목이 아닌가! 젊은 주인공 류병노가 공부하러 길을 떠난다. 도중에 절세미인 조은하를 만나 집안의 가보인 부채에 청혼하는 글을 써 그녀에게 선물한다. 그들은 헤어지고 많은 고초와 수난을 겪고 훗날에 다시 만나는데 류병노가 부채로 자신의 운명적인 짝을 알아본다…

김철이 민화에게 백학도 부채를 선물한 적이 있는가? 아니다, 애석하기 그지없지만 그런 적이 없다. 선물하지 않았다? 그럼 선물해라!

그는 붓을 잡고 먹물을 찍은 다음 민화의 문장 밑에다 한 단어만 세 번을 빠르게 썼다. '예! 예! 예!'

그다음은 어떤 일이 벌어졌을까? 다음에는 의심이 시작되었다. 이것이 정녕 꿈이 아닐까, 그렇게 아름다운 처자가 김철에게 관심을 보이다니. 유럽식 장난으로 그를 놀리고 있는 것은 아닌가? 하지만 김철이 민화의 고아한 얼굴을 떠올릴 때마다 그런 의심은 저절로 사라졌고 한가지 생각만 났다. 보고 싶다. 눈을 들여다보고 싶다.

김철이 정신적 혼란으로 괴로워하는 동안 궁중에서는 민화의 혼인 이야기가 떠돌기 시작했다. 가엾은 조카딸을 마음을 다해 돌보고 보살피는 민화의 숙부가 어디를 가든지 그녀의 아름다운 외모와 착한 성격을 칭찬하고 다닌 것이다. 시집을 갈 때 딸려 보낼 혼수가 얼마나 될지 말하고 다니는 것도 잊지 않았다. 혼기가 꽉 찬 민화의 나이가 숙부를 더 열성적으로 만들었다. 그 당시의 기준으로 스물두 살이나 된 민화는 이미 오래전에 머리를 올렸어야 했다.

신랑이 될 사람도 이미 찾았다. 강수복이라는 궁중 시인인데 술고래에 익살꾼이었다. 조정에서 어떤 직위도 받지 않았지만, 재치 있는 입담과 시를 짓는 재능 덕에 잔치나 놀이에는 빠지면 안 될 인물이 되었다. 양반 출신인 그는 한때 엄청난 유산을 받았지만, 순식간에 다 탕진해 버렸고 그때부터 그는 이런 종류의 사람들이 가질만한 흠이란 흠은 다 가진 진정한 식객이 되었다. 서른다섯이라는 나이에 비해 외모는 보기에 썩 괜찮았다. 꾀가 많을 것 같이 반짝거리는 눈과 먹고 마시고 말하기 좋아하는 사람의 커다란 입을 가졌고 살집이 두둑한 쾌활한 사람이었다.

김철은 당연히 강수복을 잘 알고 있었고 양가감정으로 그를 대했다. 그가 잔치를 주도할 때는 진심으로 탄복했지만, 직접 대화라도 할라치면 불쾌함과 당혹감이 일었다. 항상 말재간을 부리고 다른 사람 말을 들을 줄을 모르는 데다 거리낌 없는 행동거지와 어딘가 건방진 듯한 시인의 어투에 불쾌하지 않을 수가 없었다.

이토록 평범하지 않은 사람이 민화에게 장가들려 한다. 마주치는 사람마다, 지나가는 사람마다 붙들고서는 자기가 노처녀를 구제한다고 뻐기면서 나발을 불고 다닌다. 그 소문이 김철의 귀에까지 들어갔을 때 그는 음산한 분노에 빠졌다. 김철은 살면서 아마 처음으로 궁중에서 쑥덕대는 사람들에게 세세하게 캐묻는 일에 착수했고, 강수복이 나발을 불 때 자기가 옆에 없어서 비통해했다. 아주 소중한 사람을 모욕했는데 정작 자신은 그 사람을 지켜줄 수가 없다는 감정에 김철은 휩싸였다. 여인의 명예를 옹호하지 못한 자는 이름값을 못 하는 법이다. 기사들이 여성에 대한 태도를 영구히 개선하고 나서 낭만주의 시대가 탄생한 것은 우연이 아니다.

뜻밖의 반전으로 끝나게 된 강수복의 중매 사건을 궁궐 전체가 며칠 동안 쑥덕댔다. 이야기꾼 재능을 발휘하여 등장인물을 솜씨 좋게 흉내 내고 자신을 가장 유리한 위치에 놓는 것도 잊지 않으면서 이 사건을 강수복 자신이 누구보다 더 그럴싸하게 소문내고 다녔다.

"있잖아, 드디어 학수고대하던 일가친척들을 다 모아서 내가 말했지. '자, 이제 제가 정신을 차리고 장가가기로 마음먹었습니다.' 그 사람들이, 아 글쎄, 처음에는 안 믿는 거야. 내가 또 농을 던진다고 하면서 말이야. 그 사람들이 안 믿으면 안 믿을수록, 내가 말이야, 응, 더 혼인하고 싶어지는 거야. 마침내 내가 확신을 주자 그 사람들이 좋은 옷으로 갈아입고 '서반아 꽃송이'를 내게 중신하려고 갔단 말이지. 나 역시도 그런 날을 맞아서 옷을 차려입고 기쁘게 승낙하는 응답을 목이 빠지게 기다렸지. 소주 한잔 들며 자축하려고 말이야. 글쎄 그런데 갑자기 하인이 달려오더니 나더러 신붓집으로 오라네. 신부가 얼마나 시집을 가고 싶었으면 지금 와서 즉석에서 혼인하자는 말인가, 그렇게 생각했지. 그래서 내가 서둘러 갔지. 근데 거기서 말이야, 무슨 일이 있었는지 아나? 모두가 울상을 하고 있는 거야. 무슨 일인가 싶어 물으니, 아 글쎄, 오래전에 이 낭자가 유럽에 갔을 때 어떤 도령이 낭자에게 백학도 부채를 선물로 줬다지, 청혼하는 글을 써서 말이야. 그래서 그 세월 동안 낭자가 절개를 지키고 있는 거라지 뭔가. 진정한 조선의 여인 아닌가! 낭자가 나에게 이렇게 말하네. '저는 강수복 나리께 시집갈 수 있습니다. 하지만 나리께서는 시인이자 고귀하기 그지없는 분이시라 저의 배신을 비난할 첫 번째 사람이 되시는 것 아닙니까? 제게 부채를 선물하신 분이 스스로 선물을 포기한다면 상황은 달라집니다. 그분도 포함해서 조선 전체가 들을 수 있도록 시를 한 수 써주십시오.' 이러는 거야. 내가 그런 지조를 보고 너무 감동해서 얼간이처럼 울 뻔했다니까. 그래서 … 그래서 내가 처자의 청을 들어주기로 약속했지 뭔가."

시인 강수복이 〈당신을 기다려요, 백학〉이라는 시를 쓰기 전, 이 한국 운문의 걸작이 가리키는 바로 그 사람이 사랑의 부름을 듣고 말았다. 그 사람이 민화의 집으로 얼마나 서둘렀는지 숙직을 마치자마자 무관의 정복을 입고 나타나 숙부와 집안사람들이 꽤나 겁을 집어먹었다. 민화만이, 담대하게, 그의 경직된 시선을 보고서도 함박웃음을 지으며 온몸에 환하게 불을 밝혔다.

"숙부님, 이분이 부채를 선물하신 바로 그분이시잖아요."

민화는 얼떨떨한 숙부가 정신을 차릴 새를 주지 않고 손님에게 성큼 다가가 세련된 자세로 인사하고 집안으로 안내했다. "어서 오십시오, 김철 도령님!"

민화가 처음으로 김철의 이름을 부르니 머리가 달짝지근하게 아득해졌다. 숙부도 미심쩍은 얼굴로 인사를 한 다음 김철이 집으로 들어가도록 앞세웠다.

남자들이 사랑채에 마주 앉았다. 두 사람 다 당황한 나머지 무슨 말을 해야 할지 몰랐다. 드디어 집주인 숙부가 헛기침을 한번 하고 마지못해 전통적인 질문을 던졌다.

"집안은 두루 무고하십니까?"

"감사합니다, 무고합니다. 집안에 별고는 없으시고요?"

"무탈합니다. 궁정 일은 좀 어떠십니까? 보위하시느라 힘이 많이 들 테지요?"

"아닙니다, 그리 힘들지 않습니다."

또다시 침묵이 흘렀다.

"아, 그렇지, 담배 태우시지요? 잠시만…" 집주인이 하녀를 부르려고 손뼉을 치자마자 문이 미끄러지듯 열리더니 술병과 안주 접시, 담배용품을 올린 술상을 들고 민화가 들어왔다.

"딱 맞춰 가지고 왔구나. 그런데 왜 네가 직접 들고 왔느냐, 하인들이 없느냐?"

"숙부님과 손님을 제가 직접 대접하면 더 좋을 것 같았어요, 숙부님."

"흠, 그건 그럴 수 있지. 하지만 손님께서 뭐라고 생각하시겠냐? 처녀가 총각 앞에 이렇게 나타나면 사람들이 점잖다고 하겠느냐?"

"그런 건 사람들이 직접 말하라고 하세요."

"그래?" 숙부가 김철의 속을 알 수 없는 얼굴을 슬쩍 보더니 말했다. "알았다. 얼른 따라드려라, 손님 목이 다 타겠다. 얼른, 기다리다 날 새겠다."

민화가 방글거리며 소주를 잔에 따랐다. 그녀의 동작 하나하나에서 우아함이 스며 나왔다. 민화가 두 손으로 숙부에게 먼저, 그다음으로 김철에게 술잔을 올렸다.

"받으세요."

김철이 말없이 감사하다는 뜻으로 고개를 주억이고 받았다.

"자, 와주신 … 에 … 손님의 건강을 위해 건배합시다." 집주인이 말했다.

그리고 한입에 털어 넣어 잔을 비웠다. 김철은 한 모금만 마셨다. 그는 술을 마시고 싶지 않았다. 이 놀라운 낭자가 이 자리에 있는 것 하나만으로도 이미 취했으니까.

"젊은 군관들은 이제 거의 술을 마실 줄 모르는 것 같더니만. 그럼 내 잔에 손수 따르지요." 집주인이 웃음을 섞어 말하고 술병의 목을 잡았다.

"숙부님, 이웃집에 가시기로 한 것을 잊지 않으셨지요?" 민화가 순진한 어투로 물었다.

"설마?" 집주인이 놀라더니 이내 금방 알아차리고 말했다. "맞아, 완전히 잊고 있었네. 늙어서 이러지. 상기해 줘서 고맙다. 한잔 마저 마시고 왼쪽 이웃집이든, 오른쪽 이웃집이든 가보련다."

"숙부님, 제가 따라드릴게요."

"그래, 그러려무나. 네가 따라주면 술이 잘 넘어가서 … "

집주인이 맛있게 한잔을 더 비웠다.

"그래, 그러기로 했으면 가야 하는 것이지. 귀한 손님이 오셨는데 실례했다면 죄송합니다."

노인이 끙 소리를 내며 일어섰다. 그는 나가려다 문 옆에서 방향을 바꾸어 고개를 흔들었다.

"조카, 어리석은 사람들의 입방아는 호랑이보다 무섭다."

"저도 알아요, 숙부님. 그렇지만 호랑이를 허구한 날 무서워하기만 해서는 살 수가 있나요."

"그 말도 맞다." 숙부가 킥킥거리며 나갔다.

둘만 남았다는 의식이 김철을 뒤흔들었다. 그가 경솔하게 행동한 것은 당연히 맞다. 총각이 밑도 끝도 없이 갑자기 처녀 집에 나타나는 것을 어디서 봤단 말인가. 그렇지만 이 처녀도 그러네. 숙부한테 말대답하는 거 보소!

침묵이 이어졌다. 입에서는 수천 마디가 아우성쳤지만, 김철은 무슨 말을 해야 할지 몰랐다.

"제가 어인 일로…"

"죄송하지만, 제가…"

두 사람이 동시에 말하는 바람에 서로 놀라서 둘 다 입을 다물었다. 민화가 먼저 웃음을 터뜨리자, 김철이 따라 하하거렸다. 한바탕 웃고 나자 마음이 훨씬 자유롭고 가벼워졌다.

"먼저 말씀하시지요…"

"아닙니다. 먼저 말씀하십시오."

김철이 이어지는 웃음과 함께 말했다.

"우리가 계속해서 같은 말을 동시에 하면 남의 생각을 읽는 이 집에서 도망쳐야 하겠군요."

"저는 먼저 사과를 드리고 싶었습니다. 제가 부채 이야기를 해서 도령님을 편치 않은 상황으로 몰았습니다." 민화가 김철의 눈을 응시하며 말했다. 김철이 민화의 시선에서 눈을 떼지 않으며 대답했다.

"저 또한 사과드리고 싶습니다. 제가 남의 선물을 제가 한 일인 양했습니다. 낭자는… 낭자께서는 제가 무슨 말씀을 드리고자 했는지 아시지요. 지금 그 무엇이 와도 저를 귀댁에서 나가게 할 수는 없습니다."

"도령님이 언약하신 것은요?" 민화가 장난스럽게 소리쳤다. "언약을 포기하시는 겁니까, 세뇨르?"

"세니예리?" 놀란 김철이 다시 물었다.

"앗, 죄송해요." 민화가 당황했다. "이 말은 서반아말인데 '나리'라는 뜻입니다."

"서반아어를 아십니까?" 김철이 놀라서 물었다.

"조금이요." 민화가 빙그레 웃었다.

"정말 대단하십시다! 그러면 서반아어로 제가 낭자를 어떻게 불러야 합니까?"

"세뇨리타."

"세뇨리타." 김철이 천천히 따라 했다. "세뇨리타 민화… 제가 발음을 맞게 했습니까?"

"예, 세뇨르 김철."

대화가 너무 우습게 되어서 두 사람은 밝게 깔깔거렸다.

"이제 그 언약은 어떻게 되는 겁니까?"

"언약 말입니까? 제가 했으니, 제가 빨리 거둬들여야지요."

"아아, 도령님은 돈 후안이시군요!"

"돈 후안이 무엇인지요? 저보고 집에 가라고 일부러 모르는 말을 쓰십니까?"

"아니에요, 세뇨르 김철." 민화가 서반아어로 말했다. "이 집과 저의 가슴에는 항상 당신이 들어오실 좋은 자리가 있을 겁니다."

김철이 얼어붙었다. 듣도 보도 못한 언어로 말했지만 뭔가 아주 소중한, 간직하고 싶은 말이라는 것을 민화의 환한 표정과 진심 어린 어투를 통해 알 수 있었다. 그렇긴 해도 무슨 말일까?

"저는 당연히 교양 없는 군관에 지나지 않습니다." 김철이 우울하게 말하면서 아니라는 민화의 몸짓에 고개를 저었다. "맞습니다. 교양 없는 군관입니다. 하지만 그래도 마음먹은 일은 꼭 하는 사람이라는 것을 증명하고 싶습니다. 낭자께서 그러기를 바라신다면, 금방 낭자께서 하신 말씀의 의미를 제가 이해하는 날이 올 거라고 장담합니다."

"도령님을 믿어요. 하지만…" 여기서 민화의 눈이 약게 번쩍였다. "그런데 도령님이 하신 약조에는 조건이 하나 없습니다. 기한이 빠져있어요. 아니면 무기한 약속을 남발하시는 분인가요?"

"기한은 낭자의 약속에 달려있습니다." 김철이 나직하게 말했다.

"무슨 약속이요?" 민화도 덩달아 소리를 낮춰 말했다.

"낭자가 제 옆에 언제나 계시면서 저를 돕겠다고 약속하시는 겁니다. 낭자는… 그렇게 해주시겠습니까?"

"예, 그럴게요."

그렇게 두 사람은 사랑을 고백하고 서로 마음을 합하려는 의지를 확인했다. 그날 저녁으로부터 스물세 해가 흘렀으나 모든 것이 어제, 아니, 오늘 방금 일어난 일처럼 여겨진다.

이 기억이 김철을 뒤흔들었다. 그는 일어나서 대청마루로 나갔다.

수많은 별 속에 휘영청 뜬 보름달이 전날 비극이 일어났던 마당으로 평화로운 달빛을 쏟아붓고 있었다. 미리 알 수만 있었더라면, 시간을 되돌릴 수만 있다면! 하지만, 그런 일은 누구도 할 수 없지 않은가. 과거로 빠져들어 가야만 시간을 뛰어넘을 수 있다니. 정말로 이제는 살면서 돌이켜 생각할 일만 남았단 말인가? 아마도 그럴 테다, 하지만 그것으로 충분하지 않나? 아무것도 돌이켜 생각할 것이 없을 때는 더 끔찍할 것이다…

김철이 담배에 불을 붙였다. 그리고 다시 행복한 과거의 기억으로 들어갔다.

사랑하는 여인과의 첫날밤이었다…

밟아야 할 혼인 절차 중에서 예사롭지 않게 긴 의식이 남았다. 신랑이 가까운 친척과 지기들을 대동하여 아침에 신부의 집으로 가는 일이다. 잔칫상 앞에 앉아 할당된 시간을 다 채운 후에 신랑이 신부를 자기 집으로 데려온다. 거기서 또 풍성하게 차려진 잔칫상 앞에 다시 고단하게 앉아있다. 주위 사람들이 전부 흥겹게 놀 때 혼인의 주인공들은 불편한 자리에 조각상처럼 절도 있는 자세를 유지하며 꼿꼿하게 앉아있어야 하는데, 신부가 장옷을 쓰고 있어서 얼굴이 가려졌기 때문에 이야기도, 시선도 주고받을 수가 없다. 이 모든 절차가 끝난 후에야 마침내 준비된 침실로 신랑 신부를 데려다주는데, 문턱에서 신랑은 엎어져 있는 호박 바가지를 발로 밟아 깨뜨려야 한다. 이 바가지는 일상에서 참으로 다양한 용도로 쓰이는 독특한 그릇인데 바가지를 깨뜨리는 전통의 의미를 두 가지 측면에서 새겨볼 수 있다. 하나는 신부의 처녀 시절과 이제는 완전히 이별한다는 뜻이고, 다른 하나는 치르지 않으면 첫날밤이 지나가지 않는 어떤 일이 지금 일어난다는 것을 의미한다. 하지만 신랑, 신부는 자기 둘만 남는 순간에도 남의 시선을 느꼈다. 흥미로운 풍습이 있었는데 구경꾼들이 문에 바른 창호지에 손가락으로 구멍을 뚫어서 신부가 처녀의 땋은 머리를 풀 때 신랑이 어떻게 도와주는지 훔쳐보았다. 첫날밤을 치르고 다음 날부터 신부는 이제 부녀의 쪽진머리를 하는 것이다.

두 사람이 무릎을 꿇고 앉았다. 김철은 예로부터 이어진 이 섬세한 풍습을 어떻게 시작해야 할지 몰랐다. 김철이 계속 망설이고 있을 때 갑자기 민화의 다정한 목소리가 들려왔다.

"세뇨르, 먼저 제 몸에서 쓰개를 벗기고 머리에서 장신구를 빼주세요."

김철은 숨이 멎을 것 같았지만 최대한 조심스럽게 행동하려고 애쓰면서 민화의 말을 따랐다. 머리카락에 손을 대자 비단결 같은 감촉이 느껴졌고, 풍겨오는 야생화 향기에 머리가 달콤하게 아득해졌다.

김철이 한숨을 돌리나 싶자 다시 속삭이는 소리가 들린다.

"힘들지 않으시면 이제 병풍으로 문을 좀 막아주세요."

김철은 머뭇거리지 않고 곧바로 시키는 대로 했다. 김철이 돌아서는 바로 그 순간에 민화가 머리를 흔들자 무거운 머리채가 밑으로 떨어져 윤기 나는 검은 파도가 되어 그녀의 얼굴과 어깨를 덮어버렸다. 이 광경에 얼마나 놀랐는지 김철은 붙박이처럼 그 자리에서 꼼짝도 하지 않고 얼어붙었다.

"어디 계시나요?" 민화가 팔을 앞으로 뻗었다.

"여깁니다." 김철이 대답하며 민화 쪽으로 천천히 다가갔다.

"치마가 얼마가 층층인지 도와주시지 않으면 벗을 수가 없습니다." 민화가 하소연하듯 말했다.

폭발하는 부드러움을 느끼며 그가 비단결 머리카락 장막을 걷자, 민화의 웃는 눈이 나타났다.

"저를 비웃으십니까?" 김철이 당황했다.

"저의 나리님, 너무 행복해서 웃고 있어요. 이제부터 저는 당신 것입니다." 그리고 그녀가 촛불을 불어서 껐다. "당신의 도움을 기다려요."

그는 그녀의 옷을 벗기기 시작했다. 그가 뭔가 서투르게 행동하면 그녀가 그의 손을 부드럽게 잡아 손길을 고쳐주었다. 손이 닿을 때마다 김철은 온탕과 냉탕을 왔다 갔다 했다. 명주 속적삼만 남았을 때 민화가 그의 손길을 멈추었다.

"이제 제가 도와드리겠습니다."

민화도 난생처음으로 남자의 옷을 벗기는 것이라 필요한 옷고름을 찾는 그녀의 손도 방향을 잃은 채 헤매고 있었다. 엉뚱한 곳을 더듬거리는 손길이 간지럽히자, 그는 애써 소리 죽여 킥킥거렸다.

"이런 옷을 누가 고안했답니까?" 민화가 앙탈을 부렸다. "이게 대체 뭔가요? 잡아당겨도 되나요?"

"됩니다." 김철이 너그럽게 허락했다.

매듭이 풀리는 것이 아니라 반대로 더 세게 엉키고 있었다.

"어마나, 내가 무슨 짓을 한 거람?"

김철이 민화의 도망치는 손을 잡아서 다시 있던 자리로 갖다 놓았다.

이런 놀이에 빠지다 보니 두 사람은 첫날밤에 으레 따라오는 부끄러움과 어색함을 피해 갈 수 있었다.

"이제 눈을 감으세요." 민화가 청했다.

"감지 않아도 아무것도 안 보입니다!" 이렇게 소리쳤지만, 김철은 고분고분하게 눈을 감았다.

바스락거리는 소리로 보아 김철은 그녀가 속곳을 벗었다고 생각했다. 그리고 미친 듯 두근거리는 심장 소리를 느끼며 팔을 뻗어 살포시 그녀를 안았다.

스물아홉 살 김철은 당연히 동정이 아니었다. 하지만 그가 안아본 여인들은 모두 기생이었다. 기생과의 만남은 친구들이 그를 꾀어낸 기생집에서 소주를 거나하게 마시고 취한 후에야 이루어졌다. 날이 밝으면 '깃발을 꽂은 방'에서 깨어나 하룻밤 상대가 가져온 아침을 먹으며 김철이 느끼는 건 숙취에 젖은 부끄러움과 외로운 독신 생활에 대한 우울함밖에 없었다.

한편 기생과의 놀음은 당시 양반들의 관습이었다. 결혼한 남자는 사랑의 여제가 수청을 든 요란한 밤을 보내고 아침에 태평하게 집에 나타날 수 있었다. 하늘이 맺어준 부인, 아이들의 어머니는 남편을 나무라지도 않았고, 남편을 돌보고 애정을 준 몸 파는 처자에게 오히려 감사하는 마음을 가졌다. 그래야 하는 일이 생기면 두 사람이 침소에 들 수 있도록 이부자리를 깔아주었다. 조금 사는 집안이라면 첩을 두어야 마땅하다고 여겼던 나라에서 어찌 안 그럴 수가 있겠는가. 많은 한국 문학 작품이 여러 모양으로 서자의 비극을 다뤘는데 보통은 아버지를 감히 아버지라고 부르지 못하는 슬픔을 묘사했다. 하지만 첩을 두는 제도나 한국 사회에서 횡행하는 보기 드문 이런 위선 자체를 비판하는 책은 없었다.

그런 환경에서 위대한 정열과 위업을 행할 수 있는 진정한 남자가 탄생할 수 있겠는가!

이런 생각을 장수이자 철학자인 김철은 훗날에 자주 했다. 어쩌면 비범한 여인을 만나서 사랑의 위대한 영적인 힘을 체험하는 흔치 않은 행운이 숙명적으로 그에게 찾아온 덕분에 이런 생각을 할 수 있었는지도 모르겠다.

잊지 못할 첫날밤, 팔베개해 준 아내의 머리를 은혜롭고 부드럽게 느끼면서 김철은 오랫동안 잠을 이루지 못했다. 그는 이 땅에 영원한 것은 아무것도 없으며 사랑은 더욱더 그러하다는 단순한 진실 하나를 깨달았다. 머리와 마음을 써서 부단하게 노력해야만 이 소중한 자연의 기적을 지킬 수 있다는 것을.

오랜 풍습에 따라 첫날밤이 지나고 아침이 되면 시어머니가 대추와 밤을 넣은 고깃국물에 쌀을 넣고 죽을 쑤어서 침소에 있는 며느리에게 들여보낸다. 어머니의 정을 느끼고 잠자리에 누워서 응석을 피울 마지막 기회를 주는 것이다. 그러고 나면 시집간 여자가 마땅히 해야 할 쪽진머리를 하고서 며느리는 남편을 돌보고 집안일을 하고 아이들을 양육하는, 누구에게도 떠넘길 수 없는 일을 이어받는다. 인제부터 며느리는 남편조차도 밤에만 들어올 수 있는 안채에서 대부분의 시간을 보낼 것이다.

그런데 민화에게는 시어머니가 없었다. 그래서 일찍 일어나 신혼부부 몸에 아주 좋다는 그 전통적인 죽을 직접 쑤었다. 민화가 쟁반을 들고 안방에 들어섰을 때 사랑과 다정함과 부드러움이 가득 찬 김철의 빛나는 눈이 그녀를 반겼다. 그들은 이런저런 이야기를 즐거이 나누며, 별것 아닌 것에 웃음을 터뜨리며 한 그릇에서 죽을 같이 떠먹었다. 행복감이 두 사람의 얼굴을 환하게 밝혔다. 결혼식을 하고 맞는 그 첫날 아침은 앞으로 펼쳐질 부부생활을 측정하는 도구 같은 것이었다. 같이 잠자리를 한 두 사람 사이에 미소나 다정한 말, 행복한 웃음이 따르지 않을만한 일은 없었다. 내외가 각 방을 쓰는 양반댁 전통을 거슬러 민화는 안방을 함께 자는 침실로 만들었다. 게다가 침실 옆에 돌로 쌓은 작은 타원형의 욕조를 둔 방을 마련하라고 일렀다. 남편이 근무를 마치고 귀가하면 그 욕조에는 항상 뜨거운 물이 채워졌다. 그들은 자주 같이 목욕했고 아이들처럼 물장구도 치고 누가 더 물속에서 오래 숨을 참는지 시합도 하였다. 목욕을 마칠 때는 장난 덕에 한껏 젊어진 모습이었다.

가을에 김철은 추석을 맞아 개성으로 가는 왕의 연례 행차에 동행했다. 이것은 혼인하고 처음으로 장기간 집을 떠나는 여행이었기에 사랑하는 여인을 안으러 집으로 돌아오는 길을 얼마나 서둘렀는지는 누구라도 알 것이다. 그런데 한국 가정의 예절을 따르자면 다른 식으로 만나야 했다. 김철이 저녁이 다 돼서 집에 당도하자 부인이 몸종들과 함께 대문 옆에 서서 공손하게 절하며 남편을 맞았다. 의례적인 인사, 의례적인 질문과 답변들이 오갔다. 둘만 남게 되어서야 김철은 자기감정에 의지를 허락했다. 민화를 두 팔로 안고서 그녀의 얼굴을 샅샅이 입맞춤했다. 한국인 중 누가 이 장면을 봤더라면 위선적인 분노로 침을 뱉었을 것이다. 고요한 아침의 나라에서는 여인에게 입을 맞추는 것이 예의에 어긋났기 때문이다.

김철은 여독을 풀러 몸을 씻으라는 제안을 기꺼이 받아들였다. 뜨거운 물에 몸을 담그고 보니 그가 출타하였던 동안에 개조된 욕조가 눈에 들어왔다. 타원형 욕조 한쪽에 방수관을 달아 벽까지 연결해 놓은 것이다.

민화도 옷을 벗고 미끄러지듯 욕조로 들어왔다. 물속에서 그녀는 완전히 가벼웠고 유난히 매혹적이었다. 이 우단 같은 피부와 고분고분한 몸을 아무리 애무해도, 탱탱한 젖가슴의 딱딱해진 젖꼭지에 아무리 입맞춤해도 질리지 않을 것 같았다.

"눈을 감고 저를 따라오세요." 민화가 말했다.

김철은 손바닥을 민화의 허리선에 올려놓고 방수관을 따라 안으로 민화의 뒤를 잘 따라갔다. 그녀가 갑자기 물속으로 들어가더니 사라져 버렸다. 김철이 눈을 뜨고 당황하여 손으로 더듬었다. 그제야 김철은 벽 안에 수중 통로를 뚫어놓은 것을 알아챘다. 그는 그곳을 통과하여 수면 위로 떠 오르며 푸아, 하고 소리쳤다. 커다란 가을 별들이 반짝이는 거대한 검은 하늘이 돔을 이루며 그 위로 펼쳐졌다. 축축하고 서늘한 공기와 따뜻한 물이 기분 좋은 대조를 이루었다.

민화가 그의 품에 안겨 왔다.

"참으로 좋지요?"

그는 대답 대신 그녀를 꽉 껴안았다. 이런 새로운 발상 속에 그녀의 전부가 들어있었다. 지치지 않고 끊임없이 꿈을 꾸고, 삶의 기쁨을 누리고 보살피고 사랑하는 민화가 있었다. 그는 지루해서 침울하거나 힘들어하는 그녀의 모습을 한 번도 본 적이 없다. 민화는 무슨 일을 하든지, 책을 읽든, 자수를 놓든, 음식을 하든, 김철 그리고 나중에는 아이들에게 서반아어와 불란서어를 가르치든, 창작의 기쁨을 주변과 나누며 하는 일에 오롯이 몰두했다.

민화는 아이들에게도 무슨 일을 하든 열정과 열의를 다하여서 하라고 가르쳤다. 자기 자신은 활쏘기, 말타기, 자치기나 칼땅치기 같은 사내아이들의 여러 놀이를 배웠다. 하지만 제일 좋아하는 것은 그네였다. 놀이터에서 아가씨들이나 아이들이 타고 노는 그런 그네가 아니라 엄청나게 큰 나무의 굵은 가지에 높이 매달린 진짜 한국식 그네를 타면 하늘로 후루룩 날아오를 수 있었다. 그런 그네 타기는 예로부터 이어져 오는 한국 처자들의 놀이였는데 명절이면 어떤 처녀들이 두려움 없이 능숙하게 그네 타기를 하는지를 보는 일종의 시합을 꼭 치렀다. 민화는 그런 자질을 온전히 물려받았다. 김철이 소심한 사람은 아니었지만, 민화가 함박웃음을 지으며 얇은 나뭇가지에 달려 미친 속도로 아래로 내려갔다 위로 다시 올라가며 엄청난 아치를 그리는 것을 볼 때면 숨이 멎을 것 같았다.

치마를 펄럭이며 온 존재로 앞으로 나아가 공중에서 날아다니는 민화를 김철은 얼마나 자주 회상했던가! 그들이 함께 살았던 삶은 순식간에 날아가 버렸지만 잊을 수 없이 선명한 순간으로 김철의 뇌리에 남았다. 환하고 따스한 기억은 죽을 때까지 그렇게 김철 안에 간직되었다.

제8장

장 레일이 왔다.

아이가 죽으면, 모두를 잃어버린 것은 아니고 봄이 오면 새로 오는 아이들이 풀밭을 아장거리고 다닐 거라는 의식이 부모의 슬픔을 달랠 수 있다.

나이 든 늙은이를 묻을 때면 고인을 꽃상여에 메고 가면서 노래를 부르고 춤을 추기도 한다. 소중한 이들의 슬픔이야 말할 것도 없겠지만, 그와 동시에 그 슬픔은 찬란하다. 존재의 기쁨을 누렸던 사람이 이 세상 모든 생명체가 그러듯 자연스럽게 땅에 묻히기 때문이다.

무사가 죽을 때면, 그에게 최후의 영예가 주어진다. 이 순간에 여인들의 통곡과 한탄은 적절하지 않다. 준엄한 비애와 복수의 갈망으로 가득 찬 남자의 마음을 약하게 하기 때문이다.

하지만 어제까지 자신의 아름다움으로 눈을 기쁘게 했던 젊은 여인을 축축한 땅에 묻을 때면 절망이 끝을 모른다. 그런 운명의 불의와 화해할 수 있는 의식은 없기 때문이다.

미옥은 마음이 아이와 같았으나 위험에 처한 사랑하는 이의 등을 막아서면서 세월로 단련된 사람처럼 행동했다. 여자였으나 적의 칼에 용감하게 몸을 던지며 무사처럼 행동했다. 제 죽음으로 미옥은 살아남은 자들의 심장을 흔들어 깨웠다. 어쩌면 이 때문에 그녀의 장례식에는 주먹으로 땅을 치면서 대성통곡하고 머리를 절망적으로 쥐어뜯는 그런 한국식 의례(과연 한국만 그렇겠는가?)상 으레 그래야 하는 과장된 슬픔이 없었다.

고민으로 억눌린 사람들의 얼굴에 슬픔의 그림자가 드리웠다. 무엇을 위해서 사람은 사는가? 누구를 위해 목숨을 내어놓는가?

긴 장례 의식의, 아마도 이별을 늦추고자 함이리라, 부산함과 분주함이 다 끝나고 아침까지 미옥의 몸이 누웠던 바로 그 방에 아버지와 두 아들이 모였다.

아이들이 아직 어렸을 그 옛날부터 이미 김철의 가족에는 전통이 있었다. 저녁이면 모두가 한자리에 모여 이야기를 나누고 책을 읽었다. 노래를 부르고 악기를 연주하고 그림도 그렸다.

해가 갈수록 이야기 주제는 점점 더 진지해졌고 아들들은 이런저런 문제에 대해 자기 견해를 피력했다. 그리고 부모들은 항상 경청하고 동등한 입장에서 진지하게 쟁점을 토론하려고 애썼다. 아들들도 그렇고, 집안의 가장도 그렇고 어머니가 들려주는 저 머나먼 유럽의 생활과 삶, 풍습 이야기를 좋아했다. 게다가 민화는 그곳과 이곳 중 어디가 더 낫다고 말하지 않았다. 여자의 감으로, 삶이 스스로 현명하게 나아갈 방향을 알려줄 거로 생각했다. 하지만 사람에게 가장 중요한 것은 배우려는 노력이라고 항상 강조했다. 그리고 스스로 본을 보이면서 그러한 노력을 아이들에게 심어주었다.

그런데 아들들만이 민화에게서 그런 위대하고 지칠 줄 모르는 인식욕을 본받았을까? 김철 자신은 어떠한가? 바로 그 첫 만남부터 지금에 이르기까지 사물의 본질에 닿고자 하는 열망, 모든 것의 의미를 찾는 끝없는 열망이 그를 사로잡는다. 민화와 지냈던 시간이 꿈이었는가, 아니면 현재가 꿈이란 말인가, 지금 그는 이를 알 수 없었다. 민화와 함께할 때는 위대한 업적을 이루고 싶은 갈망과 낭만이 있었다. 그녀가 없는 삶은 모든 것이 빛을 잃고 헛되어 보인다.

하지만 그때의 삶, 그때의 세상과 지금을 연결해 준 실체가 하나 있었다. 자식들이었다. 이들은 아버지가 있는 곳에서는 고개를 들지 말라고 아이들에게 가르치는 한국의 모든 관습을 거슬러서 지금 김철 앞에 앉아 그의 눈을 똑바로 바라보고 있다. 이 관습을 김철의 부모들과 김철 자신도 숭배했었지만, 오늘에서야 그는 보여주기 위한 허황된 권위를 좇으며 사는 사람들이 어떤 어리석은 일들을 궁리해 낼 수 있는지 깨달았다. 자기 자식의 총명한 눈빛보다, 지혜와 품위, 사랑과 믿음이 빛나는 그 눈빛보다 더 아름다운 것이 세상에 있던가. 틀림없이 이들의 삶은 쉽지 않을 것이다. 남들의 슬픔에 공감할 줄 알고 불의에 타협하지 않으며 사랑에 열린 마음을 가진 모든 사람의 삶이 녹록하지 않듯이. 무심하고 굴복하고 계산적인 삶이 천배는 더 평안할 것이다. 하지만 김철이 자기 자식들에게 그런 삶을 바랐다면 어릴 때부터 절에 맡겨 그들이 거기서 세상과 단절된 고요와 자비 속에서 자기 자신만 보면서 기도만 하며 살라고 했을 것이다. 김철은 어떤 부모라도 그렇듯 자식들이 행복하기를 바란다. 하지만 행복이 무엇일까? 자신이 생각하는 본분과 명예에 걸맞은 어떤 결정을 지금 김철이 말한다면, 그것으로 자식들의 인생을 망치지는 않을까?

삼일장을 치르는 사흘 내내 그는 가슴으로 괴로워하며 이것을 고민했다. 물론 자식들에게는 고수하고 싶은 자기 생각이 있다. 그들을 그렇게 키우지 않았나. 그런데 중요한 것은, 자식들이 김철의 결정을 받들어 그의 뒤를 따르리라는 것을 그가 마음속 깊이 확실하게 알았다는 것이다. 이 확신은 이상하게도 그를 괴롭혔고 자신의 결정이 올바른지 의심이 솟구쳤다. 그래서 김철은 옛날이야기로 말을 시작했다.

너희들 어머니가 언젠가 내게 이상한 설화를 하나 말해준 적 있다. 옛날옛적에 먼 나라 스코틀랜드에, 어머니 말로는 그 나라가 한국과 많이 닮았다는구나, 선한 부족이 살았다. 사람들은 소를 키우고 농사를 짓고 물고기를 잡고 아이들을 길렀지. 다른 사람들이 사는 것과 비슷하지만 또 완전히 같은 것은 아니었어. 왜냐하면, 탐욕과 적의와 사리사욕이 판을 치던 시대였기 때문이야. 그런데 이 부족은 모든 것이 달랐단다. 한 사람 한 사람이 다른 사람들에게 선의와 행운, 사랑을 기원했지.

어느 날 늑대의 질서에 지배되어 사는 다른 부족의 족장이 선한 이웃 부족이 다른 식으로 살 수 있는 이유를 어찌하다 알게 되었어. 그 부족이 어떤 비상한 음료를 제조하는 비법을 알고 있는데 그 음료를 마시면 사람이 착하고 밝아져서라는 거야. 질투에 사로잡힌 부족장은 그 음료수 제조 비법을 입수하기로 마음먹었지. 기습 공격을 위해 군사를 몰래 모집했어. 장기간의 전투에서 적들의 수가 많았기에 착한 부족은 패전했지. 착한 부족의 연로한 족장과 그의 막내아들이 포로로 잡혔어. 그들은 포로를 나무에 묶어 비법을 알아내려고 고문하기 시작했지. 늙은 족장이 견디지 못하고 고문자의 귀에 대고 속삭였어. "비법을 넘겨주겠소. 먼저 부탁이 하나 있소. 내 아들이 나의 명예가 실추되는 꼴을 목격하는 것을 원치 않으니 아들을 먼저 죽이시오.

신이 난 적들이 족장의 아들을 바로 죽였어. 그러자 늙은 족장이 껄껄 웃으며 말했어. "나는 내 아들이 고문을 견디지 못해 배신의 치욕으로 자신을 더럽힐까 봐 걱정했다. 너희들은 내게서 아무것도 얻지 못할 것이다.

실제로 늙은 족장은 비법을 넘겨주지 않고 고문당하다가 죽었다.

김철이 말을 그치고 궁금한 눈빛으로 아들들의 얼굴을 바라보았다. 그는 자식들이 무슨 말을 할지 알고 싶었다. 김철은 보통 아이들에게 무슨 일을 직설적으로 묻기보다는 어떤 이야기를 해주고 나서 조용히 반응을 기다렸다.

"아버지, 이 설화를 저희에게 들려주신 적이 없습니다!" 동철이 외쳤다. "책에서도 비슷한 이야기를 읽은 적이 없어요."

"그런데 늙은 족장은 왜 아들이 고문을 견디지 못할 것으로 생각했을까요?" 강철이 미간을 찌푸렸다. "아들도 자기 숙명을 선택할 권리가 있지 않습니까…"

항상 이렇다. 작은놈은 형식과 아름다움, 낭만적인 것에 끌리고 큰놈은 본질을 낚아챈다.

"나 자신도 이 설화를 두고 여러 번 곰곰이 생각해 봤다. 자기 자식을 자기 손으로 죽음으로 내모는 것보다 더 끔찍한 것이 실제로 뭐가 있겠느냐? 그는 그렇게 행동하는 것이 마땅했느냐? 그렇다. 왜냐하면 족장의 본분은 아비의 감정보다 더 숭고한 것이다. 다른 측면에서 보자. 만약 족장이 아들이 배신하지 않으리라고 확신했다 해도 그는 똑같이 행동했을 것이다.

아들이 끔찍한 고통을 피할 수 있도록, 모든 고통이 자신을 향하게 하도록."

"그런데 아들도 그렇게 할 수 있지 않았을까요?" 강철이 반박했다.

"암, 그럴 수 있었겠지." 김철이 수긍했다. "하지만 족장은 현명한 삶의 경험이 있었고 자신의 능력치를 알았으며 연장자로서의 선택권이 있었다. 그래, 그 둘은 함께 모든 고문을 겪어낼 수도 있었겠지. 만약… 만약 그들이 아비와 아들이 아니었다면. 적들이 아들을 살려주겠다고 약속할 수도 있지 않았겠니. 그땐, 누가 알겠느냐, 족장이 버틸 수 있었을지 아닐지를."

"만약 아들을 살리려고 족장이 배신을 택했다면 그가 나중에 어떻게 살아갈 수 있겠습니까?" 동철이 흥분하여 외쳤다. "게다가 아버지가 자기 때문에 명예를 더럽혔다는 것을 아들이 아는 것은 어떻겠습니까?"

"네 말도 맞다, 아들아." 김철이 고개를 끄덕였다. "사랑과 의심은 사람을 약하게 만든다. 또 그와 동시에 바로 이 사랑과 의심이 우리를 살면서 올바른 선택을 하도록, 역경을 꿋꿋이 견디도록 돕지. 나의 아이들아, 사는 동안 항상 이것을 명심해라.

이제 내가 너희에게 하고 싶은 말이 있다. 지금은 자기 자신만 생각해서는 안 되는 때이다. 우리나라가 식민지 무법천지의 어둠 속으로 빠져들고 있다. 한국은 오랜 세월 쓰라린 굴욕과 고통을 겪을 것이다. 동철아, 네 생각은 조금 다르다는 것을 나도 알고 있고 네 견해도 존중한다. 하지만 일제의 군인들이 내 땅을 짓밟고 원하는 짓은 뭐든 저지르는 것을 보는 상황이 나는 고통스럽구나. 설화 속 그 족장처럼, 내가 아무것도 알아채지 못하고 아무것도 하지 않으면서 산다면 나는 명예가 실추된 사람처럼 느낄 것이다. 그러면서도 나는 너희들의 선택권을 존중한다."

김철이 잠시 말을 멈추고 침묵했다. 비단 그의 인생만이 아니라 자식들의 인생도 완전히 뒤바꿀 말을 하려는 지금 그는 잘하고 있는 것일까? 어떤 말을 마음속에 품고 있을 때 우리는 이 말의 주인이다. 말을 하는 순간 우리는 이 말의 노예가 된다.

"우리는 지구상에 존재하는 가장 가까운 관계로 묶여있다. 그래서 한 사람의 운명은 다른 사람의 운명을 건드리지 않을 수가 없다. 기쁜 일이든 슬픈 일이든 말이다. 내 아들들아, 내가 말하고 싶은 것이 있다. 동철아, 너의 길은 일본, 대학이다. 너도 나와 같은 생각이라면, 좋다, 잘 가거라, 아들아! 일본어를 배워라, 그들의 문화, 생활, 풍습을 배워라. 하지만 너의 지식이 한국을 위해 쓰여야 한다는 것을 항상 명심해라."

"아버지는요? 강철이 형님은 어찌 되는 겁니까?"

"우리는 자신의 길을 갈 거다. 너의 형은 직업이 군인이고 전하와 조국에 맹세했다. 우리에게 무슨 일이 생긴다면 너는 우리의 비밀을 모르는 것이 낫다. 그렇지만 우리에게 무슨 일이 생기든 너는 이것 하나만은 믿어야 한다. '우리가 한국을 위해서 그 일을 했다'라는 것을."

"아버지, 형님과 아버지께서 무슨 길을 택하시는지 제가 알 것 같습니다. 저 또한 그 길에 함께 하고 싶습니다. 제가… 못 미더우십니까?" 동철이 아프게 물었다.

"내가 너를 신뢰하느냐 못하느냐의 문제가 아니다. 나는 네가 우리와 함께하려는 감정만으로 같이 가는 것을 원치 않는다. 네 결정을 고집하지 마라, 아들아, 내 너에게 부탁한다. 아버지를, 아버지의 경험을 믿어다오. 네가 최종적인 결정을 내릴 때가 앞으로 올 거야. 네가 장차 얼마큼의 시련을 겪어내야 할지 누가 알겠느냐. 그렇지만 나는 네가 명예롭게 견뎌낼 것이라 믿는다."

"아버지, 제가 뭘 하면 되겠습니까?" 동철이 절망적으로 소리쳤다.

"가서 자라." 김철이 얼굴을 펴고 말없이 웃었다. "내일 일찍 한성으로 돌아가야지. 일본 갈 준비를 해야 하지 않니. 나는 네가 떠나기 전에 당도할 수 있으니 우리가 작별 인사를 나눌 시간이 있을 거다."

동철이 조금 꾸물대더니 일어나서 인사했다.

"아버지, 형님, 안녕히 주무십시오!"

막내아들이 문 너머로 사라질 때까지 아버지는 다정스러운 눈빛으로 바라보았다. 일주일 후에 동철은 일본으로 떠날 것이고 그렇게 되면 김철은 작정한 계획을 실행할 자유를 얻는다. 모든 것이 실패로 끝날 때 타격을 오롯이 자신이 감당할 준비가 되었다.

김철이 강철에게 눈을 돌렸다. 아들의 얼굴은 단호한 결의로 빛났다. 강철은 흔들리지 않을 것이다. 복수라는 열망이 그의 가슴을 철갑으로 무장했다.

"오늘 나는 일본 침략자들에게 무자비한 전쟁을 선포한다." 나직한 김철의 목소리가 엄숙하게 울렸다. 마치 아들 앞에서 맹세하는 듯했다. "지금, 이 나라에는 더럽혀진 조국의 명예를 위해 손에 무기를 들고 싸우려는 사람이 적다는 것을 알고 있다. 하지만 자유보다 중한 것이 없고 노예의 삶보다 죽음이 더 값지다는 것을 수천수만이 알게 될 날이 올 것이다! 강철아, 나와 함께 갈 준비가 되었느냐?"

"예!" 강철이 달뜬 목소리로 대답했다. "저도 그렇게 생각합니다, 아버지, 이 개만도 못한 이들에게 원수를 갚겠습니다. 미옥이의 죽음에 대한 핏값을 받아내겠습니다!"

"좋다, 내 아들. 남자는 공격을 공격으로 받아쳐야 하지만, 사가 공을 가려선 안 된다는 것을 네가 명심했으면 한다. 너희 연대 장교들 가운데 우리와 함께하려는 용사가 있느냐?"

"있습니다. 다섯 명은 확실하게 믿을 수 있습니다. 아버지께서도 그 다섯을 다 보셨습니다. 사실 그중 둘은 오늘 난촌으로 갔는데 금방 돌아올 겁니다."

"그중에서 한 명이 하인을 가장해서 나와 함께 한성으로 가야 한다. 무슨 일이 생기면 그가 너에게 소식을 전할 것이다."

"이창호가 제일 적임자인 것 같습니다."

"좋다." 김철이 고개를 끄덕였다.

"아버지, 무엇을 결심하셨는지 제가 알 수는 없겠습니까?"

"일단 대략적인 것만 알려주마. 오늘 밤 나는 서신 몇 통을 쓸 것인데 내 친구들에게 전해주어야 한다. 내일모레 길을 떠나 널문리 주막마을, 신천을 거쳐서 갈 것이다. 만날 사람이 있어서 길을 돌아가는 거야. 한 달, 한 달 반 후에 우리는 한반도 북부로 떠날 것이고 거기서 전투를 벌일 거다. 왜 그곳으로 가냐고? 북쪽 사람들이 남쪽 사람들보다 더 강하고 더 용감하고 더 자유롭다. 역사적으로 그렇게 된 거야. 왜냐하면 떼몰이, 사냥, 산삼 캐기, 금맥 찾기같이 하는 일의 속성 자체가 그런 자질이 필요해. 북쪽에는 몸을 숨길 산이 있고 거기서 만주, 중국, 노서아 연해주가 가깝다."

"두만강을 넘어갈 일이 진짜로 생길까요?" 강철이 어조를 높여 물었다.

"너와 내가 택한 그 길에는 위험하고 느닷없고 곤궁한 일들이 도사리고 있을 거다. 무슨 일이든 일어날 수 있다. 내가 아는 한 가지는 이 길은 약한 남자를 위한 길이 아니라는 것이다."

"한 달 동안 제가 할 일은요?"

"집을 팔고 큰 돛단배를 하나 사거라. 도리가 없을 때는 교환하거나. 하지만 시끄럽지 않게 아는 사람이 없도록 처리해라. 누가 알아내려고 애쓰면 어부가 되기로 했다고 말해라. 이 시간 동안 네 사람들과 돛단배 조종하는 법을 익히도록 해라. 그다음 행동은 나중에 맞추도록 하자. 걱정되는 것이 있느냐?"

"예, 아버지. 아들놈은 어떻게 할지 생각하고 있었습니다."

"어떻게 하기로 했느냐?"

강철이 생각에 잠겼다. 아기가 엄청난 걸림돌이 될 것은 불을 보듯 뻔하다. 하지만… 어떻게 그런 가엾은 핏덩이를 두고 간단 말인가?

"아버지, 이모님은 어떻게 됩니까?"

아들의 생각이 어떻게 흐르는지 감을 잡은 김철이 옅게 웃었다.

"이모님은 삼척에 작은 집 한 채가 있다. 남편에게서 유산으로 받은 거다. 나도 집과 전답을 팔아서 이모님께 대부분 드릴 것이다. 내 보기에는 이모님이 철수를 잘 돌봐주실 거다. 아기를 직접 데려다준 후에 그때 같이 다음 계획을 자세히 의논하자. 이제 붓과 종이를 내게 가져다주고 그만 잠자리에 들어라."

아들이 좌상과 문방사우를 가지고 왔다.

"아버지, 그만 물러가겠습니다."

"그렇게 하여라."

김철은 첫 번째 서신을 왕의 시위대에서 함께 일했던 박길수에게 쓰기로 했다. 궁궐에 닌자들이 침입했던 잊을 수 없는 그날 밤 박길수 또한 자상을 입었지만, 그는 마지막 순간까지 손에서 무기를 놓지 않았다. 일 년 후 박길수는 평양 군수의 경호대장으로 영전했다. 그에게서 마지막 소식을 두 달 전에 받았는데 그도 해임되어 시골 고향 땅에서 산다고 전했다.

김철이 붓으로 먹물을 찍었다.

무고하신가!
우리가 만나지 못한 지가 오래되었으나 나는 자주 자네 생각을 하네. 가내 두루 평안하시기를 바라네. 내가 자네 편지를 받았으나 어쩌다 보니 답신을 쓸 기회를 못 찾았네. 자네와 나의 생은 비슷하네. 앞으로 할 일은 손주들의 재롱을 보고 집안일을 하고 기억 속에서 과거를 파헤치는 것만 남았네. 삼십 년 전 우리가 호랑이 사냥을 하러 갔던 것을 기억하나? 어깨동무하고 가면서 얼마나 무서워했는가? 손에 들린 허접한 창으로 무시무시한 짐승을 땅으로 내리찍어야 한다는 생각이 공포감을 몰고 왔지. 그래도 어찌 된 일인지 우리가 짐승을 잡았잖나! 물론 그렇게 된 데는 이틀 동안 쫓아다니며 산짐승의 힘을 빼놓은 몰이꾼들의 공이 컸지만, 스무 살도 안 된 우리도 얼굴에 먹칠은 하지 않았지.

우리가 다시 창을 들고 무력해서 멸시당하고 절망하여 울고 있는 한국을 휘젓고 다니는, 호랑이보다 무서운 짐승을 잡으러 사냥을 가야 할 때가 아닌가? 벗이여, 나는 준비가 되었네. 내가 자네를 위험한 일로 부르는 것을 알고 있네. 우리가 정녕 얼마나 많은 죽음을 눈앞에서 보았는가?

자네 뜻도 같다면 사냥꾼을 모으게, 짐승을 잡으러 가세.

벗이 쓰네.

두 번째 서신은 아주 짧았다. 신의주 국경수비대장 이송일 앞으로 썼다. 김철과 마찬가지로 이송일도 무관 집안에서 태어나 부모님을 일찍 여의었다. 그들은 육군무관학교에서 공부했고 지기가 되었다. 이송일은 최근 15년 동안 나라의 북방 국경을 수비했고 무기를 들고 국경을 침입하려는 자들을 무자비하게 처단했다. 그렇게 들어오는 사람 중에는 노인이든 아이들이든 가리지 않고 죽이고 포악한 짓을 저질러 국경 근처에 사는 사람들을 공포에 떨게 하는 만주족이 특히 많았다.

반년 전에 이송일이 한성에 왔을 때 김철이 그를 집으로 초대했다. 막역한 벗들은 많은 대화를 나누었다. 처음에는 한일 병합에 대한 주제를 웬만하면 피하려고 애썼다. 그러다가 이송일이 분을 터뜨렸고 김철은 친구가 맹렬하게 왕과 조정을 공격하는 모습에 깜짝 놀랐다.

"나라가 머리부터 발끝까지 썩어버렸네, 썩은 과실처럼 왜놈들의 발아래로 떨어졌어. 이들은 이제 오랫동안 우리를 멸시하며 짓밟을 거네. 한국인들이 자기들도 사람, 긍지가 있는 사람이라는 사실을 깨달을 때까지."

그의 말은 김철의 생각과 공명했으나 그때는 이야기를 나누는 것으로만 그쳤다. 이송일은 지금 말을 행동으로 옮길 준비가 되었을까? 군대와는 달리 국경수비대는 아직 재편되지 않았잖은가. 물론 정해진 기한까지겠지만. 하지만 김철은 그의 친구가 지위에 목숨 거는 사람은 아니라는 것을 알고 있었다. 이송일의 용맹스러운 얼굴과 황소를 한방에 넘어뜨릴 수도 있는 무쇠 같은 주먹이 김철의 눈앞에 어른거렸다. 아니다, 어릴 때부터 아는 사람을 의심하기는 가당치 않다. 그래서 김철은 마음을 굳히고 서신을 써 내려갔다.

　　잘 지내시나, 언제나 곁에 있는 나의 벗!
　　자네가 반년 전에 우리 집에 왔을 때 이미 많은 이야기를 나눴기에 짧게 적네. 자네 말이 맞네. 썩은 과실은 땅으로 떨어지지만, 그건 재난이 아니네. 나무가 무사히 살아남기만 하면 온전한 과실을 더 맺을 거네. 우리가 과수원 지기가 아니라 애석하지만, 간악한 시대에 탐욕스러운 벌레의 공격을 물리치고 과수원과 논밭을 지키려 일어서는 것이 진정 무사의 사명이 아니겠는가?
　　나는 준비가 되었네.
　　　　　　　　　　　　　　　　　　　　　　　　　　　벗이 쓰네.

　마지막 세 번째 서한은 수양아들 허학춘 앞으로 썼다. 언젠가 김철에게는 목숨을 바쳐 주인에게 충성한 허진학이라는 하인이 있었다. 사건은 김철이 무관 지위를 받자마자 일어났다. 수많은 축전과 선물 중에 당과와 과일도 있었다. 허진학은 주인 나리에게 음식을 올리기 전에 먼저 맛을 봤는데 이번에도 평소의 습관대로 했다. 그런데 당과 상자 하나에 독극물이 들었다는 사실이 밝혀졌다.

　끔찍한 고통 속에서 충성스러운 하인이 죽어갔다. 의식이 있던 잠깐의 순간에 그는 어린 아들을 돌봐줄 것을 주인에게 호소했고 김철은 그 약속을 지켰다. 허학춘은 열네 살까지 김철의 집에서 살며 양육되다 개성행정학교로 보내졌다. 그곳을 졸업하고 나서 여기저기 가리지 않고 닥치는 대로 일했지만, 지혜와 지식과 집요한 성격 덕에 혈혈단신 고아가 평민으로서는 놀랄만한 출세를 할 수 있었다. 그는 북쪽 지방 함경도관찰사의 오른팔이 되었다. 이 직을 수행하며 허학춘은 능숙하고 정직한 관리자로 이름을 알렸다. 그는 처음으로 산삼 채취허가권, 녹용과 금 채굴권 판매 체계를 도입했고 댐과 제분소를 건설하고 산림 벌채와 조림을 시작했다. 그의 노력 덕분에 한국 최초의 공예학교가 설립되었고 그곳에서 평민 출신 아이들에게 도예, 철공, 가죽 세공 따위를 가르쳤다. 함경도에서 허학춘의 이름을 모르는 자는 없었다. 일을 지혜롭게 잘해서만이 아니라 그의 인간적이고 겸손한 모습 때문에 사람들이 그를 존경했다. 평민의 아들 허학춘은 높은 지위나 명성에 취하지 않고 변함없이 모두에게 친절했으며 남의 말을 경청하고 필요한 곳에 도움을 주었다.

허학춘이 한양에 다니러 올 때면 수양아버지를 반드시 찾아뵈었다. 석 달 전에도 그런 일이 있었다. 마르고 호기심이 많던 소년은 총명하고 어진 얼굴을 가진 키가 크고 기골이 장대한 남자로 진작에 성장했다. 그와 이야 기를 나눠본 사람이라면 모두 그의 해박한 지식과 비유가 넘쳐나는 말솜씨 에 깜짝 놀랐다. 그는 속담과 격언, 수수께끼와 익살맞은 이야기의 행간을 잘 파악했고 한국 여러 곳의 사투리를 다 동원하여 이야기를 잘 구사했으 며 어떤 사람을 만나도 배움의 크기나 지위, 사회적 계급과 상관없이 얘깃 거리를 만들어 낼 수 있었다. 학춘과 함께 있으면 즐거웠다. 아는 게 많고 생각도 많이 할 뿐만 아니라 자기 생각에 말로 된 생생한 옷을 입힐 줄 아는 사람들과 함께 있으면 으레 즐거운 법이 아닌가.

김철은 한국의 미래에 대한 허학춘의 견해가 몹시도 궁금했다. 허학춘의 말을 듣고 김철은 깜짝 놀랐다.

"과거의 글자가 미래의 깨끗한 종이에 뚜렷하게 스며든다는 공자의 말 씀을 나리께서는 기억하실 겁니다. 다른 말로 하면 역사를 알지 못하고서 는 현재를 파악할 수 없고 내일이 어떻게 될지 예견하는 것은 더더구나 불 가능합니다.

인간이 어떻게 생각났는지는 학자와 철학자, 성직자들이 논쟁 중이고 앞 으로도 계속 논쟁할 것 같습니다. 신이 인간을 창조했다고 하면 가장 쉬운 결론이겠지요. 그런데 영국 학자 찰스 다윈이 등장해서 인간의 조상이 원 숭이라고 주장한답니다. 나리는 이 말을 믿으실 수 있겠습니까?" 허학춘이 질문을 던지며 눈을 가늘게 움츠렸다.

김철은 대답할 말을 바로 찾지 못했다. 하지만 그 과감한 영국인의 이론을 받아들이지 못할 이유는 없었다. 원숭이는 사람을 닮았다. 그래서 김철은 조심스럽게 읊조리듯 말했다.

"내가 판단하긴 어렵구나. 신화에서 우리는 한국 태초의 임금이, 즉, 우리 한반도 전체 민족의 시조가 환인의 아들과 곰의 결합에서 출발했다고 대를 이어 전해주는데, 원숭이가 우리의 조상이 될 수 있다는 생각이 왜 불가능하겠느냐."

허학춘이 유쾌하게 한바탕 웃음을 터뜨린 다음 자기 생각을 이어 나갔다.

"그럴 수도 있지만 팔천 년, 만 년 전에 이미 지구상에는 나일강, 양쯔강, 유프라테스강 같은 큰 강 유역에서 인류의 문명이 발생했습니다. 그곳에서 축적된 지식, 문화, 국가 조직 경험, 문자 등 많은 것이 후에 전 세계로 퍼져나갔지요. 그런데 이 세상 모든 것은 흐르고 모든 것이 변합니다. 어떤 나라가 쇠퇴하면 새로운 나라가 등장하고 이와 함께 문명의 발상지 또한 이동합니다. 생각해 보십시오, 불과 천오백 년 전만 해도 지금의 영국, 프랑스, 독일과 그 부근에 야만인, 야생이라 불리던 종족이 살았었습니다. 이 야만인들이 한 오백 년이 흐르자 자기들의 의도를 유럽 전역과 중동에 강요하기 시작하는 국가를 만듭니다! 더 멀리 더 크게 뻗어가면서요. 기원후 천 년이 지나고 몇백 년 동안 유럽에서 전례 없는 문화적 폭발이 있었지요. 이 시기를 르네상스, 재탄생의 시대라고 부르지요. 그리고 벌써 그때 도시와 공화국이 등장하는데, 그곳에는 임금이 없고 백성들이 선출한 대리인들이 권력을 행사한답니다. 나리께서는 왕이 없는 나라가 상상되십니까?" 학춘의 이번 질문에는 장난기가 없었다. "백성이 들고일어나 왕을 끌어내리고 심판하고 목을 치는 것을요? 영국에서 벌써 16세기에 그런 일이 일어났습니다. 그것은 의식의 혁명이었습니다. 신의 기름 부음을 받은 자인 왕의 목을 치다니요!" 허학춘은 이 처형의 집행자가 자기가 아니었다는 사실이 원통한 듯 부르짖었다. "새로운 것을 얻으려면 언제나 고난을 겪어야 합니다. 전쟁이 일어나지요, 끝없는 전쟁이요. 역사적으로 백 년 동안 이어졌던

전쟁이 있었다고 말하는 것으로 충분합니다. 영국과 프랑스가 한 세기 내내 다퉜는데 이 전쟁을, 우습긴 하지만, 백장미와 홍장미의 장미전쟁이라 일컫습니다. 하지만 그들은 지금껏 누가 옳았는지 결론을 내지 못한 것 같습니다.

적대감, 노예제도, 전체 민족 말살, 정변, 종교재판, 혁명, 처형으로 대변되는 인류의 역사는 끔찍합니다. 그러나 그와 동시에 아름답기도 합니다. 왜냐하면 인간이 이 모든 것을 겪어내고 인간의 고귀한 정신과 사유를 찬양하는 위대한 문화를 창조해 냈기 때문입니다!"

허학춘이 김철을 지나쳐 먼 곳을 응시하며 말을 멈췄다. 그러다 문득 정신을 차리고 자책하는 어투로 말했다.

"제가 주제에서 벗어난 것 같습니다. 그렇지만 미래 한국의 모습을 나리께 말씀드리려 하다 보니 어쩔 수 없었습니다. 역사학자와 철학자들은 여러 범주로 묶어 인류의 발전 단계를 나눕니다. 그것 중 하나가 국가사회제도입니다. 그렇게 그들은 최초에 사람들이 부족과 씨족을 이루어 살던 원시사회가 있었고 그다음은 노예제도가 있었다고 말합니다. 이미 국가가 형성된 것인데 사람들이 자유로운 시민과 노예로 나뉘었었습니다. 그다음 봉건제도가 생깁니다. 그리고 드디어 한 15세기 정도에 자본주의 제도가 등장합니다. 이 제도는 이전 단계와 무엇이 다를까요? 우선 생산 방식과 생산관계가 다릅니다. 양반 대신 사업가와 상인이 주역을 맡게 되었고 공예 장인 대신에 노동자가 생겼습니다. 왕국이 공화국으로 변모하기 시작했습니다. 이 모든 것이 빠르게 발전하는 기술을 발판으로 삼습니다. 사람들이 증기력과 전력을 사용하게 되었고 전신, 자동차, 심지어 비행기까지 발명되었습니다. 그런데 전쟁은 여전히 계속되었고 활이 기관총으로, 투석기가 대포로 교체되었습니다. 가장 최신에 발명된 기술이 무엇보다 먼저 무기 개발을 위해 쓰이고 있습니다. 국가의 기술 수준이 높을수록 군대가 더 파괴적인 전투력을 갖습니다.

자본주의 국가들이 지금 얼마나 많은 상품을 생산해 내는지 그들은 새로운 판매 시장을 개척해야 하고 원자재를 취할 곳이 필요합니다. 어디서 취할 수 있을까요? 다른 나라, 그들보다 덜 발달한 나라들이겠지요. 식민지를 점령하고 세계를 할당하기 시작합니다.

그리고 이 거대한 전투 한가운데에 오랜 세월 세상으로부터 울타리를 치고 살아온 작은 우리나라 한국이 있습니다. 심지어 섬나라 일본조차도 세계사의 흐름에 합류했지만, 우리는… 우리는 전부 늦잠을 잤습니다. 이제 우리는 그 대가를 지불하게 될 것입니다."

허학춘의 목소리에서 아픔이 배어났다.

"노예화된 민족이 무릎을 펴고 일어나 자유를 얻은 적지 않은 사례를 역사는 알고 있습니다. 우리가 이 노예 상태를 벗어나려면 몇 년, 몇십 년 동안 민족적 굴욕, 수치, 희생, 수천, 수만 가지의 희생을 겪어야 할 겁니다."

김철은 늘어지는 침묵을 감히 바로 깨지 못했다. 이 지방 관리 허학춘이 인류 역사 발전 같은 것을 고민한다고 누가 짐작조차 할 수 있었겠는가. 지식이란 얼마나 위대한 것인가!

"무엇을 해야겠느냐?" 김철이 마침내 질문을 던졌다.

"싸워야지요." 허학춘이 대답했다. 그리고 나서 김철이 그의 말을 다르게 받아들였을까 봐 다시 말했다. "싸우자는 것은 손에 무기를 들고 일본에 대항하자는 의미가 아닙니다. 게다가 싸움에 동참할 사람도 지금은 없습니다. 싸우는 것은 여러 방도로 할 수 있습니다. 위대한 갈릴레오를 교회의 수구주의자들이 종교재판에 부쳐 사형으로 위협하며 지동설 취소를 명했고 그는 명령에 따랐지요. 하지만 재판장 밖으로 나오자 '그래도 지구는 돈다!'라고 외쳤습니다.

그렇습니다, 우리는 왜놈들에게 고개를 숙였습니다. 그렇습니다, 우리는 그들의 법과 질서에 따르고 그들의 말과 문화를 받아들일 수밖에 없습니다. 하지만 우리는 여하튼 자기 자신에게 말해야 합니다. 그래도 나는 한국인이라고. 우리의 투쟁은 교육입니다. 우리 미래의 힘은 앎 속에 있습니다. 그리고 아무리 역설적이라 해도 이 교육과 지식은 많은 부분 일본에서부터 전해질 겁니다. 그들 자신이 축출되고 패배할 날을 자기 손으로 직접 준비할 겁니다."

"의병 운동은 어떻게 바라보나?" 김철이 물었다.

"결정적인 승리를 결코 가져올 수 없는 자연스러운 저항으로 생각합니다." 허학춘이 대답했다.

"그러나 나는 자네가 있는 북부 지방으로 노서아 연해주와 만주에서 적지 않은 부대가 잠입해서 일본군들과 용맹하게 싸운다고 들었네…"

"그것은 바로 국경 지대라서 그렇습니다. 나라 내부에서는 이 운동의 세가 아주 미약합니다. 역사 속에는 국외에 있던 반군이 예속된 자기 나라를 공격하여 성공을 거둔 예가 있습니다. 가리발디가 그런 경우입니다. 하지만 그때는 이탈리아 전체가 오스트리아의 압제에 맞서 들고 일어났습니다. 지금의 한국은, 제가 볼 때 그럴 만큼 무르익지 않았습니다…"

"그 사람들이 용기와 기백으로 본보기를 보여주어 우리의 존경을 받을 수도 있지 않은가?"

"그럴 수도 있지요. 그러나 해외에서 습격을 감행하면서 의병들은 일본인들과 싸우기만 하는 것이 아닙니다. 그들은 은행을 털고 식량 창고를 약탈하고 공장을 불태우고 다리를 폭파합니다. 이런 행위를 현지인들은 반기지 않습니다. 왜냐하면 은행에는 자기들의 돈이 있고, 창고에는 자기들의 식량이 있으며, 다리는 그들이 다니는 곳이고, 공장은 생존을 위한 수단을 벌기 위해 그들이 일하는 곳이기 때문입니다. 더구나 의병부대가 떠나고 나면 탄압이 시작됩니다. 제가 온전히, 전적으로 지지하는 것은 문화교육과 정치결사체를 다양하게 만드는 일입니다. 때가 오면 그런 결사체들이 조국 해방에 지대한 역할을 할 것입니다."

"일본 통감 이토 히로부미를 죽은 것은?"

"한민족의 원수를 갚는 행동을 한 안중근의 용맹함 앞에 영원히 엎드려 절할 겁니다." 허학춘이 진심 어린 어조로 말했다. "아마도 그 왜놈이 그런 결말을 맞을 만한 일을 했겠지요. 하지만 테러 행위는 힘이 있을 때보다는 무력할 때 나옵니다."*

* 안중근 의사가 1909년 10월 26일 이토 히로부미 통감을 사살한 사건을 말한다. 일본 내각총리대신을 역임한 그는 러시아 재정부 장관과 함께 있던 기차역에서 저격당하였다. 안중근은 암살에 참여한 다른 이들과 함께 체포되었고 1910년 3월 26일 아르투르항 감옥(뤼순 형무소)에서 사형 집행으로 순국했다.

그날의 만남과 대화가 이랬다.

그날 저녁에 들은 모든 이야기에 타격을 받은 김철이 수양아들에게 '어디서 그런 지식들을 다 캐냈는지?' 물었다. 허학춘은 이렇게 대답했다. '저는 이미 오래전부터 책을 수집합니다. 외국에 자주 드나드는 상인들이 제게 책을 가져다줍니다. 러일전쟁 때 저는 제물포항에 숱하게 드나들었고 거기서 노서아 장교들과 안면을 텄습니다. 잊을 수 없는 민화 마님께서 저에게 서반아어와 불란서어를 가르쳐주셨기에 저는 그들 중 몇몇과는 자유롭게 대화를 주고받았습니다. 심지어 노서아어도 조금 배웠습니다. 그들은 제게 적지 않은 책을 선물했고 그 책 일부를 저는 이미 한국어로 번역했습니다.'

김철은 허학춘에게서 들은 이야기를 되새기는 순간들이 많았다. 그때마다 꼭 충직한 사람들을 모아서 한국의 북쪽으로 나가 그곳 산에서 왜놈의 발아래 굴복하지 않은 사람들 모두에게 군사 기술을 전수하여 향후 봉기를 일으킬 부대 양성을 위한 요충지를 만들어야 한다는 생각이 들었다. 때가 오면 이런 그들의 일도 나라에 보탬이 될 것이다.

두 아들 문제는, 아이들이 김철을 따르려는 혹은 따르지 않으려는 의지를 갖추느냐에 달렸다. 혼자서 간다면, 개명을 하고 두 아들에게 아무 말도 하지 않으면 더 평온할 것이다. 김철은 두 아들이 자기 확신이 아니라 아버지에 대한 사랑과 존경으로 아버지의 결정을 받아들일까 봐 두려웠다. 오늘 아들과의 대화는 둘 다 의식적으로 자기 길을 선택했다는 것을 확신시켰다. 이 확신은 힘과 평온을 가져다주었다. 마음속 깊은 곳에서 김철은 그런 확신을 원했다. 그는 둘째 아들에게 특별한 애틋함을 가졌고 둘째가 장차 허학춘과 같은 계몽자가 될 거로 믿었다.

손자의 돌잔치 비극이 사건을 재촉했다. 김철이 이제껏 확신이 없어 최종적인 결정을 지연했다면 지금의 상황은 모든 흔들림을 반박했다. 한국을 지켜주면서 세계 문명에 합류할 수 있도록 하겠다는 사람들은 점령자처럼 행동하지 않는다. 그런데 왜놈들은 가장 진정한 점령자들이 아닌가. 그들이 대하는 대로 그들을 대해야 한다. 김철은 단순한 이유로 허학춘에게 연락하기로 했다. 옛 수양아들은 한반도 북쪽을 아주 잘 알았고 특히 사냥꾼이나 벌목꾼 중에서 믿을만한 사람들을 추천할 수 있었다. 바로 거기, 깊은 산속에서 김철은 자기 사람들과 초반에 자리를 잡고 싶었다.

보고 싶은 학춘아, 잘 지내느냐?
만사가 평안하기를 바라는 마음으로 쓴다. 너와 네 식솔이 무탈하고 기운이 충만하기를 바란다.
우리가 만난 날로부터 많은 시간이 흘렀건만 나는 네 말을 자주 생각한다. 그래서 사람이란 모름지기 자신이 잘 아는 것으로 다른 사람에게 깨우침을 주어야 한다는 결론에 이르렀다. 네 말이 옳다. 기다릴 시간이 없고 그래서도 안 된다. 우리가 더 일찍 씨를 뿌릴수록 나무는 더 빠르게 자랄 것이다. 내가 곧 네가 사는 곳으로 들를 예정인데 나의 일에서 깨우침을 받고자 하는 사람들을 모으는 일에 네가 도움을 주었으면 한다.
곧 만나자.

서신을 다 쓰고 김철이 문을 열었다. 담뱃대에 천천히 담배를 채우고 불을 붙였다. 두 번째 수탉이 벌써 한참 전에 울었으니 곧 날이 밝아올 것이다. 널찍한 평야에서는 해가 천천히 지평선에서 떠오르고 밤은 새로운 날이 찾아올까 봐 오랫동안 버틴다. 사방이 산으로 둘러싸인 이곳에서는 마치 파발꾼이 다른 사람에게 좋은 소식을 전하듯 빛이 어둠을 재빨리 뒤집어엎는다.

'동철이를 깨워야 할 때군.' 이렇게 생각하며 김철이 일어섰다. 다른 날 같으면 막내아들이 이부자리에서 게으름을 피우도록 놔뒀을 것이다. 하지만 지금은 아니다. 이제부터 누구라도 그의 결심을, 정한 목표를 향해 끝까지 가려는 결심을 흔들어선 안 된다.

"누군가가 너에게 아비에 관해 물을 수도 있다." 둘째를 배웅하며 김철이 말했다. "너는 아무것도 아는 바가 없다고 말하는 것이 좋겠구나."

두 형제가 작별 인사를 나눴다.

집안으로 들어서면서 아버지가 강철에게 말했다.

"내가 서한 세 통을 썼다. 이것을 수신인에게 가져다주어야겠구나. 네 친구들을 불러서 얘기를 해보거라. 나는 옆방에서 듣겠다. 내 얘기는 아무에게도 하지 말아야 한다. 네 친구들이 아는 것이 적을수록 더 낫다."

"알겠습니다. 좀 누워계시는 게 좋겠습니다."

김철은 아들의 말을 듣기로 하고 누웠는데 자기도 모르게 잠이 들었다. 옆방에서 들리는 목소리가 잠을 깨웠다. 젊은이들이 격하게 토론하고 있었다.

"왜, 왜 내가 기성세대를 믿어야 하지?" 김철이 손이설의 목소리를 알아보았다. "우리나라를 왜놈들에게 내주면서 그들이 조국을 배반하지 않았나? 정녕 그들의 암묵적 동의하에 훌륭한 애국자들을 처단한 것이 아니란 말인가? 연대장을 떠올려 보게. 해산하면서 그가 뭐라고 했나? 일본군과 함께 만드는 새 군대에 여전히 우리가 필요할 거라 했지. 나는 그런 군대에서 복무하길 원치 않아, 안 할 거네!"

"이설이, 뭘 그렇게 흥분하나? 그런 진중한 일은 함부로 시작하면 안 돼. 강철이가 한 말이 백번은 옳아. 우리는 서한만 전달하는 게 아니고 한국의 다른 고장 분위기가 어떤지를 보고 오는 거야."

'창호, 대단하네.' 김철이 생각했다. '나이가 어떤 의미일까, 겨우 두 살 차이인데 사람이 완전히 다른 식으로 판단하는구나.'

"오래 고민하면 아무 결론도 안 나는 법이야." 이설이 물러서지 않았다. "삼별이, 내 말이 맞지?"

"당연히 맞아요." 그가 편을 들었다. "나도 병영을 공격해야 한다고 생각해요. 거기 무기가 얼마나 많은지 아세요?"

흠, 가장 어린 장교도 흥분으로 달아올랐군.

"아네." 강철이 대화에 개입했다. "우리가 병영을 점령할 수는 있지만, 하루가 지나면 지원군이 와서 우리를 바로 짓이겨 버릴 거네. 우리가 시작하는 일이 아이들의 전쟁놀이가 아닌 것을 제대로 알아야 해. 시간이 필요해. 결전을 위해 면밀하게 준비하려면 수년이 걸릴지도 몰라. 열정만 가지고는 모든 것을 망칠 수 있어. 기다리는 법을 배우고 증오를 축적하고 인맥으로 몸집을 키우고 무기와 돈을 모아야 할 거네."

장하다, 아들! 증오에 관해 아주 잘 말했다.

강철이 말을 이었다. "내일 아침에 이설이와 삼별이는 북쪽으로 가도록 해. 여기 서신을 전해야 할 사람들의 주소야. 서신이 남의 손, 특히 일본인의 손에 들어가지 않아야 하는 건 굳이 말할 필요도 없겠지. 불필요한 질문은 그만하지. 우리 각자가 필요한 사항만 알아야 하네. 두 사람은 이제 준비해야 해, 갈 길이 멀어. 창호는 남아. 너와 따로 할 얘기가 있다."

좁은 틈새로 김철은 네 개의 손이 악수하는 것만 볼 수 있었다.

"조심해서 가게, 친구들!"

"몸조심해!"

강철과 창호 두 사람이 남았다.

"자네 아버님이 내게 준비하신 역할은 뭔가?" 창호가 '자네 아버님'을 강조하며 물었다.

강철은 거짓말을 해서 피하려고 하지 않았다.

"자네는 하인인 척하고 아버지와 함께 가네."

"오래 걸려?"

"한 두어 달 걸릴 거야. 적어도 자네가 상황은 잘 파악하게 될 거야."

"알겠네." 뭘 생각하는 듯 창호가 뜸을 들였다. "한 가지만 대답해 주게. 우리가 여기서 활동하나 아니면 북으로 가는가?"

"북으로 가."

"잘됐다. 만약 무슨 일이 일어나면 우리 가족들에게 그놈들이 무슨 짓을 할지 생각만 해도 끔찍하네."

강철은 아무런 말도 하지 않았다. '아내 생각이 났나 보군.' 김철이 생각했고 틀리지 않았다. 아들은 정말로 미옥이 생각난 거다.

"떠날 준비를 언제까지 하면 되겠나?"

"새벽에 떠나." 강철이 대답했다. "창호, 내가 너희 부모님을 돌봐드릴게."

"고맙네, 강철이."

엿들은 대화가 김철이 아들을 다시 보는 계기가 되었다. 아들이 친구들에게 처신하는 방식이 김철은 마음에 들었다. 통솔하는 역할이지만 오만함은 없었다. 지시하는 것도, 부탁하는 것도 아니었다. 설득했다. 옳은 일에 대한 믿음으로, 위험을 향해 가장 먼저 발을 디딜 자세로.

문이 조금 열렸다.

"아버지, 안 주무십니까? 여기 마을에서 민기복이라는 청년이 왔습니다. 아버지를 뵙고 싶다네요." 강철의 목소리에 의아함이 묻어났다.

김철이 일어나 앉았다.

"이리로 들라 해라." 김철이 말했다.

"출타했다 바로 오는 길이라 깨끗한 방으로 들어가기가 편치 않다고 합니다."

"괜찮다, 들어오라 해라. 그리고 상을 좀 봐오너라. 아마 시장할 거다."

기복이 문에 나타났다. 초췌한 얼굴과 더럽혀진 옷이 며칠 길에서 보낸 사람임을 알려주었다. 하지만 눈빛만은 임무에 성공한 사람이 그러하듯 당당하게 들떠있었다.

"그래, 어찌 됐느냐?" 절하고 자리에 앉은 기복이 갑자기 뭐 때문인지 우물쭈물하자 김철이 부추겼다.

"거리를 두고 그의 뒤를 밟으라고 나리께서 분부하신 대로 … " 청년이 단어를 천천히 발음하며 말을 시작했다. "그놈이 병영으로 가더니 총사령 관이 사는 집으로 들어갔습니다요. 거기서 한 30분 있더니 아주 안 좋은 상태로 나왔습니다요. 방향을 제대로 못 잡고, 병사들의 경례에 답례도 하지 않고 나가는 모양으로 알 수 있었습지요."

"그때 너는 어디에 있었느냐?" 김철이 물었다.

"나무 위에 있었습지요." 기복이 살포시 웃었다. "병영 안으로 우리는 못 들어갑니다요. 저를 사람들이 알아채지 못하도록 겉옷에 흙을 묻혔지요. 두 시간 정도 지나서 나리께서 작은 아드님과 병영에 다녀가신 것도 보았습니다요. 그 시간 동안 미옥 마님을 살해한 자는 자기 집에 있었습죠. 집

안에서 초가 거의 밤새도록 타고 있었는데, 수탉이 두 번째로 울 무렵에 불이 꺼졌고 그놈이 밖으로 나오는 것을 봤습니다요. 옷을 다르게 입어서 처음에는 다른 사람인가 싶었습지요."

"어떻게 다르게 입었더냐?"

"군복이 아니고 소매폭이 넓고 허리를 동여맨 옷을 입었습니다요. 일본 양반들이 입는 옷 있잖습니까요."

"기모노를 입었더냐?" 김철은 의아했다. "무기는 가지고 있더냐?"

"그때 이미 동이 터서 그놈 어깨에 칼이 달린 것을 봤습니다요. 그놈은 북촌마을 방향으로 가더니 그곳을 둘러서 갔어요. 그런 다음 마을 네 개를 더 지나쳐 바닷가로 나갔습니다요. 거기엔 그놈이 하룻밤을 묵은 작은 언덕이 있었습지요. 저는 다른 언덕에 자리를 잡았습지요. 그놈이 모닥불을 안 피웠습니다요."

"그래서 너는 또 밤새 잠을 못 잤느냐?"

"조금 눈을 붙이긴 했지만 잠을 자다가 놓칠까 봐 겁이 났습니다요. 바다에서 해가 떠오르자, 그자가 보였지요. 그놈이 절벽 끝에서 무릎을 꿇지 뭡니까. 그리고 나서는… 그다음에 그자가 칼을 잡아뺐는데 칼이 어찌나 번쩍이던지, 그러더니…"

"할복하더냐?" 김철이 물었다.

"예." 기복이 숨을 몰아쉬었다. 지금까지도 청년은 놀라서 정신을 차릴 수 없는 것처럼 보였다. "할복하고 바다로 떨어졌습니다. 제가 거기로 가서 돌에 흘린 피를 봤습니다요."

'그자가 하라키리를 했군.' 김철이 생각했다. '그런데 왜? 정말로 우연히 한국 여자를 죽인 일 때문에 그랬다는 말인가? 뭔가가 이상하다.'

김철은 의아했다.

"너는 내 분부를 잘 받들었다." 김철이 기복에게 말했다. "너에게 치하하고 싶구나. 여기 오십 원이 있다."

기복이 고개를 저었다.

"나리, 저는 치하를 받자고 분부대로 한 것이 아닙니다. 아드님과 돌아가신 며느님을 위해서 한 겁니다. 미옥 마님은 모든 이에게 항상 어진 분이셨습니다."

"너는 몇 살이나 됐느냐?" 김철이 물었다.

"얼마 전에 열일곱 되었습니다."

"이생에서 무엇을 바라느냐? 그래, 뭐가 되고 싶으냐?"

"뭐가 되고 싶냐고 물으셨습니까?" 기복이 되물었다. "이 촌구석을 떠나고 싶습니다요. 아버지나 할아버지처럼 평생 농사만 생각하면서 살고 싶지 않습니다요. 우박이 작물을 해치지 않을까, 잡초가 벼를 덮어버리지 않을까, 가을에 비가 많이 오면 어떡하나, 행여 참새가 쪼아먹지는 않을까 겁을 내면서요."

청년의 솔직한 말에 김철은 내심 놀랐다. 그는 호기심에 기복을 훑어보고 갑자기 물었다.

"일본에 가고 싶으냐?"

"일본에요? 예, 일본에 가고 싶습니다요. 떠날 수만 있다면 어디든 상관없습니다!"

"내 아들이 일주일 후에 동경으로 유학하러 간다. 너는 하인으로 아들놈을 따라갈 수 있다. 네가 할 일이 그리 많지 않을 테니 거기서 일본어도 배우고 글도 깨쳐라. 내가 보아하니 너는 씨름을 좋아하는 것 같더라. 거기서는 격투를 제대로 배워서 시합에도 나갈 좋은 기회가 생길 거다. 세상에 격투 종류가 얼마나 많은지 아느냐? 이 세상 민족의 수만큼이나 격투의 종

146

류도 많단다. 예를 들면, 일본에는 주짓수라는 것이 있다. 특별한 기민함으로 동작의 조절이 필요한 싸움이지. 너한테 안성맞춤이다. 내 제안이 어떠냐?"

"감사한 마음으로 받들겠습니다."

"그러면 내일 동틀 때 길을 떠나자. 지금은 부엌으로 가라. 밥상을 차려줄 거고 다른 옷도 내줄 거다. 여하튼 돈은 가지고 가서 아버지께 드려라. 어찌 됐든 내가 자기를 먹여 살릴 아들을 앗아가는 셈이니까."

"저희 집은 아들이 셋입니다, 나리. 아버지는 조그마한 땅뙈기를 아들들에게 어떻게 나눠줄지 걱정이 이만저만이 아닙니다. 그러니 오히려 나리께서 아버지의 걱정을 덜어주시는 겁니다."

"그렇게 말하지 말아라. 너도 끝없이 애틋한 마음으로 너의 작은 고향마을을 떠올리며 그리워할 때가 올 거다. 집에서는, 집에서는 네가 돌아올 날을 항상 기다릴 거다. 돈을 가져가거라."

"고맙습니다, 나리."

"내가 너에게 고마워해야 한다. 내 마음속에서 어떤 돌덩이가 사라졌는지 네가 알겠느냐만 … 네가 전해준 할복자살 이야기가 내게 고민거리를 던져주기도 하고."

아침 일찍 김철과 두 명의 동행자가 귀경길로 나섰다.

제9장

김철은 애초에 아내의 예전 하녀가 스물다섯 살 아들과 함께 사는 온촌을 거쳐서 한성으로 돌아가려 했다. 그 아들을 김철은 조수로 데리고 가고 싶었다. 하지만 조수 역할을 더 잘할 이창호가 등장했으니 굳이 둘러 갈 필요가 없었다.

한성으로 돌아가는 동안 김철은 두 가지 생각에 매여 있었다. 오카야마가 할복자살한 이유와 결심을 실행할 방도였다.

큰아들이 일본 장교들을 손님이라고 소개할 때 그들 중 한 명이 서반아어를 알지 않았나, 김철은 이상한 우연이라 생각했다. 오카야마의 행동 또한 자연스럽지 않았다. 남의 집에 가서 어차피 적대적으로 행동할 거라면 뭐 하러 손님으로 가겠나? 술에 취했었다면, 그렇다면 납득할 수 있겠지만, 그때 그자는 소주에 입도 대지 않았다. 그렇다면 그는 한가지 목적을 가지고 왔다. 결투를 거는 것. 무엇을 위해?

김철은 기질적으로 철학자였고 진실을 파헤치길 좋아했다. 논리 법칙은 모르면서도 그는 몇 가지 법칙을 스스로 추론할 수 있었다. 그중 하나가 모순되는 것에서부터 출발하여 생각하는 귀류법이다.

무엇보다 먼저 문제를 명확하게 해야겠다고 김철이 생각했다. 사무라이는 어떤 경우에 할복자살을 하나? 자신의 이름을 더럽혔거나 명령을 받들어 이행하지 못했거나 죽음만이 출구인 상황에 부닥쳤을 때다.

가령 오카야마가 실제로 손님으로 온 것이고 일어난 모든 일은 그저 우연한 사고에 지나지 않았다 치자. 그런데 이것이 할복자살할 만큼 수치가 되는 일일까? 아니다. 일본 장교가 어떤 한국 여자의 우연한 죽음 때문에 삶을 저버릴 만큼 상부에서 압박했다? 그것도 아니다.

미옥의 죽음이 우연이었던 것은 의심할 여지가 없는 사실이다. 오카야마가 개입된 뭔가 다른 일이 일어났어야 했다. 그런데 그는 자기 임무를 수행하지 못했고, 일본인들의 표현대로, 체면을 잃었다. 그 일로 상부의 노여움을 샀다. 이렇게 차근차근 짚어보면 모든 것이 자기 자리를 찾는다. 그러자 다시 의문이 생긴다. 오카야마가 해야 할 일이 무엇이었을까? 강철을 죽이는 것? 하지만 결투의 성격으로 보아 오카야마에게 그런 의도가 드러나지 않았다. 결투에서 상대방을 죽이려면 어떤 혈기로 싸워야 하는지 김철은 당연히 잘 알고 있다. 패배한 뒤에 일어난 일은 패배한 자의 무력한 앙심에 지나지 않았었다.

만약 오카야마가 실전과 아주 유사한 싸움에서 이긴다면 그는 어떤 행동을 할까?

김철의 눈앞에 그날의 불운한 결투가 그려졌다. 의지의 힘으로 김철은 역할을 재분배했다. 오카야마가 강철을 밀어붙인다. 그리고 그의 손에서 칼을 쳐 떨어뜨린다. 날카로운 칼날이 패배한 맞수의 목을 누른다. 군중들은 얼어붙었고 아버지는 숨을 죽인다. 그리고 갑자기 무자비한 사무라이가 미소를 지으며 칼을 칼집에 꽂고 맞수에게 손을 내민다.

결투라는 것이 이런 대본으로 가야 하지 않는가! 모두가 일본 장교의 무적의 기량과 품이 큰 품격을 목격하기 위한 것이니! 누구보다도 김철이 목격했으면 된 것 아닌가!

김철은 이 생각이 들었을 때 흠칫 놀랐다. 진실로 향하는 길이 굴곡이 많을수록 진실의 빛은 더 갑자기 오는 법이다. 전하를 마지막으로 알현한 날 누군가 벽 뒤에서 도청한다는 듯 전하가 벽화가 그려진 벽을 향해 꺼림칙한 시선을 계속하여 던졌던 일이 갑자기 떠올랐다. 해직되고 나서 길거리나 이따금 오랜 친구들과 만났던 주점에서 누군가 자기 뒤를 밟는다는 느낌이 든 적은 또 얼마나 많았던가.

김철에게 특히 충격적이었던 기억이 있다. 봄에 그의 집으로 어쩌다 오게 된 농아 날품팔이가 있었다. 김철은 불쌍한 청년이 가엽기도 하고, 마침 할 일이 많을 때라 정원 돌보는 일을 그에게 맡겼다. 날품팔이가 일할 때 두 장면이 김철의 관심을 끌었지만, 그때는 별 신경을 쓰지 않았었다. 새 일꾼은 그루터기 몇 동을 파낸 자리에 큰 돌을 가져다 세워 놓았다. 한국에서는 그렇게 정원을 꾸미는 방식이 일반적이지 않아서 놀라기는 했지만, 이 새로움이 김철은 좋았다. 이 일꾼이 먹는 방식도 뭔가 이상한 점이 있었다. 이 일꾼은 밥을 젓가락으로 먹을 때 그릇을 계속 입으로 가까이 가져다 댔다. 이런 행동 양식은 중국인이나 일본인의 것이다. 그렇다, 이 농아는 일본인이었던 것이다. 그때는 어떻게 이를 눈치채지 못했을까? 적은 두 달 내내 김철의 집에 살면서 그를 관찰하고 당연히 모든 이야기를 도청했다. 손자의 탄생일을, 서반아어를 아들이 안다는 것을 그들이 어떻게 알게 되었는지, 오카야마가 잔치에 무슨 목적으로 왔는지, 그가 왜 할복자살했는지 이제야 명확해졌다. 이 모든 일 뒤에 서 있는 그들은 누구인가? 그들이 원하는 것은 무엇이란 말인가?

마지막 질문을 자신에게 던지며 김철은 씁쓸하게 웃었다. 그들이 원하는 게 무엇이냐니? 김철이 조용하게 살면서 일본인의 일에 감히 간섭하지 않는 것이다. 바로 이것이 일본인들이 원하는 것이다.

어떤 나라든 첩보 활동이 있다는 것쯤은 늙은 장수 또한 알고 있었다. 한국을 점령한 사무라이들은 나라의 맥박을 짚으려 애쓰고 있다. 하지만 김철은 일본 첩보가 그렇게 깊이 뿌리를 내린 줄은 상상조차 하지 못했다. 일본의 첩보활동이 김철과 같은 그런 '조무래기'에게까지 관심을 둔다면 한국의 굵직한 사람들은 말할 것도 없다. 그들은 이미 오래전부터 집요한 감시하에 있었을 것이다.

오카야마가 그 결투에서 강철을 쓰러뜨린 다음 아량을 보이며 손을 내밀었다고 상상해 보자. 김철 너는 어떤 감정을 느꼈을 것이며 나중에 네가 점령자라고 여기는 사람들에 맞설 투쟁 계획을 어떻게 준비했겠나? 그들 중 한 명이 너의 아들을 '의도치 않게' 죽일 수도 있었으나 그러지 않았다면? 일본인들이 교묘하고 간교하다고 여기는 사람들의 생각은 천 번, 만 번 옳다.

김철이 안장에서 허리를 세우고 뒤를 돌아보았다. 그것은 공포가 아니라 방금 내린 결론이 지시하는 본능적인 충동이었다. '그들'이 무슨 짓을 할 수 있는 사람들인지를 김철이 아는 지금은 모든 것이 훨씬 복잡하고 위험하다. 그와 동시에 부주의로부터 자신을 지킬 수 있고 지켜야 하니 더 평온하다.

말이 마침 그다음 구릉으로 올라갔다. 김철은 방금 지나온 구불구불한 길과 나무 바위들을 날카로운 시선으로 훑었다. 만약 누군가 뒤를 쫓는 것을 갑자기 발견하더라도 그는 놀라지 않았을 것이다. 민기복이 오카야마의 뒤를 며칠이나 밟았지만, 그자는 아무것도 모르지 않았는가. 사무라이는 이 땅의 가호에서 이미 멀어졌으나 김철은 죽음을 생각하기엔 아직 일렀다. 김철이 세운 계획을 실행하다가 목숨을 잃을지도 모르지만, 그는 그 일을 실천해야 하고 자신을 지키려고 애써야 한다. 그렇지 않으면 계획을 시작할 의미가 없다.

김철이 세운 계획은 군주였던 고종을 납치하는 것 이상도 이하도 아니었다!

김철이 허학춘과 만나면서 영향을 받을 때, 조국 해방을 위한 앞으로의 투쟁에서 자신의 자리가 어디인지를 고민할 때 이미 이 생각을 했었다. 고종을 마지막으로 알현했을 때 김철은 한국이 어떤 상황에 부닥쳤는지 고종이 잘 안다고 확신했다. 게다가 고종이 해방 투쟁의 선봉장으로 나설 기회를 거절할 일은 있을 수 없을 것이다. 지금까지 받은 모든 굴욕, 명성황후의 서거, 폐위, 자신을 대적하여 순종을 이왕으로 삼고 영친왕과는 생이별시킨 일에 대한 한 인간으로서의 사적인 복수심은 말할 필요도 없다.

함께 한반도 북쪽으로 가자고 고종을 설득하는 일은 그리 오래 걸리지 않으리라고 김철은 믿었다. 그리고 자신을 다시 황제로 선포하자마자 그의 깃발 아래 애국자들이 자발적으로 떼를 지어 몰려들 것이다. 어찌 됐든 고종은 가장 오랫동안 나라를 다스리지 않았는가.* 그가 치세할 때 특별한 성취는 없었다 해도 전쟁이나 봉기, 내전으로 인한 큰 격변 또한 없었다. 하지만 왜구들이 지금 저지르는 짓을 보면 생각이 있는 한국 사람이라면 한 사람도 냉정할 수가 없다. 불꽃이 필요하다. 그리고 많은 이들이 나라의 유일한 합법적 통치자로 여기는 사람이 그 불꽃이 되어야 한다.

큰아들네에 오기 전부터 김철은 이미 납치를 감행할 여러 방도를 궁리하기 시작했다. 그러면서도 김철은 운명의 장난에 쓴웃음을 지었다. 장장 이십오 년을 자칭 알현한다는 사람들로부터 왕을 지켰는데 이제 김철 자신이 왕의 처소로 몰래 잠입하는 역할을 맡게 된 것이다! 한편으로 생각하면 김철보다 이 역할을 잘할 이가 그 누가 있겠는가?

길을 떠나는 도중에 이 작은 행렬은 두 번 멈춰 휴식을 취했다. 첫 휴식에서 김철은 이창호에게 왔던 길로 다시 가보라고 분부했다. 젊은 장교는 별다른 설명 없이도 분부의 의미를 알아듣고 말의 방향을 돌렸다. 이십 분정도 지나서 돌아온 이창호를 김철이 묻는 시선으로 바라보자 그는 고개를 가로저었다.

두 번째 휴식은 한성에 거의 다 왔을 때였고 처음보다 조금 더 길었다. 청년들은 그사이 잠시 눈을 붙였다.

이창호가 먼저 잠이 깼다. 큰 바위 위에서 두 팔을 위로 뻗고 굳은 듯서 있는 김철의 형상이 물드는 석양을 배경으로 두드러지게 돋보였다. 미동도 없이 있다가 다시 팔을 내렸다. 그렇게 몇 번이 반복되었다. 특별할건 없었으나 산과 불그스레한 하늘빛 속에 둘러싸이니 이런 동작에 신비한 장엄함이 느껴졌다.

"뭘 하시는 겁니까요?" 잠에서 깬 민기복이 속삭였다.

●●●●●●●●●●●
* 가장 오래 재위한 왕은 영조-51년 7개월, 고종 44년(옮긴이)

"태양의 기운을 마시고 계시네." 이창호도 속삭이며 대답했다. "동작이 복잡하진 않으나 고대 티베트 훈련의 비밀을 아는 사람들에게만 효력이 있겠네. 이런 동작을 하는 동안 그들은 엄청나게 먼 거리로 정신력과 기분, 생각을 서로에게 전달한다고 하지. 나도 몇 번 해본 적이 있지만 전혀 아무런 효력이 없었다네."

"바로 그겁니다요! 김철 나리가 보통 사람이 아니라고 처음부터 알아봤어요."

"그건 그렇네." 창호가 수긍했다. "많이 배운 사람들이 전부 그렇듯. 나리 옆에 있는 것 자체가 인생의 큰 행운이라 생각하네."

"어, 나리께서 마치셨어요." 기복이 말했다. "바로 출발해야겠지요. 아니면 한성에 어두워서야 도착할 겁니다요."

"내 생각에는 어두워진 후에 한성에 들어가야 해." 창호가 말했다.

그의 추측이 맞았다. 김철이 이제부터 앞일을 미리 가늠하고 나서 모든 행동을 하기로 결심했기 때문이다. 민기복은 드러내는 게 좋고, 창호는 아무도 그를 모르게 하는 것이 낫다. 그래서 한성으로 입성할 때는 아들의 동료이자 후에 김철의 숨겨진 그림자가 될 창호는 멀찌감치 떨어져서 따라왔다.

한국의 가정에서 가부장이 집을 떠나있을 때 으레 기다리는 방식으로 집에서는 노장 김철을 기다렸다. 그런데 김철 일행을 맞이할 때는 여느 때와는 달리 활기가 없었는데 동철이 이미 슬픈 소식을 가지고 왔기 때문이었다. 김철은 곧장 방으로 발걸음을 옮겼다. 창호에게는 멀찍이 떨어진 방을 내주었다. 그는 특별한 경우에만 방 밖을 출입할 것이다.

김철이 저녁을 들고난 후에 마님과 할 얘기가 있다고 하녀에게 전했다. 민화의 사촌 언니인 민라가 고개를 숙여 인사했다. 십일 년을 그들은 한집에서 살았고 그 시간 동안 서로를 세심하게 돌보려고 노력했다. 그들은 결혼할 수도 있었겠지만, 그럴 필요는 없었다. 그도, 그녀도 가정생활의 분주함 속에서 잃고 싶지 않은 과거의 찬란한 기억을 각자의 마음속에 간직하고 살았다.

민라는 제부의 슬픔을 온 마음으로 함께 나눴지만, 한마디도 입 밖으로 내지 않았다. 그러나 민라의 다정하고 동정 어린 시선이 이미 많은 것을 말해 주었다.

"도착하자마자 드릴 말씀이 있다고 심려를 끼쳐 죄송합니다." 김철이 말했다. "급한 일이라 우리가 행동을 빠르게 개시하면 할수록 더 좋습니다."

민라가 긴장했다. 겨우 며칠 전에 그는 아들의 가족을 만난다고 행복감에 들떠서 떠났던 사람인데 지금은 그를 알아볼 수 없다. 단호하게 꽉 다문 입과 전에 없던 심각한 기운이 서린 눈이다. 수사적인 문어체로 표현하는 방식만 변하지 않았다. 처음에 민라는 김철의 독특한 어투에 어떻게도 적응할 수가 없었지만, 지금은 이렇게도 침착하고 사색적인 사람이 다른 식으로 말하는 것을 상상조차 할 수가 없다.

"부군께서 돌아가시고 시부모께서 한성에서 멀지 않은 곳에 있는 집을 주셨다고 말씀하셨지요?"

"예." 민라가 조용히 대답했다. 무슨 말이 더 나올지 모르나 불안한 예감에 완전히 사로잡혀 위축되었다.

"상황상 그쪽으로 가 계시는 것이 좋겠습니다. 준비할 시간이 하루면 충분하다면 내일모레 새벽에 가마를 준비하겠습니다."

"우리가 영영 이별하는 겁니까?" 민라가 고개를 들지 않고 물었다.

"아마 그럴 겁니다. 하지만 지금 당장은 아닙니다. 이 집에서 계시는 동안 좋은 것보다 나쁜 것을 더 많이 겪으셨다면 저는 몹시 애석할 겁니다."

"여기서 저는 항상 좋았습니다." 민라가 말했다. "아이들도 제게는 이제 친아들과 같습니다. 비록 어떤 여인이 친어미를 대신할 수 있겠습니까만 모정으로 그 아이들을 돌볼 수 있어서 저는 정말로 행복했습니다."

"민라 이모님, 아이들은 항상 느낍니다."

김철이 민라의 이름을 부르는 경우는 잘 없었다. 한 번씩 그런 일이 있을 때면 그녀의 마음은 항상 따스해져 왔다.

"시골에서 당분간은 홀로 지내셔야 할 겁니다. 도착하시자마자 몸이 편찮으시다 하시고 아무도 들이지 마십시오. 불필요한 질문을 피해야 합니다. 부담을 드려서 죄송합니다."

"말씀하신 대로 다 하겠습니다. 그리고 전혀 부담스러운 일이 아닙니다."

"저와 같이 온 사람을 데리고 가십시오. 그는 하인 역할을 할 겁니다. 어떤 상황에서도 하인을 대하듯 그를 대하셔야 합니다. 만약 소리 지를 일이 생기면 지르십시오, 가축 채로 쳐야 하면 치십시오. 저한테도 바로 그렇게 대하셔야 합니다. 제가 열흘 정도 후에 제가 … 날품팔이로 변장하여 그쪽으로 갔을 때 말입니다."

"에구머니나!" 민라가 소스라쳤다.

"뭐가 그리 놀랍습니까?" 옅은 미소가 김철의 입술을 살짝 건드렸다.

"송구합니다, 그렇지만 … "

"그렇게 하셔야 합니다. 제가 거기서 할 일을 찾아보시면 됩니다. 이를테면, 지붕을 고치거나 땅을 파거나. 나중에 다시 손을 봐야 할 일은 없을 테니 염려하지 마십시오."

"제가 염려하는 건 다른 겁니다. 품삯을 너무 많이 달라고 하실까 봐." 민라도 웃었다.

"어떻게든 협의를 보지요, 마님." 김철이 부드럽게 말했다. "맛있는 밥과 좋은 술 한잔이면 품삯이 됩니다."

김철이 치는 농을 들으면서 민라는 이 사람의 마음이 얼마나 어진지를 느꼈다. 그리고 자기도 모르게 김철에게 강렬한 죄책감을 느꼈다.

1900년 봄, 민라의 남편이 지휘하던 경비정이 일본 혼슈섬 근처에서 침몰했고 탑승한 대원 한 사람도 구출하지 못했다는 기별을 김철 내외가 받았다. 열다섯 살이던 민라의 아들도 경비정에 탑승했던 차라 슬픔은 배가 되었다. 소중한 가족 둘을 한꺼번에 잃은 불행한 여인은 고통을 못 이겨 의식을 잃고 몸져누웠다.

고통스러운 소식을 받아 들고 민화는 사촌 언니에게 즉시 가보기로 했다. 김철은 부인과 함께 갈 수 없었으나 혼자 보내기도 원치 않았다. 지인 중 부산으로 가는 범선의 주인이 있었는데 일주일 후면 한성으로 올 예정이었다. 모든 것은 돌아오는 길에 일어났다. 아침 일찍 배가 굴덕 곶을 우회할 때 벌써 몇 달 동안 이 물에서 고기를 잡던 검은 해적 스쿠너가 해안 절벽에서 튀어나와 배의 앞을 막았다. 평상시라면 놀란 승객들이 해적에게 공물을 바치고 무사히 갈 길을 가는 것으로 끝났을 것이다. 하지만 이 범선의 주인은 겁이 많지도 않은 데다 선상에는 속사포 두 대가 탑재돼 있었다. 발포 명령을 내리고 그는 해적선을 향하여 직진하도록 지시했다. 대담한 작전에 공격자들은 경로를 바꿀 수밖에 없었다.

민화의 성격만 아니었다면 모든 일은 무사히 끝났을 것이다. 발포 소리를 듣고 그녀는 무슨 일이 생겼으면 같이 싸우려고 갑판으로 단번에 뛰어 나갔다. 민화가 뱃전에 선 순간 떠나가던 검은 스쿠너에서 무차별 소총 사격이 시작되었다. 탄환이 떨어지는 순간 민화의 가슴에 명중했다. 민화는 비명을 지르고 바다로 떨어졌다. 너무 갑작스레 일어난 일이라 선장은 배를 바로 돌릴 생각조차 하지 못했다. 비극이 일어난 곳으로 돌아왔을 때 매끄러운 수면에는 아무것도 없었다.

일어난 일은 민라에게 비밀로 했다. 당시 민라는 동생과 만난 것도, 제부의 집으로 옮겨진 것도 기억하지 못했기 때문이다. 하지만 건강을 회복할수록 민화에 관해 점점 더 자주 물었다. 그런데 어느 날 갑자기 모든 기억이 돌아왔다. 그때부터 죄책감이 민라를 떠난 적이 없었다…

"당부하신 말씀은 더 잘 수행하도록 애쓰겠습니다." 제부가 나가려는 것을 보면서 민라가 말했다.

"고맙습니다!" 김철이 인사를 하고 일어섰다. 순간 남아서 이야기를 더나누고 싶은 마음이 일었으나 자제하고 방을 나갔다.

하루가 지나고 이른 아침에 민라는 하녀를 데리고 이창호와 함께 김철의 집을 떠났다. 며칠 후 동철이 떠났다. 아버지는 아들을 대문까지만 배웅하였다. 안아주고 헤어지면서 말했다.

"어쩌면, 네가 나를 부인해야 할 때가 올지도 모르겠구나. 부인해라. 의미 없이 생을 망칠 이유가 없다. 내가 어디에 있든, 네가 상황의 압박을 받아 그랬겠구나, 네 마음은 조국에, 우리 모두에게 충실하다고 항상 생각하마. 이것이 중요하다. 네가 거기, 해외에서 얻게 되는 모든 것은 너의 자산일 뿐만 아니라 자유와 독립을 갈망하는 모든 한국 사람의 자산이 될 거다. 아들아, 이것을 명심해야 한다. 무사히 가거라!"

김철은 작은아들을 더는 못 볼 수도 있는 것을, 많은 고통과 괴로움이 동철의 몫이 될 수도 있다는 것을 알았다. 김철은 애틋한 심정으로 아들이 새로 생긴 형제 민기복과 함께 미지의 인생을 향해 떠나는 모습을 지켜보았다.

안주인과 아들이 없는 집은 텅 비어 보였다. 어쩌겠는가, 이런 상황이라면 아들과 떨어지는 게 낫지 않겠나.

일 년 전에 김철이 큰아들네가 있는 곳으로 이사를 할까 하던 차에 길모퉁이에 살던 치마양반 정범일이 찾아왔다. 그는 한 과부에게서 집을 사 얼마 전에 그리로 이사 온 사람이었다. 사람들은 이 새로운 이웃이 일본군에 식품을 납품해서 큰돈을 벌었다고 수군거렸다. 보아하니 양반들이 거주하는 외곽에서 사는 것이 적절하지 않아 중앙으로 이사를 결심한 것 같았다. 김철은 그때 집을 사겠다는 불청객을 정중하지만 단호하게 거절하고 돌려보냈다. 그런데 이제는 김철 자신이 이웃을 찾아가기로 했다.

"김철 나리, 제가 나리 댁에 살게 되면 크나큰 영광일 겁니다." 정범일이 한껏 고양된 어조로 말했다.

"가격을 말씀하십시오. 웬만하면 흥정하지 않겠습니다."

"집을 둘러보지 않으셔도 됩니까?" 김철이 놀라서 물었다.

"안 봐도 됩니다." 정범일이 말했다. "제가 여러 번 바깥에서 바라보기도 했고 댁에 가본 사람들이 칭찬하는 소리를 많이 들었습니다."

"제가 집을 파는 사람으로서 하나만 부탁해도 되겠습니까?"

"예, 예, 물론입죠."

"아시다시피, 집 매각과 관련해서 여러 말이 돌 수 있습니다. 그래서 저와 언약하셨으면 합니다. 집은 한 달 후에 비울 것인데 이 기간에 집을 사신다는 말씀을 아무에게도 하지 않으셨으면 합니다."

"그렇게 하겠습니다. 필요하시면 두 달 후에 비워주셔도 됩니다."

김철은 당연히 자기 집이 남의 손에 들어간다고 의식하면 서글펐다. 특히 민화가 성의를 다해 지은 욕탕에서 다른 사람들이 물을 튀길 것을 상상하면 견디기가 힘들었다. 하지만 정범일은 괜찮은 사람으로 보였다. 나라 상황이 변하니 군주제 신분 사회에서는 별 재간이 없던 사람들이 소생하여 활개를 친다는 생각도 김철은 하였다.

"아닙니다, 한 달도 충분합니다." 김철이 말했다. "만약 한 달 동안 주택 매각에 관한 소문이 돌지 않으면 제가 집을 비워드리겠습니다. 그러지 않을 시에는 돈을 돌려드리겠습니다."

"염려하지 않으셔도 됩니다, 김철 나리. 장사하는 사람들은 자기 말을 지킬 줄 압니다."

김철이 소리 없이 웃었다. 세상에, 이제는 상인의 말이 양반의 말보다 더 무게가 있구나. 정범일이 치마양반이 되고 나서 숱한 모욕을 겪었을 것이고, 그래서 김철이 내미는 조건을 한때 방귀깨나 뀌던 인물의 상처 입은 자존심을 감추려는 의도로 정범일이 여길 것으로 김철은 생각했다. 흠, 정범일이 그렇게 여긴다면 차라리 잘된 일이다.

저녁마다 김철은 궁궐로 잠입할 계획을 새롭게, 다시 새롭게 고민했다. 그는 세부 사항 하나도 놓치지 않으려 애쓰면서, 건조물 사이의 거리와 높이를 기억 속에서 신중하게 복구해 내면서 성의 설계도를 그렸다. 궁중에서 복무하는 동안 경비해야 할 모든 건조물을 잘 꿰고 있어야 했기에 이 작업은 어렵지 않았다.

중세에는 한성이 전부 성곽 안에 있었다. 그때 궁궐은 가장 튼튼하게 방어된 곳이었고 성 전체에서 일종의 요새였다. 궁궐 내부에는 망루가 하나 있었는데 그곳은 요새 중의 요새였다. 세월의 흐름과 함께 도시 성곽의 필요성이 퇴색되었다. 서울이 크게 성장했고 전쟁을 하던 봉건 시대를 상기시키는 네 개의 대문만 남았다. 궁궐은 예전과 마찬가지로 기존 위치의 경계선에 남았다. 외부인이 궁에 들어가기는 예전처럼 어려웠다. 게다가 왕을 시해하려는 시도가 있고 난 후부터는 보안을 강화하는 조처를 했는데 그중 일부는 김철이 제안한 것이었다.

두 번째 시해 시도가 있었을 때 입은 상처를 회복하고 나서 김철은 닌자들이 왕의 처소로 잠입한 비결을 알아내겠다고 결심했다. 닌자들이 대문과 담장을 통해서 안뜰로 들어갔기에 대문과 담장은 제외되었다. 안뜰에서 닌자들은 유일한 입구를 통해서만 궁전으로 들어갈 수 있었는데 수많은 병사가 수비하고 있었기에 불가능한 일이었다. 그러면 대체 어떻게 잠입했단 말인가? 이 질문이 며칠 동안 김철을 괴롭혔다. 해답은 외부에서 궁궐을 돌 때 갑자기 찾아왔다.

궁전의 바깥쪽 가려진 측면은 요새 담장의 일부였다. 여기를 통해서 지붕으로 올라가려면 밧줄이나 사다리가 없으면 불가능하다. 하지만 여하튼 김철은, 닌자들이 이 길을 통해서 위로 올라간 다음 담장 안쪽 면으로 내려가 상단 작은 창을 통해 궁 안으로 들어갔다고 확신했다. 사다리 생각은 바로 버렸다. 그런데 닌자들은 어떻게 밧줄을 지붕 뒤로 고정할 수 있었을까? 둘 중 하나다. 닌자가 직접 위로 던졌거나 아니면 누군가가 그들을 도왔다. 지붕의 들쭉날쭉한 가장자리를 보자 김철은 갈고리를 떠올렸지만, 곧바로 이 생각을 물리쳤다. 금속 갈고리를, 게다가 밧줄까지 달아서 십오 미터 높이까지 던지는 것이 가당키나 한가? 손으로? 그건 아니다. 화살이 달린 투석기를 이용하면 될지도. 아니면… 아니면 종이 연이라든가.

예상치 못한 추측에 김철은 하마터면 소리를 지를 뻔했다. 시해 시도가 있었던 그 2월은 바람이 부는 시기가 아닌가. 커다란 알록달록한 연들이 한성과 궁궐 위로 날아올랐었다. 그것 중 하나가 가늘고 튼튼한 끈이 매달린 강철 갈고리를 공중으로 충분히 올릴 수 있었으리라. 갈고리에 달린 못의 고리에 끈 두 겹을 꿰어서! 그러면 탄탄한 밧줄을 위로 올리는 것은 누워서 떡 먹기다. 언젠가 농사꾼 박두칠이 연을 이용해서 적의 요새를 함락하지 않았던가!*

* 한국 전래 동화에 나오는 인물이다. 성이 한 씨인 어떤 장군이 살았다. 왕이 적의 요새를 함락하라고 그에게 명령했지만, 오랫동안 명령을 이행하지 못하고 있었다. 어느 날 이 불운한 장군이 밭을 지나가다 땅을 파던 농부가 말을 야단치는 소리를 들었다. "넌 왜 이리 제자리걸음만 하냐, 적의 요새 앞에 선 한 장군처럼. 내가 한 장군이었다면 반년이면 정복하고도 남았을 거다." 당연히 전투에서 공훈을 세우라고 이 농사꾼을 징병하였다. 그런데 이 농사꾼은 다른 병사들과 함께 여름 내내 성벽 위로 연만 날렸다. 그러다 가을에 진짜로 요새를 함락했다. 그때 어떤 방법을 썼는지 장군이 농사꾼에게 물었다. 농사꾼 박두칠이 대답했다. "요새를 빙 둘러 난 풀에 불을 지르니 수비하던 사람들이 화재에 놀라서 항복했습니다." 장군이 고함을 질렀다. "거짓이다. 거기에는 풀이 전혀 나지 않는다." 박두칠이 대답했다. "제가 심었습니다. 연을 이용해서요."

다음 날 아침이 밝자 지붕에 올라간 김철은 쪼개진 대나무 조각으로 남겨진 연의 잔해를 발견했다. 그뿐만 아니라 성벽 안쪽의 거벽 표면에서 강철 갈고리에 긁힌 자국도 찾아냈다. 바로 이 사건을 계기로 김철은 그때부터 아무것도 고정될 수 없도록 궁궐의 지붕을 경사지게 만들자고 제안했다.

내일 무슨 일이 벌어질지 김철은 알 수 있었을까? … 심지어 김철이 닌자의 수법을 활용할 줄 안다고 해도 이 길은 어차피 사라질 운명이었다. 김철이 왕을 모시고 궁궐을 나와야 한다. 왕이 밧줄을 잡고 지붕으로 올라가 담장 아래로 내려갈 수 있겠는가. 아니다, 뭔가 다른 방도를 찾아야 한다. 그러다 김철은 다시 설계도 위로 몸을 숙였다…

궁궐 성벽 두 개가 원형을 이루고 있고 이곳에는 포문이 있는 망루가 솟아있다. 망루는 궁궐로 적이 침입했을 경우 왕과 왕족의 마지막 피난처 구실을 한다. 아래에는 깊은 운하가 둘러싸고 그 운하는 한강과 연결되어 있다. 야트막한 갑문이 있어서 썰물일 때 물이 완전히 다 빠져나가지 않도록 할 수 있었다. 밀물일 때는 수위가 1.5m까지 상승했다.

방새는 비밀 통로를 통해 궁궐과 연결되었다. 지붕에는 개구부가 있었는데 안팎으로 잠가놓았다. 만약 김철이 어떻게 해서든 지붕 위로 올라갈 수만 있다면, 그리고 누군가 개구부를 열어준다면 왕은 특별한 노력 없이도 궁궐 밖으로 나올 수 있을 터였다. 방새에 출입구가 하나 더 있는데 수면에서 높이가 7m밖에 되지 않기 때문이다. 호위대장만 아는 출입구인데 김철에게는 후임자가 없었기에 그는 이 비밀을 아무에게도 알려주지 않았다.

해자 위에 있는 방새의 둥근 표면은 단정을 타고 접근할 수 있어서 김철에게 더 유리했고 탈출에 성공할 경우 그 단정으로 강어귀까지 나갈 수 있다. 거기에선 범선을 타고 온 강철이 기다리고 있을 것이다.

그런데 매끄러운 벽을 타고 어떻게 위로 올라가나?

김철에게 호기심 많은 기질이 없었더라면 해결책을 결코 찾을 수 없었을 수도 있다.

소싯적 김철은 국왕의 사절단을 모시고 중국에 다녀올 일이 있었다. 어떤 해안 도시를 방문했을 때 성장이 대접하는 연회에서 수많은 음식 중에 제비집탕이 있었다. 김철은 이국적인 음식 맛에 놀랐다기보다는 이 음식에 녹아있는 인간의 독창성에 놀랐다. 자라는 것, 열매를 맺는 모든 것을 사실상 다 먹을 수 있는 것은 말할 필요도 없고 날아다니고 기어다니고 헤엄치는 모든 것을 먹을 수 있다는 것은 알겠다. 하지만 새의 둥지로 음식을 만들 생각을 한다니! 질문을 던지지 않을 수가 없었다.

대답을 듣고 김철은 더더욱 놀랐다. 사실 제비 둥지는 제비가 아니라 바닷새인 칼새의 것인데 침을 묻혀 나른 해초로 만든다는 것이었다. 게다가 이 칼새는 굉장히 높아서 접근하기 어려운 섬 동굴에서 서식한다. 사냥꾼들은 부실한 대나무 사다리들을 서로 연결해서 바위틈에 박힌 봉에 고정하여 이 둥지까지 도달한다.

바다 근처를 지나갈 때 이 높은 곳까지 기어오르는 사냥꾼들을 만난 적이 있다. 그들은 노래를 흥얼거리며 이 위험한 노동을 하러 배를 타고 가고 있었다. 그들의 초라한 배 안에는 밧줄 가로막이 달린 대나무 사다리가 놓여있었다. 민라가 떠나온 시골 마을 근처에는 대나무숲이 적지 않다. 거기서 김철은 언젠가 높은 절벽을 본 적이 있는데 훈련하기에 적당했다.

그리고 마지막으로, 누가 김철에게 요새 지붕에 있는 개구부를 열어줄 것인가? 지금도 여전히 왕의 측근에 있는 강수복 외에 그럴만한 사람이 없었다. 예전 궁중 사람 중에서는 강수복만 남았다.

경박한 시인 강수복은 성사되지 않은 중매로 인한 모욕을 오래전부터 숨기고 있었으나 후에는 결혼을 피할 수 있어서 오히려 기뻐했다. 민화가 죽었을 때 강수복은 진심으로 김철의 아픔에 공감해서 〈민화〉라는 시를 지었다. 이 시는 〈당신을 기다려요, 백학〉과 마찬가지로 사람들의 큰 호응을 얻었다.

김철은 강수복에게 갈 채비를 하면서 몇 가지 대비책을 생각해 놓았다.

전날 밤 그의 집을 감시한다는 사실을 알아냈기 때문이었다. 맞은 편에 있는 이웃집 지붕을 수리하던 기와장이 두 명이 김철의 집을 감시하고 있었다. 김철은 민라의 남편 소유이던 쌍안경으로 그들의 행동을 관찰하고 이 사실을 알아냈다. 눈에 들어온 첫 번째 사실은, 일꾼들이 일하기보다는 서로 얘기를 주고받거나 웃거나 하였다. 그러면서 김철의 집을 계속하여 바라보았다. 둘째, 그들은 점심을 먹으러 아래로 내려가지 않았고 자기가 챙겨온 음식을 먹었다. 주인이 좋은 음식을 대접하지 않으면 아무도 일하러 오지 않을 것은 자명하지 않은가. 또한 가장 중요한 사실은 지붕이 깨진 적이 없었다는 것이다. 둘 중 하나는 지붕 위에 반드시 있었고 심지어 거기서 밤샘을 했다.

그래서 어두워질 때까지 기다린 김철은 집 뒤편에서 담장을 넘었다. 그는 평민이 입는 회색 두루마기로 갈아입었다. 머리에 쓴 갓만이 양반이라는 표를 냈다. 혹시 몰라 허리춤에 단검 두 자루를 꽂고 발꿈치에서 별 모양 표창을 뽑아 품속에 넣었다. 이 작지만, 위협적인 무기로 닌자가 무장했었다. 이 표창을 정확하게 과녁에 던져 꽂으려고 김철은 한때 몇 달을 연습했었다.

늙고 둔해진 강수복은 전에 없이 반갑게 김철을 맞았다.

"무슨 바람이 불어 이렇게 외로운 홀아비 집까지 오셨소!"

큰 소리로 말한 뒤 그는 김철을 와락 껴안았다. "순자야! 누가 오셨는지 봐라! 제일 좋은 것으로 상 좀 내오거라!"

홀아비 혼자 사는 집으로는 전혀 보이지 않는 집 안쪽에서 눈이 생글거리는 한 젊은 여자가 뛰어나와 인사한 다음 저녁상을 차리러 들어갔다.

김철은 바로 본론으로 들어갈 수가 없었다. 그는 네 번이나 음식을 내오고 소주 열두 잔을 마실 동안 궁중의 최근 소문을 들으며, 익살맞고 못된 풍자시를 열 편 정도 들으며 웃기도 하고 여인의 가야금 연주에 감탄하기도 하면서 집주인과 둘만 남는 순간을 기다렸다. 이 순간이 오자 늙고 능청스러운 난봉꾼 집주인이 느닷없이 냉정한 목소리로 말했다.

"자네, 마침 잘 왔네. 자네가 우리 집에 온 적은 없지 않나, 우리가 그리 각별하게 지내지는 않았지. 서로를 존중하긴 했지만, 별다른 호감은 별로 없었네. 내가 자네 안사람과 결혼이라도 했더라면 적이 될 수도 있었을 텐데, 안 그런가?" 강수복이 멍청하게 귀청이 떨어지도록 웃어젖혔다. "무슨 일로 왔는가, 내가 할 수 있는 일이라면 자네를 위해 하겠네."

"제가 전하를 뵈어야 합니다." 김철이 나지막하게 말하고 손가락을 입에 갖다 댔다.

"무슨 일인가?" 시인이 놀랐다. "내가 내일 전하께 말씀드리겠네."

"아니, 저는 비밀스레 전하를 알현해야 합니다."

"무슨 일이 일어났는데?" 늙은 시인의 눈이 간교하게 빛났다.

"제가 전하께 무서운 음모에 관해 알려드려야 합니다." 비밀을 지키는 몸짓으로 김철이 속삭였다. "목숨이 달린 문제입니다."

"무엇이라?" 강수복이 신중하게 말했다. "나는 이 낡은 '바가지'가 이제 아무짝에도 쓸모없다고 생각했네. 행여나 왕이 죽으면 당연히 유감이긴 하겠지. 그런데 비밀로 만나도록 자네를 어떻게 내가 도와줘야 하나?"

"전하의 알현소로 드나드시지요?"

"밤이든 낮이든 언제라도 가지."

"기억하실지 모르겠지만, 알현소 왼쪽 구석에 치아를 드러낸 주둥이가 두 개 달린 기묘하게 생긴 짐승의 금속 형상이 서 있습니다."

"암, 기억나네." 시인이 고개를 끄덕였다. "작년에 치워버리려 했는데 그 자리에서 꿈쩍도 안 해서 못 했다지."

김철이 엷게 피식 웃었다.

"그 밑에는 방새로 연결되는 비밀 입구가 있어서 움직이지 않습니다.

"방새라니 무슨 말인가? 그 둥근 망루를 말하나?"

"예."

"그쪽으로 들어가는 입구가 전혀 없는 줄 알았는데."

"이렇게 해주시면 됩니다. 전하가 자리를 비우실 때 그 형상에 다가가셔서 배꼽을 세게 누르십시오. 그러면 자리에서 움직일 겁니다. 계단을 따라 아래로 내려가시면 벽에 준비된 횃불이 있습니다. 그중 하나에 불을 붙이시고 비밀 통로를 따라가시다 보면 망루로 나가는 계단을 만나실 겁니다. 마지막 단까지 다 가시면 지붕으로 나가는 개구부에 이르게 됩니다. 빗장이 아주 단순하게 걸려있으니 쉽게 여실 수 있습니다."

"전하께 미리 알려드려야 하나?"

"미리 염려하시게 할 필요는 없을 것 같습니다." 김철이 고개를 저었다.

"이 위업을 내가 언제 달성하면 되나?" 걱정을 감추려 애써 장난스러운 어조로 강수복이 물었다.

"열흘 후입니다. 정확한 날과 시간은 검은 옷을 입고 기별 없이 올 하수인을 통해 전하겠습니다. 보시거든 놀라지 마십시오."

"이 강수복이를 겁줄 수 있는 사람은 아직 세상에 없었네." 시인이 이렇게 말하고 아랫입술을 불룩하게 내밀었다.

"알고 있습니다. 그래서 제가 나리 댁에 도움을 청하러 온 겁니다." 온화하지만 아주 진지하게 김철이 말했다. "소인 물러가도 되겠습니까?"

"소주 한 잔씩만 더하고." 시인이 손가락을 흔들었다. "그렇게 안 하면 우리 계획이 수포가 될 수도 있네."

이른 아침 김철이 하인 홍길과 그 아내를 불렀다. 홍길은 주인보다 훨씬 더 나이가 많았고 한때 그 또한 왕의 수비대에서 근무한 적이 있었다. 최근 십오 년을 그는 김철의 집에서 살면서 정원과 밭을 돌보았고 그의 아내는 집안 살림을 맡았다. 그들은 보기 드물게 소박하고 성실한 사람들이었다.

김철이 홍길을 불러서 옆에 앉히고 담배를 권했다. 그들의 관계에는 한국의 주인과 하인 사이에 흔히 존재하는 엄격한 경계가 없었다. 각자가 자신의 할 일을 했고 두 사람 다 서로에게 만족했다. 게다가 예전에 같이 복무했던 경험은 둘 사이의 어떤 격식을 허물어뜨렸고 이를 두 사람 다 소중하게 여겼다.

홍길의 아내는 남자들의 심부름을 해야 할 순간이면 언제라도 벌떡 일어나도록 문턱에 쪼그리고 앉아 있었다. 예전에는 김씨 집안의 엄청난 살림을 꾸려가느라 아침저녁으로 마당을 바삐 오갔다. 그녀가 모르는 일은 없었고 무슨 일에든 나서서 모두를 보살폈다.

딸 둘은 좋은 사람들에게 시집갔고 아들은 뱃사공이었는데 꽤 일을 잘했다. 한때 그는 부모를 자기 집으로 모셔 가려 했지만, 그들은 젊은 아들네에 부담을 주지 않으려고 거절했다.

"올해 작황은 어떨 것 같으신가?" 어진 어조로 김철이 물었다. "웬일인지 비가 오랫동안 안 오네요."

"농사꾼은 비에만 의존해서는 안 됩니다." 홍길이 웃었다.

두 사람은 한바탕 웃어젖혔다. 하인이 방금 한 말은 김철이 했던 말이었다.

오 년 전쯤 가뭄이 이어졌던 때가 있었다. 주변 논밭으로 물을 대던 개울이 거의 말라붙은 데다 깊은 계곡의 바닥을 따라 흘렀기 때문에 기대할 것이 없는 상황이었다. 지형을 진지하게 연구한 김철은 모두 힘을 합쳐 산기슭에 방죽을 쌓아야 한다는 결론에 이르렀다. 방죽이 있으면 물이 자연스럽게 전답으로 흐를 것이다. 이 일을 위해 이웃들을 설득할 일이 한두 번이 아니었는데 이 말은 그때 나온 것이다. 김철의 주장을 지지하는 사람이 적어서 김철은 독자적으로 이 임무를 해결하기로 마음먹었다.

먼저 김철은 계곡을 막으려면 얼마만큼의 흙이 필요한지 계산했다. 당연히 모든 것은 방죽의 높이와 너비에 달려있다. 한편 방죽은 물의 질량과 압력에 영향을 받는다. 가장 단순한 설계를 전제로 모든 이웃이 식솔들과 함께 건설에 참여하여 열심히 노동한다고 가정했을 때 약 반년이 필요했다. 이 계획에 손을 내저으며 포기할 만도 하지만 김철은 어떤 일이든 시작했으면 끝장을 보는 성격이었다.

계곡 위 오른쪽에는 큰 암벽이 있었다. 김철은 이 암벽을 어떻게 해서 절묘한 방식으로 쳐서 떨어뜨릴지를 수없이 생각했다. 그러다 어느 날 갑자기 묘안이 떠올랐다 – '폭파하자.' 마음먹었으면 해내는 것이다.

깊은 구덩이에 파묻은 화약 네 통이 정확하게 암벽을 폭파했고 아래로 돌들이 굴러떨어져 계곡을 단단히 막았다. 이 폭발은 이웃들 사이에 큰 소동을 일으켰다. 이들이 방죽으로 인해 덕을 볼 때까지 얼마나 많은 말을 하고 불평하고 욕을 해댔는지 김철이 앞으로 더는 농사일에 관여하지 않겠다고 맹세할 정도였다.

"아들 길만이는 어찌 삽니까?" 김철이 물었다.

"그럭저럭 잘 사는 것 같습니다. 나리께서 안 계실 때 다녀간 적이 있는데 해산물을 이것저것 가져왔어요."

"아들이 예전 거기, 강 유역에 아직도 삽니까?"

"예. 강이 밥벌이하게 해주니 거기서 살아야지요."

"아들네로 가서 내가 오늘 밤에 그곳에 간다고 미리 귀띔해 줄 수 있겠소? 이건 다른 사람들이 알아선 안 되오."

"여부가 있겠습니까, 다녀오겠습니다."

"또 하나 해줄 일이 있어요. 내가 며칠 집을 비울 터인데 자네가 이 방에서 살면서 이날 동안 방 밖으로 출입하지 않았으면 좋겠소. 어쩔 수 없이 나갈 일이 생기면 부엌으로 통하는 뒷문을 이용하시구려. 마당에서 자네를 누구도 보아서는 안 되는 걸 명심하시오."

"무엇을 … 제가 무슨 일을 해야 합니까?"

"아무것도. 책을 읽거나, 주무시거나, 인생을 생각하거나. 그렇지만 밖으로 나가지는 마시오. 자네 집사람이 음식을 이 방으로 가져다주면 되오."

"부유한 한량처럼 살라는 말씀이지요. 노났네요! 마누라, 들었어? 제시간에 밥상을 들여보내야 해, 안 그러면 … " 홍길이 갑자기 말을 멈췄다. 김철이 농담을 받쳐주지 않았기 때문이다. "사람들이 주인이 집에 있고 아무데도 가지 않았다고 여기기를 나리께서는 바라시는 거지요?"

"바로 그거요. 하지만 그리하는 것은 단순한 장난질이 아니고 아주 중대한 일이오. 대문을 잠그고 아무도 들이지 마시오."

"염려 놓으십시오. 나리께서 집에 안 계신다고 여길 사람이 한 사람도 없게 하겠습니다." 홍길이 말했다. "마누라, 그렇게 할 수 있지?"

"예, 염려 놓으세요."

사람 좋은 홍길 부부는 뭐 하러 이런 가장무도회를 열어야 하는지에 관심이 없었다. 그들이 분명히 아는 한 가지가 있었다. 주인은 사소한 일로 하인을 괴롭히는 그런 사람이 아니라는 것이다.

저녁 늦게 김철은 다시 뒷문을 통해 집을 나왔다. 그는 길을 떠나는 차림이었고 등에는 봇짐을, 손에는 지팡이를 들었다. 그야말로 방랑하는 철학자가 아닌가? 갈 길이 멀었다. 홍길과 만나고 난 다음 아들 강철에게 곧바로 가야 하는데, 내일 종일이 걸릴 것이다. 거기서부터 또 민라가 사는 마을까지 가야 한다. 그곳 근처에 대나무 숲과 암벽이 있다. 그곳에서 김철이 쉽지 않은 임무를 수행할 수 있을지가 검증될 것이다.

음력 6월 15일. 자정. 어두운 밤하늘에 별이 희미하게 반짝거렸다. 초승달은 슬프게 다문 과부의 입처럼 보인다.

달이 점점 작아질 때면 만조와 간조가 유달리 강하게 일어난다. 마치 어둠에 대항하기라도 하듯 물의 본능이 다시금 맹렬하게 퍼져 주변 뭍을 게걸스럽게 삼키기 위해 그만큼 한껏 움츠린다. 쌍으로 묶은 대나무 장대를 가득 실은 배에 김철이 먼저 올랐고 그 뒤를 창호가 타서 중간에 자리를 잡고, 마지막으로 길만이 선미에 올라탔다. 길만은 주저 없이 도와주겠다고 나섰는데 그의 생업이 이 강의 뱃사공이기에 그의 도움은 말할 수 없이 귀중했다.

한국 배는 노가 하나뿐인데 선미에 놓여 있다. 그것으로 노를 젓고 방향을 잡는다. 길만의 배는 작은 사각형 돛이 달린 중형인데 이때는 필요가 없어 돛을 내렸다.

길만은 무거운 노로 선창에서 배를 떨어뜨린 후 제자리에 꽂아두고 습관대로 장대를 잡았다. 몇 번 젓자, 배가 물살을 탔다. 지금 중요한 것은 궁궐 요새 운하의 입구를 놓치지 않는 것이다.

김철이 뚫어질 듯 강기슭을 주시했다. 바다 쪽에서 살짝 불어오는 선선한 바람과 한쪽에서 뛰는 깜깜한 물을 느끼며 신선한 공기를 가슴 깊이 들이마시니 기운이 고양되었다. 아아, 그는 왜 어부의 아들로 태어나지 않았을까? 배를 타면 김철은 항상 기분이 좋았다. 그리고 민화도 바다를 사랑했다. 바다가 그녀를 받아들인 일이 우연이 아닐지도…

"조심들 하세요, 방향을 돌립니다!" 김철이 키잡이의 소리를 듣자마자 배가 운하 입구를 향해 바로 우회전했다. 몇 분 후 그들은 야트막한 제방에 부딪혔다. 길만이 제방 너머로 돛을 던지고 말했다.

"만조를 기다려야 합니다."

배가 약간 흔들리더니 벽면에 붙곤 했다. 그래서 승선해 있던 사람들이 계속해서 손으로 밀어내야 했다.

키잡이 길만은 키는 작았으나 기운이 엄청나게 셌다. 대나무 사다리를 배에 싣던 저녁에 사람들이 이를 확인할 수 있었다. 길만이 혼자서 전부를 한 아름에 들어 어깨에 올리더니 선착장으로 가볍게 날랐다. 원래 항만 짐꾼들이 장사들이지만, 길만을 감히 건드릴 수 있는 사람은 그중 누구도 없었다.

따라잡는 것보다 기다리기가 어렵다. 이날까지 김철은 모든 일을 오늘 밤에 맞추려고 애쓰면서 시간을 따라잡았다. 강수복은 방새의 개구부를 열어 놓고, 아니면 열지 않고서 돗자리에서 뒤척이고 있을지도 모른다. 어쩌면 이미 오래전에 잠이 들어 시적인 꿈을 꾸고 있을지도 모른다.

잠이 들 정신이 없는 사람은 누구인가, 당연히 충직한 동지들과 함께 여기서부터 두 걸음 거리에서 만남을 기다리는 강철이다. 바다의 잔잔한 물결이 범선을 흔들어 아마 길만의 배보다 더 강하게 흔들리고 있을 것이다. 아들 무리는 무사히 정박했을까? 밀물의 파도가 그들의 배를 연안으로 몰고 가지는 않을까? 확실히 그렇지 않을 것이다. 강철이는 주도면밀하고 철저한 사람이 아닌가. 아들 자랑은 당연히 좋지 않다. 하지만 이것은 자랑이 아니라 아버지의 감춰둔 긍지이고, 그것은 마음을 따스하게 덥힌다.

지금 동철이는 무엇을 하고 있을까? 아직 자지는 않을 것이니 책을 읽거나 뭔가를 쓰겠지. 얼마 전 받은 편지에서 잘 지내고 있다고 썼는데. 운명아, 동철이를 어여삐 대해라. 수많은 고생과 외로움, 슬픔이 벌써 이 작은 소년을 기다리고 있지 않으냐. 동철이는 이제 누구에게 편지를 쓰고 누구에게 편지를 받을 것인가? 버텨라, 아들아, 살면서 겪을 시련에 낙심하지 말아라! 우리가 항상 너를 생각한다는 것을 기억해라. 우리는 나와 너의 형과 민라 이모님이다. 그리고 당연히 너의 어머니이다. 죽은 사람들은 정말로 영원히 사라지는 것일까, 모르겠다. 하지만 나는 그렇게 믿지 않고 믿고 싶지도 않다. 이 모든 세월 동안 너의 어머니는 나의 가슴 속에 살아있다. 네 가슴 속에 살아 있듯 말이다. 그렇다면 내가 왜 너의 어머니가 없다고 생각해야 하는 것이냐? 다른 이의 기억 속에 남은 사람은 언제나 살아 있는 것이다.

"밀물이 시작되었습니다." 길만이 말했다.

김철은 지닌 장비를 점검했다. 왼쪽 옆구리엔 벽에 박을 철로 된 곡정 주머니가 있다. 곡정 하나하나에 짧은 가죽끈을 동여매 놨는데 아무것도 없는 끝부분으로 벽에 사다리를 고정할 것이다. 오른쪽 허리춤에는 안전끈이 달린 망치가 꽂혀 있다. 가슴에는 두꺼운 철사로 만든 작은 고리가 있는데 가로대를 고정할 때 쓸 것이고 그렇게 하면 몸을 뒤로 젖히고서 양팔을 자유롭게 쓸 수 있다. 허리춤에는 밧줄 다발이 달려있다. 유일한 무기는 넓은 칼집에 든 일본식 칼인데 등 뒤에 매달았다. 그렇게 하면 매우 편리한데 들어 올릴 때 시간을 절약할 수 있고 칼을 뽑아서 바로 벨 수 있기 때문이다.

여분 사다리 두 개에 쓸 넓은 가죽끈이 달린 특수 용품도 등에 멨다. 이 장비를 이용해서 김철은 25m 높이까지 올라갈 수 있었다.

김철이 사다리의 첫 단을 고정하고 끝까지 올라가면 그때가 가장 어려운 순간이다. 두 번째 단이 아래로 떨어지지 않도록 등에서 여분 사다리 하나를 꺼내야 한다. 그다음 뒤로 몸을 젖힌 상태에서, 여분 사다리를 수직으로 위로 잡아 빼서 받침대 끝을 맞춰 하나를 다른 것에 끼워 넣어야 한다. 그리고 나서 사다리를 벽에 밀착시키면서 곡정 두 개를 박아넣는다. 연습할 때 김철은 팔꿈치로 움직이면서 이것을 해냈다. 그런 다음 조금 위를 두어 개 곡정으로 고정하고 마지막 세 번째 사다리를 연결할 때까지 0.5m마다 이것을 반복한다.

눈으로도 물이 차오르는 것이 보였다. 제방 위까지 물이 차오르자 찰싹 소리를 내며 출렁거렸다.

배가 앞으로 움직이자 곧바로 배 바닥이 방벽에 닿았다. 배가 돌거나 뒤집히지 않도록 길만이 미친 듯 노를 저었다. 갑자기 누군가 배를 놓아준 것 마냥 배가 가볍고 바랐던 것보다 더 빠르게 앞으로 나아갔다.

눈앞에 엄청난 성곽의 형체가 드러났다. 배의 우현이 돌담을 건드렸다. 밀물의 흐름이 여기서 어느 정도 약해졌다.

"바로 여기야." 손으로 뭐라도 잡으려고 애쓰면서 김철이 소리쳤다. 하지만 젖은 돌은 이끼가 끼어서 아주 미끄러웠다. "길만아, 이 자리에서 시작해야 한다."

젊은 뱃사공이 배에서 무거운 노를 꺼내 움켜쥐고 뒤로 젓기 시작했다. 배가 흔들리며 멈춰 섰다. 창호가 돌 사이 틈에 봉을 재빠르게 박아넣고 선미 밧줄로 동여맸다. 김철이 같은 동작으로 선수를 고정했다.

용감무쌍한 사람들이 한숨을 돌렸다. 가장 어려운 일은 아니더라도 첫 단계를 제대로 한 것이다. 시작이 좋으면 기가 사는 법이다. 이제는 만조를 기다려야 한다. 성벽은 다듬은 화강암으로 지어졌다. 김철이 곡정 하나를 꺼내서 이음새에 박기 시작했다. 대못을 나무에 박을 때보다 힘이 더 들지는 않았다. 곡정이 안정적으로 버틸 것 같은 느낌이 들었다. 창호가 그를 도우러 나섰다.

벽에 붙은 사다리 상단이 당연히 보이지 않았다. 밧줄 가로대를 잡아당겨 보더니 김철이 만족스러워했다.

"짐을 등에 메어라." 김철이 열정적으로 말했다. "얘들아, 우리는 해낼 수 있다!"

먼저 사다리 하나를 엮고 아래에 다른 사다리를 엮었다.

"무겁지 않으십니까?" 창호가 물었다.

"괜찮다." 끙 소리를 내며 김철이 대답하고선 농담을 했다. "아마 내가 잠자리처럼 보이겠지?"

사람들이 나직하게 웃었다.

김철이 매달린 사다리로 걸음을 옮겼다. 첫 번째 가로대, 두 번째, 세 번째…이제 곡정을 박고 거기에 받침대를 묶어야 할 때다. 그렇게 이제 다시 가로대 4개를 감당해야 한다. 등에 멘 짐이 김철이 위로 올라갈수록 점점 더 무겁게 느껴졌다.

그렇게 첫 단의 끝이 왔다. 그런데 심각한 순간이 찾아왔다.

김철이 가로대 갈고리에 걸려버린 것이다. 왼손으로는 밑에 있는 사다리의 받침대를 잡았고 오른손으로는 끈을 풀기 시작했다. 그가 마지막 매듭을 미처 채 풀기도 전에 사다리의 긴 끝단이 무게를 못 이기고 순식간에 밑으로 떨어졌다. 하지만 그간 해온 훈련 덕분에 김철은 대나무 대를 움켜쥐었다. 흔들림이 멈추자, 김철은 등반 장비를 두 손으로 위로 밀었다. 조금, 조금만 더, 얼마 안 남았다…이제 지지대 끝이다. 그렇게 하단에 그것을 삽입하면 된다. 이렇게 연결되었다!

그런데 숨을 돌리기는 이르다. 오른쪽 곡정을 먼저 박아넣고 그다음이 왼쪽, 그리고 곡정에 지지대를 단단하게, 더 단단하게 고정해야 한다. 다 됐다. 이제야 한숨 돌려도 된다…

두 번째 단으로 올라가는 것은 등에 진 짐이 절반으로 줄었기에 조금 더 쉬웠다. 다시 한 번 상단까지 도달한 김철은 잠시 숨을 골랐다.

그는 높이를 느끼지 못하면서 벽에 매달려 있었다. 아래가 어두워 아무것도 안 보이기도 했고 마지막 남은 7m만 생각했기 때문이다.

세 번째 단 결합은 쉽지 않았다. 상단이 계속 뒤로 떨어져서 사다리를 벽에 붙이기 위해 젖 먹던 힘까지 써야 했다. 나중에야 김철이 그렇게 된 원인을 찾았는데, 공중에서 바람이 불어서 대나무 지지대의 돌출된 끝단을 계속 떨어뜨렸기 때문이었다.

요새의 꼭대기로 기어오른 김철은 지쳐서 등을 대고 뻗었다. 산들바람이 땀으로 범벅된 얼굴과 목을 기분 좋게 어루만졌다.

하늘이 얼마나 청아한지 손을 뻗어 별을 잡을 수 있을 것 같았다. 초승달은 어디론가 완전히 사라졌다. 정적과 고요. 나와 우주뿐 주변에 아무도 없다.

김철이 일어나 몇 걸음을 걷자 바로 개구부가 나왔다. 강수복이 과연 약속을 지켰을까? 아니라면 이렇게까지 높이 오른 모든 일이 허사가 된다.

김철이 천천히 개구부 손잡이를 당겨서 힘을 주어 열어젖혔다. 통로다! 계단이 아주 가파르다는 것을 알고 있었기에 김철은 뒤로 돌아 바짝 붙어서 기듯이 아래로 내려갔다. 처음 나온 작은 공간에서 벽에 매달린 횃불을 잡아 불을 붙였다. 여기엔 방이라고 할만한 곳이 몇 개 있었는데 굳이 확인하지 않았다. 뭐 하러 그러겠는가? 적이 매복하고 있다 해도 지금 할 수 있는 건 없다. 더 비싼 가격에 목숨을 팔 수 있을 뿐이다.

아래로 내려간 김철은 성벽 내부를 지나 궁궐로 이어지는 깊은 터널에 들어섰다. 일곱 걸음 거리마다 금속 횃불대가 걸려있었다. 김철은 그중 하나에 멈춰서서 두 손으로 그것을 당겼다. 화강암 네 개가 붙어있는 한 덩어리 석판이 축을 중심으로 돌더니 창문 두 개가 드러났다. 틈새 바람이 갑자기 훅 들어와 횃불이 하마터면 꺼질 뻔했다. 일행들이 비밀 출구 바로 밑으로 배를 갖다 댈 시점을 횃불 신호로 알려주기로 했기 때문에 꺼졌다면 문제가 생길 터였다. 바로 이곳을 통해 고종은 돌로 쌓은 새장에서 벗어나 자유로운 몸으로 나라 북쪽으로 날아가 한국의 독립 투쟁을 이끌 것이다.

김철이 벌어진 틈새로 몸을 내밀어 횃불을 흔들었다. 그런 다음 석판을 제자리로 돌려놓고 횃불대에 밧줄 사다리를 걸고 터널을 따라 걸어 들어갔다. 15m 정도를 가니 다시 계단이 나왔다. 김철은 계단으로 올라갔고 왕의 침소와 바로 이어지는 비밀 문으로 다가갔다. 위쪽에서 빛이 희미한 띠를 이루고 있었다. 김철이 틈새에 달라붙었다.

넓은 알현실에는 등잔 몇 개가 타고 있었다. 침상은 자개로 장식된 아름다운 병풍 뒤에 놓여있었다. 왕은 침상 앞에 놓은 좌상에 앉아 베개에 기대어 담배를 피우고 있었다.

고종은 잠이 오지 않았다. 저녁에는 여느 때와 마찬가지로 풍성하게 상을 차려놓고 술을 마셔댔다. 평상시대로 영원한 술친구인 강수복, 늙은 의전관 이한진, 그냥 짧게 '인마'('인마'는 깔보는 '야, 너!'와 비슷한 의미이다)라고 불리는 왕의 잠자리 시중을 드는 시동이 모인 술자리가 절정에 달했을 때 다나카 대위가 나타났다. 그는 늙은 군주를 위하여 계집 하나를 또 데려왔는데 작고 교활한 눈에 땅딸막한 게 예전에 데려온 계집들과 별 차이가 없었다. 이를 본 시인 강수복은 일본 정보요원이 자기 입맛과 취향에 따라 왕을 위한 계집을 골라온다는 걸 눈치 채고 말았다.

자정이 넘어 모두 집으로 돌아갔다. 침소로 기어들어 온 계집이 옷을 벗겨주며 자기를 흥분시키려고 애쓰다가 실망하여 등을 보이며 돌아누운 것을 고종은 흐릿하게 기억했다.

옛 황제는 누군가 가슴을 누르는 것 같아 한밤중에 눈을 떴다. 가슴에 처자의 손이 있었다. 고종이 손을 치우고 일어나 앉았다. 목이 말랐다. 헛기침 한 번만 하면 병풍 뒤에서 '분부하실 일이 있습니까, 전하?' 궁녀의 시중 드는 목소리가 들리던 시절이 있었다. 그런데 이제는 물 한 잔 마시려 해도 손수 일어나야 한다.

고종이 알몸에 두루마기를 걸치고 침소를 나갔다. 등잔 세 개가 지난밤 흥청거림의 흔적을 감추면서 방을 희미하게 밝히고 있었다. 그는 앉아서 물병을 찾아 마셨다. 그러자 다나카 대위가 어젯밤에 알려준 소식이 기억났다. 순종이 폐위되었고, 삼 년 전에 일본으로 건너갔던 영친왕은 중병에 걸렸다. 여기서 고종이 허리를 바로 세웠다. 한국의 왕위에 그를 다시 앉히는 것 외에는 일본이 선택할 다른 방안이 없다.

철종이 후사 없이 승하하자 고종은 조대비의 전교로 12세에 15세 명성황후와 혼인하여 즉위하였다. 그는 44년간 조선 권력의 상징이었다. 처음 10년 동안은 통상수교 거부정책의 열렬한 신봉자인 아버지 흥선대원군이 모든 일을 결정하였다. 하지만 이에 반대하고 나선 사람이 러시아와의 긴밀한 관계를 원했던 명성황후였다. 당시 한국 황실의 계획과 일에 적극적으로 영향력을 행사하던 일본이 이 분쟁에 개입했다. 일본의 사신들, 대부분 각기 다른 인물로 변장한 정보 요원들은 확고한 권력이 없는 나라에서 자유롭게 활동했다. 더구나 1876년 강화도 조약으로 일본 선박이 제물포, 부산, 원산 등의 항구를 자유롭게 드나들 수 있는 권리를 얻었다.

그 이후로 고종은 목숨을 잃을까 두려워하며 끊임없는 불안 속에 살았다. 하지만 공포가 클수록 왕권은 더 달콤했다. 명성황후가 궁녀의 옷을 입고 일본 자객의 추격을 피해 궁궐에서 탈출하려 했던 1895년 명성황후 시해 사건이 일어났어도 나약한 고종은 왕위에서 물러나지 않았다. 그로부터 12년이 지나 어쩔 수 없이 퇴위 되었을 때 고종은 세상이 빛을 잃은 것만 같았다. 그런데 이제 다시 권력의 정상에 오를 길이 열린 것이다! 이제 어렵던 시기에 자신을 외면했던 이들에게 본때를 보여줄 일만 남았다!

갑자기 무슨 느낌이 들어 고종이 고개를 돌렸다. 5m 앞에 선 검은 옷을 입은 남자의 형체를 보자 그는 흠칫 몸을 떨었다. 얼굴 절반이 복면으로 가려졌다. 벽에 드리운 그림자처럼 보였다.

"너는 누구냐?" 심장이 조여드는 공포를 느끼며 고종이 겁먹은 목소리로 물었다.

"전하, 접니다." 놀랍도록 친숙한 목소리로 그림자가 대답하면서 얼굴의 복면을 벗었다.

고종이 호위대장 김철을 알아보았다.

"공인가?" 고종이 놀라 물었다. "어떻게 이곳까지 들어왔나, 대체 무슨 일인가?"

온갖 생각이 휘몰아쳤다. 진정 그렇게 가장 충성스러웠던 신하도 그들에게 매수되어 그들의 명령을 수행하러 왔단 말인가?

"소인과 함께 나라의 북쪽으로 가시자고 말씀드리고자 전하께 왔습니다. 그곳엔 손에 무기를 들고서 우리와 함께 싸울 준비가 된 사람들이 기다리고 있습니다."

"뭐라?" 고종이 김철의 말을 잘랐다. "그럼, 자네를 보낸 것이 그들이 아니라… 지금 뭐라고 입을 놀렸는가? 같이 북쪽으로 가자고 하였는가? 감히 누구 안전인지 잊었느냐!"

"아닙니다, 잊지 않았습니다. 소인 앞에는 시해로 황후를 잃으시고, 강제로 퇴위 되시고 황태자들에게서도 외면당하신 국왕께서 앉아 계십시다. 전하께서는 능욕당한 나라를 위해 일어서실 수 없어서, 날개가 결박되어서 얼마 전까지 한탄하시지 않으셨습니까? 전하께서 자유의 몸이 되시어 침략자들에 대항할 무장 투쟁을 지휘하실 기회를 얻으실 수 있도록 돕고자 소인이 이렇게 왔습니다."

"김철, 지금 제정신인가? 일본은 우리의 동맹이자 보호자네. 며칠 후면 나를 다시 복위시킬 것인데 그런 기회를 저버리고 자네의 정신 나간 계획을 받아들이려면 바보가 되어야 할 것이야. 물러나거라, 썩 물러나지 못할까!" 심기가 상한 고종이 손바닥으로 탁자를 내리쳤다.

황제를 붙잡아 강제로 끌고 가려는 분별없는 생각이 순간 김철을 스쳤다. 고개를 든 김철이 살면서 언제나 법처럼 섬겼던 사람을 태어나 처음으로 거리낌 없이 뚫어지게 바라보았다. 김철은 겁에 질린 사람의 흔들리는 눈빛을 여러 차례 알아챘다. 그 눈빛에는 두려움과 이 불청객 구조자로부터 도망가고 싶은 욕구 외에는 아무것도 없었다. 그렇다, 납치를 준비하면서 김철은 모든 것을 고려했지만, 정작 이런 식의 거절은 예상하지 못했다. 그런 것을 가정할 엄두도 내지 못했던 것이다. 사람이 새장에서 벗어나기를 원치 않는 것을, 모든 굴욕과 모욕에도 복수하지 않으려는 것을.

어쩌겠는가, 왕이 할 수 없다면, 그렇다면 그가 없이 가야 한다. 어쩌면 이 진실을 밝히기 위해서는 엄청난 시간과 노력을 쏟아야 했을지도 모른다. 명확하고 선명한 목표에서 벗어나 환상을 품는 일이 앞으로 더는 없을 것이다.

김철의 침묵을 망설임이라 판단한 고종이 고함을 질렀다.

"귀가 먹었나? 썩 물러나라고 하지 않았느냐!"

김철은 대답 대신 옆문 쪽으로 달려가 등에 멘 검의 손잡이를 양손으로 움켜쥐고서 벽에 붙어 꼼짝도 하지 않았다. 어스름 속에서도 문짝이 스르르 열리는 것을 그의 밝은 눈이 알아보았기 때문이다. 문틈으로 일본 군인이 모습을 드러냈다. 그가 문턱을 미처 채 넘기도 전에 번뜩하는 빛이 휙 소리를 냈다. 의도치 않게 목격자가 된 고종은 목이 어깨에서 떨어지는 것을 보고 공포로 맥이 풀려버렸다. 군인의 뒤를 어젯밤을 보낸 처자가 따라오고 있었다. 바로 이 처자가 침소를 몰래 빠져나가 경호대를 불렀다. 그녀가 기계적으로 목이 잘린 몸을 받아들고 같이 바닥으로 쓰러지면서 미친 듯 비명을 질러댔다. 김철은 여인을 보게 될지 몰랐기에 순간 얼어붙었다. 세 번째로 오던 장교가 곧바로 리볼버를 쏘기 시작했다.

첫발이 김철의 어깨를, 두 번째 발이 허벅지를 맞혔다. 그는 한쪽으로 뛰어올라 발로 문을 민 다음 몸을 돌려 문종이를 치며 주먹을 뻗었다. 주먹이 과녁을 제대로 가격했다.

이 순간 중앙 출입문이 열렸고 침소로 경호 대원 십여 명이 들이닥쳤다. 벽에 붙어선 칼을 든 형체를 알아보고서 그들은 총구를 조준하여 반원을 이루면서 다가갔다.

"사살하지 마라! 생포하라!" 명령이 들렸다.

오른편에서 다나카가 다가갔다. 그는 포위된 사람에게 한국어로 말했다.

"항복하는 것이 좋을 것이오. 다른 것을 할 수 없어 보이긴 하지만… "

일본인의 악센트가 얼마나 강한지 김철은 그의 말을 금방 알아듣지 못했다. 하지만 비웃음은 바로 알아차릴 수 있어서 김철은 입술을 꽉 깨물었다.

그는 차분하게 미동 없는 시선으로 군인들의 긴장된 얼굴을 둘러보았다. 납작한 총검이 끼워진 카빈총 부리가 그의 가슴을 겨눴다. 그러나 다음 행보를 결심했기 때문에 마음속에 두려움은 일지 않았다.

김철은 살면서 이런 일을 여러 차례 겪었다. 위험한 순간에는 그의 사색적이고 관조적 기질이 순식간에 돌아섰다. 철학자가 있던 자리를 단호하고 즉각적으로 행동하는 장수가 차지했다. 김철은 이런저런 극한 상황에 있는 자신을 생각하면서 오랜 세월 훈련으로 이를 연마했다.

반원으로 김철을 둘러싸고 발포하지 말라는 명령을 받은 일본 군인들이 검을 무력하게 아래로 떨구고서 자기들로부터 6m 앞에 선 이 다친 사람이 무엇을 할지 어떻게 알 수 있었겠는가? 김철의 눈빛은 궁지에 몰려 이제 더는 그렇게 무섭지 않은 맹수의 그것처럼 눈길을 끌었다. 그래서 김철이 두렵고 놀란 표정으로 천장을 올려봤을 때 군인 전체가 그곳을 쳐다보았다.

의지의 힘으로 얻은 이 구원의 순간은 김철이 앞으로 돌진하기에 충분한 시간이었다. 두 걸음을 재빠르게 내디딘 다음 용감한 아이들이 얼음판에서 그렇게 하듯 김철은 미끄러져 앞으로 나갔다.

군인들이 미처 정신을 차릴 새도 없이 금방까지만 해도 그들이 겨눈 카빈총 부리 앞에 있던 사람이 대리석 바닥을 따라 미끄러져 그들의 발밑에 나타난 것이다. 미친 듯한 칼싸움이 일어났다. 금속끼리 부딪치는 무시무시한 소리와 베인 사람들이 내지르는 비명으로 아수라장이 되었다. 군인들이 공황 상태가 되었다. 출구로 가는 길이 뚫렸다! 김철이 평소대로 다리로 훌쩍 뛰어넘으려 했지만, 부상한 허벅지가 말을 듣지 않았다.

김철이 군인들과 백병전을 벌이기 위해서는 그들의 순간적 혼란이면 충분했지만, 김철이 주춤한 순간 뒤통수에 일격이 가해졌다.

비록 손은 한때 닌자의 우두머리 소유였던 굽은 사무라이의 칼을 여전히 맹렬하게 쥐고 있었지만, 침소의 등잔들이 김철의 눈에서 어두워져 갔다. 한국의 군주를 암살하러 이십오 년 전에 바로, 이 침소로 잠입하려 했던 그 닌자들의 우두머리였다. 암살 시도를 두 번 막았던 사람은 이제 세 번째 암살로부터 주인을 지켜내지 못했다. 그것은 생명을 해하려는 시도가 아니라 명예를 해하려는 암살이었기 때문이다. 후에 이 충직한 김철은 왕에게 애초에 그것이 없었다는 것을 깨닫게 되었다.

제10장

(일본 정보요원 아카츠키의 일기에서)

 선 북쪽 지방 출장을 마치고 나는 뿌듯한 마음으로 돌아왔다. 조선의 시골과 도시에 10호 감호제를 만든다는 지령을 각 현장에서 이미 수령했고, 행정기관이 경찰력과 함께 곳곳에서 시행하기 시작했다. 비록 내가 소박한 원작자라는 것은 어디에도 표시되지 않았지만, 그리 괘념치 않았다. 이름을 남기지 않아야 진정한 사무라이의 위업이 아닌가. 앞으로 오랫동안 조선인의 의식과 행동을 규정할 강력한 심리적 무기 속에 나의 발상이 내재하였다는 것을 아는 것으로 족하다.

경성에서 안 좋은 소식을 듣고 나는 당황했다. 밤에 왕의 궁궐로 전직 호위대장 김철이 잠입했다는 소식이었다. 무슨 목적으로 그런 짓을 저질렀는지 동기가 밝혀지지 않았다. 1급 심문에 처했지만, 그자가 자백하지 않았고 나중에 도주를 시도하다가 죽임을 당했기 때문이다. 다나카 대위가 이 일을 처음부터 끝까지 도맡았다. 그런데 나는 김철을 우리 편으로 끌어들이라는 내게 주어진 임무를 다나카가 알고서 행동했다는 강박적인 생각에서 놓여날 수가 없다. 내가 다나카였다면 무엇을 캐냈을지 모르겠지만, 그가 아무런 성과도 내지 못했다는 사실이 내 안에서 소심하고 악의적인 만족감을 불러일으킨다. 다나카도 성과를 내지 못했다. 왜냐하면, 내가 깊이 확신하는 바로는, 적과 맞상대하려면 지성이 적의 수준에 있어야 한다. 김철이 비범한 사람이었다는 것은 내가 나중에 서술할 그의 마지막 행동뿐만 아니라 왕의 호위대장으로 녹록지 않은 생을 살면서 그가 겪었던 수많은 일화가 말해준다.

최종보고서에서 다나카는 김철의 잠입 목적이 고종 시해라고 단도직입적으로 썼다. 나는 김철 같은 사람은 구석에서 튀어나와 몰래 살해를 시도

할 만한 사람이 아니라는 단순한 이유로 그 결론을 반박한다. 김철이 모종의 이유로 고종을 갑자기 증오해서 복수하기로 마음먹었다면 그는 어떤 식으로든 도망가려 하지 않고 당당하게 그렇게 했을 것이다.

또한, 다나카는 경호대의 단호한 행동으로, 물론 자기가 통솔하여, 조선 이태왕의 목숨을 구했다고 썼다. 이것도 믿기가 어렵다. 왜냐하면, 경호대가 알현실로 쳐들어갔을 때 김철이 이미 거기서 고종과 독대하고 있었기 때문이다. 김철이 '경호대의 단호한 행동'이 있을 때 병사 넷과 장교 한 명을 칼로 베어버렸다면 김철이 고종을 죽이지 못할 이유가 뭐가 있었겠는가? 김철이 어인 일인지 창녀를 가엽게 여기다 허벅지에 총상을 입지 않았더라면 그는 궁궐에서 완전히 빠져나올 수 있었을 것이다. 아니다, 김철은 왕을 죽이기 위해서가 아니라, 왕과 함께 나가기 위해서 궁궐에 나타났다. 비밀스럽게 잠입한 사실, 운하 수위에서 겨우 몇 미터 높이에 출구가 있는 것으로 드러난 터널에서 발견된 밧줄 사다리가 이를 입증한다. 외부에서는 의심할 바 없이 배가 그들을 기다렸다. 그렇다면 불가피하게 이런 의문이 남는다. 뭐 하러, 무슨 목적으로 김철은 왕을 몰래 데리고 나가려 했을까? 지금 내가 가정할 수 있는 것은 한 가지다. 김철은 왕을 죽이려 한 것이 아니고 구출하려 했다. 만약 그렇다면 나의 예전 끄나풀은 그리 통찰력 있는 사람이 아니다. 우리는 아직 고종을 없앨 필요가 없다. 참모부 정보과 업무의 훌륭한 전형이 된, 왕위를 이용한 조작은 일본과 조선의 무혈 합방에 실로 지대하게 이바지하지 않았나.

김철이 궁궐로 잠입한 방법을 생각하고 상상하면 나는 감탄을 금할 수가 없다. 오랜 세월 경호 속에 있었던 사람만이 그런 계획을 생각해 낼 수 있을 것이다. 사람들이 하는 말이 옳다. 꾀 많은 도둑을 잡으려면 더 꾀 많은 도둑에게 도움을 청하라고 하지 않았나.

이십육 년 전 이 사람은 왕의 시해 시도를 막았다. 아마도 그는 이 실패한 암살 시도를 꾸민 사람이 다름 아닌, 조선 왕에게서 섬 4개를 사려고 했지만 거절당한 도쿠가와 막부의 우두머리인 쇼군인 줄은 몰랐을 것이다.

거만한 사무라이는 그때 일본 천황도 자신의 요청을 거절하지 못한다면서 고종에게 한 수 가르쳐주겠다고 선언했다. 자기 약속을 지키지 않는 것은 체면을 잃는 것이다. 도쿠가와는 강력한 공격력을 자랑하는 씨족의 닌자 사천 명 중에서 직접 고수들을 뽑아 고종을 죽이라는 명령을 내렸다.

암살자들은 연을 이용하는 것보다 더 좋은 방법을 찾아내지 못했다. 일본에서는 소년이라면 누구라도 생각해 낼 방법이지만 침착한 조선에서는 상상조차 할 수 없는 일이었다. 그런데 궁궐 지붕이 암살 시도 후 바뀐 것으로 보아 밧줄을 그리로 어떻게 갖다 놓았는지 알아맞힌 것 같았다. 이 사건으로 인해 김철의 작업이 훨씬 어려워졌다. 대나무 사다리를 이용한다는 그의 해결책이 더 명석해 보인다. 수직으로 곧추선 벽을 따라 그렇게 높은 곳까지 혼자서 밤에 올라가려면 얼마만큼의 자제력이 있어야 할까! 얼마나 용의주도하게 행보 하나하나를 계산했겠는가!

도쿠가와가 보낸 암살자들은 소실 때문에 일찍 발각되어 소탕되었다. 묘하게도 김철이 죽게 된 원인 또한 여자 때문이었다. 만약 그가 이 몸 파는 계집을 베어 죽였다면 다치지 않았을 수도, 심지어 포로로 잡히지 않을 수도 있었다. 하지만 이 사람은 자신의 개념, 규범, 경계를 넘을 수가 없었던 것이다. 나는 그의 이런 속성을 한마디로 고결함이라고 정의하고 싶다.

나는 처음 그를 보자마자 이 사람이 그런 성품을 가졌다고 생각했다. 김철을 우리 편으로 끌어들인다는 계획을 세울 때 나는 어떤 위협이나 술수, 음모를 써도 이 사람을 꺾을 수 없을 것을 알았다. 그러나 고귀한 행동은 그를 감화하여 감사와 부채감을 불러일으켰다. 나는 이 사람의 생애와 그의 모든 일상, 가족들에 대한 태도, 집에서의 행동을 철저히 조사한 후에 행동하기로 마음먹었다.

김철 집에 심은 '정원사'의 밀보를 읽어보면 흥미로웠다. 요원이 목표물과 접촉할수록 건조하고 적대적이었던 어조가 당황스러운 편파적 어조로 옮겨갔다. 특히 집주인과 아이들, 여성들, 하인들의 관계를 서술하는 것에서는 경외감마저 엿보였다. 한국인을 좋아하지 않을 이유가 일반 일본인보다 '정원사'에게 더 많았음에도 불구하고 그랬다. 청소년이었을 때 그는 해적선 선장이었던 아버지와 함께 해상 강도 행위를 하던 중 조선의 해안경비대에 붙잡혔다. 성인들은 처형되었고 그는 미성년 범죄자들을 수용하는 곳으로 보내졌는데 그곳에서 온갖 구타와 학대를 견뎌야 했다. 우리가 조선으로 오고 나서야 그는 자유를 찾았고 제3과의 우수 요원이 되었다. 복수에 대한 갈망은 사실 그가 이따금 정황을 객관적으로 분석하지 못하도록 했지만, 전체적으로 그의 보고서에는 세심한 관찰과 유능한 판단이 두드러졌다. 만약 이 사람조차 김철의 영향으로 변할 수 있었다면 다른 사람들은 말해 뭐하겠는가?

'정원사'는 김철 집에서 겨우 두 달을 일했다. 그 기간에 그는 나중에 일어난 일을 준비한다는 어떤 낌새도 알아차리지 못했다. 오히려 목표물이 나라에서 일어나는 일에 별 관심이 없고 아들 일을 돌보거나 책을 읽거나 하고, 바깥출입도 극히 적어서 실망스러울 정도였다. 그 대신 친구나 예전 동료들이 심심치 않게 찾아오면 진심으로 환대했다. 그들이 나누는 대화는 대개 철학과 역사, 문화에 관한 것이었다. 그러다 불현듯 이 세상에 속하지 않은 듯 보이는 사람이 조선 전체를 흔들 뻔한 행동을 저지른다는 생각이 들었다. 물론 손자의 돌 잔칫날에 일어난 사건이 결정적인 역할을 하기 했지만, 이미 오래전부터 이 전직 궁중 호위대장이 이 계획을 품고 있었다고 나는 확신한다.

돌잔치가 있을 거라고 '정원사'가 밀고하였다. 가끔 우리의 끄나풀에게 관심을 보이던 나카무라 소좌가 "김철에게 서반아어나 불란서어를 아는 학식이 있는 일본 장교를 하나 소개해 주면 나쁘지 않을 것 같은데. 그러면 김철에게 일종의 영향력을 발휘할 것 같은데."라고 했다. 소좌가 그 지역에 주둔한 연대에 소속된 지휘관 명단을 요구했고 기쁘게도 예수회 학교 출신의 지인 히코마다 대위를 찾아냈다. "바로 여기 쓸만한 장교가 있소. 우리 정보국에서 일해도 좋았을 텐데 본인이 원하지 않았지. 앗, 여기 아는 이름이 한 명 더 있네. 오카야마 상위가 있어. (그는 목록을 읽다가 내게 물었다) 이 사람을 모르는가? 일본군 최고 검객 중 한 명이요. 한때는 우리 대일본 제국 황태자를 가르치는 영광도 누렸지."

바로 그때 오카야마와 김철의 아들이 결투를 벌인다는 발상이 탄생하였다. 내가 나카무라 소좌에게 그 생각을 보고하자 소좌가 승인했다.

출장을 가는 길에 나는 일부러 그 연대에 들러 히코마다 대위와 오카야마 상위를 만났다. 히코마다는 교양이 있어서 기분 좋은 인상을 주었다. 그런 사람은 인생에서 성취할 수 있는 것은 많겠지만, 군인으로서는 당연히 아니다. 군대에서 명석한 사람은 힘들다. 명령의 여파를 예견하면 망설임과 의심이 자주 일고 그것은 명령의 의도를 정확하게 구현할 수 없는 결과를 낳는다. 어쩌면 이것은 히코마다가 교양 있고 명석하고 여러 외국어를 구사할 수 있음에도 후방에서 일반 병참 장교로 근무하는 원인 중 하나일지도 모른다. 어쩌면 그저 출세하려고 애쓰지 않아서인지도 모른다. 그렇다면 이는 부자연스럽다. 일본 전체가 전례 없는 위대함으로 높이 비상하며 전진하고 있는 이때 다른 사람들과 발맞추어 나가지 않기 때문이다.

오카야마는 내 안에서 동정심과 이해심을 불러일으켰다. 그의 근무 평정을 보았기 때문이다. 홋카이도의 평범한 가정 출신이었다. 오카야마의 조부는 황제의 은총을 잃고 북부 섬으로 유배된 미라모토 장군을 섬겼다. 충직한 사무라이는 자신이 섬기는 주인을 따라갔고 신이 잊어버린 구덩이라고 묘사되는 처참한 환경에서 살았다.

세월이 흘러 그의 손자가 미라모토 집안 가부장의 후원 덕분에 다시 기운을 차리고 군사학교에 입학했다. 명문 귀족 자제들 사이에서 북부 사투리를 쓰고 주머니는 비어있는 어린 촌놈이 어떻게 지냈을지 상상이 된다. 그렇지만 오카야마를 감히 건드릴 수 있는 사람은 없었다. 열다섯에 오카야마는 이미 칼싸움에 능숙했고 군사학교에 다니는 동안 완벽한 수준까지 기술을 연마했다.

우등졸업 장교로서 그는 천황 친위대에 들어갔다. 황태자가 나서서 그에게 검도 수업을 받고 싶어 했다. 오카야마 앞에는 빛나는 미래가 기다리고 있었다. 그런데 그는 갑자기 황후의 여관에게 열정을 품었다. 여관도 같은 마음이었다. 연애가 시작되었고 소문이 여관의 부모 귀에 들어갔다. 가난한 사무라이의 요구에 모욕을 느낀 부모는 천황폐하께 호소했다. 오카야마는 친위대에서 축출되어 한국주차군 사령부의 육군 연대로 전출된 후 조선으로 파견되었다.

여자란, 여자라는 것은… 남자로 하여금 무사로서의 출세와 영광조차 잊게 만드는 그들의 흡인력이란 과연 무엇일까?

한국 여자와 일본 여자는 많이 닮았다. 남자를 대하는 태도가 특히 닮았는데 남자를 존경하고 끊임없이 섬기며 자신의 가치를 낮춘다. 그런데 이상하게도 그렇게 대해서 일본 남자는 강하고 단호해지지만, 한국 남자는 여리고 활기가 없다. 조선 아이들과 사귀었던 어린 시절부터 나는 이를 알아챘다. 일본 어머니는 아들이 비행을 저지르면 진정한 남자가 아니라고 엄하게 꾸짖는다. 한국 어머니는 다시는 그러지 말라고 자기 자식을 그냥 어른다.

끊이지 않는 지진과 쓰나미, 화산 폭발로 뒤흔들리는 나의 혹독하고도 아름다운 땅에 사는 남자들은 고요하고 평화로운 삶을 위한 모든 것이 갖춰진 비옥한 조선의 남자들과 같아질 수는 없지 않을까? 바람이 불고 척박하고 결핍된 서식지에서 자라난 식물은 역경을 이겨낼 힘을 기르고 더 튼튼하게 자란다. 만약 그렇다면, 여자가 복종할 때 왜 어떤 남자들은 고양되어 용감해지고, 왜 어떤 남자들은 자기애적 나약함까지 전락하는지 알 것 같다.

내가 잠깐 주제를 벗어났다.

오카야마의 얼굴은 지독하게 음침한 표정만 아니었다면 좋은 느낌을 주었을 것이다. 내가 그에게 임무를 설명할 때 그가 경멸하듯 씁쓸하게 웃어서 나는 불쾌했다. 어떤 조선 양반과 칼로 견줘야 할 일이 기껍지 않았는지 임무 자체가 하찮아 보인 것인지는 모르지만. 이렇든 저렇든 그런 반응은 이성보다 감정이 더 앞서는 사람인 것을 드러냈다.

그렇게 일어날 일이 일어났다. 패배로 평정심을 잃은 그가 맞수의 부인을 칼로 베어 죽였고 그날 잔치를 망쳤다. 일본 장교의 존엄과 명예, 위엄의 본보기가 되기는커녕 무절제와 비열함, 쓸모없는 자존심의 표본이 된 것이다! 게다가 이 모든 일을 저지르고 나서도 연대장에게 무례한 말을 퍼붓다니!

유일한 품위 있는 행동이 할복자살이었다. 하지만 사무라이의 치욕을 씻는 이런 행위가 조선인에게 무슨 의미가 있을까? 결투를 목격했던 사람들은 이제부터 일본 장교라고 하면 오카야마를 연상할 것이다. 패배조차 승리로 돌릴 수 있었을 텐데, 만약 이 자존심 강한 남자가 자신의 자존심보다 과업을 더 생각했다면 말이다. 예컨대 검으로 승자에게 예를 표하고 칼솜씨에 관한 칭찬을 늘어놓는다든지. 그러나 중요한 것은 그도, 나도 패배할 수 있다는 생각을 못 했다는 것이다. 우리는 평범한 조선의 양반이 일본군 최고의 칼잡이 중 한 사람을 이길 수 있으리라는 가정조차 못 하였다!

결론적으로 계획이 완전히 수포가 되었다. 오카야마를 잃었다. 김철의 행위는 당연히 아들과 그 친구들의 지원 없이는 진행될 수 없는 것이었다.

다시 질문으로 돌아가자. 김철은 무엇을 위해 왕을 납치하려 했을까? 해답은 하나밖에 없다. 반일본 투쟁에 황제를 기치로 이용하기 위해서다!

만약 그렇다면 김철은 왕을 어디로 데려가려 했을까? 중국은 예외다. 이 곪아 터진 거물은 점점 더 우리의 통제 안으로 들어오고 있어 일본제국의 발밑에 엎드릴 시간이 얼마 남지 않았기 때문이다. 노서아로? 그럴 확률이 높다. 자기 부인이 살해되자 그는 거의 일 년 동안 다른 곳이 아닌 노서아 공사관에 몸을 숨기지 않았나. 지금도 그는 북방 불곰국에서 은신처를 찾아 보호받고 싶을 것이다.

만약 김철이 국외로 나갈 생각을 하지 않았다면? 그렇다면 김철이 왕과 함께 안전하게 숨어서 지원군을 찾아 군사행동을 전개할 만한 곳은 어디인가?

조선의 북쪽밖에 없다. 바로 거기서 이미 몇 년 전에 노서아와 중국에서 침투해 들어온 의병 부대와 가장 많은 충돌이 일어나지 않았나. 소좌님의 명령을 새기며 나는 노서아 프리모리에(러시아 극동의 남부 일대. 연해주와 하바롭스크 주 일부, 아무르 주가 들어간다 - 옮긴이)와 중국의 간도로 이주한 조선인들에 관한 정보를 최선을 다해 수집하려 애썼다. 가장 보수적으로 추산해도 최근 10년간 삼만 명 이상이 그리로 이주했다. 그 이전에 이주한 사람은 포함하지 않았다. 게다가 중국과 노서아 정부가 전체적으로 이주민에게 호의적으로 대하며 우리가 여러 차례 항의했음에도 이 일방적인 흐름을 막을 생각을 하지 않는다. 조선인이 국외로 나가서 먹고살 궁리만 했더라면! 우리가 일본과 조선의 체계적인 병합을 시작한 1906년부터 바로 이 이주자들 가운데서 의병운동을 전개한 초기 부대들이 결성되었다. 아래는 전투에 참여한 일본 사령관들의 보고서에서 내가 직접 발췌한 몇 가지 기록이다.

1906년 6월. 조선 이주자들의 부대가 80명 부대원을 이끌고 조선과 노서아 국경을 넘어 청진시 방향으로 이동했다. 경로에 있는 경찰서 몇 곳이 습격당했다. 삼골 마을에서 일본군 수비대를 마주치자, 무자비한 격전이 일었고 15명을 잃은 의병부대는 왔던 길로 다시 돌아갔다. 포로로 잡힌 반란군을 통해 알아낸 사실은 이 의병을 이끄는 자가 최재형인데 함경북도 경원 출신이고 열 살에 프리모리에로 이주했다. 그는 러시아학교에서 교육받았고 러일전쟁에 참전했다…

1906년 8월. 무장한 조선인 150명이 중국 국경 부근의 두만강을 건너 무산 시로 난입했다. 거기서 그들은 국경 지역을 몇 차례 급습했다. 해당 지역으로 파견된 2개 중대가 그들을 도시에서 토벌하여 강 너머로 쫓아냈다. 반란군 부대를 유인석이 지휘했다. 그는 과거에 조선군에서 복무한 것으로 알려졌다. 제법 알려진 이범영이 전우 중 한 명이다…

1907년 6월. 이미 몇 부대가 여러 지역에서 동시에 국경을 넘은 뒤 합류하여 경흥, 회령, 경성, 면천 지역에서 일본 수비대를 공격하였다. 우리가 입은 손실은 병사와 장교 전사자 96명, 부상자 46명이다. 그들을 조선 밖으로 내쫓기 위해 6개 중대가 동원되었고 2주의 시간이 걸렸다. 반란군 123명을 사살하고 17명을 포로로 잡았다…

1908년 5~6월. 김준화가 지휘하는 700명 병력이 무산 시를 점령하여 2개월간 버텼다. 홍범도가 이끄는 다른 부대는 우리의 현지 수비대를 물리치고 삼수, 갑산, 청진까지 점령했다. 부정확한 자료에 따르면 반란군 부대 병력이 수천 명에 달했다고 한다. 이 습격에 맞서기 위해 14개 중대가 동원되었다.

1908년 7~8월. 함경도에 계엄령이 선포되었다. 그곳에서 1,000명 병력의 수십 개 부대가 활약했기 때문이다. 우리 병사들의 손실은 벌써 수백 명이다…

이 짧은 기록만 보아도 러시아 프리모리에와 중국 칭다오의 조선인 이주자들이 이끄는 매우 위험한 발원지가 조선의 북쪽에서 무르익고 있었다는 사실을 알 수 있다. 3년 동안 대규모 의병부대(병력 50인 이상)가 국경을 넘은 사실이 48건 확인되었다. 지금 그곳은 사실 상대적으로 조용하다. 먼저 접경 도시에 수비대 병력을 강화하고, 조선 반란군이 그쪽에서 월경하지 못하도록 노서아 정부에 정치적 압박을 가한 것이 효력을 발휘했다.

발생한 격전을 분석하면서 어떤 결론을 얻을 수 있었을까? 의병 부대의 습격은 보통 하절기에 발생했고 급습하는 형태였다. 그들의 경로는 보통 추적할 수 있다. 정보요원을 정확하게 배치하고 신속한 연락망을 마련한다면 아주 빠르게 그들을 근절할 수 있다. 강조해야 할 점이 있다. 지역 주민들은 수비대 때문에 온 반란군 의병들을 그리 좋아하지 않는데 이들의 일시적인 습격 후에는 그들을 지지했던 사람들에 대한 탄압이 반드시 뒤따르기 때문이다.

저항의 온상이 조선 땅에서 발생하고 지방 의병부대가 출현하면 가장 심각한 문제가 야기될 것이라고 경고했던 나카무라 소좌의 말은 골백번 옳았다.

얼마 전까지 의병부대가 우리 군대와 치열한 접전을 벌이던 무대가 조선의 북부였음을 김철은 아마도 알고 있었던 것 같다. 김철이 옛 황제를 납치하여 그를 전국적인 봉기를 일으킬 기치로 이용하고자 했다면 의심할 여지없이 그가 향할 길은 북쪽이었다.

여기서 김철과 관련된 한마디를 쓰지 않을 수가 없다. 순진해 빠진 사람! 그렇게 오랜 세월을 황제 옆에 있었으면서 비겁한 고종이 자기 목숨을 위험에 빠뜨리는 일에 동의할 사람이 아니라는 것을 몰랐단 말인가? 게다가 고종이 우리에 대항하려 했다면 그럴 기회가 정녕 적었단 말인가?

어찌 됐든 간에 여러 사람이 김철을 방문했다는 사실이 쓰인 '정원사'의 보고서를 다시 한 번 연구하고, 김철 동료들의 행방을 추적하고, 북부 지방에서 복무하는 모든 이들을 눈여겨봐야 한다. 비밀 기지를 미리 마련하지 않고서 납치를 감행하려 하는 사람은 아무도 없을 것이다. 틀림없이 김철의 공범들과 그의 맏아들도 그리로 갔다. 조만간 그곳으로부터 소식이 오기를 기다려야겠다.

내가 보낸 강철에 관한 타전에 그자가 예전에 살던 곳을 떠났다는 답변이 오더라도 나는 놀라지 않을 것이다. 그자와 함께 근무했던 동료들의 행방도 추적해야 한다. 사라진 이들은 필경 강철과 합류했을 것이다.

그런데 김철의 막내가 지금 일본에 있다. 그런데 혹시 모르니 그리로도 타전을 해봐야 한다. 만약 동철이 거기에 있다면 그 아이는 아마 아무것도 모르고 있을 것이다. 나라도 내가 도모하는 위험한 계획을 가까운 이에게 말하지 않을 것 같으니까, 그 사람이 내 일에 동참하기를 원하는 상황이 아니라면. 김철, 하지만 우리는 여하튼 네 자식들을 주시할 것이다. 우리는 그 아이가 너의 운명에 관해 아무것도 알지 못하도록, 그래서 일본의 애국자로 자라도록 할 수 있는 일은 다 할 것이다.

다나카 측에서 김철을 죽이는 범죄성이 있는 실책을 범했다. 그의 아들이 우리 손에 있는 것을 이용하여 우리는 그가 모든 계획을 다 말하도록 강제할 수 있다. 이제 단호하게 관계를 끊는다.

김철이 어떻게 생포되었고 어떻게 그를 고문했으며 그가 어떻게 죽어갔는지를 가와부시가 내게 상세하게 말해주었다.

다나카에게는 서둘러야 할 이유가 있었다. 사건이 발생하기 전날에 어떤 사건이 준비되고 있다는 신호를 '첩'에게서 받았다. 항상 술에 취해있는 궁중 광대이자 고종의 술친구인 강수복이 비밀스럽게 이를 암시해 주었다 한다. 그는 지금은 갇혀 있지만, 곧 자유를 얻어 머나먼 변방으로 날아갈 백학에 관한 시를 읊었다. 그래서 다나카가 왕의 경호를 강화하고 부서의 장교들이 야간 숙직에 동참하도록 지시한 일은 우연이 아니었다. 그러나 어쨌든 김철이 등장하는 순간을 놓친 데다 체포하는 와중에도 우리 측의 피해를 감수하지 않을 수 없었다.

기절한 '납치범'을 묶어서 위병소로 끌고 가 다나카가 바로 심문을 시작했다. 김철은 이를 악물고 모든 질문에 침묵으로 일관했다. 그렇다면 마지막 명령만 남았다. 치라. 군인 넷이 30분을 주먹과 발로 짓이겼다. 동료들의 죽음으로 거세게 광폭해진 그들은 몸만 때리라는 지시를 지키지 않았다.

구타가 세 번 반복되었다. 그래도 고문당하는 이의 입을 열지 못했다. 이건 그리 놀랍지 않다. 바로 조금 전까지 칼로 적을 무찌르고 전투에 심취하여 열중했던 사람을 한 번에 꺾을 수가 있겠는가. 그를 독방에 가둬 놓았다면 예정된 고문과 막막하고 불안한 상상이, 죽을 각오를 한 자가 살고자 갈망하는 자로 바뀌도록 마음을 부추겼을 것이다. 하지만 다나카는 그런 미묘한 것을 모른다. 그는 물리적인 고통을 극복할 수 있는 사람은 없다고 생각한다.

갑자기 김철이 입을 열었을 때 이 고문 기술자가 얼마나 기뻐했을지는 알만하다. 왕을 몰래 만나려고 한 목적이 무엇인지 다시 한 번 집요하게 물었을 때 김철이 눈을 뜨고 속삭였다.

"내가 왕을 죽이려 했다."

신이 난 다나카가 즉시 물었다.

"왕의 침소에 어떻게 들어갔나?"

"그곳에 비밀 입구가 있다."

"우리에게 보여주겠나?"

" … 보여주겠다." 김철이 찢어진 입술로 간신히 속삭였다. "문을 … 내가 닫아버렸다. 그것을 열려면 … "

여기서 김철은 의식을 잃었다. 그에게 찬물을 몇 번 끼얹자 다시 정신이 들었다.

"어디, 비밀 입구가 어디에 있어?" 다나카가 소리쳤다.

"알현실 침소 … 거기에 … 들어갈 수가 없다. 문이 … 닫혔 … "

반복해서 기절하는 바람에 김철은 문이 닫혀버려서 다른 곳에서만 열 수 있다고, 왕의 알현실에서 비밀 출입구로 들어갈 수가 없다고 그들이 알 아듣게 설명하는 데 힘과 시간이 많이 들었다.

궁궐에 들어간 목적이 왕을 죽이기 위해서라고 처음부터 굳게 믿었기 때 문에 다나카는 이 말의 진실성을 한 치도 의심하지 않았다. 게다가 김철이 왜 탈출 경로를 스스로 차단했는지를 다나카는 묻지 않았다. 여기서도 그럴 만한 이유를 찾을 수 있다. 다나카는 일본인이다. 일본인들은 임무를 달성 하기 위해 자신을 그렇게 출구 없는 상황으로 밀어붙이는 경향이 있다.

새벽녘에서야 사다리를 발견했고 지붕에 오른 군인들이 개구부가 안에 서 잠겼다고 보고했다.

"거기에 비밀이 하나 더 있다." 의식을 잃었다 다시 돌아온 김철이 쉰 목소리로 속삭였다. "나를 위로 데려가라, 내가 보여 주겠다."

장교들이 재촉하자 병사들이 완전히 힘이 빠진 김철을 밧줄을 이용해 요새 지붕으로 끌어 올려 개구부 옆에 뉘었다. 김철은 오랫동안 그들이 원하는 게 무엇인지 알 수가 없었지만 조금 있다 얼굴이 밝아지는 듯하더니 손을 풀어달라고 청했다. 다나카가 그렇게 해주라고 지시했다. 김철이 천천히 일어나 손으로 지붕의 가장자리를 가리켰다. 모두가 그곳으로 눈을 돌리자, 구타로 쇠약해진 김철이 뛰어서 몇 걸음 만에 지붕 끝까지 가더니 아래로, 물속으로 뛰어들었다.

아연실색한 병사와 장교들이 도망자에게 맹렬한 총격을 가했다. 김철의 머리가 물속으로 잠긴 후에도 사격은 계속되었다. 속은 다나카가 미친 듯 날뛰었다고 한다.

시체를 바로 찾지는 못했다. 오후에 시작된 만조 때문에 수색이 힘들었다.

아래로 뛰어내리며 김철이 뭔가 고함을 질렀는데 누군가의 이름을 부르는 것 같았다고 가와부시가 전해주었다. 누구를 불렀을까? …

이 용맹스럽고 꾀 많은 장교가 살아서 멀쩡한 모습으로 갑자기 어딘가에서 나타난다고 할지라도 나는 놀라지 않을 것이다.

제2부

이역만리로

제11장

 길을 따라 마른 나뭇단을 실은 달구지가 지나간다. 눈은 벌써 일주일 전에 녹았고 봄은 나날이 더 세차게 위세를 떨친다.

아침부터 단단히 껴입은 마부는 한낮의 햇살로 몸이 나른하다. 솜을 넣은 겉옷은 단추를 풀었고 모피 모자의 귀마개는 위로 들어 올렸다. 봄바람이 모자 아래로 빠져나온 땋은 머리를 건드리지만, 머리 주인은 아무것도 느끼지 못한다. 날이 따스한데 사방은 고요하고 달구지가 가는 길이 단조로워 마부가 나른하게 졸고 있기 때문이다.

달구지를 모는 사람의 이름은 푸린이다. 척박한 만주 땅을 경작하며 그의 조상들이 태곳적부터 살아온 춘 마을 출신이다. 그는 부모로부터 작은 땅뙈기를 물려받았다. 푸린은 부단한 노동으로 이십여 년 만에 그 땅을 두 배로 불렸고 말과 달구지를 장만했다. 시골 마을에서는 푸린을 일 년 내내 일꾼을 쓸 여유가 있는 잘사는 주인으로 여겼다. 일꾼이 나무를 해놓으면 푸린이 달구지에 앉아 편안하게 졸면서 집까지 실어 날랐다.

자유를 느낀 말은 되는대로 천천히 걸었다. 그러다 갑자기 기운 없이 고개를 늘어뜨리고 아예 멈춰 섰다.

졸던 푸린이 정신을 차리고 고삐를 잡아당겼다.

"치, 치!"

말이 앞으로 가는 대신 뒷걸음질쳤다.

"채찍 한번 맞아볼 테냐, 요놈아." 구슬리듯 투덜거리더니 푸린이 손에 나뭇가지를 쥐었다. 그러다 뭔가 이상한 느낌이 든 그는 마차에서 내려 앞쪽으로 갔다.

길에 어린아이가 앉아서 웃으며 말의 얼굴을 건드리려고 손장난을 하고 있었다. 얼마나 놀랐는지 푸린은 주저앉을 뻔했다. 잠이 순식간에 확 달아났다.

"아이고머니!" 그가 외쳤다. "하늘이 내 기도를 들어주신 건가?"

푸린은 곧 사십 줄에 들어서지만, 아직 자식이 없었다. 안 해본 것이 없을 정도로 이것저것 다 시도해 봤지만, 그저 세월만 흘렀고 그의 집에서 아이들의 웃음소리는 들려오지 않았다. 부부는 이미 포기한 상태였다. 그런데 그들의 기도가 하늘에 닿았나 보다.

아이가 그를 보고 방긋거렸다. 얼핏 보기에 두 살배기로 보였다. 동그란 얼굴과 반짝이는 눈동자가 그림 속에 있는 천상에 사는 사람들과 똑같이 생겼다.

푸린은 숨을 크게 내쉬고 앞으로 달려가 떨리는 팔로 아이를 안아 들었다. 낡아빠진 옷, 지저분한 얼굴과 손, 그리고 오랫동안 안 씻은 몸에서 풍기는 냄새가 푸린의 코를 찔렀다.

"이런 기적이 일어날 수 있을까?" 푸린이 기대를 누르고 중얼거렸다. "아이를 누가 길에다 뒀을까?"

푸린은, 혼자서 일하는 농사꾼들이 흔히 그러듯, 자문자답하는 습관이 있었다.

"애야, 너 누구니?" 이렇게 묻고 푸린이 팔을 뻗어 아기를 안아 올려 마주보았다. "너 어디서 왔어?"

아기가 뭔가 중얼거리더니 다시 방긋 웃었다.

"뭐라고, 뭐라고 했니, 아가야?"

아기가 다시 옹알이 같은 말을 했지만, 푸린은 아무것도 알아듣지 못했다. 아기를 내려놓지 않고 그는 길을 향해 몸을 기울였다. 길에 난 자국을 보니 이 아기천사가 길가를 따라 떨기나무 덤불에서 기어 나온 것 같았다.

"너 어디서 왔어?" 이렇게 묻고 푸린은 아이를 덤불 쪽이 보이도록 돌리고 나서 손가락으로 가리켰다.

아기천사가 마치 위로 솟으려는 듯 푸린의 팔에서 바둥거렸다.

덤불로 걸어 들어간 푸린이 미처 세 걸음도 떼기 전에 조그마한 풀밭이 나왔고 그곳에서 누워있는 남자를 발견했다.

"아빠아, 아빠아" 아이가 앙앙 울음을 터뜨리며 다시 바둥거렸다.

땅에 내려놓자, 아이가 남자에게로 기어가 그 옆에 앉았다. 푸린이 천천히 그들에게 다가갔다.

남자가 손바닥으로 머리를 받치고 눈을 감은 채 옆으로 누워있었다. 다른 손은 옆구리 뒤에 놓여있었다. 여위고 피로에 찌든 얼굴이 검은 수염으로 덮여있었지만, 젊은 사람처럼 보였다. 옷은 군데군데가 너덜거리게 해졌고 구멍에서 더러운 솜이 삐져나왔다. 발에는 뒤축이 다 닳았지만, 품질이 좋아 보이는 반장화가 신겨 있었다. 옆에는 홀쭉한 봇짐과 어깨에 멜 수 있도록 끈을 달아놓은 나뭇가지로 만든 지게 같은 것이 있었다. 아마 거기다 아이를 태워 다녔을 것이다.

보이는 모든 것이 이 남자가 길에서 보낸 수많은 날을 말해주고 있었다.

"어이!" 푸린이 남자를 불렀다. "어이, 일어나봐요 … "

남자는 아무리 불러도 꿈쩍도 하지 않았다. 푸린이 남자의 어깨를 흔들었다. 그래도 아무런 반응이 없었다. 그러다 중국인은 이 남자의 손이 놓인 부위의 옷이 피에 물들어 갈색으로 변한 것을 보았다.

남자는 의식이 없었다.

푸린이 다친 남자를 길가로 끌고 와 달구지에 있던 짐을 단번에 내던지고 그 위로 남자를 힘겹게 들어 올렸다. 땀이 비 오듯 흘렀다. 그러고 나서 남아있던 남자의 물건을 가지러 다녀왔다. 출발하려다가 마음을 바꿨다. 달구지에서 내려 누워있는 남자를 마른 나뭇단으로 에워쌌고 만들어진 구덩이에 아이를 앉혔다.

"아가야, 누워라. 바이 바이." 푸린이 두 손으로 아이의 귀를 쓰다듬으며 다정한 표정으로 말하고 고개를 누이고 눈을 감겼다.

작은 아가도 푸린을 보고 웃으며 고분고분하게 남자 옆에 누웠다. 나뭇가지 단으로 아이 위를 덮어 가릴 때 아이는 울지 않았다.

푸린은 모르는 남자와 아이를 집으로 데려가는 모습을 누가 볼까 봐 이렇게 했다. 우렁차게 기합 소리를 내고 말을 힘차게 출발시켰다. 기계적으로 고삐를 움직이면서 골똘한 생각에 잠겼다.

푸린은 자기 등 뒤에 누운 남자가 중국인이 아닌 것을 알아맞혔다. 짐을 등에 메고 다니는 기구로 보아하니 그는 조선인이다. 그런 기구를 중국에서도 사용하지만 좀 다른 식으로 만든다.

푸린은 그들의 마을을 통해 러시아 쪽으로 간 조선인들을 만난 적이 있다. 머리에 쓴 갓이나 옷으로 그들을 금방 알아볼 수 있었다. 이 사람은 처음 봤을 때 국적을 알 수 없게 옷을 입었다. 게다가 반장화는 더 혼동을 준다. 이주민들은 보통 짚신을 끌고 다녔다. 그것도 여럿이서 함께 다닌다.

그래도 어쨌든 이 사람은 조선인이다. 게다가 이 사람은 모르긴 해도 러시아로 가는 것이 아니라 러시아에서 왔을 것이다. 이 사람은 우수리 타이가 침엽수림에서 산삼을 찾거나 녹용을 키우는 사람 중 하나인데 집으로 돌아가는 길에 산적을 만났던 게 아닐까?

그럴 가능성은 적다. 푸린은 갑자기 의심이 들었다. 누가 아기를 데리고 타이가로 간단 말인가? 그러면, 어쩌면 …

그러다 푸린은 보기에는 홀쭉하던 배낭이 꽤 무거웠다는 것을 떠올렸다. 설마 그 안에 … 금이 있을까? 아니야, 뭔가 가늘고 긴 게 들어있었어. 무기구나!

푸린은 봇짐 안을 들여다보지 않아 후회스러웠다. 이제 그는 천 가방에 틀림없이 무기가 들었다고 확신하게 되었다.

이 사람이 조선에서 도망쳐 왔다는 말인가? 그렇다면 이유는 한 가지밖에 없다. 일본 당국과 불화가 있었다. 옆구리 상처, 어떤 죽은 군인의 발에서 벗겼음 직한 반장화, 무기가 든 봇짐 …

그렇다면 이 사람은 우리 집을 위험에 빠뜨린다. 이 사람이 누군지 모르기 때문이다. 당국에 이 사람을 신고해야 하나? 다른 사람들이 밀고하면 큰일이 날 것이다.

신고해야 할까, 말아야 할까?

일단 확실한 것은 한 가지 사실이다. 푸린이 숲에 그를 내버려 두고 올 수는 없었던 것. 다친 사람을 그렇게 방치하면 안 될뿐더러 더구나 아기도 있다. 그 쪼끄마한 놈이 참 기가 막히네, 길로 기어 나와 말을 세우다니!

만약 이 남자가 갑자기 죽으면 어찌 될까! 이 생각을 하자 푸린은 갑자기 더워졌다. 그렇게 되면 이 아이는, 이렇게 굉장한 아이는 그들 곁에 남을 것이다 …

신고를 서두르지는 말고 아무도 알지 못하도록 조심하자 …

푸린이 소매로 이마에 송골송골 맺힌 땀을 닦았다.

그런데 만약 안 죽으면? 그러면 푸린은 그가 빨리 건강을 되찾아 가던 길을 가도록 최선을 다할 것이다. 그 혼자 가도록 …

혼자? 푸린이 자기 생각에 화들짝 놀라 뒤를 돌아보았다. 그래, 혼자 …

그렇게 하려면 아내와 아이를 옆 동네에 사는 먼 친척 집에 보내서 푸린이 언질을 줄 때까지 돌아올 생각도 하지 말라고 단단히 일러야 한다. 이 사람한테는, 만약 정신이 돌아오면, 그 어떤 아이도 없었다고 말하는 거다.

이렇게 마음을 굳히고 푸린은 달구지에서 뛰어내려 옆에서 걷기 시작했다. 오르막길이어서 그는 나뭇단이 떨어지지 않도록 붙잡고 갔다. 오르막을 넘자, 마을이 바로 나타났다. 그의 오막살이로 이어지는 좁은 오솔길 양편으로는 겨울 습기가 말라가는 작은 사각형의 논들이 펼쳐져 있었다.

시골 마을을 위에서 내려다보면 커다란 장기판과 닮았는데 괘선으로 나뉜 논밭 사이에 흩어져 있는 집들은 장기알처럼 보인다. 가장 큰 집은 왕과 같은 지역 유지의 소유이고 중앙에 우뚝 솟아있었다. 푸린의 집은 중앙에서 한쪽으로 비켜나 있고 중간 크기 정도이다.

푸린은 길에서 아무도 마주치지 않고 집에 당도해서 좋은 징조라고 여겼다. 마당에서 처음 한 일이 위에 덮어놓은 나뭇가지를 치우는 것이었다. 남자는 여전히 정신을 잃은 상태고 아가는 남자에게 밀착해서 잠들어 있었다.

문이 삐걱거리더니 틈으로 아내 마친이 빼꼼히 모습을 드러냈다. 그녀의 얼굴에는 푸린이 벌써 십오 년을 보아온 알쏭달쏭한 미소가 비쳤는데 그 미소에는 부드러움과 서글픔이, 그리고 남자는 절대 이해할 수 없는 어떤 것이 뒤섞여 있었다. 파란 누비 겉옷이 아직 처녀 같은 날씬한 몸을 딱 붙게 감쌌다. 칠흑같이 검은 머리가 햇빛을 받아 반짝거렸다.

항상 그랬듯이 푸린은 마친에게 깊은 애정이 솟았다. 아내를 사들이는 많은 중국 남자와 달리 그는 사랑해서 결혼했다. 그는 사랑할 뿐만 아니라 사랑받는 사람이기도 했다. 그래서 후계를 이을 자식을 낳기 위해 첩을 두길 원치 않았다. 자기와 마친 사이에 아이가 생길 거라는 소망을 그는 여태껏 내려놓지 않았다.

그를 도우려 다가온 아내는 평소와 같지 않은 남편의 얼굴을 보고 묻는 표정으로 가느다란 눈썹을 치켜떴다.

"무슨 일 있어, 푸?"

남편이 입술에 손가락을 갖다 대더니 달구지에서 나뭇단을 치워 내려놨다.

남자와 아이 모습에 마친은 깜짝 놀랐다. 하지만 그녀는 호들갑스러운 사람이 아니었기에 소리를 지르지도 질문을 퍼붓지도 않았다.

푸린이 조심스럽게 아이를 들어 올려 아내에게 주었다.

"집으로 데려가고 남자를 누일 자리 좀 봐줘."

그녀는 고개를 끄덕이고 어린 몸을 어색하게 품에 안더니 현관으로 갔다.

부상자를 옮기기 전에 푸린은 보는 사람이 있는지 확인하려 주위를 둘러보았다. 그리고 나서야 그는 의식불명의 몸을 어깨에 둘러멨다. 아내가 미리 문을 열어놓아서 그는 별다른 어려움 없이 좁다란 통로로 지나갈 수 있었다.

평범한 중간층이 사는 중국의 오막살이는 보통 방이 하나 아니면 두 개이다. 출입문을 열면 가장 넓은 중심 공간으로 바로 연결되는데 부엌과 거실, 침실이 하나로 합쳐진 형태이다. 아궁이는 석판이 깔린 바닥 높이보다 낮게 놓여있다. 연기가 석판 밑으로 지나가면서 열을 전달한다. 바닥에 앉아서 먹고 자고 하는 사람들은 이런 난방이 필요하다.

아내가 벌써 이부자리를 펴놓았다. 둘은 함께 남자의 옷을 벗겨 눕혔고, 마친이 상처를 치료했다. 마친이 따뜻한 물 한 대야와 하얀 헝겊 조각, 가위를 가져왔다. 그녀의 행동은 여느 때처럼 침착하고 듬직했다.

"아이는 어디 뒀어?" 푸린이 물었다.

"저 방에 뒀어. 가여운 것이 안 깨고 계속 자네. 지저분하긴 하지만 잘생겼어. 어디서 쟤를 만난 거야?"

"쌍 바위 근처에서 봤어. 말이 가다가 갑자기 서는 거야, 그래서 내가 가 봤는데 어찌나 놀랐던지. 아기가 길 한가운데로 기어 나왔잖아… 까무러치는 줄 알았다니까!"

마친이 활짝 웃었는데 이 미소에서 남편이 약하다고 놀리는 표는 나지 않았다. 그녀는 남편의 이야기를 들으며 장면을 그려보고서 자기도 그런 상황이었다면 깜짝 놀랐을 거로 생각했을 뿐이다.

남자의 옆구리에 난 상처는 그리 깊지 않았다. 총알이 스치고 지나가면서 생명을 위협할 중요한 곳은 건드리지 않았다. 환경이 달랐더라면 상처가 빠르게 아물었을 터였다. 하지만 긴 여정과 피로, 더러운 환경과 상처를 방치한 것 때문에 염증이 심했다.

"푸, 작년에 나무꾼 고 씨에게 연고 만들어 준 거 기억해? 그때 고 씨가 도끼에 발이 찍혔잖아… "

"맞아, 맞아." 푸린이 고개를 주억였다.

"푸, 당신이 숲에 다시 다녀와야겠어. 일단 지금은 말린 들국화 좀 줘. 상처를 씻어내야 할 것 같아."

마친이 마른 꽃송이를 끓인 물에 넣었다. 그리고 헝겊을 적신 다음 약간 짜내고 뭉친 핏자국을 따라가며 닦았다. 그러다 손가락으로 깡마른 몸을 의도치 않게 건드리게 되었다.

"세상에, 온몸이 불덩이야… 우리 집에서 갑자기 죽기라도 하면… "

이 말에 푸린이 흠칫하며 자리에서 일어났다.

"일꾼에게 집에 가서 며칠 쉬고 와도 된다고 일러두지."

마친이 번개처럼 빠르게 남편을 보더니 다시 눈길을 돌렸다. 그녀는 당연히 남편 말의 속뜻을 알아들었으나 그것을 입 밖으로 꺼내지 않았으면 했다.

푸린이 문 옆에서 서성거리다 목소리를 낮춰 말했다.

"마, 이 사람이 정신을 차리면 당신은 새벽에 모아 이모 댁으로 가."

"푸, 그 일은 저녁에 다시 얘기해. 이 가여운 조선인의 물건을 어디에다가 잘 숨겨두는 거 잊지 마."

'이 사람이 조선인인지는 어떻게 알았대?' 푸린은 많이 놀라진 않았다. 마친과 함께 산 세월 동안 아내의 비범한 통찰력을 발견한 적이 한두 번이 아니니까.

길을 가며 푸린은 다친 낯선 남자 일을 앞으로 어쩔지 세세하게 다시 한 번 생각해 보았다. 아니다, 그가 죽기를 바라는 사람은 아무도 없다. 그러나 그가 죽으면 아기는 고아가 된다. 살아난다면, 그렇다면 온갖 일이 일어날 것이다. 그 사람이 갑자기 우리에게 아이를 주려고 할 수도 있다. 가능성은 물론 적지만, 별일이 다 일어나는 것이 인생 아닌가.

그는 어두워지기 전에 돌아왔다. 다친 남자는 두꺼운 이불을 잘 덮고 누워있었는데 아직 의식이 돌아온 것 같지는 않았다. 옆방에서 아이의 웃음소리와 아내의 쾌활한 목소리가 번갈아 들려왔다. 밀려드는 이 따스한 부드러움에 푸린의 마음이 벅차올라 눈물이 고일 것 같았다. 그는 급하게 외투를 벗고 병자 옆에 앉아 귀를 대고 숨소리를 들어보았다. 가끔 끊어지는 숨소리가 고르지 않았다.

'어쩌면 아내의 치료가 효과를 보이는 것일지도 몰라.' 이렇게 생각하다 이불에서 빠져나온 손을 보고 맥박을 짚어보기로 했다.

맥이 약하게 잡혔다. 체온은 내려간 것 같았다.

푸린이 무의식적으로 이 사람의 손바닥을 보았다. 작은 창에 발린 하얀 창호지를 뚫고 들어오는 이른 저녁의 석양이 이 남자의 손금을 선명하게 드러내 주었다. 많은 고통과 많은 사랑, 그리고 짧은 생명선. 이 사람에게 주어진 생명이 얼마큼인지 알기만 한다면, 그렇다면 푸린이 지금 이렇게 모순되는 감정으로 괴로워하는 일은 없을 터이다.

그는 누운 남자를 지긋이 바라보았다. 넓은 이마, 기다란 눈, 단단하게 닫힌 입. 까칠한 수염이 얼굴을 덮었지만, 얼굴과 손의 매끄러운 피부가 젊음을 드러냈다. '스물네다섯 살보다는 많지 않겠군' 푸린이 생각했다.

"어머나, 푸 아빠가 오셨네." 아내의 목소리가 들렸다. 아내가 아이를 안고 방으로 들어왔다. 아가가 자신을 내맡기듯 손으로 아내의 목을 감싸고 있었다. "아들아, 따라 해봐, 푸 아빠, 푸 아빠."

"푸 아빠." 아기가 따라 했다.

마친의 얼굴에 환한 미소가 번졌다. 푸린은 아내가 그렇게 즐거워하는 모습을 오랜만에 보았다. 비록 웃기는 했지만, 그의 마음은 편치 않았다. 누워있는 남자 쪽으로 고개를 까딱이면서 푸린이 물었다.

"이 사람 정신이 안 돌아왔나?"

"아직," 마친이 말했다. "하지만 난 왠지 이 사람이 건강해질 것 같아."

"여하튼 새벽에 당신은 아이를 데리고 이모님 댁으로 가도록 해." 푸린이 고집스럽게 말했다. "이제 나는 연고를 끓일게."

푸린은 향내 나는 즙을 저으면서 점성이 생길 때까지 거의 한 시간을 불 위에서 보냈다. 빨리 식히기 위해 냄비를 문밖에 내놓았다. 하는 김에 저녁으로 먹을 묽은 옥수수죽을 끓여 말린 목이버섯으로 맛을 냈다.

아이가 음식을 거의 씹지도 않고 허겁지겁 삼켰다. 아내가 숟가락으로 음식을 떠 후후 불어서 아이의 입으로 가져가는 것을 푸린이 안쓰러운 미소를 지으며 지켜보았다.

저녁을 먹고 나서 부부는 총상을 입은 남자의 옆구리에 연고를 듬뿍 발라 붕대를 감아주었다.

"푸, 이 사람을 깨끗한 옷으로 갈아입혀야겠어." 아내가 말했다. "내가 당신이 입던 윗도리와 바지를 갖다 놨어. 당신이 갈아입혀, 나는 아기를 재울게."

푸린은 상처를 건드리지 않으려고 조심하면서 조선인의 옷을 천천히 벗겼다. 무척 마른 몸통에 근육이 대단해서 깜짝 놀랐다. 복부와 어깨, 팔뚝 근육이 고르게 발달한 것으로 보아 이 사람은 필시 육체적인 동작을 많이 했을 것으로 보였다. 오른쪽 가슴에는 긴 흉터가 비스듬히 났는데 장검을 맞았던 자국으로 보였다.

'대체 이 사람은 누구인가, 어쩌다 우리 집까지 오게 됐을까?' 푸린이 생각했다. '이 사람이 누구든 간에 농민 출신은 확실히 아니다.'

남자의 옷을 갈아입히고 그는 다시 이 불청객의 얼굴을 바라보았다. 사람들은 의식을 잃은 상태에서 무엇을 느낄까, 이 순간 그들의 이성은 어디를 날고 있을까, 정신이 돌아오면 기억하는 게 있을까?

푸린에게 이런 것들이 전혀 쓸모없는 질문은 아니었다.

푸린이 어둠 속에서 일어났다. 방금 수탉이 두 번째로 울었다. 아내를 깨웠다. 마친은 별다른 말을 하지 않고 바삐 길을 떠날 채비를 했다. 모직 여자 겉옷을 입혀 마친의 등에 업히고 그 위로 따뜻한 담요를 덮을 때도 아기는 잠에서 깨지 않았다.

그들은 마당으로 나갔다. 밤에 서리가 내려 땅에 살얼음이 끼었고 얼음 껍질이 발밑에서 사각거리며 부서지는 소리를 냈다. 푸린이 적당한 나무막대기를 찾아 아내에게 내밀었다.

"지팡이 대신 가져가." 푸린이 주의를 주었다. "어둡고 미끄러우니까 조심해야 해."

주의를 굳이 줄 필요가 없었지만, 양심의 소리를 막기 위해서는 뭐라도 말해야 했다. 자신이 생각하는 선과 명예는 이 행동과 같이 공존할 수 없음을, 다른 상황이라면 그런 행동을 상상조차 할 수 없음을 두 부부는 잘 알고 있었다.

"만약 조선인이 정신이 돌아온다면 아이가 어디 있는지 물어올 텐데 그땐 뭐라고 할 거야, 푸?" 마친이 물었다.

"진실을 말해줄 거야." 남편이 약간 뜸을 들이더니 대답했다. "하지만 내 기별을 받기 전에는 돌아올 생각하지 마."

"말씀대로 순종하겠습니다." 마친이 빙그레 웃었다. "그럼 간다."

"조심해서 가, 마! 다 잘될 거야."

'다 잘 될 거야'라는 말을 무슨 의미로 했는지 푸린 자신도 알지 못했다.

마친이 가볍고 빠른 걸음으로 걸어서 어둠 속으로 곧바로 사라졌다. 푸린은 겉옷을 감싸고 팔짱을 낀 채 그 자리에 조금 더 서 있었다. 갑자기 오래전 자신의 소망이 떠올랐다. '발이 작은 아내를 얻는 것'(중국에는 어릴 때부터 여자아이의 발을 헝겊으로 동여매어 발이 자라지 않도록 하는 풍습이 있다). 이것은 감격스럽고도 무력하다. 사실 그런 여인들은 관심과 보살핌이 많이 필요해서 부유한 고관대작의 형편에나 어울리겠지만, 그렇다고 해서 꿈도 꾸지 못할 이유는 없으니까. 이제는 당연히 그 어떤 인형을 갖다줘도, 이 인형 같은 여자의 발이 천하에서 제일 작다 해도, 마친과 바꾸지는 않겠지만. 게다가 할 일이 얼마나 많은데, 농사꾼에게 장난감 같은 여자는 언감생심이다. 지금 마친은 아기를 등에 업고 절뚝거리고 있으려나? 어쩌면 그들의 아들이, 조수가, 상속자가 될 수도 있는 아기를.

그는 집으로 들어갔다. 등잔의 심지를 바로잡았다. 밤새도록 기름을 태우는 것은 그의 농사꾼 기질에 맞지 않았지만, 새벽이 오기 전에 무슨 일이 일어날지 혹시 모르니까. 이 부상자가 갑자기 정신이 돌아와 도와달라고 할지 모른다. 심지를 밤새 켜놓고 그는 이부자리를 이쪽으로 가져와 옆에 누울 것이다.

푸린은 그렇게 하였다. 그러자 부상자의 숨이 고르고 잔잔해진 것 같았다. '살아나겠네.' 그는 안도감을 느끼며 생각했다.

그러나 잠이 오지 않았다. 지금 아내는 이모네 시골까지 미끄러운 길을 어떻게 가고 있을지, 거기까지는 딱 20리가 조금 넘는다. 여름에는 두 시간 만에 갈 수 있지만, 겨울에는 네 시간은 족히 걸린다. 그러다 옆에 누운 부상자의 고른 숨소리가 들리자 왜 운명이 이 조선인을 자기와 엮었나를 생각했다.

아침이 다 돼서야 푸린은 조금 잠을 잘 수 있었다. 꿈을 꿨는데 꿈속에서 봄날의 논이 펼쳐졌다. 따스한 물에 무릎을 담그고 자기 옆에 선 어린 아들이 서투르긴 해도 열심히 부드러운 모를 깨끗한 물속에 심고 있었다. 아들이 그의 행동을 따라 하려고 애쓰지만, 아들이 심은 모는 아이들의 글씨처럼 줄이 삐뚤빼뚤했다. 마음 같아선 도와주고 싶지만, 생활의 지혜는 그를 그러지 말라고 말린다. 자립심이 남자에겐 가장 중요한 덕목이기 때문이다.

그러다 갑자기 모든 것이 뒤바뀌었다. 어디서 왔는지 모를 강한 바람이 일었다. 바람이 그의 머리에서 밀짚모자를 벗겨 잔물결이 이는 물을 따라 날려버렸다. 그러자 푸린은 날아간 것이 모자가 아니라는 끔찍한 사실을 알아채고, 작은 손으로 얼굴을 가린 그의 아들은 뭔가 고함을 지른다.

눈을 뜬 푸린이 순간 얼어버렸다. 부상한 남자가 앉아 그를 뚫어지게 내려다보고 있었다.

몇 초간 이어진 침묵 끝에 남자가 입술을 달싹거렸다. 알아들을 수 없는 언어로 짧은 말 몇 마디가 낮은 목소리로 새어 나왔다. 억양을 보건대 그가 뭔가를 묻는 듯했다. 뭘 묻는 것일까? 낯선 상황에서 정신이 돌아온 사람이 물을 수 있는 말은 뭘까? 당연히 '여기가 어디예요?'가 아닐까?

"당신은 우리 집에 있습니다." 푸린이 재빠르게 외친 다음 흥분을 가라앉히고 천천히 또박또박 말했다. "여기는 내 집이오. 내 이름은 푸린, 푸린."

푸린이 자기 이름을 두 번 연속 말하면서 손바닥으로 가슴을 쳤다.

남자가 인상을 쓰더니 곧 얼굴을 폈다.

"치나?"

"예, 예, 치나." 푸린이 기뻐하며 고개를 주억거렸다. "당신은 가울리?"

'가울리'라는 말은 중국어로 '조선인'이라는 뜻인데 이 사람이 그 말을 아는 듯했다. 왜냐하면 확실하게 고개를 끄덕였기 때문이다. 푸린은 걱정되기 시작했다.

"중국어 할 줄 알아요?"

남자의 눈썹이 미간으로 모이는가 싶더니 고개를 가로젓는 행위가 뒤따랐다.

자기에게 아이에 관해 집요하게 물어와 진실을 말할 수밖에 없는 일이 생길까 봐 겁이 났기에 푸린은 안도의 한숨을 내쉬었다.

남자가 갑자기 손을 들더니 먼저 손가락 하나를, 그다음 둘, 셋을 똑바로 폈다. 그런 다음 이부자리를 가리켰다.

그러자 푸린은 그것을 알아들었다. 그리고 손가락 다섯 개를 보여주었다. 그가 그렇게 한 이유를 그 자신도 잘 몰랐다.

응답을 본 남자가 깜짝 놀랐다. 그는 머리를 갸우뚱대더니 입술을 굳게 다물었다.

'이제 아이를 물어보겠군.' 푸린이 걱정하고 있는데 그 걱정이 현실이 되었다.

212

남자가 바닥 위로 손을 펴서 들어 올린 다음 어린아이를 팔로 안고 어르는 모습을 보여주었다. 그런 다음 손가락으로 가슴을 툭툭 건드렸다. 그는 푸린을 지켜보면서 이 행동을 두 번 반복했다. 이 시선에 어찌나 소망이 담겨있던지 푸린이 하마터면 진실을 털어놓을 뻔했다. 하지만 그는 이미 거짓의 길로 들어섰고 돌아 나오는 길은 없었다.

푸린이 무엇을 묻는지 잘 알아들었다고 느끼게 하면서 고개를 가로저었고 남자 쪽으로 손가락을 내밀어 세로로 세웠다. 당신 혼자 있었다는 뜻이다.

남자가 눈을 가늘게 뜨고 목으로 치밀어 오르는 무언가를 힘들게 삼키고 주먹을 불끈 쥐었다. 푸린은 죽을 것만 같았다. 이런 상황을 다시는 맞고 싶지 않았다. 아내 마친을 위해서 그렇게 하기로 한 일이다. 아내의 얼굴이 젖을 먹이는 어머니의 행복한 미소로 다시 빛나기만을 바라면서. '외지인, 나를 용서해주게.' 그가 마음속으로 빌었다. '용서해 주게. 자네는 이리도 젊지 않나, 앞으로 자네는 자식들이 더 생기겠지. 하지만 우리는… 어쨌든 내가 자네 목숨을 구해주지 않았나… 이 금수 같은 거짓말에 대한 값이라고 쳐주면 안 되겠나, 용서해 주게….'

슬픈 소식에 꺾인 남자는 껍질 속으로 들어가듯 이불 밑으로 기어들어가 소리를 죽였다.

푸린은 조금 더 누워있다 일어나기로 마음먹었다. 농가의 일상이 제대로 돌아가기 위해서는 매일 해치워야 하는 일정한 일이 있다. 말에게 물을 먹이고 돼지죽을 끓이고 닭 모이를 주고 텃밭을 매고 씨감자를 가르고, 한마디로, 할 일이 셀 수 없을 정도로 많다. 다른 농가처럼 푸린 부부도 할 일을 서로 나눠서 각자 자기 할 일이 무엇인지 잘 알고 있었다. 이제는 혼자서 다 해야 하기에 이부자리에 누워 뭉그적거릴 여유가 없었다. 차라리 더 잘된 일이다. 늘 하던 일을 하면 불안한 생각과 걱정은 접어둘 수 있으니.

푸린은 물리적인 보복이 두려운 것이 아니었다. 무기와 가슴에 난 자상을 보면 이 낯선 이가 마음만 먹으면 못 할 일이 없을 것이긴 하지만. 그런데도 이 사람은 욕설을 뱉으며 주먹질을 할 만한 사람으로는 보이지 않았다. 이런 사람은 눈빛 하나로 재를 만들어 버릴 수 있고 경멸적인 말 한마디로 박살을 내고 떠날 수 있는 사람이다. 속인 자의 마음에 저지른 일에 대한 굴욕과 지워지지 않는 수치심을 심어주고서. 그리고 그렇게 될까 봐도 두려웠다.

널려있는 아침 일을 마치고서 푸린이 집으로 들어와 문턱에 서서 어두컴컴한 방안을 바라보았다. 푸린이 나타나자 낯선 이가 일어나 앉아 고개를 꾸뻑했다. 그러면서 약간 당황한 듯 미소를 보였다. 이 스치는 미소가 푸린은 몹시 반가웠다.

"몸이 좀 어떠십니까요··· 어··· 나리?"

푸린 자신도 왜 그렇게 공손한 말투로 말을 했는지 잘 몰랐다. 아마도 기품과 품위가 가득한 낯선 이의 시선이 마력을 행사한 듯싶었다.

묻는 말을 못 알아들었지만, 푸린은 괘념치 않았다. 그는 외지인을 보며 손으로 밥을 먹는 시늉을 했다.

낯선 이가 다시 미소를 지었다. 그리곤 자기 가슴을 가리키며 말했다.

"강철."

푸린이 똑같은 몸짓으로 역시 자신을 소개했다.

"푸린."

두 사람은 말없이 웃었다. 푸린은 밥을 먹는 시늉으로 식사하겠냐고 다시 물었다.

강철은 옷을 걸치는 듯한 시늉을 했다. 그리고 문을 가리켰다.

'마당으로 나가고 싶은가 보군.' 푸린이 알아듣고 고개를 끄덕였다. 옷걸이에서 낡은 누비 겉옷을 벗겨 강철에게 주었다.

강철이 자리에서 일어나자, 주인의 바지와 윗도리가 그에게 얼마나 작은 지 보였다. 그는 누비 겉옷을 입고 반장화를 신고 미리 열어둔 문으로 걸음을 옮겼다.

미칠 정도로 신선한 공기가 그의 귓속을 파고들었다. '닷새나, 정말 내가 닷새나 여기 있었던 말인가.' 강철이 생각했다. '아무것도 기억나지 않아. 숲과 길, 등에 업었던 아들만 생각나. 철수야, 너는 대체 어디로 간 거냐?'

마당을 건성으로 둘러본 강철은 바깥으로 왜 나갔는지를 기억해 내고 다시 집주인에게 돌아갔다. 푸린은 강철이 뭘 하고 싶은지 금방 이해했지만 말해주기가 좀 망설여졌다. 보통 다른 농가들도 그렇게 하듯, 변소 밑에 파놓은 구덩이에서 돼지를 키웠는데 그런 환경에 익숙하지 않은 사람은 겁을 내거나 심하게 충격을 받을 수도 있어서였다. 하지만 손님에게 담장 뒤에서 일을 보라고 할 수는 없는 노릇이라 푸린은 마당 구석에 지어놓은 변소를 보여줄 수밖에 없었다. 그러고 나서 아침을 하러 집안으로 서둘러 들어갔다.

푸린은 어제 끓여놓은 옥수수죽을 아궁이에 올리고 달걀을 몇 개 삶기로 했다. 강철이 돌아왔을 때는 물이 이미 끓고 있었다. 그의 얼굴과 손이 젖어있었다. '통에 있는 물로 씻었나 보군.' 이렇게 생각한 푸린이 아침에 부산을 떨다 미처 세수도 못 한 사실을 떠올렸다.

그는 손님에게 수건을 내주었다. 손님은 얼굴을 닦고 긴 머리칼을 빗었다. 이제 이 사람은 완전히 다른 사람이었다. 병을 딛고 일어나 신선한 공기를 마신 사람이 서 있었다. 예상하지 못한 돼지와의 조우도 그를 조금은 유쾌하게 한 것 같았다.

그들은 아침상 앞에 앉았다. 옥수수죽과 달걀, 그리고 무채와 고사리 절임을 섞은 무침이 놓여있었다. 농사꾼 밥상치고는 꽤 훌륭한 편이었다.

'하기야, 이 젊은 사람이 얼마나 좋은 음식을 먹고 살았는지 어떻게 알겠어.' 이렇게 생각했지만, 강철이 음식을 맛있게 먹는 것을 보고 푸린은 마음이 흡족했다. 그리고 손님이 당황하지 않도록 쳐다보지 않으려고 애썼다.

마지막 한 숟갈을 입에 넣고서 강철은 어떻게든 집주인에게 감사해야 한다고 생각했다. 그는 중국어 표현 몇 개를 알고 있었지만, 아는 것 중에 '감사합니다'라는 뜻을 가진, 지금 하기에 적당한 말이 없었다. 그러다 비슷한 어떤 말이 번득 생각났다.

"호." 강철이 말하고 엄지손가락을 치켜세웠다. "다다듸 호!"

'좋습니다, 아주 좋습니다'라는 뜻이다.

푸린이 당황하여 다시 마음속이 움츠러들었다. '이 조선인이 어쨌든 조금이나마 중국말을 안다면 자기 아들에 관해 캐묻게 되는 건 아닐까? 이 사람 혼자 그런다면 어떻게든 견딜 수 있다. 하지만 이 사람이 이웃들에게 가서 뭔가 수상한 점을, 갑자기 아내가 어디로 떠났다든지, 일꾼이 안 보인다든지 하는 것을 밝혀내면 어떡하나? 그렇다면 이 사람에게 웬만하면 집 밖으로 나가지 말고 조금 머물다가 이 마을을 서둘러 떠나야 한다고 설명해야겠군.'

"강철." 익숙하지 않은 발음을 하려고 애쓰면서 푸린이 입을 뗐다. 문을 가리키며 손가락 두 개로 사람이 걸어가는 모습을 표현하면서 고개를 가로저었다. "길로 가지 마세요. 뿌하, 다다듸 뿌하."

'뿌하'는 '좋지 않다'라는 뜻이다. '다다듸 뿌하'는 따라서 '아주 좋지 않다'라는 뜻이다.

강철이 고개를 끄덕거렸고, 하품이 나오려는 것을, 손바닥으로 예의 바르게 입을 가리면서 억지로 참았다. 많은 날을 제대로 먹지도 자지도 못하고 고생한 뒤에 밥을 배불리 먹으니 다시 피로가 몰려왔다.

푸린이 이부자리를 가리키며 말했다.

"바이 바이."

손님은 순순히 이불 밑으로 들어갔다.

주인은 다시 한 번 심호흡을 하고 걱정스러운 마음으로 그릇을 치우기 시작했다.

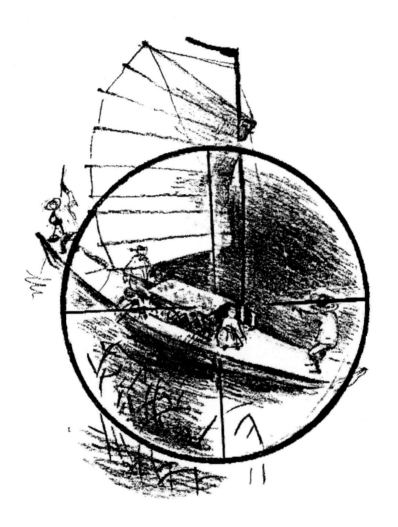

제12장

강 철은 습관대로 아들을 품에 넣고 꼭 껴안아 주고 싶었지만, 생기 있는 조그마한 존재가 없었기에 팔이 미끄러져 떨어졌다. 그는 눈을 뜬 채 있었던 일을 전부 기억해 냈다. 상실의 아픔을 이빨을 꽉 깨물어 참았다.

짧은 잠이지만, 푹 잤다. 최근 몇 달 만에 처음으로 수면 중 그의 의식을 방해하는 것은 없었다. 철수를 잃어버리지만 않았다면…

'내 아들, 철수야, 대체 어디 있느냐?' 그는 기억을 되짚어 보았다. '내가 의식을 잃기 전 마지막 순간에 뭘 보았지? 길옆에 어떤 풀밭이 있었는데 … 거기 있던 떨기나무들을 지나 그곳으로 갔다. 거기서 아마 쓰러진 것 같다. 아들이 길로 기어나가 누군가 그 아이를 데려간 것 같은데…'

만약 실제로 그랬다면 그는 철수를 찾을 것이다. 사나운 들짐승이 아들을 물고 갔다면 훨씬 더 끔찍하다. 늑대 같은 거나 호랑이라면 더 끔찍할 것이다. 그런 맹수는 우수리 타이가에서 이 지역으로 와서 어슬렁거릴 수 있다.

그는 생각했다. '집주인에게 물어봐야겠군. 이 사람 이름이 뭐더라? 푸린? 그래, 푸린… 이 중국인은 정말 좋은 사람이야, 얼굴은 꾸밈없고 약간 상기되었고… 내 몰골이 당연히 무서웠을 텐데… 이 사람은 나를 어떻게 발견했지? 내 봇짐은 어디에다 뒀을까? 거기 모제르총이 있는데!'

무기를 생각해 내고 강철은 몸을 일으켜 방구석에서 자기 물건을 갑자기 찾아낼 수 있다고 기대하듯 방을 빙 둘러보았다. 아무것도 없었다. 대신 벽에서 바다와 섬, 작은 범선을 먹으로 그린 동양화를 보았다. 옆에는 세로 줄 두 개로 한자가 적혀있었는데 알아보기가 힘들었다. '나중에 읽어봐야

겠다.' 강철이 생각했다. '뭔가 순항이나 행운, 무사 귀환 이런 말이겠지.'

그래, 바람은 순조로웠고 운은 가변적이었고 귀환은, 아아, 오랫동안 못하겠지. 친구들이 죽었는데 그가 살아남은 것을 운이라고 말할 수 있을까? 아버지도 그렇고, 이제는 아들도 행방불명된 마당에 …

'일어나서 주인을 찾아 그가 나를 발견한 장소로 함께 가야겠다.' 그의 마음속에서 목소리가 울렸다. 하지만 항상 저지하는 다른 목소리가 달래기 시작했다. '기다려, 그럴 시간은 있어. 몸을 추스르는 게 먼저야. 닷새가 지났다면 두어 시간 지체한다고 달라질 건 없어. 있었던 일을 기억해 내자, 모든 것을 기억해 내자. 철학자들의 말처럼 현재의 체를 통해 과거를 걸러 내면 미래를 볼 수 있는 법.'

처음에는 모든 것이 순조롭게 진행되었다. 결전의 날, 음력 6월 15일에 강철의 범선은 밀물의 파도를 타고 한강 하구에 들어서서 임진강 합류점 조금 밑에 있는 강화 근처에 닻을 내렸다. 특별한 어려움 없이 무사히 당도할 수 있었던 것은 노련한 선원들의 지도하에 여러 날 훈련한 덕분이었다. 강철 외에 믿을 수 있는 친구 넷이 함께 배에 올랐다. 그중 셋은 북쪽으로 긴 여정을 떠났다. 특히 김만길은 러시아 프리모리에(러시아 극동의 남부 지방. 연해주, 하바롭스크주 일부, 아무르주를 포함한다 - 옮긴이)와 거의 맞닿아 있는 청진까지 다녀올 수 있었다. 그들은 모두 아버지께서 틀림없이 기뻐하실 좋은 소식을 가지고 돌아왔다.

계획했던 것에서 벗어난 유일한 일이 아들 철수였다. 강철은 이모님 댁에 철수를 데려다줄 결심을 끝끝내 하지 못했다. 아버지 김철이 뭔가 숨기고 있었지만, 강철은 추측할 수 있었다. 작전이 끝나고 그들이 북쪽으로 떠날 때는 철수를 데리러 갈 시간도 기회도 없을 것이었다. 그래서 무슨 일이 있어도 어디든 아들과 함께하기로 마음먹었다.

두 개의 닻이 배를 안정적으로 지탱했다. 돛을 내리고 키잡이 노를 노걸이에서 꺼냈다. 선상 바닥에 쳐놓은 천막에서 철수는 편안하게 자고 있었다. 옆에는 비밀 신호 등불이 타고 있었다.

각자가 자신의 임무를 잘 알고 있었다. 만일을 대비해 소매 안에 리볼버 두 점과 일본 카빈총을 숨겼다. 사실 총알은 겨우 스무 알이었지만 창칼도 있어서 근거리 격투에서 효율적으로 사용할 수 있을 터였다.

밀물이 점점 강해졌다. 이때면 반드시 바다에서 신선한 바람이 불어와 파도를 일으켜 범선을 위아래로 이리저리 흔들었다.

"뱃멀미하는 사람은 아무도 없지?" 강철이 긴장을 누그러뜨리려 쾌활한 목소리로 물었다. "만길이, 자네가 우리 중 가장 젊은 선원이잖아. 기분이 좀 어때?"

"좋아요." 그가 반쯤 돌아서서 손나팔을 만들어 대답했다. 그는 바람이 불어오는 뱃머리에 앉아서 앞을 주시하는 역할을 맡고 있었다.

"삼별이, 자네는 어떤가?"

제삼별은 그들 중 나이로 막내여서 모두가 특별히 마음을 써 그를 대했다. 그의 임무는 아기와 등불을 보호하는 것이었다.

"나는 바다에서 태어나서 배가 흔들려도 멀미 안 해요."

실제로 그랬다, 십팔 년 전 삼별의 부모가 부산에서 배를 타고 서울로 이동할 때였다. 저녁에 출산하게 되었는데 그때 마침 밤하늘에 별 세 개가 떠 있었다. 그것을 기념하여 아이의 이름을 삼별이라 지었다.

닻을 책임지는 강철은 주의를 흩트리지 않았다. 두봉과 이설이 할 일도 많았다. 그들은 밧줄의 끝을 던져 범선을 묶은 밧줄을 만조가 다시 당겨가기 전에 즉시 묶는 일을 계속했다.

낫 모양 달이 보였다 안 보였다 하였다. 멀리서 깜빡이던 마을의 불빛이 오래전에 꺼졌다. 물이 꽤 차가워져서 찰싹이는 파도가 더는 유쾌하지 않았다.

갑자기 바람의 세기가 많이 가라앉았고 배의 흔들림도 크게 줄었다.

"자, 만길이, 이제 두 곳을 다 봐야 해." 초승달 아래 어슴푸레 잔물결을 일으키는 캄캄한 물에서 시선을 떼지 않고 강철이 말했다. 아버지께서 간 조일 때 기다리라고 말씀하셨지만 무슨 일이 생길지도 모르는 일 아닌가.

"이런 밤에는 가자미가 잘 잡혀." 닻을 계속해서 주시할 필요가 없어지 자, 선미에서 강철 옆으로 옮겨온 이솔의 작은 목소리가 들렸다. "부모님께 서 농민의 자식들과 고기 잡으러 다니지 못하게 하셨지만 나는 그들과 함 께 놀러 다녔지."

"나는 아버지가 낚시에 직접 데리고 다니셨지." 강철이 대화를 기꺼이 받았다. "자주는 아니었지만 하나하나가 오랫동안 기억에 남았어."

"자네 아버님은 정말 특별한 분이시잖아." 이 말속에 명백한 감탄이 내 비쳤다. "아버님께서 전투 부대에서 복무하셨다면 이름을 떨치는 장군이 되셨을 거야."

"그럴 수 있지." 강철이 말했다. 아버지에 관해 그런 말을 들으면 기분이 좋았다. "하지만 나는 사람들을 죽음으로 보내는 역할을 하는 아버지는 어 째 상상이 안 되네. 아버지는 병사도 한번 구타하신 적이 없어."

이솔은 친구의 말에서 예전에 논쟁했던 주제가 메아리쳐 잠시 놀랐다. 연대의 고위 장교들은 구타가 병역에 없어서는 안 될 속성이라 생각하는 반면 젊은 장교들은 이 문제에 대해 두 편으로 갈렸다. 강철은 복무 초기부 터 이런 구식 체제에 동의하지 않는 반대자였다. 그러다 어느 날 이설이 부주의한 병사 하나를 구타한 일이 발생해 그들은 크게 다투었다. "자네에 게 구타당하는 사람이 자네를 때릴 수 없는 위치에 있으면 때리면 안 되네. 그건 비열한 짓이야!" 강철은 확신에 차서 말했었다.

지금 강철은 이설이 아무 말도 안 하는 이유를 알았다. 그의 손을 찾아 꼭 잡았다.

"전투의 운명을 좌우하는 명령을 수행해야 할 때 모든 수단은 정당하다. 위험한 순간에 우리는 만세를 외치고 두려움을 극복해. 만약 우리 뒤에서 총을 쏘거나 개머리판으로 밀어낸다면 우리는 총알처럼 앞으로만 돌진할 거야. 모든 병사가 처벌을 두려워해서 전투에 나가는 일이 없도록 할 방법은 이런 것이야."

"어떤 것인데?"

강철이 친구에게 고개를 돌렸다.

"자네와 나는 우리가 무엇을 위해 싸우는지 알고 있네, 맞지? 두렵지만 우리는 이겨내고 앞으로 나가네. 왜냐하면 우리가 무엇을 위하는지 알고, 믿기 때문이야. 우리는 일본의 노예가 되고 싶지 않아. 이것이 우리의 신념이고 힘이네. 병사들이 스스로 무엇을 위해 싸우는지 알 때, 그때는 무적의 용사가 되네."

"일본 병사들은 무엇을 위해 싸우는지 아는 걸까?"

"그렇지. 일본이 한국과 중국을 점령해야 한다고 그들에게 주입했지. 그렇게 되면 일본, 즉, 그들의 가족과 친지가 평화롭고 풍요롭게 안심하며 살 수 있다는 거지."

"헤헤." 이솔이 웃었다. "우리의 희생으로, 그렇지?"

"바로 그거지." 강철이 웃었다. "우리 희생으로. 그렇게 하는 것이 조선인에게도 득이 된다고 일본은 우리를 세뇌하지."

"개새끼들!" 이설이 소리질렀다. "일본이 뼈아프게 후회하게 해줄 테다!"

"금방 되지는 않을 거야." 강철이 친구의 의분을 한풀 꺾었다. "잠시만, 배가 도는 것 같지? 닻을 줘봐. 썰물이 시작된다!"

강 하구의 썰물은 강 자체의 흐름에 의해 더 세지기 때문에 밀물보다 더 강력하다. 닻줄이 버텨낼 수 없으니, 압력을 약화하기 위해서는 빠르게 밀려드는 물살을 범선이 선수로 맞도록 위치를 유지해야 한다. 강철이 미칠 듯이 키잡이 노를 저었다.

썰물과 싸우다 보니 오랜 기다림 때문에 강철의 마음속에 싹튼 불안도 왠지 사라지는 것 같았다.

"불이 보인다!" 만길의 목소리가 어둠을 뚫고 울려 퍼졌다. 정말로 멀리서 희미한 빛이 깜빡였다.

"닻을 올려라, 빨리!" 강철이 명령을 내렸다. "만길아, 두봉이를 도와줘. 삼별아, 등불로 신호를 보내."

강철 자신은 이설을 돕기 시작했다. 네 개의 손으로 그들은 힘겹게 바닥에서 닻을 끌어 올렸다. 범선이 방향을 돌려 연안으로 향하기 시작했다. 강철은 키잡이 노를 향해 다시 서둘러 갔다.

아버지 일행이 탄 배 안의 등불이 몇 번 깜박였고 가까이 오고 있었다.

하나둘, 하나둘… 단단한 나무로 만든 긴 노는 구부러졌지만 부러지지는 않았다. 어둠 속에서 떠오르는 배의 윤곽과 횃불을 들고 선 형체가 이제 보였다. 아버지는 키잡이 노 뒤쪽 선미에 계시는 것 같았다.

조심스럽게 가까워지고 있었다. 그리고 힘센 손으로 당기니 순식간에 두 배의 뱃전이 서로 맞닿았다.

"아, 창호구나." 강철이 기쁘게 소리친 다음, 선미에 있는 형상을 보고 물었다. "아버지십니까?"

답이 없다. 그 순간 강철은 잘못 본 것을 알았다.

"강철아, 마음을 굳게 먹어." 창호가 말했다. "자네 아버님은 여기 안 계셔."

"안 계시다니? 무슨 일이 생긴 거야?"

"아버님께서 요새에서 내려오시지 않았어. 총성이 들렸고… 우리가 마지막 순간까지 기다리다가… "

"우리 배로 넘어와." 강철이 침묵하다 힘들게 말했다. "자네와 같이 있는 이 사람은 누군가?"

"뱃사공이야… 이 사람은 남을 거야." 이렇게 말하고 창호는 재빠르게 범선으로 옮겨 탔다.

"어이, 뱃사공, 저기 앞에 쇄파 구역이 있어." 강철이 소리쳤다. "좌초될 위험이 있으니 조심하게."

"염려 마세요." 대답이 울렸다. "출발하십시오, 무사히 항해하세요!"

"무사히 돌아가게!"

물살과 어둠이 두 배를 즉시 갈라놓았다.

"돛을 올려라!" 강철이 엄격한 목소리로 명령을 내리고 키잡이 노를 세게 잡았다.

아버지, 아버지! 무슨 일이 생긴 겁니까, 왜 거기 남으셨나요? 아버지 없이 우리가 어디를 가겠습니까? 진정 거기서 돌아가셨습니까, 아니면 그것보다 더 끔찍하게, 포로로 잡히셨습니까? 적들이 지금 아버지를 고문하고 있습니까?

강철은 이빨을 앙다물었다. 눈물로 시야가 흐려지자, 그는 황급히 손바닥으로 얼굴을 닦았다. 슬퍼하고 약해질 때가 아니다. 이제는 민물의 조류와 그것이 나르는 전부를 언제나 날카로운 파도로 맞이하는 바다가 기다리고 있다.

"버텨라!" 물이 갈라지는 분기점에서 부글거리는 거품을 보고서 강철이 소리쳤다. "삼별이, 아기를 품에 안고 바닥에 누워!"

범선이 쇄파 위에서 제비처럼 날았다. 파도가 배를 산산조각 낼 것 같이 쳐댔다. 배가 점점 기울어져 숨이 멎는 것 같았다. 그러다 다시 위로 솟았다. 마치 그네처럼. 이런 일에 적응하기는 불가능하다. 공포에 떨거나 도취되는 수밖에.

합수머리에서 맹렬한 싸움을 몇 분간 벌이고 나자, 위험한 상황은 지나갔고 배 안의 사람들은 안도의 한숨을 돌릴 수 있었다. 배는 빠르고 순조롭게 항행했다. 긴장해서 먹먹해진 귀가 뚫리자, 물이 뱃전을 치는 익숙한 소리가 들려왔다.

'지나왔구나.' 강철이 이렇게 생각하고 범선을 둘러본 뒤 물었다.

"모두 살아있나, 멀쩡하지?"

그는 바다와 싸우느라 여전히 흥분 속에 있었지만, 곧바로 아버지를 떠올렸다.

"이설이, 나 좀 교대해주게 … 저기 저 별을 향해서 항로가 직진하면 돼. 나는 창호와 얘기 좀 할게."

강철이 돛대로 갔다. 가다가 천막 밑을 들여다보았다. 아기가 삼별의 팔에 안겨 깊이 잠들어 있었다.

창호는 돛대 아래 혼자 앉아있었다. 강철을 보자 엉거주춤 일어나 손을 내밀었다.

"여기 앉게." 이렇게 말하고 친구의 손을 잡았다. "강철이, 기운 내게."

"무슨 일이 있었는지 말해봐, 애태우지 말고." 강철이 말했다. "요새라니 무슨 말이야? 아버지가 왜 밤에 그곳으로 가셨나?"

"아버님이 전하를 뵙고자 하신 것 같아." 창호가 대답했다. "함께 떠나자

226

고 설득하시려고."

"아버지께서 말해주신 건가?"

"아니야, 아버님은 품으신 계획에 관해 아무것도 알려주시지 않았네…"

"그렇다면 자네는 왜 아버지께서 전하를 몰래 모시고 나오려 하셨다고 생각하나?"

"강철아, 나는 장님이 아니야. 아버님께서 전하를 그저 뵙고자 하셨다면 알현을 청하시면 되는 것 아닌가? 그런데 아버님께서 어떤 방법을 택하셨는지 알지? 운하에서 가파른 성벽으로… 아버님은 삼척 시골에서 특별히 연습까지 하셨어. 밤마다. 삽입하여 서로 연결되는 대나무 사다리도 만드셨어. 성벽에 철심을 박아 사다리를 고정하셨지. 그리고 올라가셨어! 내 눈으로 직접 보지 않았다면 절대 믿지 못했을 거야." 창호의 목소리에 감탄이 녹아있었다.

만길과 두봉이 다가왔다.

"그다음은 무슨 일이 있었나?"

"지붕의 개구부를 통해서 아버님이 탑으로 들어가셨어. 비밀 통로가 성벽 내부에 연결되어 있었던 것 같아. 가운데쯤에 3m 높이 정도에 개구부 하나가 더 있었어. 아버님이 그곳을 열고 우리를 위해 횃불을 켜두셨어. 우리는 아버님의 분부대로 배를 타고 이 출입구 밑으로 갔지. 그다음…"

"그다음은 뭐?" 강철이 몸을 앞으로 기울였다.

"총성이 들려왔어. 약한 소리로 탁, 탁, 탁. 세 발이었어. 내가 잘못 들었나 보다 생각했어. 그런데 뱃사공도 들었다는 거야. 내가 위로 올라가 보기로 했지. 전하의 침소에 등불이 켜져 있었는데 어떤 그림자들이 보였어. 개구부를 찾아냈지만, 안에서 잠겨있는 거야. 내가 그때 뭘 더 할 수 있었겠어? 자네 아버님께서 엄히 일러두셨어. 무슨 일이 생기든지 아무 행동도

취하지 말고, 썰물 시각이 되면 자네를 만나러 가라고. 나를 용서해 주게. 내가 아무것도 도와드리지 못했어."

창호를 비겁하다고 의심하기에는 강철은 친구를 너무나 잘 알고 있었다. '무슨 일을 꾸미신 겁니까, 아버지. 왜, 왜 모든 일을 직접 하시기로 작정하신 겁니까?' 강철이 탄식했다. '제가 옆에 있었다면, 둘이었으면 어떻게든 빠져나올 수 있었을 텐데. 아니면 같이 죽든지요 … 이제 저는 아버지 없이 어떻게 삽니까?'

강철이 터져 나오는 신음을 삼켰다. 하지만 질문을 하는 목소리는 의지를 배반하고 떨렸다.

"어떻게 생각하나, 아버지께서 돌아가셨을까 아니면 그들에게 잡히셨을까?"

"아버님께 칼이 있었어, 살아계신 채로 그들에게 항복하실 분은 아니지 않나. 부상한 상태라면 … "

"아아, 아버지, 아버지!" 강철이 고통스럽게 탄식했다. "아버지만 있으면 저는 모든 것을 견뎌낼 수 있습니다."

그는 고개를 떨구었다. 친구들은 진심으로 같이 슬퍼했다. 그리고 범선은 별이 빛나는 수평선을 향해 순풍을 타고 돌진하고 있었다.

강철이 고개를 들었다.

"우리에게는 두 가지 선택이 있다." 강철이 희미하지만 확고한 목소리로 말했다. "집으로 돌아가서 예전처럼 사는 것, 우리가 하고자 했던 것은 싹 잊어버리고 좋은 시절이 오길 기다리며 사는 것. 그런다고 우리를 비난할 자가 있는가? 아무도 없다. 하지만 나는 끝까지 가기로 마음먹었다. 새벽에 우리는 가까운 만에 정박해 숨을 것이다. 그때 각자가 자신의 결정을 말해 주길 바란다. 아니지, 아니야, (강철이 친구들의 반대하는 몸짓을 알아채고 손을 들어 만류했다) 각자가 혼자 있는 시간에 결정을 내려야 해. 지금은 좀 쉬도록 하지."

강철이 일어나 힘겨운 걸음으로 범선의 선미로 다시 향했다, 혼자 있기 위해서.

어릴 때부터 강철은 어머니가 들려준 별과 별자리에 관한 마음을 끄는 이야기를 기억했다. 먼 옛날에 사람들이 정확한 방향 설정을 하기 힘든 바다나 사막에서 별자리를 보고 어떻게 행로를 만들어 냈는지에 관한 이야기였다. 그때 어머니는 수많은 별자리의 명칭이 모국어로 뭔지 몰라 스페인어에서 되는대로 번역해서 들려주었다. 후에 군사 학교에 다닐 때 강철은 중국과 조선의 천문학자들이 쓴 책을 읽었는데 세상 사람들이 각기 다른 지점에서 별자리 지도를 보는데도 비슷한 모양으로 본다는 사실에 놀랐다. 큰곰자리 하나만 보더라도 그렇다. 강철은 한번 보고 그 별자리를 기억하게 되었는데, 어머니가 흥미로운 문제를 내주셨기 때문이다. 국자 모양으로 떠 있는 일곱 개의 별 북두칠성 중에서 겨우 눈에 띄는 동반자를 가진 별을 찾아내는 문제였다. 수천 년 전 그리스에서, 그때는 헬라스라고 불리는 나라였는데, 전사가 될 사람들의 시력을 이런 식으로 검사했다고 했다. 국자의 직선 손잡이 부분에 가상의 선을 그으면 밝게 빛나는 별까지 직선으로 연결된다. 북극성, 극성 등 나라마다 나름의 명칭으로 부르지만, 바다를 항해하는 사람들은 이 별이 자기 이름이 말해주는 지역으로 가는 항로를 가장 충실하고 정확하게 보여주는 길 안내자인 것을 알고 있다.

바로 지금 강철이 북극성을 오른편에 두고 범선을 몰고 있다. 남촌강 하구에 닿으려면 왼쪽으로 배를 돌려야 한다. 그러면 그들은 어선을 가장하여 우회하고자 하는 고동섬 해안에서 새벽을 맞을 것이다. 밤에는 예난곶을 지나 정평섬으로 항로를 잡을 것이다. 더 가면 일련의 섬들이 나올 것이고 그것들을 방패 삼아 서해까지 가면 공해로 나갈 수 있다. 거기서 원을 그리면 압록강 합류 지역에 도달할 수 있는데 중국과 조선을 가르는 이 깊고 넓은 강을 따라 올라가 신의주에서 피난처를 찾기 위해서이다. 신의주에는, 강철이 알기로는, 아버지의 친구분이 국경수비대장으로 있었다.

창호가 강철에게 천천히 다가왔다.

"강철이, 내가 도와줄 일이 없나?" 창호가 물었다. "내가 항해술은 잘 모르지만 나한테 어떻게 하는지 보여줘. 혹시 아나, 내가 뭐라도 할지?"

"당연히 창호 자네는 도움이 되지. 거기 다른 사람들은?"

"사람들에게 눈 좀 붙이라고 했어."

"자네는?"

"난 잘 수가 없네. 자네가 선미에서 혼자 애통해하는데 … 아내를 잃고 이제 아버지라니. 내가 자네의 고통을 조금이라도 나눠 가져올 수 있다면 … "

"창호, 이미 나눠 가졌다고 여기게." 강철의 목소리가 따스해졌다. "자네와 내가 가장 나이가 많으니 우리가 질 책임이 더 커. 솔직히 말해봐, 아버지께서 곁에 계시지 않는 지금 내가 내린 결정이 자네 보기에 주제넘은 것인가?"

"아니야," 창호가 확고하게 대답했다. "자네가 다른 식으로 했다면, 그랬다면 … "

"말해봐. 다른 식으로 이미 안 했잖아."

"내 존경심을 영원히 앗아갔을 수도 있어."

그들은 침묵했다. 그러다 강철이 말했다.

"키를 잡아봐. 저기 저 별이 보이지. 저 별이 항상 오른편에 있도록 방향을 잡으면 돼. 내가 가서 사람들이 어떻게 자리를 잡았는지 보고 올게."

제일 먼저 강철은 삼별이 아기와 함께 있는 천막 아래를 살펴보았다. 둘

다 꼭 붙어서 깊은 잠에 빠져 있었다. 철수가 누운 자리는 축축하지 않았고 따뜻했다. 안심한 아버지는 걸음을 옮겼다.

나머지 세 사람은 낡은 범포가 덮인 이물 갑판에 자리를 잡았다. 짱짱한 천이 바람과 튀는 파도로부터 그들을 보호했다. 강철은 밖으로 나온 누군가의 다리를 조심스럽게 덮어주고 천의 가장자리를 밀어 집어넣었다.

"누구요?" 잠자던 이 중 하나가 소리를 냈다.

강철이 만길의 목소리를 알아듣고 달래듯 말했다.

"자게, 자. 아무 문제 없어. 봐봐, 별이 쏟아질 것 같네."

"예." 만길이 다시 꿈나라로 들어가면서 대답했다.

강철이 선미로 돌아왔다.

"새벽이 오나 봐." 창호가 말했다. "저기 앞에서 여명이 밝아오네."

"앞에서?" 강철이 놀라서 물었다. "우리가 북서쪽으로 가니까 해가 뒤에서 떠야 맞는 건데."

"아니야," 친구가 고집스럽게 말했다. "내 눈에 앞에 있는 한 줄기 빛이 보인다니까."

'내가 항로를 착각한 것일까?' 강철이 걱정되어 주의 깊게 먼 곳을 응시했다.

"빛이 보인다는 자네 말이 맞아." 강철이 안심하여 말했다. "하지만 이것은 동트는 게 아니라 바다로 흘러 들어가며 거품 자국을 만드는 남촌강이야. 사람들을 깨워서 돛을 내릴 준비를 하라 하게. 그다음은 조류를 따라 왼편으로 갈 거야."

모두가 그의 명령을 정확히 따랐고 돛을 내린 배가 물살의 흐름을 따라 갔다. 바람이 왼쪽 뺨으로 불어오니 편류가 발생해서 강철이 계속 조정해야 했다.

동이 터오기 시작했다. 별빛이 질수록 앞에 보이는 모든 것의 윤곽이 더 선명해지면서 고동섬이 모습을 드러냈다.

범선은 아늑한 만에서 일출을 맞았다. 범선의 젊은 주인들은 기분 좋게 흔들리는 요람 같은 배에서 푹 자고 나서 한낮의 햇살을 맞아 데워진 몸을, 선상에서 물로 바로 뛰어들어 씻었다.

때를 엿보다 강철은 선미에 앉아 아버지 봇짐을 열어 내용물을 들여다보았다. 갈아입을 속옷과 의복, 차이스 쌍안경, 목갑에 든 작은 칼, 수건으로 싸인 어떤 것이 있었다. 그는 조심스럽게 수건을 풀어보았다. 어머니의 유화 초상화와 접힌 종이가 있었다. 종이에는 붓으로 두 줄이 적혀있었다.

'인생의 의미는 나고 자란 땅과 친지를 사랑하는 것이며, 남자의 의무는 그들을 적으로부터 보호하는 것이라.'

강철은 어머니의 초상화와 아버지의 문장을 가슴에 끌어안았다. 눈을 감았다. 그러자 그리도 애틋하고 그리도 가까운 이 두 사람이 보였다. 그러고 나서 쌍안경만 빼고 나머지를 다시 봇짐에 넣었다. 일어나 만을 둘러보았다. 행동할 준비가 된 자의 결의가 강철의 동작 속에 묻어났다.

그들은 집에서 챙겨온 음식으로 끼니를 해결했다. 누룽지에 뜨거운 물을 붓고 이런저런 나물과 김치와 같이 먹었다.

"아이고, 지금 찐 고등어 한 점 먹있으면 좋겠다." 삼별이 말하고 입술을 훑으며 입맛을 다셨다. "우리 어머니께서 잘 만드시는데!" 한 점 찢어서 간장에 찍어 먹으면 그냥 입에서 살살 녹아."

"집에 가고 싶어? 엄마 보고 싶구나?" 만길이 물었다. 질문에 놀리는 투가 살짝 비쳤다.

"그 말이 아니야, 그냥 기억이 났어." 삼별이 조금 기분이 상한 투로 말했다.

"기분 나빠 하지 마. 나도 지금 집밥을 먹을 수 있다면 좋겠어. 난 강철과 같이 가기로 마음먹었어."

만길이 친구들을 둘러보았다.

"나도." 창호가 말했다.

"나도 … "

"나도 … "

모든 사람의 시선이 생각에 잠긴 듯 손가락으로 막대기를 빙글빙글 돌리고 있는 강철에게 꽂혔다. 강철이 친구들을 둘러보더니 말했다.

"솔직히 말해서 우리가 헤어져서 각자의 길을 가는 상황을 나는 상상하기 어려웠다. 나는 자네들의 결정이 반갑네. 이제부터 우리는 한길로 간다. 목숨을 내놓는 힘들고 위험한 길이다. 우리는 함께다. 사람은 함께하면, 강철이 주먹을 불끈 쥐었다, 많은 것을 극복한다. 나의 아버지께서는 자신의 땅과 민족을 지키는 것이 남자의 의무라고 하셨다. 우리 같은 직업 군인, 장교들은 더 그렇다. 하지만 애석하게도 지금 우리 중에서는 그렇게 할 수 있고, 할 줄 아는 자가 적다. 출구는 하나다. 익혀야 한다. 빨리 익힐수록 큰 희생을 더 피할 수 있다."

강철이 잠시 말을 끊었다가 다시 이었다.

"우리 각자에게 지워진 임무는 명확하다고 본다. 북으로 가서 본거지를 만들고 유격대 전투를 시작하는 것이다. 각 단계마다 우리가 싸워서 지키고 싶은 사람들로 우리는 최대한 변신해야 한다. 오늘 우리는 어부이고 내일은 벌목꾼, 모레는 또 다른 누군가로 변신할 것이다. 그 누구의 의심도 받아서는 안 되며, 특히 일본인의 의심을 받아서는 안 된다. 그렇게 되려면 우리가 어떻게 해야 하나?"

"고기를 잡고 나무를 베어야지." 창호가 말했다.

"맞다." 강철이 소리 없이 웃었다. 아주 오랜만에 처음으로. 그래서 친구들은 기뻤다. "우리가 양반이라는 사실은 잊어버리고 어떤 일도 마다해서는 안 된다. 그리고 가장 중요한 것은 입조심이다. 말하는 것을 보면 출신을 알기 때문이다."

"이 사나죄 옳게 말한다이." 창호가 함경북도 사투리로 말했다. '아이'나 '다이'로 끝나는 말이 그곳 사투리의 특징이었다. 모두가 폭소를 터뜨릴 정도로 잘한 것 같았다.

철수는 삼별의 무릎에 온종일 앉아 있었다. 웃음이 아기에게도 옮겨갔다.

"이 사람이 진짜 북쪽 사람이네." 강철이 철수를 받아 안았다. "그렇지 않슴데?"

북쪽 사투리 중 하나로 물었는데, 그쪽 사투리는 어미가 '메'로 끝났다. 또다시 웃음이 빵 터졌다.

"어쩌면 우리는 살아생전 승리하는 날을 못 볼지도 모른다. 하지만 나는 내 아들, 나의 후손들이 자유로운 한국에 살게 될 것으로 믿는다. 그들이 우리 일을 이어 나갈 것이다. 맹세하자, 심장이 뛰는 한 손에서 무기를 내려놓지 않을 것이며 우리의 아름다운 땅에 일본군이 한 놈도 남지 않도록 목숨 바쳐 싸울 것이다."

강철이 손을 뻗자, 친구들이 굳게 손을 잡았다.

고동섬에서 서해로 나가는 길에 있는 섬 중에서 가장 큰 정평섬까지 이들의 범선이 도착하는 데 사흘이 걸렸다. 그들은 이 사흘 내내 쉽지 않은 어부의 기술을 익혔다.

수많은 낚시 도구 중에서 강철이 볼 때 가장 단순해 보이는 그물을 골랐다. 특별히 머리를 쓰지 않아도 그물을 쳐놓고 나중에 뭐가 걸렸는지 확인하면 된다. 그러나 처음으로 그물을 걷었을 때 이 새로 탄생한 어부들은 대단한 실망을 하게 된다.

그들은 정박한 그 만에서 저녁에 그물을 쳤다. 어부 노릇에 심취한 그들은 늦게까지 잠을 잘 수 없었다. 물고기가 버둥거릴 때마다 심장이 오그라드는 것 같았다. 우리의 먹거리가 하나 더 생겼다고 농담하기도 했다.

불침번을 선 창호는 아침에 대원들을 깨울 필요가 없었다. 세 명은 뱃전을 따라 사슬처럼 서 있었고 네 번째 사람은 키잡이 노가 놓인 자리에 있었다. 강철이 배의 움직임과 대원들의 행동을 조율하려고 노를 젓는 자리에 올랐다. 대원들의 자세가 포획물에 가까이 다가가는 사냥꾼처럼 긴장되어 있었다. 텅 빈 그물이 올라오기 시작할 때는 아무도 당황하지 않았다. 원래 처음 끌어올리는 부위는 비는 법이니까.

"영차, 영차." 그들은 서로를 서둘러 재촉했다.

하지만 배와 마지막 부구 사이의 거리가 좁혀지자, 조급함과 흥분이 탄식과 당혹감으로, 심지어 절망으로 바뀌었다.

"정말 지금도 아무것도 없단 말이야?" 마지막 반 미터를 끌어당기며 강철이 소리쳤다.

이런, 이들은 그날 아침 그물에 걸린 은빛 물고기를 보지도, 손으로 잡아 탱탱한 무게를 느껴보지도 못하였다. 그런 불운을 겪고 정신을 차리기 위해서는 주저앉을 도리밖에 없었다.

"흠, 이런 고기잡이 기술로는 굶어 죽기에 안성맞춤이네. 누가 찐 고등어 먹고 싶다 했지?" 만길이 말했다.

"모두가 먹고 싶었지. 특히 너." 창호가 낄낄거렸다.

"내가요? 나는 지금 작년에 말린 북어 한 입만 먹어도 소원이 없겠소!"

젊은이들의 웃음소리가 해안 절벽에서 날아온 갈매기에게 겁을 주었다. 진짜 어부라면 아무것도 못 잡고서 그렇게 웃지는 않았겠지. 모두가 그저 농담 한마디씩 해야겠다고 생각했다.

"다시 총각김치로 만족해야겠군…"

"괜찮아, 밥을 바닷물로 안치면 생선국 기분이 날 거야…"

"삼세번이라고 하잖아. 반드시 운이 따를 거야…"

"에계계, 운이 따른다니. 직접 물에 뛰어들어 잡는 게 더 쉽겠다…"

"잠깐!" 강철이 이설을 보며 말했다. "네 말이 옳다. 다만 물에 뛰어드는 게 아니라 해안 구석구석을 찾아보자. 물고기는 못 잡을지도 모르겠지만 조개나 게는 반드시 잡을 거야. 솥에 전부 담아서 끓이면 훌륭한 찌개가 될 거야."

"야, 좋은 생각인데! 바닷가로 가자!"

기운을 얻은 대원들이 바닷가로 흩어졌고 얼마 이따 성공을 알리는 즐거운 외침이 터져 나왔다. 파도에 깎이는 바위틈에 게가 엄청나게 숨어있었다. 모래톱에는 여기저기 조개류가 흩어져 있었다. 그것들을 찾으려면 맨발로 물을 걷는 것만으로 충분했다. 해안에는 먹을 수 있는 해초류가 파도에 쓸려와 사방에 널브러져 있었다.

찌개는 정말로 훌륭했다. 연기가 스며든 밥도 잘 되어서 일부러 권하지 않아도 모두가 뜸을 들이지 않고 잘 먹었다. 강철의 아들도 어른들에 뒤질세라 잘 먹었다. 강철은 솥에서 밥이 가장 잘된 부분만 별도의 그릇에 따로 떠서 아기에게 먹였다. 아기는 입을 양껏 벌려 게살과 조갯살을 민첩하게 받아먹었다. 아기가 얼마나 빨리 받아먹는지 보는 사람이 다 놀랄 지경이었다.

"이놈 좀 보게, 이렇게 잘 먹네!"

"허, 이놈 장사네…"

"어디 가서 맞고 다니진 않겠다!"

출항을 앞두고 아침에 회의가 열렸다. 강철이 만장일치로 선장으로 뽑혔고 창호가 선장 보조가 되었다. 이제부터 범선에서 당직을 서기로 했다. 음식 준비도 당직자의 의무에 포함되었다.

일본 경비정과 마주칠 경우의 대비책을 특별히 논의했다. 어떻게도 경계심을 내보이지 않고 어떤 분쟁에도 휘말리지 않으며 모든 명령을 들어주기로 정했다. 예인선에 끌려가는 것만 제외하고.

"창호, 자네는 일본 경비정에 타봤잖아. 거기에 몇 명이나 탑승하고 무장상태는 어떤가?" 강철이 물었다.

"여덟 명에서 열 명 정도네. 선수에 소구경 속사포가 있어. 해군들은 카빈총으로 무장하고 있고."

"그렇다면, 그런 경비정이 우리를 멈추고 견인하려 한다고 상상해 보자. 우리는 어떻게 저항할 수 있을까?"

"속사포를 먼저 점유해야지요." 삼별이 말했다.

"만약 무기가 우리 손안에 있다면 바로 발사할 수 있지." 창호가 말했다.

"경비정 선상에 올라타서, 백병전으로…"

마지막 말은 만길이 한 것으로 친구들의 얼굴에 미소를 불러일으켰다. 그들은 모두 만길이 태권도 유단자임을 알고 있었다.

"한마디 하지, 뚝보?" 강철이 두봉에게 물었다. 두봉은 정말로 두드러지게 말수가 적어서 연대에서도 그 별명으로 불렸다.

"전체적인 행동 계획이 필요해요." 두봉이 천천히 응답했다.

"으음, 전체적인 행동 계획이라면 이미 어느 정도 마련되었어." 강철이 만족스럽게 말했다. "나의 신호에 따라서만 행동을 개시하는 것으로 하지. 그들에게 이렇게 고함을 지를 것이다. '뭐 하시는 겁니까, 장교님!' 이 신호로 창호가 권총을 들어 엄호하는 군인에게 발포해야 한다. 그들은 두세 명 정도 될 거야. 설마 일본인들이 어부를 위험하다고 생각하진 않을 테니. 장교 뒤에 있을 사람이 곧바로 장교를 습격하고 이렇게 붙잡아야 한다. (여기서 강철이 갑자기 옆에 앉아있는 창호를 돌려 뒤에서 오른손으로 그의 목을 낚아 감았다.) 이설아, 자네가 이 역할을 감당할 힘이 될 것 같아. 자네는 키가 크고 힘이 세니 어떤 왜놈도 제압할 수 있을 거야. 만길아, 자네의 임무가 가장 복잡하다. 신호가 떨어지면 자네는 경비정 선상으로 뛰어올라 조타수를 습격해야 해. 두봉이 자네는 칼 던지는 기술을 잘 기억해야 해. 우리에게는 작은 칼이 다섯 개가 있다. 이것을 소매 밑에 감춰라. 마지막으로, 너다, 삼별아. 철수 옆에 있거라. 필요한 순간이 오면 요람 밑에서 카빈총을 꺼내라. 이런 계획이다. 제군들이 보기에 어떤가?"

"강철이, 자네 속사포를 잊었네."

"아니야, 잊지 않았어. 속사포는 배 두 척이 서로 마주하고 있으면 쓸모가 없어진다. 나의 임무도 잊지 않았어. 나는 전투의 전체 상황을 주시하다가 도움이 필요한 사람에게 서둘러 가서 도울 것이다. 갑작스러운 기습을 대비해 우리는 여정 중에도 항시 훈련할 것이다. 훈련은 언제나 쓸모가 있다. 이제 닻을 올리자!"

노를 저어 만에서 나와 바람의 방향을 탔다. 쏟아지는 햇살과 푸른 바닷물, 팽팽한 돛과 멀어져가는 해안, 젊고 친밀한 친구들, 이 모든 것이 단출한 대원들의 얼굴에 미소와 농담, 웃음으로 반사되어 비쳤다.

강철은 북쪽으로 방향을 돌리려면 사분면만큼 섬을 둘러 가야 했기에 섬에서 되도록 멀리 떨어지지 않도록 애썼다.

"앞 항로에 어선이 있다." 자리에 앉아 전방을 주시하던 만길이 소리쳤다. 이번에는 쌍안경을 가지고 있었다. "더 가면 두 번째, 세 번째 어선이 … "

'잘됐군. 어선 속에 섞여 있으면 눈에 띄지 않아. 아무라도 노련한 어부와 이야기 좀 했으면 좋으련만.' 강철이 생각했다.

"보이네." 강철이 만길에게 응답하고 세 번째 배에 접근해 '갈고리를 걸어 승선하기로' 마음먹었다.

배에는 좁은 턱수염을 기른 노인과 청년, 두 사람이 있었다. 둘 다 하얀 삼베 저고리와 바지를 입고 있었다.

그들은 범선이 접근해 오는 것을 주시하고 있었다. 노인은 담뱃대를 들고 담배를 피우고 있었다. 노인이 청년에게 물부리로 그들이 오는 쪽을 가리키며 뭐라고 하자 둘 다 웃기 시작했다.

"고기 많이 잡으십시오!" 강철이 그들에게 인사했다.

"거기도 많이 잡으세요!" 공손하게 남자가 응대했다.

"우리가 옆에 잠깐 붙어서 이야기 좀 나눠도 좋겠습니까?"

"괜찮습니다. 우리 배로 건너오셔도 좋습니다."

강철이 위험하게 흔들리는 배로 발을 내디뎠다. 두 어부의 손바닥이 굳은살이 박여 거칠었다.

"아드님입니까?" 강철이 물었고 그렇다는 대답을 듣자, 청년에게 "우리 배 구경할 텐가?"라고 권했다.

"봉철아, 가봐. 너 저런 범선에 타보고 싶었잖아."

아들이 내민 손을 잡고 옆 배에 올라탈 때까지 가만히 있다가 노인이 강철 쪽으로 돌아섰다.

"이제 막 어업에 종사해 보기로 했습니다." 강철이 자신을 소개한 뒤 말했다. 그리고 서둘러 얼른 말을 보탰다. "그런데 잘 되지가 않습니다. 그래서 조언을 좀 구하고 싶어서 … "

"내 이름은 학보요. 어 … 어 … 강철 나리라고 하셨습지요? 무엇으로 고기를 잡습니까?"

"그물로 잡습지요. 그런데 … 그런데 왜 저를 보고 나리라고 하셨소?"

어부의 눈에 능청맞은 웃음이 어렸다.

"제가 잘못 봤다면 미안하오. 하지만 그런 실수에 불쾌할 사람은 없다고 봐요."

"그렇지요, 그래도 여하튼 왜 그렇게 보셨는지 말씀해 주세요. 저한테는 중요합니다."

"흠, 말투가 좀 다르고. 게다가 … 음 … 고기잡이 같아 보이지도 않네요."

"우리가 이제 막 고기잡이를 시작해서 그럴 겁니다. 괜찮소, 햇빛과 물에 옷이 바래고 얼굴이 그을리고 손에는 굳은살이 박히겠지요. 고기 잡는 법만 배우면 돼요. 그물로 고기를 잡습니까?"

"그렇다오."

"아마 우리가 그물을 제대로 못 치는 것 같네요. 밤새 물고기가 한 마리도 안 걸렸어요."

"그럴 때도 있소." 어부가 사람 좋게 웃었다. 그리고 자기 경험을 신나게 나누기 시작했다.

그물로 고기 잡기가 가장 쉽다고 초짜들이나 그렇게 생각하는 것으로 드러났다. 그물을 내리기 전에 물고기 떼가 다니는 길, 밀물과 썰물, 날씨, 계절, 심지어 달의 상태까지 고려해야 한다. 그물을 두 가지 방법으로 칠 수 있다. 배에서 그물을 내려뜨려 조류를 따라 표류하게 하는 방법이 있고, 닻을 이용하여 그물의 끝을 단단하게 고정하는 방법이 있다. 그리고 세부적인 사항들도 많았다.

"알겠소, 그럼 지금은 우리가 어떻게 그물을 쳐야 합니까?" 강철이 물었다.

"길이가 얼마큼이요?"

"이백 폭정도 됩니다."

남자가 홀로 날카롭게 우뚝 솟은 암벽을 가리켰다.

"한쪽 끝을 저기에 묶고 다른 쪽 끝을 범선에 묶으시오. 섬을 가로질러 정박하시오. 내일 아침에 고기가 안 걸리면 내가 잡은 고기를 가져가도 좋소"

학보가 마지막 말은 웃으면서 했다.

"좋은 말씀 해주셔서 감사합니다. 제가 어떻게 보답해야 할까요? 담배나 소금, 돈을 좀 드릴까요?"

"무슨 말씀입니까, 나리! 전부 다 있습니다. 잘 되길 바랍니다!"

늙은 어부가 조언한 방법으로 그물 치는 일을 해가 지기 전에 끝낼 수 있었다. 저녁을 간단히 먹고 잠자리에 들었다. 첫 당직이 된 이솔만 선미에 앉아 깨어있었다.

날이 밝으려고 하는 때에 대원들은 이미 일을 하고 있었다. 그물을 확인하기 시작했다. 첫 단을 본 순간부터 모두 신나서 활기가 돌았다. 물고기 떼가 지나가다 함정에 빠진 듯했다. 삼별은 소리 내 고기 개수를 세다가 곧바로 수를 잊어버리고 말았다. 농담과 웃음이 눈에 띄게 잠잠해졌다. 그물에서 고기를 떼어내기도 그리 쉽지 않은 일이었다.

"대원들, 그물을 다 걷어 올리고 항해하면서 골라내도록 하지." 강철이 제안했다.

다들 그러자고 하였다. 멀리 육지에서 보이는 산 위로 태양이 떠오를 때 고동섬을 떠난 범선은 북쪽으로 항로를 잡았다. 아침을 들기 전에 그물에서 포획물을 다 골라냈다. 큰 바구니 세 동이 고기로 가득 찼다.

"손가락이 전부 다 지느러미에 찔렸네." 이설이 투덜거렸다.

"먹을 때나 쉬운 법이야." 만길이 훈계하듯 말했다. "어이, 밥 당번, 우리 굶겨 죽일 셈이냐? 당장 먹을 것을 가져오너라!"

"예이, 지금 갑니다요, 나리." 오늘 식사 당번인 두봉이 장난에 장단을 맞췄다. "대령하였사옵니다. 드시옵소서."

커다란 도마 위에는 고춧가루를 넣어 졸인 생선이 맛있는 김을 모락모락 피워올리고 있었다. 모두가 감복하여 탄성을 질렀다.

"선장, 첫 어획 기념으로 술 한잔하는 것도 나쁘지 않겠지, 어?" 창호가 말했다. "자네들은 어떤가, 내 제안에 동의하나?"

"찬성이오." 대원 모두가 거의 한목소리로 합창하듯 소리쳤다.

평소에 강철은 선상에서 엄격한 규칙을 고수하려고 하였다. 하지만 그들이 어부가 된 이상 고기잡이들의 생활에 맞추어도 된다. 어획량이 좋았으니 한잔하지 않으면 다음번에 불운이 몰려들지 않겠는가.

그릇이 손에서 손으로 돌았다. 술잔을 들이키고 그들은 평민처럼 '카아' 하고 소리를 내고 손바닥으로 입술을 문질렀다. 안주는 뜨거운 생선 살이었다. 직접 잡은 고기라 두 배는 더 맛있었다.

강철이 우측 해변에 어선들이 흩어져 있는 것을 보고 정평섬을 좌측에서 돌기로 했다. 이 어선의 주인들이 한 지역에서 온 사람들일 가능성이 커 낯선 존재를 쉽게 알아차릴 것 같았다. 또한 그는 범선의 바다 항해 능력과 대원들의 기술을 시험해 보고 싶었다.

동남풍이 불어서 섬 쪽으로 밀리지 않으려면 계속해서 강한 바람을 옆으로, 90도 각도로 받으면서 가야 했다. 범선이 균형을 온전히 잡을 때까지 몇 번이나 위험하게 돌았다. 물결이 굵어진 것을 보니 심해의 숨결이 느껴졌다.

배 조종은 쉽게 숙련되지 않았다. 강철의 등은 긴장으로 마를 새가 없었고 손바닥은 물집이 터진 데다 소금물이 들어가 쓰라렸다.

하루가 끝날 무렵 섬의 북쪽 가장자리에 닻을 내렸다. 모두 얼마나 지쳤는지 그물을 치자는 강철의 제안을 그리 반기지 않았다. 하지만 선장 강철은 어부가 된 이상 게으름을 피우면 안 된다고 고집했다.

아침에 그물을 확인하니 역시 어획량이 많았지만, 대원들은 그리 기뻐하지 않았다. 고기를 그물에서 빼내면서 불평하며 툴툴거렸다. 바구니를 비우려면 전에 잡은 고기를 배 밖으로 던져야 했다. 그 즉시 어디선가 갈매기가 떼로 날아들었다.

"애들 먹이려고 고생한 거네." 창호가 우스갯소리를 했다. "갈매기도 먹고 살아야지."

"이런 일 한 달만 하면 죽을 때까지 생선은 안 먹고 싶을 것 같다." 만길이 말했다. "이설이, 노래 한가락 뽑아봐, 응?"

이설이 빼지 않고 바로 노래를 시작했다. 고기 잡으러 나가서 돌아오지 않은 젊은 어부 이야기를 담은 구슬픈 노래가 바다 위로 울려 퍼졌다. 사람들은 그가 돌아올 거라는 희망을 버렸지만, 그를 사랑하는 처녀는 매일 바닷가로 나가 먼 곳을 바라보며 그를 기다렸다는…

작은 섬 몇 개를 더 지나쳤다. 한낮의 아지랑이 속에 묻힌 육지가 저 멀리서 계속 아른거렸다.

대원들이 쉬고 있었다. 강철이 키잡이 노를 두봉에게 건네주고 아들과 함께 있을 때, 망을 보던 이의 소리가 들렸다.

"전방에서 우현을 따라 연기가 난다."

강철은 요람에 아기를 누이고 천막에서 나왔다. 수평으로 그들을 가로질러 가는 작은 배가 진짜 보였는데 굴뚝에서 검은 연기가 뿜어져 나왔다. 강철이 범선의 선수로 나갔다.

쌍안경을 들자, 거리가 단박에 좁혀졌다. 이것은 군 경비정이었는데 일장기가 달려있었다. 선상에 있는 번호가 명확하게 보였다. 선수의 속사포 옆에는 강철 일행 쪽을 향해서 해군 두 명이 꼼짝하지 않고 서 있었다.

"일본인들이야." 강철이 말하고 쌍안경을 만길에게 건네주었다. "감춰라."

대원들이 강철의 결정을 기다렸다.

"약속한 대로 그렇게 행동하자. 만길이 선수로 가고, 너 두봉이는 천막 앞에 있거라. 창호, 명령을 내리면 돛을 내리고 범포 속에 리볼버를 숨겨. 이솔, 손님을 맞이해라. 삼별, 천막 아래 있어라. 어떻게도 긴장한 표를 내선 안 된다. 우리는 단순하고 투박한 어부들이다."

강철이 혼자 생각했다. '훈련을 제대로 마치지 못했는데…'

"왼쪽으로 꺾어 멀어지도록 해볼까?" 두봉이 물었다.

"절대 안 된다." 강철이 고개를 저었다. "내가 '뭐 하시는 겁니까?'라고 소리치면 모두가 행동을 개시한다."

강철은 자기들을 향해 접근해 오는 경비정을 뚫어지도록 주시했다. 나머지 대원들이 혹시 모를 전투를 준비하는 것도 보았다. 창호는 허리춤에 리볼버 두 자루를 찔러넣고 첫 신호가 떨어지면 돛을 바로 내릴 수 있도록 밧줄을 잡고 섰다. 만길은 선수 부분 갑판에서 판자를 떼어낸 후 쌍안경을 천에 싸서 그곳에 숨겼다. 두봉은 생각하느라 뜸을 좀 들이더니 칼 뭉치를 노잡이 자리 밑에 쑤셔 넣었다.

경비정은 길이가 15m 정도였다. 강철이 세어보니 갑판에 일곱, 조타실에 하나가 있었다. 그리고 아래 기관실에 아마 최소 두 명은 있을 것이었다. 그렇지만 그 둘은 별로 위협적이지 않다.

그렇게 10대 6이 되었다. 위험을 감지하는 익숙한 흥분이 등을 타고 흘렀다.

날카로운 사이렌 소리에 범선의 대원들이 흠칫 놀랐다. 경비정이 똑바로 그들을 향해 다가오고 있었다.

"모두 침착해라!" 배의 방향타를 바꾸지 않으면서 강철이 소리쳤다. 그러고 나서 '일본인'이 반드시 오른쪽에서 자기들에게 접근하도록 해야겠다고 생각했다. 그렇지 않으면 창호가 경비정을 등지게 된다.

경비정이 30m 앞에서 위험하게 범선의 항로를 막았다. 조소하는 일본 해군의 얼굴들이 보였다. 장교가 확성기를 들어 일본어로 뭔가 소리를 치고 나서 옆에 선 민간인에게 건네주었다. 한국어로 명령이 들렸다.

"배를 멈춰라! 일본 장교님이 배를 멈추라고 하신다!"

강철이 알아들었다는 표시로 손을 들고 나서 명령했다.

"돛을 내려라!"

회색 범포가 풀썩하고 아래로 떨어졌다. 그러자 신선한 바람이 느껴졌다.

경비정이 선회하는 동안 강철은 배를 왼쪽으로 붙였다. 이제 '일본인'이 뒤에 있었다. 커다란 철로 된 덩어리가 그들을 향해 곧장 다가오는 것처럼 느껴졌다. 발동기 소리가 잦아들었다. 경비정이 오른쪽 선미에서 천천히 다가오기 시작했다.

"모두 그 자리에 그대로 서라!" 확성기로 커진 한국어 명령이 다시 들렸다.

해군 두 명이 갈고리로 범선의 뱃전을 걸어 경비정으로 끌어당겼다. 다른 해군 두 명은 강철 일행을 카빈총으로 겨누고 부동자세로 서 있었다. 포병들은 포의 방향을 돌리지도 않았다. 그중 한 명은 포신에 대충 기대어 섰고 다른 한 명은 무기를 집어 들고 범선으로 넘어오는 무리에 합류했다. 조타수는 조타실에서 나와 난간에 팔꿈치를 괴고 있었다.

그렇게 줄사다리를 타고 경비정에서 범선으로 넘어올 준비를 하였다. 옆구리에 해군사관의 단검 그림이 있는 검은 제복을 입은 키 작은 장교, 해군 둘, 통역관. 범선으로 제일 먼저 건너온 사람은 카빈총을 든 포병이었다. 그는 강철에게 다가가 선미에서 물러나라고 명령했다. 강철은 묵묵히 그의 말대로 했으나 일본인은 뭔가 모욕적인 느낌을 주는 말을 하면서 카빈총으로 그의 등을 아프게 찔렀다.

"이 배 주인이 누군가?" 노잡이 자리에 서서 모두를 거만한 눈초리로 둘러본 뒤 장교가 물었다. 그가 쓴 안경 유리가 정오의 햇빛을 반사하여 불투명하게 번쩍거렸다. 의도했는지 안 했는지는 모르겠지만 목에서 나오는 억양을 전달하며 한국인이 바로 통역했다.

"접니다." 강철이 대답하고 고개를 숙였다.

"어디서 와서 어디로 가는 중인가?"

"고동섬에서 고기를 잡고 지금은 옹진 집으로 가는 중입니다."

"어째 옹진에서 멀리까지 가셨네." 이렇게 말하고 나서 장교가 병사에게 배를 수색하라는 신호를 한 듯했다. 병사가 천막 밑으로 바로 뛰어들었기 때문이다.

위험하다는 예감이 순식간에 강철을 사로잡았다. 그는 친구들이 자신을 주시하는 것을 알았기에 침착하게 고개를 끄덕였다. "조심하세요." 천막 아래서 소동이 일더니 삼별이 아이를 안고 거기서 뛰어나왔다. 장교의 얼굴이 놀라서 팽팽하게 당겨지더니 그가 뭔가를 의기양양하게 외쳤다.

그러자 바로 강철이 뒤로 물러서서 사정하는 목소리로 외쳤다.

"뭐 하시는 겁니까, 장교님!"

강철이 말을 미처 끝내지 않았음에도 창호는 범포 밑에 감춘 리볼버를 꺼내기 위해 웅크렸다. 그의 임무가 선미 뒤쪽에 선 병사를 무력화하는 것이었기에 창호의 다음 행동은 이미 강철의 시야에서 사라졌다. 그는 격하게 뛰어올라 공중에서 반 회전한 뒤 오른손으로 카빈총을 낚아채고, 떨어지면서 병사를 자기 쪽으로 확 끌어당겼다. 귀가 먹을 정도로 총성이 울려퍼졌다. 공격을 예상 못 한 병사가 총을 놓치기 전에 방아쇠를 잡아당겼던 것이다. 곧바로 건식 리볼버가 찰칵하고 돌아가는 소리가 들려왔다.

강철이 배의 바닥에 착지해 누워서 포복했다. 정신을 차린 일본 병사가 발로 가슴을 겨냥하여 위에서 강철을 향해 몸을 날렸다. 하지만 강철은 옆으로 굴러서 비켜났고 카빈총을 몽둥이처럼 휘둘렀다. 무거운 개머리판으로 휘두르니 가속도가 붙어 병사를 쓰러뜨렸다. 한 대를 더 맞자 그의 찢어질 듯한 비명도 꺾여버렸다.

전투의 전체 그림을 한눈에 파악하는데 강철은 1초도 걸리지 않았다. 이솔이 뒤에서 습격하여 목을 제압당한 장교는 대항하려고도 하지 않았다. 만길은 이미 조타실에 들어가 조타수와 싸우고 있었다. 엄호하던 병사 둘은 창호의 조준 사격으로 일격에 즉사했다. 무기를 확보한 두봉이 포병과 싸우려고 포탑으로 가지고 갔다. 하지만 어디에도 그는 보이지 않았다.

창호는 리볼버 두 자루를 들고 경비정 쪽으로 기대하는 눈길을 고정한 채 계속 서 있었다.

두 번째 총성이 울렸다. 뱃전 뒤 어딘가를 조준하여 두봉이 쏜 것이었다. 그러고서 친구들을 향해 돌아서더니 카빈총을 흔들었다.

조타실에서도 모든 상황이 종료되었다. 만길이 축 늘어진 조타수의 몸을 끌고 나와 줄사닥다리를 통해 아래 물로 던져버렸다.

그러자 강철이 기관실을 바로 떠올렸다.

"창호, 그 아래에 병사들이 더 있을 거다. 그들을 되도록 생포해야 한다."

"알았네." 창호가 대답하고 경비정으로 서둘러 갔다.

강철이 문득 철수의 울음소리를 들었다. 울음소리라기보다는 힘이 빠져 작은 소리로 낑낑대는 소리에 가까웠다.

그는 천막 아래를 들여다보았다. 다른 쪽에서 천막을 들여다본 일본 해군은 바로 총을 맞고 쓰러졌다. 그렇게 빛과 어둠으로 나뉜 그는 거기 누워 있었다. 병사의 발 곁에는 삼별이 구부러져 누워있었고 그 옆에서 아기 철수가 피로 칠갑이 된 바닥을 기면서 작은 소리로 울고 있었다.

강철이 재빠르게 천막에서 아들을 꺼내고 삼별에게 달려갔다. 그가 삼별을 들어 올리려고 하자 작은 신음이 새어 나왔다.

"삼별아, 살았냐?" 아니야, 아냐, 지금 내가 구해줄게…"

선미에서 당황한 일본 병사가 우연히 쏘게 된 총알에 삼별이 맞은 것이다. 총알이 삼별의 배를 명중했다. 피가 상처에서 아직도 반동으로 흘러나왔다.

강철이 속옷 끝단을 찢어 삼별의 상처를 천으로 눌러 막았다. 두봉이 달려왔다.

"무슨 일이야?"

"배에 총상을 입었어. 어서 된장을 가져와. 상처에 바르자."

두봉이 장을 보관하는 차양으로 부리나케 뛰어갔다.

"자, 여기." 항아리를 내밀었다.

"이솔은 뭐 하고 있나? 장교를 붙들고 있나? 가서 그를 포박하도록 도와라. 참, 통역관은 어디로 갔나, 어째 안 보이는구나."

다친 친구의 상처를 묶으며 강철은 두봉의 고함을 들었다. "야, 너 어디로 숨는 거냐! 기어 나와, 개새끼야!"

창호가 다가왔다. 그는 아무것도 묻지 않았다. 곧바로 삼별의 손을 잡더니 맥박을 짚었다. 강철과 눈이 마주치자, 고개를 가로저었다.

"맥이 너무 약해."

"만길이는 어디 있나?"

"기관사들을 지키고 있네." 창호가 코웃음을 쳤다. "그놈들을 바로 죽이려고 해서 겨우 설득했어 … "

강철이 일어섰다. 전투에 경이롭게 도취하기도 하지만 그 뒷맛은 얼마나 끔찍한가. 친구를 잃는 것은 얼마나 괴로운 일인가.

강철이 이불을 천막에서 가져와 창호와 함께 그 위에 삼별을 눕혔다.

"삼별이 옆을 지켜, 알았지?" 강철이 친구의 어깨에 손을 얹었다. "자네 그놈들을 멋지게 날려버렸어!"

강철이 노잡이 자리로 다가가니 일본 장교와 통역관의 손이 같이 묶여서 서로 등지고 앉아있었다. 격투 중에 장교는 군모와 안경을 잃어버렸다. 고슴도치를 닮은 씩씩한 머리 모양이 무력하게 끊임없이 끔뻑거리는 눈과 전혀 어울리지 않았다. 통역관은 고개를 푹 숙인 채 한껏 웅크리고 있었다.

"이솔아, 이놈들 잘 지키고 있어라. 두봉아, 같이 배로 가자."

만길은 기관실 출입문 앞에 앉아있었다.

"삼별이는 어찌 됐나? 살아있나?"

"그래, 하지만 상태가 위중하다. 이자들을 데리고 나가라…"

기관사 둘 중 한 명은 사십 줄은 돼 보였고 다른 기관사는 새파랗게 젊었다. 두 사람 다 겁에 질린 모습이었다. 나이 든 기관사가 자기를 가리키다가 젊은 기관사를 가리키다가 하면서 뭔가를 중얼거리기 시작했다.

"기다려." 강철이 그의 말을 끊었다. "두봉아, 통역관 좀 이리로 데리고 오너라. 이들이 우리말을 모른다는 걸 완전히 잊어버렸다."

통역관은 작은 키에 광대뼈가 높고 턱수염이 성기게 난 사람이었다. 얼마나 움츠렸는지 목이 아예 보이지도 않았다.

"선임 기관사에게 전해라, 지금 배를 몰아야 한다고. 이 자는 (강철이 젊은 기관사를 향해 고갯짓했다) 기관실에 있을 것이다. 너희들이 제대로 하면 목숨은 건질 것이다."

통역을 들은 선임 기관사가 범선을 흘긋거리며 뭐라고 중얼거렸다.

"장교가 두렵다고 합니다."

"제 목숨이나 염려하라고 해라." 강철이 거칠게 말했다.

장교를 작은 수병실에 가두었다. 강철은 그가 배를 몰도록 하고 싶었지만 직접 해야겠다고 마음을 고쳐먹었다. 장교에게 어떤 조건을 제시할 수 있었겠는가? 살려주느냐 죽이느냐이다. 강철은 이 장교를 살려둘 생각이 없었다. 포로가 된 적을 속이는 것, 그건 아니다, 그런 행동은 강철의 성격으로는 할 수 없었다.

최대한 조심스럽게 삼별을 경비정으로 옮겼다. 그는 의식을 잃었다. 유명을 달리할 시간이 정해졌고 모두가 이를 알고 있었다.

강철이 조타실로 올라가 주변을 둘러보았다. 조타륜, 나침반, 원통형 표면에 눈금이 새겨진 금속 계기판이 있었고, 측면에는 가로지르는 침이 달린 핸들이 있었다. 구부러진 깔때기 모양의 수화기는 어린아이의 주먹 하나는 충분히 들어갈 것 같았다.

앞 유리 위에 고정된 지도를 보았다. 강철이 그것을 떼어서 들여다보았다. 한반도, 서해, 고동섬 … 범선의 위치를 대략 계산해 보았다. 서쪽으로만 간다면 열도를 두른 후 거기서 중국을 향해 북쪽으로 방향을 돌릴 수 있다.

강철은 지도를 제자리에 걸어놓고 다시 조타실을 둘러보았다. 옆에 가르쳐줄 사람만 있으면 전부 배울 수 있을 터였다.

대원들이 갑판에서 대기하고 있었다. 강철은 친구들의 얼굴이 너무도 진지해서 흠칫 놀랐다. 아침만 해도 사소한 일로 웃고 떠들고 어린아이처럼 서로를 놀려대던 이들이 아닌가. 사람들이 눈앞에서 죽음을 보는 것의 의미를 괜스레 말하지는 않나 보다.

"대원들, 우리의 계획이 성공했고 각자가 해야 할 일을 완수했다. 이 어이없는 발사만 아니었다면 … " 강철이 주먹을 불끈 쥐었다. "이제 일본 경비정을 타고 갈 것이다. 튼튼한 밧줄을 찾아라. 우리 범선은 견인해서 갈 것이다. 창호, 삼별이와 내 아들 옆을 지켜주게. 이솔이는 저녁을 준비해라. 두봉이와 만길이, 나는 이들과 함께 (고갯짓으로 포로들을 가리켰다) 배를 몰 것이다. 가능한 한 빨리 이곳을 벗어나야 한다. 각자 자리로 가라."

다시 배의 조타실이다. 강철이 선임 기관사를 보면서 '시작해'라는 의미로 고개를 끄덕였다. 그가 약간 몸을 숙이고 수화기에 대고 뭐라고 말했다. 몇 초가 지나자, 발동기가 소리를 내면서 배가 움직이기 시작했다. 다시 아래에 대고 한마디를 던지니 짧은 대답이 들려왔다. 기관사가 자기 쪽으로 천천히 핸들을 당겼다. 계기판 위의 화살표가 몇 칸 이동했다. 소리가 울리고 발동기 소리가 강해지면서 중선이 앞으로 천천히 나아갔다.

강철이 직접 조타륜을 잡았다. 이 바퀴는 놀라울 정도로 쉽게 이 방향 저 방향으로 잘 돌아갔다. 경비정도 필요한 방향으로 곱게 돌았다. 나침반의 바늘이 조타륜의 움직임에 어떻게 반응하는지를 알아채고서 강철은 바늘이 정확히 서쪽을 향하도록 하였다. 배의 항로를 맞추는 방법은 이제 터득한 것 같아 흡족했다.

강철의 행동을 유심히 지켜본 기관사가 배를 움직일 때 사용한 그 핸들을 가리켰다.

통역관이 말했다. "그가 말하길, 배의 속도가 핸들로 조정된다고 합니다. 바늘은 속도를 보여줍니다. 속도를 올리거나 늦추기 전에 기관실로 명령을 전달해야 합니다."

"알겠소." 강철이 고개를 끄덕였다. "비켜라, 내가 직접 해보겠다. 내가 세 칸만큼 속도를 올려보겠다고 전하시오."

그르렁거리는 발동기 소리가 커졌고 배가 눈에 띄게 속도를 내었다.

특별히 어려운 건 아직 없었다. 물론 이렇게 거대한 덩어리를 부두에 정박시키기 위해서는 적지 않은 숙련도와 선장, 조타수, 기관사 간의 행동 조율이 필요하다. 하지만 이번에는 아마도 그럴 필요가 없을 것이다. 강철은 경비정을 항구까지 가져갈 생각이 없었다. 지금 중요한 것은 공해로 나가는 것이다. 연료가 떨어지면 범선으로 옮겨 타야 한다. '철 덩어리' 경비정은 아무리 아까워도 수장할 수밖에 없다.

강철이 주위를 둘러보았다. 모두가 버려둔 범선이 파도에 서럽게 흔들리면서 묶인 상태로 고분고분 잘 따라오고 있었다.

그는 두봉을 자기 자리로 불러서 뭐가 뭔지 설명해 주었다.

"항상 서쪽으로 방향을 잡아야 하고 회전하면 안 된다. 만약 이것이 고집을 피우면, (강철이 기관사를 의미심장하게 바라보았다) 이놈에게 예를 갖추지 마라. 문 뒤에는 만길이가 있을 것이다. 거기, 통역관님, 나와 같이 가십시다."

일본인 종노릇을 하는 이 한국인 통역관이 아무리 마음에 안 들어도 강철은 연배가 높은 사람을 존대하는 환경에서 자랐기 때문에 '너'라고 반말할 수가 없었다. 그래서 어느 정도 반어적인 높임말 형식을 취했다.

문 뒤에 서 있던 만길이 문이 열리자 카빈총을 어깨에서 내렸다. 강철이 자기도 모르게 미소 지었다.

"가서 삼별이를 보고 올게. 자네는 조타실에서 눈을 떼지 말게, 알겠나? 통역관은 일단 자네 옆에 서 있을 거다. 이 사람이 필요하면 내가 부르마."

"예, 선장님."

강철이 줄사닥다리를 타고 내려오자, 이솔의 흥얼거리는 노랫소리가 들렸다. 그가 작은 문을 열자, 생선 굽는 냄새가 훅 끼쳐왔다. 그곳은 배의 작은 취사실이었다. 이솔은 이곳을 이미 다 파악한 것 같았다.

"어떻게 돼가나?"

"잘돼가네, 선장. 조금만 기다리면 저녁이 다 돼"

"사람들에게 음식을 다 날라줘야 할 거다."

"알겠네. 식기가 여기는 충분해."

"대단하네, 이솔이! 지금 가서 너의 포로와 이야기를 할까 한다. 네가 벌써 그놈의 목을 꺾어놓은 건 아니지?"

"솔직히 말하면 그러고 싶었지. 여기 그놈의 단검이야. 가져가게."

"됐다. 이건 너의 전리품이니 지니고 있으면서 손자들에게 보여주든가, 자랑거리로 삼아라." 강철이 빙그레 웃고 나갔다.

창호는 함장실 침상에 등을 기대고 바닥에 앉아있었다. 아기는 그의 무릎에 앉아서 허리에 차는 리볼버 가죽 집을 가지고 놀고 있었다. 걸음 소리를 듣고 창호가 눈을 들었다.

"삼별이는 좀 어때?" 강철이 물었다.

"안 좋네. 여전히 의식불명이야."

강철이 손을 뻗어 아들을 받아 안았다. 두 사람은 삼별을 위에서 굽어보았다. 그의 얼굴이 검어졌지만, 새파란 젊은이의 순수함은 여전히 서려 있었다. 눈은 감았고 가슴은 불규칙한 숨소리에 맞춰 힘겹게 솟았다 내려갔다 하였다.

"할 수 있는 일이 없을까?" 강철이 절망스럽게 말했다. "신의주까지만 살아서 버틸 수 있다면 … "

"그러길 빌자." 창호가 말은 이렇게 했지만, 그의 말속에는 확신이 없었다. "거기까지 얼마나 걸릴까?"

"모르겠어. 지금은 서쪽, 공해로 가고 있어. 거기서, 연료가 소진될 때까지 갈 거다. 삼별이 옆에 계속 있어 줘, 알았지? 왜놈에게 가서 뭐 좀 물어볼 게 있어. 거기서 이솔이가 저녁을 짓고 있는데 다 되면 여기로 갖다줄 거야. 많이 피곤한가?"

"괜찮네, 가서 일 봐, 걱정하지 말고."

강철이 갑판으로 나가 만길에게 휘파람을 불었다.

"통역관을 나에게 보내라."

강철이 보니 배 안의 모든 문이 바깥쪽으로 열리는 구조였다. 지렛대형 빗장이 문의 양면에 다 달려있었다. '이렇게 한 데는 그럴만한 이유가 있겠지.' 강철이 수병실로 들어가며 생각했다.

일본 장교가 배를 바닥에 대고 누웠는데 등 뒤로 손이 묶여서 이 자세가 편했다. 그가 고개를 들더니 벽을 향해 돌렸다. 강철이 묶은 줄을 자르고 짧게 명령했다.

"앉아."

장교가 알아들었고 어렵게 말대로 했다. 뻣뻣해진 손을 주무르더니 기다리는 눈빛으로 강철을 쳐다보았다. 어쨌든, 멍청해 보이지는 않는 눈이고 그 속에 특별한 공포도 없었다. '다른 상황에서 만났더라면 흥미로운 이야기를 많이 나눌 수 있는 상이로군.' 강철의 머리에 이런 생각이 스쳤다.

"통역해라. 함장님, 귀하의 경비정이 왜 우리 배를 향해 왔는지 묻고 싶소. 당신들은 보통 모든 배를 검열합니까, 아니면 최근에 그런 명령을 받았습니까?"

장교의 얼굴에 놀란 빛이 서리더니 비참하게 속은 사람의 얼굴에 나타나는 그런 서글픈 비웃음으로 금세 변했다. 그가 주먹을 움켜주더니 단호하게 대답했다.

"일본 장교가 당신의 질문에 대답하리라고 생각하십니까?"

"그래요, 당신의 용기는 존경받아 마땅하오. 어떤 식으로 죽고 싶습니까?"

"뭐요?" 장교가 급히 고개를 들었다. "아, 그래 ··· 다른 출구가 없는 것 같군."

장교가 일어나 문으로 성큼성큼 걸어갔다. 통역관이 화들짝 놀라 옆으로 비켜섰다.

바다 위 하늘은 저녁을 부르는 석양이 찬란했다. 붉은 태양이 평평한 수평선 위에 걸려 있었다. 일본 장교는 태양을 뚫어지게 바라보더니 '온순하게' 차렷 자세를 하고 일장기 앞인 듯 경례를 했다. (일장기에는 붉은 원이 있다) 그리고 뒤로 돌아서서 선미로 또박또박 걸어갔다. 뱃줄 앞에서 잠시 멈칫하더니 물속으로 몸을 던졌다.

강철은 꼼짝도 하지 않았다. 다만 모든 것이 끝났을 때 힘들게 심호흡을 한번 하였다. 사람이 죽음을 받아들이는 모습을 냉정하게 관찰하는 일은 절대 쉽지 않은 일이었다. 적이긴 하지만 그래도 사람 아닌가. 다른 상황에서 만났더라면 친구도 될 수 있을 사람…

배가 밤새도록 서쪽으로 향했다. 하늘에서 별빛이 사라진 새벽 즈음에 의식이 돌아오지 못한 상태로 삼별이 숨을 거뒀다.

정오에 그의 장례를 치렀다. 범선을 견인하는 경비정이 동북 방향으로 편류했다. 삼별의 몸을 범포로 싸고 밧줄로 곳곳을 묶어 어뢰 발사 장치에 뉘었다. 더 나은 것이 없어서 포탄 두 발을 발에 대고 묶었다.

친구들이 반원으로 정렬하여 선미에 섰다. 한국은 장례식에서 추모사를 하는 풍습이 없지만 어떻게 아무 말도 없이 차가운 심해로 친구를 보낼 수가 있겠는가?

"삼별이, 자네는 배에서 태어나 배에서 죽음을 맞이했네." 강철이 말했다. "자네의 운명이 그런 것을. 하지만 알아두게. 우리는 자네를 항상 기억할 거네. 우리를 용서하게 … 잘 가게."

강철이 손짓을 하자 만길이 손잡이를 당겼다. 금속판이 솟아오르자 삼별의 몸이 아래로 미끄러져 바다 깊은 곳으로 사라졌다.

아무도 눈물을 감추지 않았다. 여러 날 이어진 긴장감, 목숨을 위협하는 위험, 잠 못 이루는 밤, 친구의 죽음은 모두의 마음 상태에 드러났다.

친구여, 잘 가라, 우리를 용서해다오! 가장 막내인 너를 지켜주지 못한 것을, 우리만 살아남은 것을, 너의 몸을 땅에 묻지 못한 것을 용서해다오.

… 강철이 눈을 떴다. 눈물에 젖은 흐릿한 눈으로 중국식 농가의 벽과 범선이 그려진 그림이 들어왔다. 그는 꿈속에서 울면서 서해를 건너올 때 겪었던 위험하고 비극적인 시간을 다시 겪었다. 죽음은 그에게 자비를 베풀었지만, 살아있는 세상에서 기뻐할 수가 없었다. 강철은 친구들과 아들

철수가 곁에 있었던 그때의 생활로 돌아가고 싶었다.

제13장

강 철은 나흘째가 되어서야 자리를 털고 일어났다. 그가 이 며칠 동안 푸린과 여러 번 대화한 결과 이 사람이 글을 모른다고 마침내 확신했다. 한자로 설명할 기회가 사라졌다는 것을 의미한다. 몸짓이나 그림, 예로부터 한국인들이 쓰는 중국에서 차용한 단어가 다시 사용되었다.

봄이 점점 더 위세를 부렸다. 이제는 아침에도 살얼음이 끼지 않았고 신선하고 따스한 안개가 온통 주위를 감싸다 해가 떠오를 때 흩어지면 공기가 습기를 흠뻑 머금었다.

농부들은 분주하게 밭으로 나갈 채비를 하였다. 강철이 집주인의 일과를 보아도 이를 알 수 있었다. 온종일 집에서 그를 볼 수 없었다. 음식을 데워서 서둘러 요기할 때나 잠깐 들릴 뿐이었다. 저녁을 먹을 때만 호롱불이 비치는 가운데 그들은 잠깐 마주할 수 있었다.

강철은 이다지도 바쁘면서도 침울해지지 않는 중국인에게 따스한 고마움을 느꼈다. 보답할 방법은 하나, 몸을 쓰는 수밖에 없었다. 그래서 길을 떠나기 전에 반드시 파종을 돕겠다고 마음먹었다. 그리고 당연히 아들을 찾기 위해 할 수 있는 모든 것을 다하겠다고 결심했다.

강철이 눈을 떴을 때 창밖은 여전히 어두웠다. 주인은 이미 일어나 밖으로 나간 것 같았다. 강철이 옷을 입고 그를 쫓아 나갔다. 이른 아침의 쌀쌀함과 상쾌함이 잠을 순식간에 날려버렸다. 강철은 기분 좋게 기지개를 켜고 몸으로 몇 가지 간단한 동작을 하다가 돌아오는 푸린이 놀라서 지르는 소리를 들었다. 손님이 일찍 일어나서 푸린이 놀라 걱정하는 것 같았다.

"아닙니다, 아니에요." 강철이 그를 안심시키고 자기 가슴을 치면서 말했다. "저 이제 다 나았습니다."

아침은 국수였다. 반죽을 밀고 썰고 삶아서 찬물에 헹군 국수는 주인이 어제 준비해 놓았다. 양파와 무를 넣고 마늘과 고춧가루로 양념한 육수도 어제 따로 끓여놓았다. 아침에는 육수를 데워 큰 대접에 붓기만 했다.

회복된 젊은 몸에 음식이 몹시도 필요했는지, 아니면 아침의 신선한 공기 때문인지는 모르겠지만, 얼마나 식욕을 돋우는지 강철은 지금껏 아침밥이 그렇게 맛있게 느껴진 적이 없었다. 그는 젓가락으로 게걸스럽게 국수를 입에 밀어 넣었고 대접을 들고 국물을 소리 내 들이켰다.

주인이 흐뭇하게 빙그레 웃으며 강철을 바라보았다. 그리고 대접이 비워지자 묻지도 않고 다시 채워주었다.

푸린은 이날 모를 낼 두둑에 쓸 흙을 다질 계획이었다. 뜻하지 않게 조수가 생겨 기뻤다. 봄에는 얼마나 일이 많은지 돌아서면 할 일이 보였다. 더구나 지금 상황에서 그는 집에 간 일꾼을 부를 수도, 새 일꾼을 구할 수도 없었다. 보는 눈이 많아지면 위험하니까.

마당 한구석에는 작년 거름 덩이가 쌓여있었다. 푸린은 가래로 덩이를 긁어모으면서 흡족했다. 크고 평평한 바구니 두 개에 고봉으로 퍼 담은 후, 대나무 막대기를 밧줄 고리에 끼워 약간 흔들거리며 바구니를 날랐다. 바구니가 저울접시처럼, 메고 가는 사람은 저울의 막대처럼 보였다. 어떻게 나르는지를 직접 보여준 주인이 이 일을 강철에게 맡겼다. 푸린 자신은 온실 근처에서 거름과 흙을 섞었다. 완성된 혼합물을 두둑 밑바닥으로 던졌다.

강철은 열심히 일에 임했다. 바구니에 거름을 퍼넣고 막대의 끝을 밧줄 고리에 끼우고 어깨에 멨다. 처음 몇 걸음을 걸을 땐 별로 긴장하지 않았다. 짐은 부피가 컸음에도 가볍게 느껴졌다. 하지만 나중에는 바구니가 심하게 휘청거려서 가다가 멈춰서야 했다. 다시 가다가 또 멈춰야 했다. 옆에서 볼 때는 특별히 어려울 게 없어 보였는데 …

강철이 휘청거리는 짐을 어르고 있을 때 푸린이 이따금 그쪽을 바라보면서 의아한 미소를 지으며 고개를 저었다. 어떻게 저렇게 가벼운 거름 바구니 두 개도 못 나른단 말인가.

무슨 일이든 점차로 익숙해지는 법이다. 몇 번 시도해 보고 나서 강철은 푸린이 걸을 때 왜 흔들거리는지를 깨달았다. 매달린 짐의 박자에 맞춰 몸을 기울이면 짐의 흔들림이 잦아들었다. 마침내 강철이 한 번도 멈추지 않고 목적지까지 한 번에 거름을 날랐을 때 그는 아주 만족스러웠다.

이른 봄에 모를 내는 두둑의 높이는 무릎 높이였다. 밑바닥은 흙을 뒤섞은 거름으로 덮었고 밤에는 서리를 피하도록 그 위를 짚단으로 덮었다.

어려서부터 강철은 봄에 모심기하는 풍경을 많이 보았다. 물에 잠긴 논은 깨끗한 종이처럼, 모는 농부가 초록색 줄을 그어놓은 것처럼 보였다. 파종 철이 시작되면 항상 기분이 좋았다. 소작농이 첫 번째 모를 심을 기회를 양반에게 제공하는 행사에 가끔 아버지와 어머니도 참가하였다. 하지만 그것은 봄이 오면 들에서 하는 중간 단계에 있는 작업이었다. 시작은 다른 것이었다. 작년에 마련해 둔 거름, 기나긴 겨울 저녁에 낱알을 골라 준비한 종자, 짚으로 짠 멍석, 그리고 끊이지 않는 치다꺼리와 애태움 덕에 자라난 푸릇푸릇한 모, 바로 이것들이 시작이었다. 그리고 모든 작업 뒤에는 대를 이어 전해지는 농부의 수천 년 경험이 녹아 있었다.

강철은 사방이 논인 곳에서 자란 자신이 고국에 살 때 한 번도 관심을 두지 않아서 벼가 어떻게 자라는지도 알지 못해 갑자기 짜증이 일었다. 그렇지 않았다면 그는 비교하며 푸린에게 뭔가를 조언할 수 있어서 중국 농민은 멀리서 온 노동 동지의 비결을 흥미롭게 받아들였을 것이다.

'그래, 대신에 한국으로 다시 돌아가면 거기서 비교하면서 도울 수 있는 것은 돕자.' 이렇게 생각하자 강철의 마음이 기분 좋게 따스해졌다.

그들은 이야기를 나누지는 않았는데 언어 장벽 때문은 아니었다. 그들의 공동작업은 서로의 역할이 갈리었다. 한 명이 날라오면 다른 한 명은 깔았다. 이따금 어디다 거름을 쏟을지 손짓으로 보여주기도 했다.

그들은 거름을 주어 흙을 다지는 일을 빠르게 끝냈다. 강철이 쉬려고 걸 터앉았다. 주인은 그때 두둑 바닥에 성찬을 베풀고 있었다.

푸린은 옹이 진 손바닥으로 덩어리를 직접 쓸어 모아서 위로 올린 다음 작은 갈퀴로 흙을 골랐다. 그는 전날 물에 담가 따스한 곳에서 불려서 확장 된 생명을 뱉어낼 준비가 된 씨앗을 가져다 사랑으로 준비한 보금자리에 눕혔다. 그렇게 한줄 한줄을 서두르지 않고 이어갔다. 엄숙한 의식을 수행 하듯, 씨앗이 싹을 틔우는 위대한 신비를 서둘러서 그르칠 일은 하지 않겠 다는 듯.

양반 가정에서 자란 강철은 당연히 농사일과는 거리가 멀었다. 부모님이 그에게 어려서부터 노동을 존중하라 가르치긴 했지만, 그는 양반이었기에 자신의 미래를 농사와 연결 지을 수는 없었다. 하지만 지금, 분노로 다져진 두둑 곁에 앉아 이 젊지 않은 중국 농민이 일하는 것을 보면서 그는 단순 하지만 아주 중요한 진실 하나를 깨달았다. 마음을 다해서 하는 일은 어떤 일이든 존경받아 마땅하다는 진실. 자기도 시골에 살면 좋겠다는 생각이 순간 들었다. 쌀농사를 지으며 아이들을 키우고 가장 소박한 일상적인 것 들만 생각하면서 …

그는 푸린의 살림을 둘러보았다. 어디든 엇비슷한 작은 창 두 개가 달린 오막살이, 마구간, 울타리가 보였다. 어디를 둘러보든 사방에 논밭과 작은 오두막들이 펼쳐져 있었다. 이 익숙하지 않은 풍경을 매일 보는 것, 그런데 왜 처음부터 우울과 낙담을 불러오는 것일까? 세상 모든 것에 익숙해질 수 있으니 이 풍경에도 당연히 익숙해질 수 있겠지만, 강철은 그럴 수 없을 것 같았다. 강철에게는 산이, 암벽 위의 소나무가, 졸졸 흐르는 시냇물이, 푸르 른 계곡이 필요했다. 그런 곳이라면 언제라도 농사를 지으며 안정감을 찾을 수 있을 것이다. 하지만 그의 길은 이미 정해졌다. 북쪽으로, 러시아로 갈 것이다. 이미 적지 않은 한국인들이 그곳으로 갔다. 그들 중에서 동지들을 찾아내 손에 무기를 들고 조국을 해방하기 위해 한국으로 돌아갈 것이다.

강철이 생각에서 깨어났다. 푸린은 이미 씨를 다 심고 두둑 위로 몸을 구부려 손바닥으로 흙을 토닥거리며 다듬고 있었다. 그가 손을 털고 나서 만족스러운 한숨을 내쉬었다. 강철을 흘끗 보더니 곧바로 눈을 내리깔았다.

'내가 안 돼서 연민을 느끼나 보군.' 강철이 따스하게 느꼈다.

"푸린, 오늘 저를 발견하신 장소를 보여주실 수 있나요?" 강철이 푸린을 향해 말했다.

몸짓과 그림을 통해 푸린이 말을 알아듣게 할 수 있었다.

밥을 먹고 달구지를 타고 멀리 어둡게 보이는 숲을 향해 떠났다. 이웃집 곁을 지나칠 때면 강철은 주인이 시키는 대로 달구지 바닥으로 누웠다.

목적지에 가까워져 올수록 푸린은 더 불안해졌다. 겉보기에 당황한 빛은 없었지만, 마음속은 거의 공황 상태나 마찬가지였다. 왜인지는 푸린 자신도 잘 몰랐다. 처음 강철을 발견한 날에도 목격한 사람이 없었고 마친이 아기를 데리고 갈 때도 보는 사람이 없었다. 하지만, 그런데도 발견 장소로 간다는 사실이 어쩐 일인지 그를 두렵게 했다.

푸린이 말을 세웠다.

"바로 여기요." 푸린이 말했다. 그러면서 수풀 속에 있던 강철을 어떻게 찾았는지 설명할 도리가 없다고 생각했다. 그래서 손으로 길의 가장자리를 서둘러 가리켰다.

강철이 달구지에서 내려 푸린이 가리킨 곳으로 다가갔다.

"제가 여기 누워있었습니까?"

"예, 예." 푸린이 고개를 끄덕였다.

강철이 무릎을 꿇고 앉아서 땅을 훑어보았다. 그런 다음 마치 경찰견처럼 한쪽으로 기어가서 수풀 속의 통로를 찾아 그 속으로 사라졌다. 뭘 찾으려는 건지 그 자신도 잘 몰랐다. 이곳까지 어떻게 들어왔는지, 그때는 옆에 아들 철수가 있었는지 기억나지 않았다. 무엇보다 사라진 기억이 가장 괴로웠다.

강철이 10분 정도 없는 동안 푸린은 흥분과 두려움에 굳은 채 달구지에 계속 앉아있었다. 그는 지금껏 양심을 찌를만한 일을 한 적이 없었기에 살면서 처음으로 이런 당황스러움을 느꼈다. 이 상황에서 중국어로 짤막한 질문 하나면 충분하다. '네가 아기를 가져갔느냐?' 그러면 푸린은 바로 시인했을 거다. 하지만 그런 질문은 없을 거라는 의식이, 무슨 말인지 알아듣지 못하는 척을 항상 할 수 있다는 의식이 그를 잠자코 있도록 도왔다.

강철이 다른 곳을 통해 갑자기 수풀에서 나왔다. 그가 어떤 물건을 쥐고 있었는데 멀리서 푸린은 그것이 뭔지 알아보려고 애를 썼다. 강철이 잠자코 내미는 손에서 그것을 받아들고서야 알아볼 수 있었다. 그것은 목각 인형인데 큰 눈과 가느다란 다리, 짤막한 꼬리가 달린, 정교하게 조각된 아기 사슴 모양이었다. 이렇게 작고 연약한 물건에서 아기 손바닥의 온기가 아직 가시지 않은 것 같았다.

두 사람 다 아무 말도 하지 않았다. 말이 천천히 출발했다. 푸린이 달구지를 돌릴 생각을 했지만, 침묵을 깨뜨릴까 두려웠다. 강철이 그의 어깨를 만지더니 슬프게 웃으면서 반대 방향으로 가야 한다는 손짓을 하였다.

그렇게 이 장소까지 철수와 아마 같이 왔을 것이다. 왜냐하면 아들이 이 장난감을 손에서 놓는 일은 없었으니까. 그런데 이곳에서 아흐레 전에 대체 무슨 일이 생겼던 걸까? 강철은 움푹 파인 곳을 전부 다 뒤졌지만, 맹수가 공격한 흔적이 될 만한 것은 아무것도 찾지 못했다.

그는 이곳까지 어떻게 왔는지 흐릿하게 떠올렸다. 왜냐하면 마지막 이틀 동안 온통 열기에 휩싸였기 때문이었다. 누워서 쉬려고 여기로 와서 의식을 잃었던 듯하다. 철수가 지게에서 내려와 아마 아빠를 오랫동안 깨웠을 수도 있다. 그러다 배가 고파서 길가로 기어갔을 것이다. 거기서 누군가가 철수를 데리고 갔을 수도 있다. 만약 그렇다면 그는 철수를 찾을 수 있다. 중요한 것은 철수가 살아있는 것이다!

마을로 들어가면서 강철이 집 주변을 손짓하며 물었다.

"이 마을 이름이 뭡니까? 못 알아들었습니까? … 그대 이름은 푸린, 내 이름은 강철, 이 집들을 다 싸잡아서 뭐라고 불러요?"

"인강." 푸린이 알아들었다. 그는 다시 한 번 '인강'하고 말했다.

"알겠습니다." 강철이 흐뭇하게 고개를 끄덕였다. 그리고 몸을 돌려 뒤를 보면서 길 건너편을 손가락질하며 물었다. "저기는 무슨 마을입니까?"

"순강."

"인강과 순강." 강철이 따라 했다. "내일 순강으로 갑시다."

푸린은 이 사람이 무엇을 원하는지 바로 알아차렸지만, 차마 못 알아들은 척할 수가 없어서 고개를 끄덕였다.

그 불운한 날 싣고 왔던 마른 나뭇단이 헛간 옆에 그대로 쌓여있었다. 푸린이 땔감으로 쓰기 편하게 자르려고 할 때 강철이 도끼를 그에게서 뺏었다.

"제가 하겠습니다." 이렇게 말하고 강철이 이웃집들을 가리켰다. "저리로 가서서 아기에 관해 물어봐 주세요."

강철이 나무를 패기 시작했다. 아버지는 장작 패는 일이 신체 단련과 눈짐작을 키우기에 유용하다고 여겨 강철이 어려서부터 장작 패는 일을 시켰기에 그는 도끼를 쓸 줄도 알았고 좋아하기도 했다. 도끼날이 톱날처럼 깎여있었지만, 힘과 정확도를 조절하여 비스듬하게 내려치면 가장 두꺼운 나무도 한방에 쪼개졌다. 그런 솜씨를 기대하지 않았던 푸린은 두둑을 짚 돗자리로 덮으러 가기 전에 잠시 멈춰 감탄스럽게 바라보았다. 푸린이 일을 마치고 옷을 갈아입으러 집으로 들어갔다. 다시 나온 그는 소매가 긴 검고 기다란 겉옷을 입었고 머리에는 작은 모자를 썼다.

외출복을 입은 푸린은 위엄있어 보였다. 하긴 그가 점잖지 않아서 아쉬워한 적은 딱히 없었지만. 그는 서두르지 않고 안마당을 둘러보고 강철에게 고개로 까딱하고 가까운 이웃집으로 유연한 걸음을 뗐다. 그는 길을 가면서 이웃집에 온 목적을 생각해 내야 했다. 그는, 당연히, 아기 이야기는 운도 떼지 않을 작정이었다. 이웃 한 명이 자기 아들을 장가보내야 해서 얼마 전에 푸린에게 돈을 빌릴 수 있는지 물어온 적이 있다. 다른 이웃은 얼마 전에 읍내로 다녀왔기에 사람들이 물어봐 주기를 애타게 기다렸다. 세 번째 이웃은 푸린의 먼 친척뻘이었다 … 그렇게 이야깃거리는 찾을 수 있다. 가는 김에 숙부가 편찮아서 고향에 갔다고 아내의 부재를 넌지시 말해둘 수도 있다. 푸린이 해결하지 못한 유일한 문제가 마을의 촌장에게 갈 것인가 말 것인가였다. 집에 외지인이 묵으면 촌장에게 알리는 것이 불문율이었다. 촌장의 열의를 보건대 그는 바로 가서 당국에 신고할 것이다. 그러면 공안원이 즉시 들이닥쳐 강철을 잡아갈 것이다. 그때는 사태가 어디로 튈지 가늠할 수 없다. 조사 중에 통역관을 통해 아기의 행방이 사라진 사실이 드러날 것이다. 그러면 아기를 찾으려 들 것이고 그러다 보면 발각될 것이다 …

일이 그렇게 흘러갈 때의 결과를 잠깐 상상해 보다가 푸린은 촌장에게 가지 않기로 했다, 당분간은.

강철은 그때 도끼로 나무를 계속 패고 있었다. 이 일이 그의 흥을 돋우었다. 마지막 나무를 쪼갰을 때 그는 심지어 아쉽기까지 했다. 헛간 벽에 나뭇단을 꼼꼼하게 쌓아놓고 나무 부스러기를 바구니에 쓸어 담아 집으로 가져갔다.

그는 아궁이에 불을 때고 냄비에 물을 더 부었다. 강철은 저녁을 준비하고 싶었으나 뭐부터 어떻게 해야 할지 몰랐다. 그래서 이 생각을 그만두고 가끔 나뭇조각을 집어넣으면서 불 앞에 계속 앉아있었다. 열심히 노동한 어깨와 팔이 달콤하게 욱신거렸고 아궁이 연기가 콧구멍을 기분 좋게 간지럽혔다. 강철이 다리를 뻗었다. 아들 생각만 아니었다면 마음이 얼마나 편했을 것인가 …

'인강, 순강' 그는 두 마을의 명칭을 떠올렸다. '내일 순강으로 가야겠다. 마을에 들어가기는 어려우니 멀리서 쌍안경으로 보자.'

쌍안경을 떠올리자, 무기 생각이 났다. '모제르총에 기름칠해야 하는데.' 그는 무기력하게 생각했다.

불 앞에 다리를 뻗고 앉아있으니 움직이기가 싫었다. 그러나 강철은 억지로 일어나 봇짐을 숨겨둔 헛간으로 갔다.

푸린이 돌아왔을 때 창가에 앉아있는 강철을 발견했다. 그 앞에는 익숙한 봇짐이 열린 채 놓여있었다. 그것을 보자 주인은 뻣뻣하게 굳어서 문가에 섰다.

"벌써 돌아오셨습니까?" 하던 일을 한쪽으로 치우면서 강철이 물었다. "무슨 소식이 있습니까?"

푸린이 고개를 가로저었다.

"정녕 아무도 아기를 보지도 듣지도 못했단 말입니까?"

대답으로 다시 고개를 가로저었다.

"빌어먹을! … "

푸린이 저녁을 지었다. 강철이 봇짐을 헛간에 갖다 놓고 돌아와 집주인을 거들었다.

아침에 그는 다시 일찍 일어났다. 함께 들일을 하고 논을 정비했다. 강철이 짧은 삽으로 이랑을 넓히고 푸린이 괭이로 고른 다음 반걸음마다 콩을 심었다.

날이 화창하고 따뜻한 것이 강철이 바라는 대로였다. 그는 점심을 먹고 옆 마을로 가서 쌍안경으로 지켜보기로 굳게 결심했다. 아기를 계속 방안에 가둬둘 수는 없는 노릇이다, 이런 날씨에는 더구나.

일이 점차 강철을 사로잡았다. 처음에 그는 어제처럼 속도가 뒤처져서 주인이 직접 허물어진 작년 이랑에 괭이로 흙을 가져다가 쌓았다. 마음이 불편해진 강철이 삽을 다른 식으로 쥐고 자세를 바꿔 고랑이 옆구리를 향하도록 서보았다. 매번 발로 삽을 밀어 넣는 것 대신 손으로만 해보려고 했다. 더 힘이 많이 들었지만 일의 속도는 늘었다. 이제는 이랑의 가장자리를 떼어주거나 위를 밟아주면서 푸린의 몫을 이따금 도울 수도 있었다.

겉보기에 단순한 일인데 조심성이 많이 필요했다. 이랑은 물기가 있어야 하지만 물에 잠겨버리면 안 된다. 이랑으로 사람들이 다니고, 보통 짐을 가지고 다닌다. 새참을 먹을 때는 다리를 걸고 이랑에 앉기도 한다. 그곳에서 콩이 자라는데 중국과 한국 음식에서 가장 중요한 요소인 춘장과 된장, 간장을 만드는 재료이다.

짝과 사이만 좋다면 공동 작업은 항상 서로를 가깝게 한다. 그리고 경쟁하게도 한다. 푸린은 자기 몫을 눈감고서도 해낼 수 있었다. 하지만 점심때가 가까워져 오자 조수보다 뒤처지지 않도록 곁눈질하며 일할 수밖에 없었다. 그는 마치 평생 이 일을 해 온 것처럼 편안하게 삽을 가지고 노는 강철을 자주 흐뭇하게 바라보았다.

'힘이 센, 아주 힘센 조선인일세.' 푸린이 생각했다. '저런 일꾼 몇 명이면 산맥도 옮기겠다.'

하지만 기대치 않은 조수가 그에게 온 것은 순전히 우연에 지나지 않는 일임을 그는 알고 있었다.

점심을 들고 강철이 단호하게 말했다.

"제가 잠시 다녀올 데가 있습니다."

손가락 두 개로 걸어가는 다리를 흉내 내고 순강 마을을 손으로 가리켰다.

푸린은 동의하는 표시로 고개를 끄덕였지만, 심장이 다시 쪼그라들었다. 순강 너머에 있는 마을이 아내가 아기와 함께 숨은 곳이다. 사실 그들이 있는 곳까지는 25리밖에 안 된다. 그까짓 것은 남자에게 거리도 아니다.

열린 문을 통해 그는 강철이 헛간으로 들어갔다 나오면서 가슴에 뭔가를 품은 것을 보았다. '무기를 왜 가져가지? - 푸린은 불안했다. '그러다 누구를 죽이기라도 하면? 내가 그를 보호하고 있었다는 것을 모두가 알게 될

거야.'

푸린이 다시 촌장을 떠올렸다.

강철이 순강 마을까지 가는 데 한 시간 반이 걸렸다. 푸린이 그를 발견한 작은 골짜기를 지나갈 때 그는 순간 다시 이 자리를 샅샅이 뒤져보고 싶었다. 하지만 소용없다는 것을 깨닫고 가던 길을 재촉했다.

길을 가던 중 그는 맞은 편에서 오는 달구지 하나를 마주쳤는데 제때 수풀 속으로 뛰어들었다. 그 후에는 아무도 만나지 않았다. 이 길로 다니는 이가 적다는 사실이 그에게 희망을 주었다. 그건 철수를 데려간 사람이 이곳에 사는 주민일 가능성이 크다는 말이다. 아기는 돈이 든 지갑이 아니기에 주머니에 감출 수도, 숨길 수도 없다. 아아, 중국어만 알았다면! 하지만 괜찮다. 그는 쌍안경으로 마을의 모든 마당을 샅샅이 들여다볼 것이다. 한 달이 걸린다 해도, 반년이 걸린다 해도.

순강 마을은 숲 뒤편에 바로 붙어서 이 일을 하기가 더 수월했다. 숲의 가장자리에서 강철은 길에서 물러나 적당한 나무를 골라 그 위로 올라갔다. 쌍안경의 초점을 맞추고 가장 가까이 있는 집부터 들여다보기 시작했다.

평범한 농가의 안마당은 푸린의 집 안마당과 그리 차이가 없었다. 오막살이가 더 보잘것없고 별채가 더 작을 뿐이었다.

초로의 주인이 소년과 함께 강철이 어제 한 일을 하고 있었다. 모를 낼 두둑이 정말로 작았다. 마당으로 여자가 몇 번 나왔었는데 그때 강철은 문자 그대로 그 여자를 뚫어지게 보았다. 여자는 나이가 들어 보이고 말랐고 지저분했다. 더러운 물을 집 문턱에서 바로 쏟아버렸다. 여자의 얼굴이 침울했다. 조금 있으니 여섯 살 정도 돼 보이는 계집아이가 나와 강아지와 놀았다.

강철은 다른 집 마당으로 쌍안경을 돌렸다. 이 집주인들은 더 젊었다. 남자가 호미로 텃밭을 매고 여자가 아기를 어르고 있었다. 아아, 너무 갓난아기라 절대 철수일 수는 없었다.

세 번째 집 안마당에는 사람들이 많았다. 무슨 행사를 준비하는 것 같았다. 경사보다는 애사인 것으로 보였다. 경사라면 따라다닐 법한 미소나 웃음이 없었기에 그렇게 생각되었다. 장례식 아니면 제사일 것이다. 보통 어디나 있는 아이들도 없었다. 강철은 남자와 여자, 노인들의 걱정스러운 얼굴을 주의 깊게 둘러보았다.

그는 다른 나무로 옮겨 올라갔다. 다시 남의 집 안마당이다. 한 집에서는 부부싸움을 하고 있었고 다른 집에는 아무도 없었고 또 다른 집은 노인들만 살았다.

절망이 강철을 사로잡았다. 그는 무엇에 기대를 걸었을까? 금방, 작업을 시작하자마자 아들을 찾으리라 여겼을까? 어쩌면 아기를 읍으로 이미 데려갔거나 어떤 시설에 줘버렸을지도 모른다. 하지만 이를 어떻게 알아낸단 말인가?

강철은 오늘은 이만큼만 하기로 했다.

저녁이 올 때 그는 집으로 돌아왔다. 푸린이 마당에 있었는데 그를 기다리고 있었던 것 같았다. 푸린의 얼굴에 불안이 역력했다.

"푸린, 무슨 일이 생겼습니까?"

절망적인 몸짓과 함께 흥분에 찬 말들이 쏟아져나왔다.

어렵게 강철이 이해한 것은, 푸린이 손가락을 위로 들어 올린 것으로 보아하니 강철의 존재를 위에서 알게 되었다, 어떤 사람들이, 아마도 공안원들이 들이닥쳐 손을 묶고 끌고 갈 것이다. 어서 도망가야 한다는 의미로 푸린이 자리에서 뛰는 시늉을 해 보였다.

강철이 이를 앙다물었다. 할 수 있는 일이 없다. 당국은 그를 조선에 넘겨줄 것이고 그렇게 되면 누구의 손에 들어갈지 불을 보듯 뻔하다. 안된다, 그는 그렇게 어이없고도 황당하게 사라질 수는 없다. 일본인들이 그에게 치러야 할 값이 적지 않다. 아버지와 아내와 친구들을 죽인 값을 그들은 치러야 한다. 찾을 도리 없이 잃어버린 것 같은 철수의 값도 치러야 한다.

길 떠날 채비라야 별스레 할 게 없었다. 자기 옷으로 갈아입고 봇짐을 어깨에 메고 그저 갈 길을 가면 된다.

푸린이 죄책감을 느끼는 얼굴로 강철에게 보따리를 건네주고 음식이 들었다는 몸짓을 보여주었다.

"정말로 전부 고마웠습니다!" 강철이 말했다. 그는 굳은살이 박인 손바닥을 두 손으로 잡은 후 한발 물러나서 절했다.

이 중국 농사꾼은 극도로 당황했다. 뭔가를 중얼거리더니 품속에서 철수의 장난감을 꺼내었다. 강철이 고개를 가로젓고 말했다.

"만약 아기를 찾으면 아기 사슴을 목에 걸어주세요. 알아들었지요?"

중국인이 고개를 끄덕였다. 같이 있는 시간 동안 그들은 서로를 알아듣는 법을 잘 터득한 것이다.

강철이 다가오는 어둠 속으로 빠르게 사라졌다. 푸린이 숨을 몰아쉬었다. 부끄러움과 후회가 밀려들었다. 이 며칠 겪었던 그 상황으로 다시는 돌아가고 싶지 않았다. 심지어 이제 그들에게 아이가 생겼고 아내가 행복하겠다는 생각도 그의 마음을 데우지 못했다.

푸린이 집 안으로 들어갔다. 저녁도 먹지 않고 바닥에 누워 조용히 울었다. 홀로 밤길을 떠난 조선인이 불쌍하고, 앞으로 아버지를 절대 볼 수 없을 그의 아들이 불쌍하고, 이제부터 죽을 때까지 평생 양심의 가책에 시달릴 자신이 불쌍했다. 아기를 안고서 부드럽게 웃던 아내의 얼굴이 떠올랐다. 그 영원히 행복한 웃음이.

푸린은 힘없이 쓸쓸하게 웃었다. 마친이 아니었다면 그가 그런 죽을죄를 영혼에 질 수 있었을까…?

제14장

린 철수가 푸린의 아내와 함께 있는 마을을 강철은 새벽에 따라잡았다. 그는 걸음을 재촉하여 밤새 걸었다.

보름달이 달빛으로 길을 훤히 밝혀주었다. 강철이 순강 마을로 들어섰을 때 농가 사이로 지나가기로 마음먹었다. 몇 채 되지 않았고 더군다나 길에서 깊숙이 들어가 있어서 좋았다. 이 집들은 모두 낮에 쌍안경으로 보았던 곳이었다.

어딘가에서 개들이 간간이 게으르게 짖어댔다. 강철이 안마당으로 들어가면 개들이 무슨 행동을 할까. 같이 짖다가 웬만한 개들과 마찬가지로 어슬렁거리다 잠잠해질 것이다. 한편, 주인 따라 개도 닮는다. 푸린 같은 온화한 주인에게서 맹견이 나올 수 있을까?

길은 계속 강철이 가고자 하는 북쪽으로 나 있었다. 나무가 우거져 별을 보고 방향을 설정하기가 쉽지 않았지만, 그는 북쪽으로 가는 것을 정확하게 알고 있었다. 나무가 그에게 방향을 제시했다. 때때로 그는 나무둥치로 다가가 밑동을 만져보았다. 남쪽 면보다 북쪽 면에 이끼가 더 많이 끼었다. 이 방법을 '산아범'이라고 불리던 늙은 사냥꾼이 부대를 안내할 때 알려주었다. 그루터기 단면과 수관을 따라 방위를 판단하는 방법도 산아범이 가르쳐주었다. 남쪽 면에 나이테 사이의 간격이 더 넓었고 가지는 더 무성했다.

강철은 밤이 두렵지 않았고 오히려 어둠 속에서 안정과 안전을 느꼈다. 하지만 만일의 경우를 대비해 모제르총 나무 권총집의 끈을 어깨에 멨다. 혼자 걷지만 마치 든든한 오랜 친구와 같이 걷는 듯한 느낌을 받았다.

그는 갑자기 길이 넓어지고 있는 걸 알아챘다. 그러자 수탉 우는 소리가 들렸다. 곧 새벽이 온다는 뜻이다. 수탉 소리로 판단하건대 앞에 있는 마을이 작지 않다는 뜻이다. 그는 산아범의 조언을 다시 떠올리며 마을을 오른쪽으로 둘러 가기로 했다. 산아범의 말에 따르면 숲에서 사람은 자기도 모르게 항상 왼쪽으로 이동한다고 한다. 오른 다리가 힘이 더 세서 왼 다리보다 보폭이 조금 더 크기 때문이다.

마을은 실제로 컸다. 육십 세대 정도로 보였다. 새벽이 오기 전에 이 마을을 떠나지 못하겠군. 강철은 조금 쉬기로 했다. 뿌리를 내린 나무 두 개가 서로 맞대고 십자형으로 쓰러져 오두막처럼 보였다. 나무에서 떨어진 마른 나뭇가지와 나뭇잎이 지붕을 만들었다. 이 피난처로 들어가자, 감탄하는 소리가 저절로 나왔다. 내부는 놀라울 정도로 공간이 넓고 말라 있어서 쾌적했다.

그는 음식이 든 보따리를 풀었다. 좁쌀을 섞어 지은 밥으로 만든 주먹밥 다섯 개와 달걀 다섯 개, 마늘 몇 통이 들어있었다.

'푸린, 고맙소.' 강철이 마음으로 감사했다.

그는 주먹밥과 달걀을 하나씩 먹었다. 남은 음식은 잘 싸서 봇짐에 넣었다. 목이 말랐다. 밤에 개울을 건너면서 물을 담았던 수병을 꺼냈다.

이제는 잠을 좀 자야 했다. 그는 모제르 권총집을 머리에 받치고 누워 눈을 감았다. 그러나 잠자리가 바뀌면 으레 그렇듯 잠시 쉬이 들지 않았다.

마침내 피로가 제 모습을 드러냈다. 잠의 세계로 간신히 빠지자, 강철은 꿈에 아버지와 만났다. 아버지는 아무것도 묻지 않았고 들을 준비가 돼 있었다. 마치 전에 이미 만났었던 듯 아들에게 불행이 시작된 것을 알고 있는 것 같았다. 강철이 겪은 온갖 불행한 일을 미처 말해주기도 전에 먼저 괴로워했다. 아비보다 아들을 더 잘 아는 사람이 누가 있겠는가.

… 아버지, 우리가 이렇게 다시 보니 얼마나 좋습니까. 제 얘기를 끝까지 들으시고 제가 뭘 잘못했는지 일러 주시면 좋겠습니다.

저희는 경비정을 타고 이틀을 더 갔습니다. 저희 대원 중 가장 막내를 지켜주지 못해 모두의 가슴속이 괴로웠습니다. 그와 함께 저희가 어느 때보다 더 강해졌다고도 느꼈습니다. 발밑에는 전투정의 갑판이 떨고 있고 선상 무기는 포탄이 가득 장전돼 있었습니다. 적의 배를 또 만난다 해도 두려움과 떨림 없이 저희는 그들과 전투를 벌였을 겁니다.

하지만 바다는 텅 비어있었습니다. 가끔 나타나는 범선은 우리가 두려운 듯 방향을 옆으로 돌렸습니다.

경비정 연료가 떨어졌을 때 침몰시키기로 했습니다. 만길이 불태우자고 했지만, 바다에서 나는 연기는 멀리서도 보이니까 그건 위험했습니다.

가장 복잡한 문제는, 아버지, 포로들이었습니다. 아버지라면 어찌하셨을지 모르겠어요. 이성은 그들을 살려두면 안 된다고 했습니다. 하지만 마음은 그렇게 하고 싶지 않았습니다. 전투에서 죽이는 것과 무장하지 않은 사람의 생명을 앗아가는 것은 완전히 다른 일이니까요. 구명정에 태워서 보내자는 두봉의 제안에 모두가 안도하며 동의했습니다. 그들이 해안까지 무사히 갈 수 있으면 하늘이 그들을 지켜준 것이고, 뭔가 선한 뜻이 있다는 의미니까요. 못 간다면, 그 또한 그들의 운명인 겁니다.

저희는 그렇게 했습니다, 아버지. 포로들은 군말 없이 자신의 숙명에 복종했고 늙은 기관사는 심지어 고맙다고 했어요. 바닥이 뚫리니 경비정은 금방 침몰했고, 구명정은 오랫동안 수평선에서 어른거렸습니다.

우리는 다시 범선으로 돌아왔어요. 아버지, 키잡이 노를 잡고서 저는, 돛 조종하는 법과 바다에서 항해하는 법을 배우라던 말씀을 떠올리고 마음속으로 얼마나 아버지께 감사했는지 모릅니다. 항해하면서 정말로 유용했습니다.

나흘째 되던 날 저희는 압록강 하구에 도착했습니다. 다른 범선들 속에 섞여 만조를 타고 신의주까지 올라갔습니다.

아버지의 오랜 지기 이송일 대장님이 저희를 환대해 주셨어요. 아버지 소식을 전해 들으시고 탄식하셨습니다. 망설이지 않고 도와주시겠다 하셨습니다. 그리고 당신의 말씀을 지키셨어요. 강을 따라 위쪽으로 우리를 이술마을까지 인도할 청년 두 명을 다음 날 바로 보내주셨습니다.

이슬마을에서 우리는 산아범을 만났습니다. 아버지가 호랑이 사냥을 하러 가셨던 때를 잘 기억하고 있었어요. 산아범이 아버지와 아버지 친구분을 칭송하길래 기분이 아주 좋았습니다. 아버지, 왜 저와 동철이에게 줄무늬 호랑이를 산 채로 잡은 이야기를 해주지 않으셨어요?

늙은 호랑이잡이 산아범은 흔쾌히 우리와 북쪽으로 동행한다고 했습니다.

아버지 계산이 맞았어요. 북쪽의 외진 변방은 아직 일본인의 영향이 적었습니다. 산아범이 우리를 데리고 간 곳은 오지였습니다. 그곳을 저희의 병영으로 만들었습니다. 움막집과 창고, 부엌과 욕탕까지 만들었습니다. 한 달 만에 우리 부대원이 스무 명으로 늘었습니다. 그들은 대부분 벌목꾼, 심마니, 광부들이었어요. 부대원들은 일본식 천국의 '황홀함'을 각자 어느 정도 겪어본 사람들이었습니다. 그들은 대부분 급여도 없이 강제노역 같은 생활을 했거나 생존 수단을 빼앗기고 무자비하게 수탈당한 사람들이었습니다.

우리는 신입 대원들에게 활쏘기를 가르치고 산아범에게 산속에서 길을 찾는 법, 흔적을 알아보는 법, 맹수 소리로 신호를 주는 법, 몰래 다가가는 법을 배웠습니다. 병영에서는 통일된 군대 질서를 만들었습니다. 허락 없이는 아무도 이탈할 수 없고, 매일 보초를 섰으며, 위급 상황이 발생할 때를 대비해 각자의 임무를 정했습니다. 병사들을 5인 1조로 짜서 제 동지들이 이끌도록 하였습니다. 창호가 참모장을 맡았고 제가 의병장이 되었습니다.

현지 주민 누군가가 여러 해 동안 러시아 프리모리에서 의병 부대들이 조선의 북쪽으로 와서 일본 군대와 자주 전투를 벌였다고 일러주었습니다. 사실 그 변방의 산악지대로 의병이 들어오는 경우는 드물었고 주로 그들은 중국 접경지대나 동해안에서 활동했습니다. 그런 전투에 참여했던 사람들이 우리 부대로 오지는 않았어요. 그들은 보통 전투가 끝나면 러시아나 만주로 부대와 함께 돌아갔으니까요.

아버지, 그리고 제가 철수를 데리고 갔어요. 그래요, 아버지 손자요, 우리 부대의 귀염둥이였어요. 짬이 생기면 누구라도 철수에게 장난감을 만들어 주거나 등에 업고 놀아줬어요. 산아범이 조언한 대로 저희는 시베리아허스키 두 마리를 데려왔고 이 수캐들이 철수의 충직한 친구가 되었답니다.

이 모든 시간 동안 제 마음속에 소망을 품었습니다. 아버지께서 어떻게든 살아서 탈출하셨고 우리 부대로 오시는 중이라는 소망이요. 어느 날 갑자기 이리로 오셔서 모두가 열렬히 환호하고, 손자를 품에 안고, 우리 모두를 부둥켜안으시는 날을 꿈꿨어요. 하지만 수많은 날이 흘렀고 아버지는 안 계십니다… 그런데도 여전히 어떤 힘이 우리가 다시 만날 거라는 저의 믿음이 사라지지 않도록 붙잡고 있어요.

행동의 날이 왔습니다. 참모 회의에서 오봉산 마을에 있는 기마경찰 부대를 치기로 했습니다. 우리 병영에서 그곳까지는 120리였어요. 우리가 그런 결정을 내린 데에는 두 가지 이유가 있었습니다. 첫째, 우리 부대에 이 마을 출신 청년이 있었고, 둘째는 공격 지점까지의 거리가 적당했습니다.

결정을 내릴 때는 부하들의 의견을 면밀하게 듣고 '예'와 '아니오'를 잘 견주어 보고 내리라고 아버지께서 저에게 항상 가르치셨지요. 오봉산 마을 출신 청년의 말을 빌려 판단하면 그 마을에 있는 왜놈 부대는 그곳이 완전히 안전하다고 여기기에 그들을 별안간 습격하는 것은 어렵지 않습니다. 하지만 나중에 습격 사실을 알고 일본인이 어떤 행동을 취할까요?

결론은 명확합니다. 그들은 양민을 탄압하게 될 겁니다. 무슨 말인지 아시겠지요, 아버지? 왜놈들이 조선인을 죽이기 시작할 겁니다. 일본 병사 한 명당 조선인은 다섯 명, 열 명, 스무 명이 죽어 나갈 겁니다. 그러면 우리는 두려움을 배우겠지요. 우리를 지지하는 대신 사람들은 우리를 증오하게 될 겁니다.

우리가 그런 상황을 예측했을 때, 솔직히 말씀드릴게요, 기운이 쭉 빠졌습니다. 산아범이 출구를 알려주었습니다. 이런 비유를 들더군요. 늑대는 누가 제 새끼를 잡아갔는지 모를 때 하늘을 향해 울부짖는다고. 이 한마디에 우리는 환해졌습니다! 우리는 신출귀몰해야 하며 어떤 목격자도, 흔적도 남기지 말아야 한다! 우리는 일본 군복으로 갈아입고 일본 군인들의 이동 경로에 매복했습니다.

첫 번째 습격이라 활도 쏘고 방화도 하면서 단단히 타격을 주고 싶었습니다. 초토화된 기마경찰 부대에 '복수자들'이나 '조선의 해방을 위하여' 같은 표식도 남기면서요. 당연히 지독히 어리석은 생각이었지요.

그때 저는 아버지 생각을 또다시 했습니다. 불필요한 말씀은 한마디도 하지 않으셨던 아버지. 궁궐에 대담하게 잠입하신 목적은 저와 제 친구들에게 여전히 물음표로 남았습니다. 저희는 추측만 할 수 있을 뿐입니다. 그리고 아버지를 본보기로 삼기만 할 수 있을 뿐입니다.

작전 수행에 5인조 두 조를 동원하기로 했습니다. 누구를 선발할지 생각했습니다. 습격에 저의 친구 모두가 자원했습니다. 그들은 제비뽑기하자고 했으나 저는 동의하지 않았습니다. 저를 군에 보내실 때 하신 말씀을 기억하시나요? 그때 아버지께서는 이렇게 말씀하셨어요. 사령관은 흔들릴 수도, 주저할 수도, 조언을 구할 수도 있다. 하지만 결정은 혼자서 해야 한다. 왜냐하면, 사령관이, 사령관 혼자만이 자기가 내린 명령에 대한 책임을 지기 때문이다.

박두봉의 조가 선발되었습니다. 그 조에 오봉산 마을 출신인 차돌이 있어서였습니다. 어느 모로 보나 부대에서 가장 우수한 김만길의 조가 두 번째 조로 선발되었습니다. 군대의 불문율은 놀랍습니다. 아버지께서도 이미 아실 겁니다. 가장 위험한 과업에 가장 우수하고 헌신적인 장교들을 보내는 불문율이요.

120리를 우리는 이틀 반 만에 돌파했습니다. 추석 전날에 공격 지점에 도착하고 싶어서 서둘러 갔습니다. 명절 때는 농가에서 술을 담글 것이고 일본 군인들의 위장으로 적지 않은 양이 들어갈 것이었습니다. 게다가 저는 우리 대원들의 지구력을 시험해 보고 싶었습니다.

저희의 추측이 맞았습니다. 마을 전체가 추석 분위기로 들썩거렸습니다. 돼지와 닭을 잡아 삶고 찌고 구웠습니다. 먹고 마시고 놀았습니다. 아침부터 저녁까지 부대로 술과 음식을 날랐습니다.

어쩌면 명절이어서 그랬을 수도 있지만 그렇게 만사태평인 군인들을 저는 이제껏 본 적이 없습니다. 밤에 보초를 세울 생각을 아무도 하지 않았고 늦잠을 자고 몇 시간을 앉아 화투를 치거나 싸움을 했습니다. 술에 취한 군인들은 안마당을 들락거리면서 집주인과 손님들에게 겁을 주었습니다. 여인들을 추행하기도 했고요. 그들은 처벌받지 않으니 제멋대로 행동했습니다.

이틀을 염탐한 덕에 우리는 군인 스무 명을 하나하나 다 기억해 두었고 몇 명에겐 별명도 붙여주었습니다. 장교가 변소에 갈 때 휘청거리며 나오는 것을 몇 번 보았습니다. 졸병이 항시 따라붙어 비위를 맞추었습니다.

우리 열한 명에게는 카빈총 3정과 리볼버 2정이 있었습니다. 계획은 단순했습니다. 군인들이 취침하는 숙소 두 곳으로 세 명씩 들어가서 조용히 무기와 군복을 가져오는 것이었습니다. 장교는 만길이 맡기로 했습니다. 나머지 대원들은 엄호하기로 했습니다. 아무도 죽이지 않고요. 누군가 잠에서 깨면 기절시키기로 했습니다. 그런 다음 집에 불을 지르고 천천히 떠나기로 했습니다. 실화였다고 믿게 할 작정이었습니다.

왜놈들을 다 묶고 문을 잠가버리려는 생각이 유혹했지만, 단념했습니다. 그럼 고의적인 방화라는 사실이 드러날 테니까요.

수탉이 두 번째 울 때 우리는 이미 작전을 완수했습니다. 왜군들의 무기와 군복 전부를 몰래 가지고 나오는 데 성공했습니다. 장교의 모제르총은 지금 제가 베고 있습니다.

여러 군데에 불을 지르자, 초가지붕이 금세 타올랐습니다. 속옷만 입고 거리를 뛰쳐나오는 병사들과 군대 재산을 불길에서 꺼내오라고 막대기를 들고 그들을 때리는 장교를 저희가 언덕에서 지켜보았습니다. 조금 있으니, 지붕이 내려앉았습니다. 살아남은 군인은 다섯뿐이었습니다.

대원들은 미칠 듯 기뻐하며 첫 승리에 취했습니다. 그런데 제 마음에는 슬픔과 당혹감이 일었습니다. '죽이면서' 기뻐하다니요? 그러나 그것도 잠시, 아버지, 몸부림치는 적들을 보면서 곧바로 복수심이 깨어났습니다. 죽은 아내가, 아버지가, 더럽혀진 조국이 떠올랐습니다. 하지만 열광적으로 기뻐하는 것은 할 수도 없고 하지도 않을 겁니다.

어쩌면 제가 그릇되게 생각하는 것일지도 모릅니다. 어쩌면 군인이라는 직업은 저에게 맞지 않을 수도 있습니다. 그러나 아버지께서는 저에게 생각하라고, 의심하라고, 자기 자신 앞에서 항상 정직하라고 가르치셨잖아요.

아버지, 저에게 아직 대답하시지 않으셨잖아요! 벌써 가시나요? 잠깐만요 … 아버지 … .

봄날의 뇌우가 강철을 깨웠다. 그는 천둥소리를 총성으로 착각하였다. 벌떡 일어나 앉아 모제르총에 손을 뻗었다가 피식 웃었다. 놀란 토끼는 바스락거리는 나뭇잎 소리도 두려운 법이다.

굵은 빗방울이 오두막 지붕으로 후드득 떨어졌다. 강철이 걱정스럽게 위를 올려보았다. 아직은 물이 들어오지 않지만 얼마나 갈까?

비가 폭우로 변했다. 자연의 횡포는 위협적이라 인간의 모든 감각을 예민하게 깨운다.

그래, 한 방울이 새네, 두 방울, 세 방울 … 강철이 한쪽으로 물러났다. 곧이어 모든 곳에서 비가 떨어지기 시작했다.

뇌우가 갑자기 멈췄다. 강철이 피난처에서 나와 밝은 빛을 보자 무의식적으로 눈이 감겼다. 드문드문한 수관 사이로 말간 해가 보였다.

'비가 와서 다행이다. 모두 집에 있을 테니 안전하게 길을 갈 수 있겠다.' 강철이 생각했다.

200m 정도 가면 숲이 끝난다. 아래로는 마을이 그림처럼 펼쳐져 있었고 한눈에 훤히 들어왔다.

그는 쌍안경으로 가까운 집부터 먼 집을 한 번 둘러보았다. 뭔가가 그를 금방 봤던 집으로 다시 돌아가도록 붙잡았다. 둘째 줄 세 번째 집 안마당이었다. 어어, 여자가 아기와 함께 있다. 얼굴은 잘 보이지 않았지만, 입은 옷을 보니 중국 아이였다. 나이는 철수와 비슷할 것 같았다. 아아, 이 아이가 철수였다면! 아아…

길이 어디에 있는지 둘러보았다. 찾아낸 길이 자기가 갈 노선에 맞게 마을 뒤로 나 있어서 다행이었다. 크게 돌아가지 않아도 된다.

어깨에 봇짐을 둘러메고 씩씩하게 길을 나섰다.

벌판 위의 숲은 걸으며 생각에 잠기기에 좋았다. 그는 꿈속에서 아버지와 만난 황홀한 장면을 떠올리며 말을 끝맺지 못하고 깨어난 것이 못내 아쉬웠다.

무슨 말까지 하고 깼지? 내가 뭔가를 하소연한 것 같은데 … 맞아, 내가 사람을 죽여야 하는 군인의 운명에 대해 하소연했었지, 마치 군인이 다른 무언가를 위해 만들어진 것인 양.

그래요, 아버지, 그런 일은 혐오하지만 이미 되돌릴 길이 없습니다. 부대원 대부분은 전사했고 나머지는 어찌 되었는지 모릅니다. 이솔이와 두봉이, 창호는 전사했고 만길이는 행방불명입니다.

모든 일은 늦가을에 신입 대원 세 명이 부대에 합류하면서 시작되었습니다. 외양은 사냥꾼이었고 베르당 소총을 어깨에 메고 허리춤에 넓은 칼을 찼어요. 몸을 숨겨 군 초소들을 잘 피해서 병영으로 왔는데 그제서야 개들이 낯선 이들을 알아채고 짖었습니다.

그들을 저에게 데려왔어요. 사실은 그들이 저와 만나게 해달라고 요구해서 움막집으로 들어왔습니다. 그들은 무기를 소지하고 있었기에 체포된 사람이 아니라 환대받는 손님처럼 당당하게 들어왔습니다.

"강철인가?" 그들 중 한 명이 살피는 시선으로 저를 훑어보면서 무례하게 물었어요. 가장 연장자로 보이는 사람이 말했습니다. "그쪽 얘기는 많이 들었다. 그래서 한번 와보고 서로 마음에 들면 그쪽 부대와 합칠 수도 있고."

그때 즉시 그를 포위하고 대원들을 불러 이들을 무장 해제시키고 저의 힘을 보여줘야 했을지도 모릅니다. 그러나 저는 그렇게 하지 않았습니다. 앉으라고 하고 담배를 권하고 차를 내오라고 시켰습니다. 그리고 저는 그를 눈여겨보았습니다.

연장자는 마흔 정도 돼 보였습니다. 키는 작지만 다부졌어요. 경사진 이마에 머리가 크고 부리부리한 눈초리에는 조롱기가 서렸습니다. 예의 없는 태도에도 저는 그 사람이 마음에 들었습니다.

그와 함께 온 이들은 제 마음에 썩 들지 않았어요. 둘 중 하나는 서른 정도 돼 보이는데 말랐고 작은 눈은 비웃음이 서려 있어 어떤 파렴치한 짓도 할만한 사람일 것 같은 인상을 주었습니다. 다른 한 사람은 허약해 보여서 족제비를 닮았더군요.

제가 연장자에게 "누구십니까?"하고 물으니 이 허약한 사람이 찢어지는 목소리로 갑자기 앞으로 튀어나왔어요.

"누구냐고? 허허, 이 사람들이 진짜로 산속에 처박힌 쥐새끼 같네, 이 양반이 누구신지 모른다니! 눈을 크게 뜨시오, 이분이 바로 칼님, 이 시대의 홍길동이시다! 이분 이름이 돌풍처럼 온 나라를 휘감고 있는데 여기서는 들어본 적이 없다니."

저는 그 이름을 처음 들어서 궁금해졌습니다. 하지만 홍길동과 비교하는 걸 보니 이 사람이 무슨 일을 하는지 알만했습니다.

"말은 이만하면 됐소." 칼님이 허약한 사람의 말을 잘랐어요. "내가 무슨 홍길동인가? 그냥, 사람들을 조금 도울 뿐이지. 이 사람들은 내 동지들이다. 나발꾼은 자랑질을 좋아하고 감초는 말보다는 행동하는 사람이지."

별명이 그 사람을 선명하게 드러내 주었어요.

"여기는 어떤지 한번 보러왔다." 칼님이 말했어요. "여기서 뭘 하고 있는가, 무슨 계획인고? 자리는 좋은 곳으로 골랐네, 더할 나위가 없어. 그런데

282

보초들은 얼이 빠졌어.”

그 사람이 저를 부끄럽게 했습니다, 아버지. 저는 공손하게 그를 응대하기로 마음먹었어요.

“칼님, 그 사람들은 보초가 아닙니다. 그런데 빈틈이 없으시네요.”

이 말이 그를 구슬렸나 봅니다. 칼님이 너털웃음을 터뜨리더군요.

“그럴지도. 당신네도 역시 영리하네. 오봉산 화재, 부련 인근 매복, 연남 계곡 수송대 습격, 전부 당신들 손이지?

제가 웃을 차례가 되었습니다.

“그럴 수도 있지요.”

칼님이 알겠다는 듯 콧방귀를 꼈어요.

“그쪽도 똑똑해서 말을 잘하는군, 양반?”

“나는 애국자요. 그런 의미에서 이 부대에서는 모두가 평등합니다.”

그의 눈 속에 순간 실망하는 빛이 스쳤어요.

“알만해. 나도 애국자고 왜놈들이 저리 썩 꺼져버렸으면 좋겠어. 그래서 우리 부대를 병합하자고 제안한다. 동의한다면 내가 열한 명을 데려오겠다. 그 사람들은 다 사냥꾼 출신이고 산속을 제 손바닥처럼 잘 알아.”

“내가 사령관이지만 나 혼자서 그런 결정을 내릴 수는 없소이다. 이렇게 하지요. 지금 움막집으로 가서서 식사하시고 여독을 좀 푸시오. 나중에 다시 이야기합시다.”

저는 창호와 조장들, 산아범을 불러 모았습니다. 이 불청객들과 그들의 제안을 얘기해주었습니다. 그리고 산아범에게 물었습니다.

“산아범, 그 사람들에 관해 들은 적이 있나요?”

그는 희끗희끗한 턱수염을 쓰다듬고 항시 그렇듯 느긋하게 대답했습니다.

"듣기만 한 것이 아니라 칼님을 본 적도 있어요. 한번은 그가 나에게 길 안내를 도맡아달라고 제안했는데 내가 거절했소."

"왜요?"

"그 일은 나와 맞지 않았소. 마을을 다니면서 부자를 약탈해서 빈자들에게 나눠주는 일이었지. 돈이 없어서라기보다는 지혜와 근면성, 참을성이 부족해서 가난한 경우가 더 많소."

"칼님이 이 지역 일대를 다닌 지 오래됐습니까?"

"그게 십 년쯤 됐지요. 칼님은 평안도 출신인데 여기서 유형을 살았다네."

"뭐 때문에 유형을?"

"자기 주인을 패서 반쯤 죽여놨다네요. 자기 여자를 범하지 못하게 하느라 그랬다나."

아버지, 제가 보기에 그리 끔찍한 잘못은 아닌 것 같았지요. 오히려 자기 여자를 잃고도 묵묵히 견디는 자가 경멸을 받아야지요.

"현지 주민들은 그를 어떻게 생각하나요?"

"뒤에서는 강도라고 흉보지만, 앞에서는 고개를 숙여요. 뭔가를 던져주면 감사하고요. 전체적으로 온화하게 대합니다. 어쨌든, 그가 평민은 건드리지 않으니 받은 만큼은 해야지요."

"그에게 희생된 사람은 많습니까?"

"서너 명 될 거요. 한참 됐지, 아마. 왜놈들이 그를 잡으려고 했지만, 그가 산을 아주 잘 알아요. 그의 머리에 보상금을 걸었다는 소리도 들었소."

그렇다면 상황이 나쁘지 않았습니다. 칼님은 왜놈들과 치러야 할 계산이 있는 거니까요.

우리는 오랫동안 의논했습니다. 저의 동지들은 누가 누구 밑으로 종속되느냐 하는 서열 문제에 가장 관심을 쏟았습니다. 저는 그 문제에 그다지 신경 쓰지 않았고 노련한 사냥꾼들과 힘을 합치면 확실히 강해지겠다고 생각했습니다.

그래서 저희는 그 사람들을 불러 이야기를 들어보고, 이곳으로 온 목적과 연합으로부터 기대하는 것이 무엇인지를 알아보자고 결론지었습니다.

그렇게 그들과 마주하고 앉았습니다.

"우리가 원하는 게 뭐냐고?" 칼님이 질문을 반복했습니다. "당신들이 원하는 것과 같지. 왜구 개새끼들이 한국에서 썩 물러나는 것! 하지만 행동은 다르게 하고 싶네. 왜놈들을 전부 잡아 죽이거나 겁을 줄 수는 없지만, 그놈들의 앞잡이 짓을 하는 조선인 반역자들은 한 수 가르쳐줄 수 있지. 열 명을 약탈하면 수백 명이 겁을 집어먹는 법이야. 일본인 앞잡이 노릇 하러 가기 전에 단단히 고민하겠지."

생각이 괜찮아 보이긴 했습니다. 정보원을 없애서 왜놈들을 고립시킨다. 하지만 누가 정보원인지 누가 밀고자인지 어떻게 정합니까? 한일병합을 나라에 득이 되는 일로 받아들인 한국인들이 많은 것도 공공연한 비밀이잖아요. 동철이만 봐도 그래요. 자기가 원해서 일본으로 유학하러 갔잖아요. 그럼 동철이도 적이 됩니까?

칼님이 제 생각을 읽었다는 듯 한풀 꺾어 말했습니다.

"내 말은, 일본인을 위해 일하는 사람 모두를 박살 내버려야 한다는 뜻이 아니오. 확실한 반역자들이 있소. 단순한 정보원도 있고 우리나라를 약탈하도록 왜놈들을 돕는 대단한 부자까지 있소. 우리는 그런 사람들을 색출할 거요."

그 사람들을 내보내고 우리 대원끼리 다시 회의를 이어갔습니다. 특별한 반대는 없었지요. 다른 대원들도 저처럼 반역자들을 혼쭐내자는 생각은 일리가 있다고 여겼습니다.

그렇게 해서 칼님이 이끄는 특수대가 만들어졌습니다. 우리 부대원 셋, 칼님 부대원 일곱을 같이 특수대로 묶었습니다. 만길이도 신이 나서 새로운 5인조 책임자로 이 특수대에 들어갔습니다. 저는 만길이의 무모한 기질로 볼 때 그가 이 일을 좋아하리라는 것을 믿어 의심치 않았습니다.

특수대는 일주일 만에 과업 수행에 착수했습니다. 한 달 만에 일본 정부를 위해 유난히 열성적으로 농민에게 세금을 걷던 촌장 넷, 일본군 토벌대의 통역관 하나, 동양척식주식회사와 적극적으로 협력한 지주 둘을 처단했습니다. 우리 부대는 같은 기간에 작전 두 개를 수행했습니다. 그중 하나가 부령 - 무산 구간 매복이었는데 그때 탄약 호송대를 습격했습니다. 일본 군인 넷이 죽었고 우리 대원 한 명이 부상했습니다. 한국인 수송원들은 놓아주고, 탄약과 수류탄을 말에 실을 수 있는 만큼 실은 다음 나머지는 불태웠습니다.

두 번째는 우리 부대가 수행한 가장 큰 작전이었습니다. 전투에 참여한 대원 수도 가장 많았고 계획의 규모도 가장 컸습니다. 처음으로 일본 군대와 관련된 목적물을 습격하기로 했습니다. 그것은 현지 원료로 가죽 신발과 군모, 장갑을 생산하는 작은 공장이었습니다. 이 제품이 일본군의 군수용품이었기 때문에 그곳의 경비는 군사시설에 준하는 수준이었습니다.

여기서 말씀드릴 게 있는데, 그때쯤 괜찮은 정찰 체계를 구축한 창호가 모든 작전을 짰습니다. 창호 참모장이 직접 선발한 대원 세 명이 항시 부대 밖을 나가 돌아다니면서 여러 종류의 정보를 모았어요. 그렇게 해서 우리는 일본인들이 우리 부대의 존재를 잘 알고 있고, 우리와 접촉한 사실이 발각된 자는 처벌을 각오하라고 현지 주민들에게 공표한 사실을 알게 되었습니다. 마을에 있는 모든 초소에 인력이 보강되었고 일본 군인들이 무기

없이 홀로 통행하는 것은 엄격하게 금지되었습니다. 그러다 결국 당국은 게릴라 진영의 위치를 알려주는 자에게 보상금을 내걸었습니다.

바로 그 정보원들이 너덜너덜한 〈청진 신문〉을 가지고 왔는데 경성에서 공장이 가동된다는 소식이 크게 실렸습니다. 신문은 이를 일본의 이로운 후원 덕택에 한국 산업의 싹이 튼 좋은 예라고 보도했습니다.

경성 작전에 대원 열다섯 명이 참여했습니다. 병영에는 특수대와 부상자, 환자 몇 명이 남았습니다.

12월 초였고 이미 첫눈이 내린 후였습니다. 그다음 날 바로 녹긴 했지만요. 해가 나면 따뜻해지긴 했지만, 아침이면 겨울 숨결이 선명하게 느껴졌습니다.

경성군까지 가는 길은 멀었습니다. 거의 300리를 산과 숲을 통해 이동해야 했습니다. 음식은 충분했습니다. 저희가 연남 계곡에서 식품 수송대를 습격해서 모조리 병영으로 가져올 수 있었기 때문입니다. 의복이 문제였는데, 특히 신발이 그랬습니다. 행군하면서 대원들은 공장을 급습할 때 군인들의 개인 장구를 손에 넣길 간절히 바랐습니다.

아버지, 날씨는 우리 편이었습니다. 우리 편이 아닌 건 다른 것이었습니다. 우리는 경비견이 있는지를 사전에 검토하지 않았습니다. 낮에 먼저 동태를 파악했는데 이 시간에 수캐들이 마침 우리 속에 들어가 있었습니다. 이솔이 이끄는 5인조가 밤에 담장을 넘어 공장 터로 들어갔을 때 바로, 이 경비견들이 짖어댔습니다. 그러자 바로 일제 사격이 시작되었습니다. 제가 뭘 해야 했을까요? 저는 모두에게 "전진!"이라고 명령했습니다. 경비를 서던 일본군 여섯을 죽이긴 했지만, 그놈들에게 입은 타격도 너무 컸습니다. 우리 대원 넷이 그곳에 영원히 남았습니다. 그들 모두의 이름을 저는 기억합니다. 그 속에 이솔과 두봉이도 있습니다. 저는 전투로 경황이 없었고 나중에는 공장과 원료 창고, 완제품을 불태우느라 그들과 작별 인사도 못 했습니다.

가죽에 불을 붙이기가 힘들었지만 한번 붙으면 세차게 타올랐습니다. 휘발유와 염료 통이 없었다면 공장을 전소시킬 수 없었을 겁니다.

하루가 지난 후 우리가 이미 멀리 산속에 있을 때도 화재 현장에서 피어오르는 연기가 보였습니다. 이제 연기를 보면 전사한 친구들이 항상 떠오를 겁니다…

아무도 모자나 장화를 손에 넣지 못했습니다. 일본군이 도착하기 전에 현장을 떠나서 다행이었습니다.

그렇게 겨울이 시작되었습니다. 추웠고 눈이 많이 왔습니다. 작전은 중단되었습니다. 식품과 탄약은 충분했지만, 겨울옷과 신발이 없었습니다. 무위도식은 녹이 슬듯이 규율을 갉아먹었습니다.

그런 상황에서 칼님이 아주 단순한 발상 하나를 내놓았습니다. 은행을 털자고 제안했습니다. 돈이 생기면 동복을 살 수 있으니까요. 그는 어떤 방법으로 할지 자세한 계획까지 세웠습니다.

부대에도 자금이 얼마간 있었습니다. 이곳저곳을 습격할 때 가져온 것인데 모두가 알고 있었습니다. 그 돈으로 말 여덟 필과 말썰매 두 대를 사야 한다고 칼님이 말했습니다. 목표물인 은행은 중국 접경 지역인 무산에 있었습니다. 그곳엔 무역이 활발해서 돈이 많다고 칼님이 말했습니다. 그곳까지 400리 길이었습니다. 120리마다 말 두 필씩을 예비하여 두고, 말썰매를 타고 상인을 가장하여 도시로 진입하자고 했습니다. 은행 습격에 무장 대원 6명이면 충분할 것이었습니다. 일이 끝나면 당연히 그들이 추격해 올 것이고 그때 120리마다 묶어둔 말을 쓸 것이라고 했습니다.

계획은 두말할 것도 없이 훌륭했습니다. 하지만 아버지, 다른 것이 저를 혼란스럽게 했습니다. 저의 원칙과 제가 이해하는 명예의 의미였습니다. 이상을 위해 싸우는 사람들을 그런 일을 하라고 보낼 권리가 저한테 있을까요?

아버지께서는 항상 의심하라고 저를 가르치셨잖아요. 그래서 저는 의심해 보기로 했습니다. 이 일이 그렇게 불명예스러운 일인가? 어느 시대나 출구 없는 상황에 놓여있을 때 지휘관들은 자기 병사들을 입히고 먹이기 위해서는 그 어떤 것도 꺼리지 않았습니다. 그러지 않으면 싸울 수가 없으니까요.

저는 동의했습니다, 아버지. 저의 동의가 부대가 해체될 씨앗이 되리라고는 상상도 못 했습니다.

그들은 나흘 후에 돌아왔습니다. 작전이 성공해 들뜨고 의기양양했습니다. 모두가 돈 자루 하나씩을 메고 왔는데, 가져온 만큼을 산기슭에 숨겨두었습니다. 부대 전체가 습격 이야기를 들으러 모여들었고 많은 이들의 눈이 탐욕스럽게 빛났습니다. 이렇게 하루아침에 부자가 될 수 있다니! 돈이 이만큼이나 있다니! 이 돈이면 군대 하나는 너끈히 만들겠다!

돈은 정말로 많았습니다. 전체 부대가 동복을 입었고 겨울 신발을 신었습니다. 일부를 대원들에게 나눠주기로 했습니다. 일 년 동안 돈을 벌지 못한 만큼 사람들이 미쳐버린 것 같았습니다. 매일 누군가가 사라지면서 가족을 보러 간다고 했는데 돌아왔을 때는 여지없이 술을 들고 왔습니다.

은행 습격을 일주일 내내 축하했습니다. 그다음은 다양한 구실로 축하할 일이 연속해서 줄을 이었습니다. 돈이 있는데 술 없이 축하할 이유가 없었지요.

은행 습격에서 영웅적인 역할을 했던 만길이가 대원들의 우상이 되었습니다. 그러나 이 명성으로 만길이는 나쁜 습관을 들였습니다. 점점 더 자주 술병에 입을 대기 시작했습니다. 술에 취한 병영을 둘러볼 때면 차라리 왜놈들이 우리를 공격했으면 좋겠다는 생각까지 하는 지경에 이르렀습니다. 그런 마음을 갖는 것은 당연히 잘못이지만, 우리의 과업이 무너지고 있는 과정을 보는 것은 아프고 괴로웠습니다.

창호와 저는 부대를 떠나기로 마음먹었습니다. 아무런 조건 없이 산아범과 대원 셋이 우리와 합류했습니다. 만길이와는 대화를 나눌 수가 없었습니다. 그는 술을 마시거나 잠을 자거나 했으니까요.

우리가 계획을 미처 실행하기도 전에 뜻밖의 일이 터졌습니다. 밤에 칼님이 자기 사람들과 사라진 것입니다. 그들의 계산은 뻔했습니다. 남은 돈자루를 들고 떠나 부대로 돌아오는 길은 잊어버리는 것.

속았다고 여기는 대원들은 어떻게 했을 것 같습니까? 그들은 어제까지만 해도 술친구였던 자들을 입에 거품을 물고 욕하고 만길이에게 가서 추격하자고 졸라댔습니다. 만길이가 결국 요구를 받아들였습니다.

그들이 얼마나 서두르던지요! 마치 병영에 역병이 창궐한 것처럼요.

그 와중에 만길이가 움막집으로 와서 저에게 작별 인사를 했습니다. 그의 얼굴은 끊임없이 마셔댄 술 때문에 부어있었습니다. 만길이가 저를 탁한 눈빛으로 바라보더니 죄책감으로 중얼거렸습니다.

"이 사람들이 나를 믿고 있어서 내가 인솔해야겠어."

"만길이, 자네는 원하는 대로 할 자유가 있어." 목소리가 따스하게 들리도록 애쓰면서 제가 말했습니다. "나는 자네가 이걸 알았으면 좋겠다. 자네가 돌아오면 우리는 이곳에 없을 거네."

"뭐?" 그가 소리쳤습니다. 그의 얼굴에 두려움이 퍼졌어요. "나를 두고 떠난다는 말인가? 칼님 일만 해결하면 바로 돌아오겠네."

"좋아, 그럼, 자네를 두고 떠나지 않겠네."

"약속했지?"

"그래, 이틀 동안 기다린다고 약속해."

그는 어색하게 끈을 머리 위로 벗더니 모제르총이 담긴 목재 권총집을 제게 내밀었어요.

"예전부터 주려고 했어."

얼마나 간절한 어조로 말하는지, 아버지, 저는 감히 거절할 수가 없었어요. 그 대신 저는 만길이에게 6연발 리볼버를 주었습니다.

그들은 남은 대원들의 눈길을 마주치지 않고 떠났습니다. 다시 돌아오지 않을 것을 알았기 때문입니다. 하지만 그들은 산 중턱까지밖에 못 갔습니다. 그곳에서 일본 부대가 그들을 향해 오고 있었습니다.

총성이 생생하게 들려왔습니다. 그들은 병영을 공격하러 오고 있었던 것입니다. 우리는 서둘러 짐을 쌌습니다.

병영의 후방에는 6m 암벽이 있었습니다. 이 암벽을 통하여야 퇴로가 생기는 상황이었습니다. 여기서 행복했던 시절에 만들어 놓았던 사다리가 암벽 아래 틈새에 놓여있었습니다. 사다리를 놓는 데 몇 분이 걸렸습니다.

어깨를 고정하는 넓은 가죽끈을 달아 특별히 제작한 지게에 철수를 앉히고 등에 졌습니다. 그렇게 철수를 지고 사다리를 오르는 것은 그리 어렵지 않았습니다. 산아범의 개들을 사다리로 올리는 일이 훨씬 더 어려웠습니다.

그렇게 암벽 꼭대기까지 올라간 우리는 쌍안경으로 지켜보았습니다. 만길이와 동행한 부대원들이 병영으로 뛰어 들어와 움막집 사이를 정신없이 돌진하고 있었습니다. 문자 그대로 몇 발짝 뒤에서 일본 군인들이 들이닥쳐 총을 쏘고 총검으로 찔러댔습니다. 저희가 할 수 있는 일은 아무것도 없었습니다.

돌아온 대원 중에서 만길이가 보이지 않았습니다. 대신 칼님이 보였습니다. 아마 칼님 일행도 왜놈들의 공격을 받은 듯했습니다. 칼님은 손이 묶이고 모자도 없었습니다. 군인들이 중간에 선 소나무 가지에 올가미를 만든 밧줄을 걸쳤습니다.

이 끔찍한 장면을 우리는 말 없이 지켜보고 있었습니다. 칼님을 처형대로 데리고 왔을 때 그는 어깨로 그를 잡고 있던 병사의 손을 뿌리치고 스스로 올가미 아래에 섰습니다.

칼님의 성격이 괴팍하긴 했지만, 저는 그에게 항상 왠지 모를 호감을 느꼈습니다. 어쩌면 제가 절대 될 수 없는 사람이어서일 수도 있습니다. 이렇게 죽음을 맞은 그의 태도는 깊은 존경을 자아냈습니다.

사흘 후에 창호가 전사했습니다. 그 전날 대원 셋과 함께 고향 마을로 돌아가기로 한 산아범과 우리는 헤어졌습니다.

우리는 러시아로 가기로 했습니다. 그런데 두만강 접경 마을 근처에서 일본 군인들과 마주쳤습니다. 그들은 말썰매를 타고 우리를 향해 달려왔습니다. 말 때문에 우리는 썰매에 탄 사람들을 즉시 보지 못했습니다.

"왜놈들이다!" 창호가 고함을 질렀습니다. "빨리 숲속으로!"

우리는 나무를 향해 달려갔습니다. 삼월의 얼어붙은 눈길에서 달리기가 어려웠습니다. 게다가 등에는 아이까지 있었으니까요.

창호가 먼저 숲에 도달할 수 있었을 텐데 왠지 그가 뒤처졌습니다. 제가 돌아보았습니다. 친구가 저를 가려주기로 결심한 걸 보고 멈춰 서서 모제르총을 꺼냈습니다.

군인들이 이미 썰매에서 내려 우리 뒤에서 카빈총을 겨눴습니다. 그들은 다섯 명이었습니다.

리볼버 소리가 들렸고 검은 옷을 입은 그들 중 하나가 쓰러졌습니다. 저도 한 발을 쏘았습니다. 또 한 발을 쏘았습니다. 두 발 다 빗나가고 말았습니다. 모제르총의 반동이 너무 강하고 저에게는 익숙하지 않았습니다.

군인들은 엎드려 반격했습니다. 총알 하나가 제 옆을 스쳤습니다.

창호가 왜 더 쏘지 않았는지 저는 아직도 모르겠습니다. 어쩌면 리볼버가 걸렸거나 탄피가 축축해져서일 수도 있습니다. 창호는 그렇게 노지에 누워 있었고 저는 총알에 맞은 그의 몸이 경련하듯 떨리는 것을 보았습니다…

저는 뛰어서 다시 나무들 사이로 도망갔습니다. 총격이 더 잦아졌습니다. 제발 아들이 맞지 않기를, 아들만은 맞지 않기를 빌었습니다.

숲이 구원자가 되어 저희를 살렸습니다. 더는 추격해 오지 않았습니다.

아버지, 저는 그렇게 마지막 친구를 잃었습니다. 이제는 아들도 제 곁에 없습니다.

제가 모든 것을 가졌을 때는 싸우러 나가고 싶었는데, 잃을 게 아무것도 없는 지금 저는 왜 러시아로 가는 것일까요? 이 질문에 대답해 주실 수 있습니까, 아버지?

대답이 없었다. 침묵하는 숲만이 낯선 땅을 향해 힘겹게 가는 강철을 감쌌다. 저기 저 멀리 러시아에서 그는 새로운 삶을 얻고 행복을 찾을 수 있을까…

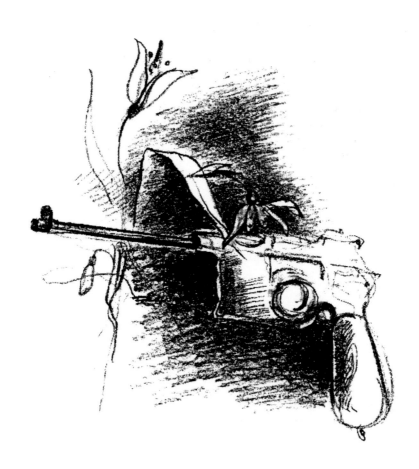

제15장

![산]아범과 다른 현지 주민들에게서 강철은 조선의 북방에 살던 조
선인들이 중국이나 러시아로 이주한 이야기를 종종 들었다. 이
주가 많아진 시기가 흉년과 일치하는데 배고픔이 사람들을 남
의 땅으로 내몰았던 것이다. 일제가 조선 땅을 점령하기 시작하면서 국경을
넘는 일이 더 어려워지긴 했지만, 적당한 비용을 받고 어떤 국경경비대라도
데리고 통과할 수 있는 안내자들과 숨겨진 경로가 여전히 있었다.

일본 경비정 함장에게서 뺏은 지도에서 산아범이 그런 경로 중 하나를
따라 어디서 국경을 넘을 수 있는지 보여주었었다. 강철에게 자신의 구상
을 차분하게 실행에 옮길 기회가 있었더라면 그는 여름에 떠났을 것이다.
그가 두만강 유역 국경에서 한반도의 가장 북단 온성까지 내려갈 수 있다
면, 거기서 중국을 통해 러시아로 넘어가는 최단 경로가 있었다.

하지만 강철은 그렇게 할 수 없었다. 그는 아직 얼음이 녹기 전에 강을
건넜다. 수많은 날을 밤낮으로 걸어 두만강을 거의 평행으로 따라서 걸었
다. 그러다 중국 마을 근처에서 총싸움에 휩쓸렸고 바로 거기서 푸린이 그
를 발견했다. 거기서 아들도 잃었고 중국 기마경찰의 손에 체포되지 않으
려 서둘러 도망쳤다.

조선에서 러시아로 바로 갈 수도 있다. 하지만 이 경로는 험한 산맥과
빽빽한 침엽수림을 통과해야 하므로 험난하고 위험하다. 산아범은 젊어서
녹용을 구하러 우수리 지방으로 수없이 다녔기 때문에 경험으로 알고 있었
다. 그는 니콜스크시까지도 가보았다. 러시아 사람들이 대개 마음씨가 착
하고 술을 좋아하지만, 술에 취하면 눈에 뵈는 게 없다고 했다. 그 변방 지
역의 땅은 측량이 안 돼 있어서 러시아인의 신앙과 국적을 취하면 땅을
200정보씩 나눠준다고 했다.(1정보는 1헥타르, 약 3,000평이다 - 옮긴이)

산아범이 해준 놀라운 이야기가 더 있다. 어느 날 그와 다른 조선 사냥꾼들이 부유한 영지에 초대받았는데 주인인 얀콥스키 백작이 직접 손님들을 맞았다. 이 백작은 오래전부터 액시스사슴을 사육하고 싶었다. 사슴뿔에서 녹용 진액을 뽑는데 남자의 정력제로 쓰이는 훌륭한 약재다. 그렇지만 사육할 만큼 충분한 수의 사슴을 산 채로 잡을 수 있는 사람이 아무도 없었다. 그런데 백작이 어디선가 조선 사냥꾼들이 이 일을 할 수 있다고 들었다. 사슴 한 마리당 백작은 10루블이라는 환상적인 금액을 제시하였다. 게다가 필요한 모든 것을 전부 제공한다고 했다.

그런데 액시스사슴을 잡는 데 특별한 장비가 필요하지는 않았다. 단지 추적에 필요한 예리한 눈과 잘 달릴 튼튼한 다리만 있으면 됐다. 새싹이 돋아나는 봄에는, 신선한 풀을 맛본 겁 많은 동물인 사슴은 겨우내 먹었던 나무껍질을 더는 먹지 않는다. 바로 이때 사냥꾼이 추적을 시작한다. 사흘, 나흘, 때로는 일주일을 사슴이 지쳐 힘겹게 땅에 누울 때까지 사냥꾼이 뒤를 쫓는다. 그때가 되면 맨손으로 잡을 수 있다.

조선 사냥꾼들이 그때 수놈 두 마리, 암놈 여섯 마리를 잡았다. 백작은 그들에게 약속한 보상금을 지급했다. 하지만 불운하게도 산아범은 그 돈을 쓰지 못했다. 조선으로 돌아가는 길에 만난 중국 강도단에게 강탈당했다. 살아남은 것만 해도 다행이었다.

… 강철이 음식을 아꼈지만, 나흘째가 되자 이미 먹을 게 동이 났다. 아직 대부분의 땅에는 눈이 남아있고 나무에는 가지만 앙상하게 매달린 사월 숲에서 어떻게 살 수가 있겠는가. 강철은 솔방울과 잣송이를 따서 드문드문 들어 있는 씨앗을 찾아 꺼내 씹었다. 끈적거리는 떫은맛이 오랫동안 입 안에 맴돌았다.

푸린이 길을 떠날 때 준 보따리에는 음식 말고도 종이 지폐가 몇 장 들어있었다. 가치가 얼마나 되며 이 돈으로 뭘 살 수 있는지 강철은 알지 못했다. 강철은 중국 당국의 손아귀에 들어가면 조선에 인도될 수 있으니 두려웠다. 하지만 굶어 죽는 것도 매한가지였기 때문에 저녁쯤에 먹을 것을 찾아 마을로 들어가기로 마음먹었다. 혹시나 무슨 일이 생겨 숲으로 돌아오려면 어둠이 필요했다. 밤에는 쫓아오지 않을 것이니까.

운이 좋았다. 해가 뉘엿거릴 때 앞에는 농가가 전부 열한 채인 작은 마을이 펼쳐졌다.

그는 다시 쌍안경으로 완전히 어두워질 때까지 염탐하였다. 가장자리에 있는 집을 고르는 게 더 합리적이었을 텐데, 왠지는 모르지만 그는 두 번째 집을 골랐다. 이 집 마당에서 천천히 빨래를 걷는 노파 옆에 사내아이가 바구니를 들고서 거들고 있는 장면이 보여서일 수도 있고, 그게 아니라면 이 집이 다른 집보다 더 깔끔하게 보여서일 수도 있다. 게다가 이 집에 개가 없는 것도 한몫했다.

강철이 나지막한 문으로 다가갔다. 두드릴까 말까? 이러나저러나 낯선 사람을 보고 놀라기는 매한가지다. 그렇게 생각한 강철은 팔로 문손잡이를 밀고 들어갔다.

익숙한 간장 냄새가 코를 찌르자 쪼그라진 위 때문인지 심하게 속이 쓰렸다.

집 식구들이 저녁을 먹고 있었다. 쌍안경으로 본 노파와 소년이 젊은 여자와 함께 밥상에 둘러앉아 있었다. 그들은 놀라서 강철을 바라보았지만, 얼굴에 공포는 없었다.

강철이 고개를 살짝 숙이면서 조선말로 인사했다.

"안녕하십니까!"

침묵. 그러다 노파가 일어나 대담하게 강철에게 다가왔다. 강철을 주시하면서 뭔가 중국어로 물었다. 그는 '가울리'라는 단어를 알아듣고 고개를 끄덕였다.

"예, 예, 가울리. 고려 사람."

노파의 얼굴이 알아들었다는 듯 맑아졌다. 노파가 강철의 소매를 잡으며 밥상을 가리켰다.

그는 외투와 모자를 벗었다. 봇짐은 신발 옆에 두고 구들장에 올랐다. 발바닥에 기분 좋은 따뜻함이 느껴졌다.

빈자리가 난 곳이 젊은 여자 옆이었다. 그녀는 뒤로 조금 물러나 일어서서 노파가 주는 김이 모락모락 나는 국수 그릇을 받아들었다. 그제야 강철은 임신부라는 것을 알아차렸다.

당장 허겁지겁 음식을 먹고 싶었지만, 노파가 자리에 앉기를 기다렸다. 노파가 손짓으로 먹으라는 시늉을 하자 강철은 젓가락을 들었다.

그는 사람들이 당황하지 않도록 보지 않으면서 차분하게 먹으려 애썼다. 그리고 며칠 동안 숲속에서 지낸 그의 몰골이 형편없을 거로 생각했다.

강철이 그릇을 다 비우니 음식을 더 가져와 줘서 고맙게 받아들었다. 호기심이 숨김없이 드러난 아이의 시선과 마주치자, 강철이 살짝 웃었다. 그러자 소년이 바로 고개를 숙여버렸다.

강철은 더 먹고 싶었지만, 집주인이 더 권하지 않았다. 아쉬워하는 표를 내지 않으려 애쓰면서 젓가락을 내려놓고 노파의 동정 어린 눈을 바라보았다.

"호, 다다듸 호." 강철이 말했다.

그리고 엄지손가락을 들어 보여 주었다.

노파가 미소짓자, 딸인지 며느리인지 모를 젊은 여자가 손바닥을 내밀었고 사내아이가 킥킥거렸다.

분위기가 가볍고 편해졌다. 수화에 익숙해진 강철이 손가락 두 개를 보여주더니 손을 입 가까이 가져가서 아니라는 듯 고개를 저었다.

노파가 이틀 동안 굶었다는 말인지 알아들었고 뭔가를 물었다. 무엇을 물었을까? 사내아이가 끼어들었다. 아이가 손으로 보여주었다. 저쪽에서 이쪽으로 오셨으면, 그다음은 어디로 가나요?

"러시아." 강철이 대답하고 한 음절씩 끊어서 다시 말했다. "러-시-아"

노파가 입술을 오므리더니 고개를 저었다. 그러고 나서 바닥을 보여주고 손바닥을 뺨 밑에 댔다.

강철이 고개를 저었다. 아니다, 이 집 식구들도 몸을 돌릴 곳이 없을 만한 이 조그마한 방에서 밤을 보낼 수는 없었다. 노파와 사내아이만 있었다면 생각해 볼 수도 있었겠지만, 예절을 배운 한국 남자의 원칙으로는 모르는 젊은 여인과 한방에서 밤을 보낼 수는 없었다.

강철이 품에서 돈을 꺼내 노파에게 내밀었다. 노파는 완곡하게 그의 손을 물리쳤다.

강철이 다시 몸짓으로 길에서 먹을 음식이 필요하다고 설명했다.

따뜻한 곳에서 배를 채우자 혼곤해진 강철이 여자들이 뭔가를 싸는 모습을 지켜보았다. 그들이 뭔가를 보여주면서 '이것도 넣을까요?'라고 묻는 것 같을 땐 고개를 끄덕였다. 눈이 감기고 입은 계속 하품을 했다. 겨우 정신을 차리고 있던 그는 음식 보따리가 마련되었을 때 자리에서 일어섰다.

철제 수통의 측면을 잘라 냄비로 쓰기로 했기에 물을 담을 용기도 필요했다. 선반에 놓인 목이 좁은 물병이 적당해 보였다. 그가 손으로 물병을 가리키니 젊은 여자가 보따리에 물병을 넣었다.

노파가 밥상에 놓인 돈을 집어 강철에게 내밀었다. 그는 지폐를 쥔 노파의 마른 손 밑에서 손을 잡아 부드러운 동작으로 노파의 손가락을 굽혀 주먹을 쥐게 한 후 고개를 숙였다.

문에 다다른 강철이 마지막으로 주인들에게 감사를 표하려 돌아섰다. 그들은 여전히 서 있었다. 동양에서 손님을 배웅할 때 흔히 보는 관습이었다. 여전히 손에 돈을 쥐고서 가엾은 표정을 짓고 있는 할머니, 여성스럽고 품격이 넘치는 곧 어머니가 될 젊은 여인, 아들인지 손자인지 모르겠지만 해맑은 눈을 가진 사내아이.

좋은 사람들이다, 하늘이시여 이들을 굽어살피소서! 저에게 베푼 대접을 큰절로 받습니다.

다시 강철은 마을을 피하면서 계속하여 북쪽으로 갔다. 갈수록 마을을 드물게 만났다. 주위의 경치가 변하는 모습이 느껴졌다. 활엽수는 완전히 사라졌고 그 대신에 소나무나 잣나무 밀림이 더 자주 나타나서 통과하기가 쉽지 않았다. 아침마다 낮은 지대에서는 짙은 안개가 휘몰아쳤고 옴팡진 이슬은 거의 정오까지 사라지지 않았다. 어두컴컴한 침엽수림은 인적이 없어서 좋았다. 날짐승은 두렵지 않았다. 쉴 때면 이제 과감하게 모닥불을 피울 수 있어서 철제 수통으로 만든 작은 냄비에 묽은 죽을 끓였다.

여드레째에 봇짐에는 옥수숫가루 한 줌과 고구마 하나가 남았다. 제대로 먹지 못한 결과가 나타나기 시작했다. 아침에는 일어나기가 힘들었고 피로와 어지러움에 점점 더 자주 시달렸다. 그런데 가장 나쁜 것은 출구 없는 절망감을 느끼기 시작한 것이다.

지난 며칠 동안 강철은 뭐가 됐든 짐승을 쏘아서 잡으려는 마음으로 항상 주변을 두리번거렸다. 다람쥐를 맞추려 했지만, 공연히 총알만 여러 발 날렸다.

계곡으로 내려가면서 그는 끙끙거리는 소리를 들었다. 조마조마한 마음으로 그는 자세를 낮추고 모제르총을 꺼냈다. 곧 발소리가 크게 들리더니 멧돼지 두 마리가 그가 있는 쪽을 향해 돌진해 왔다. 튼실한 수컷이 앞장서서 날아오다시피 하고 있었다. 사람을 발견하고 수컷이 옆으로 급히 틀었다. 대신에 암컷이 강철을 거의 덮칠 뻔하다가 총알 두 발을 맞고 쓰러졌다.

10초 정도 아마 강철은 움직이지 않고 숨을 고르면서 앉아있었다. 방금 일어난 행운이 믿기지 않았다. 그러다 일어나서 쓰러진 짐승에게 다가갔다.

강철은 여태껏 멧돼지를 한 번도 본 적이 없었다. 집돼지보다 크기가 더 작고 몸체와 털이 더 길었다. 장전된 모제르총을 손에 쥐고 발로 돼지의 낯을 건드려 보았다. 그런 다음 멧돼지의 뒷다리를 잡고 아래로 끌어내렸다. 경사면에서 내려온 그는 이런 운이 무엇 덕분인지 깨달았다. 계곡 바닥에 작은 개울이 흐르고 있었다. 가파른 개울가가 무너져 내려 엉겨 붙은 하얀 나무뿌리들이 드러나 있어서 멧돼지들이 그걸 먹으러 오는 것 같았다. 뭔가에 놀란 돼지들이 위의 오솔길로 뛰어올라 강철에게 바로 달려든 것이다.

30kg 정도 되는 멧돼지를 강철은 나뭇가지에 들어올릴 수가 없었다. 이보다 세 배 무거운 포대도 어깨에 거뜬히 둘러메던 시절도 있었는데.

그는 땅에 눕히고 바로 몸을 가르기로 하였다. 강철은 배를 가르다가 이 암컷이 새끼를 밴 사실을 발견하고 깜짝 놀랐다. 순간 이것이 안쓰럽고 미안했다.

강철은 어려서부터 돼지를 도살하여 부위별로 자르고 새끼줄로 털을 태우고 칼로 껍데기를 긁는 장면을 수없이 지켜보았다. 백정들은 소주로 목을 축인 후 생간을 꺼내 바로 먹었다. 강철에게도 먹어보라고 준 적이 있었다. 그는 신선해서 맛있다고 느꼈다.

그는 따스하고 출렁이는 진홍색 덩어리를 꺼내서 조각내어 잘랐다. 소금을 뿌리고 입속으로 넣었다. 거기서 어린 시절의 냄새가 났다.

몇 점 먹자 메스꺼움이 일었다. 그는 땔감을 모아 불을 피웠다. 곧 모닥불이 타오르고 계곡 전체로 고기 굽는 냄새가 퍼져 나갔다.

이틀 동안 그는 먹고 자면서 앞으로 먹을 고기를 준비하는 일만 했다. 이를 위해 모닥불 가장자리에 새총 두 개를 고정하고 거기에 멧돼지고기

덩어리를 막대에 묶어 꽂았다. 처음 시도는 썩 잘 안돼서 고기는 새까맣게 타고 비계는 불꽃을 살리며 튀고 지글거렸다. 그러자 강철은 모닥불의 연기로 훈제해야겠다고 생각했다.

한국에서는 보통 돼지고기를 훈제하지 않기에 아무도 그렇게 하라고 가르치지 않았다. 강철은 날고기보다 구운 고기를 더 오래 보관할 수 있다는 것을 알 뿐이었다.

태어나지 못한 새끼가 네 마리였다. 그는 내장과 함께 버리려고 했었다. 그러다 이것들이 건강에 아주 좋다는 이야기를 들었던 걸 기억해 냈다. 생으로 먹어야 하는지 삶아야 하는지 그것은 잊어버렸다. 이것도 훈제하기로 했다. 그것들이 커다란 왕풍뎅이 번데기같이 되었을 때 하나를 먹어보기로 했다. 고기가 믿을 수 없을 정도로 부드럽고 맛있었다. 야생 돼지고기에서 나는 특유의 냄새가 아예 없었다.

사흘째 그는 모닥불에 물을 붓고 잘 쉬어 기력을 얻은 몸으로 길을 떠났다. 다리가 예전처럼 탄력이 생겼고 팔에는 힘이 솟았다. 이제는 그 어떤 행군도 두렵지 않았다.

… 이틀 후 정오가 지날 즈음이 강철이 그들을 맞닥뜨린 때이다. 그가 계곡으로 내려가고 있을 때 연기 냄새가 나서 정신을 바짝 차렸다. 산아범이 가르쳐준 대로 손가락에 침을 묻혀 바람의 방향을 판단했다. 오른편에서 연기가 났다.

몸을 숙이고 그는 나무와 나무 사이로 몰래 몸을 숨기며 이동했다. 모든 감각이 예민해졌다. 시각은 주변을 예리하게 둘러보았고 청각은 작은 바스락거림에도 반응했다. 손은 순식간에 꺼낼 수 있도록 무기를 잡았다.

그는 누군가의 목소리들을 듣고 기려고 누웠다.

그로부터 약 30m 정도 떨어진 평지에서 모닥불이 연기를 피우고 있었다. 옆에는 사람들이 있었다. 가장 가까이 있는 사람이 노인이었는데 놀랍

302

게도 그는 두루마기를 입고 갓을 쓰고 있었다.

한국인이다!

당장이라도 달려가 반갑게 인사하고 싶었지만, 강철은 그 마음을 꾹 눌렀다. 쌍안경을 꺼내 보니 사람들이 코앞에 있는 것처럼 가까워졌다.

그들은 여섯 명이었다. 흰 턱수염을 기른 노인은 겉보기에 아직 건강해 보였고 젊은 사내가 둘이었는데 그중 하나는 소년으로 봐도 될 정도로 어려 보이는 청년이었다. 젊은 여자 둘과 여섯 살배기로 보이는 사내아이 하나가 더 있었다. 여자들이 옷을 깁고 있었는데 더 젊은 여자의 눈이 무슨 일인지 울어서 퉁퉁 부어있었다. 젊은 사내 중 더 연장자는 신을 고치고 있고 다른 청년은 골똘한 표정으로 모닥불 속을 막대기로 뒤적거리고 있었다. 노인은 앉아서 담배를 피우고 있었다. 강철은 사내아이를 늦게 발견했다. 그 아이는 여자들 옆에 누워있다 볼일을 보러 갈 때 한 번 일어났다.

그때 강철에게 모국어가 명확하게 들려왔다. 여자 중 한 명이 큰 소리로 말했다.

"아들아, 멀리 가지 말아."

그 목소리가 길게 잡아끌렸다, 특히 끝말이 '아, 아, 아 … ' 이렇게 늘어지는 어미에는 끝없는 다정함과 보살핌이 있었다. 더 젊은 여자가 고통스러운지 얼굴을 찌푸렸다.

이 사람들이 여기서 뭘 하는 것일까?

이들은 분명히 러시아로 가는 중이다. 그런데 무슨 일이 일어난 걸까, 왜 길을 가지 않고 멈춰있을까? 누구를 기다리나?

마지막 추측이 가장 맞을 거라고 강철은 생각했다. 그들은 무언가에 관해 이야기를 나누고 있었는데 거리가 좀 있어서 명확하게 알아들을 수가 없었다. 그렇다고 기어서 더 가까이 갈 엄두는 내지 못했다. 이 사람들은 확실히 누군가를 기다린다. 왜냐하면, 계속해서 강철의 반대 방향을 주시하고 있었기 때문이다.

강철은 이들이 기다리는 사람 혹은 사람들이 오기 전에는 나서지 않을 것이다.

시간을 오래 끌었다. 시간이 갈수록 이들의 걱정은 커졌다. 남자들이 간간이 일어나서 누가 오는지를 보았다.

강철이 더 젊은, 울었던 여자를 뜯어보았다. 갑자기 변한 이 여자의 얼굴에서 무슨 일이 생겼음을 직감했다. 외치는 소리가 분명하게 들려왔다.

"온다!"

계곡에서 위로 난 오솔길을 따라 남자가 내려왔다. 강철은 이 남자에게 쌍안경을 맞추었다. 얼굴은 수염으로 덮였고 만주 사람들이 쓰는 귀마개가 달린 모자를 쓰고 넓은 허리띠를 차고 있었다. 등 뒤로 총신이 보였다.

'아마 이들의 안내자인가 보군.' 이렇게 생각하고 강철은 더 정신을 바짝 차렸다. 걸어오는 남자가 빙그레 웃었는데 이 웃음에는 악의가 넘쳤다. 그런 다음 이 안내자가 측면 어딘가로 시선을 돌리고 손짓을 했다. 그는 혼자가 아닌 게 틀림없었다.

안내자를 사람들이 기쁘게 맞이했다. 남자들은 그에게 달려가 손을 맞잡았다. 그는 이들을 진정시키고 앉으라고 했다. 무기를 몸에서 풀었지만, 땅에 내려놓지는 않았다. 뭔가를 그들에게 말하면서 계속 측면을 흘긋거렸다.

강철이 그곳으로 쌍안경을 돌리자 다른 쪽에서 이곳으로 내려오는 무장한 사내 둘이 눈에 들어왔다. 그들은 권총을 손에 들었는데 보아하니 그들의 의도는 명확했다. 더 연장자로 보이는 여자가 그들을 발견하고 놀라서 소리를 지를 때는 그들이 완전히 가까이 왔을 때였다.

모두가 얼어붙었다. 청년이 갑자기 발차기를 하자 안내자가 총을 쏘앉다.

청년이 무릎으로 털썩 주저앉더니 옆으로 쓰러졌다. 여자들은 소리를 지르고 더 젊은 여자가 쓰러진 청년에게 달려갔다.

"조용!" 안내자가 고함쳤다. "모두 입 닥쳐라!"

뛰쳐나온 한 패거리들이 여자를 끌어내고 노인과 나머지 남자를 묶었다.

묶은 이들을 바닥에 얼굴을 박고 엎드리게 해놓았다. 놀라서 고개를 돌리고 계속 앉아있던 사내아이가 눕더니 아버지인지 삼촌인지 모를 젊은 남자를 조그마한 손으로 안고서 그대로 꼼짝도 하지 않았다.

강철이 모제르총 손잡이를 잡았다. 아니다, 아직 이르기도 하고 거리도 좀 멀다. 그들은 순식간에 총으로 강철을 쏠 것이다.

산적 중 한 명이 붙어서 앉아있는 포로들에게 다가가 앞에 쪼그리고 앉아 손을 뻗었다. 여자들이 비명을 지르며 몸을 움츠렸다. 산적이 껄껄 웃더니 있던 곳으로 돌아갔다.

비열한 산적 세 명이 뭔가를 의논했다. 그런 다음 두 사람이 돈을 꺼내서 안내자에게 주자 그는 돈을 받아들고 세었다. 그러고선 뭔가를 두 명에게 말했다. 그들은 화가 나서 손을 흔들며 그에게 반박하기 시작했다. 그런 다음 돈을 더 꺼내 주었다.

산적 두 명이 여자들을 데리고 갈 때 강철은 겨우 버티고 있었다. 절규와 저항이 산적들을 격분시켰고 여자들을 때리면서 강제로 끌어내기 시작했다.

안내자는 그들이 시야에서 사라질 때까지 참을성 있게 기다렸다가 포로들의 짐을 뒤지기 시작했다. 이때 그는 포로들 쪽을 보고 앉아있었는데 그의 등이 강철을 향해 있었다.

이때다. 짐을 뒤지느라 정신이 팔린 안내자에게 강철이 빠른 걸음으로 다가갔다. 그때 사내아이가 강철을 보았다. 그의 눈이 휘둥그레졌다. 강철이 손가락을 입으로 가져가 조용히 하라는 신호를 주었다.

안내원이 뭔가 이상한 낌새를 느낀 모양이다. 뒤를 돌아본 그는 경악하더니 본능적으로 머리를 손으로 가렸다.

강철이 온 힘을 다해 일격을 날렸다. 빠지직 부서지는 소리, 모제르총 손잡이 4분의 3이 머리뼈에 박혔다. 강철이 손잡이를 뽑아낼 때까지 안내자는 그냥 그렇게 앉아있었고 강철이 맥이 풀린 몸을 발로 밀어냈다. 서두르지 않고 죽은 자의 등에서 무기를 빼내어 잠금장치를 비틀었다.

두 번의 총성이 계곡에 울려 퍼졌다.

강철이 포로들의 손을 풀어주었다. 얼마나 놀랐는지 그들은 아무 말도 하지 못했다.

"고맙소, 고맙소, 선한 양반." 노인이 드디어 입을 뗐다. 그는 온몸을 떨면서 가느다란 목소리로 몸부림을 치며 갑자기 울부짖기 시작했다. "아아, 어떡하나! 산적들이 우리 여자들을 데려갔소, 이 사람아, 구해주시오! 전부 다, 가진 돈 전부 다 드릴게, 구해만 주시오!"

노인이 강철의 다리를 잡고 매달렸다. 강철이 노인의 어깨를 잡고 점잖게 말했다.

"정신 차리시오, 어르신! 제가 다 봤습니다. 침착하시오! 우리가 지금 그 사람들을 따라잡을 거요." 그러고 나서 젊은 남자를 보았다. "이름이 뭔가?"

"군달입니다." 그가 말을 더듬으며 대답했다.

"총 쏠 줄 아나?"

청년이 고개를 끄덕였다.

"총을 잡아, 겁내지 말고. 어깨 펴고, 자네는 남자잖아! 가세. 어르신은 여기서 우리를 기다리세요. 아셨습니까?"

그들은 산적들의 뒤를 쫓았다. 가면서 강철은 군달에게 지침을 내렸다.

"무슨 일이 일어나든 명령 없이 쏘면 안 돼. 몸을 앞으로 내밀지 말고 모든 것을 나처럼 하게. 알아들었지?"

"예." 청년이 대답했다.

"그들에게 먼저 발각되면 우리는 죽는다. 우리를 전부 죽일 거다. 자네와 나, 여자들도, 노인도. 노인은 누구인가?"

"아버지요."

"군달이, 내가 한 말을 기억해야 해."

"기억하겠소."

고갯길에서 산적들을 따라잡았다. 완강한 포로들을 끌고 가기가 그들에게 쉽지 않아 보이기도 했고 그리 재촉해서 가는 것도 아니었다. 총성을 듣고서 이들은 이제 여자들을 뺏어갈 사람은 없다고 판단한 모양이었다. 그래서 편하게 누울 자리가 나오면 여자들의 맛을 보려고 작정한 것 같았다.

그들은 짝을 지어 쪼개졌는데, 추격자에게는 잘된 일이었다. 강철이 군달에게 여기 남으라는 언질을 주고 넓은 사냥칼을 꺼냈다.

"내가 부를 때까지 여기서 기다리게."

첫 번째 쌍은 크고 둥근 바위 뒤에 있었다. 겁탈하려는 자의 고함이 들렸다.

"닥칠 거냐, 말 거냐, 어? 닥치라잖아! 순순히 줘, 아니면 손맛을 볼 거다 … "

더 어린 여자인지 더 나이 많은 여자인진 모르겠지만 무력하게 통곡하다가 갑자기 소리치기 시작했다.

"도와주세요! 도와…"

고함이 중간에 끊긴 거로 보아 여자의 입을 막은 모양이었다.

강철이 바위를 둘러서 앞으로 돌진했다. 상체를 들던 산적을 발로 차 뒤로 넘어뜨리고 물로 뛰어들듯 유연하게 산적의 위로 덮쳐 칼을 그의 목에 단번에 꽂았다. 쌕쌕거리는 소리를 듣고 손으로 칼을 뽑다 보니 날카로운 칼날이 벌써 머리의 절반을 찢어놓았다. 피가 분수처럼 솟았다.

이제 그는 곧바로 두 번째 쌍을 향해 달려갔다. 그들은 떨기나무 뒤에 누워있었는데 산적이 이미 여자를 겁탈하고 있었다. 발소리를 듣고 산적이 뒤를 돌아보았지만, 그는 바로 멈출 수가 없었다. 그러다 머리를 어깨에 파묻고 얼어붙었다. 울음으로 얼룩진 여자의 얼굴이 절반쯤 보였다. 젊은 여자다! 여자는 고통에 못 이겨 눈을 질끈 감고 있었다.

강철이 강간범의 목덜미를 잡아채 맹렬하게 여자에게서 떼어냈다. 고통으로 일그러진 얼굴을 흘끗 보고 콧대로 주먹을 날렸다. 강간범이 소리 한번 못 내고 뒤로 벌렁 나자빠졌는데 급하게 쾌감을 느끼려 했던 적갈색 꼬투리 같은 물건이 여태 서서 덜렁거려 어처구니없고 추잡스러웠다.

강철이 여자에게 몸을 돌렸다. 여자는 손으로 무릎을 잡고 턱은 무릎에 묻고서 웅크리고 앉아 온몸을 덜덜 떨었다. 안쓰러운 마음이 강철을 덮쳐왔다. 그는 겉옷을 주워 여자에게 내밀었다.

"옷 입으시고 무서워 마세요. 이제 아무도 건드리지 않을 겁니다. 군달이!" 강철이 청년을 불렀다. "이리 오게, 군달이."

군달이 여자와 함께 나타났다. 젊은 여자가 울부짖으며 그들의 품에 와락 안겼다. 그들 셋은 부둥켜안고서 목 놓아 통곡했다. 안도의 통곡이었다.

산적이 신음하면서 고개를 들었지만, 다시 떨어뜨렸다. 강철이 그에게 다가가 발길질했다.

"일어나, 이 더러운 새끼야!"

산적이 힘들게 일어나 앉아 안절부절못하며 바지를 입기 시작했다. 자신의 '자랑스러운 물건'을 감추고 소심하게 고개를 들었다가 강철의 시선을 견디지 못해 다시 고개를 떨구었다.

패배한 적을 보는데 또다시 마음에 기쁨이 일지 않았다. 게다가 크게 보면 이 사람이 적인가? 태곳적부터 여자들을 사고팔고 강간하고 때리고 멸시하지 않았는가. 그 모든 것이 야만과 굶주림, 처벌받지 않는다는 의식에서 비롯되었을 것이다. 다른 시대, 다른 상황이었다면, 이 사람이 강간범이 아니라 이 여인을 만나서 사랑하게 되고, 이 여인도, 이 여인도 자발적으로 자신의 전부를 주었을지 그 누가 알겠는가. 그리고 지금도, 강철이 옆에 없었다면, 이 사람은 이 여인을 자기가 사는 곳으로 데리고 가고, 어쩌면, 이 여인도 자신의 상황을 받아들이고 아이들을 낳고 좋은 엄마로, 착한 부인으로 살았을지 그 누가 알겠는가.

이제 뭘 해야 하는가, 이 자를 죽여야 하나? 수그린 이 자의 정수리에 대고 무자비하게 총을 발사하여 총알이 온 우주를 담은 뇌를 관통하여 삼십 년(그가 더 나이 먹지 않았다면) 오랜 인생을 살며 축적해 온 모든 것을 부수고, 파괴해야 하는가…

아니다, 무장하지 않은 사람을 심판하는 역할은 강철의 몫이 아니다.

그는 겪은 일로 아직 정신이 없는 세 사람을 바라보았다.

"군달이, 이쪽으로 오게."

여자들이 그를 붙들고 있으려 했지만, 그는 손을 떼어놓고 다가왔다.

"자네가 볼 때 이 자를 어찌하면 좋겠는가?" 강철이 물었다.

"어찌하다니요? 이 개새끼를 죽여야 하오!" 군달이 외쳤다.

"확신하나?"

"물론이오."

"자네 손에 총이 있다. 자, 죽여라!"

군달은 어리둥절했다.

"죽이라니요? … 당신은요?"

"자네가 이 자를 죽여야 한다고 여기지 않는가. 그러니 죽여라!"

"당신은 죽여야 한다고 여기지 않는단 말이오?"

"그렇네."

순박해 보이는 얼굴에 다시 당혹감이 일었다. 그러다 갑자기 소리쳤다.

"이미 두 사람을 죽이지 않았소?"

"그자들은 싸우다가 죽었네. 무슨 말인지 알아듣겠나, 싸움이라는 건 같은 조건을 가진 상태라는 뜻이네. 그렇지만 이런 상태에서는 사람에게 총을 쏠 수 없네."

"그럼 나는 할 수 있소?" 군달이 흐느끼는 바람에 한풀이 꺾였다.

"여보게, 군달이, 이 자가 자네의, 누군가? 여동생?, 그래, 여동생을 강간하고, 자네의 남동생 아니면 매부를 죽였어. 다른 산적과 함께 자네 부인을 납치해 갈 뻔했어. 그런데 내가 이 자를 죽여야 한다? 왜인가?"

그는 서글픈 궁금증을 가지고 군달을 바라보았다.

"모르겠소." 군달이 작게 대답했다.

"자네가 모르면 여자들에게 가서 물어보게." 강철이 싸늘하게 말했다.

"자네가 한국인이라면 알아들을 거네. 아버지, 아내, 자식, 집, 조국을 지켜야 하는 자네의 의무를 그 누구도 대신해 주지 않을 것을. 자네를 모욕하고 굴욕을 주고 함부로 대하고 거의 죽일 뻔했지만, 자네는 지금 무엇을 할지 모른다? 가서 여자들에게 물어보게."

이 청년은 충격을 받은 듯 강철을 바라보다 단호하게 총을 들었다. 그리고 조준했다.

산적은 깍지 낀 손을 가슴에 얹고 눈을 감은 채 충격을 순순히 기다렸다.

군달이 천천히 총을 내렸다. 그리고 불쑥 단호하게 선언했다.

"아니요, 나는 안 할 테요. 그리고 당신에게 부탁하지도 않을 것이오. 그냥 가라고 하시오."

강철이 놀라서 군달을 보더니 말했다.

"그건 자네의 권리네. 하지만 이 자가 다시 자네를 공격하는 날이 오면 죽이게, 알겠나?"

"알았소." 군달이 힘차게 고개를 끄덕였다.

강철이 산적의 총과 탄띠를 주워 올렸다. 그리고 여태 부둥켜안고 선 여자들 옆을 지나갔다.

어쨌든 그들이 산적을 죽이지 않은 것은 잘한 일이다 …

제16장

와 보니 노인이 이미 무덤을 파놓고 짐을 챙기고 있었다. 아들인지 사위인지 젊은 청년의 몸을 낡은 천 조각으로 싸서 흙을 뿌렸다. 여자들이 다시 울기 시작했다.

"어디로 가시오?" 노인이 강철에게 물었다. 그의 눈이 뭔가 바라는 빛을 품었다.

"어르신네가 가시는 그곳, 러시아로 갑니다."

"어이구, 잘됐소. 글쎄 그 나쁜 놈이 … "

노인이 말을 맺지 못하고 죽은 안내자에게 슬쩍 눈길을 주었다. 보자마자 침을 퉤 뱉었다.

"사람이 개 같으면 죽을 때 절대 사람답게 죽지 못한다더니 진짜네." 그가 말했다.

출발했다. 강철이 앞장서고 군달이 맨 뒤를 막았다. 산적들이 여인들을 겁탈하려 했던 장소를 지나쳤다. 그중 한 명은 머리에서 흘러나와 굳은 피를 베고 누워있었고 다른 산적은 진작 종적을 감췄다.

쉬어가기로 했을 때 해가 뉘엿거렸다. 쌀과 좁쌀을 넣어 밥을 했고 강철은 훈제한 멧돼지고기를 꺼냈다.

고기를 보자 동행들이 눈에 띄게 생기를 띠었다. 이 사람들은 여정 내내 채소만 먹던 참이었다.

"무슨 고기요?" 노인이 물으면서 한점을 집어 냄새를 맡았다. "냄새가 좋네, 돼지고기요?"

"맞습니다." 강철이 살포시 웃었다. 이 사람들을 대접할 수 있어서 뿌듯했다. "멧돼지요."

"이런 안주가 있을 때 술이 빠지면 안 되지." 노인이 어디선가 술병을 꺼냈다. "술 한잔 안 하겠소, 에에, 선생?"

"그렇지요. 저를 그냥 강철이라고 불러 주십시오."
"그럽시다, 강철이."

노인이 한 잔을 따라주고 그만큼을 자기에게도 따랐다. 여자들은 남자들이 있는 자리에서 마시면 안 되고 아들은 아버지가 계신 자리에서 마시면 안 되었다. 한국 관습이 그러한데 이 가족은 남의 땅에서도 지키고 있었다. 그런데 남의 땅에서 무슨 일이 어찌 될지 누가 알겠는가. 무엇이 지켜지고, 무엇이 사라지고, 무엇이 또 새로 생겨날지.

"자네를 위해 마시네." 잔을 들고 노인이 말했다. "용감하고 어진 마음을 가져 고맙소!"

두 사람이 술잔을 비웠다.

술은 소주가 아니었다. 뜨거운 용암이 강철의 식도를 타고 내려가는 것 같아 사레들 것 같았다. 그는 입을 벌리고 숨을 헐떡이며 부리나케 손을 흔들었다.

노인이 물그릇을 강철에게 얼른 내밀었고 여자들은 강철이 입 안에 난 불을 끄는 모습을 걱정스럽게 지켜보았다.

휴, 이제 살 것 같다. 놀란 눈으로 술병을 보면서 강철이 물었다.

"이게 뭡니까?"

"고량주요. 중국 술."

"저는 소주라고 생각했습니다." 강철이 하하거렸다. "죽을 뻔했어요!"

가족 모두가 그를 따라 웃었다. 지나가는 사람이 이 순간 이들을 봤다면 불과 몇 시간 전에 죽음의 공포와 쓰디쓴 절망으로 울부짖었다고 누가 생각하겠는가? 굽은 나뭇가지가 펴지기도 하고 말라버린 풀 대신에 새싹이 돋는다. 생은 이어진다. 이 생각을 하자 중국 고량주를 마시고 얼큰해진 강철은 마음이 좀 밝아졌다.

저녁을 먹고 여자들이 아이를 데리고 잠을 자러 누웠다. 군달이 보초를 서고 노인이 가족들이 겪었던 일을 이야기해 주었다.

"왜놈들이 아니었다면 우리는 남의 땅에 살러 가려는 생각조차 못 했을 거요. 러시아가 어디 있는지, 그곳까지 가려면 얼마나 멀리 가야 하는지! 하지만 이제 어떡하겠소? 우리는 대가족이었소. 2남 1녀, 거기다 나와 할멈까지. 젊어서는 금붙이를 팔러 다니느라 몇 달씩 방랑자처럼 살았어요. 땅 몇 마지기 살 돈을 모으기까지 두 번이나 다 털어먹기도 했고. 집을 짓고 밭을 일궜지요. 세월이 흘러 시내에 가게를 열었소. 그럭저럭 살만했지."

노인이 무겁게 한숨을 쉬었다.

"그러다 왜놈들이 들어왔소. 막내아들이 군달이와 연년생이었는데 청진항 건설공사에 미혼이라서 징발되었소. 한번은 그놈을 보러 갔다가 놀라서 기절하는 줄 알았지. 거적때기 같은 막사에서 살면서 부스러기로 끼니를 때우고 아침부터 밤까지 노동하더이다. 도망칠까 봐 징용 간 사람들을 감시하고 있었소. 나는 돈을 얼마를 주고라도 그놈을 빼내 오려고 돈을 구하러 다니면서 모았소. 그 돈을 그 사람한테 준 거요. 식구를 먹여 살릴 동안 아들은 병에 걸려 죽었소. 할멈은 그 일로 머리를 싸매고 누웠다가 석 달후에 따라 죽었지.

그러다가 거기… 그 뭐요? 동양척식주식회사에서 사람들이 들이닥쳤지. 회원으로 가입하라고 하더군, 그러면 이것도 해주고 저것도 해줄게 이러면서. 가입했지. 어떤 종이에 지장을 찍으라고 했어. 그런데 나중에 보니까 내가 내 땅을 마음대로 할 수가 없게 된 거야. 내가 내 땅에서 허리를 안 펴고 일을 할 수는 있지만 팔지는 못한다는 거야. 세금도 어찌하지 못하게 높게 매겼어. 울어도 소용없었지.

가겟세를 못 내서 쫓겨났소. 가게 건물 주인도 왜놈으로 바뀐 거야.

벼농사를 짓기로 했소. 동양척식주식회사에서 안 된다고 하네. 우리가 전부 다 계획해 놨다, 계속 채소 농사를 지어라, 이러면서. 이제 가게도 없어졌다고 내가 그놈들에게 설명했지. 괜찮다, 우리가 땅을 살게, 이러는 거야. 그러고서 그놈들이 땅을 샀소, 어이없는 가격으로.

바로 그때 나는 러시아로 떠나기로 마음먹었소. 여름에 가려고 했는데, 딸내미가 아들을 낳았소. 나는 사위 산달이도 딸과 같이 데려가려고 했소. 낮에 산적들이 죽인 그 사람이 사위요. 일본놈들이 산달이도 내 아들처럼 어딘가로 끌고 갈까 봐 사돈들이 노심초사했지. 그래서 나에게 딸을 달라고 간청했소. 내 딸이 사위보다 세 살이 많아. 그래도 잘 살았고 내게 손자도 안겨줬지.

그런데 내가 그놈 할아비가 될 팔자가 아녔나 봐. 우리가 그놈을 잃어버렸다오, 잃어버렸어." 노인의 목소리가 억울하게 떨렸다.

"죽었단 말입니까?" 강철이 물었다.

"사실은 죽진 않았소. 우리가 한 중국 마을에 남겨두고 왔소. 어쩔 수 없었소. 지금 자는 이놈이 큰 손자인데 심하게 앓았소. 한 달을 병구완했지요. 가진 것은 다 써버리고 빚으로 살았소. 그러자 주인들이 우리더러 작은 손자로 빚을 갚으라는 거야. 그 중국인들은 아이가 없었소. 작은놈을 주면 대신에 빚을 탕감해 주고 노잣돈도 준다고 했소. 달리 무슨 수가 있었겠소? 사위하고 딸내미는 젊으니까, 앞으로 자식을 실컷 낳을 수 있다고 생각했지. 그래서 … 그래서 … 줘버렸소.

딸내미 순희가 그때 얼마나 울던지. 그런데 지금은 남편을 저세상으로 보냈네. 허 … 자네는 어찌 생각하나? 어디서 딸내미가 새 남편을 얻겠나?"

노인이 괴로운 표정으로 고개를 젓다가 불쑥 말했다.

"내 딸에게 장가들지 않겠소, 응? 내 보기에 사람이 실하고 믿을만한 것 같은데, 딸내미도, 그 애도 썩 괜찮은 아이요."

강철이 씁쓸하게 웃었다. '아이고, 어르신, 어르신. 따님 팔자가 내 팔자와 얼마나 비슷한지 모르시지요.' 이렇게 생각하고 강철이 여자들이 자는 쪽을 바라보았다. 겁탈의 순간에 혐오로 일그러지고 뒤틀린 순희의 얼굴이 순간 떠오르자 강렬한 아픔이 같이 느껴지는 것 같았다. 강철이 서글픈 어조로 물었다.

"이렇게 그냥 저에게 시집보내셔도 되는 겁니까? 따님이 아들과 남편을 잃은 슬픔을 아직 이겨내지도 않았는데요? 따님의 의사도 물어보시지 않고?"

"그야 물어보면 되지. 일단 모든 것이 안정될 때까지는 기다려야지." 노인이 중얼거렸다. "근데 혼인은 하셨소?"

"예, 혼인한 적이 있습니다. 그런데 제 아내를 어르신 아드님처럼 일본 놈들이 죽였습니다. 제 아들도 어르신 손자처럼 중국에서 잃어버렸습니다. 그런데 저도 어르신 따님처럼 어떻게 하면 혼인할 수 있을까만 궁리합니다!"

그런 반전을 예상하지 못한 노인이 당황해서 입을 다물었다. 강철은 비꼬아 말한 것이 부끄러웠다. 강철이 노인의 무릎에 다정하게 손을 얹고 말했다.

"그렇게 말씀드려 죄송합니다. 어르신이 따님을, 저를 돕고자 하는 마음으로 그러셨다고 생각합니다. 하지만 사람은 자기 인생을 스스로 선택할 권리가 있습니다. 어르신의 따님도 이제 성인이니 더는 강요하실 필요가 없습니다. 시간이 가고 따님이 누군가를 만나 사랑하게 되면 그때 어르신이 그들을 축복해 주시면 됩니다. 그러면 어르신 손주들도 많이 생길 겁니다."

"나도 미안하오, 강철이" 노인이 작은 목소리로 말했다. "오늘 벌어진 일이 너무 많아서 내 머리가 제정신이 아닌가 보오."

"예, 오늘은 너무도 쉽지 않은 날이었습니다." 강철이 수긍했다. "어르신은 어떻게 혼인하셨습니까? 부모님께서 신부를 찾아주셨나요?"

"어떻게 안 그러나? 당연하지, 부모님들이 맺어주셨지."

"사랑하셨습니까?"

"사랑? 당연하지, 어떻게 사랑하지 않았겠나, 사랑했지 … "

"손찌검도 하셨나요?"

"어떻게 안 … 흠 … 안 했네. 때때로 따끔하게 한 수 가르쳐주긴 했지."

"팔에 안고 다니신 적은 있습니까? 시를 써주신 적은요? 꽃도 따다 주셨습니까?"

"어 … 어 … " 노인이 웅얼거리다 털어놨다. "그런 일은 안 했네."

"그런데 우리는 지금 남자가 여자를 완전히 다른 식으로 대하는 나라로 갑니다. 그곳에선 여자를 우상화합니다. 여자를 위해 남자들이 칼과 총으로 결투를 벌입니다. 그렇게 자유롭고 사랑받고 사랑하는 여자들에게서만 진정한 남자들이 탄생합니다. 조선에서 가장 귀중한 것은 조선 여자입니다. 저는 그것을 확실하게 알고 있어요. 부지런하고 헌신적이고 겸손합니다. 그런데 여자들이 집에서는 노예입니다. 노예에게서 어떻게 진정한 남자가 태어납니까? 그래서 조선 남자들이 그렇게 심약하고 … 겁쟁이입니다."

"당신 진짜 조선 남자요?"

"저에게는 훌륭한 어머니가 계셨습니다. 그리고 훌륭한 아버지도요." 강철이 말했다. 얼마나 감격스러운 목소리로 말했는지 노인의 눈이 그렁그렁해졌다.

강철이 모닥불로 나뭇가지를 던지고 일어섰다.

"이제 주무십시오, 저는 군달이와 교대하겠습니다."

노인이 만류했다.

"당신도 좀 쉬어야 하지 않겠소. 아들이 건강하니 더 서도 괜찮소."

"아닙니다, 괜찮습니다." 강철이 노인을 안심시키고 군달에게 갔다. 강철이 자는 여자들 옆을 지나갈 때 순간 한 명이 뒤척거리는 것 같았다.

밤은 평안하게 지나갔다. 새벽 어스름이 내릴 때 강철이 오솔길을 따라 아래로 내려가 보니 뒤쫓아 오는 무리는 없었다. 좀 걸으니 몸이 가뿐해져서 그가 다시 돌아갈 때는 힘이 나고 기분이 좋았다.

돌아와 보니 그곳은 진정한 아수라장이었다. 아침을 다 지은 여자들이 아이에게 강철을 불러오라고 시켰다. 아이는 돌아와서 어디에도 강철이 없다고 말했다. 그때 군달이 강철을 찾으러 여기저기 뛰어다녔지만 찾지 못하고 돌아왔다. 깜짝 놀란 노인이 당장 짐을 싸라고 재촉했다. 짐을 싸느라 정신이 없는 와중에 강철이 나타났다. 그의 손에는 수선화 두 송이가 들려 있었다.

"내가 뭘 찾아왔는지 좀 보세요." 강철이 동행들에게 무슨 난리가 났는지 모르는 척하면서 쾌활하게 말했다. "한 바퀴 둘러봤는데 산적들이 없습니다. 이 수선화만 두 송이 피었던데요. 우리가 이것을 누구에게 드릴까?"

강철이 소년을 바라보며 눈을 찡긋했다.

"네가 말해 보아라, 어떤 여자분들에게 드릴까?"

"엄마하고 순희 고모요!" 소년이 신나서 소리쳤다.

"그러자. 이건 네가 어머니에게 드리거라, 나는 …" 강철이 하얀 작은 꽃을 순희에게 내밀었다. 그녀는 꽃을 받아들고 얼굴을 붉혔다. 그들의 손이 살짝 닿았는데 그녀의 작은 손이 따스하고 부드러웠다.

"안 계셔서 우리가 얼마나 놀랐는지 모르오." 모두 밥을 먹으러 둘러앉았을 때 노인이 말했다.

"왜 놀라셨습니까?" 강철이 빙그레 웃었다. "여러분은 죽음의 문턱까지 이미 갔다 오셨잖아요, 더 두려울 게 뭐가 있습니까. 총 두 자루도 가지고 계시니 산적들이 … 그놈들도 살기를 원하잖습니까."

"그렇다 해도, 그놈들은 그런 일에 숙달한 놈들이고 우리는 누구요? 그저 가난한 농사꾼들인데 … "

어제와 같은 방식으로 출발했다. 강철이 앞장서고 노인, 아이와 여자들, 맨 뒤를 군달이 막았다.

나무 사이로 꼬불꼬불 난 오솔길이 쓰러진 나무로 막혀 사라졌다가 다시 나타났다가 했다. 누가, 언제 이 길을 내었는지 모르지만 적지 않은 사람들이 이 길을 밟고 갔고, 눈도, 뇌우도 이 길을 없애지 못하였다. 그리고 길은 항상 북쪽으로 나 있었다.

매복하기 편해 보이는 장소가 나오면 강철은 본능적으로 총을 쏠 준비를 했다. 그러하긴 했지만, 침엽수림은 인적이 없었고 오솔길에도 아무런 흔적이 없었다. 피운 지 오래된, 아마도 작년에 피운 것 같은 모닥불 자리를 가다가 한번 만났다. 옆에는 반쯤 쓰러진 날림집이 있었다. 골조 기둥에는 짚으로 꼰 새끼줄을 달아매 놓았다.

강철이 이 자리를 살펴보았다. 찢어진 나무껍질로 만든 짚신을 발견하자 노인에게 보여주었다. 노인이 신을 이리저리 보고 뭐 때문인지 냄새까지 맡아보더니 확신하며 말했다.

"조선인이 만들었네."

이곳에 동포가 머물렀었다는 사실에 모두 기뻐했다. 이들이 제대로 길을 찾아가고 있고 어쩌면 앞으로 그리 오래 가지 않아도 된다는 뜻일 테니까.

쉬기에는 좀 이른 감이 있어 그들은 가던 길을 계속 갔다.

320

노인과 아들은 등에 짐을 올린 지게를 졌다. 여자들은 보따리를 머리에 이었는데 짚을 원형으로 꼬아 이기 편하도록 정수리에 올렸다. 강철이 그 짐을 들고 갈 수도 있었지만 그럴 수는 없었다. 강철은 만약의 사태에 대비해 민첩하고 신속하게 행동을 취할 수 있도록 가벼운 차림이어야 했다. 강철이 동행들에게 도움을 주는 방법은 더 나은 길을 고르고 튀어나온 가지들을 한쪽으로 치우고 골짜기를 통과할 때 잡아주는 것이었다.

넓은 개울이 나왔다. 강철이 손을 들자 모두가 걸음을 멈췄다. 쌍안경을 꺼내 개울 건너편을 세밀하게 둘러보았다. 누군가 매복한다면 여기만큼 좋은 자리가 없었다.

아무도 없는 것 같았다. 하지만 경계심을 늦춰선 안 된다. 강철이 군달에게 말했다.

"저편에 언덕이 보이지. 개울을 건너서 언덕으로 가서 눕게. 누구라도 보이면 손을 들게. 지게는 여기 놔두고. 총을 들고 잠금장치를 비틀어 풀고. 가게."

군달은 강철이 시키는 대로 하면서 앞으로 갔다. 개울가에 다다르자 신발을 벗으려다가 생각을 바꾸고 물을 밟으며 씩씩하게 걸어갔다. 반대편으로 개울을 건넌 뒤 뛰어서 언덕에 올라 총을 장전하고 누웠다. 대단해, 군달이, 이제 뭘 좀 아는군!

강철은 이때 개울 반대편을 계속 쌍안경으로 관찰하고 있었다.

"이제 어르신," 강철이 노인에게 말했다. "지게를 지세요. 어르신은 저기 저쪽 바위 뒤에 숨어서 우리 쪽이 아니라 숲 쪽을 보세요."

이제 여인들의 순서가 왔다. 이들은 당연히 두꺼운 버선과 짚신을 벗고 긴 치맛단을 들어 올렸다. 하지만 물이 차갑고 돌이 날카로워 개울 중간에서 여자들이 멈춰 섰다. 순희가 뒤에서 가고 있었는데 넘어질 것 같았다.

"신을 신으십시오!" 강철이 참지 못하고 소리를 질렀다. "신을 신으세요!"

여자들이 알아듣고 짚신을 허둥지둥 신은 다음 거의 뛰다시피 맞은편으로 건너갔다.

강철이 지게를 지고 소년을 앉힌 다음 그의 머리를 꼭 붙잡으라고 당부했다. 물은 정말로 얼음장처럼 차가웠지만, 강철은 개울을 거의 다 건넌 후에야 이를 알아차렸다.

산속으로 좀 더 들어가서는 휴식을 취하기로 했다. 남자들이 재빠르게 큰 모닥불을 피우자 모두가 젖은 신발을 말리느라 여념이 없었다. 넓은 개울을 건너니 사람들이 생기가 돌았다.

"다리에 쥐가 나서 거의 정신을 잃을 뻔했지 뭐예요." 군달의 아내가 말했다. 그녀는 얼굴이 펑퍼짐하고 조용하고 말수가 적은 성격이라 표정에 변화가 없었다. 하지만 지금 그녀의 눈은 웃고 있었다. "순희 아가씨도 그랬어요?"

"당연하지요. 금방 쓰러질 것 같았어요."

"신발은 왜들 벗었어? 모자라긴." 노인이 다정하게 꾸짖으며 물었다.

"아버님, 아깝잖아요. 그리고 신을 신고 개울을 건너는 게 왠지 이상하잖아요." 며느리가 대답했다.

"이게 진짜 신발이냐. 우리가 러시아로 들어가면 네 남편이 돈을 많이 벌어서 진짜 가죽신을 너한테 사줄 거다." 노인이 말했다.

강철이 소리 없이 웃었다. 어젯밤 노인과 나눈 대화의 메아리가 치는 것 같았다. 그가 고개를 들자 그를 대놓고 바라보는 순희의 시선이 들어왔다. 그녀의 검은 눈동자에 강철이 미소 짓는 비밀을 아는 자의 희롱이 서려 있었다.

강철이 당황했다. 스물두 해를 살면서 (겨우 스물둘밖에 안 됐나?) 강철이

322

아는 여자는 아내 미옥뿐이었다. 이 동행들과 함께 지내는 동안 강철은 여자들을 그와 똑같이 험난한 길을 가고 항상 그래왔듯이 밥을 하는 노인의 며느리와 딸로만 보았다. 이 사람들이 마음에 들 수도 있고 설레게 할 수도 있는 여자라는 생각은 한 번도 하지 않았다. 심지어 산적이 순희를 겁탈할 때도, 그리고 방금 다리를 내놓고 개울을 건널 때도 강철은 그저 도와주고 잡아주고 싶은 마음뿐 다른 마음은 들지 않았다. 하지만 그녀의 이 눈빛이 잠자던 그를 깨운 것 같았다.

강철이 살짝 숙인 순희의 얼굴을 다시 한 번 바라보았다. 노인은 여태 며느리와 농담을 하고 있었고 손자는 뭘 사달라고 조르고, 아들은 웃고 있었다. 두 사람 사이에 뭔가 일어나 이제는 그들의 눈빛과 말과 관계가 예전과는 다른 새로운 의미로 채워질 것을 느끼고선 갑자기 침묵하게 된 두 사람의 귓등을 주변의 모든 것이 그냥 스치고 지나갔다.

점심을 먹은 그들은 오래 쉬지 않고 서둘러 길을 떠났다. 강철이 여전히 앞에서 걸었지만, 이제 그는 자주 뒤를 돌아보았다. 동행들을 뭔가 도울 일이 없나 싶기도 했지만, 무엇보다 순희를 도울 일이 없나 살폈다. 침울한 침엽수림을 뒤로하고 선 그녀는 유달리 가늘고 야리야리해 보였다. 강철이 개암나무 관목을 헤치면서 일행들이 지나가도록 해주었을 때 순희가 미소를 지으며 작게 속삭였다.

"고맙습니다."

그렇게 그는 길을 가는 동안 수없이 같은 행동을 반복했는데 일행들은 당연하다는 듯 아무 말도 없이 이 행동을 받아들였다. 그래서 강철은 소리 내 말하는 감사를 들어서 조금 놀랐고, 순희가 그런 사소한 배려를 알아채고 감사할 필요가 있다고 느낀 것에 놀랐고, 자기가 그녀에게 마치 가깝고도 친한 사람인 것처럼 들리는 그녀의 억양과, 기쁨과 격려로 그득한 그녀의 미소에 놀랐다. 특히 이 미소가 가장 황홀하고도 뿌듯했다. 강철은 어떻게든 일행들의 짐을 덜어주고 싶었는데 아이가 아주 지친 것을 보고 팔로 안아 들었다. 아이가 자그마한 손으로 그의 목에 매달리자 머리카락에서 따스한 모닥불 냄새가 났다.

그들은 몇 시간을 더 갔다. 그러자 노인이 쉬자고 했다. 오솔길 한쪽 편에 선 커다란 잣나무 두 그루 아래 평평한 바닥에 짐을 풀었다.

여자들이 저녁을 준비하는 동안 강철은 평소에 하던 대로 충실하게 주변을 한 바퀴 돌았다.

그들은 모닥불이 비치는 곳에 앉아 저녁을 먹었다. 모두가 지쳤다. 아이는 숟가락질하면서도 졸았다.

"오늘은 보초를 안 서도 괜찮지 않겠소?" 노인이 말했다. "이런 산속에 누가 나오겠소?"

"나오면 어찌합니까?" 강철이 물었다. "이를테면 호랑이라든가…"

여자들이 놀라서 서로를 바라보았다.

"아버지, 경험 많은 사람이 말하는 대로 해야 합니다." 군달이 말했다. 아버지에게 반대하는 죄송함과 호소가 그의 어조에 같이 느껴졌다. "내가 처음으로 설까요?"

강철이 끄덕였다.

"쓰러진 나무 봤지? 그 밑에서 서게. 나는 저기 저쪽에서 자고 있겠네. 달이 나무 꼭대기 뒤로 넘어가면 나를 깨우게."

전날 밤에 잠을 자지 않은 후유증이 바로 나타났다. 눕자마자 강철은 잠에 빠져들었다. 꿈을 꿨는데 처음에는 무질서하고 불안한 꿈이었고, 그다음에는 어머니가 나왔다. 강철이 이부자리에 누워있는 것 같고 어머니가 몸을 숙여 그의 볼에 입을 맞췄다. 얼마나 익숙하고 그리운 냄새인가, 그에게 다정하게 이불을 덮어주던, 얼마나 그립고도 부드러운 손길인가!

강철이 눈을 떴다. 어떤 형체가 그에게서 멀어지고 있었지만, 강철은 별로 놀라지 않았다. 그저 계속 꿈을 꾸는 중이라고 생각했다. 옆으로 돌아눕자마자 강철이 곧바로 몸을 일으켰다. 누군가 진짜로 그에게 이불을 덮어 주고 간 것이다!

강철이 하늘을 올려다보았다. 달이 보이지 않았다. 얼마나 오래 잤을까, 왜 군달이 깨우지 않았을까?

강철이 모닥불로 다가가 나무를 던져넣고 쓰러진 나무 쪽으로 갔다.

"군달이," 보초를 나직이 불렀다. "어디 있나?"

"나 여기 있소." 군달이 말했다. "잠을 좀 더 자지 그랬소…"

"푹 잤네. 그런데 군달이, 왜 나에게 계속 존대하나? 우리가 동갑내기일 것 같은데. 자네도 스물둘 아닌가?"

"맞소. 그런데 앞에 있으면 왠지 형님 같고 내가 한없이 어리게 느껴져서."

"어쨌든, 이제 말 트자. 알겠나?"

"알았네."

"잠이 많이 오나?"

"조금 오네."

"가서 자게. 모닥불 근처에 이불이 있어. 참, 그런데 누이는 몇 살인가?"

"열일곱이네." 그는 의아해하며 물었다. "그런데 왜?"

"별거 아니네. 그저 물어보고 싶었어. 가서 자게."

순희가 겨우 열일곱이라니! 그러면 남편은 대체 몇 살이었던 건가? 열넷이다. 순희가 남편보다 세 살이 많다고 노인이 말했으니까. 아직 애기네… 그러면 순희가 열세 살짜리 어린애한테 시집을 갔다는 소리네!

강철은 왠지 서글펐다. 그런 부부가 한국에 그리 드문 것도 아니고 열

살짜리가 장가드는 일도 있다. 신랑 신부 나이가 동갑이면 그럭저럭 괜찮다. 하지만 이 경우는 다르지 않나. 열일곱 처녀면 완연한 어른인데 사내아이의 아내가 되어 그 아이의 말에 복종해야 한다니.

그런데 뭐 하러 복종하는가? 사람이 보는 데서는 태곳적부터 내려오는 전통이 그러하기에 위계관계를 지킬 수도 있다. 그런데 둘이 있을 때는 모르지 … 강철의 친구들이나 술자리에서 만난 남자 중에는 권위적인 가장인 척하지만, 집에서는 부인의 조언 없이 한 걸음도 떼지 못하는 사내들도 있었으니까.

강철은 자기도 모르게 미옥이 생각났다. 그렇다, 미옥은 순종적인 아내였고 항상 그의 말에 따랐다. 그렇긴 했지만, 목소리의 어조 하나만으로도 강철의 결심을 바꾸게 하고, 인정한다는 눈빛을 보낸 적이 어디 한두 번이었나. 그런 눈빛을 보면 어깨가 절로 펴지고 뭐라도 더 하고 싶어졌다. 미옥은 배려와 보살핌에 감사할 줄 알았고 주로 자신이 그것들을 더 보여 주었다. 미옥과 함께 있으면 마음이 편하고 따스하고, 안심되었다.

어쩌면 순희와도 마찬가지로 평온할 것이다. 그런데 강철은 그런 삶을 찾으러 러시아로 가는가? 가족과 친구들을 잃는 고통을 겪고, 우정과 신의와 용기의 진정한 가치를 깨닫고, 숨 막히는 전투의 맹렬한 분노와 타오르는 복수심을 겪은 것이 평온한 삶을 얻기 위해서였나? 아버지와 아내, 친구들, 조국, 모두를 잊어버리고? 아니다, 절대 아니다! 그는 손에 무기를 들고 조국으로 돌아갈 것이다. 가서 남의 땅을 짓밟은 더러운 무리를 몰아낼 것이다. 얼마나 기다려야 할지 모르지만, 그는 돌아갈 것이다!

순희, 우리는 함께 할 운명이 아닌 것 같다. 너에게는 너의 길이, 나에게는 나의 길이 있다. 거대한 폭풍이 이는 길이. 다른 길은 받아들이지 않을 것이다.

아침밥을 먹는 자리에서 순희가 죽그릇을 강철에게 주며 싹싹하게 말했다.

"맛있게 드세요!"

강철은 고개를 들지 않고 짧게 말했다.

"고맙소!"

순희는 전혀 다른 반응을 기대했기에 내심 놀랐다. 무슨 일이 생긴 건가? 언제나 아주 세심하고 부드러운 사람이었는데 뭔가 사람이 변했다. 잠을 설쳤나? 아니면 순희가 밤에 이불을 덮어준 걸 알아챘는데 그것이 못마땅했나?

강철은 순희의 걱정스러운 눈길을 느꼈지만, 그쪽을 보지 않으려고 노력했다. 그래봤자 다 소용없는 일이니까. 곧 그들의 길은 갈릴 것이고 어여쁜 용모는 시간이 기억에서 지워줄 것이다.

또다시 침엽수림을 걷는 단조로운 고난의 행군이 시작되었다. 점심때 순희가 다시 음식을 건네주면서 맛있게 드시라고 했다. 이번에는 그녀의 목소리가 떨렸다.

강철은 순희가 안쓰러웠다. '무슨 일이에요?'라고 묻는 것 같은 그녀의 눈을 죄책감을 느끼며 바라보고 고개를 끄덕였다.

오후에는 하늘이 먹구름을 몰고 왔다. 비가 닥쳐오고 있어 강철은 길을 계속 가야 할지 말아야 할지 망설였다. 그런 다음 날이 갤 수도 있다고 판단하고 길을 계속 가기로 했다. 그들은 이슬비가 내리기 시작할 때까지 10리 정도를 더 갔다.

고개에서 평평한 지대를 골랐다. 젊은 남자 둘이 차양을 치고 나머지는 삭정이를 주워 모았다. 강철이 가느다란 나무들이 떼 지어있는 곳으로 가서 도끼질을 시작하자마자 누군가 먼저 도끼질을 한 흔적을 발견했다. 비스듬하게 난 도끼 자국이 조금 검어지긴 했지만, 얼마 안 된 흔적임이 분명했다. 일주일, 최대로 잡아도 이 주일 전이다. 누군가 두꺼운 장대가 필요했던 모양이다. 그는 불안을 느끼며 비가 그치면 주변을 둘러보기로 마음먹었다.

나무 두 그루 사이에 가로대를 설치하고 바람이 불어오는 쪽에 뾰족하게 만든 끝을 땅에 박아 기둥을 빽빽하게 세웠다. 차양을 먼저 단단한 천으로 덮은 다음 위에다가는 가문비나무 가지를 던졌다. 작업을 마치자마자 항아리를 내리붓듯 비가 쏟아졌다.

그들은 몸을 바짝 붙여서 앉았다. 장대비가 맹렬하게 땅과 나무와 차양을 때렸다. 때때로 가벼운 돌풍이 때리는 소리의 속도를 재촉하다가 둔탁한 울림으로 함께 섞여 들었다.

일부러인지 우연이었는지는 모르겠으나 가장자리를 고른 강철 옆에 순희가 앉았다. 그다음 노인과 아이, 며느리와 아들이 앉았다. 이불 두 개로 다리와 팔을 덮었다. 저녁이 오려면 아직 한참인데 벌써 침침하고 축축한 냉기가 돌긴 했지만, 모두가 안전하고 안락하다고 느꼈다.

강철은 아까 발견한 흔적을 생각했다. 누가 그걸 남겼을까, 무슨 목적으로 사람은 침엽수림에서 튼튼한 장대를 구할까? 아무리 생각해도 답은 하나다. 덩치가 큰 날짐승을 나르기 위해서다. 그렇다면 사람은 최소 두 명이었을 거다. 그들은 어디로 그것을 날랐을까? 천막으로, 아니면 집으로? 어떤 경우에도 그곳은 그리 멀지 않다. 그렇다면 결론은…

생각에 사로잡힌 강철은 누군가 손을 건드렸을 때 본능적으로 피하려고 했다. 순희의 따스한 손이 강철의 손에 닿은 것이다. 하지만 순희가 그의 손가락을 움켜쥐었기에 강철은 손을 뺄 수가 없었다.

강철이 얼어붙었다. 이제는 손을 빼기가 훨씬 불편해졌다. 순희의 행동을 우정어린 악수로 받아들이는 척하는 게 좋을 것 같았다. 강철이 손바닥으로 그녀의 가느다란 손가락을 감싸고 살짝 쥔 다음 놓아주었다.

하지만 여자의 손이 가만있으려 하지 않았다. 아래를 타고 기어 내려가더니 남자의 손바닥을 문지르고 손가락 사이를 쓸다가 자기 손가락과 깍지를 끼우고 고양이처럼 비벼대다가 그대로 멈췄다.

두 사람 다 눈을 감고 태연하게 앉아있었다. 얼마 만에 잡아보는 여인의 손인가. 여인의 따스함과 부드러움을 느끼니 얼마나 좋은가. 그래서 손바닥이 미끄러져 빠져나가려 할 때 강철은 자기도 모르게 그것을 잡고 있었다. 손바닥이 또다시 빠져나가려 했으나 강철이 세게 움켜쥐었다.

"오오, 그러신다고!" 들릴락 말락 하게 순희가 귀에 대고 속삭였다. 여자의 뜨거운 숨결이 귀에 닿는 순간 심장이 멎을 것 같았다.

강철이 거의 표나지 않게 미소를 지어 보였다. 손바닥이 더 완강하게 빠져나가려 했다. 강철이 손가락을 풀어주었다. 여자의 손이 그의 굽은 무릎에서 기계적으로 아래로 미끄러졌는데 일부러인지 우연인지 강철의 다리 사이를 건드렸다. 그 즉시 '어머나, 내가 무슨 짓을 했지!'라고 말하는 듯 재빠르게 사라졌다.

두 사람 다 뜻밖의 일로 얼어붙었다. 열기가 그를 사로잡았다. 그는 이불을 걷고 기운찬 목소리로 말했다.

"이제, 모닥불을 피우고 저녁을 합시다."

"그럽시다." 노인이 거들었다. "얘들아, 시작해라 … "

강철이 일어나 차양 밖으로 나갔다. 비가 그친 것 같았으나 나뭇가지에서 빗방울이 여전히 떨어져 내렸다. 하늘은 환해졌다.

그는 남의 흔적을 발견했던 자리로 다시 갔다. 작은 소나무가 비스듬한 도끼질 두 번에 잘렸다. 이곳에 잘린 나무의 윗부분이 널브러져 있었다.

강철이 바늘 같은 솔잎을 만져보았다. 탄성이 없고, 가지에서 쉽게 부서져 내렸다. 그렇다면 나무를 벤 것은 일주일 전, 아니면 일주일이 조금 넘었다. 날씨가 맑았던 날과 노지라는 것을 고려했을 때 그러하다. 이 사람들은 사냥꾼 아니면 중국 강도단일 가능성이 농후하다. 어쨌든 그들은 여기서 그리 멀지 않은 곳에 있다.

강철이 차양으로 돌아오니 모닥불에 이미 타고 있었다.

"무슨 일이 생겼소?" 노인이 강철을 보며 물었다.

"예, 우리가 오기 전에 누가 여길 다녀갔습니다."

"무슨 말씀이시오?" 노인이 겁을 집어먹었다. "오래전이오?"

모두가 긴장하여 강철을 바라보았다.

"여드레, 아흐레 정도 됐을 겁니다."

"아아," 노인이 안심했다. "어떻게 아셨소?"

"저기서 나무를 벴더라고요."

"누가 그랬을 것 같소?"

"저도 알고 싶습니다. 제 생각에는 노련한 타이가 사람들 같습니다. 나무가 아주 솜씨 좋게 잘렸습니다. 나무 밑동까지 바짝 붙여서. 비록…"

강철의 얼굴이 밝아졌다. 애초부터 이 그루터기에는 뭔가가 있었는데 '두려워하지 마시오, 흉악한 사람들이 이곳에 흔적을 남긴 게 아니오.'라고 말하는 듯했다. 강철이 뜻을 깨달았다. 나무가 밑동까지 바짝 잘렸다! 사악하고 무분별한 사람은 일부러 몸을 수그리는 불편함을 감수하면서까지 밑에 바짝 붙여 나무를 자르지는 않을 것이다. 그런 사람은 자기가 편하도록 선 채로 도끼를 휘두를 것이다. 누군지 모르지만 앞서 이곳을 지나간 사람의 꼼꼼한 생활력이 강철의 긴장을 어루만지며 안심시켰다.

저녁을 먹고 나서 강철이 첫 보초를 서기로 했다. 노인이 습기 때문에 모두가 함께 자도록 공용 이불을 차양 아래 깔라고 시켰기 때문에 강철이 그렇게 한 것이다. 강철은 노지 생활에서 많은 관습이 지워지는 것을 이해하긴 했지만, 외간 여자들과 나란히 같은 곳에 누워 자는 것이 편하지 않았다. 어쨌든 그는 한국 남자로 자랐고 강철 안에는 잊히지 않는 풍습과 원칙이 아로새겨져 있다.

그는 교대하라고 군달을 깨우기까지 밤새 눈을 감지 않았다. 아침에 노인이 군달을 나무랐다.

"나는 내 아들이 그렇게 잠보인 줄 몰랐다." 노인이 투덜거렸다. "책임감 없이 어떻게 사내냐…"

군달이 탓하듯 강철을 흘긋거리며 죄책감으로 잠자코 있었다. 강철은 어린 아들이 보는 자리에서 혼나는 그가 가여웠다.

"아버님, 제 잘못입니다." 강철이 분위기를 풀려고 말했다. "제가 아드님이었더라도 깨지 않고 잤을 겁니다. 제일 무거운 짐을 아드님이 나르잖아요."

"짐만 아니었다면." 노인이 중얼거렸다. "그건 그렇고 언제 러시아 땅을 밟아볼 수 있겠소?"

"거의 왔습니다. 어쩌면 우리가 이미 러시아에 들어왔는지도 모릅니다." 강철이 빙그레 웃으며 순희를 바라보았다.

"그러면 좋겠어요." 순희가 꿈꾸듯 말하고 얼굴을 붉혔다.

그들이 출발했을 때 숲은 어제 내린 비로 젖어있었다. 나뭇가지와 딸기나무에서 빗방울을 떨어내려고 강철이 손에 막대기를 쥐었다. 그가 평소대로 앞에서 가다 보니 물을 거의 다 묻히고 지나갔다. 얼마 안 가 외투가 물기를 흠뻑 머금어 검어졌다.

나무에 난 표식을 처음 봤을 때 강철은 그리 관심을 두지 않았는데, 두 번째 표식을 보자 그는 길을 멈췄다. 손으로 패인 홈을 만졌다. 찍힌 자리가 아물긴 했지만, 몸에 난 흉터처럼 선명하게 남았다.

"여기 또 있네." 군달이 말했다.

세 번째 표식은 한쪽으로 비켜나 있었고 오솔길에서 그쪽으로 좁은 샛길이 나 있었다.

"여기서 기다리시오." 강철이 말했다. 그는 총의 안전장치를 풀고 준비된 자세를 잡았다. 순희가 강철을 걱정스럽게 보자 강철은 눈빛으로 그녀를 안심시켰다. "말을 하지 마시오. 군달이, 정신 바짝 차리고. 전부 괜찮으면 휘파람을 불겠소."

강철이 기습을 대비하며 혼자서 앞으로 갔다. 표식은 나무 네댓 그루 간격으로 계속 나왔다. 오솔길이 이미 명확하게 나 있어서 이제는 표식이 굳이 필요 없긴 했지만.

오십 보 정도 걷자 잘려 나간 나무 밑동들이 보였다. 조금 더 가자 작은 전나무숲 뒤에서 마치 그림처럼 장난감 같은 자그마한 통나무집이 나왔다. 강철이 몸을 숙이고 쌍안경을 꺼냈다. 널빤지로 안을 댄 경사진 지붕, 평평한 돌을 쌓아 만든 굴뚝, 뭔가 밝은 것으로 덮은 창문, 장대로 걸어놓은 문이 보였다.

강철은 총을 어깨에 메고 대담하게 집으로 걸어갔다. 누군가 그를 본다 해도 몸을 숨기지 않고 이렇게 걸어가는 형태가 더 나아 보였다. 그는 걸어놓은 막대를 치우고 넓은 가죽 고리로 문을 당겨 안으로 들어갔다.

방이 꽤 넓었고, 깔끔하게 정리되어 있었지만 사람이 살지 않는 기운이 느껴졌다. 널판으로 짜 맞춘 널찍한 침대는 군데군데가 낡은 큰 곰 가죽으로 덮였다. 탁자와 긴 의자는 거칠긴 했지만 단단하게 짜였다. 왼쪽에는 난로가 있었고 그 위에는 그을린 냄비와 주전자가 놓여있었다. 구멍이 두 개 난 석판 위에는 자작나무 껍질로 만든 둥근 항아리 여러 개가 놓인 선반이 있었다. 반대편 구석 선반 위에는 헝겊으로 무늬를 만들어 바느질로 틀처럼 고정한 작은 그림이 비스듬히 서 있었다. 그림 앞에는 천장에서부터 아래로 늘어진 가느다란 금속 사슬 네 줄에 등불이 매달려 있었다. 그림은 수염 난 남자의 상반신을 그린 유화였다. 강철이 어두워졌다가 때때로 밝아지는 얼굴을 들여다보다가 그림 속 남자의 꿰뚫는 듯한 선명한 시선에 조금 당황했다. 그림 속 천리안을 가진 남자의 머리 뒤에 은색 후광이 있어서 그림에서 마치 빛을 쏘는 듯 느껴졌다.

이때 강철은 자신이 이미 러시아에 있다는 것을 깨달았다. 그렇다면 이 집은 러시아인들이 만들었고 사냥꾼들이 겨울에 거처로 쓰는 게 틀림없다. 사냥꾼들이 집을 떠나면서 깨끗하게 정리하여 치워놓고 소금과 곡식, 심지어 담배까지 남겨두고, 장작더미는 마당 한쪽에 깔끔하게 쌓아놓았다. 이것을 보니 이 집 주인들의 성격은 개방적이고 선할 것 같았다. 마음이 차분해지고 강철은 흐뭇했다.

러시아 땅을 처음 밟게 된 인상을 나누고 나서 이들은 침대와 긴 의자에 자리를 잡고 앉았다. 노인이 탁자의 넓은 상판을 주먹으로 치면서 위엄있게 한마디 했다.

"이렇게, 러시아 사람들이 사는구나. 우리도 곧 이렇게 살게 된다는 말이지."

모두가 달갑게 웃었다.

"오늘을 기념해야겠다." 노인이 말을 이었다. "여자들은 뭐라도 특별히 맛난 것을 준비해라."

곧 방안에 간장 냄새가 가득 퍼졌다. 간장을 넣지 않은 한국 음식은 거의 없으니.

변변찮은 재료로 여자들이 무슨 특별한 음식을 만들 수 있었겠는가. 지금껏 먹었던 조밥이지만 이번에는 하얀 쌀을 더 넣었다. 말린 명태와 무를 넣어 찌개를 끓이고 말린 가지나물을 미리 물에 담갔다가 데쳐서 고춧가루와 참기름을 넣어 무쳤다. 마늘 조림과 콩조림도 식탁에 놓았다. 그리고 작은 조각으로 썬 훈제 멧돼지고기도 놓았다. 특별할 건 없었지만 오랜 행군 후에 받은 상이라 진수성찬 못지않았다.

여자들이 이런 경우를 대비해 놋그릇도 챙겼는데 탁자 위에서 그릇이 내는 광채가 명절 같은 분위기를 한껏 끌어올렸다.

높은 탁자에서 밥을 먹는 것이 익숙하진 않았지만 편하기는 했다. 팔꿈치를 괼 수도 있고, 다리를 자유롭게 뻗을 수도 있었다.

노인이 다시 고량주가 담긴 술병을 꺼냈다.

"한잔하시겠소?" 강철이 동의의 표시로 고개를 끄덕이는 것을 보고 노인이 한마디 더 보탰다. "오늘은 아들놈에게도 한잔 따라주마."

군달이 당황하여 허둥지둥 두 손으로 그릇을 잡아 술병 밑에 갖다 댔다.

그들은 세 번을 마셨다. 큰 희생을 피하고 변변찮은 살림살이를 다 잃지 않고 어찌어찌 여기까지 살아서 온 것을 다행으로 여기며 한잔을 비웠다. 두려움과 흔들림을 극복하도록 도와준 든든하고 용감한 동행을 얻은 것을 감사하며 또 한잔을 비웠다. 더 나은 미래를 향한 꿈이 이루어지기를, 러시아가 사악한 계모가 아니라 어진 어머니가 되길 염원하는 마음으로 마지막 잔을 비웠다.

선조인지 신인지 모를 구석에 걸린 초상화 속 남자가 이방인들을 생생한 눈빛으로 뚫어지게 바라보았다. 실제인지 착각인지 모르겠지만 그림 속 눈이 어질고 어루만지는 빛을 뿜었다.

저녁을 먹고 남자들이 담배를 피우러 마당으로 나갔다. 그들은 통나무를 벤 그루터기에 걸터앉았다.

"오늘은 보초를 서지 않아도 되겠소." 노인이 기다란 담뱃대를 입에 갖다 대며 말했다. "집안에 누울 자리도 충분할 거네."

"아닙니다." 강철이 말했다. "저는 저기 장작 뒤에서 자겠습니다. 여러분은 안에서 문을 잠그십시오."

노인이 만류하려다 말았다. 집 안으로 들어가자, 여자들이 이미 상을 치워놓은 후라 노인이 곰 가죽을 둘둘 말아 딸에게 건넸다.

"순희야, 이거 마당으로 가져가서 장작더미에 놔둬라. 누가 거기서 자겠다는구나."

순희가 아버지의 지시대로 하려고 했으나 강철이 곰 가죽을 낚아챘다.

"염려하지 않아도 되오. 내가 가져가겠소."

나가서 자리를 깔아놓고 강철이 겉옷과 무기를 가지러 다시 돌아왔다. 여자들과 아이는 담요를 덮고 이미 침대에 누웠고 남자들도 자려 누우려던 참이었다.

"오늘 밤에는 나를 꼭 깨워주게." 군달이 말했다.

"신경 쓰지 말게. 편안히 자. 내 보기에, 우리가 이제 안전한 곳으로 온 것 같네."

말은 그렇게 했지만, 침대 쪽으로 눈길을 주던 강철은 사실 그렇게 생각하지 않았다.

그녀가 자정에 지난번과 마찬가지로 와서 강철에게 담요를 덮어주었다. 그가 잠에서 깨었는데 그녀가 온 것을 보고도 놀라지 않았다. 마치 미리 알고 기다렸다는 듯. 그녀의 손을 잡아 손바닥으로 쥐었다.

"순희, 챙겨줘서 고맙다. 단지 … "

그녀가 순식간에 손바닥으로 그의 입을 막고 뜨겁게 속삭였다.

"아무 말도 하지 마세요, 아무 말도. 너무 부끄러워요. 어떻게 해도 가만히 있을 수가 없었어요 … "

순희가 온몸을 떨었다. 강철이 담요 끝을 살짝 들었다.

"춥겠다, 이리 들어와."

그녀는 망설이지 않고 들어와 옆에 누워 그의 품으로 파고들었다. 강철이 그녀를 안고 달래듯 쓰다듬었다. 또다시 등의 곡선에서 친숙한 머리카락 향기가 아리게 풍겨왔다.

순희가 고개를 살짝 들어 빠르게 거의 횡설수설하며 말했다.

"그날 밤 아버지와 말씀 나누시는 걸 들었어요. 그때 저는 자지 않고 전부 듣고 있었어요. 저도 그렇게 하고 싶은데 도련님은 제 의사를 절대 묻지 않으시겠지요. 우리가 곧 헤어질 것을 저는 알아요, 못 배우고 무식한 여자가 도련님에게 가당키나 하겠어요. 그래도 어쩌겠어요 … 저는, 저는 도련님이 좋아요. 아아 … 불쌍한 내 아기, (순간 순희가 울먹였다) 저는 도련님의 아이를 낳고 싶어요, 강하고 믿음직한 아들을. 저를 가지세요! (순희가 놀라운 힘으로 강철을 안고 다시 말했다) 저를 가지세요."

충격을 받은 강철은 당황하여 어찌할지를 몰랐다. 순희를 밀어내는 것도 할 수 없었다.

그녀는 그의 침묵을 동의로 받아들이고 더 대담해졌다. 그녀의 손이 그의 겉옷 밑으로 들어가더니 가슴을 쓸고 내려가 허리춤에서 멈춰서 하의를 벗기려 했다. 그녀의 손길을 제지하려다 그는 그녀의 포로가 되고 말았다. 그녀가 그의 손을 잡고 뜨거운 욕망으로 불타오르는 그녀의 그곳으로 가져갔다.

그가 항복했다. 그도 그녀를 원했기 때문이다. 정복자가 되기 위해 항복했다. 그가 그녀 안으로 들어갔다. 여자의 몸 내와 달콤하게 새어 나오는 신음에 흥분하면서 극도의 희열을 느끼며 두 번 그녀를 가졌다.

거사를 치르고도 그들은 서로를 껴안고서 오래 누워있었다. 그러다 순희가 울기 시작했다.

"순희야, 뭐가 잘못됐어?" 그가 걱정스럽게 물었다. 그녀의 뺨에 입을 맞추자, 짠맛이 느껴졌다.

"아니요, 좋아요 … 아주 … 이런 일이 이렇게 좋을 수 있는지 생각도 못했어요."

"후회하니?"

"절대요! 저는 도련님이 제 곁에 남았으면 좋겠지만, 갈 길을 가셔야지요… 어딘가 저 먼 곳으로. 무엇을 위해서인지 저는 몰라요. 하지만 작은 사내아이가 제 곁에 남을 거예요… 그 아이가 자라면 또 멀리 떠나겠지요… 자기처럼 강하고 착한 남자가 돼서…"

속삭이는 순희의 말이 점점 잦아들더니 급기야 그녀가 잠이 들었다.

말로 표현할 수 없는 서글픔이 강철을 덮쳤다. 그는 눈을 크게 뜨고 하늘을 응시했지만, 아무것도 보이지 않았다. 별도 달도 없었다. 그 뒤로 끝없이 먼 곳이 펼쳐졌다고 추측되는 어스름만이 가득했다.

축축하고 차가운 회색빛 새벽이 강철을 깨웠다. 눈을 뜨자마자 밤에 일어난 일이 떠올랐다.

순희는 옆에 없었다. 간밤에 순희가 옆에 있긴 했을까, 어쩌면 전부 꿈이 아니었을까? 하지만 몸이 여자의 육체를 기억하고 있었고 기억이 냄새와 목소리, 그녀가 흘린 눈물의 짭짤한 맛을 간직했다.

아침을 먹으러 모두 모였을 때 순희는 밝고 행복한 눈으로 강철을 맞이했다. 그녀의 시선이 "아무것도 염려하지 마세요, 다 잘될 거예요."라고 말하는 것 같았다.

간밤의 일을 아는지 모르는지 노인이 강철에게 해맑게 물었다.

"밤에 춥지는 않았소?"

"아닙니다." 강철이 약간 당황하며 대답했다. "어르신은 잘 주무셨습니까?"

"우리도 따뜻하게 잘 잤소." 노인이 고개를 끄덕였다. 노인의 주름진 얼굴을 따라 선하고 사려 깊은 미소가 퍼졌다.

정오에 그들은 러시아 국경수비대 전방 초소로 갔다. 높이 솟은 곳에 있어서 멀리서도 잘 보였다. 얕은 개울이 흐르는 저지대를 사이에 두고 일행들은 전방 초소와 마주했다.

야트막한 돌담 위로 말뚝을 박아 만든 울타리가 보였고 그 뒤로는 통나무 건조물이 몇 채 보였다. 그중 하나가 꽤 인상적이었다. 강철이 쌍안경을 가지고 나무 위로 올라갔다.

널찍한 안마당, 허리띠가 달린 외투를 입고 한가롭게 움직이는 병사들, 마구가 없는 수레 몇 대 옆에는 말이 매여있었다. 창고 근처에는 기다란 줄을 이룬 장작이 단으로 쌓여있었다. 커다란 건물 굴뚝에서 연기가 피어올랐다. 마당 왼쪽 구석에는 차양이 달린 망루가 솟았다. 차양 아래에는 작은 종이 매달렸다. 옆으로는 어깨에 소총을 멘 보초병이 보였다.

"드디어 우리가 도착했습니다." 나무에서 내려와 강철이 말했다. "여기서부터 이제 따로 가십시오."

"선생은?" 노인이 놀랐다. 나머지들도 묻는 눈빛으로 강철을 바라보았다. 순희의 눈빛만 차분하고 단호했다.

"제가 같이 가면 안 됩니다. 여러분은 한 가족이니 의심하지 않을 겁니다. 제가 같이 가면 그들이 한 사람씩 조사할 것이고 제가 가족이 아니라는 것을 밝혀낼 것입니다."

"우리가 아무 말도 하지 않으리다." 노인이 약속했다.

"그렇게 하는 것도 옳지 않습니다." 강철이 소리 없이 웃었다. "그렇게 여러 날을 함께 있었던 사람에 관해서 어떻게 아무것도 할 말이 없겠습니까? 아닙니다. 따로 가십시오. 가셔서 어떻게 왔고, 어디로, 왜 가는지 말씀하세요. 산적을 만난 일과 저에 관한 것은 아무것도 말씀하지 말아 주십시오. 무기는 여기 두고 가세요. 가세요, 염려하지 말고. 러시아 사람들이 여러분을 건드리지는 않을 겁니다."

가족이 채비를 했다. 사람들의 얼굴에는 희망과 당황스러움, 아쉬움이 쓰여있었다.

강철은 노인과, 그의 아들과 악수했다. 어린아이의 머리를 쓰다듬었다.

"크고 강한 사람으로 자라거라."

여자들에게는 고개 숙여 인사했다. 갑자기 순희가 강철에게 달려들어 목을 끌어안았다.

"우리가 기다리고 있을게요. 우리가요."

강철은 그녀가 누구와 자기를 기다린다는 것인지 알아들었다. 순간 마음이 약해져 순희와 함께 가겠다는 말이 뛰어나올 뻔했다. 하지만 곧바로 마음을 다잡고 순희를 떼어냈다.

"가십시오, 뒤를 돌아보지 마시고요."

그는 동행이던 사람들이 천천히 바위를 지나 개울을 건너서 정문 앞에 서자 문이 열리고 병사 몇 명이 나오는 것을 지켜보았다. 병사들이 그들을 데리고 안뜰을 지나 큰 집으로 들어갔다가 다시 함께 나왔다. 그러고선 그들을 수레에 태웠다. 수레가 정문에서 나와 강철이 있는 곳과 반대 방향으로 달렸다. 수레에 탄 사람들의 얼굴이 잘 보이지 않았으나 그에게 작별을 고하며 흔들리는 여자의 손을 강철은 분명하게 보았다.

아침에 강철은 엄청나게 큰 잣나무 아래 구멍을 파놓았다. 소총과 모제르총에 넉넉하게 기름칠하고 이불로 싸서 그곳에 묻었다. 그리고 땅을 평평하게 밟았다.

무기와도 이별하는 것은 아니었다. 강철은 이것들을 다시 쓸 날이 올 것을 믿었다.

강철이 처음으로 들은 러시아 말은 보초병의 호령이었다.

"스또이(정지)!"

제17장

"번병! 국물!"우렁찬 고함을 내지르는 이는 속옷만 입고 침대에 누운 건장한 사내였다. 그는 힘줄이 불거진 양손으로 머리를 움켜잡고 있었는데 흔들리는 머리를 붙잡으려고 하는 것인지 반대로 흔들려고 하는 것인지 알 수 없었다.

순식간에 당번병이 나타났다. 그가 두 손으로 조심스럽게 나무 사발을 날라왔다. 순박한 얼굴에 상사의 약점을 보았을 때 나타나는 미소가 서렸다. 당번병이 침대로 다가가 군화 뒷굽을 맞부딪혔다.

대위가 고개를 들고 앓는 소리를 냈다.

"이리 가져와…"

두 손으로 나무 사발을 잡은 후 일어서지도 않고 그 속에 얼굴을 박았다. 국물이 입을 따라 흐르다 바닥으로 떨어졌으나 대위는 알아차리지 못했다.

"후유, 좀 나아진 것 같네…"

그는 등을 대고 누워 눈을 떴다. 파란 눈이 여전히 숙취로 흐리멍덩해서 아무것도 못 볼 것처럼 보였다. 드디어 속이 생기를 찾았다. 천장을 향하던 시선이 자기 앞에 선 당번병에게 꽂혔다.

"병사들을 배치했나?"

"예, 대위님!"

"그런데 왜 이리 조용한가?"

"오늘이 일요일이라서 그렇습니다, 대위님."

"아…"

대위가 황급히 앉았다.

"국물 다시 줘봐."

나무 사발에서 얼굴을 들고 뭔가를 씹으면서 인상을 쓰며 대위가 말했다.

"앗, 이것은 오이절임 국물이 아니네…"

당번병은 아직 일 년 차라 상사 앞에서 절도있게 행동하는 법을 배우지 않았다. 그래서 뭔가 구시렁거리는 편이 나을 거로 생각했다.

"오이절임 국물을 어디서 구할 수 있겠습니까, 대위님."

대위가 당번병의 말을 들을 새도 없이 나가라는 표시로 손짓했다. 폭음 후에는 거의 항상 그랬지만 로모프쩨프는 언제 곤드라졌는지 기억해 내려고 애를 썼다. 굳이 그래야 할 이유가 있는 것도 아닌 데다 기억이 끊긴 시점이 언제부터인지 명확하게 생각났던 적이 한 번도 없어서 그랬지만, 웬일인지 술이 깨고 나면 항상 무슨 일이, 언제, 어떻게 됐는지 기억해 내는 일이 중요한 과제처럼 느껴졌다.

'그래, 그래, 조선인 가족이… 노인과 아들, 여자 둘, 그리고 사내아이. 더 젊은 여자는 눈이 아주 슬펐지. 여자가 아주 탐스러웠는데…'

여기서 대위가 손바닥으로 자기 얼굴을 세게 쓸었다. 뭐야, 지저분하고 누리끼리한 조선년을 가지고 싶었다니, 이런 쌍놈! 언제부터 이렇게까지 망가진 거냐, 대위님아?

조롱하는 물음이 선명하게 들려오는 것 같았기에 얼굴을 찌푸리고 고개를 저었다. 당연히 그의 전처는 절대 그런 말을 입밖에 내뱉을 사람이 아니었다. 하지만 어쩌겠는가, 전처를 생각하기만 하면, 한때 젊은 장교를 사로잡았던 순수하고 성스러운 아가씨의 형상에서 점점 멀어지면서 냉소

342

적이고 천박한 여자가 강박적으로 떠오르는 습관이 일 년이 넘게 지속되는 것을.

'그 사람들에게 뭐가 있었지? 아, 그래, 눈에 슬픔이 서렸고. 그 여자는 참 인상적이었어 … 그러다가 이 술병이 등장했지, 젠장, 확 부숴버려라!'

중국 독주가 담긴 이런 사기 술병을 그는 러일전쟁 때 실컷 보았다. 그래서 이주자들의 짐에서 술병을 발견했을 때 반갑긴 했다. 그들을 수레에 태워 데리고 갔는데 저녁상에 이 술병이 왜 올랐는지는 알 수 없었다. 당번병이 술병을 꺼내왔거나 노인이 감사의 표시로 줬거나 했겠지.

그래서 러시아군 대위이자 아무르 제2 국경수비대장, 2급 블라디미르 훈장 서훈자인 알렉세이 니콜라예비치 로모프쩨프는 거나하게 취했다. 그는 러일전쟁의 전우를 기리며 마셨다. 많은 전우가 이제는 랴오둥반도와 만주의 언덕에 영원히 묻혀있다. 그다음 뱟카 현에 사시는 부모님을 위해서 마셨다. 이제는 완전히 늙어버리셨다. 그다음은 지금의 삶과 군 복무를 위해 마셨다. 우울증과 갑갑증에 걸리지만 않는다면 지독히 단조롭게 느껴지지는 않는다. 다음 순서로 당연히 처를 위해 마셨다. 그녀가 바람을 피우긴 했지만, 여전히 그는 사랑하고 있다. 그렇기에 행복해라. 처를 뺏어간 그 근위병을 위해 마셨다. 그놈은 결투 신청을 받아들이지 않았다. 겁쟁이로 그렇게 살아라.

어제 러시아 변방에서 중국 술을 마신 로모프쩨프 대위는 친지들을 기억해 내고 적들을 용서했다. 그는 성격에 어울리지 않게 혼자서 마셨다. 러시아인들이 그러듯 술병이 바닥을 보일 때까지 마셨다. 빈 술병을 확인하고 그는 침대로 죽은 듯 뻗었다.

그리고 이렇게 숙취다. 머리가 울리고 눈은 침침하고 온몸이 흐물거리고 두들겨 맞은 것 같다. 오늘이 일요일이어서 누워 뒹굴뒹굴할 수 있어 좋다. 장지 국물을 한 사발 들이켰음에도 또 목이 탔다. 하지만 술 마신 다음 날 아침에 물을 마시면 다시 술에 취하는 걸 그는 알고 있었다. 눈을 감고 자기도 모르게 단잠에 들었다.

문을 조심스럽게 두드리는 소리에 대위가 잠에서 깼다. 보통 부베노프 부관이 그렇게 섬세하게 문을 두드렸다.

"잠시만요, 부베노프." 로모프쩨프가 소리치고 황급히 옷을 입었다. 머리가 좀 맑아진 것 같아 안도했다.

그는 집무실이자 접견실, 회의실 겸 장교의 식당으로 쓰는 옆방으로 갔다. 부관이 벽에 붙은 긴 의자에 다리를 꼬고 앉아있었다. 대위가 들어오자 일어나 고개를 끄덕이며 인사했다. 이때 깔끔하게 빗질한 머리에 난 선명한 가르마가 눈에 들어왔다.

"무슨 일입니까?" 머리카락을 쓸어올리며 로모프쩨프가 물었다.

"특별한 건 없습니다, 알렉세이 니콜라예비치. 초소 쪽으로 한국인 하나가 더 돌아다닌 것 빼고는 없습니다." 이때 부관의 젊은 얼굴에 미소가 어렸다.

"올해는 이주민들이 오는 시기가 빨리 시작됐네." 대위가 중얼거렸다. "이주민 문제는 귀관의 소관이라고 했잖습니까."

"맞습니다. 그런데 대위님이 이 희귀종을 한번 보셨으면 합니다. 이 한국인을 보시면 반도에서 이탈한 사람들에 대한 대위님의 견해가 어쩌면 바뀔 수도 있습니다."

'국제 문제를 나한테 디미는 건가?' 로모프쩨프가 반어법으로 비꼬고 싶었지만 참았다. 성격과 시각이 참으로 다르긴 하지만, 대위는 이 타이가 변방에서 벌써 일 년이 넘도록 함께 복무하는 부관에게 호감을 느꼈다.

두 사람은 자원해서 우수리 변방으로 왔다. 차이가 있다면 대위는 상황의 압박을 받아 그런 결정을 내렸고 부관은 신념 때문에 결정했다는 점이다.

344

전쟁이 끝날 무렵 작은 시골 마을 신고푸 근처에서 몸을 다친 로모프쩨프는 8개월 동안 포로로 잡혔었다. 그는 일본 감옥에서 당한 굴욕의 고통을 아무에게도 말하지 않았다. 전쟁도 수치스럽게 패한 데다 포로 생활의 수모도 함께 겪어야 했다. 누런 낯바닥 원숭이쯤은 한주먹거리라고 그렇게 신나게 떠들면서 전장에 나갔는데!

러시아로 돌아온 로모프쩨프를 기다리는 건 새로운 운명의 장난이었다. 그의 아내 아나스타시야가 근위대 연대에 대담한 술꾼이자 정열적인 호색한으로 알려진 쿤쩹스키 부관과 바람이 난 것이다. 이 일로 로모프쩨프는 남자의 자존심에 심각한 상처를 입었다. 아내는 이 자가 형편없는 놈인 걸 알면서도 선택했다 … 어째서? 그렇다면 버림받은 남편에게는 없는 뭔가가 그자에게 있다는 말이다. 남편이 세 배는 더 성실하고 품위 있다 해도 소용 없는 …

쿤쩹스키는 심지어 따귀를 맞고서도 결투 신청을 받아들이지 않아 어쩔 수 없이 군을 떠나야 했다. 로모프쩨프도 근위대를 떠나는 것 외에 할 수 있는 일이 없었다. 그런 겁쟁이를 선택하려고 아내가 버린 남편은 자동으로 동정받게 마련인데 로모프쩨프는 그런 동정을 견딜 수가 없었다. 그는 2년을 노브고로드 보병 연대에서 근무한 후 극동으로 전출을 요청했다. 그는 총독 본부의 자리를 제안받았지만 거절하고 전방 초소 파견을 자원했다.

부베노프 부관은 나이가 어려 러일전쟁에 출전하지는 않았다. 신분 때문에 근위대에서 복무하지도 않았다. 1907년 군사지형학교를 우수한 성적으로 졸업하고 아무르 원정대에 자대 배치되었다는 소식을 들었을 때 그는 행복했다. 저명한 여행자 프르제발스키와 아르세니예프를 열렬히 좋아하던 그는 오랫동안 극동을 동경해 왔고 자기 우상들처럼 그곳을 종횡무진할 꿈을 꿨다. 원정대원 중 나이가 가장 어렸지만, 해박한 지식과 투철한 직업정신 덕에 빠르게 진급했다. 남의 나라에서 온 이주민들이 극동 지역에 정착하는 문제를 바라보는 그의 견해는 원정대 지도부의 공식적인 결론과 달랐지만, 여러 수도권 잡지에 자기 견해를 드러내는 글을 투고하는 배짱도 있었다. 중국인이나 조선인이 러시아 땅에서 겪는 역경을 다룬 그의 글은 지체 없이 바로바로 투고되었고 적지 않은 사회적 반향을 불러일으켰다. 하지만 극동 총독 본부에서는 그를 달갑게 여기지 않았다. 그리하여 젊고 출중한 전문가가 외진 전방 초소에서 복무하게 된 것이다.

로모프쩨프는 스물일곱 살이었고 부벤노프는 스물세 살이었다. 로모프쩨프는 가세가 기울긴 했으나 유서가 깊은 귀족 출신이고, 부베노프는 잡계급 지식인 집안에서 태어났다. 로모프쩨프 대위는 미끈한 체형에, 떡 벌어진 어깨, 솔직하고 용감해 보이는 얼굴, 사람 좋게 웃고 있는 파란 눈을 가지고 있었다. 부베노프 부관은 반대로 가는 골격에, 진지한 얼굴을 한 회색 눈이었는데 안경을 써서 눈빛이 제대로 보이지 않았다.

그해 봄 일요일 아침 제2 아무르 전방 초소에서 두 러시아 장교가 나눈 대화 주제는 어떤 한국인 이민자에 관한 것이었다.

"귀관의 희귀종을 만나보라는 제안을 거절하진 않겠소." 대위가 동의했다. "하지만 일단 면도 좀 해야겠소 그러는 동안 그 보물 한국인을 좀 먹이시오. 30분 후에 만납시다."

근위병이었을 때 로모프쩨프는 콧수염을 근사하게 길렀다. 하지만 이전의 인생을 정리하면서 그는 외모를 바꿔보기로 마음먹었다. 지금까지 그는 매일 아침 면도를 했고 오드 코오롱을 뿌려 항상 상쾌한 기분을 느꼈다.

"당번병 물 준비했나?"

"그렇습니다, 대위님."

대위가 웃통을 벗고 문간으로 나갔다. 강렬한 햇빛을 보자 눈이 찌푸려졌다. 신선한 바람을 느끼자 건강한 근육질 몸이 제멋대로 움찔거렸다.

대위가 엎드리자, 당번병이 그의 등에 물을 끼얹었다. 물이 얼음장 같아서 대위는 우렁찬 기함을 내질렀다. 병사 몇이 등목하는 것을 구경했다. 매일 보는 이 장면은 볼 때마다 놀라움과 미소를 선사했다.

대위가 넓은 테리천으로 짠 수건으로 가슴과 어깨를 닦는 동안 당번병은 식탁을 차리고 있었다. 검은 빵과 흰 빵을 크게 잘라 연어알을 두껍게 발라 놓고 커다란 군용 컵에 설탕 넣은 홍차를 준비해 놓았다.

로모프쩨프는 식사를 맛있게 하고 궐련을 피웠다. 갑자기 예전에 부베노프와 논쟁을 벌였던 일이 생각났다. 부관이 쓴 글이 문제였는데 그는 한국인 이주자들의 유입이 극동지방 개발에 도움이 된다는 아무르 원정대의 결론에 전반적으로 동의하면서도 그들이 러시아 농민들과 동등한 조건에서 경쟁하도록 모든 지원을 아끼지 말아야 한다고 결론 부분에서 강하게 주장했다. 그러지 않으면 아시아 이주민들은 값싼 품팔이로 전락할 것이고, 그렇게 되면 아무르주 토착민인 지주들은 빠르게 타락할 것이며 이미 타락하고 있다고 썼다. 그리고 명백한 예시와 수치로 이를 훌륭하게 입증했다.

부베노프의 똑똑하고 열렬한 여러 글 중에서 왠지 이 항목에 로모프쩨프의 시선이 머물렀다. 대위는 인종차별주의자는 아니었지만, 이 펑퍼짐한 얼굴의 짜리몽땅한 황인종이 농업상의 경쟁자로 등극해서 러시아 농민에게 타락할 기회를 주지 않을 능력이 있다는 생각이 불쾌했다.

"제 말 좀 들어보시오, 부베노프, 코사크는 쟁기와 수백 년 동안 땅을 일궈 먹고살고자 하는 이들을 배척하고 자기들 권역에서 쫓아냈소. 그래서 어떻게 됐지요? 그들이 퇴화했습니까? 반대로 오늘날 코사크는 우리나라의 가장 건강한 일부를 이루고 있소!" 로모프쩨프가 부관과 끊이지 않는 토론을 하던 어느 날 이렇게 말했다. "문제는 다른 데 숨어있소. 빵 조각을 구하려 고국을 떠난 사람들은 다른 이들의 애국심을 불러일으키지 못해요. 바로 여기에, 내가 보기에는, 타락이 있소. 그래요, 코사크도 무거운 의무를 피하려고 도망치긴 했지만, 러시아를 떠나진 않았소. 여기서 우리는 무엇을 알 수 있습니까? 일본의 침략에 대항하기는커녕 배에서 쥐새끼가 도망치듯 그들은 도망쳐 왔다는 사실이오. 그 사람들은 이곳이 힘들어지면 우리나라에서도 도망칠 거요."

로모프쩨프는 부베노프의 대꾸도 기억났다.

"그들의 후손이 러시아 땅에서 어떤 사람으로 자랄지 누가 알겠습니까?
굴욕과 두려움, 아픔과 억압을 겪은 나이 든 세대는 낯선 땅에서 생존해
낸 소중한 경험을 자기 아들들에게 물려줄 겁니다. 이것은 모든 측면에서
원주민보다 조금이라도 더 높은 수준에 있다는 걸 말합니다. 교육과 문화,
직업, 모든 면에서요. 우리 눈에 벌써 보이지 않습니까. 이주민들이 자기
마을에서 어떤 학교를 짓는지, 좋은 교사를 두려고 돈을 얼마나 아끼지 않
는지를. 러시아가 그들을 계모같이만 대하지 않는다면 그들은 우리 땅에서
위대한 애국자가 될 겁니다."

이제 부관이 어떤 이주민을 보여주면서 그를 놀라게 한단다. 마치 로모
프쩨프가 작년에 이주민 수백 명을 안 본 것처럼. 보통 그들은 모두 지저분
하고 진이 빠졌고 겁을 집어먹고 있었다. 그들이 제일 두려워하는 것은 자
기 나라로 다시 송환되는 것이었다.

대위가 궐련을 거의 다 피웠을 무렵 부베노프 부관과 함께 중키에 다부
진 체격의 한국인 오가이 니카노르가 들어왔는데 그는 전방 초소 통역 일
을 맡고 있었다. 사람들은 그를 그냥 '오가예시카'로 불렀다. 그는 세례받은
한국인의 아들이고 러시아어를 썩 잘했다. 니카노르가 징집영장을 받았을
때 부베노프 부관이 일부러 지역 군무위원회로 가서 그를 제2 아무르 전방
초소로 자대 배치해달라고 요청했다.

그들은 마주 보고 앉았다. 로모프쩨프가 나이를 어림짐작하려고 이주자
를 자세히 뜯어보았다. 그래봤자 한국인의 나이는 알 도리가 없다. 아예 소
년으로 보이는 이가 실제로 서른 살이기도 하고. 이 사람은 의심할 여지
없이 젊다, 비록 뭔가를 경험한 눈을 가지긴 했지만. 털이 덥수룩하긴 하지
만 야생은 아니다. 눈빛이 차분하고 겁을 전혀 먹지 않은 것 같다. 옷차림
도 일반적인 한국인 이주민들과 다르다. 솜바지와 누비 상의, 머리에 쓴 것

348

이 귀마개 모자인지 털모자인지 모르겠다. 혹시, 일본 간첩인가?

"그를 벌써 심문했습니까, 부베노프?"

"예, 이름이 김강철입니다. 나이는 스물둘. 평양 아래 만경대가 고향이고, 부유한 농민 출신입니다."

"이주 이유가 뭐라고 합디까?"

"작년에 아들 돌잔치를 크게 했답니다. 그런데 잔치가 한창일 때 일본 군인들이 들이닥쳐 폭음하고 여자들을 희롱했답니다. 그와 다른 남자들 몇이 그들을 막았답니다. 그때 일본 군인들이 총을 쏘아서 몇 명을 죽였고 그때 부인과 아이도 죽었답니다. 김강철은 가까스로 도망쳤답니다."

"그다음은 어찌 됐소?" 흥미롭게 듣던 대위가 물었다.

"그다음이 가장 놀랍습니다. 조선 북쪽으로 가서 거기서 유격대를 조직했답니다. 겨울에 일본인들이 그들을 포위했는데 몇 명만 목숨을 구할 수 있었답니다. 그때 러시아로 가기로 결심하고 이렇게 왔답니다."

"흠, 흥미롭군." 로모프쩨프가 중얼거렸다. "이 사람한테 물어봐, 직접 사람을 죽여본 적이 있는지. 있다면 몇 명이나 죽였는지."

한국인이 질문을 주의 깊게 듣고 손가락 세 개를 보여주었다.

"기세 좋은 유격대원이군." 대위가 만족스럽게 웃었다. 그는 온몸으로 일본인들을 증오했다. "이제 고개를 들고 나를 똑바로 바라보라고 해."

오가예시카가 통역했다.

두 사람은 몇 초간 서로의 눈을 응시했다. 이런 한국인을 대위는 처음 보았다고 고백할 수밖에 없었다.

"이 사람 서류는 갖고 있나?"

"아무것도 없습니다."

"중국 국경을 어느 지점에서 건넜다 하나?"

"무산에서 건넜답니다."

로모프쩨프가 지도를 꺼내 탁자 위에 펼쳤다. 무산을 찾아서 이 조선인이 통과한 거리를 어림잡아 계산해 보았다.

"흠, 이 불행한 사람이 약 1,000베르스타(1,066km)를 지나왔군. 무기는 갖고 있던가?"

"없었습니다. 칼만 있었습니다."

"좀 보여주게." 대위가 말했다. 뭐 하러 보여달라고 했는지 그 자신도 잘 몰랐다.

오가예시카가 봇짐을 열어 가죽집에 든 칼을 꺼냈다. 대위가 칼을 살펴보다가 붉은 사슴의 휘어진 뿔로 멋지게 만든 손잡이를 잡아당겼다. 예리한 칼날을 만져보고 얼굴을 찡그렸다.

"이건 러시아 사냥칼인데요, 부베노프. 우수리스크에서 이런 칼을 만듭니다. 어이, 오가예시카, 이 사람에게 물어봐, 어디서 이 칼을 구했는지."

통역이 질문을 옮겼을 때 한국인의 얼굴이 조금 밝아졌다. 한국인은 서두르지도 주저하지도 않고 술술 대답했다.

"이 사람이 말하길, 젊어서 러시아에 드나들던 한 늙은 사냥꾼이 칼을 줬답니다. 어느 날 그 노인이 얀콥스키 백작의 영지로 초대받았는데 그때 백작이 한국인 사냥꾼들에게 액시스사슴을 잡으라고 이 칼을 줬답니다."

로모프쩨프가 당황했다.

"얀콥스키 백작?"

후한 인심과 기행으로 이 지역에서 명성이 자자한, 나이보다 젊어 보이는 50세 백작이 금방 떠올랐다. 그 기행 중 하나가 마침 액시스사슴 사육이었다. 목표를 달성할 때까지 수만 루블을 탕진했다고 했다. 그것은 전부 사슴을 보존하기 위한 것이었다.

대위가 다시 한국인을 바라보았다. 아니다, 일본 간첩은 이런 복잡한 변장을 할 턱이 없다. 일본 간첩이었다면 러시아로 입국하여 일할 자격을 주는 문서를 소지하고 있었을 것이고, 요새 블라디보스토크를 통해 조선인들을 수송하는, 바로 그 증기선을 이용해 합법적으로 국경을 넘었을 것이다.

"이 사람 밥은 먹었나?" 대위가 통역을 바라보며 물었다.

"넷, 대위님. 시이(양배춧국)와 된죽을 먹었습니다."

"잘 먹던가?"

"된죽을 양배추에 넣고 전부 섞어서 먹었습니다. 빵은 먹지 않았습니다." 오가예시카가 쿡쿡거리다가 곧바로 입을 손으로 막았다.

로마프쩨프가 자기도 모르게 빙그레 웃었다.

"알겠소. 일단 유치장에 가두시오. 위병은 세우지 않아도 되겠소."

장교들이 담배를 피웠다. 부관은 로모프쩨프 대위가 무슨 말을 할지 몹시도 기다렸다. 부관은 대위와 논쟁하는 것이 좋았다. 대위는 특별히 책을 많이 읽는 사람은 아니었지만, 남다른 생각을 말했다. 코사크를 예로 들었던 것처럼.

"부베노프, 솔직히 말해서 귀관의 희귀종이 내게 정말로 놀라움을 주었소." 드디어 로모프쩨프가 살짝 반어적인 표현으로 직접적인 인정을 감추듯 말했다. 이 변방을 빨리 개발하려면 황인종 이주민이 꼭 필요하다고 나도 생각해요. 하지만 우리가 가장 가난하고 칙칙하고 순종적인 사람들을 받을 수밖에 없는 현실이 개탄스러울 뿐이오."

"그들은 그리 순종적인 사람들이 아닙니다, 사형의 공포를 느끼면서도 어쨌든 고국 탈출을 감행한다면 말입니다." 나직하나 단호하게 부베노프가 반박했다. "제가 가지고 있는 정확한 자료가 있습니다. 그 자료에 따르면 벌써 몇 년 동안이나 이주자들이 유격대를 조직해 한국으로 드나들면서 그곳에서 일본에 대항하는 전투를 벌인다고 합니다."

"그러도록 우리가 쓸데없이 허용하고 있어요." 로모프쩨프가 인상을 썼다. "왜 그렇게 생각하는지는 잠시 후에 말해주겠소. 지금 나는 미국 역사 이야기를 하고 싶은데. 유럽 전역에서 미국 땅으로 달려간 사람들은 과거와 결별하고 대양을 건너 새로운 인생을 시작할 용기를 가진 사람들이었지요. 그들은 용감하고 낙담하지 않는 개척자들이었습니다. 그들은 인디언들과 싸우고 처녀지를 개간하고 모든 역경을 꿋꿋이 견뎌냈어요. 결국 그들은 노예주인으로 바뀌었습니다! 자기들도 억압당했으면서, 놓여나 자유의 땅으로 가자마자 그렇게 빨리 생각을 바꾸었을까요? 그렇소, 그렇게 된 건 전부 복종적인 노예가 되고자 하는 인종을 찾았기 때문이오!"

부관은 당황스러웠다. 그는 로모프쩨프와 대화와 논쟁을 많이 했음에도 이런 예상 밖의 결론에 어떻게도 적응할 수가 없었다.

"잠시만요, 로모프쩨프 대위님, 대위님은 흑인들을 탓하십니까?"

"정확히 그거요. 우리나라도 같은 상황이 될 수 있소. 이곳으로 오는 러시아 농민들 수만 명은 자신을 믿고, 자유롭고 강하고 부유해지겠다고 결심한 사람들입니다. 그 꿈을 이루기 위해서는 노동하고 역경을 극복하고 서로를 돕는 수밖엔 없어요. 그런데 우리 농민들이 이 외딴 변방에 적응하기 시작한 지금 우리가 그들에게 노예를 들이밀어 줍니다. 그래요, 노예. 왜냐하면 내가 아까 말한 것처럼 아시아에서 이쪽으로 가장 칙칙하고 멸시당한 사람들이 이주해 옵니다. 다시 말해 노예로 살 준비가 된 자들이지요. 나는 러시아에서 가장 자유로운 지역이 노예와 주인이 존재하는 지역이 되길 원치 않소."

"하지만 미국은 노예제도를 폐지하지 않았습니까!" 부베노프가 소리쳤다. "모두가 노예 주인이 되었던 것 아니라는 뜻이지요."

"그렇소, 하지만 그렇게 되기 위해서 이백 년이 필요했소. 그래요, 그들은 노예제를 폐지했어요. 하지만 노예 주인의 사고방식은 앞으로 오랫동안 많은 미국인을 지배하게 될 거요. 지금 흑인들이 인종 차별과 린치로부터 자유롭습니까?"

"아닙니다, 로모프쩨프 대위님. 그렇기에 타국에서 온 모든 이방인을 러시아 공민으로 조속히 인정하고 그들에게 권리를 부여하자고 제가 주장하는 것 아닙니까?"

"그렇지만 부여하지 않겠지요, 그렇지 않소? 타국 사람의 수가 원주민 수를 넘는 걸 아무도 두고만 보지는 않을 거요. 이 말인즉슨, 우리가 이미 실제로 노예 - 주인의 지역으로 변해가고 있다는 뜻입니다. 사람들이 양극으로 나뉘었을 때 혁명이 일어납니다. 그렇다면 우리 자신이, 우리 손으로, 현 체제를 뒤집어엎을 세력을 이곳에서 만드는 꼴이 됩니다. 이런 마당에 우리는 이주민들이 반란군 무장 부대를 만들어 국경을 넘나드는 것을, 한마디로 말해서, 그들이 살고 있는 나라의 법을 온갖 방식으로 위반하는 것을 허용하고 있는 겁니다. 내가 러시아를 몰랐다면, 러시아가 일부 정치가나 군인들의 머리를 써서 한국인들을 선동한다고 나도 생각했을 거요. 하지만 러시아는 몰래 행동하기에는 너무나 거대하고, 강하고, 트인 나라요! … "

두 사람 다 입을 다물었다. 부베노프가 안경을 벗어 안경알을 닦았다. 그가 당황하거나 혼란스러울 때 하는 행동이다. 다 닦고 나서 그가 나직이 물었다.

"로모프쩨프 대위님, 그렇다면 어떻게 하면 좋겠습니까?"

"아시아 사람들의 이주를 제한해야 합니다. 조직적으로 단계적으로 그렇게 해야 합니다. 황인종 이주민들이 러시아어를 배우면서 차분하게 자립할 수 있도록 특정 주거지를 조성해야 합니다. 그런 다음에야 그들이 정착지를 자유롭게 선택하여 원주민과 어울려 살도록 해야 합니다. 그렇게 되면 귀관이 글에 쓰는 주장처럼 건강한 경쟁이 생길 겁니다."

"그러나 대위님도 그것이 불가능하다는 것을 아시지 않습니까. 국경은 투명하고, 게다가 이주민에게 사살한다고 조선으로 돌아가라고 위협해도 돌려보낼 수가 없습니다."

"우리가 지금 국경을 세우는 데 쓸 자금은 러시아가 무분별하고 근시안적인 이민 정책으로 입을 손실과 비교하면 푼돈일 거요. 우리는 지금 우리 손으로 직접 장작을 불 속에 집어 던지고 있는데 그 불은 화산처럼 폭발할 거요."

"대위님이 걱정하시는 점은 알겠습니다. 하지만 진보의 전개와 더불어 사회 인식 변화의 과정은 더 빠르게 진행됩니다. 농노제가 폐지된 지 반세기가 흘렀는데 사람들은 농노제가 항상 있었다고 생각하지요. 우리는 우리가 사는 지금, 이 순간에 벌어지는 일을 이야기하고 있습니다. 대위님의 견해에 비추어 보건대, 대위님께서 이주민을 다시 돌려보내는 일은 하지 않으시겠지요?"

"우리의 말이 실제 행동과 다르지 않다면." 대위가 한숨을 내쉬고 바로 활기를 찾았다. "그런데, 부베노프, 이 한국인에게는 진짜 뭔가 남다른 점이 있어요. 박 씨에게 그 사람을 보내봅시다. 박 씨가 예전부터 나에게 힘세고 괜찮은 일꾼을 소개해달라 했는데. 그 한국인이 어떻게 사는지 두고 볼 수도 있고."

"이주민 지역위원회는 어떡합니까?"

"에이, 그건 괜찮소, 부베노프. 초소를 지나치면서 위원회를 거르는 일이 적겠소? 게다가 위원회에서 그를 한국으로 돌려보내는 결정을 할 수도 있소. 러시아와 일본 간 범죄인 인도 조약이 체결돼 있다고 귀관이 말하지 않았소. 그런 용사가 그리되면 유감일 거요…"

마지막 말에 부관이 설득되었다.

"좋습니다. 다시 한 번 보시겠습니까?"

"아니요. 하지만 그 사람을 옮길 때는 나를 부르시오. 아, 참, 그리고 그를 옮길 때는 오가예시카를 같이 보내시오, 일러줄 건 일러주고 같이 집에 있도록."

"예, 알겠습니다, 대위님."

이 시간 동안 강철은 명령받은 대로 유치장에 있었다. 작은 창과 오른쪽 벽에 놓인 널빤지 침상이 있는 조그마한 공간이었다. 그 안으로 들여보내지자마자 별생각 없이 강철은 머리를 손으로 받치고 침상에 반듯하게 누웠다.

망루에서 보초가 '스또이(정지)!'라고 외쳤을 때 강철은 자기를 향한 호령이라는 것을 알아들었다. 정문에서 소총을 든 군인 두 명이 나왔다. 한 명은 오르막 위에 서 있었고 다른 한 명이 아래로 내려와 그가 철조망을 통과하여 들어갈 수 있도록 쪽문을 열었다.

쌍안경으로 보았을 때 군인의 군복이 잘 보이긴 했지만, 가까이에서 군인의 얼굴을 보자 강철은 긴장했다. 하얀 얼굴은 마치 뿌린 것처럼 붉은 반점으로 뒤덮여 있었다. 군모 아래로 잘 익은 이삭 색깔의 머리카락 한 뭉텅이가 삐져나와 있었고 눈은 파랗고도 파랬다. 눈빛은 경계하고 있었으나 악한 느낌은 없었다.

"들어와." 군인이 말하고 나서 강철이 건물 쪽으로 가도록 소총 총구로 찔렀다. 강철을 들여보내면서 자신은 옆으로 물러섰다.

그들은 오르막으로 올랐고 검고 덥수룩한 턱수염으로 볼 때 연장자로 보이는 두 번째 군인이 첫 번째 군인에게 뭔가를 말했다. 붉은 머리가 강철에게 다가와 봇짐을 빼앗았다. 손을 들라 명한 다음 수색을 시작했다. 무기가 없어서 안심한 목소리로 말했다.

"아무것도 없습니다."

그리고 또다시 강철은 마치 러시아어에 익숙한 듯 다 알아듣는 느낌이 들었다. 그런 다음 러시아어가 스페인어를 닮았다는 생각에 이르렀다. 스페인어로 '아니요'는 '노'이고 러시아어는 '넷'이다. 이걸 깨닫고 나자 마음이 한층 밝아졌다. 러시아어 배우기가 그리 어렵지 않을 것 같아서였다. 어머니도 자주 말씀하셨지만, 유럽어가 서로 비슷한데 같이 쓰는 단어가 많고 발음에서만 조금 차이가 난다.

그들은 넓은 마당으로 들어갔다. 그곳의 병사들은 몹시도 평화로운 소일거리로 시간을 보내고 있었다. 천막 밑에서는 하얀 천을 목에 두르고 앉은 사람의 머리를 다른 사람이 깎고 있었다. 그 옆에서는 목수가 널판을 대패로 밀고 있었다. 그런데 아주 이상했다. 한국인들은 대패질을 자기 쪽으로 끌어당기면서 하는데 이 사람은 자기 쪽에서 밀어내듯 했다. 마구간에서도 누군가 분주하게 움직였다. 군인들이 모두 허리띠를 차고 있지 않아서 헐렁한 군복 상의가 그들을 민간인처럼 보이게 했다.

강철의 등장을 보고 그리 놀라는 사람은 없는 듯했다. 이발사만이 큰 가위를 딱딱거리면서 뭔가 우스갯소리를 한 모양이었다. 가까이 선 병사들이 깔깔거렸다.

선임 호송병이 건물 입구에서 군복 상의를 가다듬었다. 상사에게 보고하러 가는 모양이었다. 1분 후에 나와서 빨간머리에게 뭔가를 큰 소리로 말했는데 손을 흔드는 걸 보니 체포한 자를 데리고 오라는 뜻인 것 같았다.

그들은 건물 안으로 들어갔다. 마룻바닥으로 된 큰방이었는데 신을 벗지 않고 들어갔다. 넓은 책상에 안경을 쓴 마른 장교가 앉아 있었다. 그가 강철을 주의 깊게 바라보더니 손짓으로 앉으라고 시늉했다. 빨간머리에게 뭐라고 명하니 그가 나갔다.

강철은 문을 뒤로하고 앉아있어서 누가 들어왔는지 보이지 않았다. 들어온 사람이 장교에게 뭔가를 말했는데, 도착을 보고하고 옆에 앉는 것 같았다. 두 사람을 동시에 마주하자, 강철은 몸이 굳었다. 눈앞에 러시아 군복을 입은 아주 젊은 한국인이 있는 것이었다.

"안녕하십니까?" 뭐 때문인지는 모르지만 당황하면서 병사가 인사했다.

그제야 강철은 안심했다. 세상에, 이 사람은 러시아군에서 일하는 한국인이다!

심문이 시작되었다. 이름, 생년월일, 출생지, 직업, 가족 관계 …

이 청년은 한국어도 더듬거리며 말하긴 했지만, 러시아어는 온 힘을 다해 옹알이고 있었다. 강철이 느끼기에, 조사를 받을수록 자기를 대하는 아주 진지한 젊은 장교의 태도가 달라졌다. 눈빛이 부드러워지고 말투가 더 공손해졌다.

조금 이따 큰 식당 방으로 가 밥을 먹었다. 기다란 탁자와 긴 의자가 두 줄로 배열되어 있어 한꺼번에 마흔 명은 앉을 수 있을 것 같았다.

통역이 강철 앞에 김이 모락모락 나는 국이 담긴 냄비와 거무스름한 된죽을 가장자리까지 가득 채운 냄비 뚜껑, 흑빵 몇 조각과 나무 숟가락을 놓았다.

"맛있게 드십시오!" 한국인 병사가 웃음을 띠며 말했다.

"무슨 국이요?" 강철이 물었다.

"러시아 '시이'인데 삭혀서 시어진 양배추로 만들어요."

국은 진짜로 시었는데 보통 봄에 끓여 먹는 한국 김치찌개와는 전혀 다른 맛이었다.

"국은 빵과 같이 드십시오." 통역이 귀띔했다.

유럽인들은 밥 대신 빵을 먹는다고 어머니에게 들어서 강철은 알고 있었다. 그는 흑빵을 이제는 한번 집어보고 싶었지만, 귀띔을 듣자 달리 행동했다. 그는 냄비 뚜껑을 집어 거기 있는 거무스름한 된죽을 국으로 전부 부어 말아서 빵 없이 먹기 시작했다. 한국인 병사가 이해한다는 듯 빙그레 웃었다.

강철은 질문을 몇 가지 하고 싶었지만 참았다. 일어날 일은 일어나겠지만, 과한 호기심이 일을 그르칠 수도 있다. 젊은 통역이 강철이 한 질문을 느닷없이 장교에게 보고한다면 의심스러운 사람으로 비칠 수 있다. 차라리 아둔하고 무뚝뚝해 보이는 편이 낫다.

밥을 먹자 다른 장교와 대면했다. 이 사람은 견장에 별을 네 개 달고 있었는데 앞서 보았던 장교는 세 개였다. 여기서 가장 상관으로 보이는 그 사람이 강철의 마음에 바로 들었다. 높고 깨끗한 이마, 쭉 뻗은 코, 기분과 감정이 바뀔 때마다 바로 드러나는 표정이 풍부한 파란 눈동자. 얼굴 전체가 말쑥하게 면도 되어 극도로 미끈해 보이는 얼굴에서는 품위와 남자다움이 풍겼다.

대장이 일본인을 몇 명이나 죽였냐고 직접 물었을 때 강철은 죽인 적 없다고 고개를 내젓고 싶었다. 하지만 그는 왠지 진실이 더 호의적으로 받아들여질 것 같았다. 그의 느낌은 맞았다. 그가 손가락 세 개를 들어 보였을 때 대장의 눈은 승인하는 의미로 반짝였다.

그들이 서로를 바라보았다. 파란 눈동자가 뿜어내는 꿰뚫는 듯한 시선은 강철의 마음 깊은 곳까지 닿아 그의 생각을 읽으려는 것 같았다. 어쩌면 대장은 목적을 달성했고 간파한 생각이 마음에 들었을 수도 있다. 호기심에 반짝이던 날카로운 빛이 따스한 황금빛 불꽃으로 바뀌었다.

그가 지도를 폈을 때 강철은 유격대 활동을 벌인 곳과 국경을 건넌 곳이 어디인지 사람들이 물을 거로 생각했다. 그리고 물어오면 무슨 말을 묻는 건지 전혀 이해하지 못하는 표를 내려고 마음먹었다. 하지만 위험한 질문은 하지 않고 지나갔다.

산아범의 칼이 크게 도움이 되었다. 왠지 강철은 이 장교가 얀콥스키 백작을 알거나 최소한 들어본 적은 있는 것 같았다. 이 러시아 장교는 아는 이름을 들었을 때 얼마나 깜짝 놀라고 그 얼굴은 또 얼마나 환해졌던가! 산아범, 고맙소!

강철, 너를 두렵게 하는 것이 무엇이냐? 이들이 너를 체포하여 한국의 일제 무리에게 인도한다고 결정하면 피할 수 없는 죽음을 맞는다는 뜻인가? 너는 죽음이 두려운가?

아니다, 나는 죽음이 두렵지 않다. 나는 숭고하게 죽는 법을 안다. 하지만 나의 맹세를 먼저 지켜야 한다. 동지들과 한국으로 돌아가 나의 조국을 짓밟은 죄를 일제에 되갚아 주어야 한다. 아버지, 친구들, 부인의 원수를 갚아야 한다…

강철이 바지직 소리가 나도록 주먹을 꽉 쥐었다. 만약 그를 감옥에 가둔다면 그는 도중에 탈출하리라 마음먹었다. 그가 중국에서도 그만큼의 거리를 살아서 지나왔다면 한국인이 수만 명 사는 이곳 우수리스크 변방에서는 어떻게든 살아남을 수 있으리라.

문이 삐걱거리며 열리더니 문턱에 한국인 병사가 나타났다. 그토록 익숙한 가느다란 눈과 광대뼈가 붉거진 그의 얼굴이 기쁘게 웃고 있었다.

"갑시다."

그들이 뜰로 나가니 테두리가 철재로 된 바퀴가 네 개 달린 마차가 서 있었다.

장교들도 있었다. 견장에 별 네 개가 있는 사람이 말했다.

"강철, 한국에서 온 이주민 중에 조국 해방을 위해 뭐라도 한 사람이 있다는 사실을 알게 되어 기뻤소. 행복한 새 삶이 시작되길 바라오! 자, 이 길이오."

러시아 장교가 주머니에서 어떤 종이를 꺼내 내밀었다. 강철이 그것을 받아들고 고개 숙여 인사했다.

"고맙습니다."

마차가 정문을 빠져나와 숲길을 향했다. 말을 뒤로하고 앉은 강철이 중국 쪽을 바라보았다. 그곳이 어제 노인의 가족을 데려가는 장면을, 순희가 손을 흔들던 장면을 보았던 곳이다. 이제 강철의 차례이다. 앞으로 무슨 일이 벌어질지 어찌 알겠는가.

그는 조선인 병사를 향해 몸을 돌렸다.

"우리가 지금 어디로 가고 있습니까?"

그가 수다스럽게 말했다.

"당신을 박 트로핌에게 데려가라는 명령을 받았어요. 오오, 이 사람은 조선인 마을에서 제일 부자요. 말이 두 필이고 암소가 다섯 마리예요. 집은 또 얼마나 좋은지!"

청년이 감탄하면서 쩝 소리를 냈다. 그리고 웃으며 말을 이었다.

"이제는 당신도 그리 가난하지 않아요. 장교님이 당신에게 얼마나 주신 줄 압니까? 10루블이에요!"

"그 돈으로 뭘 살 수 있소?" 강철도 따라 소리 없이 웃었다.

"뭘 살 수 있냐고요? 장화, 정복, 셔츠와 반들반들한 검은 챙이 달린 모자. 그렇게 입으면 아가씨란 아가씨는 다 차지할 수 있을 거요!"

청년의 유쾌하고 전염성 있는 웃음소리를 따라서 강철은 즉시 같이 웃질 못했다. 목에서 꼴깍거리는 소리가, 통곡과 비슷한 어떤 것이 터져 나왔다. 그러다 눈물이 찔끔 날 정도로 크게 따라 웃었다.

제18장

대위가 준 돈으로 의복을 갖추라는 오가예시카의 조언은 유용했다. 한 달이 지난 지금 옛 지기들이 강철을 본다면 알아보는 이가 적을 것이다. 그는 재킷과 '악마의 가죽'이라 불리는 몰스킨으로 만든 검은 바지를 입고 부츠를 신고 모자를 썼다. 비켜서서 자신의 전신을 보았다면 강철 자신도 감탄해서 '악'하고 소리질렀을 것이다. 하지만 그런 큰 거울이라면 일꾼이 함부로 드나들지 못하는 주인집 거실에나 있는 법이다. 그는 러시아식 복장을 한 자신이 어떤 모습인지 보고 싶었다.

새롭고도 익숙하지 않은 형태의 옷은 불편했다, 부츠만 빼고. 부츠는 평생을 신고 다닌 것처럼 편했다. 부츠 통이 종아리를 딱 맞게 감싸주어 걸을 때 가볍고 편안했다. 러시아식 남자 웃옷의 옷깃은 달랐다. 목에 힘을 세게 주면 단추가 부서지며 날아갈 것 같았다.

강철은 읍내 시장에 갈 때 그렇게 입었다. 지금껏 박 트로핌은 보통 큰아들 게라심과 장으로 갔지만, 어젯밤 탈이 나서 이번에는 강철을 데리고 가기로 했다. 마구를 미리 채워놓으라고 시키면서 명절 때처럼 차려입으라고 했다.

강철은 이른 아침 기상이 힘들지 않았다. 동이 틀 때 일어나 말을 먹였다. 수레에 도살한 돼지 몸체 2구, 나무로 만든 닭장 몇 개 속에 들어간 닭, 귀리 자루들을 실었다. 일을 마치고 마구간과 헛간 사이의 구석으로 들어갔다. 그곳에 매일 훈련하기 좋은 장소를 마련해 두었다.

그는 웃통을 벗고 중간 지점에 섰다. 먼저 호흡을 가다듬는 체조를 했다. 숨을 천천히 깊게 들이쉬고 내쉬는 동작을 하면 몸이 이완되고 의식은 동작에 집중되었다. 그런 다음 갑작스레 뛰어올라 태권도 자세를 취했다. 약간 굽힌 다리를 땅에 단단히 박고 손은 주먹을 꼭 쥐어 위협하듯 앞으로 향한다. 1초, 2초, 3초 그리고 다시 이완. 다시 뛰어올라 공중에서 180도 회전하는데 마치 뒤에 숨은 적을 공격하는 듯하다. 강철은 앞에 적이 서 있다고 가정하고 발로 적의 머리를 강타한 다음 가슴을 가격했다. 그런 다음 번개처럼 다른 가상의 적에게로 돌아 주먹으로 연속지르기를 했다. 세 번째 가상의 적을 공중제비 차기로 무찔렀다.

하지만 가상의 적들은 항복하지 않는다. 강철의 동작이 더 빨라졌다. 뛰어오르기, 공중제비, 돌기, 피하기, 유리한 위치를 차지하기 위한 이 동작 모두가 손과 발을 쓴 번개와 같은 공격과 함께 번갈아 가며 되풀이된다.

그러다 갑자기 정지. 가상의 적 셋과의 격투가 끝났다. 이들은 아직 다치지 않았기에 내일 아침에 반드시 다시 올 것이다. 그들은 지금 품위를 지키며 싸웠기에 당연히 서로에게 맞절할 자격이 있다.

훈련이 하나 더 있다. 톱밥을 넣은 가마니를 매달아 '일본 아귀'라고 이름을 붙였다. 매번 지르기와 발차기, 머리로 내리치기의 강도를 시험하고 싶은 갈증을 불러일으킨다. 그러나 오늘 강철은 시간이 없다. 장에 갈 채비를 해야 한다.

그는 세수하고 홍씨 아주머니가 일꾼들이 먹을 밥상을 차려놓은 일꾼방으로 서둘러 갔다.

강철이 러시아 시골 총각의 명절 복장을 하고 마당으로 나왔을 때는 이미 날이 밝았다. 그는 마구간으로 가서 자신이 예뻐하는 실한 밤색 종마를 데리고 나왔다. 먼 길을 갈 것을 감지한 말이 손에서 빠져나가려고 버둥거리며 콧김을 뿜었다.

"워워." 강철이 말을 어르기 시작했다. "나한테 침 튀기지 마. 내가 무슨 옷을 입었는지 안 보이냐, 이눔아 … "

주인집 현관에 박 트로핌이 나타났다. 살집이 있고 약간 배가 나온 42세 남자의 몸에는 은 시곗줄이 장식된 조끼가, 몸에 대고 본을 뜬 듯 근사하게 자리 잡고 있었다. 그 위로 무릎까지 오는 새 반코트를 걸쳤고, 반짝거릴 정도로 광을 낸 크롬 가죽 부츠를 신었다.

평퍼짐한 코를 중심으로 넓은 얼굴 아래쪽은 러시아식으로 짧게 잘린 숱이 적은 검은 턱수염이 덮고 있었다. 살짝 부어오른 가느다란 눈에 서린 눈빛은 주의 깊고 권위적이었다.

주인이 마당을 둘러봤다. 모든 것이 평소처럼 제자리에 있다. 새 일꾼만 제외하고.

자기가 직접 사준 옷을 입은 강철을 박 트로핌이 처음 보았다. '완전히 다른 사람이네!' - 그는 새 일꾼이 말을 다루는 모습을 지켜보면서 자기도 모르게 생각했다. '이 사람은 딱 필요한 청년이야, 내 막내아들 뻬쨔도 키로 보나 품성으로 보나 이 사람에게 뒤지진 않지만. 큰아들놈하곤 달라, 에흐…'

강철이 마차를 현관으로 몰고 와서 고개를 살짝 숙여 인사하고 물었다.

"잘 주무셨습니까, 영감님?"

"그래, 잘 잤다. 내가 말한 건 다 실었느냐?"

"예, 영감님."

"그럼 출발하자."

일꾼이 주인에게 좀 더 편한 자리를 마련하려고 애쓰는 걸 보고 나서, 박 트로핌은 육중한 몸으로 어렵게 마차에 올라탔다. 바닥에는 두꺼운 펠트 천 조각을 깔고 양옆에는 등을 기댈 수 있도록 빵빵한 귀리 자루를 놓았다. 성격상 주인은 사소한 걸 가지고 트집을 잡는 사람은 아니었지만, 말하지 않고 쌓아둔 잔소리가 자기 혼자만 아는 기준을 넘어가면 버럭 성을 내었다. 그는 자기 밑에 있는 사람 중에서 그의 표정을 읽고 실수를 깨닫고 곧바로 시정하고 다시는 반복하지 않는 사람들을 좋아했다. 한마디로 말하면, 한국식으로 '눈치 빠른 사람'을 높이 평가했다.

얀치히 읍내는 30 베르스타(1베르스타는 약 1.07km이다 - 옮긴이) 거리에 있어서 하루 만에 일을 보고 돌아오기에 충분했다. 오래 서 있던 종마는 마른 길을 따라 수레를 쉽게 끌면서 기분 좋게 걸었다. 구름이 별로 없는 것을 보니 날씨가 화창할 것이고 모기는 아직 없어서 수레 타는 일이 즐겁기만 했다. 앞에는 시장이 기다리고 있다. 활기찬 흥정, 장보기, 지인들과의 조우, 빠지면 서운할 선술집에서의 한잔. 부유한 한국인 농민이자 초보 상인이며 두 아들과 어여쁜 딸내미의 아버지인 박 트로핌은 기분이 좋았다.

그렇다면 강철은 슬퍼해야 하는가? 모든 과거는 지났다. 그가 새로운 인생을 시작한 지 벌써 한 달이 지났다. 배부르게 먹고 옷을 입고 신도 신었고 일도 있다. 주인은 꽤 괜찮은 남자다. 엄격한 편이지만 질리게 하는 사람은 아니다. 안주인은 사실 교제를 싫어한다. 겨우 두어 번 보았다. 깡마르고 키도 작다. 하지만 눈을 보면 공정하고 머리가 있는 것 같다. 큰아들 게라심은 깐깐하고 속이 좁지만, 그건 마르고 자주 아파서 그럴 것이다. 큰며느리 글라피라는 반대로 항상 명랑한데 사람들이 말하기를 바람기가 있다 한다. 그렇지만 한창 피어나는 젊은 여자가 곡식 한 자루도 어깨에 들쳐메지 못하는 그런 투덜이와 사는데 뭐라고 할 수가 있겠는가. 작은아들 뻬짜(표트르)는 크도 크고 인물도 훤하다. 무엇을 하든 열과 성을 다한다. 하지만 끝을 맺을 인내심은 없다. 저녁이면 논다고 어디론가 자주 사라지고 자정이 넘어서야 집으로 돌아온다. 벌써 열여덟 살이 되어서 가을에 군대에 간다. 아마 거기서 훈육될 것이다. 트로핌에게는 딸도 하나 있지만, 강철은 아직 보지 못했다. 니콜스크시에 있는 김나지움(중등교육기관)에서 공부하는데 여름방학에만 집에 온다.

강철 외에도 고용된 일꾼 중에는 선량하고 점잖은 노부부 홍씨네가 있었는데 자녀가 없었고, 스물다섯 살 정도 된 농장 일꾼 이반은 건장하나 외모가 볼품없고 아이처럼 단순하고 천진난만했다.

366

이 마을에는 30호가 사는데 강철은 그간 이웃들과 만날 일이 특별히 없어서 거의 만난 적이 없었다. 돌아설 새도 없이 할 일이 있었다. 땅을 갈고 파종을 막 마쳤으니, 풀베기와 건초 작업을 해야 한다. 그 외에도 강철이 일상적으로 해야 하는 일이 있었다. 말 뒤치다꺼리, 장작 패기, 손재주가 좋은 홍씨 아저씨를 도와 집과 집 마당을 정비하는 이런저런 일들을 해야 했다.

그렇게 사방에 새롭고도 보지 못한 것들이 널려 있었다. 흡수해서 머릿속에 집어넣는 것도 겨우 할 정도였다. 그런데 지금 이렇게 장에 간다. 사람들이 말하길 거기는 없는 게 없고, 안 오는 사람이 없단다.

"강철아, 안 자냐?" 트로핌의 목소리가 들렸다.

강철이 정신을 차렸다.

"어떻게든 옆으로 돌아앉아봐. 이야기 좀 하자. 아니면 일하느라 제대로 말을 붙일 시간도 없으니까. 여기 오니 어때, 러시아에서 살 만한가?"

"예." 강철이 고개를 끄덕였다.

"우리 집에서 지내는 건 어때?"

"좋습니다."

트로핌이 강철을 바라보았다. 말수가 적은 건 물론 장점이긴 하지만, 박 트로핌 같은 그런 주인을 만난 게 얼마나 큰 행운인지 이 청년은 알고 있나? 얼마나 많은 이주민이 아무르 일대를 헤매고 다니며 일을 찾느라 고생하고 러시아인 지주 밑에서 날품팔이를 하거나 소작농이 되는데. 그들은 배를 곯지 않으려면 밤낮으로 노동해야 한다. 다른 사람 같으면 감지덕지해서 바짝 엎드렸을 텐데 이놈은…

주인이 자기 생각을 입 밖으로 내고 싶었지만, 강철을 보더니 참았다. 이 젊은이에게는 뭔가 거리를 두게 만드는 것이 있었다. 그리고 그와 동시에 그 점이 사람을 끌어당겼다.

"흠 … 예전에 혼인했었다고 들었는데."

"예, 영감님."

"아들이 있었다고?"

"예."

"일본인들이 정말 그렇게 짐승 같은가?" 네가, 자네가 그놈들과 싸웠다고 하던데? 군인 몇 명을 죽였다고?"

"전투에서 그랬습니다, 영감님. 그 사람들이 총질을 했고, 그래서 우리도 … "

"그래, 사무라이 … 그 사람들은 어떤 사람들인가? 나는 일본인을 만나본 적이 없어."

"머리가 좋고, 잔인하고 기백도 있습니다." 강철이 입에 힘을 주었다. "그들을 꺾기가 힘듭니다. 군인들도 잘 훈련되고 제대로 무장되었습니다."

"하지만 조선인들은 항상 그들을 무찔렀잖아. 이순신 장군도 있고 … "

"예전에는 그랬는지 모르겠지만, 지금은 그런 지휘관이 없습니다."

"왕은? 지금 조선의 왕이 누군가? 고종?"

강철이 피식 웃었다.

"저도 모릅니다. 황태자가 왕이 되었다가 다른 왕자가 왕이 되었다가 일본으로 데려간 거로 알고 있습니다."

"그래, 나라 상황이 안 됐어." 트로핌이 중얼거렸다. "조선인들이 러시아로 밀려들어 온다는 말이네. 여기도 살기 좋은 것은 아닌데. 84년도 전에 러시아로 온 사람들은 좋았지. 러시아 국적도 받고 땅도 받고. 우리 아버지도 그러셨지. 하지만, 괜찮아. 자넨 젊고 강하고 머리가 나쁜 것도 아닌 것 같으니 앞길이 구만리야. 일을 잘하면 내가 자리를 잡도록 도와줌세. 때가 오면 따로 독립해서 일도 하게 될 거야."

"좋은 말씀 감사합니다, 영감님."

잠시 침묵했다. 하지만 트로핌은 기분이 좋아서 말을 더 하고 싶었다. 한국 이야기는 더 할 말이 없을 것 같아 자기 이야기를 하기 시작했다. 더구나 말수가 적은 이와 대화하면 이야기를 많이 하게 된다.

"마당에 있는 오막살이 봤지? 아버지가 내게 물려주신 거야, 땅 10헥타르하고. 땅 중에 5분의 1만 경작할 수 있었지. 말이 없어서 암소로 밭을 갈았다. 아버지가 돌아가시자 남동생은 전부 내팽개치고 블라디보스토크로 갔어. 지금은 조그마한 직물 가게를 하고 있지. 그런데 동생은 혼자였잖아. 나는 어디로 가겠어? 어머니에다가 아내도 있고, 게라(게라심)가 이미 태어났을 때니까…아이고, 일을 얼마나 했는지 몰라! 일 년을 일해도, 이 년을 해도 아무것도 되는 일이 없는 거야. 나는 고민에 빠졌지. 러시아인들은 어떻게 하는지 눈여겨봤어. 그 사람들은 왜 잘살까? 조선인에 비하면 그 사람들은 농사라고는 개뿔도 모르는데, 그런데 그 사람들에게는 비교우위가 하나 있었지. 폭과 품이야. 우리는 쪼그마한 땅뙈기를 곡괭이로 파면서 큰 수확이 났다고 기뻐하지. 그런데 러시아 농사꾼들은 손에 곡괭이를 잡지 않았어. 그들은 양으로 승부하는 거야. 쟁기로 한 삼십 헥타르를 뒤집어서 귀리 같은 걸 심는 거야. 풀을 뽑을 필요도 없고 수확만 제때 하면 되는 거야. 우리는 장난감 같은 낫으로 풀을 베지만, 여긴 그런 낫이 없어. 트로핌이 팔을 활짝 벌렸다. '까사'라고 하는 긴 낫이야. 까사의 자루가 삽자루보다 더 길어. 한번 휘두르면 이미 반 더미가 쌓이지! 건초 베기를 하게 되면 너도 배울 수 있을 거다. 여름 한 철에 러시아인들은 말을 떼로 실컷 먹일 만큼 사료를 만들어. 우리는 낫으로 깨작거리면서 송아지 한 마리 건사하기도 힘들어하지.

그래, 러시아 사람들을 보고 배워야 한다고 생각했지. 그래서 나도 너른 들에 귀리를 심었고 전량을 납품했어. 어딘지 아나? 자네를 체포한 그 아무르 초소에다가. 그때 사령관이 카라바예프였어. 좋은 사람이었지. 그는 귀리를 받고 대가로 늙은 말 두 필을 내줬어. 그러고선 나에게 군인들이 먹을 채소도 공급해달라는 거야. 양배추, 감자, 양파, 당근을. 그래서 나도 심고 이웃들에게 사서 되팔기도 했지."

트로핌이 껄껄 웃었다. 옛날 일을 이야기하다 기억 속에 빠져들었다. 게다가 강철이 흥미롭게 듣고 있지 않나.

"조선 사람에게도 러시아 사람에게 없는 장점이 있지. 여기는 땅과 기후가 한국과 같아. 그래서 작물을 재배하는 방법을 우리는 알지. 러시아 사람들은 호밀을 어떻게 키우는지 아나? 땅을 갈아서 '포로나'라고 불리는 큰 갈퀴로 다듬은 다음 손으로 씨를 뿌리네. 이렇게. 그런데 조선사람은 어떻게 하지? 이랑을 만들어서 씨를 줄로 만들어 심지. 훨씬 어렵지만, 대신 수확량은 항상 몇 배는 더 많네. 러시아 사람들 방식으로 하면 씨가 썩거나 곡식알이 병이 들어. 식물에 바람이 통해야 하기 때문이야."(아무르의 토양은 반토이다. 비와 안개, 이슬 등 강수량이 많아서 습기가 많다. 식물 뿌리가 썩을 가능성이 크다. 그런 상황에서 이랑을 만들어 파종하는 방법은 습기가 이랑에서 아래로 빠지거나 바람으로 기화되기에 식물이 걸릴 수 있는 치명적인 병을 예방한다.)

신나게 이야기를 이어갔다.

"한국식으로 할 때 가장 힘든 점이 뭔지 아나? 이랑을 만드는 거라네. 땅을 갈 때 나중에 이랑을 만들기 쉽도록 흙을 뒤엎는 거지. 그런데 곡괭이로 일을 얼마나 하겠어? 그래서 나는 바퀴로 움직일 수 있는 장비를 고안해 냈지, 말이 끌도록 말이야. 그렇게 밭을 갈고 이랑을 만들었어. 강철이 너도 그것을 봤을 거야!"

이야기에 열을 내다보니 주인은 일주일 전에 자기가 직접 강철에게 이랑 만드는 장비로 일하는 방법을 가르쳐준 것을 까맣게 잊었다. 그때 강철은 농가마다 다 있는 장비인 줄 알고 별 관심을 두지 않았다.

"그해에 나는 10헥타르 땅에 농사를 지었다네!" 자부심에 차 트로핌이 말했다. "3년 후에는 내 땅이 20헥타르가 되었지."

이야기를 듣고 나자 강철은 주인이 달리 보였다. 존경심이 강철의 얼굴에 드러났는지 주인이 자족하여 빙그레 웃었다.

"물론 진짜 부자가 되려면 아직 멀었지. 하지만 될 순 있어. 열심히 일하고 아들들이 딴짓거리만 안 한다면 … "

상속인을 생각하다 트로핌이 한숨을 내쉬었다. 큰아들은 머리가 없는 건 아니지만, 몸이 약했다. 아, 정말로 약했다. 게다가 그놈에게는 러시아인의 폭과 품이 없다. 작은아들은 튼튼하긴 하지만 일을 하고자 하는 마음이 없다. 허허 …

"강철아, 뭐 좀 먹자. 목을 축이고 싶기도 하고 홍씨 아주머니가 준 자루 좀 줘봐라."

바구니를 받아 든 트로핌은 다시 표정이 밝아졌다.

"한국인들은 어디를 가면 밥하고 반찬을 싸서 다니니 이것저것 챙길 일이 많지." 주인이 봇짐에서 헝겊에 싸인 뭔가를 꺼내면서 말했다. "그런데 러시아 사람들은 단순하고 푸짐해. 봐라."

헝겊 위에는 둥근 회색 빵 한 덩어리와 돼지비계 한 덩이, 양파 몇 개가 놓여있었다.

"돼지비계가 날 것은 아니다." 칼로 썰면서 트로핌이 말했다. "가을에 염장해서 지금까지 잘 숙성된 거야. 이렇게, 나는 빵 두 조각 사이에 비계를 넣고 먹어. 봐라, 얼마나 편한가. 자, 먹어봐. 양파 껍질 깠다, 같이 먹어라. 이제 내 것도 만들어야지 … 이제 빠질 수 없는 그것은 어디 있나?"

주인이 봇짐에 손을 집어넣어 커다랗고 푸르스름한 사각 유리병을 꺼냈다. 유리병 안에는 뭔가 투명한 액체가 담겨 있었다.

"가득 들었네." 주인이 말했다. "이것은 사마곤(보드카는 알코올 도수가 40~45도이지만, 사마곤은 70~80도이다 - 옮긴이)이라고, 집에서 빚은 술이야. 러시아 사람들은 이거 없이 못 살지. 엄청나게 독해, 정신이 나갈 정도로!"

"중국술보다 더 독합니까?" 강철이 빙그레 웃으며 물었다.

"중국술이 더 독하긴 하지, 그래도 중국술은 분노로 만든 것처럼 냄새가 고약해. 근데 이것은 … 자, 냄새 맡아봐." 트로핌이 강철의 코 밑으로 주둥이가 열린 병을 내밀었다. "빵 냄새가 나나?"

솔직히 말해서 강철은 소주보다 몇 배 더 독한 냄새가 난다고 느꼈지만, 주인이 실망할까 봐 고개를 끄덕였다.

트로핌이 양철 컵에 사마곤을 부었다.

"자, 마셔봐."

강철이 당황했다.

"그런데 제가 … "

"마셔, 마셔. 어른이 말하면 들어야지."

강철이 컵을 받아들었다. 한국인들은 어른 앞에서 술을 마시지 않는 것이 관례이지만 어른이 허락할 때는 몸을 돌려서 잔을 비워야 한다. 강철도 그렇게 하였다.

가양주는 정말 독했다. 마지막 모금은 가까스로 삼켰다. 혀가 얼얼하고 숨이 멎는 것 같았다.

"빵 냄새 맡아봐." 트로핌이 말했다. "더 깊게, 다시 한 번 … 이제는 양파를 먹어라 … 됐어, 이제 비계 넣은 빵을 먹으면 돼."

강철의 식도를 타고 가슴까지 뜨거운 기운이 훑고 갔다. 그는 주인의 말대로 비계를 끼운 빵 샌드위치를 한입 베어 물고 씹기 시작했다.

"어때, 맛있나?"

강철이 고개를 끄덕였다. 정말로 맛있었다.

"이제 내 차례다." 트로핌이 이렇게 말하고 컵에 가득 술을 따랐다. "잘 봐, 러시아 사람들은 이렇게 마신다."

트로핌이 고개를 뒤로 젖히고 한 번에 컵을 다 비웠다. 울대뼈만 두어 번 꿀럭거렸다.

"크하아!" 트로핌이 얼굴을 찡그린 채 빵 껍질에 코를 박고 냄새를 깊이 들이마셨다. "이런 컵으로 러시아 사람들은 다섯 잔은 마실 수 있네, 더 마시는 경우도 있고. 용사지, 진정한 용사야!"

주인이 게걸스럽게 먹기 시작했다. 입에 가득 음식을 물고 부스러기를 튀기면서 열변을 토했다.

"나는 한 술집에서, 여기 말로 술집을 '트락티리'라고 하는데, 어떤 러시아 사람이 이런 큰 컵에다가 사마곤을 따르고 거기에 빵을 부숴 넣어서 숟가락으로 국처럼 떠먹는 걸 본 적이 있지. 한국인이라면 그렇게 하다간 죽었을 거야! 나도 절대 못 해."

마치 자기한테 누가 그렇게 해보라고 시킨 것처럼 트로핌의 튀어나온 눈이 커졌다.

"러시아 사람 중에 당연히 완전히 맛이 간 술주정뱅이들도 있지. 그런 놈들은 이미 사람이 아니야. 허구한 날 아침부터 저녁까지 어디서 술을 마실 수 있을까, 한 가지 궁리밖에 안 해. 있는 거 없는 거 죄다 술로 바꿔버려, 끔찍하지, 정말로 … 러시아 사람들은 괜찮은 편이야. 물론 우리를 위에서 내려보고, 우리를 욕하고 아무것도 아닌 일로 때릴 수도 있지. 하지만 그들과 친해지면 너를 위해 전부를 줄 거다. 재미있는 사람들이지. 강해, 술 마시고 노래하고 ⋯ 울고. 이렇게 건장한 사내들도 어린아이처럼 서럽게 울어. 그들과 주먹싸움에 휘둘리면 안 돼. 열 받으면 그냥 죽여버릴 수도 있으니까."

"러시아 친구분은 있습니까?" 강철이 물었다.

"당연히 있지, 없을 수가 있나. 이웃 마을 루자옙카에 수프루예프 바실리라고 살아. 그가 자기 아들 혼례식에 나를 초대했지. 아아, 거기서 얼마나 코가 비틀어지게 퍼마셨는지! 포타포프 예피판이라고 대장장이인데 이랑 만드는 장비를 나에게 만들어 줬지. 다른 사람들도 있는데 오늘 장에 가면 만날 수도 있겠네. 아마 그 사람들은 장에 어제 왔을 거야. 만나면 같이 한잔 걸치지 뭐! 집에 돌아가면 아무한테도 일체 함구해야 해, 알았지?"

"예, 물론입죠." 강철이 고개를 끄덕였다.

"나는 자네를 믿어. 내 맘에 든단 말이지, 비록 ⋯ 너에게는 내가 이해할 수 없는 뭔가가 있지만. 그래, 좋아, 난 한잔 더 먹고 잠 좀 잘 거다. 이 길을 쭉 따라서 가면 얀치히가 나올 거다."

트로핌이 컵에 반쯤 차도록 다시 술을 따랐다. 이번에는 단번에 들이키기가 힘겨웠는지 사마곤 줄기가 턱수염을 타고 흘렀고 울대뼈가 심하게 떨렸다.

"아아, 어렵게 갔지 ⋯ " 작은 흑빵 한 조각으로 위대한 곡주의 영혼을 어찌어찌 기적적으로 몰아냈을 때 트로핌이 눈을 가늘게 뜨고 한숨을 내쉬었다. "러시아 사람들이 어찌나 노래를 부르는지, 숟가락으로 빵 술을 어찌나 퍼먹는지 ⋯ 용사야, 진정한 용사 ⋯ "

트로핌의 혀는 완전히 꼬였지만 똑똑하고 커다란 머리는 계속 자루 쪽으로 기웃거리고 싶었다.

강철은 남은 음식을 치우고 달콤하게 코를 고는 주인을 마포로 덮어주었다. 머리는 어지러웠지만, 의식은 또렷했다. 그는 좀 걸을 요량으로 마차에서 뛰어내렸다. 마침 오르막길이 나와서 말을 덜 힘들게 하고도 싶었다.

숲이 듬성듬성해지자마자 갑자기 눈앞에 얀치히 마을이 나타났다. 앞에서 넓은 계곡이 펼쳐졌다. 저기 멀리 보이는 끝이 거무튀튀한 소나무가 빽빽하게 둘러선, 아주 넓은 계곡이었다. 쟁기질이 끝난 들판은 아지랑이가 소용돌이치듯 아른거렸다. 골짜기 중간에는 큰 마을이 평화롭게 자리 잡고 있었다. 이 마을은 강철이 이전에 본 어떤 마을과도 닮지 않았다. 집들이 마을을 두 쪽으로 나누면서 길을 따라 세로로 열을 이루며 똑바르게 섰다. 칙칙한 나무 지붕 사이에서 양철로 덮어 알록달록하게 색칠한 지붕들이 경쾌한 무늬처럼 빛났다. 나무에 돋아나는 초록색 새싹이 아직 텅 빈 텃밭의 쓸쓸함을 메워주었고 굴뚝에서 피어나는 하얀 연기가 반투명 비단 스카프처럼 마을 위를 유영하고 있었다.

강철이 주인을 깨웠다. 주인이 눈을 비볐다.

"벌써 다 왔어?" 이렇게 묻고 트로핌이 마을 쪽을 바라보았다. "여기가 바로 얀치히야. 집이 얼마나 많은지 보이지? 완전히 도시야! 저기 끝자락에 장이 서는데. 글쎄, 오늘은 사람들이 거기 있을 거네…"

마을이 가까워질수록 길이 더 생기를 띠었다. 초입에 늘어선 건물 몇 개를 지나쳤다. 그때 강철은 조각된 틀로 장식된, 주택의 창문과 대문을 보았다.

트로핌이 직접 마부 자리에 앉았다.

"그러다가 누군가를 마차로 치겠다." 트로핌이 농담했다.

말을 몰 필요가 없게 되자 강철은 이곳저곳으로 고개를 돌려 둘러보았다.

"저기를 보세요, 지붕에 수탉이 있어요. 저기 또 있네요… 왜 저기 있습니까?"

가늘고 기다란 장대에 솜씨 좋게 주물로 뜬 멋진 새들이 우아하게 앉아 있었다.

"모양을 내느라고. 그리고 수탉을 보면 바람이 불어오는 방향을 가늠할 수 있어. 그런데 저것들이 모두 한 방향을 향해 있는 거 보이지. '플류게르'라고 해…"

장이 가까워질수록 거리는 더 활기를 띠었다. 사람들의 목소리, 말굽 소리, 가슴에 매단 상자에서 뭔가를 꺼내 파는 소년들의 시끄러운 외침에 삐걱거리는 수레 소리가 덮였다. 마치 약속이라도 한 듯 검은 부츠와 어두운 색 옷을 입은 남자들이 연속해서 보였다. 이와 반대로 여자들은 누구의 드레스가 더 풍성한지, 스카프가 더 화려한지 경쟁하는 것 같았다. 얼핏 보면 러시아 사람들은 얼굴이 다 같아 보이지만, 자세히 보면 머리카락, 눈, 콧수염, 턱수염의 색깔과 색감은 얼마나 다양한가!

"장에서 상인들은 제자리를 다 알지. 마차들이 서 있는 바로 이쪽 편에서는 곡식, 감자, 밀가루를 팔아. 더 가면 짐승 가죽이랑 시골 장인들이 만든 수공예품을 팔고. 그보다 더 가면 살아있는 온갖 것들을 팔지, 말이나 양, 닭 같은 것들. 저쪽 편에 좌판들이 보이지? 거기서는 도시에서 온 상품을 팔아. 옷, 그릇, 천 같은 것들. 저기 저 줄은 식품과 단맛 나는 과자를 팔고." 행인들 때문에 말을 어르면서 트로핌이 설명했다. "이제 저기 저쪽에 마차를 세울 건데 자네 혼자서 거기 앉아 있게."

주인은 싣고 온 물건을 잘 지키라고 명하고 사라졌다. 강철은 시장을 관찰하면서 말을 등지고 앉아있었다.

'여기도 한국 사람들이 있네.' 동포들을 발견하고 강철이 기뻐했다. '보아하니 온 식구들이 함께 장에 왔구나.'

남편과 아내, 열다섯쯤 돼 보이는 아들로 구성된 한국인 가족의 옷차림은 러시아 사람들의 그것과 별반 다르지 않았다. 그들은 노점으로 향했다.

책에서 봐서 어떻게 생겼는지는 알고 있었다.

"이제 '트락티르(술집)'로 가자. 집에서도 술을 마실 수는 있지만, 술집에서 마시면 흥이 나서 기분이 좋아. 러시아 사람들도 그렇게 하지. 뭔가를 팔거나 샀을 때, 아니면 뭔가 좋은 일이 일어났을 때는 반드시 술을 마셔줘야 해." 기분 좋은 예감으로 주인은 들떠있었다. "여기서 오른쪽으로 돌아 … 짜잔! 다 왔다. 여기 잠깐 있어라, 금방 오마. 요기꺼리와 술을 네게 갖다주마 … "

술집은 작은 창문이 여러 개 달린 야트막한 단층집 안에 있었다. 마차들을 보니 그 안에 사람들이 적지 않을 것 같았다. 주인이 출입문 쪽으로 갔을 때 문이 열리더니 어깨동무를 한 두 사람이 비틀거리며 바깥으로 나왔다. 한 명은 손에 술병을 들고 있었고 다른 사람은 노래를 부르는지 고함을 지르는지 알 수 없었다. 그들은 휘청거리며 길을 따라서 갔고 길에서 마주치는 행인들은 급하게 몸을 피했다.

강철이 간판을 바라보았다. 이제 우리가 너도 정복하겠다, 친구. 강철이 소리 내 읽기 시작했다.

"트파 … 잠깐, 왜 'ㅍ'이지? 주인이 '트락티르(술집)'라고 했잖아 … 이것은 'ㅍ'가 아니라 'ㄹ'이라는 말이네. 그럼 전부 맞게 읽히네, '트락티르'. 마지막 철자는 잘 이해가 안 되는데, 그냥 두자. 그럼 아까 첫 간판에 쓰여 있는 것은 어떻게 되나. '토프로비'가 아니라 '토르로비'인가, 그럼 'ㄹ'이 두 개? 아니야, 틀린 것 같아. 다르게 생긴 철자 두 개가 같은 소리를 낼 순 없지. 그러면 작은 글씨 'г'은 무슨 글자란 말인가? (한국어에는 대소문자 구분이 없다) 주인 영감님에게 물어봐야겠다. 아마 영감님은 러시아어로 읽을 줄 아실 거야.

강철은 이제 간판에서 지나가는 사람들에게로 관심을 돌렸다. 그들을 보면서 나이와 직업을 알아맞기도 하고, 방탕한 집주인을 기다리며 혼자 앉아서 시간을 보내는 마부들을 지켜보기도 했다.

갑자기 술집의 문이 요란하게 열리더니 거기서 모자를 쓰지 않은 남자가, 그 뒤를 이어, 또 다른 남자가 나왔다. 그 뒤를 급하게 쫓아 나온 남자들 몇 명이 이 둘을 때리기 시작했다. 술집에서 비명과 그릇 깨지는 소리가 흘러나왔다. 아마 그 안에서도 몸싸움이 벌어지는 모양이었다.

'주인 영감에게 무슨 일이 있는 건 아니겠지?' 강철이 걱정스럽게 생각했다. 왜 안 나오는 거지? 무슨 일이 생기기 전에 데리고 나와야겠다.'

하지만 그는 마차에 실린 물건들이 걱정되었다. 한편 비명이 더 커졌다. 강철은 조금 더 망설이다가 결심했다. 서둘러 길을 건너서 문으로 들어갔다. 치고받는 싸움 소리에 귀가 먹먹했다. 술집 안이 어둡기도 하고 짙은 담배 연기 때문에 타고 있는 램프만 겨우 보일 지경이었다.

강철이 내부에 익숙해지려고 벽으로 다가가 몸을 밀착했다. 갑자기 건장한 사내가 가까이 오더니 손을 번쩍 쳐들었다. 손을 쳐드는 동작이 얼마나 길던지 누구라도 열 번은 피할 수 있었을 것이다. 퍽! 끔찍한 힘을 준 주먹이 벽에 부딪혔고 곧바로 짐승 같은 울부짖음이 터져 나왔다.

드디어 트로핌을 어렴풋이 알아볼 수 있었다. 턱수염이 덥수룩한 사내가 트로핌의 멱살을 잡고서 주먹으로 머리를 때리고 있었다. 강철이 그들에게 몸을 날려 불끈 쥔 주먹을 앞으로 뻗었다. 접은 엄지손가락의 뼈가 가해자의 눈을 정확하게 때렸다. 남자가 으르렁거리며 몸을 돌렸다. 가운뎃손가락으로 눈을 정확하게 찌르자, 그는 트로핌의 멱살을 놓았다. 강철은 주인의 찢긴 옷을 잡고 출입문으로 데리고 갔다.

"가십시다, 여기서 떠납시다 … "

눈앞에 위협적으로 손을 치켜든 휘청이는 형상이 나타났다. 강철은 옆으로 몸을 숙여 왼발을 위로 뻗었다. 발이 턱수염이 뒤덮은 얼굴을 강타하자 사내가 도끼질 당한 나무처럼 고꾸라졌다.

그들은 '한국놈들 잡아라, 잡아!'라는 고함에 채찍질을 당하듯 거리로 뛰쳐나왔다. 뻗은 남자를 발로 걷어차던 두 사람이 뒤돌아서서 힘겹게 추격해 왔다.

"마차로 가세요!" 강철이 주인을 떠밀었다.

강철이 무릎을 약간 구부린 채 첫 번째 추격자를 어깨로 올려 쳤다. 커다란 몸뚱어리가 공중에서 허우적대다 길에 대자로 뻗었다. 두 번째 추격자가 놀라서 눈을 부릅뜨고 세 걸음 앞에서 멈췄다.

강철이 살짝 미소를 짓고 돌아서서 마차로 유유히 걸어갔다. 시끄러운 발걸음 소리가 들리자, 강철은 그쪽으로 몸을 돌려 도망가는 추격자의 장화를 뒤꿈치로 찍었다. 사내의 발이 뒤엉키더니 아래로 고개를 처박고 고꾸라졌다.

트로핌이 진작 말을 매 놓았던 말뚝에서 줄을 풀었다. 강철이 마차에 올라타자 말이 세차게 달리기 시작했다. 술집에서 산발한 사람들이 뛰어나와 주먹으로 위협하며 뭔가를 외쳤다.

마차가 빠르게 마을 변두리를 지나쳤다. 추격하는 사람들이 없는 것을 보자 주인이 말의 속도를 늦추고 감정을 토로하기 시작했다.

"개새끼들! 취하기만 하면 저 모양들이니! 아무에게나 트집거리를 잡아 주먹을 휘두르고 … "

"뭐 때문에 싸움이 난 겁니까?"

"아무 이유도 없다니까. 술집에 들어가자마자 보니 아는 사람 예핌한이 앉아있어. 나한테 인사하면서 자기 자리로 부르는 거야. 가서 앉았지. 동석한 사람들이 술을 따라주더군. 마셨지. 그다음 내가 따라줬어. 괜찮았어. 그런데 예핌한 옆에 앉아 있던 황소같이 건장한 사내가, 당신 누구야?, 이렇게 묻는 거야. 그래서 내가 나는 이런저런 사람이라고 말해줬지 … 그런데 그 사람, 그 개자식이 다시 귀찮게 구는 거야. 온갖 사람들과 같이 술을 마셔봤지만, 노란 상판대기 한국인하고는 안 마셔봤다면서. 여기서 꺼져, 이러는 거야. 그러지 말라고 사람들이 그를 얼렀지만, 그가 점점 더 심하게 구는 거야. 이 한국인이 여기서 코를 치켜들고 잘난척하는데 귀가 아파서 들을 수가 없다고 소리치는 거야. 예핌한이 내 편을 들어줬는데, 다른 사람들은 그놈 편을 들어서 몸싸움이 시작됐어. 뭐 때문에 그렇게 됐는지 모르겠다니까. 러시아 사람들이 그래, 알겠어?" 트로핌이 자기 몸을 훑더니 손을 바지 속에 집어넣었다. "돈도 다 있고, 시계도 있네. 모자는 잃어버렸고 겉옷은 그 개새끼들이 찢어버렸어! ⋯ 허, 그래도 괜찮다, 더 나쁜 일이 생겼을 수도 있으니, 하하! 그런데 나도 어떤 놈을 패주었어 ⋯ "

트로핌이 소리 내 웃었다. 그의 모습은 얻어터졌지만 죽지는 않은 수탉과 영락없이 닮아 있었다.

"그런데 이봐, 내 머리를 때리던 놈이 멱살을 놓고 손바닥으로 얼굴을 가렸잖아. 그놈한테 네가 어떻게 한 거야?"

"제가 그놈 귀에 대고 휘파람을 불었습니다." 아주 진지한 어조로 강철이 대답했다.

"휘파람을 불어? 휘파람을 불다니 무슨 말이냐? ⋯ "

"이렇게요." 강철이 입천장에 혀를 대고 휘파람을 불었다. 소리가 얼마나 귀청을 째는 듯한지 말이 놀라서 뛰어올랐다.

"진짜로 귀청이 떨어지겠네. 그 두 명은 뭐 때문에 쓰러졌지?"

"모릅니다. 걸려서 넘어졌을 겁니다. 그 사람들이 취해서 겨우 서 있었잖아요."

"흠, 내 보기에는 네가 그 사람들에게 뭔가를 한 것 같았는데."

"조금 거들었을 뿐입니다."

"그래 알았다. 모든 게 무사히 잘 끝났으니. 이걸 기념해서 한잔해야지.

게다가 너는 배가 고프겠구나 … 우리 봇짐이 어딨지?"

"거기 마대 밑에 있습니다. 술은 안 마실 겁니다."

"그래, 좋아. 나는 목만 축일 거야 … "

트로핌이 술을 아주 조금 따랐다.

"강철아, 오늘 네가 나를 구했다. 집에서는 아무에게도 말하지 마라, 알
았지? 네가 내게 언제나 그렇게 충직하면 내가 너를 잊어버릴 일은 없을
거다. 그래 됐다 … "

그는 술잔을 비우고 비계를 끼운 빵을 천천히 씹었다.

"나는 잠을 좀 자야겠다. 집 앞에 도착하면 깨워라."

"알겠습니다, 영감님."

아직 해가 있을 때 그들은 자기 마을에 별일 없이 당도했다. 오는 내내
강철은 러시아 단어를 반복했다. 돔(집), 까사(긴 낫), 사마곤(가양주), 스또이
(정지), 트락티르(술집) …

제19장

철이 박 트로핌의 집으로 가게 됐을 때가 쟁기질을 막 시작하는 철이었다. 봄에 농민이 가장 중요하게 생각하는 이 일에 강철이 바로 투입되었다.

살면서 한 번도 쟁기 근처에 가본 적이 없었던 강철은 금방 새로운 일에 적응했고 며칠 만에 표트르와 홍씨 아저씨만큼 쟁기질을 잘하게 되었다. 처음에는 익숙지 않은 노동으로 온몸이 쑤셨고 손바닥에서 물집이 터져 쓰라리고 아팠다. 그런 시기가 지나자 힘든 농민의 노동은 강철에게 일상이 되었다.

이제는 풀베기와 건초 만드는 법을 배워야 했다.

트로핌의 땅이 집에서 그리 멀지 않았기에, 집에서 쟁기질하러 다녔다. 풀을 베는 곳은 멀었기에 그곳에서 자야 했다.

트로핌과 강철, 홍씨네 부부가 그곳으로 먼저 출발했다. 마차에는 들에서 생활하는 데 필요한 온갖 물품이 실렸다. 이것 말고도 주인은 베르당총을 챙겼다. 포대들 사이로 베르당총을 끼워 넣을 때 주인은 강철의 궁금해하는 시선을 알아채고 해명했다.

"무슨 일이든 일어날 수 있으니까. 두 해쯤 전에 중국인 강도들이 한인 가족 전체를 끝장냈어. 남자들은 죽이고 여자들은 잡아갔지. 러시아 사람들이 말하는 것처럼 하늘은 스스로 돕는 자를 도와. 두 번째 갈 때는 천둥이도 데려와야겠다."

아침부터 더웠다. 하늘이 하얀 구름으로 뒤덮여 있어 해가 어디 있는지 알 수 없었다. 기온이 높고 습하고 바람도 없었다. 길을 가는 내내 날파리

떼, 모기떼가 앵앵거리며 귀찮게 따라붙었다. 성가신 곤충들은 아직 힘이 없을 때였지만 어쩌다 한번 물리면 느낌은 올 정도였다. 나뭇가지로 계속 쫓아버리지 않으면 입으로, 코로 들어갔다.

장에 같이 갔다 오고 나서 트로핌은 강철에게 더 신뢰하는 태도를 보였다. 주인은 호기심 어린 눈빛을 가진 이 말수 없는 젊은 일꾼이 마음에 들었고, 그 눈빛은 항상 이야기해 주고 보여주고 가르쳐주고 싶은 욕구를 불러일으켰다. 그러고 나면 해준 조언이나 언질이 얼마나 빠르게 실제로 구현되는지를 흥미롭게 지켜보았다.

그들은 두 시간을 타고 갔다. 그러자 숲이 갈라지면서 작은 강을 사이에 두고 강변을 따라 언덕이 많고 넓은 초원이 펼쳐졌다. 강철은 이렇게 넓은 대지를 보면서 다시 한 번 감탄했다.

"이제 좋은 풀이 자랐구나. 올겨울에 가축 먹일 만큼은 되겠어." 트로핌이 기뻐했다. "저기 저 동산에 천막을 치자. 물도 옆에 있고 바람도 잔잔하게 불 거야. 올해는 먼 곳에서 풀을 베게 되었지만, 대신 풀은 참 실하다!"

트로핌이 아들과 며느리, 건초 작업을 위해 임시로 고용한 일꾼 두 명을 데려오기 위해 다시 집으로 떠났다. 홍씨 아저씨와 강철이 천막 두 동을 세우기 시작했다. 작은 한 동은 여자들이 묵을 곳이고 다른 큰 동은 남자들이 사용할 곳이다.

그들은 기둥에 쓸 나무를 베러 숲에 다녀왔다. 두꺼운 장대를 한 동당 네 개씩 땅에 박고 위에서부터 골조를 만들었다. 손발이 잘 맞아 일이 착착 진행되었다. 홍씨 아저씨가 책임을 맡았는데, 아저씨는 무엇을 하든, 장대를 밧줄로 묶든, 음식 조리를 위한 아궁이를 놓든 모든 것을 능숙하고 제대로 처리했다. 아저씨는 기둥에 옷을 걸어두라고 손바닥 너비로 튀어나온 옹이까지 만들어 두었다.

홍씨 아저씨는 마흔 줄이었는데, 하얗게 센 머리카락과 주름 때문에 나

388

이가 더 들어 보였다. 그는 말을 지극히 아꼈지만, 눈빛이 한결같이 자비로 웠기에 그의 침묵은 그리 부담스럽지 않았다.

아내도 그와 마찬가지로 표정이 상냥하고 말수가 적었다. 강철은 홍씨 아주머니가 일없이 그냥 앉아있는 것을 본 적이 없었다. 부엌에서 바쁘게 움직이거나 빨래를 하거나 바느질을 했다. 트로핌 집으로 온 사흘째 아침 에 강철은 자기 바지와 웃옷이 깨끗하게 세탁돼 있어 놀랐었다. 누가 그렇 게 했는지 짐작하고 그는 홍씨 아주머니에게 감사드리면서 "안 그래도 그 렇게 바쁘신데 저까지 신경 쓰지 않으셔도 된다"고 말했다. 홍씨 아주머니 가 빙그레 웃음으로 화답하더니 강철을 단박에 사로잡는 말을 했다.

"때로는 누가 챙겨주는 것보다 누구를 챙기는 게 더 좋아요."

나중에 그는 홍씨 부부가 십여 년 전에 아이들을 잃었다는 사실을 알게 되었다. 이렇게 선하고 따뜻한 사람들의 얼굴에 종종 드리우는 슬픔이 어 디에서 기인한 것인지 알게 되었다. 홍씨 아주머니의 말에서는 지칠 줄 모 르는 모성애와 부드러움이 새어 나왔다.

강철은 자기도 좋은 것으로 보답하고 싶었다. 큰집과 살림을 유지하려면 물이 많이 필요했다. 우물에서 길어 나무통에 채우는 일은 이반의 책임이 었다. 하지만 그는 자주 이 일을 잊어버렸다. 강철이 이 일을 자기 몫으로 가져왔다. 언젠가 홍씨 아주머니가 불을 지피려고 칼로 나무를 자르는 것 을 보고 그는 저녁마다 마른 자작나무 가지를 모아 불쏘시개로 쓸 수 있도 록 준비해 두었다. 홍씨 아저씨와 한 조를 이루어 일할 때면 항상 힘든 일 은 자기가 하려고 강철은 노력했다. 오늘만 해도 장대 대부분을 강철이 직 접 날라 모든 구멍을 파서 박았고 홍씨 아저씨에게 그 일을 할 틈을 주지 않았다.

땅바닥에 주저앉아서 그냥 점심을 먹었다. 남자들이 천막을 세우는 동안 홍씨 아주머니가 조밥을 짓고 천막 주변에서 자라는 민들레 싹을 뜯어 넣 어 국을 끓였다.

"맛이 좋습니다." 강철이 그릇을 비우며 말했다

"더 드릴까?" 홍씨 아주머니가 더 덜어줄 시늉을 하며 물었다.

"예, 좋습니다." 강철이 말했다.

홍씨 아주머니는 가볍게 일어나 강철의 그릇을 들고 아궁이 쪽으로 갔다. 아주머니가 그릇을 채워 다시 돌아오는 것을 보면서 강철은 남자 시중드는 일이 여자에게 참 힘든 일이라고 생각했다. 곧 이곳에 사람들이 많아질 텐데 사람들의 필요를 채우느라 아마도 홍씨 아주머니는 몹시 피로할것이다. 아주머니의 일을 좀 편하게 해주려는 마음이 들어 강철이 홍씨 아저씨에게 이런 제안을 내놓았다.

"탁자와 긴 의자를 만듭시다, 러시아 사람들처럼. 땅바닥에 앉아서 먹는것보다 훨씬 더 편할 겁니다."

부부가 서로를 바라보았다.

"좋은 생각이네." 홍씨 아저씨가 이 제안을 반겼다. "그런데 널빤지가 없어."

"줄기를 모아서 판을 만들고 표면을 깎아서 다듬어 보지요."

"그러면 되겠네."

그런데 못이 없었고 도구는 도끼와 톱뿐이어서 어쩌면 좋을지 잠시 의논했다. 홍씨 아저씨에게는 이 생각을 실현할 재주가 있었다. 그는 자작나무 줄기를 이용해 탁자와 긴 의자 다리를 만들고, 사시나무 내피를 써서줄기를 묶었다.

같은 방법으로 그들은 홍씨 아주머니를 더 기쁘게 하려고 아궁이 옆에작은 탁자를 만들어서 밑에 선반을 넣어 그릇이나 부엌살림에 필요한 도구를 놓는 용도로 쓰게 했다.

작업을 마치고 그들은 긴 의자에 앉아 담배를 피웠다. 만들어 놓은 것들이 눈을 즐겁게 했다. 홍씨 아주머니가 벌써 탁자에 어떤 천을 씌워놓고 물병을 갖다 놓았다.

"이제 풀을 베야겠다." 그들이 담배를 다 피우고 나자 홍씨 아저씨가 말했다. "천막과 이부자리 밑에 깔 거야."

아저씨는 긴 낫 묶음에서 하나를 골라 끝으로 갈수록 초승달처럼 좁아지는 넓은 칼날이 잘 드는지를 확인했다. 전날 밤에 아저씨는 기다란 숫돌에 뽀드득 소리가 날 정도로 낫을 갈아놓았다. 강철의 조상들은 반들반들한 바닷가 차돌과 칼날이 직선형인 작은 낫을 사용했다. 그들은 한 손으로 풀을 한 움큼 잡고 다른 손으로 베었다. 그런데 이렇게 엄청나게 큰 낫을 가지고 여기 사람들은 어떻게 일을 할지 궁금했다.

홍씨 아저씨는 오른손으로 윤기 나는 낫의 자루를 잡고 왼손으로는 자루 가운데 붙은 새총 모양으로 만든 손잡이를 잡았다. 이 특이한 손잡이에 눈길이 갔는데 라틴어 문자 V를 닮았고 끈을 동여매어 자루에 묶어놓았다. 강철이 손잡이에 이런 모양이 붙어있는 이유를 알게 되었을 때, 누가 발명했는지는 모르지만, 이 천재적인 발상에 감탄했다. 낫자루의 구조가 빨래집게 원리로 만들어졌는데 이 손잡이는 낫자루를 따라 옮길 수 있고 필요한 자리에 고정할 수도 있었다. 그래서 팔 길이에 상관없이 누구나 낫을 자유롭게 사용할 수 있게 하려고 만든 것이었다.

홍씨 아저씨가 낫을 휘둘렀다. 넓은 칼날이 소리를 내자, 풀이 가지런히 반원을 그리며 잘려 누웠다. 한 번 더, 또 한 번 더, 풀이 다 베인 터에서 벌써 춤도 출 수 있을 정도가 되었다.

"아저씨, 제가 한번 해볼게요." 강철이 청했다. 보기에 이 작업은 아주 단순해 보였다.

"그래, 자." 홍씨 아저씨가 작업을 멈추고 낫을 내밀었다.

강철은 홍씨 아저씨와 똑같은 방법으로 낫을 쥐고 휘둘렀다. 기울어진 칼날이 너무 많은 양의 풀을 건드렸고 가까이 있던 풀들은 베이지 않고 그대로 서 있었다. 낫을 다시 휘두르자, 칼날의 끝이 땅에 박혀버렸다. 강철은 뒤로 물러서서 다시 한 번 시도해 보았다. 풀이 누웠지만 베어지진 않았다.

"안 되네요." 머쓱하게 웃으면서 강철이 말했다. "왜 그럴까요, 홍씨 아저씨?"

"낫을 최대한 낮게 잡아야 해." 아저씨가 설명했다. "그리고 땅바닥과 평행으로. 욕심을 부릴 필요 없어. 조금씩 베면 돼. 다시 한 번 보여주마…"

홍씨 아저씨가 다시 낫을 잡았다. 다시 봐도 그의 움직임은 쉽고도 단순해 보였다.

"봤지? 팔이 이리저리 자유롭게 움직이잖아. 낫이 무게가 있어서 팔이 아니라 낫이 베는 거야, 이렇게…"

자유롭게, 말은 쉽다. 칼날이 풀의 줄기를 가볍게 눌러버리도록 하고 싶지만, 떼를 이루고 선 풀은 전혀 연약한 존재가 아니었다.

한 번, 두 번, 세 번… 다시 칼날의 끝이 땅으로 처박혔다. 하지만 이번에는 소리를 내며 풀이 쓰러졌다. 그렇게 더 자유롭게, 품을 더 크게, 더 크게 …

"잘하네." 홍씨 아저씨가 흡족한 듯 웃었다. "그렇게, 그래, 옳지… 이쪽으로 돌아서서 이제 천막 주변에 있는 풀을 다 베자… 좋아, 아주 좋아…"

이 시간 동안 홍씨 아저씨는 평소에 한 달 말할 분량을 다 한 것 같았다. 강철이 기초는 익힌 것을 확인하고 홍씨 아저씨는 다른 낫을 집어서 강철 뒤에 섰다.

"속도가 느려지면 내가 발뒤꿈치를 베어버릴 거다." 아저씨가 농을 쳤다. 강철은 그렇게 밝은 아저씨의 모습을 처음 보았다.

5m 정도로 훑고 지난 후 강철은 주변을 돌아보고 얼굴을 붉혔다. 그가 지나온 자리의 그루터기는 술 취한 사람이 지나가면 걸려서 넘어질 것 같았고 홍씨 아저씨가 베고 지나간 자리는 평평한 들로 남아서 아이들이 신나게 뛰어놀 만한 자리였다.

강철이 풀을 쓰러뜨리지 못하고 허투루 휘두르기를 몇 번 했다. 이렇게 폭넓고 유연한 동작은 어떤 것을 연상시켰을까? 정확히 장대를 가지고 하는 운동과 닮아있었다. 다른 점이 있다면 목표지점을 더 아래로, 조금 더 아래로 잡는 것뿐. 또다시 실수했네, 괜찮다, 한 번 더 해보자.

조금 더 나아졌다.

한편 홍씨 아주머니는 설거지하러 개울로 다녀왔다. 돌아와서는 무슨 일을 하며 앉아서 열성적으로 일하는 남자들을 이따금 흐뭇하게 쳐다보았다. 아들을 잃지 않았다면 지금쯤 강철 나이만큼 컸겠지. 아들도 아버지에게 일하는 법을 배웠을 텐데.

눈물이 흐를까 봐 아주머니는 한숨을 내쉬고 하던 일에 집중했다.

마차가 돌아왔을 때는 두 남자가 천막 주변의 풀베기를 다 마쳤을 때였다. 마차에서 갑자기 그림자가 떨어지더니 앞으로 빨리 뛰어갔다. 그것은 익숙한 얼굴들을 알아본 천둥이었다. 강철을 봤을 때는 유난히 반기며 천방지축으로 뛰었다. 꼬리를 흔들며 뛰어오르면서 얼굴을 핥으려고 틈을 노렸다.

"그래, 그래, 그만." 강철이 웃었다. "아침에 봤잖아. 앉아, 여기로 앉아, 옳지, 얌전히 있어."

"개가 너를 좋아하네. 동물은 좋은 사람을 알아봐." 홍씨 아저씨가 환한 얼굴로 말했다. "어째 집안사람들이 좀 늦게 왔네."

둘째 아들 표트르가 말을 몰았고 옆에는 큰며느리 글라피라가 앉았다.

뒤쪽에 앉은 세 사람의 머리가 보였다. 트로핌과 임시로 고용된 일꾼 둘이었다.

"워워!" 뻬쨔(표트르)가 마차를 세웠다. "수고하십니다!"

트로핌이 천막을 둘러보고 탁자를 응시했다.

"어어, 이게 뭔가?" 다가가 앉더니 상판을 두드려 보고 칭찬했다. "자네들, 이거 잘 생각해 냈네. 선익이 자네 생각인가?"

홍씨 아저씨의 이름을 아는 유일한 사람이 주인이었다.

"아니요, 저기 저 사람이." 아저씨가 강철을 향해 고갯짓했다.

표트르(뻬쨔)와 글라피라도 아버지를 본받을 필요가 있다고 여겼나 보다.

아들이 탁자의 다리를 두어 번 차더니 소리 내 웃었다.

"진짜 러시아 사람이 되어가는군요."

젊은 며느리가 큰 소리로 말했다.

"진작에 이렇게 해야 했어요. 맨날 방바닥에 앉아서 밥을 먹었잖아요. 제대로 편하게 앉지도 못하고 밥도 먹기 불편하고." 왜인지는 모르지만, 글라피라가 강철을 바라보며 통통한 입술을 삐쭉거리더니 덧붙였다. "뒷간도 만들어야 해요. 남자들은 없어도 되겠지만 우리 여자들은 그게…"

트로핌이 버르장머리 없는 며느리에게 한마디 하려고 입을 벌렸다가 생각을 고쳐먹고 새로 온 일꾼들을 소개했다.

"자, 여기 서로 인사하세요. 우리와 같이 일할 사람들이오. 이 사람은 김봉두, 이 사람은 최문길이오."

두 사람 다 서른이 안 돼 보였다. 김봉두는 키가 더 컸지만, 균형 잡힌 체형은 아니었다. 몸통은 길고, 다리는 짧았다. 수박을 연상시키는 머리와 힘이 셀 것 같은 긴 팔 때문에 체형의 불균형이 두드러졌다. 커다란 눈은 순진해 보였다.

그의 짝은 동그랗고 서글서글한 얼굴을 가진 다부진 체격이었다. 두 사람 다 셔츠와 바지를 입고 그 위에 두루마기를 입어 러시아식과 한국식을 섞어놓은 복장이었다. 그들이 밀짚모자를 쓰고 짚신을 신었다.

"마차에 있는 짐을 내리게." 트로핌이 지시했다. "홍씨 아주머니, 이 사람들 밥 좀 차려주고, 그래도 먹을 게 남으면 하는 김에 우리 밥도 좀 줘, 하하!"

저녁까지 천막 정리를 했다. 홍씨 아저씨가 새로운 일꾼들과 함께 천막 지붕을 건초로 덮었고 강철과 표트르는 숲으로 가서 마른 나뭇가지를 한 수레 가득 싣고 왔다. 한편 트로핌은 전체 작업량을 어림잡으려 초원 전체를 둘러보았다.

주인이 직접 채우고 불을 붙인 등유 램프 불빛 아래서 그들은 밥을 먹었다. 이때 주인은 자랑을 참을 수 없었다.

"좋은 일꾼들에게는 아무것도 아끼고 싶지 않아. 이것 보시게들, 얼마나 밝은가! 조선에서는 양반들조차 이런 불을 켜놓고 밥을 못 먹지."

주인은 종일 기분이 좋았다. 좋은 풀이 무성하게 자란 초원을 봐서, 그다음에는 홍씨와 강철이 만든 탁자와 긴 의자를 봐서, 마지막으로 여자들이 맛있는 저녁을 만들어서 좋았다. 그래서 풀을 베어 말리는 철을 맞은 기념으로 그는 가양주를 마시기로 했다.

"글라피라, 바구니에서 술병을 가져다가 남자들에게 한 잔씩 따라주거라."

며느리가 순순히 '예, 예'라고 대답했지만, 눈에는 제멋대로 행동하는 망아지처럼 못마땅한 빛이 서려 있었다.

제일 먼저 시아버지에게 따르고 그다음은 홍씨 아저씨, 새 일꾼들, 표트르 순으로 따랐다. 강철에게 다가가서는 우연히 그런 것처럼 자기 허벅지로 그의 몸에 닿았다. 강철이 움찔하여 반사적으로 뒤로 물러났지만, 그녀는 다시 그의 옆구리에 몸을 밀착시키면서 고개를 숙여 조용히 속삭였다.

"맛있게 드세요!"

강철이 당황하여 말없이 고개를 끄덕였다. 글라피라를 처음 본 자리에서 그녀가 자기를 훑어보고 나서 경멸스럽게 소리치던 장면을 강철은 잊지 않았다.

"오만 떠돌이를 다 거둬들이네!"

자기가 예리하게 빈정거렸다고 생각했는지 그녀는 흡족하여 호호거렸었다.

남자들이 술잔을 비우고 밥을 먹기 시작했다. 게걸스럽게 쩝쩝거리는 소리로 음식이 맛있다는 것을 표현했다.

저녁을 먹고 그들은 담뱃대를 물고 나란히 앉았다. 담배를 피운 트로핌이 하품하면서 말했다.

"이제 자리들 갑시다. 내일부터 중노동이 시작될 거니까. 비가 안 와야 할 텐데…"

이부자리는 푹신하고 밤은 따스했다. 그런데도 강철은 웬일인지 오랫동안 잠이 오지 않았다. 깜빡 잠이 들기는 했는데 그때 누군가 자기 곁으로 와서 얼굴을 혀로 핥는 것을 느꼈다. 깜짝 놀라서 보니 천둥이었다. 옆으로 돌아누우면서 개를 쫓아내지는 않았다. 잠결에 "얌전하게 앉아있어, 나한테 집적대지 말고"라고 중얼거렸다

새벽에 강철이 눈을 떴을 때 가장 먼저 본 것은 동틀 녘 어스름이었다. 자리에서 일어나 앉았다. 사방을 알아볼 정도로는 밝았다. 안개가 하얀 담요처럼 초원에 내려앉아, 숲으로 이어지는 산비탈이 검은 얼룩처럼 보였다.

아침이 오기 전 모든 것이 고요했다. 공기는 물기 어린 청아함을 흠뻑 머금고 있었다.

강철이 재빠르게 옷을 입고 천막 바깥으로 나갔다. 이슬에 젖은 천둥이가 어디선가 뛰어나와 반기는 소리를 내며 강철에게 달려들었다.

"쉿, 조용." 강철이 말하고 아직 자는 남자들에게서 서둘러 멀어졌다. "사람들이 자고 있잖아, 이놈아, 어떻게 모르니. 뛰고 싶으면, 자, 뛰자…"

한 100m 떨어진 숲까지 갔다가 거기서 오른쪽으로 꺾어 숲 가장자리를 지나 개울가로 내려갔다. 천둥이가 갑자기 으르렁거리다가 큰 소리로 짖으며 앞으로 달려갔다. 개울 속에 있던 시꺼먼 두 존재가 풍덩거리는 소리를 내며 반대편 개울가로 달아났다.

곰이다! 한 마리는 입에 은빛 물고기를 물고 있었다. 그들은 강철과 개가 물에 닿기 전에 숲으로 사라졌다. 천둥이가 흥분해서 몸을 떨면서 깨갱거렸다.

이런 장면을 보다니! 곰들이 이쪽 개울가로 도망쳤으면 어떻게 됐을까를 생각하다 강철은 웃었다. 곰에게서 도망치려고 난리가 났겠지!

그는 개울로 갔다. 개울 폭이 한 15m 정도였고 곰이 별일 없이 건널 정도면 얕을 것이었다. 물살도 세지 않았다. 조금 아래쪽은 물살이 시원한 소리를 내며 힘찼다. 씻겨 내려간 개울가와 뿌리를 드러내며 쓰러진 나무를 보아하니 봄에 물이 이곳을 휩쓸고 지나간 것 같았다.

강철이 쭈그리고 앉아 물에 손을 담갔다. 물이 아주 차가웠다. 개울가 바로 옆 물 위에서 꺾인 갈대 줄기들이 흔들렸다. 그것들은 물의 흐름에 따라 살짝 움직였다. 자세히 들여다보고 강철은 소리를 지를 뻔했다. 그것은 갈대가 아니라 물고기의 지느러미들이었다. 한 마리, 두 마리, 세 마리…

사냥 본능이 강철 속에서 꿈틀거렸다. 그의 머리는 물고기 잡을 방법을 찾느라 부산하게 움직였다. 날카로운 갈고리를 단 막대 하나만 있었더라면 … 아니면 … 방법이 있다!

"천둥아, 날 따라와라!" 강철이 소리치고 천막으로 곧바로 뛰어갔다. 사람들이 아직 자고 있었고 홍씨 아주머니만 아궁이에 불을 지피고 있었다. 강철이 헐떡거리는 모습을 보고 아주머니가 놀라서 물었다.

"무슨 일 생겼소?"

"아주머니, 저기 개울에 물고기가 아주 많아요! 다 잡고 싶어서요. 여기 어딘가에 갈퀴가 있을 건데, 아, 여기 있네요."

강철은 가장 긴 갈퀴를 집어 들고 천둥이와 함께 다시 개울로 갔다.

같은 개울이지만 이제 그는 다르게 접근해야 했다. 강철은 삼지창을 마치 창처럼 자루 끝을 잡아 쥐고서 쪼그리고 앉아 물로 다가갔다. 여기다, 야압!

목표물을 정확히 맞혔지만, 물고기가 그렇게 크고 힘이 셀 줄은 예상하지 못했기에 갈퀴를 손에서 놓칠 뻔했다. 잡은 물고기를 개울가로 던지니 그것은 크고 육중한 황금빛 몸통을 버둥거리며 조약돌 위에서 꼬리를 파닥거렸다. 강철은 몹시 기뻤다.

천둥이가 정신줄을 놓아버린 것처럼 잡힌 물고기 옆에서 짖으며 날뛰면서 이빨로 물려고 하다가 뒤로 물러서서 으르렁거리다가 하였다.

"워워, 천둥아, 가만히 있어, 물고기 다 놀라겠다."

천둥이가 앞발을 구부리고 앉아 숨이 멎어가는 물고기를 뚫어지게 지켜보았다.

두 번째 물고기를 강철은 약하게 찍었다. 물고기가 갈퀴를 피해 개울 중간으로 도망쳤다. 대신에 세 번째 물고기는 같은 힘으로 찍긴 했지만, 발로 밟아서 갈퀴 사이에 걸리게 할 수 있었다.

다음 물고기를 잡으려는데 강철은 갈퀴 꽂을 거리를 어림잡기가 어려웠다. 날이 완전히 밝아왔고 물고기들이 개울가에서 흩어졌다. 강철은 이제 물고기 잡기가 더 어려울 것으로 판단했다.

그는 수양버들 가지를 꺾어 옹이를 다듬어 물고기 아가미로 집어넣었다. 물고기는 각각 3㎏은 너끈히 돼 보였다. 강철은 세수를 하고 나서, 잡은 물고기 무게에 흡족해하며 천막으로 돌아갔다.

일어난 사람들이 보였다. 아궁이 옆에서 두 여자가 수다를 떨었다. 글라피라가 강철을 먼저 보았다.

"보세요, 뭘 가지고 오는지." 글라피라가 기쁜 목소리로 소리쳤다. "어디서 이렇게 큰 물고기를 잡았대요!"

감탄과 칭찬으로 떠들썩해지자 트로핌이 잠에서 깼다.

"무슨 일이냐?" 그루터기에 내려놓은 물고기를 구경하는 사람들에게 다가오며 트로핌이 물었다. "아이고, 실하네. 강철아, 네가 낚았느냐?"

강철이 손에 갈퀴를 들고 있었기에 대답이 필요치 않았다.

"정말 이걸로 잡았어?" 그는 아직도 꿈틀거리는 짐승의 아가미를 발로 툭 건드렸다. "이 물고기는 연어라고 해. 맛있지. 오늘 한번 먹어보겠네. 이놈 알이 빨간데 러시아 사람들은 연어알을 염장해서 빵과 같이 먹지."

표트르는 잡힌 물고기를 보고도 심드렁했다. 그는 아침을 먹을 때 가장 늦게 일어서서 식탁으로 와 앉았다. 잡힌 물고기를 힐끗 보더니 피식 웃었다.

"내일 만약 강철 아저씨가 호랑이를 잡아 온다 해도 놀랍지 않을 거요."

그때 강철이 곰을 본 생각이 났다. 곰 이야기를 하려다가 마음을 접었다. 사람들을 괜히 놀라게 할 필요도 없고 안짱다리 곰을 어떻게 쏘아서 잡을지 생각해 봐야 했다. 확실한 건 물고기를 잡으려면 긴 갈고리를 만들어야 했다.

강철이 잡아 온 전리품 덕인지, 아니면 풀베기를 앞둔 탓인지는 모르겠지만 아침을 먹고 나서 사람들이 활기를 띠었다.

"어디서부터 시작할 건가?" 아침 식사 후에 모두가 낫을 고르고 있을 때 트로핌이 홍씨 아저씨에게 물었다.

"개울가 왼쪽 끝에서 시작해야지요." 홍씨가 말했다.

"좋네. 그럼, 시작들 하게나, 나는 마을에 좀 다녀와야 하니. 어쩌면 일꾼 하나를 더 쓸 수도 있어. 올해는 품팔이를 쓰는 일이 어째 쉽지 않네. 강철아, 하고 싶은 말이 있냐?"

"가능하시면 대장장이에게 갈고리를 주문해 주십시오. 이만한 것으로." 강철이 손으로 크기를 보여주었다. "갈고리가 있으면 고기 잡기가 더 쉬워집니다."

"한 번에 많이 잡을 수 있겠냐?"

"제 생각에 한 열 마리에서 열다섯 마리는 잡을 수 있습니다."

"정말로?" 트로핌이 목소리를 높였다. "그렇다면, 그러면 … 네가 말한 것 내가 반드시 가져오마. 그리고 잡자마자 염장할 수 있도록 소금도 한 자루 갖다주마. 그럼 수고들 하시게!"

강의 아래쪽이다. 개울가에는 자갈이 깔려있었다. 다섯 명 모두 낮은 절벽 위에 정렬했다. 푸른 풀은 길이가 무릎까지 닿았다.

강철이 초원 반대쪽 끝을 바라보았다. 아침에는 가까워 보이던 숲이 문득 멀어 보였다. 이렇게 큰 면적을 제압하려면 몇 번이나 낫을 휘둘러야 할까를 자기도 모르게 생각하다 낫의 손잡이를 단단히 쥐었다. 하지만 어떤 경우에는 그는 다른 사람보다 뒤처지지 않으려고 애쓸 것이다. 다른 사람들이 할 수 있다면 그도 할 수 있을 터이니.

전체 작업을 관장할 홍씨 아저씨가 제일 먼저 들어가고, 아저씨 뒤를 이어 임시로 고용된 품팔이꾼 두 명이, 그다음으로 표트르가, 가장 경험이 없는 강철이 가장 나중에 들어가 전체 사슬이 완성되었다. 서로에게 방해가 되지 않도록 열이 어긋나게 섰다.

홍씨 아저씨가 어제 준 가르침은 헛되지 않았다. 사실 처음에는 낫 끝이 계속해서 땅에 처박히기는 했지만, 강철은 곧 익숙해졌고, 팔을 긴장해서 움직이느라 어깨뼈가 계속하여 셔츠 밑에서 흔들거리는 표트르에게 뒤처지지 않게 되었다. 앞으로 갈수록 강철은 발밑만 보지 않고 몸을 일으켜 초원과 동료들의 모습도 볼 여유가 생겼다. 위에서 아래로 내려가기가 쉬울 텐데 홍씨 아저씨가 아래쪽부터 풀을 베기로 정한 이유가 무엇인지를 강철이 생각했다. 위에서 아래로 내려가면 그냥 걷기는 쉬울지 모르지만, 낫을 위로 당겨야 하기에 풀베기는 더 어려울 거로 짐작되었다. 홍씨 아저씨가 말한 대로라면 낫은 반원을 그린 후 자기 무게로 떨어지면서 자유롭게 풀을 벤다.

한 15m를 가니 강철도 팔과 어깨가 뻐근해져 왔다. 이 사람들은 쉬지도 않고 초원 끝까지 갈 셈인가? 그들이 간다면 나도 가겠다고 강철은 생각하고 이를 악물었다. 이제 낫을 휘두를 때마다 어깨 관절을 풀려고 더 역동적으로 움직이니 일이 더 쉬워졌다.

표트르가 멈춰서서 풀 한 움큼을 잡아 낫을 닦고 있는 것을 강철은 금방 알아보지 못했다. 나머지 사람들도 같은 동작을 하고 있었다. 그런 다음 손바닥에 침을 뱉더니 쓰러지는 풀이 내는 소리에 맞춰 율동감 있게 낫을 다시 휘두르기 시작했다.

무더웠다. 해가 보이지는 않았다. 해는 어딘가 근처에서 땅으로 햇빛을 쏟아내려고 애를 쓰지만, 햇빛은 하늘을 뒤덮은 하얀 뭉게구름을 통과하지 못하는 모양이었다. 초원 위를 날아다니는 새들이 이따금 소란스럽게 날개를 퍼덕였다. 어딘가 멀리서 딱따구리 소리와 뻐꾸기 울음소리도 들려왔다.

강철의 얼굴에서 땀이 우박처럼 쏟아졌다. 셔츠가 완전히 젖어서 등과

팔이 시원하게 느껴져 좋았다. 손가락에도 땀이 나 손잡이에 자꾸 들러붙어서 자유롭게 움직일 수 있는 상태로 만들어야 했다.

초원 중간까지 도달했을 때 다시 멈춰 섰다. 강철도 젖은 칼날을 문지르고 나서 손가락으로 톱니 모양의 칼날을 만져보았다. 허리춤에서 숫돌을 꺼내 몇 분 동안 칼날을 갈았다.

글라피라가 손에 물병을 들고 동산에서 내려왔다. 그녀가 와서 작업을 멈춘 시간이 더 길어졌다. 그녀는 표트르에게 가기 전에 차례로 한 사람씩 물을 따라주었다. 그와 그녀 사이가 뭔가 각별해 보였다.

"도련님, 피곤해?" 그녀가 표트르에게 물었다. "여자들 꽁무니 따라다니면 안 된다니까…"

"네가 무슨 상관이야?" 표트르가 되받아쳤다. 물병에서 물을 벌컥벌컥 들이켠 다음 조롱하듯 충고했다. "자기 거나 잘 감시해."

"감시할 일이 뭐가 있겠어? 그 사람은 나 하나도 감당 못 하는데." 글라피라가 깔깔거렸다.

"그렇게 지껄이지 마." 표트르가 소리치더니 형수의 엉덩이를 때렸다. "형한테 일러준다…"

"일러줘라, 일러줘." 그녀가 웃으면서 숫돌로 칼날을 가느라 아무것도 보지도, 듣지도 못한 척을 하는 있던 강철에게로 갔다.

"가는 소리가 정말 듣기 괴롭네요." 글라피라가 말했다. "물 드실래요?"

강철은 낫을 내려놓고 건네주는 물병을 두 손으로 잡았다. 그런데 글라피라가 물병을 놓지 않아 강철은 의아하게 그녀를 바라보았다. 그녀의 얼굴에 장난스러운 미소가 퍼졌다.

"뺏어오면 더 맛있지." 그녀가 깔깔거리며 물병을 놓았다.

여자의 말속에 뭔가 천박한 암시가 들어 있어 강철은 약간 당황했다. 몇 모금을 마셨다. 차가운 물이 바짝 마른 입과 목을 시원하게 적셔주었다. 입술을 훔치고 강철이 아무 말 없이 물병을 도로 내밀었다. 하지만 글라피라가 받지 않았다. 그래서 강철은 다시 그녀를 바라볼 수밖에 없었다.

"벙어리신가 봐요." 그녀가 피식 웃었다. "이렇게 훤칠하고 힘도 센 양반이 감사 인사 한마디도 못 하시다니."

"감사합니다." 강철이 살짝 고개를 까딱거렸다.

"감-사-합니다." 여자가 빈정거리듯 따라 하더니 그의 손에서 물병을 홱 낚아챘다. "요새 젊은 남자들은 배워먹질 못했다니까."

그녀의 목소리에서 조롱이 묻어났지만, 눈은 웃고 있었다. 여자가 돌아서더니 엉덩이를 흔들며 갔다. 허리가 딱 붙은 꽃무늬 원피스가 잘 어울렸다.

강철이 다시 낫을 잡았지만, 당황한 표정이 얼굴에서 바로 사라지지는 않았다. 이 여자는 참, 러시아화 된 한국인들의 예절이란 참⋯ 어디서 이런 꼴을 본단 말인가, 여자가 외간 남자랑 이렇게 수작을 부리고 시동생이 형수의 엉덩이를 때리다니, 창녀에게 하듯. '그런데, 그러든 말든 나한테 무슨 상관이랴?' 이렇게 생각하긴 했지만, 이 여자가 자기를 내버려 두지 않을 것이기에 상관이 있기도 하고, 있을 것이기도 한 것을 강철은 알고 있었다. 이 여자는 그를 처음부터 못마땅하게 여겼다. 강철이 여자들과 가까이서 교제한 경험은 적었지만, 그들의 말이나 시선에 당황하지 않으면서 그들과 이야기하고 얼굴을 똑바로 바라보는 일이 이렇게 어려울 거라곤 한 번도 생각하지 못했다.

이런 생각에 빠져서 강철이 얼마나 힘껏 낫을 땅에 꽂았는지 빼내느라 애를 먹었다.

점심때까지 그들은 목표한 면적의 1.5배를 해냈다. 강철은 풀이 베인 자리를 뒤돌아보고 놀랐다. 이렇게 넓은 곳을 그들 다섯 명이 다 베었단 말인가? 눈은 두려워하지만, 손은 해낸다는 말이 진실이구나!

홍씨 아주머니가 남자들이 천막 쪽으로 오는 것을 보고 부르기를 멈췄다. 강철은 서둘러 강으로 내려가 셔츠를 벗고 얼굴과 가슴, 어깨를 씻었다. 젖은 머리를 하고 강철이 천막에 왔을 때 모두가 이미 식탁에 앉아있었다.

"세수하고 단장할 힘이 남았다면 죽을힘을 다해 일하지는 않은 거지." 글라피라가 강철 앞에 조밥과 국을 놓으며 이죽거렸다. "챙겨줘도 감사할 줄 모르는 그런 목석들은 당최 어디서 온 사람들인가요?"

"어이, 뭐 때문에 사람을 귀찮게 해?" 표트르가 버럭 소리질렀다. "이 사람은 우리 모두를 다 합친 것보다 더 배운 사람이야."

"이 사람이?" 글라피라가 빈정거리며 다시 물었다. "이렇게 말수가 없는 사람이? 배워도 말 한마디 못 한다면 뭐 하러 배우나…"

"야, 글라피라, 이 사람이 좋은 모양이네." 표트르가 킥킥댔다. "구시렁대지 마, 안 그러면 빨리 늙어."

표트르의 말에 이상하게도 글라피라는 얼굴을 붉히고 입을 닫았다. 그러다 잠시 후 그녀가 톡 쏘며 한마디 했다.

"좋다고, 누가? 이 얼간이가? 어떤 총각들이 나를 따라다녔는지 네가 잘 모르는구나?"

"허, 따라다녔다네… 그런데 시집은 어떤 사람한테 갔는데?"

그들은 강철이 마치 옆에 없는 것처럼 티격태격했다. 강철이 피식 웃다가 얼굴을 찌푸리고 글라피라를 보았다. 그러곤 얼어붙었다. 강철에게서 방금 뭔가 비범한 것을 봤다는 듯 그를 바라보는 그녀의 눈이 부드러움과 놀라움을 내뿜었다. 여자들 속은 귀신이나 알겠네, 강철이 생각했다. 그리고 이 제멋대로인 젊은 여자의 시선과 마주치지 않으려고 음식을 보면서 더는 고개를 들지 않으려 애를 썼다.

점심을 먹고 남자들은 홍씨 아저씨가 생선의 내장을 꺼내며 손질하는 것을 구경했다.

연어 두 마리는 모두 암컷이었다. 연어알을 쏟으니 한 냄비를 가득 채웠다. 아저씨가 깔끔하게 손질한 간과 방광, 내장은 다른 그릇에 담았다. 천둥이 몫으로 아가미와 위를 주었는데 개는 앉자마자 한입에 해치웠다.

여자들에게 저녁으로 맛있는 생선국을 끓이라고 이르고 남자들은 다시 초원으로 갔다.

저녁이 다 돼서 트로핌이 돌아왔다. 트로핌이 남자들에게 갔을 때는 그들이 벌써 세 번째 열 작업을 마쳤을 때였다. 트로핌이 활기차게 소리쳤다.

"수고하십니다! 오늘만큼만 하면 일주일이면 다 끝내겠어. 그래, 강철아, 힘들지는 않냐?"

"이 사람 대단합니다, 아버지. 낫질을 처음 하는데도 우리에게 조금도 뒤지지 않네요." 표트르가 강철을 대신해 대답했다.

"나도 그럴 줄 알았다." 트로핌이 만족스럽게 말했다. "강철아, 네가 청한 거 가져왔다. 러시아 대장장이에게 내가 직접 갔는데, 만들어 주는 대신 물고기 다섯 마리 갖다주겠노라 약속했지. 알겠지, 많이 잡아라."

강철이 아버지와 아들을 향해 빙그레 웃었다. 그들 둘은 쾌활하고 개방적이어서 강철의 마음에 들었다. 표트르가 특히 더 좋았다. 잠을 많이 자고, 노는 걸 좋아해서 걱정 없이 사는 듯 보이지만, 말을 하면 정확하게 정곡을 찔렀다. 강철이 아침 훈련을 막 시작한 한 이 주일 전쯤 아침까지 어디선가 놀던 표트르가 갑자기 나타났다.

"강철 아재, 뭐 해요?" 표트르가 놀라 물었다. 강철의 벌거벗은 웃통을 보고 그는 깜짝 놀랐다. "와, 아재 근육이 … 태권도 유단자입니까?"

"아니야, 아버지가 언젠가 가르쳐주셨는데 잊어버리지 않으려고 하는 거야." 강철이 당황했다. "그런데 왜 이리 늦게 다녀?"

"러시아인 마을에서 모임이 있었어요. 한바탕 잘 놀았지요 … 한국 청년들은 지루하기만 한데, 여하튼 그 사람들은 달라요."

강철은 표트르가 빨리 집으로 들어가길 바랐지만, 한편 호기심이 일기도 했다.

"왜 지루한데?"

표트르가 손을 내저었다. "에이, 뒤에서 남 얘기하면서 흉보는 거나 할 줄 아니까요. 러시아 사람들과는 더 흥겨워요. 춤도 추고 입도 맞추고 … 강철 아재도 언제 한 번 같이 가요."

"그런 놀이에 어울리기엔 내가 나이를 좀 먹었지, 아마." 강철이 피식 웃었다. 그는 금발 아가씨 뺨에 입을 맞추는 상상을 해보니 우스웠다. 하긴, 솔직한 심정으론 러시아 청년들이 어떻게 노는지 구경하는 것도 재미있을 것 같았다.

"아재가 나이가 많다고요?" 표트르가 깔깔거렸다. "게라심 형이 늙었다면 늙었지. 알았어요, 나는 자러 갑니다. 나중에 나한테 훈련 자세 가르쳐 줄 거요?"

"아침마다 더 일찍 일어나, 그러면 같이 훈련하지." 강철이 제안했다.

"해볼게요." 표트르가 대답했다. 그렇지만 아침에 한 번도 나타나지 않았다.

트로핌은 새 일꾼을 구해오지 못했다.

"올해 풀 베는 일꾼들이 대거 포시에트 쪽으로 갔다네. 거기가 돈을 더 쳐준다고 하더군." 모두가 저녁밥을 기다리며 식탁에 앉았을 때 트로핌이 앓는 소리를 했다. "러시아 일꾼들을 데려오려고도 했는데, 그 사람들이 한국 사람 집으로 일하러 오겠어?"

"괜찮아요." 표트르가 말했다. "우리끼리 하면 돼요. 비만 안 오면 좋으련만."

강철은 고기잡이 도구를 만드느라 그들의 대화를 건성으로 띄엄띄엄 들었다. 러시아 대장장이는 필요한 것을 안성맞춤으로 만들어주었다. 탐욕스럽게 구부러진 갈고리의 끝이 아주 날카로웠다. 이 갈고리만 있으면 그 어떤 튼실한 물고기의 옆구리도 별다른 노력 없이 찍을 수 있을 것 같았다.

2년생 소나무로 만든 나뭇가지는 손이 미끄러지지 않도록 껍질을 다듬지 않았다. 노끈이 없어서 대신에 사람들이 깔고 자는 사슴 가죽에서 얇은 조각을 잘라내 사용하기로 했다. 그렇게 하라고 홍씨 아저씨가 언질을 줬는데 그는 마땅히 할 일이 없어 다른 사람들과 함께 강철의 작업을 구경하고 있었다.

부엌 쪽에서 생선국 향내가 진동했다. 큰 고기를 다 담지 못해 솥을 바꾸느라 여자들의 저녁 준비가 지체되었다. 마침내 글라피라가 국을 날라왔다. 뜨거운 국그릇을 혼자 나르기가 힘들 것 같아 강철이 도와주기로 마음먹었다. 그는 아궁이 쪽으로 다가가 홍씨 아주머니에게 솥째로 식탁에 갖다 놓자고 말했다. 그리고 남자들의 장난스러운 핀잔을 들으며 국솥을 탁자로 가져왔다.

황홀할 정도로 기름진 생선국의 고기는 입에서 넣자마자 살살 녹았다. 여자들이 국을 더 덜어주느라 정신이 없을 정도였다.

"와, 진짜로 맛있네." 국 세 그릇을 비우고 배를 만지며 트로핌이 말했다. "올해 우리가 초지를 잘 골랐어. 건초를 집까지 나르기가 좀 멀다 싶어서 이쪽으로 안 오려고 했지."

주인의 말은 다른 사람들도 이제 대화에 참여해도 된다는 신호였다.

"작년에 어떤 한국인 집에서 일할 때도 개울 옆이었는데." 봉두가 말하며 갈고리를 다시 잡고 있는 강철 쪽으로 고갯짓했다. "그때 거기서도 사람들이 저런 것으로 수레가 넘쳐나도록 잡았어요."

"러시아 사람들은 삼지창으로 배에서 바로 잡아." 홍씨 아저씨가 한마디 보탰다. "생선은 버리고 알만 모아."

"연어알은 밥에는 안 어울려." 트로핌이 말했다. "블린(러시아식 팬케이크)하고 먹으면 좋지. 특히 사마곤(가양주) 한잔하면서."

남자들이 껄껄 웃었다. 물고기 이야기가 끝나자, 대화의 주제는 풀, 날씨, 러시아 사람들의 풍습과 관습으로 이어졌다. 표트르는 조금 듣다가 잠을 자러 갔다.

"러시아 남자들이 자기 마누라를 얼마나 패는지 조선 여자들은 꿈에서도 못 봤을 정도야." 트로핌이 큰소리로 한마디 했다. 결혼식 다음 날 실컷 두들겨 패서 여자가 평생 기억하도록 만들지."

"왜 그런대요?" 문길이 물었다.

"그냥 그래. 본때를 보여주려고. 그런데 덩치가 큰 여자들은 다르지, 자기들이 남편을 때려눕힐 수도 있지."

"진짜 그럴 수가 있단 말입니까?"

"그렇고말고! 러시아 마을에 사내가 하나 사는데 … 이름이 뭔지는 잊어버렸다. 마누라가 그렇게 항상 그 사람을 때린다고 사람들이 그러더군. 내가 그 여자를 봤는데 어찌나 기골이 장대한지, 주먹이 진짜 이만하더라니까!" 트로핌이 그 여자의 주먹이 얼마나 큰지 자기 두 손으로 어림잡아 보여주었다. 그러곤 강철에게 관심을 보였다. "다 했어? 아침에 고기 잡으러 갈 건가?"

"지금 다녀오고 싶습니다 … "

"그래? 그럼 나도 같이 감세." 트로핌이 말했다. "등불을 가지고 가자. 이런 일에는 등유가 아깝지 않지. 나머지는 이제 잠들 자게."

강철이 빈 자루 두어 개를 챙기고 갈고리 작대기는 어깨에 멨다. 등불을 높이 들고서 트로핌이 조금 앞장서 걸었다. 천둥이가 그들을 따라붙었지만, 강철이 한마디로 저지했다.

"돌아가! 거기서 기다려!"

달이 보이지 않았다. 강철이 먼저 절벽에서 내려가 주인이 내려오는 걸 잡아주었다. 개울은 축축하고 스산했다.

"여기서 바로 잡을 거냐?" 트로핌이 캄캄한 잔물결 속을 들여다보며 속삭이듯 물었다.

강철이 신중하게 말했다.

"아침에는 여기서 잡았어요. 그런데 지금은 고기가 보이지 않네요 … 제가 보기에 고기들이 저기 여울 밑에 모여있는 것 같습니다."

그들은 20m쯤 이동했다. 물 흐르는 소리가 커졌다. 그들 바로 앞이 여울이 끝나는 지점이었다. 뭔가 묵직한 것이 물을 튀겨서 계속해서 물이 튀었다.

"이거 물고기다." 트로핌이 흥분해서 속삭였다. "자, 해봐 … "

강철에게서 다시 사냥꾼의 본능이 깨어났다. 천천히 갈고리 장대의 긴 끝을 앞으로 빼서 물이 가장 격렬하게 흐르는 곳에 꽂았다. 그러자 물고기들이 장대를 치는 것이 느껴졌다. 강철이 세게 잡아당겼다. 그렇지! 갈고리 장대가 옆으로 기울었지만, 강철이 다른 손으로 급히 받친 다음 빠르게 꺼냈다. 갈고리에 커다란 고기가 매달려 있었다. 재빠른 동작으로 강철은 휘청이는 생선을 개울가로 던졌다.

"얼마나 실한 게 잡혔는지 봐라!" 트로핌이 외친 다음 펄떡이는 고기를 잡으려고 몸을 숙였다. 쉽게 잡히지는 않았다. "잡혔다, 이놈아! 그래, 그래, 자루로 들어가라. 그렇게 … "

갈고리 장대 끝을 다시 물에 꽂았다. 이번에는 갈고리의 날카로운 끝이 물고기의 꼬리에 박혀서 고기가 강하게 저항했다. 그렇지만 곧 개울가로 던져졌다.

이것은 낚시가 아니라 중노동이었다. 물고기로 자루 두 개가 빵빵해졌을 때 트로핌이 말했다.

"좀 쉬어라, 내가 가서 사람들을 데리고 오마. 수레를 가지고 와야 할 정도야."

트로핌이 가자 강철은 옆구리나 꼬리를 겨냥하면서 연어 잡기를 이어갔다. 그리고 한 마리도 도망치지 못했다.

목소리들이 들려왔다. 강철이 뒤를 돌아보니 트로핌이 남자들을 모조리 깨워 데리고 오고 있었다.

"개울에 있는 고기를 다 잡았다고 하네." 제일 먼저 물로 내려온 표트르가 농을 던졌다. 그가 개울가에 흩어진 꿈틀거리는 은빛 물고기들을 보고 놀라서 소리쳤다. "아아, 이게 다 뭐야!"

농담과 고함, 웃음소리가 밤의 적막 속에 울려 퍼졌다. 사람들이 모두 자기들도 잡아보겠다고 나섰다. 가장 성적이 좋은 이가 네 마리를 잡은 표트르였다. 가장 성적이 나쁜 사람은 트로핌이었는데 겨우 한 마리를 잡았다. 그것도 다섯 번을 시도한 끝에.

잡은 물고기가 다섯 자루에 가득 찼다. 그것을 힘들게 겨우겨우 천막까지 가지고 왔다. "내일은 아침 일찍 집으로 가서 이웃들을 불러 내장을 꺼내 손질하고 소금을 치라고 해야겠다. 소금이 최소한 두 동이는 필요하겠네. 그러게, 강철이 자네, 우리가 여름 내내 먹을 생선을 잡아주다니. 그래, 어여 가서 자…"

고기를 잡느라 열을 올린 나머지 강철은 몸이 다 젖었다는 것을 금방 알아차리지 못했다. 깊은 잠이 그를 덮칠 때까지 이불을 덮고도 오랫동안 몸이 따뜻해지지 않았다.

누군가 자기를 보고 있다는 느낌이 들어 강철은 잠에서 깨었다. 눈을 뜨자 글라피라의 웃는 얼굴을 맞닥뜨렸다. 그녀가 위에서 그를 지긋이 내려보고 있었는데 눈빛에는 또다시 놀라움과 부드러움이 무섭도록 서려 있었다.

강철이 몸을 일으키려 했지만, 여자가 재빨리 고개를 숙여 입술로 그의 입을 막았다. 그녀는 오른쪽 팔꿈치로 강철의 팔을 누르고 왼쪽 손을 그의 이불 속으로 집어넣었다. 느닷없는 일에 강철은 거의 숨이 멎을 것 같아 뭔가 웅얼거리느라 보통 아침이면 일어서는 남자의 그곳을 세게 움켜쥔 그녀의 손을 미처 제지하지 못했다. 그는 부동자세로 늘어져서 얼어붙었다. 순간이 영원처럼 느껴졌다.

마침내 글라피라가 그의 입술에서 떨어져 눈을 감고 열정적으로 속삭였다.

"잡았다, 이렇게 잡았어…"

강철은 갑자기 마음이 놓였다.

"그다음은 뭐지?" 그가 쌀쌀하게 물었다

글라피라가 놀라서 눈을 떨구고 그의 차가운 시선을 보며 천천히 손을 거뒀다. 미소를 지으며 그에게 동정을 구하려고도 했지만, 그는 함정에 빠지지 않았다. 여자의 깊은 검은 눈동자를 노려보며 강철이 표독스럽게 말했다.

"또 한 번 이런 일을 저지르면 가슴을 치고 후회할 날이 있을 거다."

"그런데 저는… 홍씨 아주머니가 가서 깨우라고 시키셔서…"

"너는 남자를 깨울 때 보통 이런 식으로 깨우느냐?" 이렇게 신랄하게 뱉고 나서 강철은 이 여자와 대화를 이어간 것을 즉각 후회했다.

글라피라의 얼굴이 짓궂은 미소로 환해졌다.

"아니, 자기랑만 그러지. 얼마나 자기가 당기는지 참을 수가 없었어, 이 바보."

그녀는 쓰다듬듯 손을 거둬들이고 일어서서 아무 일도 없었다는 듯 천막을 나갔다.

강철은 분노와 당혹이 뒤섞인 감정으로, 그래, 감출 게 뭐가 있나, 달뜨기도 한 감정으로, 나가는 글라피라의 뒷모습을 지켜보았다. 역겨운 여자다!

그는 이부자리를 박차고 일어났다. 그런데 왜 다른 사람들과 같이 그를 깨우지 않았을까? 아무 소리도 못 들을 만큼 그렇게 그가 단잠을 잤단 말인가?

강철이 강 쪽을 바라보았다. 횡으로 같은 간격으로, 종으로는 정확한 거리를 두고 늘어선 남자들이 전진하면서 낫을 절도있게 휘두르고 있었다. 사람들은 진작 일을 하는데 자기만 시원하게 놀고 있었다고 생각하자 노여움이 일었다.

그는 밥도 먹지 않고 낫을 쥐고서 산비탈로 달려갔다.

"강철이, 먼저 밥을 먹어야지." 홍씨 아주머니의 목소리가 들려왔지만, 강철은 뒤돌아보지 않았다.

일하던 사람들이 미소로 그를 반겼다.

"잘 잤소, 강철 아재?" 표트르가 물었다.

"왜 안 깨웠어?"

"아버지가 깨우라고 안 하셔서. 괜찮아요, 쪼끔 더 잤다고 생각하면 되지."

강철은 맨 처음 지점에서 낫질을 시작했다. 동료들은 한 15m 앞장서고 있었고 그는 무슨 일이 있어도 점심때가 오기 전에 그들을 따라잡으리라 마음먹었다. 처음에는 일에 바로 집중하기가 어려웠다. 정념으로 불타는 글라피라의 얼굴이 눈앞에 아른거렸고, 그녀가 그곳을 세게 움켜쥔 것을 떠올리자 아랫배가 알싸해졌다. 입술은 입맞춤의 맛을 아직도 느끼고 있었다. 하지만 점차 작업이 그를 끌어들였고 그는 표트르를 바짝 추격하기 시작했다. 점심때가 다 되었을 무렵 이제 표트르를 따라잡았다.

트로핌이 벌써 돌아와 식탁 상석 자기 자리에 앉아있었다. 마구를 떼어낸 수레에는 커다란 통 세 개가 실려있었다.

"봤지?" 트로핌이 고갯짓으로 통을 가리키며 강철에게 말했다. "여기서 바로 염장할 거다. 점심 먹고 나서는 잠을 좀 자두고 밤에는 고기 잡으러 가자."

"고기 잡으러는 가고 낮잠은 안 잘 겁니다." 강철이 껄껄 웃었다. 글라피라의 손에서 뜨거운 국그릇을 받아들고 큰 소리로 말했다. "감사합니다, 아주머니."

그녀가 순한 눈초리로 강철을 보더니 맛있게 먹으라고 화답했다.

강철이 멀리서 보니 글라피라가 꽃무늬 원피스 대신에 기다란 검은 드레스를 입고 머리에는 하얀 수건을 썼는데 그런 차림을 하니 아주 양순한 여자처럼 보였다. 그런 변신을 보고 강철은 왠지 모를 만족감을 느꼈다. 안심되고 확신이 느껴져서였다. 점심을 먹는 내내 강철은 한 번도 글라피라의 시선을 느끼지 못했다. 그렇다면 그의 경고가 효과가 있다는 뜻일 터이니 그는 이제 이 여자를 신경 쓰지 않았다.

밤에 강철과 트로핌이 다시 고기를 잡으러 갔다. 이제 강철은 얼마나 고기를 잘 잡게 됐는지, 갈고리로 물고기를 찍기 전에 날카로운 끝으로 물고기의 옆구리를 긁어보기까지 했다. 표트르가 절벽까지 바짝 수레를 댔을 때는 이미 날이 밝아있었다. 가져온 통 몇 개에 다 담지 못할 정도로 물고기가 많이 잡혔다. 강철에게 잠자리에 들라고 이르고서 트로핌은 곧장 마을로 떠났다.

누가 옆에서 자기를 보고 있다는 느낌이 들어 강철이 다시 잠에서 깨어났다. 또다시 글라피라였다. 강철은 그녀가 다시 나타나서가 아니라 죄책감에 용서를 구하는 그녀의 표정을 보고 놀랐다.

"무슨 일이 생긴 거냐?" 잠에서 막 깨어서 잠긴 목소리로 강철이 물었다.

"예." 글라피라가 조용히 대답하더니 갑자기 울음을 터뜨렸다.

강철이 벌떡 일어나 앉았다.

"무슨 일인데?"

"제가 … 제가 당신을 사랑하게 됐어요 … "

그는 안도의 한숨을 내쉬고 뭔가 말을 하려고 입을 달싹거렸다가 여자의 불행한 얼굴을 보자 혼란스러워졌다.

"저한테 … 저한테 왜 그런 말을 합니까? 제가 무슨 나쁜 짓을 했다고 저를 가만두지 않습니까?"

글라피라가 슬프게 웃더니 속삭였다.

"당신이 제게서 평안을 앗아갔어요, 강철 씨 … 앞으로 어떻게 살아야 할지도 모르겠고 … "

자기도 모르게 연민에 사로잡힌 강철이 뭔가 알 수 없는 죄책감을 느끼며 인상을 썼다.

글라피라가 눈물을 훔치고 허리를 곧게 폈다.

"됐어요. 제가 몹쓸 짓을 해서 미안해요. 예전에는 한때여도 족하다고 생각했는데 … 이제는 영원하지 않을 거면 한때가 무슨 소용이랴 싶어요."

강철은 글라피라가 무슨 말을 하는지 완전히는 못 알아들었다. 하지만, 말을 끊고 물어볼 수는 없었다. 그녀가 나갔을 때 침을 한번 삼켰을 뿐이다. 악몽을 쫓아내듯 눈을 꼭 감고 고개를 가로저었다. 그리고 저녁이 올 때까지 생각에 잠겨 있었다.

단조로운 중노동으로 채운 며칠이 더 지났다. 강에 물고기가 줄어들긴 했지만, 대신 처음보다 잡는 기술이 늘었다. 사람들은 식사 시간에 이야기를 덜 하게 되었고 저녁을 먹고는 곧바로 곯아떨어졌다. 글라피라는 물보다 조용하고 풀보다 낮은 자세로 처신했고 이를 보고 표트르가 몇 번 농지거리로 놀렸지만, 그녀가 맞장구를 치지 않자 곧 잠잠해졌다. 그러다 한날 그 개울가에 트로핌도 아는 러시아 사람들이 등장하자 활기가 약간 돌았다. 하지만 그들도 얼마 안 가 지겨운 풍경을 구성하는 익숙한 부분이 되었다.

풀 베기와 건초 작업이 전에 없이 유달리 잘 되었다. 작업 기간 내내 비가 한 번도 오지 않았다. 베어놓은 풀이 트로핌 농장의 반추동물을 다 거둬 먹이고도 남을 정도였다.

건초 작업이 마무리되어 갈 즈음 평소와 달리 무섭게 위협적으로 으르렁대는 천둥 때문에 강철이 밤에 잠에서 깼다. 개가 옆에 누워있었는데 강철이 습관대로 손을 개의 목덜미에 갖다 댔다. 곤두선 털을 만지고서 강철이 바짝 긴장했다.

"조용, 천둥아, 조용히 해." 강철이 속삭이고 몸을 일으켰다.

두 개의 형체가 미끄러지듯 말에게 다가가는 모습이 강철의 시야에 들어왔다. 이부자리 밑에서 베르당 소총을 꺼내고 나서야 30m 정도 거리에 천막을 향해 총을 겨눈 두 사람이 더 있는 것을 알아차렸다. 강철은 거의 소리 나지 않게 총의 잠금장치를 풀고 자기 앞에 놓았다. 말에게 다가간 강도 한 쌍은 트로핌이 쇠사슬과 자물쇠로 묶어놓았기에 말 앞다리에 채워 놓은 가쇄를 풀지 못했다. 강도들이 몸을 숨길만한 곳으로 말을 끌고 가 날이 밝기를 기다리려는 것 같았다. 가여운 짐승은 저항도 하고 콧김을 내뿜긴 했지만, 따라갈 수밖에 없어서 묶인 다리로 강도들의 걸음에 맞추려 껑충거릴 수밖에 없었다.

이제 천막 앞에 엎드려 있던 두 사람이 일어나 몸을 반쯤 구부린 채 뒷걸음질로 물러나기 시작했다. 강철이 몸을 굴려 한쪽으로 비켜나 그들 중 하나를 겨냥해 방아쇠를 부드럽게 당겼다. 총구에서 터져 나온 불꽃 때문에 강철은 명중시켰는지 아닌지 금방 알아채지 못했다. 총알의 포효가 잦아들 새도 없이 강철은 몸을 굴려 더 멀리 비켜났다. 곧바로 두 방의 반격 소리가 '탕탕'하고 울려 퍼졌다. 순간적인 반응으로 볼 때 강철이 마주하는 것은 노련한 저격수들이었다. 총알이 강철이 방금 엎드렸던 그 자리에 박혔다.

네 사람의 그림자가 숲 쪽으로 달아났다. 천둥이가 강철을 따라오려 했지만, 강철이 날카롭게 '돌아가!'라고 외치자 멈춰 섰다. 강도들을 잡고자 강철은 베르당 소총을 무차별 난사했다.

총격 소리가 잠자던 사람들을 흔들어 깨웠다. 놀란 트로핌의 목소리가 천막에서 들려왔다.

"강철아! 어디 있어?"

"주인 영감님, 여기 있습니다." 강철이 대답하고 일어섰다. 그는 도망한 강도들이 다시 돌아오지 않을 거로 확신하고 홀로 남겨진 말을 향해 걸음을 옮겼다. 말을 제자리로 데려다 놓고 다시 천막으로 갔다. 남자들은 아직도 무서워 몸을 일으키지 못했다. 머리들만 삐쭉 들고 있었다.

"무슨 일이 생긴 거냐?" 트로핌이 물었다.

"누군가 말을 훔쳐 가려고 했어요. 그런데 못 가져갔으니 걱정하지 마십시오…숲으로 도망갔는데 다시 오진 않을 겁니다."

그런데도 강철은 밤새 눈을 감지 않았다. 아침에 말을 끌고 가려 했던 장소로 가보니 탄피 두 개가 떨어져 있었다.

며칠 후에 건초 작업이 마무리되었다.

제20장

(일본 정보요원 아카츠키의 일기에서)

나 카무라 소좌가 다나카 대위의 보고서를 나에게 주면서 읽어보고 내 생각을 정리하여 문서로 작성하라고 지시했을 때 나는 난감한 상황에 봉착했다. 김철이 야간에 황제였던 사람을 찾아간 목적을 가늠한 대위의 결론에 나는 동의할 수 없어서 이 행동이 가져올 후유증에 관한 내 추측을 말해야 한다. 후유증이 사실이 된다면, '처음'부터 '끝'까지 전체 연결고리를 추적하고 나서, 보고서를 작성한 대위가 애초에 뭔가를 뭉텅이로 삭제했다는 사실을 어렵지 않게 추정할 수 있을 것이다. 더구나 나는 소좌로부터 전직 호위대장 김철에게 특별히 관심을 두라는 명확한 지시를 받지 않았나.

하지만 발생 가능한 후유증이 나를 괴롭힌다. 아무런 근거도 없으니, 나 스스로 내 잘못을 키우는 꼴이 되지 않을까? 그렇게 된다면 사람들이 무슨 수를 써서라도 이를 내 탓으로 돌릴 수 있다. 나뿐만 아니라, 비범한 통찰력으로 김철이라는 사람의 남다른 면모를 알아보고서도 그를 고립시킬 훌륭한 요원을 찾지 못한 나카무라 소좌의 탓으로 돌릴 수도 있다.

내가 가장 경외하는 나카무라 소좌에게 느껴지는 죄책감과, 내가 뭔가를 숨김으로써 그를 실망하게 하고, 거듭 실망하게 할 수도 있다는 의식이 이 사건과 취해야 할 조치를 상세하게 기술하도록 나를 옥죄었다. 그러고 나면, 계속 보고서를 쓰도록 할 것인지, 다음 사건을 기다릴 것인지, 바로 예방조치를 취할 것인지는 상관이 결정할 것이다.

나카무라 소좌는 보고서를 받고 몇 시간 뒤에 나를 불렀다.

"귀관의 판단이 흥미롭긴 하지만, 사실로 뒷받침되지는 않았소." 소좌가 말했다. "그래서 우리는 김철이 개인적인 원한으로 고종을 암살하려 했다는 다나카 대위의 결론을 고수하기로 했소. 하지만 나는 귀관의 의견을 귀하게 여기기에 즉시 조사를 시작하라고 명령하오. 조사는 신속하게 진행되어야 하며 가능한 한 드러나지 않아야 하오."

소좌가 예전과 마찬가지로 나를 신뢰하고 있어서 기뻤다.

강수복은 궁궐에서 여느 때처럼 술잔치를 하고 돌아가는 새벽에 체포되었다. 겁에 질린 늙은 광대 시인은 김철과 만난 것을 즉시 실토했고 왕이 시해될지도 모른다는 김철의 염려를 전했다. 호위대장의 말이 얼마나 설득력이 있었는지 강수복은 김철이 궁궐로 들어오도록 도와주지 않을 수가 없었다고 말했다. 납치에 관해서는 아무것도 알지 못했다.

궁녀가 어떤 사실을 밝혀줄 수도 있었겠지만, 물에 가라앉은 것처럼 사라졌다. 궁녀의 실종에 다나카가 연루되었다고 생각한다.

정보원으로 투입되었던 기와장이들의 말에도 쓸모 있는 사실은 아무것도 없었다. 그들이 관찰한 바에 따르면 김철은 대부분 집에 머물렀다. 심지어 마당에 나오지 않는 날들도 있었다.

무슨 연유에선지는 몰라도 왕의 생명이 위태롭다고 판단한 김철이 궁궐에서 고종을 빼내 피신시키려 했다는 가정도 나는 그럴 수 있다고 본다. 나머지 모든 것은 나의 상상이다.

강철과 그의 동료들에 관한 문의에 타전으로 답변이 왔다. 김철의 아들 강철이 집을 팔아 어업을 시작한다는 명목하에 배를 구매했던 것으로 밝혀졌다. 그런데 어느 날 어린 아들을 데리고 어딘지 모를 곳으로 사라졌다. 강철과 함께 연대에서 같이 복무했던 장교 몇몇도 사라졌다.

나는 날짜를 대조해 보았다. 전부 맞아떨어졌다. 범선에 탄 아들이 어디론가 떠나기 위해 모종의 장소에서 아버지를 만나야 했다. 그런데 어디였을까?

옛 황제는 있던 자리에 그대로 있고, 아비는 죽었다. 그러면 공모자들을 태운 범선은 어딘가에 자리 잡고 있어야 하지 않나?

나의 조사 내용을 보고받은 나카무라 소좌는 시급하게 범선 억류 명령이 내려지도록 조선 서해안에 주둔하는 경비정 사령부에 직접 연락하기로 했다. 나는 탑승한 사람 중에 아기도 있다고 말했다. 억류의 구실은 선상에 있을지도 모르는 무기 수색이었다.

소좌가 직접 행동할 수는 없었기에 그의 보고서가 한국주차군사령부를 통해 제2분함대 해군본부로 전달되었고, 그곳에서 현장에 명령을 내렸는데 그 과정이 며칠 걸렸다. 그 후 나카무라 소좌는 육군과 해군의 사건 사고 소식 요약서에서 강령만 부근에서 경비정 한 대가 사라졌다는 소식을 문득 발견했다. 온갖 일이 일어날 수 있는 법이지만, 이 사건이 우리가 찾는 그 자들과 연관되었다는 촉이 발동했다. 더구나 경비정의 함장은 범선을 억류하라는 지시를 이미 알고 있었던 것으로 밝혀졌다.

두 주가 지나고 해주에서 사라진 경비정에 탑승했었던 통역사가 체포되었다. 나카무라 소좌가 심문을 위해 그곳으로 급히 나를 파견했다.

가는 데만 닷새가 걸렸다. 배를 타고, 말을 갈아탔다. 우리의 수고가 헛될 거라는 생각이 여정 내내 나를 떠나지 않았다. 도망자들이 전투정을 탈취할 수도 있다는 생각은 감히 상상조차 하기 어려운 일 아닌가.

나의 끔찍한 우려가 현실이 되었다. 아래는 통역사를 심문한 속기록이다.

　… "그래서, 범선에 몇 명이나 있었나?"
　"여섯입니다. 다섯은 우리가 바로 발견했고 여섯 번째 사람은 아이와 함께 천막 아래 있었습니다."
　"아이는 몇 살이었나?"
　"돌을 막 지났거나 아니면 지난 지 몇 개월 정도 돼 보였습니다."
　"정지 명령을 내렸을 때 그들은 어떻게 행동했나?"

"그들은 닻을 내리고 우리를 기다렸습니다."

"그다음은?"

"경비정을 범선에 바짝 붙였습니다. 함장과 수병 둘, 저, 이렇게 셋이서 범선으로 넘어갔습니다. 먼저 수병이 선미 쪽으로 가서 거기 있던 키잡이에게 비키라고 했습니다. 함장님과 저는 중간에 있었고 다른 수병은 배를 수색하기 시작했습니다."

"수병들은 무장하고 있었나?"

"예, 모두가 카빈총을 들고 있었습니다."

"내가 지금 범선과 경비정을 그리겠다⋯ 조선인들이 있던 자리는 동그라미로, 수병들이 있던 자리는 가위로 표시해라. 그다음은 어떻게 됐나?"

"수색하던 수병이 천막 밑에서 아기와 남자를 발견하고 밖으로 불러 세웠습니다. 함장님이 범선에 아기가 있을 수도 있다고 말씀하시긴 했는데요. 그런데⋯ "

"그런데 뭔가?"

"그런데 함장이 아기를 발견하고 소리쳤어요. '아하, 잡았다!' 그러자마자 키잡이가 '지금 뭐 하시는 겁니까?'라며 고함을 질렀어요. 그 즉시 선미에 서 있던 수병을 덮쳐 카빈총을 빼앗았습니다⋯ 그러자 우리 맞은편에 서 있던 자가 권총을 쏘기 시작했어요."

"그가 누구를 쏘았는가?"

"갑판에 서 있던 사람들을 쏘았고, 그다음으로 천막 아래로 기어들어 간 사람을 쏘았습니다."

"함장은 뭘 했나?"

"뒤에 서 있던 조선인이 그를 생포했습니다."

"그다음은 어떻게 되었나?"

"조선인 두 명이 경비정으로 뛰어가 그들 중 한 명이 포 옆에 섰던 수병을 죽이고 다른 조선인은 조타실로 들어갔습니다. 그런 다음 조선인 모두가 경비정으로 옮겨왔습니다. 함장을 가두고 기관사와 기관사 보조에게 시동을 걸라고 했습니다⋯ "

"그들이 직접 배를 조종했나?"

"예."

"어느 방향으로 며칠이나 항해했나?"

"중국 쪽으로 이틀을 항해했는데, 어디로 가려 했는지는 모릅니다."

"그다음은 어떻게 됐나?"

"연료가 바닥났습니다. 그들이 저와 기관사, 기관사 조수를 구명정에 태우고 자기들은 범선으로 돌아갔고 경비정은 침몰시켰습니다."

"함장은 어떻게 됐나?"

"그게 … 바다로 투신하셨습니다."

"왜?"

"저는 모릅니다. 그들이 함장님을 갑판으로 데려갔는데 함장님이 스스로 … "

"기억을 떠올려라, 잘 떠올려 보아라. 너희의 앞날이 이에 달렸다. 자기들끼리 얘기할 때 그들이 어떤 도시 이름이나 장소를 언급했나?"

"예, 그들이 신의주를 말했습니다."

"그렇단 말이지 … 무슨 말을 하면서 신의주 얘기를 꺼내던가?"

"제가 정확하게 듣지는 못해서 … 한 사람이 다른 사람에게 신의주가 큰 도시냐고 물어봤던 것 같습니다."

"그들이 북쪽으로 갔는가?"

"그런 것 같습니다. 우리는 구명정으로 이쪽으로 가고 그들은 그쪽으로 … "

심문을 통해 두 가지 사실을 확인할 수 있었다. 첫째, 조선인 장교들의 절도 있는 행동으로 볼 때 경비정 공격은 미리 계획된 것이었다. 이들은 범선의 억류 가능성을 알고 있었다는 결론이 나온다. 아기가 있는데도 선장이 호령한 직후에 공격이 뒤따른 것은 우연이 아니다. 둘째, 도망자들은 의심할 여지 없이 신의주로 향했다.

보고서를 나카무라 소좌에게 타전한 다음 나는 신의주로 가라는 승낙을 받았다. 현지 사령부에서 처형하려 했던 통역사 인도에 대한 동의를 받기가 더 어려웠다. 처형한다고 해서 그들이 얻을 게 뭐가 있겠나? 억류된 선박 수색에 대한 행동 지침을 마련하거나 경비정 함장들을 더 엄격하게 교육했다면 그런 사건은 발생하지 않았을 것이다. 당연히 이 사건으로 도망자들은 확신과 기운을 얻었을 것이다. 그들이 탈취한 무기는 말할 것도 없고.

지나가는 배 덕분에 우리는 비교적 빨리 신의주에 도착했다. 나의 계산으로 보면 어쨌든 도망자들은 우리보다 최소한 열흘은 앞서 있었다.

신의주는 인구가 만 명이 넘는 국경에 있는 대도시이다. 강항은 범선으로 넘쳐났지만, 통역사는 그중에서 그때 그 범선을 찾아내지 못했다. 우리는 강항의 뱃사람들을 탐문하고 다녔지만, 누구도 긍정적인 답을 주지 않았다. 둘 중 하나였다. 도망자들이 이미 이곳을 거쳐 갔거나 아예 이곳에 나타나지 않았거나.

유일한 단서가 하나 남았다. 신의주 국경수비대장 이송일이었다. 그의 이름은 김철과 절친한 사람 명단에 들어있었고 최근 6개월 안에 김철의 집을 다녀간 자였다. 그를 만나기는 어렵지 않았다. 당직 장교를 통하여 내가 김철 처형의 친척인데 그녀의 부탁으로 만나고 싶다는 의사를 전하자마자 나를 곧바로 맞아들였다.

밀수업자들과 중국 강도단들이 두려워하는 이송일은 내가 상상했던 모습 그대로 강하고 거칠고 군인답게 직선적이었다. 그러는 편이 나도 편했다. 나는 그날 김철이 궁중에 잠입한 동기와 결과만 왜곡하여 김철에게 일어난 일을 전체적으로 솔직하게 말해주기로 마음먹었기 때문이다. 내가 꾸며낸 이야기는 이러했다.

두 달 전 김철이 고종의 목숨이 위태롭다는 소식을 누군가에게서 들었다. 그는 무슨 일이 있어도 고종을 구출하겠다고 결심했다. 김철은 도주할 태세를 갖추고 목적 달성을 위해 밤에 궁궐로 잠입한다. 하지만 고종은 김철의 말을 믿지 않았고 탈출을 거부한다. 그래서 김철이 강제로 그를 데리고 나가려 했다. 소란이 일자 경호원들이 달려와 김철을 생포한다. 심문하는 도중에 김철이 완전히 건강한 상태가 아님을 파악하고 의사의 검진을 받게 했다. 의사들은 김철의 머리가 정상이 아니라고 진단했다. 고종의 간청에 따라 그를 석방했다. 지금 김철은 집에 있다. 비록 사람을 잘 알아보지 못하고 거의 말을 안 하지만 몸은 좀 나아진 상태다. 이따금 그는 발작을 일으키기도 해서 그럴 때는 고종을 구출해야 한다는 일념에 사로잡혀 아들과 친구들을 불러들인다. 요약하면, 김철의 맥락 없는 말을 종합하여 보았을 때 강철은 신의주 쪽 어딘가로 갔다. 만약 이송일 대장이 김철 아들의 행방에 대해 아는 것이 있다면 들려주실 수 없겠느냐…

"그렇소, 맞아요. 강철이가 나에게 들렀었소!" 이야기를 듣고 충격을 받은 이송일이 소리쳤다. 그게 그러니까 자기 아버지가 궁궐로 밤에 왜 들어가야 했는지 강철이가 나에게 제대로 설명해 주질 못했소. 아이고 불쌍한 김철 대장… 얼마나 많은 세월을, 전하를 보위하느라 몸 바쳤는데!"

"지금 강철이 어디 있는지 모르십니까?"

"강철이가 동료들과 함께 범선을 타고 이곳으로 왔었소. 그래서 내가…" 여기서 이송일이 갑자기 말을 멈추고 나를 떠보듯 바라보았다. "내가 그들이 중국으로 가도록 도왔소. 맞아요, 상하이로 간다고 했소. 그래서 내가 지인들의 주소를 강철이에게 주었소…"

그의 표정으로는 거짓말을 하는지 진실을 말하는지 판단하기 어려웠다. 그렇지만 다른 대답을 더 듣기 어려울 것은 불보듯 뻔했다. 나는 물러날 수밖에 없었다.

"이송일 대장님, 만약 강철과 어떻게든 연락이 닿으면 제가 드린 말씀을 전해주십시오. 그리고 이모님이 그를 기다리고 있다는 것도요."

"물론입니다. 그렇게 하겠소."

그렇게 도주자들이 이곳에 왔었다는 가장 중요한 사실을 확보했다. 만약 그들이 정말로 상하이로 갔다면 그것은 그들의 일이다. 그러나 조선의 북쪽으로 갔다면 그들 소식을 우리가 곧 들을 것이다. 물론 이송일을 심문할 수도 있지만 무슨 근거로 그렇게 한단 말인가? 게다가 이런 사람은 고문을 당한다 해도 친구의 아들을 배신하는 일은 없을 것이다.

한 가지 방법밖에 없다. 김철의 집을 탐문하는 것이다. 하지만 경성에서 흥미로운 사실이 밝혀졌다. 집이 한 달 전에 매각되었고 처형은 종적을 감췄다.

내가 유일하게 할 수 있는 일은 강철에 관한 소식을 기다리는 것이었다. 나는 강철과 그 동료들이 곧 조선의 북쪽에 나타날 것을 알았고 믿어 의심치 않았다.

내 측이 사실로 확인된 것은 그로부터 한 달 정도 지났을 때였다. 함경북도 오봉산 마을에는 기마경찰 부대가 주둔해 있다. 어느 날 밤 기마경찰 부대에 불이 나서 군인 열두 명 중 여섯 명이 죽었다. 살아남은 군인들은 화재 원인을 명확히 설명하지 못했다. 또한 화마가 휩쓸고 간 폐허에 남은 무기가 하나도 발견되지 않았다. 이것은 화재가 우연히 발생하지 않았다는 가장 명백한 증거이다.

나는 다시 조선의 북쪽으로 갔다.

오봉산 마을을 면밀하게 조사하고 나자 부대를 고의로 방화했다는 것에 아무런 의혹도 갖다 댈 수 없었다. 사건은 조선의 가을 명절인 추석 전날에 발생했다. 그날 군인들이 술을 마셨고 완전히 만취했던 정황이 드러났다.

그때 내가 할 수 있는 일이 무엇이었을까? 반란군이 나타날 때까지 기다리고 또 기다리기. 그들의 본거지는 어디에든 있을 수 있다. 그 지방은 대부분 산악지대가 아닌가.

청진에서 나는 제4연대 사령관 야마시토 대령을 만났다. 그는 우리가 조선 중부에서 온 조직된 반란군을 상대하고 있다는 것을 처음에는 믿지 않으려 했다. 어쨌든 결국 나는 모든 장교에게 엄격한 보안 조치를 취하라는 명령을 전달하도록 그를 설득했다. 이제부터 부대 소속병이 무장하지 않고 혼자 통행하는 것은 금지되었다. 일련의 초소들이 경계를 강화했다. 현지 주민들에게는 징벌적 조치를 경고했다. 조치의 내용은 이러했다. 반군에 연루되어 체포된 사람은 사형에 처할 것이며 일본군 한 명의 목숨을 마을 주민 세 명의 목숨으로 갚아야 한다. 유격대 본거지의 위치를 알려주는 사람에겐 포상을 약속했다.

조치를 취하는 동안 벌써 여러 곳에서 반란군의 활동을 알리는 보고가 들어오기 시작했다. 그런데 이들의 활동이 예전과는 다른 양상을 띠었다. 우리를 선의로 도왔던 조선인들이 사라지기 시작했다. 네 개 마을의 촌장과 토벌대 통역, 지주 둘, 동양척식주식회사의 열렬 회원 두 명이 흔적도 없이 실종되었다. 그다음으로 탄약 수송대 공격이 있었고 군인 네 명이 전사했다.

나는 사건이 발생한 지점을 모두 지도에 표시해 보았다. 관모산 일대를 정확히 둘러싸고 있었다. 현지 사냥꾼 중에서 안내자로 일할 두 사람을 찾았다. 강력한 부대 2개를 꾸렸다. 1개 부대는 서쪽에서 관모산으로 오르고 다른 1개 부대는 동쪽에서 올랐다. 부대는 각각 산기슭 마을에 주둔하면서 명령이 떨어지면 즉각 출동할 태세를 갖췄다. 농민들을 여러 차례 취조한 결과 반란군의 본거지가 어딘가 가까이 있긴 한데 누구도 정확한 위치를 알지 못했다.

그러다 11월 초순, 반란군이 가장 대담한 방식으로 습격을 감행했다. 그들은 거의 150km를 행군하여 경성군에서 가죽공장을 습격하고 불을 질렀다. 이때 반란군 넷이 죽었다.

나는 사망자를 면밀히 검시하기 위해 사건 다음 날 그곳으로 갔다. 통역사가 범선에서 봤던 두 사람이 사망자 중에 있었다.

사망자들이 쇠약한 상태가 아닌 것으로 보아 반란군에게 식량 문제는 없는 듯했다. 탄약갑에 탄약이 가득했다. 대신 겨울 복장이 허술했는데 특히 신발이 볼품없었다. 한 사람만 제외하고 나머지는 모두 일본식 타비와 비슷한, 솜을 넣은 두꺼운 버선 위에 짚신을 신고 있었다.

내가 입수한 자료로 판단하면 반란군 부대는 스무 명에서 스물다섯 사이였다. 사령관과 측근들은 젊은 사람이고, 그곳 출신이 아닌 것으로 알려졌다. 현지에서 산적으로 통하는 칼님이 자기 사람들과 함께 반란군 부대에 합류한 것도 밝혀졌다. 부대는 무기와 탄약, 식량이 충분했다. 겨울 복장은 문제가 있었다. 그런데 이미 겨울이 닥쳐오고 있었다. 그들이 본거지에서 봄이 올 때까지 움직이지 않을 가능성이 컸다. 하지만 내 느낌에 뭔가 그들은 그러지 않을 것 같았다.

그렇다면, 주변 가난한 마을에서 손에 넣을 수 있는 것이 사실상 아무것도 없는 상황에서 겨울옷이 필요한 부대는 무슨 행동을 할까? 이런저런 추측을 해보다가 반란군들이 필요한 것을 살 수 있는 돈을 구하려고 하겠다는 생각이 문득 들었다.

그들이 어디서 돈을 구할 것인가? 약탈해서 구하는 수밖에 없다. 더구나 칼님같은 기술자가 그 부대에 있지 않나.

또다시 나는 한발 늦었다! 상황을 분석하는 동안 무산시에서 은행이 털렸다는 보고가 입수되었다. 반란군들이 작전 계획을 명확하게 짜고 훌륭하게 수행했다는 것을 말할 필요가 있겠나. 추격했지만, 이 강도들을 붙잡지 못했다. 그들이 길 곳곳에 말을 예비해두었기 때문이다.

그러나 이것은 그들의 마지막 출격이었다. 본거지의 정확한 위치가 우리에게 발각되었고 우리가 이미 그들을 단단히 포위하여 조여가기 시작했기 때문이다.

숙련된 전투 사령관 야마시토 대령이 직접 작전을 지휘했다. 대령의 명령으로 모든 군인이 군복 위에 위장용 하얀 외투를 걸쳤다. 동물의 흔적을 찾는 사냥꾼들과 정찰조가 앞장섰다. 200명으로 구성된 부대는 기관총 4대를 가지고 있었다.

무장한 일곱 명이 우리를 향해 오고 있다는 전갈을 정찰조가 보냈을 때, 우리는 깊은 골짜기를 걷고 있었다. 야마시토 대령이 명령을 내렸다. 이 사람들을 포위하여 되도록 생포하라.

이 일곱은 거의 저항하지 않았다. 우두머리로 보이는 바로 그 칼님만 총을 두 번 발사했는데 우리 군인 한 명이 다쳤다. 짧게 취조한 결과 반란군 부대에 균열이 일어난 것으로 밝혀졌다. 포로 중 한 명이 본거지로 가는 길을 보여주겠다고 동조했다.

점심때가 가까울 즈음 반란군들을 또 마주쳤다. 그들은 필사적으로 저항했다. 포위선을 돌파하고 그들은 산으로 후퇴하기 시작했다. 우리는 그들의 급박한 발자취 덕분에 본거지로 침입할 수 있었다. 나는 다친 반란군을 통해 본거지에 사령관과 부대원 몇 명, 아기가 남아있다는 사실을 확인했다. 그렇게 나는 강철을 만날 준비를 완료했다.

그런데, 슬프게도, 반란군이 다른 퇴각로를 마련해 둔 모양이었다. 나는 쌍안경으로 고갯길 쪽으로 가는 사람들과 등에 아이를 지고 마지막으로 가는 사람을 보았다. 가파른 6m짜리 암벽이 길을 가로막고 있어 우리는 그들을 추격할 수가 없었다. 도망자들은 미리 준비한 사다리를 사용하고 당연히 치워버렸다.

우두머리를 놓쳐서 분노한 야마시토 대령이 칼님에게 교수형을 집행하라고 명령했다.

강철에 관한 마지막 보고를 나는 반달 후에 받았다. 두만강 유역 하일 마을 근처에서 제6 경비초소의 군인들에게 불상의 조선인 두 명이 발각되었다. 그들은 총으로 반격하면서 숲으로 도망쳤다. 그중 한 명은 즉사했지만, 다른 한 명은 아이와 함께 사라졌다. 그 사람은 여지없이 강철이었다.

나는 반란에 미친 아비와 아들, 그 동료들의 이야기가 이제 막을 내렸다고 생각했을 것이다, 만약 한 가지 생각이 나를 괴롭히지 않았다면. 강철 같은 자는 해외로 떠나고서도 우리의 평온을 또다시 깨뜨리기 위해 돌아올 마음을 접지 않는다는 생각이다. 그는 우리를 정말로 성가시게 하는 의병 운동에 반드시 합류할 것이다. 조선인이 많이 넘어간 러시아 프리모리에와 만주에서 이제 일본의 정찰 활동을 진지하게 전개할 때가 온 것이 아닐까? 짐승의 소굴로 들어가 곧바로 소탕해야 하는 법이다.

일전에 나는 이주민들의 숫자, 그들의 출신 성분, 이주 원인 등을 분석한 자료를 모았다. 수치를 보니 끔찍했다. 최근 몇 년 동안 국경을 넘은 조선인 수가 수만 명이 넘었다. 게다가 가장 결단력 있고 강한 자들이 떠난다. 러시아는 그 어떤 방해도 하지 않을 뿐만 아니라 오히려 이주를 온갖 방법으로 장려한다. 러시아와 일본이 양국 간 범죄인 인도 조약을 체결했음에도 이 기간에 단 한 명의 이주자도 추방되지 않았다는 사실이 이를 뒷받침한다.

경제적인 측면에서 보면 광활한 영토를 개발하는 데는 조선인들이 안성맞춤이었다. 그런데 어떤 일이 생기면, 이를테면, 러시아가 피할 수 없는 전쟁에 참전하게 된다면 이주민들은 어떻게 활용될 것인가? 어쩌면 국경 부근 일정한 지역에 심리적인 반일 지대를 구축하여 간첩과 방해 분자로 활동할 이들을 선발, 육성하는 작업이 이미 진행되고 있는지도 모르는 일 아닌가?

반면, 우리에게도 이득이 있다. 프리모리에 사는 조선인은 우리 정보원들을 보호하는 훌륭한 환경이다. 물론 이 점을 러시아 측이 고려하지 않을 수 없을 것이다.

한마디로 말해 상황을 더 면밀하게 분석해야 하며 그러려면 조선 이주민에 관한 정보가 여러 방면에서 반드시 입수되어야 한다.

경성에 돌아가는 대로 나는 나카무라 소좌에게 제출할 보고서를 두 개 작성했다. 한 보고서에는 '김철 사건'의 결과를 기술했고, 다른 보고서에는 러시아 프리모리에로 이주한 조선인에 관한 생각을 정리했다. 나의 제안 중 상당수가 채택되어 실현되었다.

병합을 준비하던 시기에 조선에서 우리의 도움으로 '일진회'라는 단체가 조직되었다. 회원들은 일본제국으로 조선을 합병하자는 생각에 적극적으로 동조했다. 이 단체의 지회인 '건기회'가 러시아 프리모리에서 활동했는데 회원이 200명을 넘었다. 바로 이 단체를 통해 우리는 정보 대부분을 입수했다. 그들은 우리에게 의병부대, 부대 사령관들, 우리에게 적대적인 여러 이민자 단체의 활동가들, 이민자 사회의 분위기 등을 전달해 주었다. 입수된 정보들은 공식적인 요원과 그저 단순한 정보원이 함께 참여하여 우리가 세운 작전의 기반이 되었다.

이것은 훌륭하게 수행된 작업의 예이다. 일본 정부가 연해주와 하바롭스크주 일대 조선인의 항일 활동 진압에 관한 러시아 정부와의 협상을 앞두고, 의병부대, 특히 그 지휘관들의 활동을 치욕스럽게 하는 서한을 써서 지방 정부들에 투서하라는 과제를 '건기회' 회원들에게 할당했다. 제대로 들어맞았다. 1910년 8월 블라디보스토크 경찰은 반군 운동에 적극적으로 가담한 42명을 체포하여 이르쿠츠크주로 추방했다. 그들 중에는 유독 미움을 받던 이범윤도 있었다.

프리모리에 정보국의 권유로 일본 자선단체가 조직되었고 이 단체는 조선인의 정착을 돕고 심지어 러시아 국적을 취득하는 일에도 도움을 주었다. 당연히 '건기회'에 가입한다는 조건으로 말이다.

그 밖의 비밀 작업도 수행되었다. 블라디보스토크와 니콜스크-우수리스크에 사는 부유한 조선인 상인들에게는 그들이 병합에 반대하면 조선에서 그들의 가축 상거래가 금지되고 친인척이 탄압받게 될 거라고 경고했다. 그런 식으로 부유한 이주민들을 우리 편으로 끌어들였다.

하지만 내가 특히 감탄한 것은, 우리 부대원들을 활용하여 프리모리에에서 러시아 주민들의 불만을 불러일으키게 한다는 발상이었다. 이를 위해 조선인 복장으로 갈아입은 부대원 몇 개 조를 프리모리에로 파견했다. 그들은 행인을 공격하고 주택에 불을 지르고 가축을 도륙하는 등 온갖 방식으로 러시아 주민들에게 테러를 가했다.

조선 북쪽에서 돌아오자마자 나는 러시아만 담당하는 제2국으로 발령되었다.

"귀관은 조선 이주민을 담당할 것이오." 나카무라 소좌가 말했다. "한 달 동안 우리가 프리모리에에 관해 모아놓은 자료를 전부 연구하고 조금이라도 러시아어를 할 수 있도록 배우시오. 귀관은 직접 러시아로 가서 이주민을 만나고 우리 요원들과도 연락하면서 테러 임무 몇 가지를 완수해야 하오."

나는 이 변화가 너무도 기뻤다는 것을 굳이 감추지 않는다. 나는 한껏 고무되어 닥쳐올 원정을 준비하기 시작했다.

4월 6일 4인으로 구성된 우리 조는 이주민 행색을 하고 경흥에서 조선 – 러시아 국경 쪽으로 출발했다. 인솔자는 옛 밀수업자 한춘남인데, 돈이라면 누구에게라도 팔릴 준비가 된 자였다. 그는 여러 차례 프리모리에에 다녀왔고 타이가 길에도 정통했다. 그의 아들 인합과 조카 상섭도 우리 조에 합류했다. 이들 둘은 젊었지만, 시간이 흐르면 진정한 산적으로 변신할 만한 자질이 충분했다. 그들 중 아무도 내 역할을 몰랐고 내가 일본인이라고 의심하지 않았다.

우리의 경로는 포시에트 지역, 블라디보스토크, 니콜스크 – 우수리스크 순으로 이어졌다. 그곳에서 우리는 만주 국경 쪽으로 나갔다가 조선인 이주자들이 걷는 길을 따라 반대 방향으로 걸어야 했다.

우리가 타이가를 걸을 때 겪은 고난과 고초는 굳이 묘사할 필요가 없다.

그것은 정보요원의 업무에 일상적으로 따라붙는 부속이니까. 그러나 내가 수집한 정보와 개인적인 인상, 그에 대한 결론은 조금 자세하게 기술할 필요가 있다.

1912년 1월 1일 기준으로 아무르강 변방 지역에 공식적으로 등록된 조선인은 62,529명이다. 그들 중 약 9,000명이 블라디보스토크에 거주하며 29,000명이 니콜스크 - 우수리스크에, 35,000명이 여러 군에 흩어져 있다.

조선인이 프리모리에서 정착하는 주요 지역은 포시에트, 니콜스크, 한카호 주변이다. 더 북쪽에 있는 수찬과 아무르에 정착하는 사람은 적다.

포시에트로 들어가기 위해서 주로 만주의 훈춘 협곡 쪽에서 출발하여 크라스노예 마을을 통과한다. 조선의 경흥 쪽에서 출발하는 경우는 드물다. 이주민들은 포시에트나 블라디보스토크에서 니콜스크 부근으로 이동하는데 대부분 우샤고우강 유역 개간지에서 온다. 이보다 북쪽으로 가는 조선인은 주로 니콜라옙스크에서 돈을 벌기 위함이다. 그들은 광산이나 도로 건설 현장에서 일한다. 조선 남쪽에서 프리모리에로 이주할 때 해로를 이용하는 경우는 아주 드물다.

현재 조선인 이주자들은 주로 만주를 통하는 방법을 택한다.

조선인이 가장 많이 밀집한 곳이 포시에트이다. 원인은 명백하다. 조선과 가깝고, 그렇다 보니 자연과 기후 조건이 비슷하다. 총인구가 30,000명일 때 러시아인은 3,500명에 불과했다. 포시에트는 지리적으로 유리한 입지에 있다. 아무르만과 우수리스크만, 표트르벨리키만 전체와 인접한 곳이어서 아주 편리하다. 블라디보스토크와 우수리스크 철도가 지척에 있다. 다른 지역보다 이 지역에 사는 조선인들은 조선의 전통과 관습을 더 지킨다. 그러면서도 러시아 정교를 받아들이고 러시아의 말과 제도, 법률을 아는 조선인이 이곳에 가장 많다.

포시에트에서 나는 마치 조선에 있는 것 같은 느낌이 들었다. 조선과 똑같은 집, 옷, 이륜 수레, 농작물 등. 전체적으로 포시에트에 사는 조선인은 그리 잘살지는 못한다 해도 당연히 조선에서보다는 형편이 더 나았다. 특히 학교와 마을 운영, 종교시설을 위해 지어진 건물들이 인상적이었다. 내가 알아본 바에 의하면 모든 정착민이 합의에 기반한 사회로 통합되었고 거기서 선출된 촌장이 사법 문제를 포함하여 많은 문제를 처리한다.

슬라뱐스크 부대(각각 군인 70명으로 구성된 2개 중대), 포시에트 부대(1개 중대), 노보키옙스크 부대(2개 중대), 러시아 행정 업무를 담당하는 지방 단체, 작은 러시아 정교 성당들이 아니었다면 이 지역이 러시아인지 잘 모를 정도였다.

정착민들과 대화하면서 포시에트 지역을 자치구로 바꾸고 싶어 하는 그들의 소망을 나는 자주 들었다. 내 생각에, 우리에게 충직한 조선인들을 그쪽으로 이주하도록 하여 이 발상을 선동하게 하고 전적으로 지원할 필요가 있다고 본다. 포시에트는 러시아와 조선 사이에 자리 잡은 나름의 완충지대이다. 그래서 이 완충지대를 항상 우리에게 유리하도록 활용할 수 있을 것이다.

블라디보스토크와 니콜스크 도시들에서도 조선인은 자기들만의 촌락을 이루어서 산다. 그렇긴 해도 극동 지방 전역에서 정착민들의 러시아화가 매우 느리게 진행되지만, 도시에 사는 조선인은 러시아인과 더 활발하게 교류하면서 언어를 빨리 습득하고 현지 생활 방식에 적응한다. 정치적인 이유로 조선을 떠나온 자 대부분이 바로, 이 블라디보스토크에 정착했다. 이곳에서 그들은 국민회 지부를 조직하고 이끌며 신문을 발행한다. 그런 단체는 문화, 교육, 경제 활동 단체로 위장하여, 곳곳에서 조선으로 파견할 무장 부대를 창설하고 있다. 이런 부대의 구성원들은 서로를 알아보기 위해, 조선인들이 민족의 영웅으로 추앙하는 테러리스트 안중근과 깃발 두 개가 교차한 형상을 담은 둥근 금속 배지를 가슴에 달고 다닌다.(문화단체 국민회에 대해서 나는 상세하게 기술한 보고서를 따로 마련하였다. 그런데 확인된 자료에 따르면 이 단체 일부 지도부가 미국인 선교사의 영향을 받아 반일뿐만 아니라 반러시아 선동도 하고 있으니, 전체적으로 보면 우리에게 유리한 형국이다.)*

* 국민회는 1904년 조선에서 처음 발족하였고 애국 지식인, 자유주의자 지주, 공직자들을 회원으로 아울렀다. 그로부터 1년 후, 황제의 친척이자 국가 요직을 두루 거친, 대한제국의 독립을 강력히 주장했던 민영환이 회장을 맡았을 때 국민회의 활동은 활발해졌다. 그는 나라의 '개화' 이후 대한제국의 공식 대표 자격으로 유럽을 방문한 인물 중 하나다. 1896년 민영환은 러시아 황제 니콜라이 2세의 대관식에도 참석했다.

1905년 11월 17일 조선이 일본의 보호국이 되는 조약을 체결한 후 민영환은 조약의 파기와 조약에 서명한 다섯 대신들의 처형을 요구하는 상소를 고종에게 40차례 올렸다. 이것이 화근이 되었다. 민영환은 체포되어 구금되었다가 풀려난 후 자결하였다. 국민회는 실질적으로 활동을 접었고 적극적으로 가담했던 회원들은 해외로 이주하였다.

1909년 국민회는 샌프란시스코에서 부활하여 그 활동이 다른 지역으로 급속히 확산하였다. 1910~1912년, 미국에 거주하는 회원은 10,000명, 서유럽 5,000명, 조선은 20,000명이 넘었다. 국민회는 신한민보를 발행하였고 반일 활동을 활발하게 펼치면서 조선의 애국자들에게 강력한 단일 조직에 가담할 것을 촉구했다. 특히 1912년 10월 25일 자 신문에서는 1909년 안중근이 저지른 이토 히로부미 암살을 모범으로 추앙하며 일본 천황 폐하의 시해를 촉구했다.

국민회 지도부는 러시아에 거주하는 조선인에게 큰 관심을 기울였다. 그리하여 그들은 정재관, 김성헌을 아무르지역으로 파견하였고 그들이 국민회 지부를 조직했다.

반러시아 선동의 위험이 너무나 현실적으로 보였기에 서울 주재 러시아 총영사 소모프는 '수완이 좋은 미국 선교사들의 내정 간섭과 침해로부터 러시아의 조선인들을 보호해야 하는' 문제를 러시아 외무장관 사조노프가 시급히 해결해야 한다고 여겼다. 소모프의 급보에 '옳다, 시노다 검찰총장과 연락하라'라고 니콜라이 2세가 손수 답장을 썼다.

작년 말 조선 지식인 대표들이 권업회를 발족했다. 러시아 정부는 이 단체 창설을 공식적으로 허가하고서 조선인의 사회 활동을 통제할 작정이었다. 유인석, 김학만, 최재형, 이범윤, 이상설, 이종호 등이 권업회 지도부이다. 그들 중에는 의병 활동을 적극적으로 펼쳐 이미 내가 아는 자들도 있다. 1912년 3월부터 권업회는 권업일보를 발간하기 시작했다. 권업회는 당분간 교육과 경제에 국한되어 활동한다. 블라디보스토크에 도서관을 짓고 강의를 조직하고 한민족학교를 건설하기 위해 모금 활동을 벌인다. 하지만 머지않아 항일 무장 투쟁에 적극적으로 합류할 것은 명약관화하다.

전체적으로 나는 프리모리에 일대로의 내 '여행'이 성공적이었다고 여긴다. 나는 거기서 만나려고 했던 정보원 모두를 만나 나카무라 소좌의 지시와 자금을 전달하고 연락을 지속하기로 약속했다. 조선인 사회에 정보원을 심을 수 있다는 것을 내가 직접 확인했고 이는 차후에 반드시 도움이 될 것이다.

그런데 다시 돌아오는 길에 작은 사건이 발생했다. 니콜스크에서 사냥꾼의 신분증과 무기가 우리에게 제공되었다. 만주 국경 언저리에서 우리는 마지막으로 작은 '선물'을 남기기로 마음먹고 작은 러시아 시골 마을을 골랐다. 밤에 우리는 집 몇 채를 방화하고 조선어를 몇 자 써서 팻말을 남겼다. 그런데 러시아 농민들이 그렇게 빠르게 추격하리라고는 전혀 기대하지 않았다. 우리는 접근하기 어려운 덤불에 간신히 몸을 숨겼고 그때 한춘남의 아들이 등에 상처를 입었다. 아비가 무슨 대가를 치르고라도 아들을 버리고 싶어 하지 않아 조카와 함께 아들을 끌고 갔다. 하루가 지나고 우리는 조선인을 맞닥뜨렸다. 남자 여섯과 여자 둘이 풀을 베고 있었다. 우리는 그들에게서 말을 훔치기로 했다. 밤이 되자 우리 셋은 그들의 천막으로 몰래 기어갔다. 한춘남이 말을 푸는 동안 조카와 나는 남자들이 자는 천막에 총구를 겨누고 있었다. 갑자기 어딘가 옆에서 총성이 울렸다. 총알이 내 팔을 맞혔지만, 내가 일행과 도망치는 데는 방해되지 않았다.

한춘만의 아들은 결국 죽었다. 그를 땅에 묻을 때 밀수업자였던 아비는 모든 이를 저주하는 욕을 하며 울었다. 조선과 중국 국경까지는 별일 없이 갔다.

작은 흉터만 남기고 빠르게 아문 팔을 볼 때면 나는 운이 좋았다고 생각한다. 그자가 조금 더 왼쪽으로 쏘았다면… 그랬다면 그 후 나의 시간은 없었을 것이다. 위대한 일본 제국의 영광을 위해 더 큰 일을 하라고 운명이 나를 지키고 있는 것은 아닐까?

제3부

러시아 모루의 울림

제21장

심 때가 지나자 흩뿌리기 시작한 비는 쉬이 지나갈 것 같지 않았다. 하늘은 짙은 회색 장막으로 완연히 뒤덮였다. 따스하고 편안한 안식처에서 귀를 기울이면 하늘에서 후두두 떨어지는 빗방울이 자아내는 경쾌한 가락이 한결 흥을 돋웠다.

강철이 목공용 작업대를 탁자 삼아 창가에 앉았다. 집게손가락으로 책 종이를 따라 짚어가면서 그는 너덜너덜해진 얄팍한 교재 〈알파벳〉을 집중하여 또박또박 읽었다. 자기가 내는 발음이 뭔가 마음에 들지 않을 때는 읽은 부분을 다시, 또다시 반복했다.

책에 그림이 많아 다행이었지만, 이 책은 러시아어 회화를 아는 사람이 볼만하지, 강철같이 아는 단어가 스무 개도 안 되는 사람이 공부할 만한 책은 아니었다. 그림이 표현하는 사물의 이름은 알만했지만, 그 이름이 문장을 이룰 때면 아무리 짧은 문장이어도 뜻을 가까스로 추측할 수밖에 없었다.

알파벳 문자를 사용하는 언어들은 대부분 문법적 기반이 매우 엇비슷하다는 것을 강철은 어머니에게 들어 알고 있었다. 모든 단어는 품사로 나뉘고 어근이 있으며 접미사, 어미, 접두사, 전치사에 따라 추가적인 의미를 얻을 수 있다. 그리고 단어는 문장에서 격변화, 단복, 시제와 연결되어 있고, 문장은 평서문, 의문문, 감탄문이 있다. 강세, 구두점, 대소문자 같은 개념도 있다. 그 밖의 개념들도 수없이 많다.

그는 어머니의 두 가지 교수법을 떠올렸다. 하루는 단어의 발음과 뜻을 익혔다면 다른 날은 읽기와 쓰기를 했다.

강철은 배우고 싶은 단어 목록을 먼저 작성했다. 그때 그는 한글을 사용했다. 자신과 동철에게 외국어를 가르칠 때 모국어인 한글을 사용하도록 하신 어머니의 선견지명을 떠올리자, 마음이 뭉클해 왔다.(한국인들은 태곳적부터 중국 문자를 사용해 왔다. 15세기 중반에 한글이 창제되었으나 20세기 초까지 널리 사용하는 문자는 아니었다. 그 이유 중 하나가, 이상하게 들리겠지만, 한글이 한자보다 단순하고 배우기 쉬워서였다. 모국어인 한글을 멸시하며 '여자들이 쓰는 언문'이라 부르는 조선 양반이 적지 않았다)

우선순위에 드는 낱말은 숫자를 제외하고 이백 단어 정도 되었다.

교재 〈알파벳〉과 공책, 연필은 표트르가 주었다. 교재 몇 권이 선반에 더 있었다. 그중에는 초등학교 저학년을 위한 〈모국어로 말하기〉도 있었다. 강철은 그 책을 읽을 수 있을 때를 기다렸다.

지금 강철이 있는 공간은 마구간 옆에 덧붙여 늘려 지은 곳인데, 작업실이나 여러 도구를 보관하는 창고로 쓰였던 곳이다. 주인의 허락을 얻어 강철은 여름을 이곳에서 나기로 했다. 홍씨아저씨의 도움으로 그는 선반과 옷걸이를 만들어 넣었고 널빤지 침대를 구석으로 치우고 작업대를 창가로 갖다 놓았다.

방은 항상 톱밥과 가죽, 접착제 냄새로 가득했다. 강철은 이 냄새가 좋았다. 지금처럼 혼자 앉아서 알면 갈수록 점점 더 매혹적으로 느껴지는 낯선 말과 글에 파고들 때면 큰 만족감이 들었다.

게다가 창밖으로는 비가 내린다. 단조로운 빗소리가 자칫하면 순식간에 쓸쓸하고도 침울하고 아련한 기분을 깨울 수도 있지만, 지금은 좋은 기분을 거스르지 못했다. 강철이 지금, 이 순간 미로 같은 언어의 세계에 빠져들어 여행 중이기 때문이었다. 그는 지금까지 러시아말을 그리 자주 들어본 건 아니지만 그것이 얼마나 풍부하고 아름다운지를 아는 데는 몇 마디 듣는 것으로 충분했다. 다양한 유성음 덕에 러시아말은 놀랍도록 낭랑하게 울렸다. 웃음조차도, 특히 처녀들의 웃음소리는 한국인 여인의 그것과 완전히 달랐다. 그는 반드시 이 말을 정복해야 한다!

알파벳은 어느 정도 파악했는데 철자 몇 개가 여전히 당황스럽긴 했다. 예를 들어 ь나 ъ 같은 철자들은 음가가 없지만, 항상 자음 뒤에 쓰는 것으로 보아 자음의 발음에 어떻게든 영향을 주는 건 확실했다. 자음 발음의 변화는 한국어에도 있지만, 강철이 혼자 공부할 때 가장 어렵게 느껴지는 점이었다. 그는 홍씨아저씨에게 몇 번 도움을 청하긴 했지만, 그도 러시아어에서 어려움을 겪는 부분이 있었다. 나이 든 아저씨는 Б, В, Г, З, Ж와 같은 자음을 정확하게 발음하지 못했다. 표트르가 알파벳과 대명사, 수사를 익힐 때 많이 도와주긴 했지만, 그는 문체는 말할 것도 없고 문법의 기초도 아예 몰랐다. 트로핌과 함께 출타할 때면 강철은 그에게서 러시아어 단어를 적지 않게 배웠다. 하지만 그런 일은 유감스럽게도 그리 자주 있지 않았다.

풀베기와 건초 작업이 끝난 다음에는 농부의 단조로운 일상이 연속되었다. 밭일, 마구간 일, 공사용 통나무 벌목, 장작 패기 같은. 이따금 강철은 한반도를 떠나지 않은 것 같은 착각마저 들었다. 밤낮으로 한인들과 같이 생활했기 때문이다. 먹는 음식도 별반 다르지 않았다. 다만 이주민이 현지 주민에게 빌려와 쓰는 물건의 이름은 한국말로 둔갑하여 일정한 변화를 겪었는데, 이 명칭은 러시아어 단어와도 비슷하지 않았다.

원어민과 접촉하여 소통하는 과정 없이 어떻게 외국어를 배울 수 있겠는가? 좋은 교재와 사전이 있다 해도 살아있는 말을 직접 받아들이는 과정이 없다면 어떻게 제대로 말하고 읽을 수 있겠는가? 물론 강철도 시간이 흐르면서 홍씨아저씨나 트로핌만큼은 러시아어를 할 수 있을 것이다. 그런데 그 정도 수준이면 강철이 만족할 것이냐가 관건이다.

표트르가 언젠가 러시아 청년들이 만든 모임에 함께 다녀오자고 강철에게 권했었다. 그때는 거절했었는데 지금 생각하면 못내 아쉬웠다. 그래서 그럴 기회가 생긴다면 함께 가는 것을 마다하지 않겠다는 말을 오늘은 전하리라 마음먹었다. 그럴 일을 대비하여 만날 때, 헤어질 때, 그리고 감사할 때 쓰는 '즈드라시쩨(안녕하세요)', '스빠시바(감사합니다)', '다 스비다니야(안녕히 계세요)' 이런 말까지 외워두었다. 거기다 이런 표현도 외웠다. '모이 이먀 강철(제 이름은 강철입니다, 문법이 틀렸음 - 옮긴이)', '쁘리야뜨나 빠즈나 꼬미짜(만나서 반갑습니다)', '깍 뜨바요 이먀(네 이름은 뭐니?)'.

러시아어 숫자 명칭이 프랑스어와 대개 비슷해서 계산은 더 수월했다. 10단위, 100단위, 1,000단위를 외우자마자 저절로 입에 붙었다. 사실 중국어에서 가져온 한국어 복합 수사들이 규칙을 벗어나는 예외도 없고 더 쉬운 건 맞다. 러시아에는 익숙한 것에서 느닷없이 벗어나는 예외가 드물지 않다. 예컨대, 20은 '드밧짜치', 30은 '뜨릿짜치' 이렇게 '~짜치'로 가다가 갑자기 40은 '소락'이다! 50은 '삐지샷', 60은 '시지샷', 70은 '쎔지샷', 80은 '보심지샷', 이렇게 '~지샷'으로 가다가 느닷없이 90은 '지비노스따'이다! 배를 타고 가다 예상치 못한 암초에 걸린 느낌이다. 이런 암초들은 '어이, 하품하지 말고 정신 바짝 차려!'하고 경고하는 것 같다.

강철은 다시 써보면 단어가 더 잘 기억되는 것을 예전 외국어 공부 경험으로 알고 있었다. 러시아어 철자도 스페인어나 프랑스어처럼 두 가지 방식으로 표현되었다. 인쇄체와 필기체를 말한다. 인쇄체는 읽기에 좋았고 두 번째는… 논리적으로 보면 필기체가 쓰기에 편할 것 같았지만, 적어도 지금은 오히려 어려웠다. 기울어지고 둥글둥글하고 장식적인 이 서체는 펜을 종이에서 떼지 않고도 빨리 쓸 수 있게 하려고 고안되었지만 익히기가 쉽지 않았다. 말 타는 법을 배우면 말을 타고 뛰어오르기도 쉽다.

표트르가 왔을 때 강철은 철자를 연필로 열심히 그리며 때마침 '마구를 채우다'라는 동사를 익히고 있었다.

"들어가도 돼요?" 문턱에서 표트르가 물었다.

"그럼 당연하지. 표트르. 어서 와서 침상에 앉아." 강철이 반갑게 그를 맞았다.

표트르가 빗방울을 옷에서 털어내고 자리에 앉았다.

"내가 보니 시간을 허비하지 않네요. 나는 한잠 자려다 그냥 일어났어요 … "

"표트르, 나 좀 도와줄래? 여기가 좀 헷갈리네." 강철이 대답을 기다리지 않고 교재를 집었다. "이거, 들어봐 … 너의 성은 뭐니? 나의 성은 페트로프야. 여기서 '너의'와 '나의'가 왜 '뜨바야', '마야'인가? 원래 '뜨보이'와 '모이' 아닌가?(러시아어는 대부분의 품사가 성, 수로(남성, 여성, 중성, 복수) 구분되어 있다 - 옮긴이)

"러시아어 단어는 여성형과 남성형이 있어요." 표트르가 슬며시 웃었다. "예를 들어, 암소는 여성 명사예요. 그래서 '마야 카로바'가 '나의 암소'예요. 집은 남성 명사예요. 그래서 '모이 돔'이 '나의 집'이에요."

"성을 어떻게 구분하지?"

"단어가 모음으로 끝나면 여성형이고, 자음으로 끝나면 남성형인 것 같아요."

"으음, 그렇다면 '너의 이름은 뭐니?'라고 하면 '이름'이라는 단어가 '이먀', 모음으로 끝나니까 '마야'를 붙여야겠네? '마야 이먀 강철' 하면 '나의 이름은 강철입니다', 맞아?"

"그런 것 같아요." 아주 자신 없게 표트르가 대답했다. "남성도 아니고 여성도 아닌 단어들도 있어요. 중간에 있는 것처럼."

"정말?" 강철의 표정에 얼마나 진심으로 놀란 빛이 드러났는지 표트르가 웃음을 터트렸다. "어떻게 그것들을 구분하지?"

"몰라요. 그냥 '나는 누구입니다'라고 하세요."

"미냐 자뱃 강철(나는 강철입니다)."

"아주 잘했어요."

"나의 성은… 너의 성은… 나의 집은… 너의 집은… " 강철이 자기가 내는 소리를 들으며 뜸을 들여 한 구절씩 읽었다.

"썩 괜찮게 하네요." 표트르가 칭찬했다. "'성(파밀리야)'은 아주 어려운 단어인데 외웠네요."

"그 단어는 기억하기 어렵지 않아." 칭찬에 우쭐해진 강철이 문득 정신을 차렸다. 그는 이 단어를 프랑스어로 알고 있다고 말할 뻔했다. 사실 프랑스어로는 조금 다르긴 하다. '파밀레'이고 뜻도 '가족'이다. "여러 번 손으로 써보고 외웠다."

"그래도 빨리 외우긴 했어요. 러시아 사람들과 가까이 지내면 금방 배울 텐데요."

"어디서 러시아 사람들을 만나나? 일꾼이 필요한 러시아 부자라도 있나?" 강철이 빙그레 웃었다. "자네 아버자가 보내주시면… "

"아버지는 안 보내주실 거요." 표트르가 고개를 가로저었다. "내가 러시아 마을에서 하는 모임에 가자고 했었잖아요. 러시아어 배우고 싶으면 같이 가요. 내일 갑시다, 비만 안 오면… "

"그러마." 강철이 고개를 끄덕였다. "그런데 내가 머리를 잘라야 하지 않을까?"

"그거야 간단하지요. 홍씨아저씨에게 말해보세요. 근데 아저씨는 지금 어디 있어요?"

"점심 드시고 좀 쉬고 계셔."

"내가 가서 오시라고 할게요."

"근데 좀 편치 않다, 표트르. 어쩌면 피곤하셔서 한숨 주무실지도 모르는데… "

"괜찮아요. 강철 아재 일이라면 금방 달려올 거요."

정말로, 강철이 세 줄도 채 쓰지 않았을 때 표트르와 함께 홍씨아저씨가 나타났다.

"이 양반을 러시아 남자처럼 보이도록 만들어야 해요." 문지방에 서서 표트르가 말했다. "니콜스크로 가야 하는데 이대로 가면 거기 사람 전부가 놀라 까무러칠 거요."

"니콜스크에 간다고?" 강철이 놀라서 물었다.

"그래요. 아버지가 옐레나 데리러 갈 때 강철 아재를 데려가시려는 것 같던데. 여기에 의자 놓고, 자, 나리, 앉으시오."

강철이 마련된 자리에 얌전히 앉았다.

"이 천 조각을 어깨에 두를게요… 집 안으로 들어가서 일부러 가져왔어요. 거울도 글라피라에게 졸라서 가져오고… 편안하게 앉으십시오, 나리. 머리카락 끝을 목둘레로 이렇게 맞추지요." 표트르가 열성적으로 부산을 떨었다. "됐어. 준비 완료. 홍씨아저씨, 시작해도 됩니다."

"잠깐만요." 강철이 딸각거리는 가위 소리를 멈추었다. "이제 시작하십시오, 아저씨."

"야생 그대로의 조선인으로 기억되고 싶사옵니까?" 아저씨가 허허거리며 가위질을 시작했다. "잘 보시게들, 내가 마음을 곱게 쓰는지…"

강철이 거울을 볼 일은 흔치 않아서 자기 모습을 세세히 뜯어보기 시작했다. 긴 머리카락은 뒤로 넘겨 하나로 묶었다. 한때 매끈했던 이마에는 가로로 주름이 두 줄 패여 진중하고 슬퍼 보이는 인상을 자아냈다. 전에 없이 진지한 빛을 담긴 했지만, 눈은 기억 그대로였다. 꽉 다문 입술은 끝이 아래로 쳐져서 그리 밝아 보이지 않았다. 이것이 나, 강철인가?

익숙하면서도 낯선 얼굴이다. 어디선가 갑자기 자기 분신이라도 만난다면 자기 모습을 금방 알아볼 수 있을까. 이 생각을 하자 슬며시 웃음이 났다. 그런데 이런 웃음도 남의 것 같았다.

그가 쿡쿡거리며 말했다.

"아저씨, 시작하시지요."

"아깝지 않은가?" 홍씨아저씨가 물었다.

"조금 아깝긴 하네요." 강철이 말했다. "그렇긴 하지만 다른 나라에 왔으니, 생활방식과 용모를 바꿔봐야지요. 짧은 머리가 더 편하기도 하고요…"

30분 후에 강철은 낯선 남자를 거울 속에서 보고 있었다. 짧은 머리카락이 가르마를 타고 갈라졌다. 얼굴이 약간 길어졌고 드러난 귀도 더 커졌으며, 더 젊어져서 자기 눈에도 지금 나이를 절대 줄 수 없는 용모가 되었다. 이 점이 흥미로웠다.

"그래, 어때요?" 강철 앞에서 거울을 들고 선 표트르가 물었다.

강철은 홍씨아저씨를 보면서 손으로 머리카락을 쓸었다. 아저씨가 소탈하게 말했다.

"좋든 나쁘든 이제 별수 없지. 익숙해져야지."

"일주일만 지나면 이전 모습을 기억하는 사람이 없을 거요." 표트르가 말했다. "그럼 나는 집으로 들어갑니다. 내일 비가 안 오면 우리가 약속한 대로 하지요."

"좋아." 강철이 고개를 끄덕였다.

홍씨 부부와 젊은 일꾼 두 명은, 연유는 알 수 없지만, 트로핌이 허물지 않고 마당 한쪽에 그대로 둔 낡은 오두막에서 함께 지냈다. 강철이 저녁을 먹으러 갔을 때 홍씨아주머니가 머리 자른 모습을 보더니 빙긋이 웃으며 한마디 했다.

"젊어졌네."

이반은 알아채지도 못한 것 같았다.

다음 날 아침에는 주인이 강철에게 모자를 벗고 한 바퀴 돌아보라고 시켰다.

"어, 괜찮네. 도시에 가면 이발소에 데려다주지. 거기서 네게 진짜 머리를 해주마. 여기서는 그 정도면 됐고." 주인이 말했다.

비가 내리지 않아서 표트르가 어제 약속을 다시 한 번 일러주자, 강철은 러시아 마을로 갈 기대에 종일 들떠있었다. 그렇게 안달하는 모습에 자기도 헛웃음이 나왔지만, 어쩔 도리가 없었다. 시간을 단축할 유일한 방법은 온 마음을 다해 일에 몰두하는 것이다. 강철은 이반과 함께 증축물 주춧돌로 쓰려고 전날 가지고 온 돌을 깔끔하게 쌓았다. 마구간을 다 치운 다음 말을 데리고 강가도 다녀왔다. 가는 김에 거기서 멱도 감았다. 점심을 먹고 나서는 밭에서 김을 맸다. 홍씨아저씨와 함께 뽑아낸 풀 중에 돼지에게 먹일만한 것을 가려냈다. 가려낸 풀을 전부 마당으로 가져 와 썰어 가마솥에 넣었다. 물동이에 물을 가득 채워놓았다. 내일 욕탕에 쓸 장작도 패놓았다.

저녁이 다가오자, 강철은 평소 즐겨하는 일에 착수했다. 도끼로 사시나무 둥치를 얇은 판자로 균일하게 쪼갰다. 트로핌은 오두막의 초가지붕을 판자로 덮어 러시아식으로 개조하길 원했다. 강철은 주인의 꼼꼼한 성격과 좋은 것을 금방 받아들일 줄 아는 성품이 놀라웠다.

장방형 각재를 놓고 네 개의 모서리를 쳐내서 둥근 각재로 만든다. 그런 다음, 동작 한 번으로 판자가 균일해지도록 하나씩 얇게 쪼갠다. 지난번에는 연속해서 12개 판자를 정확하게 쪼갰지만, 오늘은 눈대중이 이따금 들어맞지 않았다. 게다가 자기 자신과 경쟁하려는 의지도 그다지 없었다.

저녁을 먹고 옷을 갈아입자, 마당에서 바로 휘파람 소리가 들려왔다. 나오라는 신호였다.

두 청년이 대문 밖으로 나서자, 어스름이 벌써 짙어지고 있었다. 표트르는 작은 보따리를 들고 있었다.

러시아인 마을 루자옙카는 5km 정도 떨어진 곳에 있었고 한인 정착촌에서 갈 때는 작은 숲을 지나야 했다. 사람이 많이 지나다녔는지 잘 다진 좁은 길이 나 있었다. 어제 거의 종일토록 비가 내렸지만, 길은 하나도 씻겨 나가지 않았다. 가끔 눈에 띄는 작은 물웅덩이가 있을 뿐이었다.

강철도 루자옙카에 가본 적이 한 번 있었다. 풀베기와 건초 작업이 끝나고 트로핌이 대장장이 예피판에게 약속한 연어알을 갖다주러 갈 때 강철을 데리고 갔다. 간 김에 거기서 말에 편자도 박았다. 금발 러시아인 대장장이가 육중한 망치를 되는대로 흔들며 일하는 모습은 흥미진진했다. 그가 강철에게 쳐보라고 망치를 내준 다음 트로핌에게 뭐라고 말하자, 둘은 껄껄거렸다. 집으로 돌아오는 길에 트로핌은 한인 정착촌에 대장간을 만들고 싶은, 오래된 자기 꿈을 내비쳤다. 그리고 만약 강철이 대장간 일을 배우고 싶다면 예피판 밑에서 한 달 동안 조수로 일하도록 보내줄 수 있다는 말도 덧붙였다.

강철이 그 일을 원했을까? 당연하다. 하지만 그로부터 보름이 지난 지금껏 트로핌은 아무런 말이 없다. 잊어버렸거나 아니면 아직 때가 아닐 것이다.

앞에서 걷던 표트르가 강철을 기다리려 멈춰 섰다.

"여름에는 루자옙카 가는 길이 편해요." 그가 말했다. "겨울에는 눈만 내려도 겨우 발을 뗄 수 있을 정도예요. 스키 타고 가는 것도 시도해 봤는데 나는 잘 안되더라고요. 아재는 스키 타봤어요?"

"타본 적은 있지." 강철은 유격대에서 산아범이 스키 타는 법을 가르쳐 주던 때가 떠올랐다.

"러시아 사람 중에서 많은 이가, 특히 사냥꾼들이 겨울에는 스키로만 움직여요. 얼마나 빠른지 걸어서는 그 사람들을 도통 따라잡을 수가 없어요. 퉁구스족은 저기 북쪽 어딘가에 사는데 개를 타고 다닌대요. 들어본 적 있어요?"

"아니." 강철이 살짝 웃었다. "어떻게 타고 다니는데?"

"개 예닐곱 마리를 묶어서 썰매를 끌게 한대요. 3년 전에 니콜스크에서 내가 봤는데, 그때 퉁구스 사람들이 그리로 다녀갔었어요. 그 사람들이 조선 사람하고 비슷하게 생겼어요. 개가 이따만큼 실하고 말을 잘 들어요. 썰매가 가벼워서 한 손으로 돌릴 수도 있어요. 조선은 추운가요?"

"남쪽은 따뜻해. 눈이 아예 안 오는 지방도 있어. 그런데 북쪽은 여기 날씨지. 눈이 여기만큼 많이 내리진 않지만, 대신에 바람이 아주 매서워."

"남쪽에 가고 싶네요. 바다에서 수영해 본 적 있어요?"

"응."

"나는 바다를 본 적도 없네요." 표트르가 말했다. "어어, 개가 짖네요. 들려요? 이제 곧 마을에 당도하겠어요 … "

그들은 루자옙카 마을로 들어섰고 어둡고 인적 없는 거리를 따라 발걸음을 옮겼다.

"우리가 지금 누구 집으로 가나?"

"나탈리야라는 아가씨가 사는 집이에요. 진짜 이상한 사람이에요."

"왜?" 강철이 관심을 보였다.

"뭐라고 설명해야 하나 … 도시에서 혼자 와 집을 사서 그곳을 도서관으로 꾸몄어요. 책을 얼마나 많이 가져왔게요. 사람들에게 읽으라고 줘요. 학교 선생님인데 저녁마다 그 집으로 청년들이 모여요. 우리는 술이나 마시면서 놀고 싶은데 그 아가씨는 우리가 책을 읽고 토론하기를 바라요."

"그게 뭐가 이상한데?"

"에에, 생각해 보세요. 도시에서 시골로 왔다고요! 그렇게 많은 책을 사서 사람들에게 공짜로 나눠줘요! 정상적인 사람이라면 그렇게 하겠어요?"

"그래, 진짜 이상하네." 강철이 장단을 맞추면서 속으로 생각했다. '그렇게 이상한 사람들이 최소한 우리에게 생각할 기회를 준다는 사실만으로도 벌써 놀랍지 않나? 그들이 왜 그렇게 행동하는지만 생각해도?'

"게다가 그 아가씨는 아이 같아요, 얼마나 순진한지." 표트르가 킥킥거렸다. "어쨌든 아재가 직접 보세요. 여기가 그 아가씨 집이요. 담장도 없고 대문도 없지요. 전부 부숴버리고 작은 텃밭을 만들었어요. 꽃도 키우고."

실제로 그 집은 개방된 정도가 다른 집과 확연히 달랐다. 표트르가 사립문을 열고 들어가려 하자 강철이 물었다.

"주인을 부르는 게 좋지 않을까?"

"뭐 하려요? 이 집에서는 사람들이 그냥 바로 들어가요."

모래가 흩뿌려진 길을 따라 그들은 현관으로 다가가 노크 없이 희미한 불이 켜진 입구로 들어갔다. 한 장은 드리워지고 한 장은 걷힌, 아름답고 두툼한 천 두 장 사이의 틈으로 빛이 새어 나왔다. 안쪽에서 사람들의 목소리와 잔잔한 음악 소리가 들렸다.

표트르가 앞장서 걸었고 강철은 약간 망설이면서 입구에 그대로 서 있었다. 찾아온 손님을 환영하는 목소리와 손님이 그들에게 뭐라고 말하자 놀라는 소리가 들려왔다.

"왜 여기서 있어요?" 표트르가 빼꼼히 고개를 내밀고선 물었다. "친구와 같이 왔다고 말하고 보니까 아재가 없는 거요. 얼른 이리 와요. 내가 사람들에게 소개해 줄게요."

널찍한 방안은 커다란 등잔불이 발하는 빛으로 환했다. 커다란 원탁에 아가씨 둘과 청년 하나가 앉아있었다. 다른 청년 둘은 벽에 붙은 긴 의자에 앉아 있었는데 그중 한 명의 무릎 위에는 양편에 단추가 기다란 줄을 이루며 박히고 굴곡진 이랑이 난 커다랗고 검은 주름상자가 놓여 있었다. 이 상자는 악기인 것 같았고 늘어났다 줄어들었다 할 수 있었다. 강철이 들어갔을 때 음악이 마침 멈추었고 청년이 이 상자를 줄여놓았다.

표트르가 같이 온 강철을 소개했다. 사람들이 여기저기서 강철이 모르는 환영 인사를 해댔다. 즈다로바(반가워요), 쁘리벳(안녕). 그 와중에 아는 표현이 마침내 들렸다. 즈드라스트부이쩨(안녕하세요). 긴 치마에 하얀 블라우스를 입고 문가에 선 호리호리한 처녀가 이 인사를 했다. 어깨에 두른 모직 숄이 어두운색이라 그녀의 금빛 머리카락이 아름답게 돋보였다. 그녀가 강철에게 탁자에 앉으라고 손짓했다. 강철이 보기에 이 사람이 주인인 것 같았다. 그녀의 기분이 왠지 가라앉은 듯하다고 강철이 생각했다.

강철이 제대로 보았다. 나탈리야는 정말로 기분이 좋지 않았다. 아침에는 모든 일이 잘 진행되었다. 오늘은 그냥 단순한 날이 아니라 학년이 끝나는 종업식이었다. 이날에는 모두가 잘 차려입고 학생들은 꽃을 들고 등교한다. 우수생들을 축하하고 상장을 수여하였다. 나탈리야가 총애하는 여학생 마르푸시카 골로바초바만 결석했다. 걱정이 된 나탈리야가 학생들에게 물어보니 그중 한 명이 마르푸시카 아버지가 또 술에 취했다고 전했다. 술에 만취하면 항상 그렇듯 그는 가족 전부를 가둬두었다.

촌장에게 부탁할 수밖에 없었다. 촌장은 남자 몇 명을 불러서 마르푸시카를 구해내려고 그 집으로 갔다. 잠근 문을 열고 난폭한 사내를 묶는 동안 갈라진 목소리로 내뱉는 욕설을 수도 없이 들어야 했다. 여자아이는 거의 매일 그런 상황을 겪으며 살아야 하지 않겠나. 절망 속에 있을 아이가 너무 가여웠다. 아이는 난로 속에 웅크리고 앉아서 겁에 질려 아예 말을 하지 못했다. 다정한 말과 선물로 겨우 아이를 달랬다.

이것으론 부족하다. 이 아이를 어찌할지 뭔가 대책이 필요하다. 그러지 않으면 그런 아버지와 살면서 아이는 총명함과 빛나는 기억력을 잃게 되고 인생을 망칠 것이다. 마르푸시카를 어디로 데려가면 좋을 텐데. 그런데 어디로 데려간단 말인가? 내가 데리고 살까? 이미 시도도 해봤고, 다짐도 했다. 아이의 아비가 정신이 들면 순한 얼굴로 찾아와 그녀의 집 앞에 무릎 꿇고 앉아 온 동네에 구경거리를 선사할 것이다. 가장 놀랄만한 사실은 술만 취하면 짐승같이 구는 자가 술에서 깨면 믿을 수 없을 정도로 양순한 사람이 된다는 것이다! 그의 정신을 계몽한다는 헛된 희망에 홀리지 않으려면 이 양면을 눈으로 직접 봐야 한다.

오후에 오가예시까가 부베노프 부관의 편지를 갖다주었을 때 나탈리야는 마르푸시카 일로 이미 침울한 상태였다. 편지에는 하바롭스크로 급히 호출받아 즉시 떠나야 해서 여름에 계획한 휴가를 취소할 수밖에 없다고 쓰여 있었다. 나탈리야는 부베노프 부모님을 뵈러 함께 모스크바로 가기로 약속한 터였다.

이 일들 때문에 그녀는 토요일 저녁 모임을 열 경황이 없었지만, 선한 성품 때문에 손님 면전에서 문을 닫아버릴 엄두를 못 냈다.

늘 그렇듯 빼빼 마르고 코가 뾰족한 청년 포르피리가 가장 일찍 도착했다. 오자마자 글렙이 왔느냐고 물었다. 마치 나탈리야 집이 아니라 글렙 집에 왔다는 듯. 이 질문에는 보조 역할에 익숙해진 청년의 성격 전체가 들어 있었다. 동갑내기들은 항상 그에게 명령하고 그를 놓고 농담을 해댔는데 때때로 모욕을 느낄 만큼 정도가 지나쳤다. 포르피리가 진심으로 숭배하는 친구는 글렙밖에 없었다.

포르피리 다음으로 늘 같이 붙어 다니는 단짝 친구 바실리와 니콜라이가 왔다. 니콜라이는 변함없이 가르모시까(러시아 버튼식 아코디언 - 옮긴이)를 들고 왔다. 시골 청년들 사이에서 가르모시까 연주자는 항상 인기가 많았는데, 니콜라이는 얼굴까지 잘생겨서 그에게 반한 처녀가 한둘이 아니었다.

그다음을 이어 팔라샤와 마리야가 왔다. 여기까지 같이 온 것 같은데 무슨 까닭인지 따로따로 들어오기로 한 모양이었다. 새 사라판(소매 없는 러시아 전통 원피스 - 옮긴이)을 입은 마리야에게 나탈리야가 추어주는 말을 하자 그녀는 온통 발그레해졌다.

손님 중 누구도 집주인의 언짢은 기분을 알아채지 못했다. 알아채는 누군가가 있었더라도 그 사람이 공감을 표할 리는 만무하다. 그런 세심한 헤아림은 농민들 사이에선 흔치 않다. 더군다나 젊고 강하고 용모가 좋은 사람은 다른 이의 감정적 고통에 대개 무심하지 않은가.

그래서 표트르가 데리고 온 낯선 손님의 눈빛에서 그녀의 상태에 대한 이해와 공감, 부적절한 때에 찾아와서 느끼는 불편함을 읽었을 때 나탈리야는 무척 당황스러웠다. 이 눈빛에 자기도 모르게 마음이 움직여서 나탈리야는 이 청년을 주의 깊게 살펴보았다.

그도 표트르처럼 한인이고 중키에 어깨가 다부졌다. 잘 빗질해 뒤로 넘긴 검은 머리 아래로 드러난, 두 줄 주름살이 패인 시원한 이마가 진지하면서도 서글픈 인상을 자아냈다. 가장 시선을 잡는 것은 눈이었다. 사람의 마음을 읽을 것 같은 형형한 검은 눈동자. 그는 머리부터 발끝까지 새 옷을 입었고, 머리카락은 서툴게 잘렸지만, 낯선 환경에 처하면 보통은 쭈뼛거리게 마련인 태도는 없었다. 앉으라고 그에게 권유했을 때 그는 품위 있게 고개를 숙이고 '스빠시바!(감사합니다)'라고 말했다. 한 손으로 묵직한 의자를 가볍게 빼서 아가씨들 맞은편에 앉았다.

표트르가 그를 얼마 전에 한국에서 온 먼 친척이라고 소개했다. 당연하지만, 러시아말을 몰라서 밤낮으로 공부한다고도 했다.

"이름이 어떻게 됩니까?" 나탈리야가 옆에 앉으면서 물었다.

손님이 그녀를 바라보며 말했다.

"강철."

"강철." 팔라샤가 따라 했다. "발음하기 엄청 어렵네요. 표트르, 우리가 그냥 '철'이라고 불러도 될라나?"

"그건 이 사람에게 직접 물어보시지." 표트르가 킥킥댔다. 그는 긴 의자에 앉은 청년들 옆에 자리를 잡았다.

"저희가 그냥 '철'이라고 불러도 되겠습니까?" 나탈리야가 손님을 보고 물었다.

강철은 못 알아들었지만, 동의의 뜻으로 고개를 끄덕였다.

"알아들으시네요." 팔라샤가 칭찬의 뜻으로 한마디 했다. 팔라샤는 동글한 얼굴에 짚을 꼬는 방식으로 땋은 황금빛 머리, 마치 그린 것 같이 놀랍도록 커다란 파란 눈에 아주 긴 속눈썹이 있는 처녀였다. 눈을 크게 뜨고 멋모르는 아이처럼 대놓고 강철을 빤히 바라보았을 때 당황하지 않을 도리가 없었다. 강철은 이 깊은 심연을 한번 보고는 더는 바라볼 엄두를 못 냈다. 한편 나탈리야의 갈색 눈은 너무나 깊어서 바라보고 있으면 그 안에 있는 우물에 비친 자기 모습을 보는 것 같았다. 마리야는 피부가 아주 하얗고 볼은 연지를 찍어놓은 것처럼 발그레했다. 수시로 변하는 회색 눈동자에는 솔직한 호기심과 수줍고 소심한 빛이 번갈아 나타났다.

"러시아에서 사는 건 어때요?" 나탈리야가 물었다. 강철이 못 알아들은 걸 눈치채고 다른 식으로 고쳐 물었다. "러시아 좋아요?"

"예, 좋아요." 강철이 주억였다.

"표트르, 이 사람 몇 살이야?" 팔라샤의 낭랑한 목소리가 다시 울렸다.

"이 사람에게 직접 물어봐. 러시아말 배우러 왔잖아."

"너는… 몇… 살이야?" 팔라샤가 농아를 대하듯 단어를 끊어서 천천히 물었다.

"팔라샤, 잠깐만." 나탈리야가 팔라샤를 말리고 강철에게 직접 물었다. "얘는 열여덟 살, 마리야는 열일곱, 나는 열아홉, 당신은 몇 살인가요?"

그러자 강철이 질문을 알아들었다.

"스물··· 둘." 더듬거리며 강철이 대답했다.

"보기에는 아주 어려 보이는데." 마리야가 작은 소리로 말했다.

"그리고 잘생겼어." 팔라샤가 한마디 보탰다.

나탈리야가 살짝 웃었다. 그녀도 새로 온 손님이 마음에 들긴 했지만, 강철의 나이에 관해서는 친구들과 의견이 달랐다. 물론 러시아 사람들 눈에 한국인이 제 나이보다 젊어 보이는 건 맞다. 하지만 차분하면서도 아주 신중한 눈빛을 가진 이 사람은 아니다. 이 눈은 이미 적지 않은 걸 보았을 테고 그것이 꼭 기쁜 일만은 아니었을 것 같았다. 이 손님이 기운을 얻어 뭔가 재미있는 이야기를 하면서 즐겁게 웃고, 얼굴에서 슬픈 기운이 사라지면 좋겠다는 마음이 나탈리야에게 갑자기 들었다.

그녀가 말했다. "얘들아, 우리 청년들이 왠지 지루해하는 것 같네. 속요로 이 사람들을 한번 재미있게 해줄까?"

두 아가씨가 서로 마주 보았다. 팔라샤가 마리야의 귀에 대고 뭐라고 속삭이자 곧바로 마리야가 속사포처럼 노래하기 시작했다.

우리 포르피리 박자가
얼마나 엉망인지
날밤 새워 연습해도
말짱 도루묵!

포르피리가 주먹을 치켜들고 처녀들을 위협하는 시늉을 하고 나서 니콜라이를 밀치자, 그가 바로 아코디언을 켰다. 그러자 팔라샤가 불렀던 곡조를 따라 하며 흥겨운 노래를 이어갔다. 남자의 저음이 방안을 가득 메웠다.

팔라샤가 소리쳤지
세상 제일 내가 이뻐.
바퀴 두 갠 안 탈 거야
바퀴 네 갤 타야지.

아코디언이 기발한 순차성을 발휘하여 다음 사람을 자연스럽게 끌어들였다. 이번에는 마리야가 한 곡조 뽑았다.

꼴랴, 꼴랴, 니꼴라이
머릿속엔 아코디언
자나 깨나 아코디언
걔는 너의 '자기야'.

이 수줍은 처녀는 목소리가 아주 낭랑했다. 마리야가 '우와', '아하' 하며 4행시 곡에 열렬한 추임새를 넣어서 노래가 끝났을 때는 웃음을 참기가 불가능했다.

강철은 이 놀이의 의미를 바로 이해했다. 이쪽도 저쪽도 서로를 놀리고 4행시는 즉흥적으로 지어냈다. 한국에도 비슷한 놀이가 있으나 시 구절을 얼마나 아는지를 놓고 대결하는 놀이이다. 누군가가 지면 당연히 웃음이 터져 나왔지만, 여기서는 놀이가 더 장난스럽고 대담하며 흥겨웠다.

다시 아코디언이 곡의 분위기를 급격하게 바꾸어 같은 방식으로 다음 사람을 끌어들이는 저음을 냈다. 그러다 불쑥 아코디언 연주자가 한 구절

뽑기로 했나 보다.

마리야네 집에서는
모든 문을 걸어뒀네.
그래봤자 헛수고지
문틈으로 다 보여.

이러고 나자 마리야가 청년들을 향해 장난스럽게 주먹을 치켜들었다. 포르피리가 한가운데로 뛰어나가 손바닥으로 가슴과 부츠의 정강이를 치면서 탭댄스를 추자, 황망한 강철의 눈알이 춤을 따라가며 좌우로 바쁘게 움직였다.

"흥겹게들 노는군." 갑작스레 남자의 우렁찬 목소리가 들려오자 아코디언이 슬프게 삐익 소리를 내며 곧바로 잦아들었다.

문간에는 건장한 체격의 남자가 서 있었다. 몸에 딱 붙은 재킷의 단추가 풀려 자수를 놓은 셔츠가 드러났다. 잣나무 둥치만큼 두꺼운 단단한 목이 검은 곱슬머리가 덮인 머리를 받치고 있었다. 새로 온 손님의 시선이 조금은 내려보는 것 같고 거만해 보였다. 조롱기 어린 미소로 입술이 비뚤어졌다. 그의 당당한 풍채에서 차분한 자신감이 풍겼고 허스키한 목소리가 그런 느낌을 덧댔다.

"글렙 예블람피예비치, 어서 오십시오." 포르피리가 앞으로 뛰어나왔다. "오늘은 어째 늦게 오셨네요…"

"포르피리, 부산 떨지 마." 새로 온 손님이 피식 웃었다. "모두 오랜만이오, 우리 나탈리야는 특별히 안녕하시오!"

"안녕하세요, 글렙." 나탈리야가 절제된 어조로 인사했다. "왜 문간에 서 계시나요, 들어오세요."

"나 혼자 온 게 아니라, 다샤, 어디 있어?" 글렙이 뒤를 돌아보며 말했다.

글렙의 등 뒤에서 키가 크고 눈썹이 검고 표정이 밝게 생글거리는 아가씨가 나타났다. 보자마자 그들이 남매라는 것을 알 것 같았다.

"다샤가 왔네!" 팔라샤가 소리치며 다샤를 맞으러 뛰어갔다. 아가씨들이 서로 부둥켜안았다. 질문이 곧바로 쏟아졌다.

글렙이 청년들에게 다가가서 한 사람씩 악수했다.

"이 사람은 누구지?" 강철을 흘긋 보고 그가 물었다.

"이 사람은 표트르의 친척이야. 얼마 전에 한국에서 왔는데 러시아말은 아무것도 못 알아들어. 하하!"

"그런 건 괜찮아. 인사나 하지. 괴상한 비러시아인." 글렙이 말했다.

앞으로 내민 거대한 손이 집게발처럼 강철의 손가락을 움켜쥐고 서서히 힘을 주었다. 이 순간 러시아 장골의 얼굴은 평안했고 눈가에만 빈정거리는 웃음이 서렸다.

강철은 밀려드는 압력을 견디기 위해 안간힘을 써야 했다. 예상치 못한 저항에 글렙은 좀 놀란 것 같았다. 왼손으로 강철의 팔꿈치 위 긴장된 근육을 만져보더니 인정한다는 투로 말했다.

"한인, 단단한 사내네."

강철은 이 새로 온 사내의 말이 인정하는 말임을 어조로 알아차렸다. 솔직히 말을 다루듯 자기를 건드린 사내의 예의 없는 행동이 조금 거슬리긴 했다.

"이 사람 이름이 뭐지?"

"강철." 또다시 포르피리가 잽싸게 대답했다. "그런데 우리는 그냥 '철'이라고 부르기로 했어. '철까'라고 애칭으로 불러도 되고…"

"뭐야, 이 사람이 강아지야, 그렇게 부르게." 글렙이 눈썹을 찌푸렸다. "흠, 철, 좋은 이름이야. 앉아, 철. 우리가 표트르를 존중하니까 네게도 마음 상하는 일은 안 할 거야."

뭐라고 하는지 강철은 당연히 못 알아들었지만, 새로 알게 된 사람들의 호의는 마음에 와닿았다.

"한잔할 수 있나?" 글렙이 물었다. "표트르, 저번에 뭐 좀 가져오겠다고 약속했지? 갖고 왔겠군. 그러면, 제군들, 우리가 한마디 할 차례네."

글렙이 손으로 확성기를 만들어 큰 소리로 외쳤다.

"왠지 썰렁해진 것 같네 … "

그러자 나머지가 모두 한목소리로 그의 말을 받았다.

"그럼 이제 달려볼까나!"

나탈리야가 그들을 보면서 빙그레 웃었다, 어른이 아이들 장난치는 모습을 보며 웃듯.

"지금, 지금 해요." 그녀가 말했다. "그러면 진짜로 잔치를 한번 해볼까요? 다샤도 다시 돌아왔고 새로 오신 손님도 있으니까."

아가씨들이 분주하게 움직였다.

청년들은 뭔가 자기들 이야기를 했고, 강철은 저녁을 차리는 모습을 구경했다.

먼저 탁자를 흰 천으로 덮은 다음 그 위에 사기 접시와 유리잔, 광이 나는 금속제 포크를 깔았다. 당근 채와 양배추 채를 소금으로 간하여 버무린 음식이 나무 그릇에 담겨 제일 처음으로 등장했다. 그다음으로 여러 종류의 버섯 절임을 조금 더 작은 대접에 담아 내왔다. 강철이 이미 알고 있는 숙성한 돼지비계 살라는 얇게 썰어서 내왔다. 껍질째 삶은 감자. 트로핌이 한국 음식에 잘 어울리지 않는다고 말한 붉은 연어알. 큰 접시에는 삶은 닭고기와 얇고 정갈하게 썬 호밀빵이 담겨있었다. 그리고 마지막으로 커다란 유리병 두 개가 탁자에 등장했는데 하나는 투명한 액체가, 다른 하나에는 붉은 액체가 가득 담겨있었다.

"친애하는 손님들, 이리로 앉으세요." 나탈리야가 식탁으로 불렀다. "음식이 풍성할수록 기쁨도 크답니다."

강철은 표트르와 팔라샤 사이에 앉았다.

"포르피리, 한 잔 따라봐." 글렙이 시켰다. "너, 니콜라이는 아가씨들 시중 좀 들고. 아가씨들은 담금주를 좋아하겠지 … "

이렇게 러시아 사람들이 산다. 여자들이 조선 여자들처럼 음식을 하고 상을 차리긴 하지만 남자들과 동등하게 식탁에 앉는다. 게다가 여자들이 술을 따르지 않고 남자들이 술을 따라준다. 그렇게 해야 마땅한 것으로 인식된다. 누구 하나 격식을 차리는 사람이 없고 모두가 자유롭고 편안하다.

"다샤, 돌아온 걸 환영해!" 나탈리야가 잔을 들었다.

마시기 전에 잔을 맞부딪혔다. 집주인은 입만 축였고 나머지는 잔을 바닥까지 비웠다.

팔라샤가 강철을 챙겼다. 접시에 음식을 전부 조금씩 담아 강철 앞에 놓았다.

그들은 활기차게 이야기를 나누며 서두르지 않고 느긋하게 먹었다. 자주 소리 내어 웃기도 했다. 강철은 러시아어를 모르는 매 순간이 안타까웠다. 그는 함께 앉은 사람들을 주의 깊게 지켜보면서 그들이 하는 대로 따라 하려고 노력했다. 손으로 감자 껍질을 까서 소금에 찍어 양배추와 곁들여 먹었다. 자잘한 버섯 절임은 포크로 집기가 어려웠다.

이제는 강철을 환영하는 의미로 건배했다. 사람들이 전부 자기 쪽을 보면서 그와 잔을 부딪치려고 손을 뻗는 것을 보고 강철은 그렇게 이해했다.

두 번 건배하고 나자, 강철은 머리에서 소리가 들리는 것 같아 조금씩 마시기로 마음먹었다. 그러나 여기서는 그러는 게 불가능했다. 강철이 누군가의 건배사가 끝난 다음 담금주를 한 모금만 홀짝거리자, 포르피리가 큰 소리로 말했다.

"어이, 어이, 총각, 그러면 안 되지. 바닥을 보여야지, 바닥을 … "

"그냥 둬." 표트르가 두둔하고 나섰다. "이 사람은 아직 독한 가양주를 마시는 데 익숙지 않아."

"그냥 두라니, 무슨 말이야?" 포르피리가 버럭 소리를 질렀다. "모두 사람처럼 마시는데 이 사람은 뭐야?"

"포르피리, 그만 하세요." 이제는 나탈리야가 끼어들었다. "사람이 완전히 취할 정도까지 안 마시려는 건 아주 좋은 거예요."

"그러면 나는 완전히 취한다는 말이오?" 포르피리가 물고 늘어지기 시작했다. 그를 글렙이 말리고 나섰다.

"그래, 돼지 새끼처럼 꼭지가 돌도록 처마셔." 글렙이 독하게 말했다. "내가 너를 집까지 끌고 간 게 어디 한두 번이야? 까먹었어?"

포르피리가 강철을 째려보더니 기분이 상해서 입을 다물었다.

말다툼이 벌어졌다는 걸 강철은 속으로 직감했지만, 이쪽저쪽을 바라보면서 잠자코 앉아있었다. 어차피 아무것도 못 알아듣는 걸 동석자들이 아는 상황이 좋을 때도 있다.

조금 이따 식탁에서 노래를 부르기 시작했다. 사람들이 잠깐 부추기자, 마리야가 먼저 노래를 불렀다. 그녀의 목소리가 처음에는 겨우 들릴락 말락 했다. 곡조가 부드럽고 슬퍼서 아코디언이 마치 숨죽여 흐느끼는 것 같았다.

강철은 몸이 굳어지면서 눈을 지그시 감았다. 무엇에 대한 노래일까? 노래와 함께 끝없이 넓고 먼 뭔가가 펼쳐졌다. 쳐다보면 항상 숨이 멎을 것만 같아서 침묵하게 만드는 별빛으로 가득 찬 탁 트인 하늘일까, 아득한 수평선이 시선을 유혹하는 잔잔하고 매끈한 바다일까, 아니면 너무나 친숙하고 너무나 변화무쌍해서 아무리 바라보아도 질리는 법이 없는 사랑하는 여인인가. 마음이 아프게 떨려오고 본 적은 없지만 갈망하게 만드는 무엇인가에 대한 슬픔과 애잔함이 고개를 들었다.

마지막 화음이 울려 퍼질 때 강철은 눈이 뿌옇게 흐려지는 것을 느꼈다. 아아, 지금 옆에 아무도 없다면 목 놓아 꺼이꺼이 울어버렸을 텐데!

나탈리야의 노래도 구슬펐지만, 이 슬픔에는 희망이 서려 있었다. 이 노래를 듣고 있자니 전부 잃어버린 것도 아니고, 앞으로 행복한 시간도 올 것만 같았다. 그래서 눈물을 이겨내고 웃고 싶어졌다.

청년들이 함께 노래를 불렀다. 니콜라이가 먼저 노래를 선창하면 다른 사람들이 훈훈하게 받쳐주는 식이었다. 거기에 글렙이 질주하는 합창을 휘젓는 채찍 소리와 닮은 힘찬 휘파람을 이따금 불었다.

다샤가 시를 읊었다. 격노했다가 애원했다가 하는 그녀의 목소리에서 비통한 여인의 진심 어린 정념이 울려 퍼졌다.

팔라샤와 바실리가 민속춤을 보여주기 위해 식탁을 한쪽으로 밀쳐놓았다. 본격적인 춤으로 들어가기 전에 그들은 먼저 연극 한 편을 보여주었다. 바실리가 고개를 뒤로 젖히고 위풍당당하게 방안을 걸어 다니다 팔라샤 앞에 멈춰서서 그녀에게 절했다. 팔라샤가 일어서서 고개를 숙이며 응답했다. 그런 다음 팔에 숄을 걸치고 방 한가운데로 사뿐사뿐 걸어 나갔다. 바실리는 손을 등 뒤로 감추고 온몸을 흔들면서 그녀 뒤를 종종걸음으로 쫓아갔다. 팔라샤가 뒷굽으로 바닥을 치며 탭댄스를 추다가 피루엣(한 발을 축으로 팽이처럼 도는 춤 동작 - 옮긴이)을 몇 번 돌았다. 바실리 역시 그녀에게 무릎을 굽힌 상태에서 다리를 내뻗는 춤을 얼마나 멋들어지게 출 수 있는지를 보여주었다. 그들이 함께 춤을 추기 시작했다. 춤이 얼마나 황홀하고 음악이 얼마나 격렬한지 강철은 자기도 모르게 발로 박자를 맞추기 시작했다. 표트르는 나무 숟가락 두 개로 마주치며 솜씨 좋게 박자를 맞췄다. 아코디언 연주자 니콜라이만 빼고 결국 모두가 일어나 원을 그렸다.

나탈리야가 강철에게 달려왔다.

"이리 오세요, 우리와 같이 해요." 그녀가 큰 소리로 외치며 그의 팔을 잡아끌었다.

그는 넘어지지 않으려고 애쓰면서 가슴을 손으로 치고 부츠로 마룻바닥을 두드리며 할 수 있는 만큼 용을 쓰며 춤을 추기 시작했다. 강철이 동참하자 사람들이 열렬히 환호했다. 그때 아코디언이 빠른 박자로 바꾸어 곡을 연주하자 팔라샤가 때때로 째지는 목소리로 '오이히'하고 소리쳤다.

모임이 막바지에 다다랐을 때 향긋하고 맛난 과일 절임과 함께 차를 마셨다.

"다음에 또 오세요." 나탈리야가 헤어질 때 웃음을 머금고 말했다. 그 웃음이 자신을 향해 있음을 강철도 느꼈다.

"아재, 러시아 사람들 모임 어땠어요?" 표트르가 집으로 돌아가면서 강철에게 물었다.

"좋았어." 강철이 대답했다.

"아가씨들은 누가 제일 마음에 들던가요?"

"모르겠다. 전부 다 마음에 들었던 것 같은데…"

"그래요? 나는 팔라샤가 아주 좋아요." 표트르가 속마음을 털어놓았다. 그리고 푸념했다. "그런데 팔라샤는 나한테 아무 관심도 안 보여요."

"어쩌면 그 처녀가 볼 때 네가 익숙하지 않아서가 아닐까?" 강철이 추측하는 바를 말했다.

"어떻게 그럴 수가 있어요?" 얼마나 이해가 안 됐는지 표트르가 가던 길을 멈춰 섰다. "우리가 안 지가 얼마나 오래됐게요. 사실 팔라샤가 관심 있는 건 니콜라이예요. 아아, 나도 그렇게 아코디언을 잘 켠다면!"

"그러면 어떻게 되는데?"

"어떤 여자도 내 여자가 됐을 거요." 표트르가 선포하듯 말했다.

강철이 피식 웃었다. 여자들을 대하기가 그렇게 쉬웠다면, 여자들이 그리 매력적이지 않았을 것이다.

"배우면 되지, 뭐가 문제인데?"

"잘 안 돼요. 인내심이 없는 건지, 재능이 없는 건지. 게다가 이제는 이미 늦었어요. 가을에는 어찌 됐든 군대에 가야 하니까. 아재는 군에 다녀왔어요?"

"잠깐 있었지." 강철이 조심스럽게 대답하고 화제를 바꿨다. "나는 이 모임이 조금 다를 거라고 상상했지."

"모두가 술에 취해서 쌈박질할 줄 알았지요? 아니에요. 우리는 항상 분위기가 좋아요. 이웃 거리에 있는 과붓집에도 총각, 처녀들이 모이는데 거기서는 진짜 싸움이 자주 일어나요."

그리고 나서 표트르는 마을의 젊은이들이 두 패로 나뉘었다고 말해주었다. 한 무리는 부유한 농민의 자식들이고 다른 무리는 찢어지게 가난한 집 자식들이다.

"글렙하고 다샤네는 말이 열 필이 넘고 암소는 스무 마리요. 일꾼은 다섯 명이나 되고. 다샤는 블라디보스토크에서 김나지움(중등교육기관 - 옮긴이)에 다녀요. 니콜라이네네를 보면 아버지가 마을 촌장이에요. 바실리 아버지는 상점을 하고요. 팔라샤와 마리야, 포르피리 부모도 가난하지는 않아

466

요. 게네들 집은 매일 술을 마실 형편은 되겠지만, 술 문제에는 아주 엄해요. 우리가 저쪽 무리와 어울릴 이유가 없지요."

마지막 말은 대단한 확신과 함께 나왔다.

"그 자식들이 이따금 우리에게 싸움을 걸어요. 겨울에는 큰 몸싸움도 있었고." 표트르가 말했다.

"누가 누구랑 싸웠는데?" 강철이 슬며시 웃었다. 속으로는 '완전히 애들이구나'라고 생각하면서.

"게네들 숫자가 더 많았지만, 우리도 물러서지 않았지요. 1대1이었으면 글렙이 모두를 패주었을 텐데."

"그때 너도 싸웠어?"

"얼마나 대단했는데요! 그 무리에 아포냐라고 있는데 얼마나 싸움 기술이 좋은지." 표트르가 들떠서 말했다. "키는 아재보다 조금 작을 것 같은데 아재가 절대 못 이길 거요."

"음, 그건 두고 보지." 이렇게 말하고 강철은 순간 멈칫했다. 이 시골 청년들이 어린아이 같다고 방금 생각했는데 자기도 불현듯 아이가 된 것만 같았다. 러시아인의 경쟁심이 벌써 그를 사로잡은 것인가? 이 생각이 들자, 이유는 모르겠지만, 강철의 기분이 아주 밝아졌다.

제22장

트로핌은 오래전부터 방앗간을 하고 싶었다. 어린 시절에 아버지와 함께 곡식을 빻는 일을 하러 그곳에 다녔던 기억이 있다. 그때는 몇 년간 연이어 홍수가 나 흉년이 계속되었을 때였다. 그때 한인 이주자들의 고생은 이루 말로 할 수 없었다. 그들의 땅은 황무지와 진배없었는데 마침 침수가 심한 지역에 있었기 때문이었다. 아버지는 어쩔 수 없이 러시아 농가에 품팔이하러 다녔다. 그 덕에 가족이 그리 심하게 배를 곯진 않았지만, 속곳이 다 젖도록 일을 해야 했다. 심지어 어린 트로핌도 해야 할 일이 적지 않았다. 방앗간에서 뛰어놀라고 아이를 쓰지는 않았을 테니까.

멀리서도 보이는 방앗간에 모인 수레가 그렇게 많을 수 있는 것에 어린 트로핌은 소스라치게 놀랐다. 그리고 수레마다 곡식이 든 자루가 그득 쌓여있었다. 이런 풍요로움이 방아로 들어가 자취를 감추다 하얀 가루가 되어 쏟아져 나왔다. 건장하고 명랑하고 기력이 왕성해 보이는 제분소 주인과 그의 아들들도 잊지 못할 인상을 남겨주었다. 머리부터 발끝까지 곡식 가루를 뒤집어쓴 그들은 다른 세계에서 온 외계인처럼 보였다. 그중에서도 어린 트로핌에게 가장 큰 충격을 준 것은 떨어지는 물 밑에서 쉬지 않고 돌아가는 어마어마한 바퀴가 달린 방아와 맷돌이 내는 요란한 소음이었다. 방아는 밤낮으로 음식을 요구하는 살아있는 유기체, 일종의 우상처럼 보였다. 그리고 개미와 같이 작아 보이는 사람들은 이 괴물의 배를 채울 일에만 몰두하며 그 옆에서 바쁘게 움직였다.

나이를 먹어갈수록 트로핌은 아버지에게 들은 중국 속담을 점점 더 명확하게 이해하게 되었다. '가난하게 살고 싶으면 농사를 짓고, 부유하게 살고 싶다면 장사를 해라.' 방앗간을 가지면 장사보다 더 낫다. 상품을 구하거나 운송하는 일로 골머리를 앓지 않아도 되고 별다른 위험 요소가 없기 때문이다. 곡물을 직접 싣고 온 사람들에게 그저 빻아서 내주고 돈만 받으면 된다. 방아가 쉬지 않고 돌아가도록 하는 데만 신경 쓰면 된다.

주변에 방앗간이 있긴 했다. 하지만 그곳의 낡은 장비는 자주 고장이 났고 용량이 적어서 항상 줄을 길게 서야 했다. 봄에는 한 달씩 또는 그보다 더 오래 작업을 멈췄다. 방아를 설치할 때도 범람에 대한 대비책을 마련하지 않았다. 수문이 달린 높고 튼튼한 댐만 지었어도 족했을 것이다.

방앗간을 드나들면서 트로핌은 이 장소가 농부들에게 어떤 특별한 의미를 주는지 깨달았다. 긴 줄서기를 하면서 그들은 소식을 나누고 사람을 사귀고 술을 마시고 심지어 뭘 사고팔기도 했다. 이 세계의 중심에 방앗간 주인이 있었는데 그는 왕인 동시에 하인이고, 주인이자 친구였다.

트로핌이 자기 방앗간을 열면 주 고객이 될 러시아 사람들이 자기에게, 한인에게 곡식을 빻으러 올까? 가격을 낮추고, 잘 빻고, 빠르게 응대하면 당연히 사람들이 모일 것이다. 하지만 대다수는 어쨌든 기존의 방앗간 주인을 배반하지 않을 것이다. 러시아인의 성질이 그렇다. 그들은 자기 사람을 챙긴다. 게다가, 이게 가장 중요한데, 경쟁자들의 예측할 수 없는 행동이다. 그들은 직접, 혹은 사내들에게 술을 먹여 몰래 부추겨서 단번에 방아에 불을 지를 수도 있다.

그렇게 돈이 다가 아니다. 동업자가 필요하다. 믿을 수 있고 근면하고 정직하며 반드시 러시아인이어야 한다. 그런 사람은 동족에게 존경받는다. 트로핌은 오랜 세월 알고 지내는 루자옙카 마을 대장장이 예피판을 그런 사람으로 눈여겨보았다. 그를 방앗간 주인으로 내세우면 성공은 떼놓은 당상이다. 첫째, 무슨 고장이든 자기 대장간에서 직접 고칠 수 있고, 둘째, 모두가 그를 알고 인정하고 있으며, 셋째, 술도 적당하게만 마신다. 그런데 가장 마음이 끌리는 지점은 예피판이 트로핌에게 친절하게 대한다는 것이다. 술집에서 러시아 황소가 트로핌에게 달라붙었을 때도 다름 아닌 예피

470

판이 트로핌의 편을 들었다.

아무리 봐도 이 선택은 옳다. 트로핌은 방앗간 옆에 가게를 열어 농사에 필요한 여러 가지 물품을 팔고도 싶었다.

풀베기 철에 강철의 부탁으로 예피판이 낚시용 갈고리를 만들었을 때 트로핌이 그에게 대놓고 동업하자고 제안했다. 예피판이 투자할 것은 그의 작업실밖에 없고 수익은 반반씩 나누자고 하면서.

뭐라고 얘기해도 그 제안은 모든 면에서 예피판에게 유리했다. 트로핌도 그가 동의할 거로 확신했다. 그런데 오판하지 않으려면 러시아인의 성격을 알아야 한다…

"방앗간이라고?" 곰곰이 생각하더니 예피판이 되물었다. "으음, 세울 수 있지. 게다가 솔직히 말해서 허구한 날 망치를 휘두르는 일도 질렸지. 그렇긴 해도 나 없으면 누가 말굽에 편자를 대고, 누가 바퀴와 나무통에 테두리를 박고, 낫이며 손잡이며, 누가 다 만드나? 내가 대장간을 닫으면 사람들이 뭐라고 하겠어? 아니네, 트로핌, 좋은 제안을 해줘서 자네에게 고맙긴 하지만, 나는 같은 마을 사람들에게 그렇게 할 수는 없네."

트로핌은 이 말을 듣고 어리둥절했다. 아이고, 이럴 수가! 조선 사람이라면 그 누구도 이런 생각을 안 했을 것이다. 이 사람이 그렇게 이웃을 생각하는데, 이웃들은 이 사람 생각을 그렇게 할까? 반대로 '이제 나 없이 한번 살아봐라!'라고 오히려 악의를 품을 수도 있다. 그런데 이 사람은 수긍하기 어려운 이유로 고집을 부린다.

"그러면 우리가 다른 대장장이를 찾아서 자네를 대신하도록 할 수도 있지." 트로핌이 해결책을 찾으려 노력했다.

"다른 대장장이? 어디서? 할만한 사람이 있었으면 이런 이야기를 할 필요도 없겠지."

"만약에 다른 사람에게 기술을 가르치면?"

"요새 세상에 어떤 청년이 대장간에서 종일 땀을 빼려고 하겠어? 에이, 내가 아들이 없어서 애석해, 딸만 줄줄이야. 아들이 있었다면 내가 가르쳤을 텐데."

"기술을 배울만한 청년이 있으면 자네가 가르쳐주겠다는 거네?" 트로핌이 실눈을 떴다. "그러면 우리가 같이 방앗간 일을 할 수 있는 거네?"

"그럼, 내가 한 달 만에 기본은 가르쳐줄 수 있네." 예피판이 동의했다. "그런데 놈팡이 같은 놈들은 안 되고 일 욕심이 있고 힘이 좋고 끈기가 있는 청년이어야 하네."

"그런 청년을 보내줌세." 트로핌이 진중하게 약속했다. "내가 머지않아 그 사람을 데리고 와서 보여줌세."

그는 강철을 염두에 두고 있었다.

트로핌은 요 몇 달간 강철을 눈여겨보았다. 명석하고 예의가 바르고 일머리가 있다. 어떤 일이든 성실하게 하고 두 번 시킬 일을 절대 만들지 않는다. 게다가 새로운 일에 빠르게 파고든다. 단점이 하나 있다면 강철의 과거가 장막 속에 가려져 있다. 어떤 집안 출신이며 무슨 일을 했을까? 이 청년이 그리 평범한 사람이 아님을, 아주 평범하지 않음을 트로핌은 마음 깊은 곳에서 느끼고 있었다. 특히 그가 누군가를 응시할 때면 내면을 꿰뚫어 보는 듯하다. 아니다, 강철이 평민 농사꾼 자식일 리가 없다. 글도 알고 군사 훈련도 받은 것처럼 보인다. 술집에서 트로핌을 능숙하게 구출해 낸 것도 그렇고, 풀베기 철에 천막에서 지낼 때 밤에 단발로 강도를 바로 맞혔을 때만 봐도 그렇다. 오가예시까가 전한 말로는 강철에게 아내가 있었는데 일본인들의 손에 죽임을 당했다고 했다. 그래서 그는 복수하기 위해 일본인들과 싸웠고 심지어 몇 명을 죽였다고 했다. 그런데 갑자기 그가 여기서 의병부대를 만들려는 이들과 어울리고 싶어 한다면? 그 사람들은 강철

같은 청년을 발견하면 바로 자기 부대로 영입할 것이고 그렇게 되면 트로핌의 모든 계획은 물거품이 된다.

이 청년은 아직 트로핌의 손아귀에 있다. 신분증도 없이 강철이 어디로 갈 수 있겠는가? 이 결정은 옳은 거다. 강철을 속히 대장간으로 보내야 한다. 그렇게 되면 일석삼조다. 방앗간과 가게가 생길 것이고 거기에 더해 자기 대장장이가 있는 대장간이 생긴다. 그건 그렇고 대장간을 한인 정착촌으로 옮겨와야겠다. 볼일이 생기면 러시아 사람들이 우리 마을로 오면 된다.

그렇게 결정하면 이득이 될 일만 남는다. 이 이야기를 트로핌은 아무에게도 하지 않을 것이다. 이제 곧 방학이 되면 옐레나가 온다. 자식 셋 중에서 그는 딸을 가장 사랑하고 자랑스러워했고, 딸내미의 행복한 미래를 꿈꿨다. 그리고 옐레나는 그럴만했다. 열일곱이 되면서 옐레나는 진정한 규수로 성장했다. 예쁘고 똑똑하고 교양이 있었다. 김나지움에서는 딸아이를 그렇게 칭찬하진 않을 것이다. 사실 약간 제멋대로인 점도 있지만, 그것이 트로핌의 피다. 때가 되면 시집을 보낼 것이다. 그런데 누구에게 보낼까?

이 생각을 하면 트로핌은 항상 마음에 뭔가가 걸렸다. 러시아에서 넉넉하게 사는 조선 농사꾼은 예쁘고 교양 있는 딸자식을 누구에게 시집보낼 수 있을까? 양반의 아들? 그런데 조선 양반의 잔류들이 이곳, 남의 땅 어디에서 어떤 모습으로 살아가는가? 그들도 아마 우리처럼 땅을 파고 있을 것이다. 고귀한 노동을 하는 양반 출신을 찾는다고 하더라도 그들이 농민 출신과 사돈을 맺으려고 할까?

이 생각이 트로핌을 자주 괴롭혔다. 하지만 그가 확고히 하는 한 가지가 있었으니, 딸아이를 반드시 조선 사람과 혼인시켜야 한다는 것이었다. 그는 러시아 사람이 사위가 되는 건 상상조차 할 수 없었다.

딸아이는 벌써 열일곱이 되었다. 아이를 어르면서 재우고 선물로 기쁨을 주던 일이 엊그제 같은데 벌써 열일곱이나 먹었다. 방학 때 집에 오면 여기에 강철이가 있을 텐데. 미끈한 청년이지 않은가. 갑자기 딸아이 마음이 강철에게 끌리면? 트로핌은 암캐 같은 며느리 글라피라가 강철에게 관심 두는 것을 이제는 눈치채게 되었다. 아들 게라심이 남자의 일에 약골이긴 하지만, 어느 아비가 며느리가 바람피우는 것을 봐주겠는가? 절대 안 되지. 강철을 예피판에게 보내 여름 내내 거기서 일하게 하면 잘하는 일일 것이다. 거기서 살게 하면서 잘못을 저지를 기회를 미리 차단하면 될 일이다.

트로핌은 저녁을 먹고 강철과 얘기하기로 마음먹었다. 그가 집에서 나왔을 때는 벌써 날이 어두웠다. 강철의 방 창문에는 이미 커튼이 내려졌으나 가장자리에서 빛이 새어 나왔다.

'뭘 하는 거지?' 트로핌에게 호기심이 일었다. 그는 몰래 다가가 조용히 문을 열어보기로 했다. 그런데 문이, 놀랍게도, 안에서 잠겨있었다.

'이게 무슨 짓이야?' 토로핌이 화가 나서 시끄럽게 문을 두드렸다.

"누구신가요?" 안에서 소리가 들려왔다.

"네 주인이 아니면 누구겠냐? 냉큼 문을 열지 못할까!"

나무 빗장이 둔탁한 소리를 내자 강철이 문지방에 나타났다.

"문을 잠그고 지내나 보네?" 트로핌이 물었다.

그는 안으로 들어가 주변을 주의 깊게 둘러보았다. 방은 깔끔하게 정리돼 있었고 도구는 선반에 쌓여있었다. 이부자리가 두루마리처럼 말려 있는 걸 보니 아직 자려고 하지는 않은 듯 보였다. 창문 옆에는 작업대가 있었다. 그 위에는 트로핌이 처음 본 작은 남포등이 놓여있다. 자기 살림에 관해서는 못이 몇 개인지도 다 아는데 말이다. 등불 앞에는 얇은 책이 펼쳐져 있었다.

"뭐 하느라 문을 걸어 잠그고 있어, 어?" 트로핌이 버럭 소리를 지르고 싶은 마음을 억누르면서 침착하게 말하려고 애썼다. 트로핌은 일꾼에게 그리 예의를 차리는 편이 아니라서 지금 이 사람이 강철이 아니었다면 느끼는 감정 그대로 내뱉었을 것이다. 강철은 트로핌에게 필요한 사람이고 투박하게 대했다가는 예상하지 못한 반격을 불러올지도 모른다는 본능적인 감을 따라야 했다.

트로핌이 작업대로 다가갔다.

"책을 읽고 있네?" 놀란 트로핌의 심장이 두근거렸다. 무슨 책을 몰래 읽는 걸까? 그렇다면 불온서적 아닌가!

이 생각을 하자마자 〈알파벳〉이라는 제목이 눈에 들어왔다. 이마 그의 자식들도 이 책으로 공부했을 것이다. 트로핌이 안도의 한숨을 내쉬었다.

"너 러시아말 공부하냐? 잘하고 있네. 남포등은 어디서 났니?"

"표트르가 사줬습니다." 강철이 침착하게 대답했다. "등유도요. 표트르가 루자옙카에 갈 때 제가 돈을 주고 부탁했습니다."

강철이 주인의 다음 질문을 미리 알아차려 대답했다고 트로핌은 생각했다. '예리해, 진짜 눈치가 빨라.' 트로핌은 자기도 모르게 감탄했다. 노여움이 가셨다. 트로핌도 빙그레 웃으며 물었다.

"너 러시아말 잘하니?"

강철이 고개를 가로저으며 천천히 대답했다.

"잘 못 합니다. 그런데 잘하게 될 겁니다."

"옳지!" 트로핌이 경탄했다. "그래서 문을 걸어 잠그고 있구나? 마귀할멈이 끌고 갈까 봐 무서운 거냐?"

강철이 당황했다. 그의 직감이 얼마나 정확한지를 주인이 알았더라면!

"어쩌다가 모르고 잠갔나 봅니다."

"모르고 그랬다고?" 트로핌이 피식 웃었다. "그래 알겠다. 앉아봐. 할 말이 있다.”

트로핌이 널빤지 침대에 앉고 강철은 의자에 앉았다.

“흠… 내 집에 사는 건 좀 어떠냐?”

이 질문을 던지고 나자, 트로핌은 얼마 전에도 비슷하게 물었던 기억이
났다.

“지낼만합니다.” 강철이 어리둥절하여 대답했다.

‘나는 왜 이놈에게 이렇게 격식을 차릴까?’ 이 생각이 들자, 트로핌 마음
에 짜증이 일었다. 그런데도 호의적인 분위기에서 대화를 이어갔다.

“내가 너에게 대장간 일 말했던 거 기억하지? 너도 배우고 싶다고 했었
지 … ”

“누구한테 배웁니까?”

‘어쨌든 이 청년은 함부로 대할 수 없게 한단 말이야.’ 트로핌이 생각했
다. ‘다른 사람 같았으면 왜, 뭐 때문에, 자기가 할 수 있겠는지, 이런 말을
할 텐데. 이 청년은 바로 누구한테 배우느냐고 물어보잖아.’

“루자옙카에 사는 대장장이 예피판. 내가 그 사람에게 미리 말을 다 해
놓았다. 우리가 같이 그 사람에게 다녀갔을 때 예피판이 너를 본 적이 있
지. 그 사람도 좋다 그러더구나. 그러고 싶으면 한두 달 그 집에서 살면서
배워라. 그럴 거냐?”

“예.” 강철이 대답했다. 그의 표정에 주인의 제안을 기쁘게 받아들인 내
색이 비쳤다.

‘내가 실수하는 거 아닐까?’ 트로핌은 뒤늦게 문득 이런 생각이 들었다.
‘이런 일꾼을 잃는 건 아깝지. 하기야, 신분증도 없이 애가 어디로 가겠어?’

“그럼 그렇게 하는 거다.” 만족스러운 투로 트로핌이 말했다. “예피판네

에서 살면 되는데 대장간 옆에 붙은 방이 하나 있다. 그 집에서 밥도 먹고."

"그렇습니까?" 강철은 이제 대놓고 좋아했다. "잘됐네요!"

다시 트로핌은 자기가 실수하는 건 아닌지 생각했다. 익숙한 환경에서, 익숙한 집밥에서 떼어내는데 이놈은 왜 좋아하는 걸까? 아니지, 차라리 뭐가 그리 좋은지 물어봐야겠다.

"뭐가 잘된 거냐?" 질문에 비꼬는 뉘앙스가 없지는 않았다. 그래서 트로핌은 강철의 얼굴을 유심히 주시했다.

"저한테 예피판 같은 장인이 대장간 일을 가르쳐줄 것이고, 저는 러시아 사람들과 살면서 매일 러시아말을 쓸 수 있고요. 이것이 잘된 일이 아닙니까?" 강철이 껄껄 웃었다. "교육은 언제 시작됩니까?"

"내일. 점심 먹고 가자꾸나."

마당으로 나와서 트로핌은 곧바로 집 안으로 들어가지 않았다. 어떤 이유에서인지 마구간으로 들어가 말들을 쓰다듬다가 건초 한 움큼을 여물통에 던져 넣었다. 돼지우리 옆에 서서 봄에 새끼를 열두 마리나 낳아 모두를 깜짝 놀라게 하였던 암퇘지가 자면서 내는 소리를 들었다. 낮에는 부산스럽고 시끄럽지만, 지금은 잠에 빠진 닭장을 지나쳤다. 모든 것이 고요하고 평화로운 밤의 품 안에 안겨있었다.

현관으로 올라가면서 트로핌이 뒤를 돌아보았다. 강철의 방 창문이 불빛으로 밝았다. 강철이 왜 문을 잠갔는지 이제야 알 것 같았다. 글라피라! 이 암캐 같은 년이 밤에 방으로 찾아와서 강철이가 겁을 집어먹은 모양이다. 여자가 원하면 어떤 남자가 저항하겠냐마는… 트로핌이라면, 어떤 교활한 년이 달려들어도 겁을 내지는 않았을 텐데. 아내가 벌써 몇 년이나 아파서 부부의 의무를 다하지 못하는 상황에서는 더구나. 남자의 기운으로 차고 넘치는 이 강철이는 밤에 문을 걸어 잠그고 있네! 진짜 이상한 놈 아니야?

남자로서 못마땅한 점만 생각하다 트로핌은 글라피라가 자기 며느리인 것을 까맣게 잊었다.

트로핌의 추측이 맞았다. 강철은 글라피라가 올까 봐 문을 걸어 잠갔다. 건초 작업이 끝나고 일주일 후에 주인이 큰아들 게라심과 함께 잔치 참석차 친척 집으로 갔는데 거기서 술을 실컷 마시고 놀았다. 글라피라가 이틈을 타 밤에 강철의 숙소로 나타났다.

그날 저녁 강철은 책을 그리 오래 보지 못했다. 종일토록 홍씨아저씨와 함께 새 욕탕에서 쓸 장작을 패느라 녹초가 되었다. 아무리 깊은 잠에 빠져들었어도 강철은 문이 열리는 소리에 잠이 깼다. 벌어진 문틈으로 누군지 모를 형체가 미끄러지듯 들어와 자리에 섰다. 강철은 본능적으로 다리를 오므리고 팔을 위로 뻗었다. 머리맡에는 보릿겨로 속을 채운 둥글고 긴 덧베개가 있었는데 혹시 무슨 일이 있으면 호신용으로 쓸 수 있었다. 숨소리와 가벼운 걸음걸이를 보고 강철은 자기 앞에 누가 서 있는지 알고 침착하게 말했다.

"앞으로 더는 이러지 말라고 내가 이미 말했을 텐데."

글라피라가 앞으로 뛰어나와 강철의 머리맡에서 무릎을 꿇고 강철을 보듬으며 속삭였다.

"아무 말도 하지 마, 자는 척, 이것이 모두 꿈인 척해줘… "

강철이 여자의 팔에서 빠져나와 일어나 앉았다. 여자가 다시 강철에게 엉겨 붙었다. 강철이 여자의 어깨를 잡고 가볍게 흔들었다.

"너는 여자로서 자존심도 없냐?"

"나는 아무런 자존심도 없어." 기어드는 목소리로 글라피라가 중얼거렸다. "너 때문에, 빌어먹을, 자존심도 잃어버렸어… 자기는 정말 이걸 원하지 않는 거야, 응?"

"무슨 말을 하는 거지? 내가 그런 걸 원한다 해도 몰래 할 사람처럼 보이나?"

"우리 같이 떠나자, 도망가자. 블라디보스토크에 사는 내 삼촌이 우리를 도와줄 거야. 나 돈도 있어…"

강철이 낮은 소리로 웃었다.

"너 미쳤니… 최소한 내가 너를 사랑하는지 나에게 물어보기라도 했어?"

"사랑하잖아, 내 눈에는 다 보이는 걸, 사랑하잖아…"

"무슨 근거로 그런 소릴 하지, 어? 부탁인데 나가줘."

"거짓말." 글라피라가 불쑥 내뱉었다. "내가 좋긴 하지만 겁이 나서 그러는 거잖아. 이 겁쟁이! 너는 남자도 아니야! 아니면, 아니면 안 서는 거야?"

"그래, 그래," 강철이 장단을 맞췄다. "나는 겁쟁이고 남자도 아니야. 게다가 불능이야. 그러니 나가줘…"

강철이 여자를 살짝 밀쳤다.

"아니야, 아니야," 글라피라가 몸을 부르르 떨었다. "강철 씨, 용서해 줘. 나도 내가 무슨 말을 지껄이는지 모르겠어. 안아줘, 나를 가져… 단 한 번만이라도!"

여자가 그에게 몸을 치대자 강철은 다시 한 번 여자를 밀어낼 수밖에 없었다.

"글라피라, 내 말 들어봐. 네 마음에 들지 않는 사람이 너한테 와서 치근 덕대면 너는 어떻게 할 것 같아?"

"모르지, 굴복했을 거야."

"말도 안 되는 소리 하지 말고." 강철이 화가 났다. "나가!"

글라피라가 일어섰다.

"나갈게." 여자의 목소리에 으름장이 섞여 있었다. "하지만 네가 날 기억할 날이 올 거다. 여자가 한을 품으면 무슨 일이 벌어질지 너는 아직 모를 거다."

여자가 문을 닫을 생각도 못 하고 나갔다.

다음날 강철은 문에 빗장을 달았고 그때부터 밤이면 안에서 걸어 잠갔다.

한 지붕 아래 살면서 그들이 마주치지 않을 도리는 없었다. 글라피라는 쌀쌀맞고 거만하게 굴었고 강철에게는 그러는 편이 오히려 더 나았다. 이제 한두 달은 이 여자를 마주치지 않아도 된다.

아침을 먹으며 강철이 식솔들에게 소식을 전했다.

"아이고," 홍씨아주머니가 팔을 내저었다. "혼자서 어찌 러시아 사람들하고 사시겠소? 누가 밥을 해준단 말이오?"

"러시아 아줌마가요." 강철이 껄껄 웃었다. "예피판의 부인이 해줄 겁니다."

"간다고 좋아하는 거 보소." 홍씨아저씨가 말했다. 목소리에 서운함이 묻어 나왔다.

"잠깐 가는 거예요. 한두 달 살다가 다시 올 겁니다. 게다가 루자옙카는 코앞이잖아요. 자주 뵈러 오겠습니다."

"트로핌이 왜 그런 결정을 내렸을까?" 홍씨아저씨의 얼굴이 골똘해졌다. "두 사람이 뭔가 사이가 틀어졌나?"

"무슨 소리예요?" 홍씨아주머니가 남편에게 면박을 주었다. "강철이 같은 일꾼은 오히려 찾으러 나서야 해요."

"그러게 말이야. 일 잘하는 놈에게 일을 더 주는 법이지. 안 그래, 이반?"

이반은 밥 먹는다고 바빠 그냥 고개만 주억거렸다.

노부부가 여간 섭섭해하지 않았다. 이 모습을 본 강철도 떠나는 게 그리 기쁘지만은 않았다. 어쨌든 강철이 그들에게 강한 애착을 느끼는 건 사실이었으니까.

오전에 홍씨아저씨와 강철, 표트르는 건축 작업을 했다. 전날에 낡고 작은 욕탕을 허물고 통나무로 만든 외관을 세워놓았다. 지붕을 올리는 일만 남았다. 홍씨아저씨가 문을 매끈하게 깎고 두 청년이 위에서 평판을 깔았다.

표트르는 강철을 예피판에게 보낸다는 아버지의 결정을 이미 알고 있었다.

"아재는 아주 좋아하는 것 같네요." 표트르가 말했다. 그들이 말을 주고받는 데 망치 소리는 그리 방해되지 않았다. "나도 아무 데나 갈 수 있다면 진짜 좋겠어요. 이 빌어먹을 농사일은 이제 죽어도 못하겠어요. 이놈의 일은 당최 끝이 없어요. 목욕탕을 손보고 나면 대장간을 지을 거예요. 다 하고 나면 또 다른 할 일을 아버지가 생각해 내겠지요!"

"가을에 군대 가잖아." 강철이 싱긋 웃었다.

"군대가 뭔데요? 거기서도 나는 얽매인 사람이잖아요." 표트르가 하늘을 올려다보았다. "저기 저 새처럼 자유롭게 날아가고 싶다."

강철도 고개를 들었다. 하얀 구름을 등지고 독수리가 맴돌고 있었다.

"책임이 없는 자유도 괴롭긴 마찬가지일 거야." 강철이 말했다.

"책임이 뭔데요?" 표트르의 목소리가 아직도 툴툴거렸다. "아들의 도리, 가족, 자식, 이런 거라면 알겠어요. 근데 강철 아재는 혼자인데 무슨 책임이 있어요?"

"목표. 사람은 목표를 세우고 달성하고 싶어 하지. 그렇게 사람은 자신에게 의무를 부여해."

"그렇게 해서 사람이 얻는 게 뭔데요?" 표트르가 회의적으로 피식 웃었다. "부, 권력, 이런 것들이 다시 사람을 얽매지 않나요?"

"모든 것은 사람이 어떤 목표를 세우느냐에 달렸지. 반드시 돈을 버는 것만이 목표가 되는 건 아니야…"

"아재의 목표는 뭔데요?" 대답을 기다리며 표트르가 하던 망치질도 멈췄다.

"지금은 러시아말을 완벽하게 배우는 거야."

"그다음은요?"

"그러고 나면 또 뭔가가 보이겠지." 강철이 즉답을 피했다.

"속내를 감추고 있네요." 표트르가 성난 망치질을 다시 시작했다. "러시아말을 잘 배우고 싶은 이유는 그 말을 모르고는 절대 부자가 될 수 없어서잖아요."

강철이 호기심에 주인의 아들을 빤히 바라보았다.

"너는 왜 내가 부자가 되고 싶을 거로 생각하지?"

"다들 그런 걸 원하니까요. 우리 아버지는 자나 깨나 돈을 더 벌 궁리만 하고 살아요. 아재는 정말로 부자가 되고 싶지 않다는 말이오?"

"아니다, 표트르. 나는 그런 꿈을 꿀 필요가 없어. 나는 이미 아주 부유한 사람이니까."

"아재가요?" 표트르가 뜻밖의 말에 망치를 떨어뜨릴 뻔했다.

482

"그래, 내가." 강철이 고개를 끄덕였다. "내 친구들은 전부 죽었는데 나는 살았잖아. 이것이 정말 가장 커다란 부가 아니냐?"

표트르가 강철을 바라보더니 침을 삼켰다.

"그래서 아재는… 친구들의 복수를 꿈꾸는 건가요?"

"비단 꿈만 꾸는 게 아니라 그 마음으로 살고 있다."

강철이 실눈을 뜨고서 이 말을 했는데 얼마나 이를 악물고 속삭였던지 표트르가 당황하여 시선을 돌렸다. 그리고 더는 묻지 않았다.

오후에 강철은 빠르게 짐을 챙겼다. 짐이랄 것도 몇 가지 없었다. 옷, 이부자리, 책, 남포등이 다였다. 그리고 톱밥을 넣은 가마니 '일본 아귀'도 챙겨가기로 했다. 그놈과 셈을 치르려면 아직 한참 멀었기 때문이다. 강철이 말을 데리고 나오려고 마구간으로 갔다. 거기서 글라피라와 마주쳤다.

"떠난다고?" 여자가 물었다.

강철은 아무 대답도 하지 않았다. 그가 말고삐를 잡았다.

글라피라가 길을 막고 섰다.

"집도 절도 없이 부랑자처럼 그렇게 떠돌면서 살 거란 말이지?"

강철이 사악하게 빈정대는 여자의 눈을 보면서 차분하게 말했다.

"우리가 어디를 집이라고 여기느냐에 따라 모든 게 달라지지. 사람은 자기 집에서는 도망치지 않아. 지나가게 비켜줘."

글라피라는 강철이 무슨 뜻으로 그렇게 말하는지를 알아듣고 얼굴이 빨개져 바로 응수하지 못했다. 강철이 지나갔을 때야 뒤에다 대고 씩씩거리며 말했다.

"네가 다시 돌아오면 내가 그때 '자기 집'을 보여줄게."

트로핌은 가는 김에 낡은 쟁기를 대장간에서 수리하려고 마차에 실으라고 지시했다. 쟁기 위에 강철이 '일본 아귀'를 올리자, 트로핌이 놀라 물었다.

"이게 뭐냐?"

"톱밥을 넣은 가마니입니다." 강철이 대답했다.

"톱밥?" 믿기지 않아 트로핌이 손으로 만져보았다. "이거 풀어봐라…"

강철이 고분고분하게 손으로 매듭을 잡자 표트르가 바로 편을 들고 나섰다.

"이건 훈련용이에요, 아버지. 강철 아재가 이걸 매달아서 발차기 연습을 해요."

"발차기?" 트로핌의 표정에 어떤 장면을 회상하는 빛이 스쳤다. "알았다, 그냥 둬라. 그런데 예피판이 보면 웃을 거다. 그리고 거기서는 행실 똑바로 하고 다니고. 야아, 발로 가마니를 찬단 말이지, 힘이 남아도는구먼…"

뭐 때문에 주인이 이렇게 구시렁거리는지 강철은 알 수 없었지만, 악의로 그러는 것 같지는 않았다. 강철이 홍씨 부부와 인사하고 표트르와 악수했다.

"토요일에 나탈리야 집에서 보자." 강철이 속삭이고 눈을 찡긋했다.

그들은 말없이 수레를 타고 갔다. 절반 정도 갔을 때야 트로핌이 헛기침을 하고 순하게 말했다.

"강철아, 나한테 마음이 상했느냐?"

"뭐 때문에 말씀입니까?" 강철이 돌아보았다.

"내가 너를 딴 데로 보내서, 그리고 가마니 때문에." 트로핌이 톱밥 가마니를 팔꿈치로 찔렀다. "거기에 뭐가 있는지 나는 몰랐잖아… 주인의 감정이 불쑥 치솟아서 그랬지. 네가 주인이 되면 내 말이 무슨 말인지 알 거다 ⋯ ”

“마음 상하지 않았습니다.” 강철이 주인을 안심시켰다. 강철은 정말로 그 일에 괘념치 않았다.

“그래? 네가 그때 러시아 사내를 발로 차서 쓰러뜨린 장면이 떠올랐지. 하하!” 트로핌이 화통하게 웃다가 갑자기 질문을 던졌다. “부친은 뭐 하시는 분이었나?”

“군청에서 사무를 보셨습니다.”

“양친은 살아계시고?”

“아닙니다. 모친은 제가 열한 살 때 돌아가셨고 부친은 두 해 전에 돌아가셨습니다.”

“양반 집안이었나?”

“아닙니다. 단지 부친께서 양반댁에서 자라셔서 교육받을 수 있었습니다.”

“그래, 조선으로 돌아갈 마음은 있느냐?”

“아닙니다. 그곳에 아무도 없습니다.”

“의병 부대에 관해 들어본 적은 있나?”

“예.” 강철은 무심한 투로 대답했지만, 바짝 긴장했다. “지금은 의병들이 다 흩어져 도망갔다고 사람들이 하는 말을 들었습니다.”

“사령관들이 조선 땅을 습격하려고 애를 쓰는데 잘 안되나 봐. 그래봤자 아무 소용이 없지. 사람들이 그런 일에 신경 쓸 겨를이 있나. 게다가 러시아 당국도 그런 습격을 더 엄격하게 다루기 시작했는데.” 트로핌이 말했다.

"일본이 한국을 점령한 사실이 분하지는 않으십니까?" 무심한 어조로 강철이 자연스럽게 물었다.

"분하든 분하지 않든 어쩌겠어. 나는 러시아 공민이고 세례를 받았고 러시아 법에 따라 살고 있어. 러일전쟁이 일어났을 때는 내가 할 수 있는 만큼 국가에 도움을 줬다. 새로운 전쟁이 발발하면 또다시 도울 거다. 그렇지만 의병을 돕는 일은 하기도 싫고 하지도 않을 거야. 너도 그랬으면 좋겠다. 내 말 무슨 말인지 알아듣겠냐?"

"예, 어르신." 강철이 순하게 대답했다.

예피판이 그들을 반갑게 맞았다. 수레에서 쟁기 내리는 일도 거들었다. 강철이 살 방도 보여주었다.

대장간은 프스콥시나에서 이주해 온 예피판의 가족이 한때 살았던 오막살이에 붙은 천막이었다. 세월이 흘러 채소밭 건너편에 큰 통나무집을 지었다. 오막살이에는 방이 두 칸 있었다. 예피판은 큰방을 철공소로 개조했고 작은방은 창고로 썼다. 이 작은방에서 강철이 살 예정이었다.

마룻바닥이 깨끗하게 청소되어 있었다. 벽에는 널빤지 침대가 붙어있고 창문 옆에는 작은 탁자와 등받이 없는 의자가 놓여있었다. 주인집 강철의 방과 흡사하긴 했지만, 상태가 더 나았다.

강철은 이 방을 보자마자 마음에 들었다. 그는 빠르게 자기 물건을 정리했다. 남포등은 탁자에 올려놓고 담요를 깔았다. 방문 앞에 트로핌과 예피판이 나타났다.

"오오, 여기서 나리님처럼 살겠네." 트로핌이 큰 소리로 외쳤다. "우리 집에 다시 돌아오고 싶지 않겠어."

그러고선 예피판에게 똑같은 말을 러시아어로 했다. 예피판이 사람 좋게 껄껄거렸다.

"내 딸아이들이 방을 치워놨어. 오늘은 한숨 돌리고 내일 아침 일찍 모루부터 시작하자고. 지금은 우리 집으로 갑시다."

예피판네 큰방에서는 한 상 푸짐하게 차려놓고 진작부터 손님을 기다리고 있었다.

제23장

것으로 갈아입지." 예피판이 옷더미 쪽을 고갯짓하며 말했다. 그 옆에는 낡은 장화가 놓여있었다.

강철은 순순히 옷을 갈아입기 시작했다. 예피판이 곁눈질로 근육질의 몸을 슬쩍 보고 인정한다는 듯 '흠' 소리를 냈다.

예전에 누군가 입었던 바지와 윗도리가 깔끔하게 세탁되어 있었다. 아주 두껍고 탄탄한 천으로 만든 이 옷은 닳지 않을 것 같았다. 강철이 낡은 가죽 앞치마를 머리 위로 뒤집어썼다. 여기에 펠트 천으로 만든 작업모도 딸려있었다. 장화가 조금 컸지만 춤을 추려고 신는 것이 아니기에 문제 되지 않았다.

예피판은 앞치마는 입었지만, 모자는 쓰지 않았다. 대신 이마에 띠를 둘러 곱슬머리가 성가시지 않도록 고정했다.

예피판은 똬리 모양으로 꼰 자작나무 겉껍질 조각을 화로에 넣고 그 위에 나뭇조각을 올렸다. 불을 지핀 다음 장작개비를 던져넣기 시작했다. 불꽃이 일자 그 위로 숯을 쏟아붓고 풀무의 손잡이를 잡았다. 풀무의 가죽통이 바람을 불어넣을 때마다 불은 더 세게 활활 타올랐다.

"자, 직접 한번 해봐." 예피판이 말했다. "차분하게, 더 차분히 … "

강철에게 풀무를 맡기고 예피판이 화로에 쇠막대 몇 개를 던져넣었다. 쇠막대의 칙칙한 표면에 처음에는 점들이 번쩍거리다가 녹기 시작하면서 진홍색으로 변했다가 마침내 선홍색이 되었다. 그런데 이게 다가 아니었다. 불을 가지고 예술 행위를 하는 대장장이 예피판은 이물질마저도 눈이 부시게 환한 선홍색으로 바꾸고 싶은 열망으로 활활 타올랐다.

예피판이 기다란 집게로 벌겋게 달아오른 철 막대를 꺼내 두 개의 핀 사이에 집어넣고 편자 형태로 끝을 구부린 다음 화로에 다시 집어넣었다. 다른 철 막대도 이 순서대로 작업해 나갔다.

강철이 예피판의 손놀림을 유심히 지켜보았다. 그는 고정된 집게에서 완성된 편자를 빼내 커다란 모루의 가장자리에 놓았다. 그러고선 손가락으로 눈을 가리키고 모루에 놓인 편자를 가리켰다. 나중에 일할 때 이걸 보고 해야 한다고 알려주는 것 같았다. 망치를 집더니 때리는 시늉을 했다. 이 일이 조수인 강철의 일이라는 것도 알아들었다.

아침에 강철은 대장간을 구석구석 꼼꼼히 둘러보면서 도구를 전부 손에 쥐어 보았다. 광택이 나는 철제 손잡이가 달린 망치를 들어보았다. 보기보다 그리 무겁지는 않았다. 밧줄에 매달린 주전자를 보고 새 물을 가득 채워 놓았다. 옆에는 닦을 때 쓰는 깨끗한 걸레가 놓여있었다. 대장간 한쪽 구석에 장작이 쌓여있었고 완성된 제품은 작은 창고에 보관돼 있었다.

이곳에 처음 왔을 때 이미 느낀 것이었지만 러시아의 대장간이 조선의 그것과 별반 다르지 않아 놀라웠다. 화로, 풀무, 모루, 이런저런 도구들은 모양이 약간 다를 뿐 작업의 원리와 용도는 정확히 같았다. 금속을 말랑말랑해질 때까지 달구고 벼려서 필요한 제품을 만드는 것이다.

드디어 열기와 광채를 내뿜는 반제품이 모루 위에 올랐다. 예피판이 망치로 활모양 발굽의 끝을 살살 두드리다가 마치 우연히 그랬다는 듯 강철 앞쪽에 슬쩍 올려놨다. 강철이 예피판이 가리킨 곳을 망치로 세게 내리쳤다. 다시 가벼운 망치 소리가 이어지다 음이 조금 높아지면서 세게 내리치는 망치의 메아리, 모루의 울림이 들렸다. 일을 할수록 속도가 붙었다. 탁-징-움, 탁-징-움…

갑자기 '징' 소리가 들리지 않자, 강철이 망치를 치켜든 손을 멈췄다. 예피판이 고개를 끄덕였다.

"옳지, 내가 모루를 때리지 않으면 너도 망치질을 멈춰야지. 알아들었지? 계속하자 … "

다시 망치는 추적견처럼 또 다른 망치질을 부르면서 모루를 따라 울리는 내려치는 소리를 들으며 자기 명령이 이행된 것을 매번 확인했다.

반제품이 검어지기 시작했다. 예피판이 그것을 화로에 던지고 바로 다른 것을 집었다.

화로에 두 번째 들어갔다가 나올 때는 이미 편자의 윤곽이 얼추 잡혔다. 장인이 그것을 마지막으로 완성할 순간이 왔다. 대장장이는 거의 완성된 제품을 모루의 한쪽 끝 둥근 뿔에 놓고 가장자리를 다듬었다. 이때 자기 쪽으로 당겨지게 망치질하니 궁형이 한쪽에서만 둥글게 휘었다. 몇 번 더 망치질하자 매끄러워졌다. 망치질로 매끄러운 아치 모양이 생겼다. 예피판은 끝이 뾰족한 망치로 이 아치를 따라가며 두들겼다. 왼손으로는 모루의 구멍 위에 놓인 반제품을 정확하게 움직이면서 오른손으로는 아무것도 조준하는 것이 없는 듯 망치로 두들겨 갔다. 날카로운 꼬챙이가 벌겋게 달아오른 철을 뚫자 아치 모양 편자에 작은 구멍들이 흩뿌려졌다. 이제는 거의 완성된 제품에서 불필요한 부분을 떼어내는 일만 남았는데 예피판이 솜씨 좋게 두 번 내려치자 깨끗하게 분리되었다. 잘린 쇳조각은 다시 화덕으로 들어가고 완성된 편자는 색이 조금 변할 때까지 몇 번 더 얻어맞고 물통으로 들어가면 '쉭' 소리를 내다 잠잠해졌다.

반제품을 다룰 때 대장장이는 항상 긴 집게를 썼는데 얼마나 능숙한지 왼손에 붙은 팔처럼 자연스러웠다. 그는 한국인들이 젓가락을 쓰는 것보다 집게를 더 잘 다뤘다.

강철은 새로운 진홍빛 쇳조각이 모루에 오르는 것을 제대로 감상할 겨를조차 없었다. 모루에 놓이자마자 다시 두드리는 소리가 대장간을 가득 메웠다. 준비해 놓은 반제품을 다 쓸 때까지 이러한 상황이 반복되었다.

"좀 쉬지." 예피판이 말하고서 화로로 다가갔다. 갈고리로 목탄을 긁어내고 거기다 새로운 쇳조각을 집어넣었다. 그러고 나서야 예피판은 장작더미에 걸터앉아 궐련갑을 꺼냈다. 그의 얼굴에 방금 편자 9개를 만든 사람의 흔적은 보이지 않았다.

대신 강철은 몸이 흠뻑 젖었다. 그는 손으로 얼굴에서 땀을 닦고 주전자 주둥이에 입을 대고 벌컥벌컥 물을 마셨다. 차가운 우물물이 상쾌한 기운을 불어넣었다.

예피판이 고개를 저으며 사람 좋게 뭔가를 말했다. 물을 너무 많이 마시지 말라는 조언으로 강철은 알아들었다. 그런 다음 예피판이 손짓으로 옆에 앉으라고 했다.

"담배 피우나?" 예피판이 물어보더니 궐련갑을 내밀었다. 강철은 사양할까도 생각했지만, 러시아 사람들은 연장자 앞에서 담배 피우는 것을 금하지 않으니 그럴 필요가 없겠다고 생각했다. 종잇조각을 집어서 굵은 담뱃잎을 쏟았다. 손가락이 긴장으로 떨리긴 했지만, 어찌어찌 익숙하지 않은 일을 해내었다. 종이 가장자리를 혀로 쭉 훑고 나서 궐련에 불을 붙였다. 곧바로 기침이 났다.

"왜, 담배가 독하냐?" 예피판이 큰소리로 웃었다. "별일 아냐, 곧 익숙해질 거야."

예피판은 느긋하고 맛있게 연기를 들이마시더니 커다랗고 윤곽이 선명한 콧구멍으로 더 길게 연기를 내뿜었다. 입꼬리 위의 밝은색 콧수염이 담배 연기로 갈색이 되었다. 그는 엄지와 검지로 궐련을 잡았다. 얼마나 세게 빨았는지 불꽃이 탁탁 소리를 냈다.

예피판은 마흔 줄에 접어들었다. 곱슬곱슬한 밝은 턱수염과 콧수염이 있어도 이상하게 나이가 더 들어 보이지는 않았다. 갈색 눈은 친절하고 선량한 기운을 발산했다. 중키와 체격만 봐서는 가공할 만한 힘을 가졌다는 것을 알아채기 힘들었다. 그런데 투박한 큰 손을 보면 그가 힘든 육체노동을 하는 사람임을 곧바로 알 수 있었다. 그의 커다란 손안에서 망치는 장난감처럼 보였다. 강철은 예피판과 처음 악수하던 날 이 대장장이의 손바닥이 얼마나 넓고 굳센지 느낄 수 있었다.

어제 주인의 집에서 놀라운 사실이 밝혀졌다. 마리야가 예피판의 딸이었던 것이다. 마리야도 새로 온 아버지의 조수가 강철인 것을 몰랐던 눈치였다. 마리야는 당황하긴 했지만, 눈을 보니 이런 인연이 반가운 것 같았다.

강철은 난생처음으로 러시아인 가족들과 저녁을 먹었다. 그들이 서로를 대하는 방식이 강철은 무척 마음에 들었다. 말투, 표정, 눈빛, 모든 것이 서로를 사랑하고 보살피는 분위기를 자아냈다. 강철은 예피판의 부인 카테리나가 마음에 들었다. 금발을 말아서 정수리에 단단하게 올린 진정한 미인이었다. 큰 눈에서는 부드러움이 흘러나오고 두툼한 입술은 선량해 보였다. 그렇지만 그보다 강철에게 충격을 준 것은 놀랍도록 다정하고 선율적인 카테리나의 목소리였다. 마리야가 그렇게 노래를 잘하는 데는 이유가 있었다.

예피판의 작은딸은 열 살이었다. 모두가 나스텐카라고 불렀다. 갈대처럼 가늘게 생겼다. 아버지를 빼닮은 갈색 눈동자가 생생한 호기심을 담아 세상을 바라보았다.

담배 한 대 피우는 짧은 휴식은 십 분 정도였다. 풀무가 화로에서 열기를 불어내며 다시 숨을 내쉬기 시작했다. 강철의 눈앞에는 마치 동갈방어처럼 왔다 갔다 알짱거리는 달궈진 반제품과 망치뿐이었다. 그리고 한 가지만 신경 쓰면 되었다. 지체하지 말고, 필요한 만큼만 힘을 써서 정확하게 내려치는 것. 망치질하는 사람의 작업 속도에 따라 차후 부속 만드는 일에 드는 시간이 정해진다. 게다가 강철이 망치 조준을 제대로 못 하면 망치질을 최소한 두 번은 추가로 해야 했다. 예피판이 즉시 반제품의 방향을 돌려놓고 망치 소리를 엄격하게 냄으로써 실수를 시정하라는 명령을 내렸다.

강철은 일을 시작한 지 얼마 되지 않았을 때는 한동안 망치가 나오는 꿈까지 꾸었다. 작고 날렵한 망치가 내려쳐야 하는 자리나 세기만이 아니라 거두는 방향도 지시하면서 눈앞에서 잽싸게 움직였다.

고된 작업을 중단시킨 것은 안장이 없는 말을 타고 온 검은 머리 청년이었다.

"안녕하시오, 예피판 아저씨." 대장장이와 즐겁게 인사를 나누더니 그가 강철에게 눈길을 주었다. "이 사람은 누구예요? 벌써 데릴사위를 집에 들인 건 아니죠?"

"그건 네 자리지, 아포냐." 예피판이 반농담으로 말했다. "갖고 온 건 뭐냐?"

"편자가 벗겨졌어요."

강철은 이 청년이 자기를 놓고 말하는 것을 눈치챘다. 예피판이 그를 아포냐라고 부르자, 표트르가 강철에게 마을에서 벌인 몸싸움 이야기를 해줄 때 그 이름을 언급했던 것이 생각났다. 그래서 호기심을 가지고 이 청년을 바라보았다.

키는 강철보다 크지 않았다. 그런데 몸통이 가늘어 어깨가 넓어 보였다. 행동 하나하나에 고양이의 민첩함이 느껴졌다. 두 사람이 자기를 쳐다보는 걸 감지하고 아포냐가 고개를 쳐들었다.

"뭘 그리 뚫어지게 보는데. 몽골? 러시아 사람 처음 봐?"

그의 말투는 명백히 호전적이었고 회색 눈동자에는 시건방지고 장난스러운 불꽃이 반짝거렸다.

"어이, 총각, 이 사람이 어딜 봐서 몽골인이야? 한인이고 철이라고 해. 내 밑에서 대장간 일을 배워."

"한인이든 몽골인이든 그게 나랑 무슨 상관이요. 이 사람은 나를 왜 그렇게 빤히 쳐다봤대요? 내가 진짜 상관에 귀싸대기를 갈길 수도 있는데 … "

"너 왜 이 사람한테 시비야?" 예피판이 엄하게 소리 질렀다. "철, 가자, 내가 말 편자를 어떻게 박는지 보여주지."

그들이 천막에서 나갔다. 말은 늙었고 더러웠다. 대장장이는 평소대로 발굽을 전부 다 들여다보고 나서 허리를 폈다. 그의 얼굴에 못마땅한 기색이 역력했다.

"다 멀쩡하네, 아포냐."

"진짜요, 예피판 아저씨?" 일부러 놀란 척을 하며 아포냐가 큰 소리로 말했다. "오른쪽 앞발이 좀 문제가 있는 것 같은데…"

"헛소리하지 말고. 말해, 뭐 땜에 왔어?"

"이 몽골인 한번 보고 싶어서요. 마리야가 나한테 귀에 못이 박히도록 앵앵거려서."

"어떤 마리야가?" 예피판이 놀라 물었다.

"아저씨 딸이요."

"내가 지금 마리야를 보여주지!" 예피판이 뿔이 나서 아포냐에게 다가갔다. "썩 꺼지지 못해!"

아포냐가 일부러 놀란 척하며 손을 들어서 막는 시늉을 했지만, 눈은 웃고 있었다.

"에고 무서워라, 무서워요, 예피판 아저씨! 가요, 가."

아포냐가 잽싸게 말에 뛰어올라 탔다. 떠나기 전에 강철을 한 번 더 쏘아보았다.

"마리야 근처에 얼씬 대지 말라고 이 몽골 놈한테 일러주세요. 안 그랬다간 내가 두 다리를 뽑아버릴 테니."

"얼른 가, 헛소리하지 말고."

아포냐가 고삐 끝으로 말을 채찍질하고 서둘러 떠났다.

두 사람은 대장간으로 들어갔다. 예피판이 이 청년이 뭐하러 왔는지 설명해야 한다고 여긴 것 같았다.

"걔가 마리야를 따라다니는데, 마리야를 따라다닌다고, 알아들었어? 사람은 좋은데 말이 많아."

"따라다닌다고(우하지바옛)?" 강철이 모르는 단어를 질문하는 억양으로 반복했다.

"음 … 쫓아다닌다고. 마리야를 찍어뒀다고, 알겠어? 아포냐가 마리야를 좋아한다고 … "

그제야 강철은 그 청년이 왜 왔는지 이해했다. 자기를 보러 온 것이다. 강철이 여기에 온 걸 어떻게 알았을까? 마리야에게 들었다면 그들이 만나고 있다는 말이다. 그 청년이 강철에게 뭘 말했을까? 위협까지는 아니어도 어조에 뭔가 도발적인 느낌은 있었다. 게다가 실눈을 하고 자기를 바라보던 눈빛이 많은 것을 말해주었다. 그런데 강철은 그 청년이 마음에 들었다.

"철, 너 조심해라. 아포냐가 너한테 … " 여기서 예피판이 손가락으로 강철을 가리키다가 나중에는 주먹을 보여주며 말했다. "해코지할 수도 있어. 웃지 마, 그놈은 진짜로 그럴 수 있어. 한다면 하는 놈이지. 싸움은 일등이야. 아이고, 일을 그렇게 잘했다면. 아니지, 아포냐는 제 아비를 닮지 않았어 … "

예피판의 마지막 말에 유감이 묻어났다.

"흠, 일하자."

점심때가 오기까지 두 사람이 더 대장간에 왔다. 한 사람은 허름한 복장에 허약해 보이고, 짧은 턱수염에 나이를 가늠하기 어려운 사내인데 망가진 낫을 가지고 왔다.

"예피판, 자네가 이것 좀 고쳐줘. 낫 없이 일을 할 수가 있어야지. 근데 내가 지금 돈이 없으니, 나중에 갖다줌세."

예피판이 망가진 낫을 살펴보더니 고개를 가로저었다.

"용접이 안 되겠는데. 내가 다른 걸 주는 게 낫겠어." 그러고선 창고에서 새 낫을 가지고 나왔다.

사내가 굽신거리며 예피판에게 고마워했다.

"괜찮아, 됐어. 알았다고. 돈이 생기면 갖다주면 되지…"

사내가 나가자 예피판이 부러진 낫 조각을 집어서 칼날을 만져보고 조수 강철에게 엄지손가락을 내밀며 말했다.

"철은 최상급이야! 금손 장인이 만든 거네. 에고, 이런 낫을 부러뜨렸네… 어쩌겠어, 이걸로 칼을 만들면 좋은 게 나오겠네…"

그다음으로 온 손님은 완전히 늙은 노파였다. 여름철인데도 따뜻한 겉옷을 입고 있었다. 사모바르(러시아식 주전자 - 옮긴이)를 가지고 와서 어디가 새는지를 보여주었다. 노파의 목소리가 놀랄 정도로 저음이었고 호소력이 짙었다.

"바실리사, 내일 다시 와요. 할게, 꼭 해놓을게. 지금은 겨를이 없어, 봐봐, 일이 얼마나 많은지."

"이 검은 머리는 누구야?"

"내 조수요. 이제 가, 얼른 가요…"

그들은 대장간에서 점심을 먹었다. 음식 꾸러미를 나스텐카가 가지고 왔다. 모루에 자리를 잡고 천을 깔았다. 강철은 지금껏 흑빵, 시이(양배추국), 버섯 절임 같은 러시아 음식이 이다지도 맛있었던 적이 없었다. 약간 시큼

하면서 기운을 북돋우는 보리 음료 크바스를 음식과 함께 마셨다. 쌀을 발효시켜 만드는 한국의 막걸리를 생각나게 하는 면이 있었다.

음식 보따리에는 어제 손님이 온다고 구웠던 파이 두 조각이 더 들어있었다. 어제 식사 자리에서 파이를 올렸을 때 트로핌이 말했었다. "러시아 사람들은 잔치할 때나 귀한 손님이 올 때면 파이를 구워. 온갖 파이가 다 있지. 고기파이, 양배추 파이, 버섯 파이, 없는 게 없지. 여러 가지 열매를 넣은 달콤한 파이도 많아. 심지어 이런 러시아 속담도 있다. '오막살이가 정드는 건 방이 좋아서가 아니라 파이가 있어서다'."

표트르 말로는 마리야가 부잣집 딸이라고 했다. 예피판의 집에서 넉넉함이 느껴진 건 사실이지만, 부자라고 하는 건 과한 부풀림이었다. 실제로 대장간에서 일하면서 부자가 된 사람을 어디서 본 적이 있단 말인가? 하지만 노동하는 삶이 좋은 점은 시기 질투하고 게으름을 피울 시간이 없다는 점이다. '부에 대한 탐욕만큼 인간의 영혼을 좀먹는 것은 없다'는 아버지의 말씀을 강철은 한평생 기억하고 있었다.

점심을 먹고 나서는 화로에 반제품이 어느 정도 채워졌기에 그리 오랫동안 허둥대지 않았다. 배가 불러 일을 시작하기가 쉽지 않았지만, 금세 일에 몰입하게 되어 하루 일을 마무리할 때가 오는지도 알아채지 못했다.

부속들을 물통에 던져넣고서는 예피판이 '그만'이라고 말했다. 강철이 알아듣지 못했다. 예피판이 껄껄 웃었다.

"오늘은 이만하지. 그만." 가서 씻고 옷 갈아입은 다음 저녁 먹으러 와. 못 알아들었어? 밥 먹으러 오라고…"

"감사합니다." 강철이 고개를 끄덕였다. "나, 저녁 먹으러 와."

"옳거니. 그런데 '나 저녁 먹으러 와'가 아니라 '나 저녁 먹으러 가'라고 해야지. 나 저녁 먹으러 갈게요."

498

"나 저녁 먹으러 갈게요."

"그게 러시아말로 제대로 말한 거야."

강철은 냇가로 가서 멱을 감기로 했다. 아침에 근처를 뛰면서 꽤 한적하고 으슥한 장소를 눈여겨보았다.

6월 초였지만 물이 아주 차가웠다. 그 대신에 차가운 물이 피로를 한 번에 쫓아버린 것 같았다. 저녁 먹을 때까지 아직 시간이 좀 있어서 루자옙카를 둘러보기로 했다.

표트르가 말한 것처럼 실제로 마을에 난 세 개의 길은 가운데로 향하여 중심에서 만났다. 마을의 중앙에는 광장과 하얀 성당, 큰 집 세 채가 있었다. 그중 하나가 나탈리야의 집이었다. 그때는 저물녘이어서 집을 잘 살펴보지 못했지만, 지금은 집 앞 정원을 보고 한눈에 알아보았다.

끝에 예피판의 집이 있는 길은 다른 두 길보다 더 넓었다. 집에서 중심 쪽으로 걸으며 주택의 숫자를 세보니 열일곱 채였다. 이 숫자에 3을 곱하니 루자옙카 마을에 대략 50~55가구가 산다는 계산이 나왔다. 다시 말해 200명이 조금 넘는 사람들이 산다는 말이다. 조선으로 치면 아주 큰 마을에 속했다.

거리에는 사람이 적었다. 마주친 사람은 지나가는 강철을 대놓고 흥미롭게 바라보던 여자 두 명과 어떤 집 대문 앞에 앉았던 노인과 노파뿐이었다. 광장을 따라 마차가 지나갔다. 날카롭고 뾰족한 코를 가진 남자가 성마르게 말을 재촉했다.

강철이 오던 길로 다시 돌아가려고 했는데 옆길에서 암소 떼가 나타났다. 그것들은 간간이 '음매' 소리를 내며 느긋하고도 위엄있게 걸었다. 마치 자신들의 도착을 만천하에 뽐내는 것 같았다. 광장에 다다라서는 앞서 걷던 암소들의 걸음이 빨라지는가 싶더니 아예 몹시 바빠졌다. 모습을 드러낸 목동이 긴 채찍으로 두어 번 날카롭게 때려서 암소들을 더 재촉했다.

채찍이 권총에서 튕겨 나오는 것 같았다. 강철이 길가로 물러나지 않았다면 암소들이 그를 그냥 밟아 뭉개고 갔을 것이다. 대문을 열어놓고 기다리고 있는 집 마당으로 암소들이 모두 돌진해서 들어가는 것을 보니 신기했다. 뒤처지지 않으려 애쓰면서 송아지들도 어미 소들의 뒤를 따라 들어갔다.

순식간에 광장이 텅 비었다. 목동도 어디론가 사라졌다. 어디선가 소똥 냄새만 풍겨왔다.

'자기 집이란 무엇인가, 짐승조차도 그것을 아는구나.' 강철이 느닷없이 울적해졌다.

예피판의 집안에서는 이미 저녁상이 다 차려졌지만, 아직 아무도 식탁에 앉지 않았다. 강철을 기다린 모양이었다. 강철은 미안한 얼굴로 뻣뻣하게 굳은 채 문에 서 있었다.

"들어와, 들어와, 철." 예피판이 반갑게 말했다. "이리로 앉아 ··· 이제부터 이 자리가 자네 자리야. 카테리나, 시이(양배추국) 좀 갖다줘."

저녁 자리에서 강철은 기도하는 광경을 처음으로 보았다. 그리고 그 풍경이 마음에 들었다. 강철은 당연히 한마디도 이해하지 못했지만, 사람들이 음식에 덤벼들지 않고, 숟가락을 들기 전에 자기 마음을 돌아볼 여유를 찾아서 뭔가 중요한 것을 읊조리는 모습이 경이로웠다. 한국인들이 밥상에 앉기만 하면 유독 참을성이 없어지는 모습이 저절로 떠올랐다. 다른 사람들이 미처 식사를 끝내기도 전에 다 먹은 사람이 먼저 일어나는 경우도 흔하다. 마치 불이라도 끄러 가야 할 사람들처럼.

기도하고 나서 예피판이 사마곤(가양주)를 컵에 따랐다. 한 잔은 아내에게, 다른 잔은 강철에게 내밀었다.

"자네가 대장간 일을 시작한 첫날을 기념하며. 진정한 대장장이의 탄생을 위하여!" 예피판이 잔을 들었다.

온 가족이 자기를 보고 상냥하게 미소 짓자, 내심 뜨거운 감정이 울컥 치밀어 강철은 당황스러웠다.

며칠이 지났다.

강철은 이제 대장간 일을 완전히 습득했고 자신의 할 일을 명확하게 인지했으며 자발적으로 일의 폭을 찬찬히 넓혀갔다. 화로에서 재를 치우고 저녁에 연료를 준비해 놓았다. 신선한 물이 떨어지지 않도록 항상 확인했다. 수건을 빨아놓았다. 하루를 마무리할 때는 도구와 완제품을 쌓아놓은 다음 대장간을 꼼꼼하게 청소했다.

일은 이제 손에 익었다. 망치뿐만 아니라 집게 사용법도 익혔다. 예피판이 지켜보는 가운데 말의 편자를 벌써 두 번이나 손수 갈았고 예피판이 승인하는 의미로 고개를 끄덕여 주었다. 칼과 짧은 낫, 냄비 손잡이와 도끼를 직접 만들었다.

어제는 종일 제초기를 수리했다. 루자옙카 마을 사람 모두가 알 듯, 대장간에 새로운 한인 조수가 왔다는 걸 아는 글렙이 가지고 온 기계였다.

"어이, 잘 지냈나, 철." 글렙이 상냥하게 인사했다. "여기서 일한다는 소식은 들었지. 어때, 할만해?"

"좋아." 강철이 대답하여 웃었다. 이 훤칠하고 잘생긴 청년을 보고서 감탄하지 않을 수가 없었다.

"아포냐는 봤어?" 글렙이 물었다. "아-포-냐 말이야. 걔가 여기 왔다 갔지?"

"그래, 아포냐, 여기로, 왔다 간다."

"그래, 그래. 걔가 지금 너한테 겁을 줬다고 온 동네에 떠들고 다녀." 강철이 못 알아듣는 것을 보고 글렙이 주먹을 쥐고 흔들었다. "걔가 그러는데 … 만약에 … 네가 … 마리야를 가까이하면 … 걔가 … 너한테 … 쓴맛을 보여준대. 두-들-겨-팬-다-고, 알아들었어?"

강철이 소리 내 웃었다. 그러고선 똑같이 주먹을 쥐고 흔들었다.

"나 … 아포냐 … 두-들-겨-팬-다-고."

"네가?" 글렙이 놀란 얼굴을 했다. "아포냐가 어떻게 싸움을 하는지 모르지?" 글렙이 자기 가슴을 치며 말했다. "나는 걔를 패줄 수 있지, 근데 너는 … "

글렙이 고개를 저었다.

"글렙, 이 청년에게 뭘 가르치냐?" 예피판이 끼어들었다. "아포냐에게 전해라. 만약 철을 건드리면 내 눈에 띄지 않는 게 좋을 거라고."

"전하기는 하겠지만, 아포냐는 그러나저러나 어딘가에서 이 사람을 잡을 거예요. 걘 그러고도 남아요."

"그러기만 해봐라. 게다가 철도 그리 약하지 않아."

"싸움에서 중요한 것은 힘이 아니라 담력이에요. 마슬레니짜(사육제)에서 … "

"글렙, 너 그러지 말고 철을 도와 제초기 좀 같이 들어. 나는 돌을 받칠게. 흠, 잡았지, 하나-둘 … 담력이라 … 너희들은 모두 다 담력이 크지. 한 놈 잡자고 일곱 놈이 덤비지."

글렙이 가고 나자 예피판이 물었다.

"보니까 이 마을에 네가 아는 사람이 많네. 글렙은 어디서 알게 된 거냐? 음, 어디서 글렙을 만났어? 봤어?"

"나타샤 … 집."

"아아, 선생 집. 나탈리야 세르게예브나는 좋은 아가씨지. 글렙도 좋은 청년이고. 그런데 아프냐는 말이 너무 많아…"

강철은 예전과 마찬가지로 아침마다 운동을 빠뜨리지 않았다. 달리고, 가상의 적과 싸우고, 대장간 바로 뒤에서 자라는 나뭇가지에 매달린 '일본 아구'를 발로 찼다. 그리고 자기 손으로 직접 진짜로 칼다운 칼을 만들겠다고 다짐했다.

강철은 우유 한 주전자와 고기나 돼지비계, 달걀이나 연어알을 올린 호밀빵 큰 조각을 보통 아침 식사로 먹었다. 처음에는 우유를 마시면 배가 부글거렸다. 살면서 그렇게 많은 양의 우유를 정기적으로 마신 적이 없었기 때문이었다.

〈알파벳〉 교재를 들춰볼 겨를은 아직 없었지만, 그날 들어 기억한 단어는 공책에다 성실하게 써 내려갔고 아침마다 다시 읽었다. 머릿속에 남은 단어가 벌써 백 개가 넘었지만, 그것을 필요한 대로 자유롭게 사용하기는 아직 어려웠다.

토요일이 되었다. 점심을 먹고 두어 시간 더 일하고 나자 예피판이 망치를 한쪽으로 치웠다.

"그만." 이렇게 말하자, 강철이 놀란 눈을 해서 예피판이 설명했다. "오늘은 토요일이야, 목욕탕에 가는 날. 오늘 목욕한다고, 알아들었어? 몸을 씻을 거라고."

그러고선 손으로 몸 씻는 흉내를 냈다.

"목욕탕." 강철이 따라 했다. '씻다, 목욕탕' 이 단어들은 들어본 적이 있다.

"옳지, 옳지. 철, 너 목욕탕에서 씻을 거냐? 너… 목욕탕에서… 씻을… 거냐?"

"나는, 씻을 거냐, 목욕탕에서…"

"'씻을 거다'라고 해야지. 나는 목욕탕에서 씻을 거다. 따라 해봐!"

"나는 목욕탕에서 씻을 거다."

"옳거니!" 예피판이 칭찬했다. 나가면서 한마디 더 보탰다. "준비되면 나스텐카가 너를 부를 거다."

강철이 화로에 물을 붓고 대장간을 정리했다. 목욕해야 하니 냇가로 씻으러 갈 이유가 사라졌다. 그는 세수만 대충 하고 나서 러시아어를 공부하기로 마음먹었다. 넓은 모루 위에 천을 깔고 교재와 공책을 펼쳤다.

〈알파벳〉에서 강철은 인형을 목욕시키는 여자아이 그림을 본 적이 있다. 그 페이지를 찾아 큰소리로 읽기 시작했다.

"마샤가 인형을 씻겨요."

마샤라는 이름은 마리야의 애칭이다. 러시아 이름은 참으로 놀랍다. 나탈리야의 애칭은 나타샤, 다리야는 다샤이다. 또는 다셴카로도 불린다. 예피판은 예피파누시카, 글렙은 글레부시카다. 나스쨔는 어째서인지 나스텐카다. 아마도 이름 자체가 어떠냐에 따라 달라지기도 하고 남자 이름인지 여자 이름인지에 따라서도 달라지는가 보다.

그다음, '씻겨요'라는 낱말은 왜 'et'로 끝날까? '나는 씻을 거다'에서는 서술어 어미가 'u'로 끝나지 않는가? 그런데 여기서는 'et'로 끝나네. 으흠, 누군가가 누구를 씻길 때는 'et'로 끝나도록 말해야 하나 보다.

"마샤가 인형을 씻겼어요."

씻겼어요, 씻겼어요 … 이것은 과거형이군. 다음 문장에는 '할 거예요'라는 뜻의 동사가 붙었네.

"마샤가 인형을 씻길 거예요."

그렇군, 이 문장 세 개에서 같은 의미의 동사가 각기 다른 어미를 가졌네. '씻겨요, 씻겼어요, 씻길 거예요.' 한국어에도, 스페인어와 프랑스어에도 시제마다 다른 어미가 붙는 건 마찬가지 아닌가. 그런데 이걸 어떻게 다 외우지?

자, 다음 문장을 보자.

"꼴랴가 집으로 가요. 꼴랴가 집으로 갔어요. 꼴랴가 집으로 갈 거예요 …" 공부에 열중하느라 강철은 누가 대장간에 들어오는지도 알아채지 못했다. 그가 고개를 들었다. 강철 앞에 나탈리야가 서 있었다. 나타샤는 꽃무늬 원피스와 밀짚모자를 쓰고 있었다. 버드나무로 짠 바구니를 손에 들었는데 한가득 들꽃이 담겨있었다.

"지나가다 들렀어요." 나탈리야가 미소를 머금고 말했다. "철이 자기 아버지와 같이 일한다고 마리야가 말해줬어요."

강철은 천천히 몸을 일으키며 깨끗한 옷으로 갈아입지 않은 것을 후회했다.

"철, 저를 못 알아보시겠어요? 저 나탈리야예요. 표트르하고 같이 우리 집에 오셨었잖아요?"

그는 나탈리야의 말을 이해했다고 확신했다. 하지만 그걸 어떤 말로 표현해야 한단 말인가?

"예." 강철이 말했다. "나는 … 너의 집이 … 있었어."

"오오, 꽤 잘 배우고 계시네요. 그런데 여기서 뭘 하고 계시나요?" 나탈리야가 가까이 다가와 공책을 집어 들었다. "필체가 좋네요, 철. 〈알파벳〉 교재가 있네요! 좋아요, 제가 러시아어 가르쳐 드릴까요? 못 알아들으셨어요? 제가 … 가르쳐 … 드릴게요. 그럴까요?

"예." 자기가 제대로 알아들었는지 확신하지 못한 채 강철이 숨을 내쉬었다.

"저녁마다 우리 집에 오세요. 오늘도 오세요, 오실 거지요?"

"나는 … 가고 있다 … 너에게 … 집으로."

"그래요, 정말 대단하시네요!" 나탈리야가 치켜세웠다. "오늘이요, 알겠죠?"

"나는 오늘 가고 있다 … 너에게 집으로."

"꼭이요. 제가 마리야에게 말해놓을게요, 같이 오세요."

나탈리야가 가볍고 날렵한 걸음으로 나갔다.

얼마나 귀엽고 상냥한 아가씨인가. 교육도 많이 받았을 것으로 보인다. 심지어 강철조차 그녀의 어법이, 예컨대, 글렙의 어법과 다르다는 것을 느낀다. 강철에게 러시아어를 가르쳐주고 싶어 한다. 얼마나 잘된 일인가!

나스텐카가 와서 목욕탕이 지금 비었다고 일러주었다.

강철은 러시아 한증막 이야기를 어머니와 홍씨아저씨에게서 익히 들어 알고 있었다. 달궈진 돌에 물을 끼얹으면 수증기가 발생해 한증막 안의 온도가 높이 올라가는데, 익숙하지 않은 사람은 오래 버티기 힘들다. 러시아 사람들은 그것도 모자라 나뭇가지로 자기 몸을 때린다. 게다가 겨울철에는 어머니 배에서 나올 때처럼 나체 상태로 한증막 밖으로 뛰쳐나가 눈밭에서 뒹굴기도 한다. 아니면 강이나 냇가의 얼음구멍으로 뛰어들기도 한다.

트로핌 집에도 당연히 목간이 있다. 하지만 거기는 한국에 있는 목간과 비슷하다. 통에서 뜨거운 물을 덜어 찬물에 섞어서 씻는다. 이제 트로핌은 러시아식 한증막을 짓고 싶어 했다.

강철이 들어간 한증막은 젖은 소나무 향이 나는 작은 방이었다. 왼편에는 커다란 돌과 구유 모양의 물통 난로가 있었고, 오른편에는 판자 침상이 놓여있었다. 뜨거웠지만 참을만했다. 바닥에는 물이 담긴 나무 대야가 놓여있었다. 거기에 자잘한 잎이 달린 자작나무가지를 적셔놓았다.

강철은 보리수 나무둥치에서 파내어 만든 바가지를 집어 물을 떠서 돌에 끼얹었다. '치익' 성난 소리가 들리더니 축축한 열기가 훅 끼쳐왔다. 강철은 돌에 물을 끼얹고 또 끼얹었다. 온통 증기로 뒤덮여 순간 아무것도 보이지 않았다. 숨쉬기도 힘들었고 몸은 투명한 방울로 뒤덮였다. 침상으로 다가가 앉았다. 심장은 미친 듯 두근거리고 팔에는 정맥이 도드라졌다. 어떻게 움직여도 몸이 불에 덴 것 같아서 강철은 꼼짝하지 않고 가만히 있으려 애썼다.

　　시간이 흐르자 좀 편안해졌다. 열기에 익숙해진 것인지 온도가 떨어진 것인지 알 수 없었다. 온몸이 근질거리기 시작했다. 강철이 나뭇가지를 들어 자기 몸을 후려치기 시작했다. 아프면서도 쾌감이 돌았다. 마치 참을 수 없는 가려움을 느낄 때 거의 아물어 가는 상처에서 딱지를 뗄 때와 비슷한 느낌이었다.

　　소년 같은 호기심으로 강철은 물을 더 많이 돌에 끼얹었다. 그러자 숨이 막혀 거의 죽을 뻔했다. 스물까지 세기로 마음먹었지만 열다섯까지 세자 못 참고 한증막에서 뛰쳐나가 몸에 차가운 물을 끼얹었다. 뜨거운 한증막에서 나오자마자 차가운 물줄기 밑에 선 기분은 형언할 수 없이 좋았다. 마치 수천 개의 바늘로 피부를 찔러 세포가 깨어나 자유롭게 숨 쉬는 것 같았다.

　　강철은 다시 한 번 한증막에 들어가기로 마음먹었다.

제24장

시아 사람들은 사마곤(가양주) 없이 살 수 없다는 트로핌의 말과 달리, 강철이 보니 예피판 집은 술을 그리 자주 마시지 않고, 마셔야 할 명분이 있을 때만 마셨다. 트로핌과 강철이 손님으로 다녀간 날, 그다음은 강철이 처음 대장간에서 일한 날 마셨다. 세 번째는 오늘 토요일, 저녁상에 술병이 올랐다.

"수보로프가 말하길 일 년 동안 마시지 말고 한증막에서 목욕한 다음 훔쳐서 마시라고 했지." 예피판이 강철에게 컵을 내밀며 말했다. "다 마시기 싫으면 입만 조금 축여 ⋯ "

'조금'이라는 단어는 아는 단어여서 강철은 예피판의 말대로 한 모금만 마시고 잔을 내려놓았다.

예피판이 잔을 한꺼번에 꿀꺽꿀꺽 들이킨 다음 '캬아' 소리를 내고 소금에 절인 양배추를 집어먹었다. 목욕하고 난 예피판의 얼굴은 더 젊고 선량해 보였다. 구불구불한 머리카락과 턱수염을 깔끔하게 빗질하고 보니 러시아 가정집에 웬만하면 걸려있는 예수 그리스도와 놀라울 정도로 닮아 보였다.

강철은 마음이 평안하고 편안했다. 깨끗하고 평화로운 상태의 자신이 서로에게 따스하고 부드러운 사랑을 발산하는 자기 집 식구들에게 둘러싸여 있는 기분이 들었다.

음식을 먹으면서 이야기를 많이 하지는 않았다. 처음에는 가족이 아닌 남이 있어서 불편해한다고 생각했지만, 가장이 있는 식탁에서는 그렇게 하는 게 관례라는 것을 곧 알게 되었다. 가장이 말을 하지 않으면 나머지도 침묵했다. 말을 해야 할 필요가 있을 때는 속삭이듯 말했다. 그렇게 하는 이유는 가장이 눈을 부릅뜨거나 고함을 칠까 싶은 두려움 때문이 아니었다. 더구나 그런 사소한 일로 아내나 딸들에게 화를 내는 예피판의 모습을 상상하기는 힘들었다. 식탁에서 말수를 줄이는 것은 가족을 먹여 살리는 가장을 존경한다는 나름의 표시였고 이것은 한인 가정과 닮았다. 가장에게는 가장 편안하고 권위 있는 자리가 마련되었고 그 자리에 먼저 국을 놓은 다음에 나머지 식구들에게도 주었다. 그리고 때가 되면 먼저 숟가락을 들었다. 말할 것도 없이, 강철의 고국에는 이 밖에도 다른 존경의 표시들이 있다. 가장은 가장 좋은 식기에 가장 맛있는 음식을 차린 독상을 받는다.

사실 강철 자신은 남편과 나머지 식구들의 겸상을 불허하는 조선의 오랜 관습을 지키지 않는 가족에서 자랐다. 그리고 강철 자신도 결혼하고 나서 아내와 같이 겸상했고, 밥상에서 자기가 말을 하지 않으면 아내도 침묵해야 한다고는 한 번도 생각한 적이 없었다.

이런 식으로 대장장이의 집에서 강철이 불편함을 느낀 적은 한 번도 없었다. 음식을 조용히 먹을 때조차 가족들은 눈빛과 미소로 여전히 대화하고 있었으니까.

강철이 예피판의 가족과 처음으로 저녁 식사를 하던 날 맞은편에 앉은 나스텐카의 신기해하는 눈빛을 눈치채고 강철은 장난을 쳐보기로 했다. 마침 메밀밥을 내왔다. 한 숟가락을 입에 넣고 나서 강철은 마치 못 먹을 것이 입에 들어온 듯 얼굴을 찌푸렸다. 소녀가 놀라서 눈을 동그랗게 뜨고 흠칫했다. 강철이 턱을 천천히 움직이다가 빠르게 씹었다. 꿀꺽 삼키고 나서 이것이 이다지도 맛있다니 놀랍다는 표정을 있는 힘을 다해 지어 보였다.

나스텐카가 웃음을 터뜨리자, 어머니와 언니가 소녀와 강철을 걱정스레 번갈아 보았다. 하지만 강철은 아무 일도 없다는 듯이 밥을 먹었다. 그때부터 강철과 소녀가 벌이는 식탁 놀이가 시작되었고 매번 소녀는 강철이 칠 다음 장난을 기다렸다.

그런 장난의 대가는 만길이었다. 밥을 먹다 돌을 깨문 사람을 흉내 내는 만길을 보면 웃다가 죽을 만큼 재미있었다. 그가 손가락으로 입을 찌르면서 돌을 찾기 시작하면 빰 이쪽저쪽이 빵빵해졌다. 그러다 결국에서는 전부가 진즉 위 속에 있다는 흉내를 냈다. 어떨 때는 상상 속의 이 괘씸한 돌을 찾아내어 미워죽겠다는 표정으로 이리저리 살펴본 다음 이빨로 맹렬하게 깨물어 삼키고 흡족한 듯 배를 두드렸다. 만길의 상상력은 끝이 없었다. 특히 맹인이 밥먹는 흉내를 잘 냈다. 어느 날 밥을 먹으면서 좌중을 압도하는 연기를 벌이다 종국에는 밥상을 아예 뒤집어서 지금껏 지켜온 선을 넘어서 버렸다. 그러자 그가 얼마나 맹하게 의아해하는지 좌중도 웃다가 배를 잡고 데굴데굴 방바닥을 뒹굴었다.

만길이 친구들에게 보여준 수많은 장면을 강철은 당연히 예피판의 집에서 따라 할 수는 없었다. 게다가 그런 재능도 없었다. 하지만 오늘은 특별한 장면을 생각해 냈다.

저녁 식사가 끝나갈 무렵 강철이 나스텐카에게 윙크를 한 다음, 소금에 절인 미끄러운 버섯을 숟가락에 담으려고 애를 썼다. 모두가 강철이 장난을 치는지 알고 있었지만, 아는 표를 내지 않으려고 애를 썼다. 비록 나중에 나스텐카가 웃으면 따라 웃기는 했지만 말이다. 강철이 두어 번 버섯을 숟가락에 가까스로 담았지만, 손이 떨려 자꾸 떨어뜨렸다. 화가 난 얼굴을 하며 이빨을 꽉 깨물더니 강철이 씨익 웃으며 소매에서 미리 준비해 둔 젓가락을 꺼냈다. 그것으로 능숙하게 버섯을 집어 입에 쏙 넣었다. 그리고 나서 다시 소매 속으로 젓가락을 감추었다. 그러고 나서 마치 아무 일도 없었다는 듯 계속 밥을 먹었다.

온 가족이 화목하게 깔깔 웃었다.

"철 아저씨, 또 보여주세요." 나스텐카가 졸랐다. "한번만요 … "

"그렇지." 예피판이 막내딸을 거들고 나섰다. "철, 다시 한 번 보여줘 봐."

강철이 젓가락을 꺼내고 식탁 위를 둘러보았다. 중간에 먹다 남은 삭힌 양배추가 담긴 나무 그릇이 있었다. 그는 손을 뻗어 가느다란 당근 채를 집었다. 동아시아 출신이라면 누구에게라도 익숙한 것인데, 그걸 보여주기가 강철은 편하지 않았다. 한국이라면 누가 이런 걸 보여주면서 자랑할 엄두를 내겠는가?

"어머나, 어떻게 저런 걸 만들 생각을 했을까?" 카테리나가 고개를 저었다. "나한테 저렇게 젓가락으로 먹으라고 했으면 아마 나는 굶어 죽었을 거야."

"배고파 죽을 지경이면 당신도 재빠르게 배웠을 수도 있지." 예피판이 빙그레 웃었다.

"그 사람들은 굶어 죽을 지경이 아니었잖아." 아내 카테리나가 응수했다. "숟가락으로 먹으면 편할 텐데, 익숙하기도 하고 … "

"그 사람들 숟가락도 써." 예피판이 말했다. "나무 숟가락은 아니고 동으로 만들어. 그 사람들은 숟가락으로 국을 먹고, 밥과 반찬은 젓가락으로 먹지."

"다른 집에서 포크로 먹듯이요." 마리야가 한마디 보탰다.

"맞아, 그래." 예피판이 고개를 끄덕였다.

"엄마가 하녀로 일할 때 귀족 댁에서 식사하는 모습을 봤단다." 카테리나가 옛일을 생각하며 생기를 띠었다. "한 사람당 숟가락 세 개, 포크 세 개, 칼 몇 개를 자리에 놓지. 무슨 음식에 뭘 써야 하는지 도통 알 수가 없지!"

"어릴 때부터 가르쳐주잖아, 엄마." 마리야가 크게 웃었다.

"뭐든 배울 수 있지." 가장이 훈계하듯 말했다. "한 사람이 할 수 있는 건 다른 사람도 할 수 있단 말이지."

"그럼, 아빠도 나한테 젓가락질하는 거 가르쳐줄 수 있어?" 나스텐카가 물었다.

"그럼." 예피판이 선언했다. "지금 철이 나한테 시범을 보이면 나도 할 수 있다. 철, 나한테 어떻게 하는지 보여줘 봐…"

강철은 이 사람들이 무슨 이야기를 하는지 알아듣지 못했지만, 이야기가 젓가락을 중심으로 도는 것은 느낌으로 감지했다. 예피판이 열렬한 몸짓으로 강철을 바라보며 뭔가를 말했을 때 무슨 요청을 하는지 강철은 알아맞혔다. 강철이 오른손을 손바닥이 보이도록 내밀어 거기에 젓가락 한 짝을 손가락 세 개에 쥐어지도록 올려놓았다. 검지와 엄지로 윗부분을 쥐고 조금 아랫부분을 약지로 떠받쳤다. 그런 다음 나머지 한 짝을 거기에 끼웠다. 이제 젓가락 두 짝을 다 엄지, 검지, 약지, 손가락 세 개로 쥔 모양으로 고정되었다. 그러고 나서 어떻게 움직여야 하는지를 보여주었다.

"음, 알겠어." 예피판이 말했다. "이제 내가 해보지."

그는 강철이 보여준 그대로 자신의 커다란 손으로 젓가락을 쥐고 손가락을 움직였다. 젓가락 끝이 완벽하게 맞춰지진 않았지만, 그 상태에서도 충분히 뭔가를 집을 수 있게 되었다. 예피판이 나무 그릇으로 젓가락을 가져갔다.

"봤지!" 그가 양배추 조각을 젓가락으로 집어 들고서 의기양양하게 외쳤다. "내가 이놈을 지금, 얌…"

인정하는 웃음소리를 들으며 그는 양배추를 입에 넣었다.

"또, 또 해봐, 아빠." 나스텐카가 졸랐지만, 예피판은 아슬아슬한 위험을 다시 감수하지 않았다.

그러자 나스텐카가 자기도 해보겠다고 나섰다. 세 번의 시도 끝에 채 썬 양배추 두세 줄기를 집을 수는 있었지만, 입으로 가져가다가 떨어뜨리고 말았다. 아이는 뿔이 나서 입술을 깨물기까지 했지만, 곧 누구보다 더 크게 웃음을 터뜨렸다.

강철이 비좁은 방으로 돌아왔을 때는 아직 날이 밝았다. 책을 집어 들었지만 금방 한쪽으로 다시 치웠다. 널빤지 침상에 팔베개하고 누웠다. 그동안은 눕기만 하면 순식간에 바로 곯아떨어졌는데 지금은 잠이 오지 않았다. 일주일 내내 목표는 하나였다. 어떻게 하면 빨리 새로운 일을 익힐 수 있을까만 생각했다. 단련된 그의 몸으로도 종일 망치질하는 것은 힘든 일이었다.

물론 그는 평생을 대장장이로 살 생각은 없었다. 앞으로 무슨 일이 기다리고 있을지 알 순 없지만, 지금은 모든 것이 몹시도 관심을 끌었다. 예피판과는 말이 통하지 않아도 모든 것이 순조롭고 이해되었다. 운명이 이런 사람을 만나게 이끌었다니 얼마나 다행인가! 예피판의 가족은 또 어떤가? 끼리끼리 만나 부부가 된다는 말이 공연히 있는 것이 아니다. 아이들도 마찬가지다.

강철은 저녁 식사 자리를 떠올리고 슬며시 웃었다. 얼마나 좋은 사람들인가! 평범한 시골 마을 가족이 얼마나 정이 많고 세심한지. 이 가족 속에 있으면 그 자신이 다른 인종이라는 것도 잊어버린다. 그렇지만 이건 러시아 사람들 속에 강철 한 사람만 있어서일 것이다. 다른 한인이 같이 있었더라면 외모에서 오는 차이가 언제나 눈에 띄었을 것이다.

한국에서 강철의 집에 러시아인이 살았다고 가정해 보자. 강철과 강철의 식구들은 러시아 사람을 어떻게 받아들였을까? 의심할 여지 없이 다른 인종이 있다는 것을 시종일관 느꼈을 것이다.

러시아인과 한인의 피부색, 머리카락, 눈, 얼굴형이 그렇게 다르다니 참으로 놀라운 일이다. 백인들의 외모가 마음에 드는가? 강철은 자문했다. 묻지 않아도 답은 미리 정해져 있었다. 그렇다, 마음에 든다. 왜 그랬는지 이유는 모르겠지만 처음에는 사람들이 다 똑같아 보였다. 실제로는 오히려 한인들을 구별하기가 더 어렵다. 모두 다 머리가 검고 눈동자도 검기 때문이다.

러시아 사람들은 외모가 출중한가? 마리야와, 그녀의 어머니, 나스텐카는 예쁜가? 강철의 머릿속에서 다른 러시아 지인들이 스쳐갔다. 누구의 얼굴도 거부감이나 혐오감을 주지 않았다. 반대로 매력적이었다. 의심할 여지 없이 러시아 사람들은 잘생긴 사람들이다. 키가 크고 몸도 좋다. 땅딸막하고 대개 몸에 비해 다리가 짧은 한인과는 다르다.

그는 미옥을, 그 얼굴과 미소, 목소리를 떠올렸다. 맞다, 강철은 아내를 아주 예쁘다고 생각했고 아내의 모습을 보면 언제나 흐뭇했으며 항상 만지고 싶었다. 가엾은 미옥이, 그녀의 혼령은 지금 어디에 깃들어 있을까, 그 세상은 살만할까? 내가 당신을 그리 자주 생각하지 못해서 미안하네, 용서하게!

마음속 깊은 곳에서 강철은 사실 알고 있었다. 미옥과 아무리 행복하게 살았다 해도 뭔가 만족스럽지 않은 감정을 느끼는 순간들이 있었음을. 미옥은 좋은 여자이자 세심한 아내이고 부드러운 어머니였지만, 가족이나 집안일 외에 미옥과 나눌 이야기가 없다는 생각을 무수히 많이 하곤 했다. 그럴 때면 강철은 어머니를 떠올렸고 두 여자를 비교하면 한숨이 나오고 뭔가가 아쉬웠다. 그래서 미옥과의 결혼생활이 이따금 비현실적으로 느껴지고, 희미하긴 하지만 다른 여인과 함께하는 다른 삶이 미래에 펼쳐질 것만 같았다. 이 여인은 상상 속에 자주 등장해 강철과 몇 시간이고 대화를 나누었다. 이 여인은 강철이 무슨 이야기를 하든 항상 그의 말을 이해했다. 그녀는 교양 있고 총명하고 명민하고 정이 많기도 했지만 예측할 수 없이 신비롭기도 했다.

물론 그는 그런 표를 내지 않으려 애를 썼다. 미옥도 남편의 마음속 비밀을 절대 몰랐을 것이다. 절대! 이유는 모르겠지만 강철은 이를 확신했고, 어인 일인지 이 확신 때문에 가장 괴로웠다. 그러다 미옥이 없는 세상이 되었고, 그가 아내 생각을 그리 자주 하지 않아 죄책감이 드는 것이다.

그리고 나의 아가 철수야, 나를 용서해라. 내가 중국에서 너를 잃어버리고 찾아내질 못했다. 낯선 사람들 사이에서 너는 어떻게 지내고 있느냐? 아프지는 않으냐? 사람들이 너의 마음을 상하게 하지는 않느냐?

철수를 생각하면 항상 그렇듯 마음이 아려왔다. 네가 지금 옆에 있기만 하다면! 언젠가는 너를 찾아낼 때가 올까?

아들 생각을 하자 순희가 떠올랐다. 가엾은 여자, 그녀도 중국에서 아기를 잃었다. 헤어지기 전 마지막 날 밤, 그녀는 얼마나 미친 듯이 강철에게 자신을 내맡겼던가! 강철이 순이를 사랑했을까? 그는 이 질문에 답을 찾지 못했다. 하지만, 그녀가 가여웠고, 여인의 온기와 부드러움이 그리웠던 건 사실이다.

어떤 러시아 여인과 그런 순간을 맞으면 어떻게 될까? 강철은 자기도 모르게 키가 큰 몸과 큰 가슴을 안는 것을 상상하자 바로 몸이 뜨거워졌다.

'어이, 그만해.' 강철은 자기 자신을 꾸짖고 오늘이 토요일이라는 사실을 떠올렸다.

강철은 깜짝 놀라 순식간에 일어나 앉았다. 마지막 순간에 잊어버리고 있었다니. 오늘 저녁에 나탈리야 집에 간다고 종일토록 기억하고 있었는데. 표트르도 무슨 일인지 오지를 않는다. 오늘 일찍 들른다고 약속했는데. 방이 벌써 어둑어둑해지긴 했지만, 아직 이른 때인가 보다. 저번에 나탈리야 집에 갔을 때 표트르와 강철은 바로 이 시간쯤 집에서 출발했었다. 등불을 켜야겠다. 표트르가 와서 보고 불이 꺼져 있으면 강철이 집에 없다고 생각할 수도 있으니.

성냥을 켜 갖다 대니 심지가 순식간에 불을 밝혔다. 작은 방이 금세 편안한 불빛으로 환해졌다. 강철이 다시 자리에 누웠다.

표트르는 당연히 러시아 사람들 사이에 자리를 잡았다. 표트르는 한국인보다 러시아 사람에게 더 마음이 가는 것 같았다. 아마 러시아 여자에게 장가들고 싶을 것이다. 하지만 러시아 여자가 한국인과 결혼하고 싶어 할까? 그렇다 해도 여자의 부모가 받아들일까? 트로핌은? 아마 반대할 것이다. 그렇지만 죽어도 안 된다고 하지는 않을 것이다. 표트르와 트로핌의 관계는 한국의 부자 관계와는 사뭇 다르다. 한국에서는 부모의 의지가 여전히 모든 것을 결정한다.

크게 보면 러시아 사람들도 같다. 비록 아버지에게도 절대 뜻을 굽히지 않는 아포냐 같은 사람도 있겠지만. 그런 사람은 집을 나가서 자기 식대로 살 것이다. 진정 사내다운 성격 아닌가! 아포냐에게 시집가고 싶은데 부모님이 반대한다면 마리야는 어떻게 행동할까? 예피판이 그 청년을 그리 달가워하지 않는 것으로 보이는 것이, 아포냐 이야기를 할 때면 예피판은 뭔가 못마땅해했다. 하지만 딸을 따라다니는 청년들을 러시아 아버지들은 전부 다 그렇게 대할지도 모른다. 여하튼 이곳의 관습은 한국만큼 그리 엄격하지는 않다. 그곳에서는 혼인 전에 총각과 처녀가 자유롭게 만나거나 나탈리야 집에서 있었던 모임 같은 데서 어울리는 건 상상도 못 한다. 하지만 강철은 그런 자유가 마음에 들었다.

나탈리야가 선택하는 사람은 어떤 남자일지 궁금하다. 아무리 대단한 시골 청년이라도 나탈리야에게 어울릴 만한 사람이 없을 것은 확실하다. 강철은 이를 확신했다. 왜냐하면 그녀는 다른 세상에서 온 사람처럼 느껴졌기 때문이다. 육체적, 정신적 자질이 같이 어우러졌을 때만 사람을 아름답다고 여기는 그런 세상 말이다.

강철은 자신과 나탈리야가 같은 세상에서 온 사람이라고 마음으로 느꼈다. 그들은 서로를 이해할 수 있기 때문이다. 원통하다. 언어의 장벽만 없었더라면 그들이 나누지 못할 이야기가 없었을 텐데!

여하튼 그녀는 얼마나 선하고 호의적인가. 대장간까지 들르는 수고를 아끼지 않고 그를 초대하다니. 얼마나 매력적인지 하염없이 그녀를 바라보고만 싶다. 이름 또한 얼마나 부드러운가. 나타샤, 나탈리야, 나탈리…

그건 그렇고, 표트르는 왜 아직 오지 않을까?

강철이 일어나 창문으로 다가갔다. 창밖에 보이는 건 어둠뿐이었다. 그는 재킷을 걸치고 밖으로 나갔다.

달은 없었지만 구름 사이로 별빛이 반짝여 길을 비췄다. 멀리 어딘가에서 러시아식 아코디언 소리가 약하게 들려왔다.

강철이 대장간에서 나와 주위를 둘러보았다. 불이 켜진 작은 창이 한쪽으로 외롭게 비켜난 별채에 쓸쓸함을 덧입혔다. 어둠 속에서 자신의 고독한 거처를 바라보던 강철은 더 큰 외로움을 느꼈다.

'표트르가 나한테 들리는 것을 잊어버렸을 수도 있겠다.' 강철은 이런 가정을 해보자마자 아닌 것 같은 생각이 들었다. '아마 집에 무슨 일이 있어서 못 왔나 보다. 그런데 무슨 일이 생겼을까?'

강철은 혼자서 나탈리야 집에 가기로 했다.

밤거리가 텅 비어서 발걸음 소리가 유난히 크게 들렸다. 빠르게 광장까지 다다른 강철은 큰 집 창문들이 마치 자기를 반기기라도 하는 듯 환하게 빛나서 무척 반갑고 기뻤다.

나탈리야 집에 온 손님은 마리야와 다샤 둘뿐이었다. 그들은 사진을 보고 있었다. 강철은 편치 않았지만, 곧바로 다시 나가버리면 더 불편할 것 같았다. 아가씨들이 그의 인사에 따스하게 화답했고 여주인은 의자를 가리켰다.

"철, 앉으세요."

"아니요. 감사합니다. 나는… 나는… " 앉기를 사양하는 이유를 설명할 단어를 갑자기 잊어버려서 강철은 등골이 서늘했다. 나탈리야가 그의 말을 잘못 이해할 수도 있어서였다. 무슨 말을 해야 할지 모르면서 강철은 나탈리야 쪽으로 몸을 기울여 그녀만 들을 수 있도록 나지막하게 프랑스어로 '책'이라고 말했다.

나탈리야의 눈썹이 놀라서 치켜 올라갔다. 그의 말을 맞게 이해했다고 감히 믿지 못하면서 러시아어로 되물었다.

"책이요? 철, 책을 보고 싶으세요?"

"예, 예." 강철이 살짝 고개를 끄덕였다. "나는, 본다, 책이."

"이리 오세요." 나탈리야가 일어섰다. 방안에 켜놓은 등불 두 개 중 작은 것을 들고서 다른 방으로 향했다. 강철이 그녀의 뒤를 따라갔다.

그곳은 작은 서재였다. 책상과 의자, 책으로 꽉 찬 책장 두 개가 있었다. 책 앞에 선 강철이 얼어붙었다. 조금 머뭇거리다 천천히 책 한 권을 끄집어내 조심스럽게 살펴보았다. 강철이 뒤를 돌아보았을 때 나탈리야는 그의 눈에서 진정한 환희를 보았다. 그의 기분이 그녀에게도 저절로 전이되었다.

그런데 그녀는 다른 생각에도 사로잡혀 있었다. 강철이 프랑스어로 '책'이라는 단어를 말했다고 그녀는 확신할 수가 없었다. 그에게 직접 대놓고 묻는 것이 왠지 예의에 어긋나는 것 같았다. 이 젊은 한인이 러시아어를 모른다고 아예 글을 모르거나 교육받지 않았다고 단정할 수는 없지 않은가. 몸가짐이 교양 있는 사람 같고 눈빛은 총명한 사람이라고 말한다. 나탈리야는 학교에서 가르치면서 수백 명의 학생들을 겪었다. 공부를 잘하는 아이들은 눈빛이 영민하다는 것을 알고 있었다. 사람이 눈빛을 약하게 만들 수는 있지만, 어리석고 교양 없는 사람에게서 영민한 눈빛을 보는 건 불가능하다.

강철에 대한 이런 태도가 있었기에 이 이민자가 프랑스어를 알 수도 있다는 터무니없는 생각을 그냥 무시해 버리기 힘들었던 것이다. 그래서 나탈리야는 자신의 이런 추측을 여자만이 할 수 있는 기교를 발휘하여 시험해 보기로 하였다.

"보시고 마음에 드는 책이 있으면 한쪽에 모아놓으세요." 이렇게 말하고 프랑스어로 재빠르게 물었다. "제 말씀을 이해하셨나요?"

"위(프랑스어로 '예')." 강철이 책을 살펴보면서 기계적으로 대답했다. 그러자마자 강철은 감춰왔던 것이 드러난 사실을 금세 깨달았다. 강철이 느닷없이 뭔가를 들킨 사내아이처럼 고개를 들었다.

"철, 프랑스어를 아시네요." 나탈리야가 나무라듯 말했다. 그런데 뭐 때문에 나무라듯 말하는지 그녀 자신도 몰랐다.

"저는 그 사실을 감춘 적이 없습니다." 강철이 응수했다. 그의 눈에 다시 슬픈 빛이 서렸다. "단지 저는 당신과 프랑스어로 소통할 수 있는지를 몰랐을 따름입니다."

나탈리야는 프랑스어를 김나지움에서 배웠는데 교과 과정으로만 만족하지 않았다. 혼자서 많은 것을 찾아보고 열심히 공부했으나 항상 프랑스어 실습이 부족했다. 특히 루자옙카로 와서는 더 그랬다. 이고르와 간간이 만나는 일이나 편지, 책이 없었다면 그렇게 어렵게 배운 언어를 머지않아 까맣게 잊어버렸을 것이다. 그런데 이 젊은 한국인이 유창하게 프랑스어를 구사하는 것이다. 사실 말을 할 때는 약간 억양이 튀기도 하고 발음이 조금 다른 점도 있긴 하다. 하지만 그런 게 문제가 되지는 않는다. 중요한 것은 이제 강철과 나탈리야가 대화할 수 있다는 것이다! 나탈리야는 이렇게 총명하고 슬픈 눈을 가진 사람과 자기 사이를 가로막는 언어 장벽 때문에 애석했던 적이 한두 번이 아니었다.

"제가 얼마나 프랑스어를 아는 사람과 만나고 싶었는지, 철, 당신은 아마 모르실 거예요. 그리고 그런 사람이 바로 당신이라니 너무 기뻐요!"

그녀는 그의 이름을 약간 늘이며 '처~얼'이라고 불렀다. 어머니도 강철과 프랑스어로 말할 때 그의 이름을 그렇게 불렀다.

"저도 기쁩니다, 나탈리." 강철이 말했다.

그들은 서로 한 발짝 정도의 간격으로 가까이 서서 이야기를 나누고 있다는 것도 눈치채지 못했다.

"이제 저는 당신이 얼마나 러시아어를 빠르게 습득할지 알겠어요. 제가 할 수 있는 만큼 도와드릴게요. 그래요, 제 서재에서 고르시고 싶은 책이 뭔가요?"

"저는 이곳에 러 - 불사전이 있을지도 모른다는 희망으로 들어왔습니다."

"희망이 이루어졌네요." 나탈리야가 웃으며 말했다. "여기 러 - 불사전이 있습니다."

사전은 크기가 작은 대신 글씨가 작아 내용이 풍부했다.

"훌륭합니다!" 강철이 감탄했다. "이제 당신이 러시아어로 된 흥미진진한 책을 추천해 주시겠습니까? 제가 저녁이든 밤이든 도저히 손에서 놓을수 없을 만한 책으로."

그녀는 강철이 그런 식으로 러시아어를 배우고 싶어 한다고 금세 알아차렸다.

"제 생각에 알렉산드로 뒤마의 〈몬테크리스토 백작〉이 가장 좋을 것 같아요. 읽어보신 적 있나요?

"유감스럽게도 들어본 적만 있습니다. 오랫동안 옥살이를 하고 탈옥에성공해서 한이 맺힌 사람들에게 복수하는 선원 이야기로 저는 기억합니다."

"저한테 프랑스어본이 있어요." 나탈리야가 환한 미소를 띠며 말했다. "그리고 생각하신 러시아어 습득법대로 하시려면 먼저 프랑스어로 읽으셔야 해요."

"제가 어떤 방식으로 빠르게 러시아어를 배우고 싶은지 당신이 바로 이해해 주셔서 몹시 흐뭇합니다. 그런데 저는 오늘 러시아어본, 프랑스어본을 함께 받아 가고 싶습니다." 매우 흡족하여 강철이 말했다.

"네, 물론 그러셔도 되지요." 나탈리야가 고개를 끄덕이고 잠시 자리를비웠다가 금방 나타나 꽤 두꺼운 책 두 권을 탁자에 올려놓았다. "여기 말씀하신 책이에요. 이제는 차를 마시러 갈까요? 제가 친구들에게 말해줄게요…"

"나탈리, 제가 프랑스어를 안다는 사실을 아무에게도 말씀하지 않았으면합니다. 우리가 농민들 속에서 사는데 그들은 유럽어를 아는 한인 이주민을 이해하기도, 받아들이기도 힘들 겁니다. 제가 운이 좋아서, 살던 곳에프랑스 선교사들이 와서 학교를 세운 덕을 누렸을 뿐입니다. 제 처지를 이

해해 주셨으면 합니다. 그리고 … ”

"무슨 말씀인지 알겠습니다. 아무에게도 말하지 않을게요." 나탈리야가 약속했다. 하지만 어쨌든 차는 마시러 가는 거지요? 저번에 드셨던 제가 만든 과일청 맛이 어떻던가요?"

"정말 맛있었습니다."

"차를 마시고 다시 서재로 와서 얘기 나눠요. 원하지 않으시는 건 아니죠?"

"대찬성입니다. 러시아어 문법 관련해서 몇 가지 여쭤보고 싶은 것도 있습니다."

"오오, 한꺼번에 다 이루고 싶으신가 봐요."

"제가 시간이 없습니다. 한 달 후면 표트르 집으로 다시 돌아가야 합니다. 참, 오늘 표트르가 왜 안 왔는지 혹시 아십니까?"

"아버지와 함께 니콜스크에 여동생 데리러 가야 한다고 했어요. 표트르 여동생 옐레나를 보신 적이 있나요?"

"아니요, 이야기는 많이 들었습니다."

"옐레나가 좀 독특해요. 어리고, 한국식으로는 미인일 거예요. 보시면 아마 반하실 거예요."

그녀의 말에 아쉬움이 약간 묻어나는 것 같았다.

"한국에서는 그런 말을 입 밖에 내면 예의에 어긋납니다." 강철이 말했다. "프랑스어로 하더라도 마찬가지입니다. 더구나 과일청을 잘 만들 뿐만 아니라 대접할 줄도 아는 이런 훌륭한 아가씨와 그런 말을 하는 것은요."

"무슈 철, 대단한 아첨꾼이시네요." 나탈리야가 깔깔 웃었다. "당신의 칭찬이 진실임을 보여주셔야 해요. 차 마시러 가세요."

마리야와 다샤는 사진을 다 보고 조용히 이야기를 나누고 있었다.

"아가씨들, 탁자에 있는 거 다 치우세요." 나탈리야가 명랑하게 지시했다. "다과 시간이에요. 철, 제가 사모바르(러시아 주전자) 가져오는 것 좀 도와주세요."

저번에 보았던 아름다운 찻잔 세트와 과일청이 담긴 병, 딱딱한 가락지 모양 과자가 놓인 접시와 짧은 찻숟갈이 다시 등장했다. 탁자 한복판에 반짝거리는 둥근 사모바르가 자리를 잡았다.

탁자에 앉은 나탈리야가 신이 나서 여주인 노릇을 했다.

"철, 이 과자 좀 드셔보세요. 치아가 튼튼하면 씹으실 수 있을 거예요. 마리야, 왜 그렇게 얌전하게 앉아 있어? 내가 과일청 덜어줄게. 자…"

나탈리야가 평소 모습과는 사뭇 달랐는지 여자친구들이 의아해서 서로를 바라보았다. 결국 다샤가 참지 못하고 빙그레 웃으며 질문을 던졌다.

"나탈리야, 오늘 왜 이리 기분이 좋으실까? 이고르한테서 뭔가 소식이 온 거야?"

"그래." 나탈리야가 미소를 짓고 강철을 스치듯 슬쩍 보았다. "내가 오늘 정말로 좋은 소식을 들었지."

"그 사람이 이리로 온대?"

"누구 말이야?"

"누구긴 누구야? 이고르 블라디미로비치 말이지."

"아아, 이고르… 그래, 맞아, 확실히 올 거래. 그런데 너희들 오늘 왜 이렇게 먹는 게 시원찮으실까…"

다샤가 나탈리야의 흥분 상태에 놀랐다면, 마리야는 강철의 모습이 마음에 걸렸다. 그가 평소대로 침착하고 조용하긴 했지만, 웬일인지 눈이 이상하게 빛나고 있었다. 그런 눈을 마리야는 아직 본 적이 없었고 왜 그런진 모르지만, 뭔가가 불안했다. 철은 러시아어를 전혀 몰라서 벙어리와 마찬가지라 누구라도 이 사람에게 모욕적인 언사를 할 수 있을 것 같았기에 연민과 동정을 불러일으켰다. 마리야가 느끼는 감정은 친누나가 느끼는 감정과 비슷했다. 그리고 그런 감정이 나탈리야와 철 사이에 무슨 일이 있었음을 마리야에게 알려주고 있었다. 바로 그래서 여선생 나탈리야가 저렇게 활기를 띠고 이 조선인 청년의 눈은 범상치 않게 빛나는 것이다. 정말로 나탈리야가 철의 마음을 상하게 했단 말인가? 모욕을 주고 신이 난 것일까 … 철을 데리고 집에 가야겠다.

"마리야." 다샤의 목소리가 상념에 빠진 마리야를 깨웠다. "2주가 지나면 나탈리야의 명명일(자기와 이름이 같은 성자나 천사를 기념하는 날 - 옮긴이)이잖아. 모여서 같이 축하해야지 … 어쩌면 나탈리야의 약혼자도 볼 수 있고. 그 장교가 바로 이렇게 인사하는 모습을 나는 진짜 보고 싶다니까 … "

다샤가 맞붙인 손가락 두 개를 장난스럽게 관자놀이에 갖다 댔다.

나탈리야가 깔깔대자, 마리야는 뭔가 억지스러운 웃음이라고 느꼈다. 온통 신이 나서 발랄한 나탈리야가 평소와 너무도 달라서 불쾌감을 불러왔다. 철의 마음을 상하게 하고 기뻐하는군 …

"마리야, 너 아예 차를 안 마시는구나. 벌써 다 식었겠다. 찻잔 이리 줘봐, 내가 뜨거운 차를 다시 따라줄게 … "

"아냐, 됐어." 나탈리야의 눈을 똑바로 바라보면서 마리야가 거절했다. "나 집에 가야 해."

나탈리야와 다샤가 더 있으라고 아무리 만류해도 마리야는 단호했다.

"벌써 늦었고 엄마한테 늦지 않게 오겠다고 약속했어. 철, 나 집까지 데려다줄 수 있어?"

자기 이름을 듣고 강철이 고개를 들었다. 그는 마리야의 기분이 안 좋고

524

집에 가려고 하는데 친구들이 말리고 있는 것을 바로 파악했다. 그리고 자신이 가야 할 때라고 강철이 말해주기를 마리야가 바라는 것도 눈치챘다.

"예." 강철이 대답하고 나서도 그대로 앉아있었다.

마리야가 일어서서 묻는 듯한 눈으로 강철을 바라보았다. 그제야 강철은 마리야가 자기에게 뭘 원하지는 제대로 이해했다. 그는 아쉬워하며 나탈리야를 바라보았고 그녀의 눈 속에서도 같은 아쉬움을 읽었다.

"차, 감사합니다." 강철이 고개를 숙이고 나서 벌써 문 쪽으로 가고 있는 마리야의 뒤를 급하게 따라갔다.

길에서 마리야가 강철에게 물었다.

"철, 나탈리야와 무슨 일이 있었던 거야? 걔가 너한테 무슨 소리를 했어?"

강철은 말을 알아듣지 못해 고개를 가로저었다.

"휴, 다행이네." 마리야가 말했다. "나탈리야 마음에 들지?"

강철이 다시 고개를 가로저었다.

"어어, 왜 날 속이고 그래, 철. 그런데 나탈리야가 ··· 걔가 너를 그렇게 보더라고 ··· 철, 있지, 너는 나탈리야와 동등하지 않아. 그 애는 김나지움을 졸업했고 외국어도 많이 알아. 너는 러시아어 단어 두 개도 연결을 못 하잖아. 그 애는 너를 비웃을 거야 ··· "

마리야가 뭔가를 훈계조로 계속 말했으나, 자기 생각에 이미 빠진 강철은 알아들으려고 애쓰지도 않았다.

이제 러시아어라는 세계로 들어갈 창을 찾았다. 나탈리가 프랑스어를 알지도 모른다는 생각을 강철은 왜 미처 하지 못했을까? 서로를 이해한다는 것이 얼마나 황홀한 일인지 이제야 알 것 같다! 이야기를 나누면서 알게 되는 것들이 얼마나 많은가! 내가 러시아어를 정복하도록 나탈리가 도와줄 것이다. 그런데 나는 뭘 하지? 그녀가 말하는 건 뭐라도 전부 다 할 것이다.

이 생각을 하다 갑자기 책과 사전을 챙겨오지 않은 게 생각났다. 하지만 괜찮다. 중요한 것은 필요한 책을 찾았다는 것이고 그것들이 어디로 사라지지는 않을 테니까. 그러다 앞에서 빨간 불이 두어 번 깜빡이는 걸 보았다. 누군가 거기서 담배를 피우는 것 같았고 다 피우고 버렸거나 손바닥 안에 감췄을 것이다.

"어머나, 누구야?" 마리야가 겁에 질려 소리를 지르고 강철의 팔꿈치를 잡았다.

형체 세 개가 어둠 속에서 걸어 나와 섰다. 이들을 기다린 듯했다. 달빛이 흐릿해서 얼굴을 알아볼 수는 없었지만, 젊은 청년 세 사람인 것은 분명했다. 그들은 반원을 그리며 섰는데 자세가 분노를 삼키고 있는 듯했다. 가운데 선 청년은 나머지들보다 키가 좀 작았는데 어디선가 본 듯한 형상이었다. 마리야가 그를 먼저 알아보았다.

"아포냐, 너야?"

"그럼 누구겠어?" 명랑하게 도발적으로 가운데 청년이 대답했다. "같이 다니니 그림이 좋네…"

"왜 왔는데?" 마리야의 목소리에서 엄격하게 들렸다. "할 일이 그렇게 없냐, 지나가는 사람들 겁이나 주고…"

"너네 몽골인 좀 보러 왔다. 할 말이 있어서. 맞지, 애들아?"

한패거리들이 킥킥대며 맞장구쳤다.

"그럼 그럼."

"그럼 내가 아버지께 말할게. 아버지가 너에게 몽골인을 보여줄 거야." 마리야가 응수했다. "이제 우리 지나갈 테니 비켜줘."

"너는 보내줄게. 그런데 네 애인은 우리가 옆구리를 실컷 주물러줄 거야."

강철이 흥미진진하게 그들의 입씨름을 듣고 있었다. 청년들은 그들로부터 4m 정도 떨어져 있었고 아직 가까이 다가오려 하지는 않았다.

"세 명이 한사람에게 이러다니, 참으로 용감한 인간들일세." 마리야가 앙칼지게 쏘아붙였다. "길을 비켜줄 거야, 말 거야?"

"이 몽골인이랑 할 말이 있다니까." 아포냐가 고집스럽게 했던 말을 또 했다. "일대일로 붙어도 아무 문제 없지."

아포냐가 깔보는 것을 보여주듯 이빨 사이로 침을 찍 뱉었다.

강철이 부드럽지만 단호하게 마리야의 손을 떼어내고 앞으로 나갔다. 마리야가 겁에 질려 속삭였다.

"가지 마, 철, 가지 마! 쟤들이 너를 두들겨 팰 거야…"

"그래, 어떻게 패는지 보여주지." 오른쪽에 선 청년이 말했다. "그래, 왔어? 덤벼…"

"아포냐." 강철이 온순한 말투로 주모자를 향해 말했다. "너는 혼자, 나는 혼자, 저쪽으로 가지?"

청년들이 잠시 당황했다.

"가지 뭐." 아포냐가 도전을 받아들였다. "얘들아, 내가 지금 이놈을 한 방에 반 죽여 놓을게."

마리야가 다시 강철의 팔을 잡아당기며 말렸다.

"그러지 마, 철, 쟤가 널 두들겨 팰 거야. 아포냐, 너 그러기만 해봐!"

하지만 아포냐는 마리야의 외침에 아무런 반응도 하지 않았다. 강철이 팔을 떼어내고 간곡히 말했다.

"마리야, 그만, 가, 집."

"아니, 아니야, 나는 여기 있을 거야!"

"좋아. 아포냐, 가자." 강철이 광장의 중앙으로 앞장서 갔다.

강철은 아포냐가 자기 친구들에게 '여기서 있어라'라고 말하고 쫓아오는 소리를 들었다. 순간 강철은 뒤를 돌아보고 싶었으나 참았다. 아포냐가 교활하게 뒤에서 공격할 만한 사람으로는 보이지 않았다.

서른 걸음쯤 갔을 때 두 사람은 말없이 서로를 마주 보고 섰다. 침묵을 먼저 깬 건 아포냐였다.

"뭐 한다고 서 있냐, 어, 몽골?" 그가 물었다. 목소리의 어조가 또다시 호전적이었다. "쳐, 쳐봐, 어서 … "

강철이 슬며시 웃었다. 그는 이 러시아 청년의 상태가 완전히 이해되었다. 싸움의 열기 속에서 몸을 치고받는 것과 한쪽에 물러서 있다가 밑도 끝도 없이 주먹질을 시작하는 것은 완전히 다른 일이기 때문이다. 한국 청년들도 이런 경우에 흥분하면서 적에게 먼저 치라고 말한다. 강철은 아포냐의 부담을 덜어주지 않기로 했다. 이 청년이 드잡이를 어떻게 시작하는지 궁금하기 때문이었다.

"겁나냐, 어? 몽골? 내가 한 방 먹여줄까?" 아포냐가 한 발 앞으로 나와 위협하듯 팔을 휘둘렀다.

맞은 편에 선 형체가 미동조차 없자 아포냐는 조금 당황하여 다시 자극하기 시작했다.

"어이, 몽골, 발에 못을 박았냐, 기둥처럼 서 있게? 겁이 나서 바지 속으로 기어들어 간 것 같은데? 내가 마리야 근처에 얼씬대지 말라고 했지? 안 그랬다간 두 다리를 뽑아버린다고 했지? 그러니 받아먹어라!"

이번에는 진짜로 귀를 겨냥해서 주먹을 날렸다. 날카로운 측면 공격이 있고 아포냐가 지금껏 이런 식으로 쳐서 맞수의 정신을 아찔하게 만든 건 한두 번이 아니었다. 하지만 이번에는 주먹이 귀를 명중하지 못하고 허공만 갈랐을 뿐이다. 강철이 막은 팔꿈치에 공격자의 손이 세게 부딪혔다. 그러자 곧바로 활짝 펴진 손바닥이 강한 반동을 받아 아포냐 자기 얼굴을 바로 내리쳤다. 그러는 바람에 고개가 뒤로 돌아갔고 목에서 바지직 소리가 났다.

아포냐가 숨을 헐떡거리며 뒤로 물러섰다. 맞은편에 선 형체가 다시 미동도 하지 않았다.

"어랏, 너 그런단 말이지, 이 새끼야!" 아포냐가 분노에 차 소리를 지르며 강철의 멱살을 잡으려고 앞으로 돌진했다. 하지만 아포냐의 손이 느낀 건 또다시 불안한 허공뿐이었고, 적은 순식간에 시야에서 사라졌다. 자세를 바로잡을 새도 없이 아포냐의 등이 강하게 밀려 앞으로 엎어졌고 사지를 쭉 뻗지 않기 위해서 굴욕적으로 서둘러 팔다리를 수습해야 했다.

아포냐가 쌍욕을 퍼부으며 벌떡 일어나 다시 전투 자세를 취했다. 그는 주먹을 가슴 쪽으로 움켜쥐고서 미동도 하지 않고 선 강철을 향해 천천히 다가오기 시작했다. 강철의 고요한 미동에 아포냐는 슬슬 겁을 먹으면서 고심했다. 어떻게 하면 이 몽골인의 머리까지 손이 닿을까? 지금껏 한 번도 이렇게 이상한 맞수를 상대한 적이 없었다. 그런데 갑자기 온순한 말투의 조용하고 차분한 음성이 들려왔다.

"아포냐, 그만…"

"됐어, 이 몽골 면상아." 아포냐의 목소리가 잠겼다. 자존심 때문에 싸움을 멈출 수가 없었다. "뭐 하러 서 있냐? 조선 장수 나셨네…"

아포냐가 강철 주위를 돌기 시작했지만, 강철이 지금도 미동 없이 서 있어서 아포냐는 놀랍고도 의아했다. 아포냐가 강철의 등 뒤로 거의 갔을 때야 강철이 훌쩍 뛰어올라 반 바퀴를 돌아 다시 아포냐를 마주 보고 섰다.

'와, 이거 진짜네.' 자기도 모르게 감탄하고서 아포냐는 다시 반대 방향으로 돌기 시작했다. 그러자 강철이 다시 훌쩍 뛰어 돌아 마주하고 섰다.

'내가 지금 너를 포획할 거다.' 아포냐가 생각했다. 다시 한 번 강철이 뛰어올라 몸을 돌려 착지할 때 아포냐가 강철의 다리를 잡기 위해 몸을 바짝 엎드렸다. 하지만 손이 느낀 건 또다시 허공이었고 이번에는 등이 아니라 엉덩이가 밀려 바닥에 사지를 뻗고 고꾸라졌다. 아포냐가 원통해서 주먹으로 땅바닥을 내리쳤다. 이 괴물 같은 한인과 싸우는 것은 불가능했다. 그는 싸움의 규칙을 모르지만 뭔가 괴상한 수법을 알고 있다.

아포냐가 일어섰다. 하지만 싸우려고 다시 달려들지 않았다. 그는 손을 털고 나서 씩씩거리며 물었다.

"어이, 너, 그런 이상한 수법으로 싸우는 건 어디서 배웠냐?" 살던 데서 배웠냐?"

목소리에서 그전의 미움은 느껴지지 않았다.

"아포냐, 그만?" 강철이 물었다.

"그만, 그만, 이 괴물 한인 놈아. 네가 쓰는 수법을 낮에 나한테 보여줘야 해. 알았어?"

"알았어."

"그래도 마리야는 가까이하지 마. 알았어?"

"알았어, 알았어."

"알아먹었네. 자, 애들에게 가자."

그들을 보자마자 마리야가 달려와 겁먹은 목소리로 물었다.

"철, 쟤가 많이 때리진 않았어?"

"좋아, 좋아." 강철이 마리야를 안심시키려 했으나 그녀는 점점 더 겁을 냈다.

"좋아?" 마리야가 외쳤다. "아포냐, 내가 너한테 … "

"나 저 사람 안 건드렸어." 아포냐가 변명하기 시작했다. "그냥 우리끼리 얘기 좀 했어. 안 믿겨? 너네 한인을 봐라. 코도 멀쩡하고 눈도 안 부었잖아. 뭘 더 보여줘야 믿겠어?"

아포냐의 친구들이 깔깔거렸다. 그중 한 명이 조롱하듯 툭 내뱉었다.

"내가 손 좀 봐줘?"

"됐어, 나중에 해…" 아포냐가 그의 말을 잘랐다. "얘들아, 가자. 철, 너 내가 한 말 기억해라. 알았어?"

"알았어, 알았어." 강철이 빙그레 웃었다.

"철, 진짜로 싸움 안 했어?" 그들이 집으로 갈 때 마리야가 추궁하듯 물었다.

"안 했어." 강철이 대답했다.

"걔가 너한테 무슨 말을 했어?"

강철이 소리 내 웃기 시작했다.

"그가 말했다… 그가 말했다. 마리야는 아주 좋은 아가씨입니다."

"아휴, 됐어, 철. 내가 진지하게 묻고 있잖아. 근데 너는… 아포냐는 떠버리야."

마리야의 목소리로 보건대 기분이 좋은 모양이었다.

제25장

"이고, 강철이 오셨네!" 홍씨아주머니가 벌어진 문틈 안에 대고 외쳤다. "여보, 얼른 나와봐요. 누가 왔는지!"

홍씨아저씨보다 천둥이가 뒷마당에서 먼저 뛰쳐나왔다. 수캐가 반갑게 짖으며 앞발로 강철의 가슴에 뛰어올랐다. 미는 힘이 얼마나 센지 강철은 한발을 뒤로 짚었다. 사람과 짐승이 빙글빙글 돌면서 즐겁고 떠들썩하게 온몸으로 반가움을 표현했다.

"개가 반가워서 혼이 나갔구나. 입을 맞추고 혀로 핥고 난리가 아니네." 홍씨아주머니가 병아리에게 가져다줄 사료가 바가지에서 흘러내리는 줄도 모르고 웃으며 말했다.

홍씨아저씨가 나타났다. 얼굴에 반가운 놀라움이 비쳤다.

강철이 아저씨 부부에게 가서 고개를 숙이고 인사했다.

"그간 몸 편히 잘 계셨습니까?"

"오냐. 너는 지내기 어떠냐, 별일은 없고?"

"예예, 별고 없습니다."

"무탈하냐?"

"무탈합니다, 아저씨."

"왜 문턱에 그러고 섰어? 얼른 방으로 들어가자."

"주인어른께 인사드려야 하지 않겠습니까?"

"지금 집에 안 계셔. 그제 표트르하고 니콜스크로 딸내미 데리러 갔어.

오늘 온다고 했는데. 얼른 들어와. 마침 우리가 아침을 먹으려던 참이야."

"저 밥 먹고 왔습니다."

"먹었어도 우리와 같이 또 먹자."

"그 집에서 밥은 그래도 잘 차려주고?" 홍씨아주머니가 걱정스레 물었다.

"예, 잘 먹습니다." 강철이 빙그레 웃었다. "이거 받으세요."

강철은 가지고 온 작은 보따리를 내밀었다.

"이게 뭐야?" 아주머니의 눈이 궁금증으로 반짝거렸다.

"맛있는 겁니다. 대장장이 부인이 가면서 먹으라고 주셨어요."

"그러면 여기로 가져오지 말고 오다가 먹었어야지." 홍씨아주머니가 나무랐다. "그간 홀쭉해졌네 … "

강철이 신발을 벗고 홍씨아저씨를 따라 들어가 온돌방에 앉았다. 구석에는 이반이 옆으로 누워 맛있게 단잠을 자고 있었다.

"이놈은 허구한 날 잠만 자네." 홍씨가 사람 좋게 한마디하고 이반의 엉덩이를 찰싹 때렸다. "어이, 일어나, 해가 중천에 떴어."

이반은 꿈쩍도 하지 않았다.

홍씨아저씨가 강철에게 눈짓했다.

"됐어, 지금 얼마나 순식간에 일어나는지 봐라." 그러고선 큰 소리로 말했다. "일어나, 아니면 우리가 밥을 다 먹어버린다."

이반이 벌떡 일어나 앉아 눈을 비비고 나서 강철을 보더니 입을 떡 벌렸다.

"얼른 가서 세수해. 밥 내오기 전에." 홍씨아저씨가 재촉해 이반이 밖으로 나가자 중얼거렸다. "진짜로 복 받은 놈일세. 하는 거라곤 먹고 자고 … "

"아저씨, 그런 복이 부러우세요?"

아저씨가 강철을 보고 눈을 흘기며 킥킥 웃었다.

"내가 짐승이라면, 아마도 부러웠겠지 … "

그때 홍씨아주머니가 소반을 내왔다. 함께 살 때는 아주머니가 직접 할 수 있다고 잔소리해도 강철이 밥상을 부엌에서 온돌방으로 늘 가지고 들어왔다. 지금도 강철이 거들러 아주머니에게 빠르게 다가가 익숙한 잔소리가 들리길 기대했다. 하지만 아주머니는 아무 말도 않고 강철이 깃털처럼 가볍게 아궁이에서 방 한가운데로 밥상을 들고 가는 모습을 한없이 부드러운 표정으로 지켜보았다.

늘 보아왔던 소박한 음식이다. 조밥, 감자를 넣은 된장국, 신선한 양배추로 담은 김치와 오이소박이. 러시아인들의 밥상에는, 빵, 양배춧국, 그리고 조금 다른 식으로 삭힌 양배추가 오른다. 조그마한 종지에는 고사리무침과 마늘장아찌가 놓였다.

"이걸 어쩌나, 강철이 왔는데 더 내올 것이 없네." 홍씨아주머니가 아쉬워하며 말했다. "그건 그렇고 어서들 드세요."

"된장국보다 더 좋은 것이 뭐가 있겠습니까." 강철의 밝은 목소리에 아주머니의 마음이 놓였다. "많이 드십시오."

강철이 이반을 따라서 된장국에 밥을 말아 떠먹기 시작했다. 한 숟갈 먹고서 큰 소리로 말했다.

"아주 맛있습니다!"

"지금껏 러시아 음식만 먹었어?" 홍씨아주머니가 궁금한가 보았다.

"러시아 사람 집에 다른 음식이 어디 있으려고?" 홍씨아저씨가 부인에게 눈을 흘겼다.

"그래, 나도 알아요." 아주머니가 웃었다. "러시아 음식을 먹으면서 지낼

만한지 물어본 거예요."

"든든하고 먹을만합니다. 아침에 흑빵 한 조각과 메밀밥 한 그릇을 먹으면 진짜로 점심때까지 배가 안 꺼져요. 하지만 한식이 정말 그립지요."

강철이 일부러 그런 말을 하는 게 아니었다. 밥과 된장국이 생각난 적이 어디 한두 번이었던가.

"자기 음식은 자기 음식이지." 홍씨아저씨가 의미심장하게 말했다. "대장간 기술은 배울만한가?" 많이 배웠어?"

"조금 배웠습니다. 편자나 꺾쇠, 낫 같은 것은 만들 수 있습니다."

"낫도?" 아주머니가 감탄했다. "대장장이 집에서는 잘해주고? 밥은 제때제때 주고 하는 거야, 아니면 주야장천 일만 시켜?"

'아들처럼 대해줍니다'라고 하려다 아주머니의 세심한 질문에 질투가 서려 있어 마음을 바꿨다.

"다 괜찮습니다." 강철이 빙그레 웃었다. "요새 별일은 없습니까?"

"똑같지 뭐." 홍씨아저씨가 무심하게 대답했다. "오늘 딸을 데리고 오면 밤낮으로 비위 맞춘다고 바쁘겠지. 공주님 모시는 것처럼. 집에서 제대로 가르치지 않으면 배워봤자 소용없는 걸 왜 모르는지."

"이 양반이, 무슨 말을 하는 거예요?" 홍씨아주머니가 나무랐다. "옐레나는 참한 처녀예요."

아저씨가 더는 말을 보태지 않았지만, 표정만 봐도 그렇게 생각하지 않는다는 것을 알 수 있었다.

"내가 국 좀 더 주마." 아주머니가 말했다. "이반도 더 줄게."

"조금만 주십시오. 아침을 먹고 왔다고 말씀드렸지요." 강철이 국그릇을 내주었다. 배가 불렀지만, 아주머니를 흡족하게 해드리고 싶었다.

아침을 다 먹어가자, 네 조각으로 나뉜 파이가 밥상에 올랐다. 강철이 가져온 보따리에 든 음식이었다.

"아이고, 진짜 러시아 음식이네." 홍씨아저씨가 반색했다. 속에 뭐가 들었나?"

"모르겠어요." 강철이 말했다.

아저씨가 순식간에 자기 조각을 집어 입에 넣고 조심스럽게 베어 문 이반을 곁눈질했다.

"버섯이 들었네요. 맛있어요. 왜들 안 먹어요?"

"그렇게 당기진 않네." 아주머니가 말은 그렇게 했지만, 파이를 집었다. 조금 떼어서 손바닥으로 받치며 입속에 넣었다.

이반이 다른 조각을 집으려고 손을 뻗었다.

"이봐, 너 이미 네 거 먹었잖아 …" 홍씨아저씨가 이반에게 말했다.

"괜찮습니다, 놔두세요. 맛있나 봅니다." 강철이 소리 내 웃었다.

아저씨가 손을 내저었다.

"이 사람한테는 맛이 있거나 없거나 매한가지야. 배만 채우면 돼."

이때 문밖에서 여자의 목소리가 들려왔다.

"홍씨아주머니, 안에 계세요?"

"그래." 일어서면서 아주머니가 말했다. "글라피라가 왔네. 무슨 일이래?"

"고양이가 생선 냄새를 맡고 쪼르르 달려왔네." 홍씨아저씨가 말하고 쓴웃음을 지었다. 강철은 당황스러웠다. 암시가 너무 노골적이었다.

홍씨아주머니가 문까지 미처 다 가기도 전에 문이 열렸고 문간에 글라피라가 서 있었다. 화려한 드레스를 입고 아름다운 장화를 신었다. 러시아 기혼 여성처럼 머리카락을 가린 하얀 스카프만 차려입은 옷차림과 별로 어울리지 않았다.

"어머나, 손님 오셨나 봐요." 글라피라가 함박웃음을 지으며 눈을 게슴츠레하게 떴다. "어머나, 강철 씨 아니에요?"

"맞아, 강철이." 홍씨아주머니가 천연덕스럽게 말했다.

"뭔가 다른 사람 같은데." 글라피라가 믿기지 않는다는 듯 말했다. "강철 씨는 저렇게 안 생겼는데 … "

"무슨 말이야?" 아주머니가 처음에는 의아해하더니 주인집 며느리가 일부러 이런다는 것을 금세 깨달았다. 글라피라의 눈 속에 웃음기가 서려 있었다. "네 말이 맞다. 강철이 아니다."

"제가 말했잖아요." 대놓고 좋아하는 시선을 강철에게서 떼지 않으며 글라피라가 맞장구쳤다. "강철 씨는 좀 바보 같은데 이분은 완전히 멀쩡하잖아요. 비록 … 잠시만요, 이 사람을 어디서 본 것 같은데 … 어머나, 세상에, 내가 강철 씨를 금세 못 알아보다니!"

"내가 아니라고 했잖아." 아주머니가 고개를 가로저었다. "이 사람은 내 육촌 여동생 남편의 오촌 조카야."

아주머니가 이다지도 복잡한 촌수를 너무도 쉽고 자연스럽게 지어내 모두가 놀라서 그녀를 쳐다보았다.

"예?" 글라피라의 목소리에서 의심이 솟구쳤다. "손님이 잠깐 나오시면 내가 잘못 본 걸 확인할 수 있을 거예요 … 저 … 손님, 잠깐만 나와주실래요?"

"꼭 그럴 필요는 없다고 사료됩니다." 강철이 서두르지 않고 대답했다. "제가 누군지는 누구보다 제가 잘 아니까요. 죄송하지만, 저는 정말로 홍씨 아주머니의 육촌 여동생 남편의 오촌 조카입니다."

"예?" 글라피라가 당황했다. "그러면 ⋯ 죄송합니다. 우리 집에 강철이라고 바보가 하나 살았는데 손님을 아주 많이 닮았어요 ⋯ 얼마나 주변머리가 없는지 배를 곯으며 누더기를 걸치고 지금도 어딘가에서 떠돌고 있어요. 이 집에 살면 밥 한술은 얻어먹을 수 있을 텐데 ⋯ "

"만약 그 사람을 만나면 반드시 전해주리다." 고개를 숙인 강철은 글라피라가 문을 쾅 닫고 나갈 때까지 다시 고개를 들지 않았다.

가장 먼저 참지 못한 건 홍씨아저씨였다. 입술을 다물지도 못하고 숨이 넘어가도록 캑캑 소리를 내며 온몸으로 웃음을 터뜨렸다. 그러자 홍씨아주머니가 수줍게 손으로 입을 가리고 조용히 웃었다. 이 부부가 이렇게 웃는 것을 강철은 지금껏 본 적이 없었다.

아침을 먹고 아저씨가 밖으로 담배를 피우러 나갔다. 강철이 뒤를 따라 나갔다. 그들이 미처 장작더미에 앉을 새도 없이 천둥이가 뛰어와 다정하게 발밑에 엎드려 누웠다.

"담배 피우나?" 곰방대에 담배를 쑤셔 넣으며 홍씨아저씨가 물었다.

"피울 때도 있고 안 피울 때도 있습니다. 특별히 당기지는 않아요." 강철이 대답했다. "목간 공사는 완전히 다 하셨네요. 거기서 목욕은 해보셨어요?"

"어제 해봤지." 아저씨가 천천히 대답했다. "목간 공사가 잘됐어. 그래, 러시아 사람들과 사는 건 어떠냐?"

"좋아요, 아주 성실한 사람들이에요."

"러시아말은 계속 공부하냐? 이제 말은 좀 하고?"

"아주 조금 합니다." 강철이 러시아어로 대답했다. "무척 어려운 언어지만 재미있어요. 이곳은 새 소식이 있나요? 수확은 어떻게 될 것 같으세요?"

"올해는 풍년이 될 거야. 봄도 늦지 않게 왔고 비도 제때 와주고 있으니.

곧 귀리 수확을 시작할 거야. 이반이 지금 목동 일을 하고 있어. 조선 사람들이 암소를 많이 키우기 시작했거든. 그래서 목동을 두 명 고용하기로 했지. 하루는 들에서 자고 하루는 집에서 자." 아저씨가 피식 웃었다.

"오늘은 무슨 일을 하십니까?"

"특별한 일은 없네. 왜, 일하고 싶어? 그럴 필요 없어. 됐어, 일주일 내내 대장간에서 녹초가 됐잖아… 대장간 일은 할 만한가?"

"예, 할만합니다. 진짜 남자 일이에요. 불과 망치만 있으면 뭐든 만들 수가 있어요. 하지만…" 강철이 큰 마당을 눈으로 둘러보았다. "농사일이 그립기도 합니다. 무슨 일을 서두르지 않고 하고 싶은 마음이 올라와요. 가서 옷 갈아입고 올게요."

"그냥 쉬는 게 좋을 텐데." 아저씨가 다시 말리려고 했지만, 강철은 이미 자기가 머무르던 헛간 방으로 가버렸다.

옷을 갈아입고 먼저 외양간으로 갔다. 들어서자마자 거름과 건초, 말의 땀 냄새가 콧구멍을 간지럽혔다. 강철이 없는 2주 동안 이곳을 한 번도 치우지 않은 것 같았다. 마구는 비어있었다. 말은 지금 주인과 함께 출타 중이고 황소와 암소는 들에서 풀을 뜯고 있을 거다. 강철이 소매와 바짓단을 걷어붙이고 청소를 시작했다. 고요와 적막 속에서 일하며 생각에 잠길 수도 있었다.

일에 열중한 강철은 외양간으로 글라피라가 들어오는지도 몰랐다. 1분 정도 강철이 일하는 모습을 지켜보다가 조롱에 찬 말을 내뱉었다.

"보아하니 거름 없이 못 살 팔자구만…"

강철이 몸을 흠칫하며 뒤를 돌아봤다.

"평생을 똥구덩이에서 뒹굴겠구먼. 허우대는 멀쩡한 양반이."

그녀가 평소의 습관대로 말하긴 했으나 끈적한 애정이 조롱 사이를 비집고 흘러나왔다.

"좀 전에 네 입으로 직접 내가 바보라고 말하지 않았니?" 강철이 말했다. 강철이 다음 칸으로 옮겨가려고 했으나 글라피라가 앞을 막고 섰다.

"강철 씨, 잠시만… 나를 본 게 조금도 반갑지 않아?"

"왜 안 반갑겠어? 나에 관한 그렇게 진실한 말을 또 누구한테 들을 수 있다고?"

"화났어?"

"바보들은 화를 낼 줄 모르지." 강철이 소리 내 웃었다. "지나가게 비켜줘…"

"안 비켜줄 거야." 글라피라가 말했다. "뭘 하려고? 거름으로 칠갑하려고?"

"무슨 쓸데없는 소리야, 글라피라! 그리고 대체 원하는 게 뭐야?"

"진짜 모른단 말이야?" 그녀가 아프게 소리쳤다. 금방 울음이라도 터뜨릴 것만 같았다. 그녀가 차분하게 속삭였다. "내가 당신을 얼마나 보고 싶어 했는지 모를 거야. 그런데 당신은… 내 생각 조금이라고 한 적 있어?"

"없어, 글라피라." 어찌할 바를 몰라 강철은 서둘러 대답했다. "바보들은 원래 생각을 안 해. 빨리 나가는 게 좋을 거야, 안 그러면 거름 냄새가 몸에 밸 테니…"

"네가 신경 쓰거나 염려할 일이 아니야. 나는, 나는 쓰레기 속에서 사는 거나 마찬가지야. 왜 내 머릿속에 들어온 거야! 젊고 재미난 여자가 너에게 찾아왔는데… 당신은… 당신, 주인 어르신 눈밖에 안 나려고 그러는 거야? 쉬는 날인데도 내가 일해주러 왔소, 뭐, 그런 거야? 당신 생각에는 그러면 주인이…" 글라피라의 목이 막혔다. "아아, 왜 오늘 왔는데? 옐레나 보러 왔지! 옐레나 마음에 들어서 이 집 사위가 되고 싶은 거지…"

팔짱을 끼고 분노로 활활 타오르고 있는 글라피라의 얼굴을 뚫어지게 바라보면서, 신경과민과 질투로 폭발하는 모습을 강철은 냉정한 호기심을 가지고 마주했다.

"왜, 내 말이 틀렸어? 당신 … 정말로 그러려고 온 거야?"

"그래." 강철이 무심하게 수긍했다. "트로핌의 딸을 만나 꼬드겨서 결혼하고 나중에 주인이 되고 싶어서. 어떻게 하면 그 꿈을 이룰 수 있을까 밤낮으로 고민해. 나는 그런 놈이야. 됐지? 이제 나가!"

글라피라가 뭔가를 말하려 하다가 손을 내젓고 그만뒀다. 돌아서더니 바삐 출구로 갔다.

강철이 다음 칸으로 옮겨갔다. 하지만 좋았던 기분이 싹 달아났다. 요란한 대장간에서 일주일을 작업한 뒤 조용한 외양간에서 시간을 보내는 게 얼마나 좋았는데. 빌어먹을 여자! 글라피라가 다녀간 후 분뇨 냄새가 더 역겹게 느껴졌다. 정말로, 이렇게 오랜만에 만난 한 번뿐인 휴일에도 왜 그는 일하기를 그치지 못하는 걸까? 진정 그는 목줄 없이 살 수 없어 스스로 속박 속으로 돌아가는 개와 같단 말인가? 노예 생활을 빼면 자신의 삶을 상상할 수 없는 그런 노예와 같단 말인가?

그런데 이 일은 꼭 해야만 하는 일이 아닌 데다, 마음을 가라앉히고 몰두하게 만드는 놀라운 속성을 품고 있다. 청소를 마무리할 때쯤 강철은 나지막이 콧노래를 흥얼거렸다.

강철이 마당으로 나갔다. 화창한 날의 공기가 약간 답답했다. 바람이 불지 않으면 반드시 비가 올 것이었다. 강철은 비가 오길 바랐다. 천둥 번개를 동반한 거대한 폭우가 쏟아지면 온몸이 정화되는 기분이니까.

트로핌 집의 굴뚝이 짙은 연기를 내뿜었다. 아마 끓이고 볶고 찌는 중일 것이다. 여자들이 모두 거기에 모여서 음식을 하고 있었다. 강철은 돼지우리와 외양간 사이를 지나 홍씨아저씨가 일하는 텃밭으로 갔다. 아저씨가 쪼그리고 앉아 호미로 이랑에서 김매고 있었다. 머리에 쓴 낡은 밀짚모자가 팔이 균일하게 움직이는 박자에 맞춰 흔들렸다.

홍씨아저씨와 강철이 텃밭에서 같이 일하던 봄에 아저씨가 어디에, 무엇을, 어떻게 심을지 일러줬었다. 그때는 나중에 어떤 새싹이 돋아날지 상상하기 힘들었다. 헐벗은 밭은 화가가 이제 막 획을 그으려 하는 깨끗한 캔버스를 연상시켰다. 그 획은 햇빛과 물의 작용으로 나타나게 될 것이었다. 그런데 지금 강철 앞에는 초록 물결이 일렁거리는 생생한 그림 한 폭이 펼쳐져 있다.

텃밭은 1,500㎡ 정도 되었고 각기 다른 작물을 심어 열 개로 구획되었다. 이랑 몇 개 사이에 걸어 다닐 수 있는 좁은 고랑이 있었다. 줄을 세워놓은 것처럼 만들어 놓은 이랑은 심은 작물에 따라 폭이 달랐다. 예를 들어 옥수수를 심은 곳은 더 넓고 높았는데 장기판 방식으로 심은 옥수수가 벌써 0.5m는 자라 넓은 이파리가 서로서로 맞부딪히고 있었다.

콩은 연속되는 칸막이를 이루며 서 있다. 이 작물을 심을 때 가장 중요한 것은 빽빽하게 심는 것이다. 그 어떤 잡초도 콩 새싹 옆에서 자랄 수가 없고 콩은 서로서로 경쟁하면서 더 잘 자란다. 콩은 수분을 아주 좋아하니 따로 물을 줄 수 있도록 콩 밑 가장자리에 패를 갖다 놓았다.

양파 새싹은 뾰족한 꼭대기를 따라 균일하고 연속적인 줄을 이루고 있다. 때가 되면 솎아내야 할 거다. 부실하게 자란 것은 가차 없이 뽑아버릴 것이다. 무도 마찬가지다. 곱슬곱슬한 잎줄기가 지금은 위로 자라고 있다. 마늘 또한 화살 같은 잎이 몇 군데서 벌써 삐죽이 나왔다. 이 작물은 가을에 심어서 올작물이다.

오이는 변덕스러운 식물인데 습기와 경사진 곳을 좋아한다. 그래서 고랑 주변에 자리를 잡았다. 호박은 줄기가 휘감고 위로 올라갈 수 있도록 나무 울타리를 따라 심었다. 시간이 흐르면 10kg은 너끈히 나가는 호박 덩어리를 견뎌낼 수 있을 정도로 연약한 줄기가 튼튼하게 자랄 것이다.

배추와 상추가 차지하는 면적은 적다. 이것들은 먹고 나면 빈자리에 다시 심어서 신선한 채소를 계속 먹을 수 있을 것이다.

특별히 눈여겨봐야 하는 건 고추다. 홍씨아저씨 말로는 한인들이 밭에서 경작한 최초의 작물이며 가장 손이 덜 가고 강건하며 농부의 보살핌과 관심에 감사할 줄 아는 작물이다. 고추가 없는 한국 음식을 상상할 수 없다. 고추는 생으로도 먹고 찌거나 볶아서도 먹는다. 국이나 찌개에도 넣고 무침에도 쓴다. 고춧가루는 따로 말할 필요도 없다. 고춧잎도 가을에 따서 먹는데 염장해서 삭이기도 한다.

콩과 고추, 마늘은 한식에 극적인 변화가 일어나지 않는 한 한인의 텃밭을 언제나 지킬 것이다. 그건 그렇고, 아시아 사람들은 자기 음식문화를 세상에서 가장 잘 지켜나간다.

이 밭에는 조선에서 좀처럼 보기 힘든 작물도 있다. 예를 들어, 당근, 양배추, 회향풀, 고추냉이이다. 이것들은 옐레나의 입맛을 맞추느라 심은 것이다. 주인의 딸이 방학에 오면 러시아 음식을 먹겠다고 요구한다. 언젠가 이 일을 두고 홍씨아저씨가 이렇게 말했다.

"옐레나는 조선 음식이 창피한 거야. 한날은 우리가 사는 오막살이에 들어와서 코를 돌리면서 된장 냄새가 진동한다고 투덜대는 거야. 사람이 어떻게 그렇게 변할 수가 있지? 어릴 때는 된장국을 그렇게 잘 먹더니 인제 와서 창피해하다니 … "

강철이 생각했다. 한인이 받아들이기 힘들만 한 냄새를 풍기는 러시아 음식이 있던가? 머릿속에 금방 떠오르지 않았다. 숙성한 생돼지 비계를 예로 들면 맛은 아시아 사람에게 낯선 것이었지만 마늘 냄새가 배 먹을 수는 있었다.

홍씨아저씨가 일군 밭을 보며 강철은 저녁을 먹으러 갈 때 매일 지나가는 예피판의 텃밭을 문득 떠올렸다. 그 텃밭에도 이것저것 채소를 심었지만 조금은 이상했다. 한곳에는 감자, 다른 곳은 양파, 또 다른 곳은 양배추를 심어놓았다. 경작된 구역은 잡초의 바다 한가운데 뜬 섬처럼 보였고 이 잡초들이 심긴 채소를 당연히 그냥 두지 않았다. 강철은 예피판의 가족이 텃밭에서 일하는 모습을 한 번도 본 적이 없었다. 손에 호미를 들고 흙을 만지는 그 집 사람들을 상상하기 어려웠고 아마 집에서 쓰는 호미도 없을 것이다. 그 집 가장인 예피판이 호미 수십 개를 팔려고 만들기는 해도 말이다.

강철이 홍씨아저씨에게 다가가 옆 이랑에 자리를 잡고 김매는 일을 거들었다. 아저씨가 강철을 흐뭇하게 바라보았다. 일없이 그냥 노는 일이 없고 뭘 시키기를 기다리지 않고 항상 일을 찾아 나서며 눈에 띄는 일은 즉각 해치우는 강철의 성격이 홍씨아저씨는 특히 좋았다. 게다가 강철이 있으면 항상 말을 하고 싶었다. 듣는 사람이 좋은 사람이어서인지, 아니면 사람이 자기 생각을 누군가와 나누어야 하는 그런 나이가 돼서인지는 모르겠지만.

"이 세상에서 땅보다 관대한 것은 없다." 아저씨가 야무지게 호미질하며 진지하게 말했다. "아주 작은 씨를 심는데 나중에 백배는 크게 자라니까. 땅만 있으면 뭘 해도 굶어 죽지는 않지. 이 마늘 좀 봐라… 그렇게 추운 겨울도 끄떡없이 견뎠네. 아이고, 나도 내 땅이 있었으면… "

홍씨아저씨가 한숨을 쉬었다.

"땅이 있으면 뭘 하실 건데요?" 강철이 호기심을 보였다.

"나는 채소만 심을 거야. 신선한 채소보다 더 좋고 맛있는 게 어디 있어!"

"채소만 먹고 살 수는 없잖습니까. 곡식도 먹고, 고기도 먹어야… "

"채소를 팔거나 바꿔 먹으면 되지. 저기 러시아 사람들이 얼마나 오이를 좋아하는지 염장해서 단지에 담아두고 겨우내 먹잖아. 그런데 그 사람들은 채소를 키우질 못해… "

강철이 곰곰 생각했다. 홍씨아저씨의 꿈은 얼마나 작은 것인가, 그러면서도 얼마나 이루기 힘든 것인가! 왜 그렇게 된 것일까? 어떤 사람은 땅이 얼마나 많은지 살면서 한 번도 직접 흙에서 노동하지 않아도 되고, 어떤 사람은 아무것도 없어서 어쩔 수 없이 날품팔이로 살아간다. 태곳적부터 조선에서도, 이곳 러시아에서도 그런 식으로 살아왔다. 그리고 아마 어디를 가나 그럴 것이다. 심지어 모두가 똑같이 나눈다고 하더라도 시간이 지나면 재분배가 일어날 것이다. 똑똑하고 수완이 좋은 자들은 자기 몫을 늘리고, 어리석고 게으른 자들은 자기 몫을 잃을 것이다.

홍씨아저씨는 이 중에서 어디에 속할까? 후자일까? 그는 자신에게 할당된 토지를 가지고 있었지만, 결국 잃지 않았는가. 아저씨를 절대 어리석거나 게으르다고 할 순 없다. 단지 수완이 없을 뿐이다. 아저씨를 트로핌과 비교할 수 있겠는가? 홍씨아저씨의 관심은 텃밭이나 다른 소소한 집안일을 넘어서지 않는다. 그는 평생 흙을 만지며 살도록 태어났을 뿐이다.

이 생각을 하다 강철은 자기도 모르게 아저씨를 흘끗 바라보았다. 그렇게 생각해서 죄송해요, 아저씨, 하지만 산 계곡의 물처럼 때때로 냉정하고 태연하게 머릿속으로 스며드는 생각을 우리가 제어할 수는 없지 않습니까.

강철, 너의 운명은 무엇이냐? 이생에서 너는 무엇을 원하느냐? 이렇게 품팔이로 평생을 살다가 노년에 땅뙈기라도 하나 마련할 작정인 것은 아니냐?

잠시만, 잠시만, 여기서 고민을 한번 해봐야겠다 … 어떤 사람이든 꿈을 가지고 있으면 존중받을 만하다. 무엇을 꿈꾸는지가 중요한 것이 아니라 핵심은 목표와 욕망이 있느냐. 물론 목표를 달성해도 기대하던 행복과 만족이 없을 수도 있지만, 어쩌면, 이루지 못하는 것 그 자체에 꿈꾸는 것의 놀라운 의미가 있는 건 아닐까? 그렇다, 꿈을 꾼다는 것의 놀라운 의미는 이루려고 노력해 나가는 지속적인 행위 속에 있는 것이다 …

강철이 몸을 일으켜 밭의 울타리 너머, 강 뒤편으로 펼쳐진 검푸른 숲의 윤곽선이 지평선과 맞닿은 곳을 바라보았다. 이것은 이다지도 단순하지 않나. 인생의 의미는 욕망, 바람이다. 욕망이 말라버리면 삶도 말라버린다. 그리고 죽어서 사라질 것이다. 그러면 아무것도 느끼지 못하고 바라지 못하게 될 것이다 …

강철에게 그런 적이 이전에도 있었다. 햇볕이 내리쬐는 화창한 날, 주변에는 싱그러운 푸른 빛과 신선한 공기가 가득한데, 갑자기 모든 것이 다른 빛을 띠고 자신은 몸에서 분리되어 빛나는 현실 세계로부터 완전히 낯선 모양으로 증발하는 것 같은 기분이 들 때 말이다. 강철이 언젠가 아버지에게 이 느낌을 말했을 때 아버지도 젊었을 때 비슷한 경험을 했다고 말해주었다. 그런 일은 사람이 삶을 더 민감하게 느끼는 젊은 시절에 일어나는 것 같다는 말씀도 하셨다. 삶의 대척지는 죽음이다. 어린 시절에는 죽음이 무엇인지 인식하지 못하고, 젊어서는 죽음을 생각하면 소름이 끼치고, 노년에 이르러서는 죽음에 점차 익숙해진다.

강철이 눈을 꼭 감고 도리질했다. 그래, 무슨 생각을 하고 있었더라? 아, 그렇지, 홍씨아저씨, 아저씨의 꿈에 관해 생각하고 있었지 …

강철 너에게 홍씨아저씨가 땅을 취득할 수 있도록 도울 기회가 생겼다 치자. 아저씨의 꿈은 이루어지겠지만, 그는 과연 행복할 것인가? 봄이 늦어지거나 우박, 가뭄 같은 자연재해도 농부의 근심을 불러올 터이지만, 누구 밑에서 일할 때와 자기가 주인으로 일할 때는 같은 상황이 완전히 달라진다. 게다가 수확한 작물을 팔거나 맞바꾸거나 처분해야 하는 일은 또 어떤가. 한마디로 끊임없이 신경 쓸 일과 걱정거리의 연속이다. 돼지우리 뒤 텃밭 한구석에서 꿈꾸는 일은 얼마나 달콤한가, 꿈속에서도 모든 것이 달랐고 모든 일이 근사하게 잘됐다. 상상 속에서는 언제나 한 번에 해치우거나 버리거나 할 수 있고 실제 생활의 자질구레한 일들은 건너뛸 수 있다. 어떤 사람에겐 구체적이고 세세한 일이 지겹고 지루하지만, 어떤 사람에겐 … 자, 강철, 한번 생각해 보자, 내일부터 어떤 기적이 일어나서 러시아어를 완벽하게 하게 된다. 불가능한 일이지만 어쨌든 상상해 보자. 그렇게 되면 얼마나 좋을까! 하지만 … 하지만 일어난 그 기적은 감격스러운 인식욕과 탐색의 기쁨, 발견의 행복을 앗아가 버린다. 너는 그것을 바라느냐? 아니야, 그럴 순 없지. 기적은 엄청나게 좋은 것이지만, 상상 속에 있을 때만 그렇다. 우리는 기적을 바라지만 진짜로 기적이 일어났을 때 무엇을 잃어버리게 될지 모를 때가 많다.

이랑이 끝나자, 강철은 홍씨아저씨를 따라 기계적으로 다음 이랑으로 옮겨가서 반대편에서 움직이기 시작했다. 이랑 작업을 마무리하기 전에 홍씨아주머니가 왔다.

아주머니가 남편을 불렀다. "여보, 딸을 데리고 주인이 도착했어요. 인사하러 가요 … "

이 일을 위해 마을 촌장에게서 빌려온 마차가 마당 안으로 이미 들어섰다. 주인의 딸이 가족들과 포옹하며 인사했다. 옐레나의 어머니도 현관으로 나왔다.

트로핌이 강철을 알아채고 인상을 찌푸렸다. 이런 날에는 옷을 갖춰 입을 수도 있었을 텐데. 하지만 젊은 일꾼이 일없이 놀았던 건 아니라는 사실을 깨닫고 열성적인 주인의 마음으로 눈썹을 펴고 미소를 지었다.

"아, 강철이." 트로핌이 고개를 끄덕였다. "예피판 집에서는 지낼만하고?"

"예, 어르신. 염려해 주신 덕분에 … "

표트르가 다가와 손을 내밀었다.

"오랜만이네." 표트르가 인사했다. "그 집에서는 어때요?"

"별일 없어." 강철이 옐레나가 글라피라와 홍씨아주머니와 인사하는 모습을 곁눈질로 보면서 대답했다.

"내 동생 어때?"

강철이 대답 대신 싱긋 웃었다.

옐레나는 누가 봐도 예뻤다. 허리가 딱 붙은 긴 드레스를 입으니, 키가 더 크고 더 날씬해 보였다. 약간 도드라진 입술과 뺨에 움푹 팬 보조개, 한

인치고는 놀라울 정도로 하얀 얼굴이 진정한 반가움으로 활짝 피었다. 망치 손잡이 굵기로 땋은 검은 머리가 등을 타고 내려왔다. 끝에는 흰 댕기가 묶여있었다.

옐레나가 홍씨아저씨에게 반갑게 인사하고 강철을 보고서 궁금한 눈빛을 보냈다.

"이 사람이 내가 얘기했던, 새로 일하게 된 분이야." 표트르가 말했다. "러시아어로 말 한번 붙여봐…"

옐레나가 고개를 까딱했다.

"즈드라스트뷔쩨(안녕하세요)." 부적절하다고 여겼음에도 오빠의 말을 따랐다는 사실에 스스로 놀라면서 옐레나가 말했다.

강철은 말없이 고개를 숙였다. 그의 눈에서 뭔가 슬픈 거리감 같은 것이 보였다.

'이상한 눈빛이야.' 옐레나가 생각했다. '마치 보면서도 보지 않는 것 같네.' 이 생각을 하자 그녀는 당황스러웠고 어머니에게로 서둘러 갔다. 그러나 집 안으로 들어가기 전에 뒤를 돌아보았다. 표트르가 새 일꾼과 함께 외양간으로 가고 있었는데 그 사람에게 몸을 기울이고 손짓하면서 뭔가를 열심히 이야기하고 있었다. 이때 옐레나는 걷어 올린 바짓단 아래로 드러난 강철의 맨다리를 보았다. 이때 강철은 주머니에 손을 넣고 맨발로 가볍고 당당하게 걸어갔는데 그에게서 대장 놀이가 익숙한 소년 같은 뭔가가 보였다. 방금까지만 해도 옐레나는 새로 온 일꾼이 자기보다 훨씬 나이가 많고 점잖은지 알았는데 말이다.

어려서부터 그들의 집에서 살던 품팔이꾼들은 모두 그녀를 귀하게 대했다. 어떤 사람들은 대놓고 아첨하기도 했다. 집으로 오는 길에 표트르가 몇 차례 새 일꾼에 관해 이야기했으나 옐레나는 그냥 흘려들었다. 날품팔이는 날품팔이다. 몸도 단정치 못하고, 항상 더러운 옷을 입고, 손은 굳은살이 박여 거칠다. 새 일꾼도 그런 면에서 별반 다르지 않았지만, 그의 눈빛만은 놀라울 정도였다. 주위 사람들은 그녀가 온 것을 매우 반겼고 그녀 또한 기분이 좋았는데 이 사람은… 이 사람은 뭔가에 실망한 눈으로 바라보았다. 이유는 모르겠지만 그녀는 짜증이 났다.

"나탈리야 집에 다른 청년들은 없었어? 그럼 아재 혼자에 처녀들이 셋이었단 말이야? 표트르가 옆에 바짝 붙어 걸으며 캐물었다. "아아, 어제 못 온 게 원통하네…"

"니콜스크는 큰 도시야?" 강철이 물어보았다.

"우리 마을보다 한 백배는 더 클 거야. 이층짜리, 삼층짜리 대리석 집도 있어. 아아, 그런 데서 한번 살아보고 싶네."

"거기 한인들도 있어?"

"그리 많지는 않지만 있긴 해. 아재는 오늘 저녁까지 있을 거야?"

"그러지는 않고. 점심 먹고 가야지."

"난 수요일쯤 루자옙카에 갈 거야. 팔라샤 보면 말 좀 전해줘. 하기야, 아재가 어디서 걔를 만나겠어…"

"마리야 통해서 전해줄 수는 있지…"

"그래요? 그럼 내가 수요일에 나탈리야 집으로 가겠다고 팔라샤한테 전해달라고 마리야에게 좀 말해줘."

"좋아."

"그럼 나는 집으로 들어간다. 참, 나 아재가 엄청나게 좋아할 만한 걸 가지고 왔는데. 점심 먹고 줄게."

혼자 남은 강철은 씻으러 강에 가려고 마음먹었다. 마당을 지나가며 무심코 주인집을 바라보았다. 어딘가 저 안에 트로핌의 딸이 있으리라. 사람들이 그 아이 이야기를 얼마나 하던지 자기도 모르게 강철도 그녀를 보고 싶었다. 그리고 이제 보았다. 그녀는 강철이 상상했던 모습 그대로였고 그래서 왠지 모르게 우울해졌다. 옐레나를 보면서 강철은 어머니가 떠오르긴 했지만, 외모만 그랬다. 옐레나의 눈에서 그는 때때로 낯선 사람과 만날 때도 느껴질 수 있는 이해심을 보지 못했고 친밀감을 느끼지도 못했다. 나탈리야와 만날 때는 그렇지 않았다. 그런 친밀감이 없다면 아름다운 외모와 옷차림, 예법이 무슨 소용이 있겠는가?

러시아 처녀들은 처음 본 순간부터 강철의 마음속 뭔가를 건드렸다. 그들은 강철이 상상했던 바로 그대로였다. 하지만 최소한 지금은, 그들을 사랑하고, 안을 수 있다고는 생각되지 않았고 상상하기도 힘들었다. 그들은 이국적인 꽃과 같았다. 예쁘고 향기롭지만… 아주 낯선. 그렇지만, 그가 지금껏 만난 한인 여인들은 그에게 떨리는 흥분을 안겨주지 못했다. 다른 인종의 여자들과 한인 여자들을 비교할 수 있는 지금, 강철은 뭔가가 몹시도 아쉬웠다.

교육받을 흔치 않은 기회를 가진 평범하지 않은 운명의 한인 아가씨를 방금 보았다는 것을 강철은 당연히 알고 있었다. 그래서 그녀 안에서 뭔가 비범한 면을 보리라 내심 기대했을지도 모른다. 그 비범한 면이 무엇인지는 강철 자신도 모르지만, 만남은 강철에게 감흥을 주기는커녕 오히려 실망스러웠다. 교양 있고 아마도 러시아화 되었을 아름다운 아가씨라는 데는 이론의 여지가 없다. 하지만, 아무것도 특별한 것이 없었다.

그는 나탈리야를 떠올리다 하마터면 상상 속에서 그녀와 소리 내 이야기를 할 뻔했다. 누군가와 무슨 이야기든 할 수 있다는 것은 얼마나 축복인가. 그 사람이 무슨 말을 하는지 너는 항상 알아들을 것이고 그 사람 또한 네 말을 알아들을 것이다.

제26장

대 장간으로 돌아오자마자 강철은 외출복을 벗어 던졌다. 옷을 갈아입으며 그는 가져온 보따리를 얹어둔 탁자를 계속해서 흘끗거렸다. 자기가 아이처럼 참을성이 없다는 생각이 들자, 웃음이 피식 나왔다.

강철이 자리에 앉아 삐죽 나온 머리카락이 방해되지 않도록 띠로 이마를 두르고 서둘러 보따리를 풀어보았다. 안에는 표트르가 니콜스크에서 가져온 책이 들어있었다. 경건한 마음으로 강철은 두 손으로 책을 받쳐들었다. 반짝거리는 회색 표지는 글씨가 다 지워질 정도로 낡았다. 책을 열어보았다. 첫 페이지에 아름다운 돋움체로 〈러한사전 습작〉이라고 쓰여 있었다. 위에는 저자의 이름 'M. 푸찔로'가, 아래에는 '하바롭스크, 1874년.'이라고 쓰여 있었다.

사전이 거의 40년 전에 편찬되었다니 믿을 수가 없었다! 강철의 아버지가 궁중에서 사동으로 일하기 시작했을 열세 살, 다섯 살 된 어머니가 유럽을 다니던 그때, 러시아의 M. 푸찔로라는 사람이 이미 러한사전을 만들었다니. 그가 한국어를 배우지 않았다면 사전도 만들지 못했겠지?

이 생각을 하자 강철은 움찔했다. 이주민들이 러시아어를 배우는 이유야 알만하지만, 이 러시아 사람은 무슨 필요가 있어 남의 언어를 배우게 되었을까? 아마도 그는 무척 힘겹게 배웠으리라!

참을 수 없는 지식욕과 창조 정신으로 위험한 여행을 떠나고, 과학적 발견을 찾아 헤매며 뜬눈으로 밤을 지새우고, 과거를 연구하고, 발명하고, 언어를 배우고, 천체를 들여다보는 사람들이 있었고, 있으며, 앞으로도 있을 것을 강철 또한 잘 알고 있었다. 하지만 그는 실제로 그런 사람을 만나본 적은 없었다. 그런데 지금 자기 앞에 그런 사람 중 한 명의 창조물이 놓여

있다. 그가 직무상의 열의만으로 이런 성과를 낼 수는 없었을 것이다. 그는 아마도 조선과 조선에서 온 사람들에게 지대한 관심이 있었을 것이다.

강철이 사전의 저자를 상상해 보려고 하자 국경에서 만났던 장교의 얼굴이 자기 앞에 저절로 나타났다. 사령관이 아니라 그 부관의 얼굴이었다. 부관의 눈은 얼마나 지적이고 자비로웠던가…

강철은 저자에게 무한한 고마움을 느끼며 책을 쓰다듬었다. 이 사람은 조선 이주민보다 백배는 더 힘들었을 것이다. 하지만 이 사람은 자신의 목표를 이루었다. 얼마나 훌륭한 성실과 집념의 본보기인가. 강철은 표제 겉장을 조심스럽게 넘기고 열정적으로 사전을 읽어 내려가기 시작했다.

시간이 어떻게 가는지도 몰랐다. 들어보긴 했으나 지금껏 알아듣지는 못했던 러시아 단어들의 뜻이 개척자의 환희를 느끼게 하면서 몸속으로 들어와 불을 밝혔다. 때때로 그는 고개를 들어 큰 소리로 읽은 단어를 반복해서 말했다. 이제 뜻을 알다 보니 그 소리가 그리 낯설게 느껴지지 않았다. 그가 자유롭게 러시아어를 알아들을 뿐만 아니라 원하는 대로 말하고 읽고 쓰는 날이 올 것이다.

조심스럽게 문을 두드리는 소리에 강철은 사전에서 눈을 뗐다. 습관대로 한국어로 '들어오세요'라고 말하려다 문득 정신을 차렸다. 두드리는 소리가 반복되자 강철은 이럴 때 러시아 사람들은 뭐라고 말하는지 몰라 일어나서 문으로 다가갔다. 문밖에 나탈리야와 마리야가 서 있었다.

"철, 안녕하세요?" 나탈리야가 상냥하게 미소 지었다. "우리가 방해된 건 아니죠?"

"안녕하세요?" 강철이 말했다.

아가씨들의 방문에 강철은 반갑고 놀랍기도 했지만 당황스러움이 훨씬 컸다. 그의 모습을 남이 어떻게 볼까를 생각했다. 낡아빠진 셔츠에 군데군데 기운 약간 작은 듯한 흰 바지, 게다가 맨발이다. 예의상 방으로 들어오라고 해야겠지만, 방은 너무나도 초라하고 불편하다… 강철은 뭘 어떻게 해야 할지 몰랐다. 그러다 어색함을 이겨내고 한발 옆으로 물러나서 팔로 들어오라는 몸짓을 했다.

"아니, 아니에요." 나탈리야가 고개를 저었다. "그냥 어제 책을 놓고 가셨잖아요. 자, 여기요 … "

나탈리야가 보따리를 내밀고 미안함을 내비치며 말했다.

"제가 급히 서두르는 바람에 말씀하신 책을 다 가져오지 못했어요. 저를 집까지 배웅해 주시면 미처 못 가져온 책을 가져갈 수 있을 텐데요. 저와 같이 가실래요, 철?"

강철은 마지막 말만 알아들었다.

"예." 그가 고개를 끄덕였다. "나는 조금 … "

"알았어요. 저희가 기다릴게요."

나탈리야가 마리야의 팔을 잡고 문 옆으로 끌어냈다. 강철이 서둘러 방으로 들어가 쏜살같이 옷을 갈아입었다. 다시 나왔을 때 아가씨들이 그를 보더니 키득거리기 시작했다. 강철은 급하게 옷을 입느라 뭘 잘못 입었나 싶어 몸을 훑어보았다. 웃음이 점점 더 커져서 강철의 얼굴이 시뻘게졌다.

"머리끈 벗어야지." 마침내 마리야가 이마를 가리키며 알려주었다. "세상에, 저거 벗을 생각을 못 하다니."

텃밭을 가로질러 대장장이의 집 앞에 다다랐다. 여기서 나탈리야는 마리야와 작별 인사했다.

"저녁 식사할 때 철을 기다리지 말라고 부모님들께 전해드려. 내가 철에게 다과를 대접할게."

길거리의 활기를 보니 일요일인 것이 실감 났다. 대문 앞 토담에는 노인과 노파들이 앉아있었고 누군가는 이웃집에 놀러 가거나 또는 행사에 갔다 집으로 돌아가는 중이었다. 지나가는 사람마다 나탈리야에게 예의 바르게 인사하며 강철에게 시선을 던졌다. 아무도 듣는 사람이 없는 걸 확인하고 나탈리야가 프랑스어로 말했다.

"제가 쉬시는 걸 방해했다면 죄송해요…"

"무슨 말씀이세요! 저는 당신을 만나는 것이 아주 좋습니다. 더구나 이렇게 보살펴 주시는데."

문장이 길게도, 매끄럽게도 이어지지 못했다. 강철이 프랑스어를 사용하지 않은 지 오래되기도 했고, 처녀에게 그렇게 솔직하게 말해도 되는지 몰라서이기도 했다. 그래서 강철은 당황스러웠다. 하지만 나탈리야는 고마운 미소로 그의 말을 받아들였다. 그래서 강철은 기가 살았다.

"제가 방에 들어오시라고 말씀을 드릴 수가 없었습니다. 예의에 어긋날 정도로 초라했기 때문입니다. 그런데 지금 생각해 보니 그건 가짜 부끄러움과 당황스러움이었던 것 같습니다. 세상 모든 것이 다 상대적이지 않습니까? 당신의 큰 집도 그 옆에 으리으리한 궁전이 서 있다면…"

"볼품없는 판잣집처럼 보이겠지요." 강철이 끝을 흐려서 나탈리야가 웃으며 문장을 맺었다.

"완전히 그렇게 보이지는 않더라도 엇비슷하긴 할 겁니다. 이해심이 있다면, 가변적인 것은 중요하지 않습니다. 저는 방금 그것을 느꼈습니다. 제가 소통할 수 있는 언어로 당신에게 설명할 기회가 없었더라면 저는 아직도 어색함을 느꼈을 겁니다."

"예를 들면요?" 나탈리야가 물었다. 그녀도 비슷한 느낌을 받았기에 강철의 말이 정말로 흥미로웠다.

강철은 마주친 사내가 사마곤(가양주) 냄새를 살짝 풍기며 인사하고 지나갈 때까지 기다렸다.

"음, 예를 들면 저는 한인인데 지금 러시아 여인과 함께 길을 걷고 있습니다. 저는 농부들이 입는 옷을 입었고 제가 하는 일은 품팔이꾼의 노동입니다."

"마지막 말씀에 대해서는 제가 바로 반박하고 싶네요." 나탈리야가 말했다. "현상은 일시적이에요. 저는 똑똑하고 성실한 사람은 항상 사회에서 합당한 지위를 얻는다고 믿으니까요. 옷은 가변적인 것에 지나지 않아요. 당신이 한인이라는 것은, 있잖아요, 저는 심지어 그 사실을 잊어버렸어요."

"당신의 동족들이 그 사실을 잊어버리도록 놔두진 않을 거예요." 강철이 웃음기를 머금고 말했다.

"저는 그런 건 두렵지 않아요." 그녀가 손을 뻗어 울타리 문을 열었다.

그들은 집 안으로 들어갔다. 나탈리야가 방으로 빠르게 들어가 뭔가를 치우고 바로 잡고 다시 놓았다. 그러고 나서 강철에게 물었다.

"시장하지 않으세요?"

"이해심이 가지는 또 하나의 강점이 있습니다. 예전 같으면 저는 "아니오, 아닙니다. 무슨 말씀이세요!" 이렇게 말했겠지요. 그런데 지금은 솔직하게 말씀드릴 수 있어요. 예, 배가 고픕니다. 제가 대장간에서 일을 시작하면서부터 저는 항상 배가 고프지만 때가 되어야 밥을 주기에 참아야만 하는 신병이 된 기분입니다."

"부엌으로 가실게요. 제가 저녁을 준비하는 동안 우리가 계속 이야기를 나눌 수 있도록."

부엌은 크지도 작지도 않았고 마당으로 나가는 별도의 문이 있었다. 엄청난 크기의 화덕이 시선을 사로잡았다. 벽 옆에는 그릇장이 서 있고 자그마한 2인용 식탁이 있었다.

"이곳이 러시아 여자들의 거처예요. 화덕에서 문턱까지를 흔히 '여인네의 길'이라고 하지요." 나탈리야가 공간을 손으로 한번 휘저으면서 반어적으로 말했다. "한인 여인에게도 아마 다른 길은 없겠지요."

"그렇습니다." 강철이 고개를 끄덕였다. "게다가 유럽 여인들보다 백배는 더 힘들 겁니다."

"험난한 여인의 운명에 대한 우리의 생각이 이다지도 일치한다면, 저와 함께 저녁 준비를 같이하는 데 동의하지 않으시겠습니까?"

"기꺼이요. 그런데 제가 할 줄 아는 게 아무것도 없어서 걱정입니다."

"으흠, 남자가 일을 피하는 가장 좋은 방법이 아무것도 할 줄 아는 것이 없다고 선언하는 거지요. 제가 학교에서 가르치는 사내아이 하나가 있는데 그 말을 입에 달고 살아요. 화덕에 불 피울 줄은 아시지요?"

"예. 요새 항상 하는 일이 불 피우는 일입니다."

나탈리야가 깔끔한 앞치마를 두르고서 감자껍질을 벗기기 시작했다. 그녀는 능숙하고 능란하게 화덕에 불을 지피는 강철을 이따금 바라보았다.

"제가 보기에 이 화덕은 음식 준비뿐만 아니라 큰방 난방용으로 쓰는 것 같은데요?" 나탈리야의 시선을 느낀 강철이 물었다.

"맞아요." 나탈리야가 고개를 끄덕이고 나서 하소연했다. "그런데 장작이 너무 많이 나가요."

"겨울에 그렇겠지요. 그럴 만하지요, 그런데 여름에는… 이 화덕을 사시사철 쓰는 건 아니잖아요, 그렇지요? 이 화덕 밑에 임시로 작은 화덕을 하나 만들면 좋겠네요."

"어머나, 저도 그 비슷한 생각을 했지 뭐예요. 그런데 할 줄 아는 게 아-무-것-도 없어서 걱정이에요."

나탈리야가 강철의 말을 흉내 내며 똑같이 따라 했다. 강철이 깊이 고민에 빠진 모습을 보이며 말했다.

"여자가 남자의 일을 피하는 가장 좋은 방법이 대신할 사람을 쓰는 것이지요. 누구라도 고용할 사람이 있습니까?"

"누구요?"

"이를테면, 저요." 강철이 진지하게 말했다.

"당신은 고용됐어요, 무슈 철. 당신이 손 보고 나면 화덕에서 연기가 안 나길 바라봅니다."

"한번 기대해 봅시다."

그들은 자리를 바꿨다. 이제 나탈리야가 화덕 옆에 서서 커다란 무쇠 프라이팬에 감자를 구웠다. 강철은 탁자에 앉아서 부엌을 둘러보며 이렇게 아름답고 교양 있고 독립적인 아가씨를 시골에 살게 한 것이 무엇일지 골똘히 생각했다.

저녁 식사를 거실에 차렸다. 나탈리야가 집에 있는 가장 좋은 그릇에 음식을 담았고, 자주 쓰지 않는 은식기를 꺼내고, 두꺼운 보랏빛 유리로 된 아름다운 화병의 꽃으로 식탁을 장식하고, 산딸기 담금주가 담긴 크리스털 술병을 내왔다.

"나탈리, 먼저 한 가지 말씀드려야 할 것 같습니다." 그들이 식탁에 앉았을 때 강철이 말했다. "당신의 손님은 평생 젓가락으로 밥을 먹은 사람이라 그가 오늘 제대로 도구를 다루지 못하더라도 너그럽게 봐주시길 바랍니다."

다른 이야기를 기대했던 나탈리야가 깔깔거렸다.

"인류가 아름다움을 추구하기 위해 생각해 낸 모든 예의범절보다 더 가변적인 것이 뭐가 있겠어요!" 나탈리야가 외쳤다. "제가 만약 한인들 사이에서 이 수많은 포크와 칼로 밥을 먹었다면 그 사람들 눈에 제가 야만적으로 보이지 않았겠어요? 맛있게 드시고 그런 자잘한 일은 신경 쓰지 마세요. 술은 남자들이 따라야 해요. 그건 예법일 뿐만 아니라 여성에 대한 태도이기도 해요."

"한국에서는," 강철이 가느다란 다리가 달린 아름다운 술잔에 조심스럽게 산딸기 술을 따르며 말했다. "여자의 손으로 술을 따르면 더 맛있다고 여깁니다."

"그럼 당신이 말한 것처럼 여자의 손이 따르는 술을 마실 일이 많았나요?" 이 질문을 농담처럼 하려고 했는데 조금 경박하게 보일 수도 있을 것 같아 나탈리야의 얼굴이 약간 붉어졌다.

강철은 그녀가 당황하는 이유를 알고서도 모르는 척 표를 내지 않았다.

"항상이요." 강철이 차분하게 대답했다. "한국 술집에는 남자 종업원이 없습니다."

그들은 잔을 부딪치고 한 모금씩 마셨다. 산딸기 술은 놀라울 정도로 달았고 전혀 독하지 않았다. 기름에 겉을 바싹하게 구운 감자는 아주 맛있었다. 포크로 집으니, 젓가락보다 훨씬 편했다.

강철은 나탈리야가 은수저와 포크, 칼을 다루는 모습을 몰래 관찰했다. 그녀는 포크를 왼손에 쥐고 오른손에는 칼을 쥐었다. 음식을 담은 식기에서 바로 떠서 먹지 않고 자기 앞에 놓은 접시로 음식을 조금씩 옮겨 담았다. 포크 하나로 찍기 어려운 음식은 칼이 거들도록 했다. 식사하는 동안 계속 두 손을 사용했고 팔꿈치를 식탁에 올리지 않았다. 한국에서는 전부 반대였다. 숟가락과 젓가락을 번갈아 사용할 때조차도 교체하는 데 시간을 쓰지 않기 위해 한 손에 두 가지를 다 같이 쥐었다. 한마디로, 먹는 일이 부담스러운 의무라도 되는 양 최대한 빨리 음식을 해치우려는 목표에 모든 걸 맞췄다. 그런데 여유롭게 저녁을 먹으며 대화를 나누는 것이 이다지도 좋은 일이란 말인가. 비단 음식뿐 아니라 대화 덕분에 식사 시간이 즐겁다.

"철, 고국이 자주 그리운가요?" 강철이 뭔가 생각에 빠진 것을 보고 나탈리야가 물었다.

"그리 자주는 아닙니다." 그가 대답했다. "한 철학자가 말하길 과거 속에 살면 현재를 강탈당하지만, 과거를 잊으면 미래가 없다고 말했어요. 좋은 말이에요, 그렇지요? 때로는 저에게 일어나는 일이 꿈같습니다. 러시아 마을, 완전히 다른 사람들, 생활, 관습. 한인인 내가 여기서 무엇을 하는 걸까요, 이생에서 내 삶은 앞으로 어떻게 펼쳐질까요? 제 말을 잘 알아듣는 사람을 만나게 해준 운명이 얼마나 고마운지 당신은 아마 모를 겁니다."

"저도 그래요." 나탈리야가 조용히 말했다. "정말 그래요, 놀라지 마세요. 저는 러시아 사람이고 러시아 사람들과 같이 살지만, 귀머거리와 벙어리가 된 느낌이 들 때가 자주 있어요."

"그런데 당신은 어쩌다가 이곳으로 온 건가요?" 강철이 이렇게 물어보고 흠칫했다. "제가 그런 질문을 드려도 괜찮습니까?"

"당연하죠, 괜찮아요. 단지 아주 긴 얘기라서요. 증조할아버지부터 시작해서 저희 집안 역사를 근본부터 들춰내 말해야 해요."

"틀림없이 나라의 역사와 같이 연결되어 있겠네요. 저는 러시아의 과거와 현재에 관해서 거의 알지 못합니다. 이곳의 땅덩어리가 광활하고 짜르(러시아의 왕)가 통치하고 있으며 조선에 항상 우호적인 나라였고 우리나라와 전쟁을 벌인 적이 없는 것만 알 뿐입니다. 한인 이주민을 받아들이고 최대한 도움을 주는 것도 압니다."

"다른 측면도, 어두운 모습도 러시아 역사에는 있습니다. 때가 되면 당신이 책을 읽어서 직접 알아내세요. 우리가 너무 진지한 주제에 열중했다는 생각은 안 드세요? 식탁에서 진지한 주제는 소화에 좋지 않아요 … "

"죄송합니다." 강철이 멋쩍게 웃었다. "대화가 어디로 흘러갈지 미리 알 수는 없으니까요."

"감자 더 드시겠어요?"

"감사합니다. 이렇게 맛있는 음식을 실컷 먹어본 게 언제인지 모르겠습니다."

"저기 … 마리야 집에서 지내시는 건 좀 어때요?"

"아주 훌륭한 가족입니다." 강철의 목소리가 따스해졌다. "화목하고 부지런하고, 또 … 보기 좋은."

"어제 마리야와 같이 계실 때 아포냐가 친구들과 함께 다녀갔다고 들었어요. 그들이 … 무례하게 행동하지 않았나요?"

"그 사람들이 저를 때렸는지 궁금하신 겁니까?" 강철이 웃음을 터뜨렸다. "한국에서는 농민 출신 청년이 처녀 때문에 주먹다짐하지 않습니다. 양반들도 아가씨 때문에 결투 같은 걸 벌이지 않고요. 그렇게 한다면 여자들은 우쭐해질 것이고 남자들도 많은 면에서 개선되긴 하겠지만요."

"주먹질로 관계를 설정하는 것은 정말 야만적 아닌가요?" 나탈리야가 반박했다. "교양 없고 야만적인 행동이에요! 마치 여자가 무력으로 정복할 수 있는 물건인 양."

"어떤 시각으로 보느냐에 따라 다르지요. 여자가 남자 속 경쟁심을 깨우지 않는다면 무슨 가치가 있나요? 여자의 명예를 지키는 것을 두려워하는 남자는 무슨 가치가 있나요?"

"성숙한 사회에서는 여성이 자기 남자를 스스로 선택해야 합니다. 하지만 유감스럽게도 러시아는 아직 그런 사회라고 부를 수 없네요."

"한국은 더 심합니다. 그곳에서 여자는 실제로 물건 취급을 받습니다. 여자를 위해 싸우는 일도 없을뿐더러 시집을 보내면서 여자의 의사를 물어보지도 않습니다. 나탈리, 남자들이 당신을 위해 싸운 적이 있나요?"

"무슨 그런 어리석은 질문을 하세요?" 나탈리야가 당황하여 빨개졌다. 그녀는 이고르 블라디미로비치가 안경을 고쳐 쓰면서 칼집에서 장검을 꺼내는 모습을 상상했다. 그러자 곧바로 그런 일은 불가능하다고 생각했다. 권총을 꺼내 든다면? 나탈리야가 금세 인상을 썼다. 이고르가 총격을 당해 쓰러지는 모습이 떠올랐기 때문이다. 어떤 경우에도 이고르가 이기는 모습이 상상이 안 되는데 그녀가 뭘 어찌하겠는가?

"맞습니다. 제가 정말 어리석은 질문을 드린 것 같네요." 미안해하는 강철의 목소리가 들려왔다. "하지만 저는 그런 감정을 느껴보고 싶네요 … "

나탈리야가 정신을 다잡았다. 강철이 생각에 잠겨 손에서 포크를 빙빙 돌리고 있었는데, 나탈리야가 자기도 모르게 그 모습을 보고 손가락이 정말 튼튼하고 잘생겼다고 생각했다. 이런 사람은 자기 여자를 모욕하도록 그냥 두지 않을 것이며 자기 자신이 여자를 모욕하는 일도 없을 것이다. 갑자기 나탈리야는 몬테크리스토 백작이 생각났다. 나탈리야는 철이 뒤마의 책을 하루빨리 읽었으면 했다. 철이 그 책을 다 읽고 나면 어떤 감흥을 받을지 궁금했다. 자기만의 독특한 이야기를 할 것은 분명했다. 많은 문제에 이 사람만의 시각이, 자기만의 의견이 있다. 그런 의견들이 나탈리야를 논쟁하고 반박하게 만들며 미처 기대치 않았던 결론과 행동으로 이끈다. 나탈리야는 이날 저녁 내내 이런 일로 여러 번 놀랐다.

"아, 참, 책 생각이 나서 말인데요." 나탈리야가 말했다. "지금 가져올게요, 아니면 또 잊어버리니까."

"이제 가봐야 할 것 같습니다." 나탈리야가 돌아왔을 때 강철이 일어섰다. "저녁 대접해주셔서 감사하고, 또 … 대화를 나눠서 감사합니다."

"저도 감사해요, 철."

"제가 상 치우는 것 도와드리겠습니다."

"아니, 아니에요, 괜찮아요. 제가 치울게요."

하지만 강철은 그녀의 만류에도 쟁반에 접시를 포개기 시작했다. 둘이서 치우니 식탁이 금세 깨끗해졌다. 강철이 통로로 지나갈 때 비춰주려고 나탈리야가 램프를 집었다.

"생각날 때 또 오세요, 철."

"감사합니다. 꼭 오겠습니다." 현관에서 내려가며 강철이 말했다.

쪽방으로 돌아온 강철은 자러 누우려다 유혹을 참지 못하고 프랑스어로 쓴 책을 꺼냈다. 희열을 느끼며 천천히 시작을 읽었다.

〈1815년 2월 27일에 노트르담 드 라 가르드 망루에서 〈파라옹〉 호가 보인다는 신호를 올렸다. 스미르나, 트리에스테, 나폴리를 항해하고 들어오는 돛이 세 개 달린 범선이었다.〉

어머니가 해외에서 가지고 들어왔던 그림 한 폭이 눈앞에 펼쳐졌다. 돛단배들이 정박해 있는 유럽 항구 그림이었다. '지도를 보고 스미르나, 트리에스테, 나폴리 항이 어디 있는지 확인해봤으면 좋겠다. 나폴리는 이탈리아 도시 같은데.' 강철이 생각하고 늦은 밤까지 읽지 않기 위해 책을 서둘러 덮었다. '아마 나탈리야에게 지도가 있을지도 몰라. 얼마나 놀라운 처자인가. 같이 있으면 편하고 자유롭고 마음이 즐겁다.'

잠자리에 들면서도 강철은 나탈리야를 생각했다.

강철이 생각조차 안 하고 있던 아포냐와의 사건은 다음 날 여러 번 대화의 소재가 되었다. 아침에 일을 시작하기 전에 예피판이 먼저 물어보았다.

"아포냐와 무슨 일 있었던 거냐?"

질문을 하면서 대장장이는 조수를 빤히 바라보았다. 구타의 흔적을 찾는 듯 보였다.

강철은 예피판이 뭘 물어보는지 알아채고 고개를 가로저었다.

"그놈이 한 번만 더 그러면," 예피판이 주먹을 들어 자기 가슴을 가리키면서 말했다. "나한테 말해라, 알아들었어? 왜 고개를 가로저어? 못 알아들었어?"

"알겠습니다." 강철이 말했다. "말한다, 너에게, 아니다."

"왜?" 예피판이 인상을 찌푸렸다. 그리고 강철의 눈을 바라보고 중얼거렸다. "네 말도 맞다. 남자가 자기 몸은 자기가 지켜야지. 그렇긴 하나 그놈들은 무슨 짓이든 할 수가 있어. 일곱이서 한꺼번에 덤벼 두들겨 패기도 한다니까. 어쨌든 내가 아포냐와 얘기해보마…"

점심을 먹기 전에 대장간에 일을 보러온 니콜라이가 들어서자마자 아포냐 일을 물어보았다. 마을 전체가 주먹다짐 이야기로, 있지도 않았던 주먹다짐 이야기로만 바쁜 듯 보였다. 사람들이 대체 어떻게 알게 됐을까?

"아포냐가 또다시 널 건드리면 즉각 나한테 말해라. 우리가 산 채로 그 놈의 팔을 꺾어버릴 테니까." 니콜라이가 말했다.

그리고 가장 놀라운 사건은 저녁에 일어났다. 강철이 여느 때처럼 냇가 에서 목욕하고 여유롭게 집으로 돌아오는데, 대장간 근처 길에 아포냐가 있었다. 그는 토담에 걸터앉아 담배를 피우고 있었다.

"어이, 한인." 아포냐가 인사했다. 목소리만 듣고는 무슨 일로 이 러시아 청년이 찾아왔는지 판단하기 어려웠다. 눈에는 명백한 친밀감도 없었지만, 적개심도 보이지 않았다. 뭔가 관망하는 태도가 느껴졌다.

"안녕하세요? 아포냐." 강철이 빙그레 웃으며 그에게 오라는 손짓을 했 다. "저쪽으로 가자."

"집 안으로 가자고? 좋아, 가자, 한인들이 어떻게 사는지 한번 보지 뭐." 아포냐가 꽁초를 버리고 문을 향해 갔다.

쪽방으로 들어서자, 아포냐가 문지방에 서서 방을 둘러보며 말했다.

"으음, 이런 개집에 살면 그리 즐겁지는 않겠네. 즐겁지 않다고. 이건 무 슨 책이야? … 백작 몬… 테 크리스토 … 야, 너, 백작이네. 나탈리야 선생이 줬어?"

강철이 고개를 끄덕였다. 아포냐가 글자를 더듬거리며 읽어서 강철은 놀 랐다. 이렇게 말귀가 빠른 청년이 문해력은 이다지도 형편없다니.

"이 책은 무슨 말로 쓰여 있는 거야? 한국말이야?"

"그래." 이런 식으로 질문을 전개하다니 흡족한 강철이 장단을 맞췄다. 그러고선 나가면서 프랑스어판은 반드시 감춰둬야겠다고 생각했다.

"글을 읽을 줄 안다는 말이군." 아포냐가 책에 흥미를 잃고 널빤지 침상에 앉았다.

이 불청객은 무슨 목적으로 온 걸까? 미안한 마음이 들어서? 어쨌든 주먹다짐은 일어나지 않았잖는가. 호기심일까? 이 사람의 본성은 분명히 온순해 보이니 그럴 수도.

"담배 피울래?" 아포냐가 갑자기 묻더니 담배쌈지를 꺼냈다.

"아니." 강철이 고개를 가로저었다. "나는 아니 담배 피우다."

"담배 안 피워? 그렇다면… 있지, 저번에 네가 나를 그렇게 교묘하게 넘어뜨렸잖아, 어? 너랑 나랑 싸우려고 할 때, 그때…"

강철이 러시아어를 모르니 강철과 이야기를 나누는 사람은 다 배우로 둔갑해야 했다. 지금 아포냐도 주먹을 휘두르다 쓰러지는 시늉을 했다. 어떻게 그럴 수 있었는지를 알고 싶어 했다. 이렇게 거침없이 적극적인 자발성을 품은 아포냐가 강철은 마음에 들었다. 진짜 용감한 자만이 맞수에게 찾아와 자신의 패배를 인정하는 법이다.

강철이 등받이 없는 의자에서 일어나 말했다.

"가자."

강철이 '일본 아귀'가 걸린 대장간 구석으로 아포냐를 데리고 갔다. 톱밥으로 가득 채운 거대한 포대를 보자 아포냐의 눈이 휘둥그레졌다.

"이건 또 어디다 쓰려고?"

강철이 장화를 벗고 셔츠를 벗어 던지는 것을 보고서 아포냐는 더 놀랐다. 그다음은 전혀 상상하기 힘든 장면이 이어졌다. 한인이 자루 앞에서 고개를 까딱했다. 그런 다음 순식간에 다리를 벌리고 손은 가슴에 대고 위협적인 자세로 둔갑했다. 느닷없이 주먹이 얼마나 번개 같은 속도로 자루를 쳐대는지 '타-타-타' 하는 연속음이 속사포처럼 터져 나왔다. 그런 다음 다시 자세를 취했다. 이번에는 다리가 움직였다. 강력한 발차기 한방에 자루가 술에 취한 듯 휘청거렸다. 그가 겨냥한 과녁은 사람 키보다 높은 곳이었다. 즉, 지금 진짜 사람이 앞에 서 있었다면 그의 머리를 명중했을 것이다. 강철이 한쪽 다리는 옆으로 구부리고 다른 쪽 다리는 무릎을 구부려 발바닥 전체가 닿도록 차기 시작했다. 타격이 얼마나 강하고 빠르던지 자루 전체가 쉴 새 없이 떨렸다. 이제 강철이 다시 처음 자세를 취했다. 양팔을 벌렸다가 모으고 다시 자루를 향해 고개를 까딱했다.

"우와 대단하네, 한인!" 깜짝 놀란 아포냐가 감탄하며 숨을 몰아쉬었다. "나도 배웠으면 좋겠네 … 나 좀 가르쳐줘, 어? 가르쳐만 주면 네가 시키는 대로 다 할게! … "

강철이 동의한다는 듯 고개를 끄덕였다.

"내일 아침," 강철이 이렇게 말하고 닭 우는 소리를 두 번 내면서 손가락으로 땅을 가리켰다. "여기로 와."

"알았어. 아침에 두 번째 수탉이 울자마자 여기에 있을게. 너 썩 괜찮은 사람이야, 어? 너 그때 나를 … 내가 너에게 몽골인이라고 놀려서 미안해. 마리야 때문에 … 근데 너는, 내 보기에, 여선생에게 더 들러붙는 것 같아. 내 사과 받아주는 거지? … 그럼, 족발 좀 이리 줘봐."

아포냐가 손을 내밀자 두 사람이 웃으면서 힘주어 악수했다.

제27장

 철은 아버지에게서 유교적 훈육을 받았는데 그 본질을 몇 문장으로 압축할 수 있다.

물질적 부가 정신적 부를 가릴 수 있으니, 일상에서는 적은 것으로 만족해라.

네 마음속 세상은 네 주변의 세상만큼이나 한계가 없다.

선의와 관용은 마음을 조화롭게 한다.

포만감과 허기는 육체가 영혼을 지배하게 한다. 중용은 황금률이다.

물질세계에서 모든 것은 상대적이다. 자기 생각과 감정만이 무엇과도 비교할 수 없는 것이다.

사랑과 미움은 낮과 밤의 자식이다. 사랑의 빛은 환하게 밝혀주지만, 미움의 어둠은 그 자체로 우리를 집어삼킨다.

인생을 대하는 이러한 철학적 태도 덕분에 강철은 어떤 환경에도 흔들림 없이 적응하고, 주변에서 일어나는 모든 것을 흥미롭게 바라보고 성찰할 수 있도록 자기 내면세계를 분리해 낼 수 있었다. 어린 시절부터 습관이 된 신체 단련도 '나'에 도달하기 위한 훌륭한 수단이었다. 단련된 신체는 가장 예상치 못한 명령을 따르면서 순식간에 가뿐하고 자유롭게 이동하고 뛰어오르고 공중 곡예를 할 수 있다. 그런 신체는 자체의 불완전성 때문에 사람을 괴롭히는 일이 없으며 마치 독립적인 개체인 것처럼 존재하기 시작한다. 바로 그때 더할 나위 없는 지복의 상태가 찾아온다. 그 상태에서 우리를 끌어내리는 지상의 중력에서 해방되어 꿈속에서처럼 자유롭게 날아다닌다. 고대 그리스 철학자의 유명한 말속에 든 실용주의는 얼마나 반짝거리는가, '건강한 몸에 건강한 정신이 깃든다'. 여기서 한 단어만 바꾼다면 지극히 철학적인 사유가 시작된다, '건강한 몸에 자유로운 정신이 깃든다'.

단련된 신체 덕분에 강철은 대장장이 조수의 기술을 빠르게 익힐 수 있었을 뿐만 아니라 작업을 하면서도 편안하게 작업으로부터 떨어져 나갈 수도 있었다. 무거운 망치를 휘두르면서도 강철은 다른 생각을 할 수 있었다. 예컨대, 러시아 단어를 익히고, 뭔가를 떠올리고, 상상의 인물들과 논쟁하고 대화를 나눌 수 있었다. 그는 모루에 묶여있으면서도 동시에 모루로부터 자유로웠다.

아포냐에게 동양 무술을 가르쳐주겠노라 약속하고서 강철은 싸움의 기술을 배우겠다는 하나의 욕망이 이 러시아 청년을 움직였음을 명확하게 파악했다. 그러나 제자를 자청한 청년은 작은 비결 하나를 미처 깨닫지 못했다. 발차기, 주먹치기, 박치기 같은 모든 기술이 단순히 재미를 위해서가 아니라, 약하고 굴욕당한 자들을 보호하고 공정한 일을 하기 위해 만들어졌다는 사실을 깨닫고 나서야 목표에 도달할 수 있다는 사실이다. 어마어마한 의지력과 엄격한 원칙, 내적인 자기 절제와 자기 통제 없이는 감당할 수 없는 일련의 고통스러운 육체 훈련을 버텨내는 과정에서 이 깨달음이 반드시 그에게 찾아올 것이다. 목표를 향해 나아가는 과정에서 사람은 필연적으로 변화되고 그와 함께 목표 자체도 재설정된다. 호랑이를 잡으러 가는 자가 들개를 쫓지는 않는 법이다.

동양의 무술을 창안한 고대 중국의 승려들이 이 역설적인 현상을 발견했다. 애초에 자기방어 수단으로 등장한 무술이 시간이 갈수록 철학적 내용으로 온전히 채워졌는데 그 본질은 불완전함에서 몸을 해방하여 정신을 자유롭게 하는 것이다.

아포냐는 약속한 대로 수탉이 두 번 울자, 대장간에 나타났다. 강철이 잠에서 깨어 옷을 갈아입을 때 발소리를 들었다. 문을 다급하게 두드리는 소리에 이어 큰 목소리가 들려왔다.

"어이, 일어나! 들려, 나 왔어 … "

강철은 소리 없이 민첩하게 쪽방에서 어둑한 새벽이 내린 밖으로 나왔다. 그를 보자 모루에 앉아있던 아포냐가 벌떡 일어서서 활기차게 인사했다.

"어이, 철!"

강철은 아무 말 없이 어떤 신사에게 하듯이 깍듯하게 아포냐에게 고개를 숙이고 따라오라는 손짓을 했다. 대장간에서 냇가를 향해 달렸다. 아포냐도 뒤쫓아 뛰었다.

강철이 처음에는 그리 빠르게 뛰지 않았지만 길이 기울어질수록 속도가 더 빨라졌다. 아포냐가 뒤처지지 않으려 애쓰면서 장화발을 힘차게 디디느라 시끄러운 발소리를 내며 쫓아왔다. '이 사람은 맨발로 저토록 가볍게 뛰네.' 아포냐가 강철의 종아리와 흥겹게 흔들리는 뒤꿈치를 언짢게 바라보며 생각했다. '발이 다칠까 염려하지도 않네 … 내가 또 뒤처지는구나 … 아니지, 그럴 순 없지 … 어디까지 뛸 작정이냐? … '

냇가까지 다다르자, 강철은 오른쪽으로 방향을 틀었다. 냇가는 커다란 돌멩이들이 흩어져 있었지만, 이 괴물 같은 조선인은 메뚜기처럼 그것들을 뛰어넘었다. 아포냐가 강철을 따라 뛰어넘다가 미끄러져 넘어질 뻔했다. 어찌어찌 어려운 지대를 넘어가게 된 아포냐는 가쁜 숨을 몰아쉬며 가지가 펼쳐진 만주 소나무가 자라는 동산에 다다랐다. 마지막에는 숨이 헐떡거리고, 다리에 힘이 풀려 너무도 힘들었다.

강철이 나무 아래 서서 손으로 줄기를 잡고서 다리를 힘껏 휘둘러 뻗쳤다. 강철은 몇km를 뛰어온 사람으로 보이지 않았다. 양말을 무릎에 거의 닿을 만큼 당겨 올렸다. 마치 아포냐가 옆에 없는 것처럼 그는 아무 말도 하지 않았다.

"어이, 잠깐." 아포냐가 화를 냈다. "발차기했다고 생각하나 보지. 나도 그렇게 할 수 있어. 네가 '악' 소리를 낼 정도로 보여주지." 아포냐가 강철의 동작을 따라 했지만, 다리가 말을 듣지 않았고 높이 올리는 것은 아예 불가능했다.

그런 다음 그들은 쪼그리고 앉아 뛰면서 한 다리씩 번갈아 가며 앞으로 뻗쳤다. 그 동작을 세 번 하고 나자, 아포냐는 더는 할 수 없을 것 같았다. 왼쪽 무릎이 아예 굽혀지지 않았다. 이런 와중에 아포냐는 별로 애쓰지 않고 발을 쉽게 바꾸며 뜀뛰기를 하는 강철을 자기도 모르게 부러운 시선으로 바라보았다. 강철은 마치 의자에서 앉았다 일어섰다 하는 것 같았다.

강철이 나뭇가지를 잡고 턱걸이하기 시작하자 아포냐는 죽을 것 같았지만 뒤처지지 않으려고 안간힘을 썼다. 열하나까지 소리 내 센 다음은 아무리 천천히 움직여도 말이 끝까지 나오지 않고 끊기면서 손가락을 움켜쥐어야 했다. 강철은 중력을 받지 않는 것처럼 보이는 자기 몸을 계속하여 들어올렸다 내렸다 하였다. 게다가 이제는 나뭇가지를 잡고 턱걸이하는 게 아니라 훨씬 더 어려운 뒤통수 들어올리기를 하고 있었다. 이때 강철의 등과 가슴, 복부 근육이 뱀이 깊게 새겨진 듯 변하는 모습에 아포냐는 감탄하지 않을 수가 없었다.

한 손으로 턱걸이를 시작하자 아포냐는 아예 입을 떡 벌리고 쳐다보았다. 그런데 그가 더 놀란 것은 얼핏 보면 그리 어렵지 않은 한 동작이었다. 강철이 바닥에 정자세로 누워 다리를 들어 올려 무릎이 거의 이마에 닿도록 구부렸다. 아포냐가 따라서 같은 동작을 시도하였다. 그러고 나서 강철이 매번 다리를 다시 내릴 때마다 땅에 닿지 않으려고 하는 것을 실눈을 뜨고 보았다. 그렇게 하는 것이 훨씬 더 힘들었다. 신발이 순식간에 무거워지고 배가 당겨 아팠다. 아포냐가 깜짝 놀라 벌떡 일어나 앉았다. 강철이 발 사이에 납작한 큰 돌을 끼운 상태로 다리를 들어 머리 위로 넘겼는데 하마터면 머리로 떨어져 다칠 수도 있는 동작을 하고 있었기 때문이다.

훈련 막바지에 강철의 전투 자세 시연을 따라 했다. 아포냐는 이런저런 자세를 취하고 공중을 향해 주먹을 날리면서 자기 자세가 어정쩡하고 부자연스럽다는 것을 통감했다. 그러면서도 이 모든 것을 감당하여 이 비범한 한인처럼 되고 싶다는 열망에 사로잡히기도 했다.

그들이 다시 대장간으로 달려간 뒤 거기서 아픈 다리로 절뚝거리며 집으로 갈 때 이 생각이 들자, 아포냐의 머릿속이 흥분으로 떨려왔다.

아포냐와 아침 훈련으로 시작한 한 주는 강철에게 힘든 시간이었다. 신체 활동이 피곤해서가 아니라 몬테크리스토 백작 때문에 매일 잠을 충분히 자지 못해서였다. 강철은 문학을 통해 언어를 배우겠다고 마음먹었다. 먼저 러시아어로 한 문단을 읽고 나서 프랑스어로 읽은 다음 번역을 해보는 것이다. 이 계획은 완전히 실패할 수밖에 없었는데 책이 강철을 사로잡아 프랑스어판에서 눈을 뗄 수가 없었기 때문이다.

그는 당테스와 함께 메르세데스를 사랑했고 상상 속 친구들의 배신으로 희생양이 되었으며 이프섬 돌 자루 속에서 절망과 좌절을 느꼈다. 파리아 신부를 만나 이루 형용할 수 없는 환희를 느꼈고 그로부터 영감을 받아 탈옥을 준비했다. 그는 매번 전개될 사건을 예측하며 소설을 읽어 내려갔고 그의 머리는 소설 속 대화와 문구로 가득 찼다. 밥, 훈련, 대장간이 전부인 나머지 일상은 사랑하는 주인공과 만남을 준비하는 서곡에 불과했다. 위대한 열정으로 가득 찬 세상은(누가 지어냈다고 말할 수 있겠는가?) 읽는 이를 유혹하고 상상으로 흥분시키고 특이한 모험과 만남에 대한 기대로 마음을 가득 채웠다. 그리고 이러한 기대 때문에 혼자라는 외로운 감정이 더 아프게 느껴지기도 했다.

예피판은 자기 조수가 뭔가 이상함을 느끼고 몸이 괜찮은지 몇 차례 물어보다가 금요일에는 결국 월요일까지 쉬기로 했다. 이 소식이 너무나도 반가운 강철은 토요일 내내 책을 읽었다. 제1권 마지막 장을 넘긴 저녁이 되어서야 안도의 한숨을 내쉬었다. 그 자신도 끝도 없이 매달리는 책 읽기에 어리둥절했기 때문이다.

강철이 등을 대고 머리를 깍지로 받치고서 누웠다. 그는 여전히 책이 준 감동 속에 있었다. 이 순간 강철 자신이 직접 겪은 모험이 책에 묘사된 몬테크리스토의 모험보다 덜하지 않다고 누가 말하더라도 강철은 믿지 않았을 것이다.

인생에는 추악함이 너무 많아서 아름다운 모험이라고 생각할 겨를이 없다. 피 냄새와 악취가 진동하는 잔인한 죽음보다 더 역겨운 것이 무엇이 있겠는가? 반면 소설에서 죽음은 얼마나 위엄 있는가? 주인공에게는 죽어가면서도 유언을 남기고 떠나기 전 마지막으로 이 아름다운 세상을 둘러볼 시간이 충분하다…

세상을 떠난 친구들과 아내의 얼굴이 강철 앞에서 일어섰다. 죽음은 마지막 말 한마디를 남길 겨를도 주지 않고, 눈빛 한 번 나눌 시간도 주지 않고 느닷없고 무자비하게 그들을 앗아갔다. 아버지가 바로 돌아가시지 않았다면 사람이 짐승으로 변하게 하는 끔찍한 고통 속에서 어떤 고문을 견디셔야 했을까?

그런데 이 모든 슬픈 회상 속에는 진정 아름다움이 한 조각도 없었을까? 그렇지 않다, 있었다. 사랑과 우정의 설레는 감정들, 적들과 벌인 잊을 수 없는 짜릿한 전투, 승리가 불러오는 의기양양한 환호들이 있었다. 하지만 얼마나 끔찍한 구체적인 일들이 있었던가! 세월과 함께 그것들은 기억 속에서 사라지게 되고 좋은 기억만 남게 되는 날이 올까? 강철아, 너는 이것을 원하느냐? 아니, 아니다! 나는 아무것도 잊어버리고 싶지 않다. 잊어버리는 건 배신이다.

문을 두드리는 소리에 강철이 정신을 차렸다. 표트르가 온 것 같았다.

"강철 아재, 안 자요?"

"아니, 안 자. 표트르, 들어와. 얼굴 보니 반갑네."

"날이 어두운데 왜 안 자요?"

"그냥… 왜 그러고 섰어, 들어와."

"나 혼자 온 게 아니고. 저기 옐레나, 내 여동생이 … 나탈리야 집에 놀러 가기로 했어요. 우리랑 같이 안 갈래요?"

강철은 오늘이 토요일인 것을 떠올리고 일주일 내내 선생님을 보지 못한 것을 생각했다. 주중에 들리기도 나탈리야에게 약속했는데 말이다. 더구나 마지막 만났을 때는 그녀와 소통하지 않고는 하루도 못 살 것 같았었는데 …

그는 같이 가겠다고 하고 싶었지만, 사람들이 많이 모일 것이고 모두가 서로 이야기하고 우스갯소리를 하고 놀면서 마치 귀머거리, 벙어리인 것처럼 자기를 불쌍하게 여길 것을 상상했다.

"미안하다, 표트르, 내가 몸이 조금 안 좋은 것 같아." 강철이 말했다.

"어디 아픈 거 아니에요?" 표트르가 걱정스럽게 물었다.

"아니, 그냥 좀 나른해서. 좀 피곤한가 봐. 너는 가, 그리고 … 일부러 들러줘서 고맙다."

"아쉽네요." 표트르가 목소리를 낮추고 말했다. "솔직히 말해서, 아재가 내 여동생과 인사하면 좋겠다 싶어서 왔어요. 아재, 진짜로 몸이 아픈 건 아니죠?"

"안 아프다. 다음번에 인사하도록 하자."

"아쉽네요." 표트르가 같은 말을 반복했다. "아, 참, 아버지가 아침에 예피판 아저씨네로 오실 건데 아재도 어디 가지 말고 집에 있으라고 전해달라세요."

"알았다 … "

표트르가 인사하고 갔다. 강철이 다시 자리에 누워 눈을 감았다. 요 며칠 잠을 제대로 자지 않았는데도 잠이 오지 않았다. 〈몬테크리스토 백작〉 제2권을 열고 싶은 마음도 생기지 않는 것으로 보아 차고 넘치게 읽은 것 같았다. 갑자기 표트르의 말이 번득 스쳤다. 왜 표트르는 강철에게 자기 여동생을 다시 인사시키겠다고 마음먹었을까? 그것이 궁금했다.

강철이 이야기로 전해 들은 상상 속 옐레나와 실제로 만난 옐레나는 완전히 달랐다. 직접 본 옐레나는 다른 한국 여자들과 별반 다르지 않은 것 같았다. 평범한 원피스를 입으면 관심을 둘 사람이 그리 많지 않을 것이다. 사람이 교양 있고 총명하면 그런 점이 어떻게든 드러나기 마련이다. 말이나 시선에서, 혹은 태도에서. 그런 사람에게는 다른 사람과 구별되는 자기만의 얼굴이 있다. 나탈리야라면 많은 처녀 속에서도 금방 알아볼 수 있을 것이다. 그녀가⋯ 한국 여자가 아니어서 얼마나 애통한가.

이 생각을 하자 강철은 깜짝 놀랐다. 그가 왜 그렇게 생각했을까? 나탈리야가 한국 여자였다면, 그렇다면 어쩔 건데? 장가라도 들 셈이냐? 아니다, 강철은 그 말을 하는 게 아니었다, 비록⋯ 뭔가가 머릿속에서 살짝 반짝거리긴 했지만. 만약 그녀가 한국 여자였다면 그녀는 이미 나탈리야가 아니었을 것이다. 모든 것이 평범하지 않은 이 러시아 처녀는 그런 면에서 관심을 끈다. 하지만 그녀가 평범하지 않은 것은 그녀가 다른 인종이기 때문만이 아니다. 그녀는 그녀 자체로 흥미롭다. 이것이 가장 중요하다. 민족은 가장 중요한 문제가 아니다. 자주 본다면 사람의 외모에는 매우 빠르게 적응한다. 하지만, 행동과 사고방식, 문화의 차이는 다른 문제이다. 그것들은 사람을 질리게도, 황홀하게도 할 수 있다. 그것들과 타협할 수도, 싸울 수도, 결국 그것들에 익숙해질 수도 있다. 각기 다른 민족인 사람들의 관계 수준에 모든 것이 달려있다. 사랑하면 그 사람이 가진 모든 것이 훌륭해 보인다. 나탈리야는 훌륭하고 그녀의 모든 것이 강철의 마음에 들고, 그리고⋯

강철이 자리에서 벌떡 일어나 앉아 어둠 속을 응시했다. 사랑하는데 어떻게 그렇게 냉정하게 분석할 수 있을까, 그는 마음이 울적해지는 걸 느끼며 생각했다. 그렇지, 나탈리야를 봐야겠다, 오늘, 서둘러, 바로 지금.

강철이 빠르게 일어나 급하게 옷을 입었다. 그곳에 사람들이 많아도 상관없다, 그 사람들 말을 못 알아듣는 게 뭐가 그리 중요한가. 강철은 나탈리야를 볼 것이고, 그들은 서로의 말을 알아듣고, 그렇다면 함께 하는 게 어찌 좋고 즐겁지 않을쏘냐.

강철이 문을 젖히고 멈칫했다. 앞에 나탈리야가 서 있었다. 그들은 자기도 모르게 소리를 질렀다. 나탈리야가 먼저 정신을 차렸다.

"몸이 안 좋으시다고 사람들에게 들었어요. 혹시 … 혹시 아프신 건 아닌가요?"

"아니, 아니요." 강철이 떨려서 더듬거리며 대답했다. "보시다시피 두 발로 섰고, 숨을 쉬고 있고, 당신을 저의 오막살이로 들어오시라고 청하기까지 합니다."

"휴우, 다행이네요. 혹시 어디 가시려던 참이었어요?"

"아니, 아니요. 아무 데도. 그냥 당신의 발소리를 들었습니다. 들어오세요." 강철이 뒤로 물러났다.

"저는 단지 … 잠깐 들린 거예요 … "

"제가 등불을 켜겠습니다 … 됐네요. 들어오셔서 이쪽으로 앉으세요."

그는 등받이 없는 의자를 끌어 놓았다. 문지방에 섰던 나탈리야가 약간 주저하더니 당당하게 탁자로 다가왔지만 앉지는 않았다.

"불빛 쪽으로 얼굴을 돌려보세요." 나탈리야가 지시했다. "왠지 낯빛이 정말로 좋지 않네요. 제가 이마 한번 짚어봐도 되겠지요."

그녀의 부드럽고 따뜻한 손바닥이 닿자 머리가 달콤하게 어지러웠다. 강철이 실눈을 떴다.

"열은 없네요. 기침이나 입 마름, 메스꺼움은요?"

"진짜 의사 같네요, 나탈리." 강철이 소리 내 웃었다.

"있나 보네요." 나탈리야가 고개를 끄덕였다. "그건 그렇고, 저는 응급 진료사 자격증을 가지고 있어요."

"자리에 앉는 걸 잊어버리셨네요." 강철이 말했다.

"아니에요, 인제 그만 가봐야겠어요."

"제가 배웅해 드릴게요."

그들이 밖으로 나왔다.

"혹시 무슨 일이 있었나요, 철?" 나탈리야의 집으로 가면서 그녀가 물었다.

"예. 일주일 내내 〈몬테크리스토 백작〉을 읽어서 책 병에 걸렸습니다."

"아하." 나탈리야가 말을 길게 뺐다. "당신의 병이 뭔지 이제 알겠군요. 책은 좋았나요?"

"예." 강철이 대답했다. "그런데 솔직히 고백하자면 2권을 만나기가 두렵습니다."

"왜요?" 나탈리야가 놀라 물었다.

"모르겠습니다." 강철이 대답하고 이제는 나탈리야에게 질문을 던졌다. "당테스가 진짜 전 생애를 복수에 바칩니까?"

"네. 그는 그들에게 복수할 거예요. 당신은 … 당신이라면 복수하지 않으시겠어요?"

"만약 누군가의 중상모략으로 감옥에서 14년을 살아야 한다면요? 그래요, 아마 복수할 겁니다. 그런데, 복수를 위해 인생을 바친다?"

"당신도 똑같이 판단하시네요, 마치 이고르 블라디 … " 나탈리야가 갑자기 말을 끊었다. "저의 지인과 똑같이요. 그러면 당신은 인생을 어디에 바치고 싶어요?"

"저요? 한때 저는 한반도를 왜놈들로부터 해방하는 것보다 더 중요한 일은 없는 것 같았습니다. 그런데 시간이 흐르고 저는 뭔가 다른 일을 하고 있고 과거는 점점 멀어지고 감정은 식어가고 있습니다." 강철의 말속에 씁쓸함이 묻어났다. "아마 증오도 지속해서 보충되어야 하나 봅니다."

"당신은 하인들에게 매일 아침 '카르타고는 파괴되어야 합니다'라는 말로 자기를 깨우라고 명했던 고대 로마 카이사르 같아요." 나탈리야가 빙그레 웃다가 문득 알아차리고 말했다. "죄송해요, 기분 상하게 하려던 건 아니었어요."

강철의 얼굴이 활짝 펴졌다.

"당신의 지인은… 당신은 그 사람에게도 이 질문을 했습니까?"

"그렇다고 생각하세요."

"비밀이 아니라면 그 사람이 뭐라고 대답했습니까?"

"그는 저에게 푸시킨의 사행시를 낭송해 줬어요. 그런 위대한 러시아 시인이 있었어요. 그 시인의 시는… 번역이 정확하지 않을까 봐 걱정되네요. 우리가 자유로 타오르는 동안, 심장이 명예를 위해 살아있는 동안, 내 친구여, 마음에 이는 아름다운 충동을 조국에 바치리!"

시가 자기 생각과 너무도 흡사해 깜짝 놀란 강철이 걸음을 멈추었다.

"그는… 그는 천재입니다!" 강철이 드디어 말의 재능을 찾아냈다. "시인의 이름이 뭐라고 하셨습니까? 푸시킨?"

"맞아요, 푸시킨. 알렉산드르 세르게예비치."

"알렉산드르 세르게예비치." 강철이 따라 하면서 고개를 끄덕였다. "이 이름을 외워둘 겁니다."

이야기를 나누느라 그들은 나탈리야의 집에 다 온 것을 미처 알아채지도 못했다. 집 안에서 가르모시까(러시아 아코디언)와 여성의 노랫소리가 새어 나왔다.

"이왕 오셨으니 들어갔다 가실래요? 좋아하시는 과일청과 차를 대접해 드릴게요 … "

"감사합니다, 나탈리. 하지만 오늘은 모든 것으로 가득 찼습니다 … 책, 당신 그리고 … 자신으로요. 감사합니다, 이만 가겠습니다."

그녀는 연민과 동정심을 느끼며 강철의 뒷모습을 지켜보았다.

집으로 돌아와 강철은 곧바로 잠에 빠져들었다. 비몽사몽간에 내일 아포냐가 훈련하러 오지 않았으면 좋겠다고 생각했다.

하지만 아침이 되자 아포냐가 어김없이 찾아왔다. 강철이 훈련을 취소하려면 뭘 해야 했을까? 몸이 안 좋아서 훈련하기 싫다고 말해야 했을까? 그렇지만 그는 그런 결정이 러시아 청년을 건드릴 것이기에 그렇게 하지 않았다. 사실 아포냐가 문제가 아니었다. 강철은 다른 사람들의 자존심을 존중하는 데 익숙했다. 게다가 그가 자청해서 사부 역할을 맡지 않았나. 이 역할은 정해진 의무의 이행을 요구했고 그중에서도 핵심은 직접 모범을 보이는 것이다.

아포냐는 이제 일주일 전의 아포냐가 아니었다. 이제 그는 더는 무례하게 주먹으로 문을 쾅쾅 두드린다거나 지나치게 거리낌 없는 톤으로 큰소리로 인사하지 않았다. 고개 숙여 인사하면 그도 고개 숙여 인사했다. 어디선가 나무껍질로 만든 짚신 같은 신발을 구해서 이제는 강철의 뒤꿈치를 밟을 정도로 가볍게 뛰었다. 어제만 해도 겨우 움직였는데 오늘은 격렬하게 생기를 띠며 자기도 모르는 새 코치를 도발했다. 그렇게 훈련이 끝날 즈음에는 아침의 쓸쓸한 기분이 강철에게서 싹 달아났다.

모루에 아침 식사를 담은 보자기가 놓여있었다. 강철이 예피판 집 마당 쪽을 보니 트로핌의 마차가 눈에 띄었다. '주인 어르신이 웬일인지 아주 일찍 오셨네.' 보따리를 들고 쪽방으로 가면서 강철이 생각했다.

아침을 다 먹을 새도 없이 트로핌의 목소리가 들렸다.

"강철아, 안에 있느냐? 잠깐 나와봐라, 할 말이 있다."

트로핌과 예피판, 두 남자에게서 자기들의 음모에 흡족해하는 공모자의 모습이 보였다. 그들의 눈은 배려심을 비추고 있었다.

"잘 지냈느냐?" 트로핌이 물었다. 그의 목소리는 여느 때와 다르게 다정했다. '별고 없습니다'라는 일반적인 대답을 듣고서 트로핌이 알았다는 듯 고개를 끄덕였다. 헛기침하더니 이야기를 꺼냈다. "그래, 그러면 내일부터 혼자서 일하면 되겠네. 예피판이 너 혼자서도 충분히 잘 할 거라고 하더구나. 그렇지?"

"앞으로 저는 어디서 일합니까?"

"어디서라니 무슨 말이냐? 여기서 계속 일하지 … "

"예피판 아저씨는요?"

"이 사람은 다른 일을 할 거다. 예피판이 어디 좀 다녀와야 해. 갔다 오면 필요한 부분은 도와줄 거다. 이제부터 너는 이 대장간 주인이야. 어쩌면 한 달 후에 우리가 대장간을 다른 곳으로 옮길 수도 있고 … "

이 두 남자가 어떤 동업을 하려고 한다는 생각이 강철의 머리에 스쳤다. 미리 알아맞히지는 못한 것이다. '나와 상관없는 일이야', 강철이 이렇게 생각했으나 예피판이 트로핌과 연결되는 사실이 마음속으로는 기뻤다.

"알겠습니다." 강철이 말했다. "다만 여쭤볼 게 있습니다."

"하거라." 트로핌이 다정하게 허락했다.

"어떤 일에 얼마큼 돈을 받아야 하는지 예피판 아저씨가 목록을 작성해 주셨으면 합니다. 두 번째는 저도 조수가 있었으면 좋겠어요."

트로핌이 강철의 말을 대장장이에게 통역했다. 예피판은 동의하는 표시로 고개를 끄덕이고 나서 물었다.

"누구를 조수로 쓰고 싶으냐?"

"아포냐."

"아포냐?" 예피판이 눈썹을 치켜떴다. "그러면 아포냐가 일하러 올 거다. 그건 그렇고 최근에 너희 둘이 친해졌다고 사람들이 수군거려. 좋아, 걔가 동의하면 그러라고 해. 철, 그런데 이건 알아둬. 아포냐에게서 항상 눈을 떼지 말아야 해."

상황을 보아하니 대장장이 예피판이 흐뭇해하는 것 같았다.

"자, 다 결정했네." 트로핌이 일어섰다. "어이, 예피판, 내일 봄세. 약속한 대로 내일 아침에 니콜스크로 가는 갈림길에서 만나지. 강철이 너는 홍씨 부부를 보러 나와 같이 가겠느냐? 그 사람들이 너를 보고 싶어 하네, 특히 아주머니가. 네 실습이 언제 끝나는지 한두 번 물어본 게 아니야…"

"주인 어르신, 지금 채비하겠습니다."

집으로 가는 길에 트로핌이 어째서인지는 모르지만 자기 계획을 말해 주었다. 그는 질문으로 말을 시작했다.

"강철아, 예피판과 내가 뭐 하러 너에게 대장장이 일을 가르쳤다고 생각하냐?"

이 질문에 강철은 조금 흠칫했다. 주인의 결정이라고 생각했기 때문이었다. 하지만 트로핌이 아침에 자신과 예피판을 염두에 두고서 '우리'라고 말했을 때 그들이 동업을 시작한다고 생각했었다.

"큰 대장간을 짓고 싶으신 건 아닙니까?"

"그건 아니야. 자, 한번 생각해봐…"

그렇다, 큰 대장간을 생각하다니 강철이 조금 성급했다. 지금도 주문량이 그리 많지 않아 시간 대부분을 이런저런 예비품을 만드는 데 쓴다. 하지만 공장 제조품이 점점 더 많이 나오고 있기에 그것들은 그리 잘 팔리지 않았다. 공장에서 제조된 낫, 칼, 심지어 편자도 예피판이 만든 것보다 품질이 떨어지긴 해도 값이 쌌다.

"모르겠습니다." 강철이 말했다.

그렇게 대답하자 트로핌은 흐뭇했다. 심지어 가까운 사람도 알아맞히지 못할 상황이라면 성공은 보장된 것이다. 러시아 사람에게는 그런 습관이 있다. 예를 들면, 아침 일찍 사냥을 가려고 할 때 아무도 알아채지 못하게 집에서 살짝 빠져나가려고 애쓴다. 집에 남은 식구들도 이 습관을 알기에 자기가 집에 있다는 표시를 내지 않으려 노력한다. 그렇게 하지 않으면 모든 것이 실패로 돌아갈 수도 있다. 사냥 오기 전부터 움직이는 소리로 사람들의 주의를 끄는 사람을, 몰래 다가오도록 놔둘 만한 짐승이 어디 있겠는가!

"나는 방앗간을 짓고 싶어." 트로핌이 장엄하게 말한 뒤 강철의 반응을 살폈다. 자기 말이 충분한 감동을 주지 못한 것 같아서 트로핌은 예피판을 동업자로 두는 기발한 계획을 자세하게 이야기해 주고 강철의 반응을 보고 싶었다.

" … 누구라도 그런 제안을 받으면 좋아 죽을 거다! 1 코페이카도 안 보태고 그런 수익이 나는 일에 동업자가 되다니!" 트로핌이 손가락을 흔들며 말을 이었다. "예피판이 뭐라고 대답했는지 아냐? 내가 어떻게 대장간 일을 버리겠어, 마을 사람들이 뭐라고 하겠어? 이러는 거야. 내가 말했지, 마을 사람들까지 뭐 하러 그렇게 신경 써? 예피판이, 아니, 그렇게는 못 해,

이러면서 거절하는 거야. 그래서 대장간 일을 대신할 네가 그 일을 배우게 된 거다. 러시아 사람들은 참 이상한 사람들이야. 이득이 손으로 들어오는데 마을 사람들을 생각하고 앉았다니. 얼마나 오랜 세월을 내가 러시아 사람들과 같이 사는데 그 사람들을 당최 이해할 수가 없다니까…”

강철은 주인이 의아해하는 것이 놀랍지 않았다. 사람 나름이다. 트로핌은 그런 상황에서 예피판처럼 하지 않을 것이다. 혹시 모르지, 그가 조선에 살았다면 다른 식으로 생각했을지도 모른다. 그렇지만 이국땅에 살면서 남의 의견을 생각할 겨를이 있겠는가?

하지만 강철은 바로 이국땅이기에 더더욱 그러면 안 된다고 생각했다. 그 나라의 관습법을 경시하고서 살아서는 안 되는 것이다. 낡은 옷을 갈아입듯 자신의 관점을 바꿔야 한다. 이런 점에서 예피판은 언제 어디서든 자신의 이익을 계산하기보다는 자신의 관점과 양심에 따라 행동할 것이기에 강철은 예피판이 더 가깝게 느껴지고 더 이해할 만했다.

“어이, 총각, 왜 아무 말도 안 해? 내가 물어보잖아, 네가 예피판이라면 어떻게 했겠냐고?”

“그 사람처럼 했겠지요, 어르신.” 강철이 웃었다.

“너도 바보인 게로구나.” 트로핌이 씁쓸하게 강철을 바라보았다. “그렇게 생각한다면 죽을 때까지 일꾼으로 살 거다.”

“괜찮습니다. 대신 마음은 자유로울 겁니다.”

“자유라, 허허… 돈 없이 무슨 자유가 있겠냐? 인생을 더 아는 어른이 말하면 들어둬…”

트로핌이 뭔가에 관해 계속 오랫동안 이야기를 했지만, 강철은 귓등으로 들었다. 더 이해할 만하고 더 가깝게 느껴지는 사고와 시각을 가진 사람들이 러시아에 산다는 생각에 마음이 따스해졌다. 그리고 오늘은 일찍 돌아

가 아포냐와 만나야 한다고 생각했다. 강철은 아포냐가 같이 일하자는 제
안을 받아들일 거로 확신했다.

제28장

아포냐의 아버지 카시얀이 랴잔시나를 떠나 머나먼 극동으로 가겠다고 결심했을 때 아폰까(아포냐를 마을에서 늙은이나 젊은이나 모두들 그렇게 불렀다)는 세 살이었다. 열다섯 가구가 지금 마을을 세웠는데 터를 카시얀이 직접 골랐다. 마을 남자들이 카시얀을 자기들의 대표로 생각하며 따랐던 데는 그가 비단 연장자라서만이 아니라 현명한 판단력과 결단력 있는 성품, 강인한 신체 때문이었다. 한마디로 말해서, 어느 시대나 사람들이 가치 있게 여기는 속성 때문이었다.

그로부터 2년 후, 숲에 불이 났을 때 카시얀이 죽었다. 노인들은 마을을 덮친 끔찍한 자연재해를 기억하고 있었다. 카시얀의 결단력이 아니었다면 살아남은 사람이 적었을 것이다. 그는 도망가는 마을 사람들을 멈추게 하여 나무를 베어 불길이 나갈 길을 뚫도록 했다. 한 사내가 나무를 잘못 찍는 바람에 그것이 사람들 위로 쓰러지고 있을 때 카시얀이 자기 어깨를 받쳤고 나무의 방향이 바뀌었다. 인간이 감당할 수 없는 무게가 그를 부스러뜨렸고 그는 며칠을 괴로워하다가 죽었다. 그로부터 1년 후 아내마저 세상을 떠났고 아이 셋만 남았다. 딸 둘과 아포냐는 이제 완연한 고아가 되었다. 그들은 고모부 집에서 자랐다. 그는 말수가 적고 근면하였지만, 술 문제가 있었다. 그는 자기 자식들보다 조카들을 더 큰 사랑으로 대했지만, 술에 만취할 때는 조카들을 무차별적으로 구타했다. 그의 큰아들은 알코올 중독을 물려받았다. 그 사람이 바로 종업식 날 나탈리야의 마음을 그렇게 아프게 했던 사랑하는 제자 마르푸시카의 아버지였다.

아포냐의 누나들은 시집을 일찍 갔다. 둘 다 이웃 마을 총각들과 결혼했다. 고모부는 그즈음 알코올 진전 섬망으로 죽었다. 사촌 형은 분가해서 나간 지 오래되었고 막내 사촌 형은 블라디보스토크로 떠났다. 아포냐 또한 진작에 어딘가로 내뺄 수 있었지만, 어머니처럼 여기는 늙은 멜라니야 고모가 그를 붙잡았다.

어릴 때부터 부모의 시선을 받지 못하고 알아서 행동하는 것이 익숙한 아포냐는 개구쟁이에다 또래들 사이에서 주동자로 자랐다. 싸움을 좋아했고 민첩하고 겁이 없어서 선두에 서는 일이 잦았다. 힘이 더 센 청년들조차 아포냐와 엮이고 싶어하지 않았다.

아직 소년이었을 때도 그는 가장 넉넉한 집들이 모여 사는 이웃 동네 아이들을 괴롭혔다. 사내아이들은 대부분 아폰까에게 코피가 터지도록 얻어맞고 진흙 속에 나뒹굴었던 기억이 있을 것이다.

아포냐는 이제 열여덟이 되었지만, 성격은 그리 변하지 않았다. 여전히 아무도 겁내지 않고, 술을 마시고, 앞뒤 없이 몰려다니고, 인생에 관해 그리 고민하지 않았다. 나이를 먹을수록 옆 동네 윤택한 집안 자식들에 대한 적개심이 더 강해졌다. 그 자신도 왜 그러는지 제대로 설명할 수 없었다. 단지 자신을 마을의 주인이라고 생각하는 사람들에 대한 적의가 항상 그 안에 도사리고 있었을 뿐이다.

사람들은 아포냐 아버지를 기리며 마을 이름을 루자옙카로 지었다.

아포냐가 싸우는 법을 배우러 찾아왔다는 강철의 생각은 제대로였다. 그러나 이것이 아포냐가 자존심을 굽힌 유일한 이유는 아니었다. 이 러시아 청년은 무서워서가 아니라 훨씬 더 강하기 때문에 몸싸움을 피하는 사람을 살면서 처음으로 본 것이다. 물론 아포냐가 어린아이나 노인을 건드리지는 않겠지만 동년배라면 그가 순순히 귀를 내준다고 해도 본때를 보여줄 필요가 있다고 여겼고 양심의 가책 같은 건 느끼지 않았다. 하지만 강철이 두 번 자기를 쓰러뜨렸는데도 일부러 유리한 상황을 이용하지 않았을 때 아포냐는 당황스럽고 굴욕을 느꼈지만, 이 사람에게 관심이 갔다. 이 한인은 왜 그렇게 행동했을까?

강철이 훈련할 때 자기와 전혀 말을 하지 않는 점이 처음에는 거슬렸다.

이것이 아포냐에게는 경멸적인 태도 같아 보였다. 그러다 나중에는 말이 불필요하다는 것을 깨달았다. 강철이 하는 대로 따라 하기만 하면 되는 것이었다. 그런데 어느 아침에 강철이 한마디 했다.

"아침에 담배 피우다 아니다."

아포냐는 습관대로 한마디 쏘아붙이고 싶었지만, 강철의 말이 얼마나 선하고 설득하는 어조로 들리는지 고개만 끄덕였다. 그때부터 아침 공복에는 담배를 피우지 않았다.

그들은 총 일주일을 훈련했지만, 아포냐는 그 시간이 무량억겁처럼 느껴졌다. 게다가 매번 이놈의 강철은 온갖 새로운 동작을 짜냈다. 예를 들어, 그제 그들은 일어서서 뒤통수를 맞대고 팔꿈치로 팔짱을 낀 다음, 마치 밀가루 자루처럼 번갈아 가며 상대방을 등에 업고 들어 올렸다. 다음날 이 동작을 하던 중 강철이 아포냐가 거의 머리 쪽으로 쏠려 굴러떨어질 만큼 등을 굽혔다. 발이 땅에 닿을 새도 없이 다시 등을 굽혀 머리가 구를 정도로 굽혔다. 짝꿍이 그런 일을 벌이는데 아포냐라고 같은 행동을 못 할쏘냐? 척추에서 뿌지직 소리가 날 만큼 서로를 등으로 번갈아 지며 장난을 쳤다.

어제는 이 짝꿍이 하다 하다 이런 동작도 생각해 냈다! 팔을 구부려 맞대고 마주 보고 섰다. 그런 다음 발이 선 자리에서 미끄러져 나가지 않도록 애쓰면서 서로를 밀치기 시작했다. 아포냐가 아무리 애를 써도 강철을 한 번도 이기지 못했다. 아포냐는 다른 때 같으면 어떻게 누군가가 자기보다 더 능수능란할 수 있단 말이냐, 이러면서 분을 못 이겼을 거다. 그런데 강철과 겨루기를 하면 아포냐는 그를 따라잡기는 당최 멀었다고 생각했다. 이기게 될 날을 기다리며 많은 것을 배워야겠다고도 다짐했다.

오늘도 보니 강철이 뭔가 새로운 것을 고안해 온 듯 보였다. 뭐에 쓸 건지 밧줄도 가져왔다. 일상적인 훈련을 마친 다음 강철이 밧줄의 끝을 나무에 묶었다. 다른 끝은 아포냐에게 쥐여주고 돌리라고 시키고 자기는 원을 그리며 돌아가는 밧줄 안으로 들어가 폴짝폴짝 뛰기 시작했다.

소녀들이 흔히 하는 줄넘기 놀이였다.

"빨리!" 강철이 외쳤다.

오호라, 그렇단 말이지, 버텨라, 한인! 아포냐가 있는 힘을 다해 손을 휘둘렀다. 강철이 더 빠르게 점프하더니 축을 중심으로 반 바퀴씩 회전하기 시작했다.

서로 역할을 바꿨다. 아포냐는 떨리는 마음으로 원 안으로 뛰어들었다. 옆에서 보면 밧줄을 통과하여 뛰어오르는 것보다 쉬운 일은 없어 보였다. 하지만 속도가 빨라지면 연속해서 뛰어야 하고 쉽게 박자를 놓쳐버린다. 때때로 밧줄이 종아리를 아프게 때렸다. 점프에 익숙해진 아포냐가 반 회전을 시도해 보았다. 잘 안되었다. 그러자 밧줄이 세차게 갈기는 벌을 주었다. 다시 한 번 해보았다. 여전히 실패했다. 하지만 아포냐는 항복하는 사람이 아니다. 그는 될 때까지 다시, 또다시 시도했다. 강철을 흘긋 보자 그가 웃고 있었다.

훈련이 막바지에 다다르자, 이 한인은 또 새로운 방식을 꺼냈다. 웬일인지 밧줄을 두 줄로 하여 아포냐의 허리에 묶었다. 한쪽 끝을 다시 나무에 고정한 다음 다른 끝을 손으로 잡았다. 밧줄이 조여오면 몸을 뒤로 젖혀 뒤구르기를 해야 하는 것이다. 강철이 아무런 장치 없이 동작을 몸소 보여 주었다.

동작은 단번에 성공했다. 하지만 앞구르기는 더 힘들었다. 아포냐가 아무리 애를 써도 땅을 세게 박차고 오를 수가 없어서 매번 밧줄의 도움으로 땅에서 발을 떨어뜨렸다. 그렇긴 했지만, 훈련을 마치고 돌아오면서 아포냐는 만족스러웠고 강철도 비슷한 무엇을 느끼는 것 같았다. 아침에 강철의 상태가 썩 좋은 건 아닌 것 같았는데 말이다.

앞에서 뛰어가는 한인의 등을 보는데 아포냐 마음속에 느닷없이 따스한 고마움이 일었다. 이 철이라는 사람은 어쨌든 좋은 청년이다. 강하고 능숙하고 아주 차분한. 누구든 때려눕힐 수 있지만 절대 먼저 시비를 걸지는 않는다. 아포냐가 강철을 닮는다면 좋을 것이다.

틀림없이 철은 혼자 살아서 쓸쓸하고 외로울 것이다. '아마 여자가 그립겠지.' 아포냐가 생각했다. 철에게 타시카를 소개해 줘야겠다는 생각이 문득 들었다. 당연히 철에게 잘해주라고 타시카를 다독이는 일이 먼저겠지. 시골식으로 그냥 주라고 얘기하는 게 더 쉬울지도 모른다. 타시카는 거절하지 않을 거다. 타시카는 눈치가 빠르고 발랄하고 기분을 낼 줄 아는 아낙이다. 그러니 제대로 그를 뒤흔들어 놓을 거다.

이 발상이 얼마나 마음에 들었던지 아포냐는 오늘 당장 모두가 타시카라고 부르는 젊고 헤픈 과부에게 달려가 얘기를 해보겠노라 마음먹었다.

대장간 근처에서 헤어지기 전 강철이 또 고개를 숙여 인사하는 자세를 잡았다. 하지만 이 예절 바른 인사를 제자가 보지는 못했다. 그도 공손하게 등을 구부리고 절을 하고 있었기 때문이다.

처음에 아포냐는 한인과 함께 훈련한다는 사실을 누구라도 알게 되는 것이 싫어서 집으로 가는 길을 일부러 둘러서 갔다. 그러나 시골에서 뭔가를 감출 도리가 있는가… 하루가 지나자, 집시라는 별명으로 불리는 친한 친구 코스쨔가 총각 처녀들이 모인 자리에서 일부러 질문을 던져 그를 건드려 보기로 했다.

"너 강아지처럼 그 한인 뒤를 졸졸 쫓아다닌다고 하대?"

"쫓아다녀." 아포냐가 침착하게 대답했다. 그리고 어떻게든 이 사실을 설명해야 한다고 느끼며 거짓말을 했다. "나한테 잡힐 때마다 내가 그 사람의 목을 꺾어버리기로 그 사람과 약속했어. 우리 일에 참견하는 놈은 우리가 같이 어디 한 곳을 부러뜨리기로 했고."

집시가 암시를 알아듣고 더는 귀찮게 질문하지 않았다.

아버지 나무를 베어 지은 아포냐의 집은 꽤 튼튼해 보였지만 심하게 방치되어 있었다. 아포냐가 돌볼 여유가 없었던 작은 살림과 마찬가지로. 하지만 사람이 날이 밝기 전에 일어나면 갑자기 여유 시간이 많이 생긴다. 멜라니야 고모는 처음에 조카를 보고 마당에서 장난치는 집귀신인 줄로 착각하고 놀라 까무러쳤다. 아포냐를 알아보고도 고모는 자기 눈을 믿지 못했다. 이 한량, 만사태평하게 놀러나 다니는 늦잠꾸러기가 이른 아침부터 일을 한다고? 하지만 고모의 눈앞에는 패놓은 장작더미, 수리된 문, 다시 만든 헛간의 지붕이 있었다. 조카는 고모가 이 년째 노래를 불렀던 돼지우리를 어제부터 짓기 시작했다. 멜라니야 고모가 벌써 일주일째 마당에서 벌이는 소란에 잠에서 깰 때마다 성호를 긋고 이렇게 중얼거리는 것은 이제 더는 놀라운 일이 아니었다.

"하느님, 조카가 정신을 차리게 해주셔서 감사드립니다."

자기 자식들을 포함하여 모든 아이 중에서 멜라니야 고모는 항상 아포냐를 막내로, 고아로 생각했다. 그러나 세월이 흐르면서 불쌍한 마음은 어디론가 사라졌다. 아폰까가 어릴 때부터 자기를 불쌍하게 여기는 마음을 참지 못해서 그렇게 됐는지, 아니면 슬픔과 걱정이 많아 그녀 자신의 마음이 시들었는지는 모르지만. 최근에 그들은 서로를 무심하게 대했고 집이나 살림살이에 필요한 최소한의 의무만 하면서 살았다. 그런데 지금 조카가 몰고 온 변화가, 참으로 이상하게도, 그녀 안에서 거의 잊힌 가엾게 여기는 마음과 부드러운 감정을 되살렸다.

잠에서 깨면서 고모가 생각했다. '도끼질하는군. 밥도 안 먹었는데. 무슨 맛있는 걸 만들어 줄까? 연유를 넣은 팬케이크를 만들어 줄까, 아폰까가 어려서부터 좋아했잖아…'

놀랍도록 잽싸게 고모가 난로에 불을 붙였다. '달걀 두 개쯤 넣어 반죽하면 좋겠지만, 어디서 달걀을 구하겠어. 샤워크림이라도 있어서 다행이네.' 밀가루를 반죽하며 고모는 아쉬워했다.

아포냐가 맛있게 먹는 것을 보며 멜라니야 고모가 다정하게 말했다.

"먹어, 다 먹어라."

"고모는?" 조카가 눈썹을 움찔했다.

"나는 벌써 먹었지, 요리하면서."

"거짓말하는 거 아니지, 속이는 거 아니지, 고모?"

"무슨 소리야, 아포냐. 내가 언제 너를 속였다고?"

"그건 그래." 아포냐가 말했다. "팬케이크가 잘됐네."

"어려서부터 네가 좋아했잖아. 내가 팬케이크를 구울 때 다른 애들은 다 달려와서 달라고 하는데, 너는 참고 또 참았지. 너는 누굴 닮아서 그렇게 태어났는지 원, 아포냐…"

"그렇게가 어떻게야?" 아포냐가 명랑하게 물었다.

"자존심이 그렇게 세게 말이야." 말하면서 고모도 빙그레 웃었다. "그건 네 속에 있는 아버지의 피다. 카시얀은 분별력이 있었어. 그리고 필요할 때는 무릎을 꿇을 줄도 알고. 그러나 속은 항상 자존심이 강했지. 내 남편하곤 다른 사람이었어. 술 취한 사람은 추태를 부리지만 정신이 맑은 사람은 물보다 더 고요하지. 너는 안팎이 똑같아. 그런데 요샌 네가 뭔가 다른 사람이 된 듯해 보이네… 글쎄, 완전히 카시얀이야."

아포냐가 조금 민망해서 헛기침했다.

"고모, 그 있잖아… 한마디로, 아픈 데 찌르지 마. 나 저기… 우리 호밀이 잘 자라는지 가서 보고 올게. 돼지우리는 오후에 마무리하고."

"그래, 그래라." 멜리니야가 고개를 끄덕였다. "누가 너에게 억지로 뭘 하라고 시키겠냐. 네가 이제는 살림꾼 남자인데."

"아, 됐어, 고모." 아포냐가 손을 내저었다. "고마워, 맛있는 밥을 차려줘서."

고모는 지금껏 조카가 감사하는 말을 한 번도 들어본 적이 없었다. 그런데 고맙다고 할 뿐만 아니라 고개까지 숙이는 게 아닌가. 그렇다, 기적이라고밖에는 달리 할 말이 없다!

아포냐가 돼지우리 뒷벽의 가로대로 사용하려고 두꺼운 장대의 끝을 잘랐다. 둥근 목재가 장화 신은 발로 눌렀음에도 불구하고 자꾸 굴러갔다. 다시 한 번 장대가 구르려 하자 갑자기 나타난 누군가의 발이 그를 도왔다. 아포냐가 뒤를 돌아보았다. 거기엔 어디서 나타난 지 모를 철이 서 있었다.

"쳐, 쳐라." 철이 슬며시 웃으며 말했다. 몇 번 치고 나서 끝이 잘리자 물었다. "톱?"

그러고선 팔로 앞뒤로 왔다 갔다 하는 동작을 보여주었다.

"톱으로 하면 안 돼." 아포냐가 고개를 가로저었다. "맨들맨들하게 다듬어야 해. 안 그러면 물이 생기고 다 썩어 문드러질 거야. 못 알아들었지? 내가 지금 보여줄게…"

그는 널브러진 두꺼운 나무토막을 집어서 끝을 보여주었다.

"여기 봐, 봄에 톱질했는데 벌써 물이 스며서 검어졌잖아. 이제 집을 봐봐. 끝을 다 도끼로 잘랐잖아. 세월이 그렇게 흘렀는데도 끄떡없잖아." 철이 말귀를 금방 알아들었다. 그러고선 러시아 주택들의 통나무 끝이 왜 그렇게 깔끔하지 못하게 잘렸는지 알 것 같았다. 그 이유는 너무나도 단순하다. 홍씨아저씨가 목간을 지을 때 매번 톱질 된 부분을 진흙으로 발랐던 이유가 있었던 것이다. 도끼로 두꺼운 통나무를 자르기는 톱보다 훨씬 어렵다. 그 대신 나중에 습기를 걱정할 필요가 없다.

그들은 장대를 기둥에 고정하기 시작했다. 갑자기 조수로 등장한 철이 나무를 잡아주고, 아포냐가 묶었다. 아포냐가 밧줄로 십자로 교차하는 지점을 단단히 묶고 매듭은 리본 형태로 마무리했다. 이를 지켜보던 철이 한 어부가 가르쳐준, 고리를 만들어 묶는 방법을 보여주기로 마음먹었다. 철이 끝을 세게 당기자, 아포냐가 매듭을 만져보고 감탄해서 고개를 저었다.

"대단하네! 어디 한 번 더 보여줘 봐…"

그들은 둘이서 빠른 속도로 돼지우리 뒷벽을 세웠다. 아포냐가 전부 제대로 됐는지 확인하면서 만든 축사를 한 바퀴 둘러보았다.

그들은 자작나무들이 반원을 그리며 즐비하게 선 곳 한가운데 놓인 긴 의자에 앉았다. 가장자리 나무들이 키가 더 컸다. 철이 가로로 난 검은 옹이들이 박힌 매끈한 하얀 둥치를 손으로 쓸었다.

"그건 아빠와 엄마야." 아포냐가 궐련을 말면서 말했다. "이 나무들은 누나들과 나야. 부모님은 돌아가셨고 누나들은 휘리릭 내뺐고, 나만 고모랑 남았어. 그런데 어떻게 날 찾았어?"

"여자, 물어보다." 강철이 대답했다. "대장간, 일하고 싶어?"

"대장간에서 일하는 거?" 아포냐가 깜짝 놀랐다. "너 대신?"

"아니, 너, 나, 일하다, 대장간…"

"예피판은 어쩌고? 예피판이 너를 보냈어?"

"예피판, 아니다, 일하다. 너, 나는 일하다."

"뭔 소린지 모르겠네… 예피판은? 무슨 일이 생긴 거야?"

강철은 어떻게 설명해야 할지 몰라서 지금 같이 대장간으로 가는 게 낫겠다고 생각했다.

"집으로, 예피판, 가자?"

"가자." 아포냐가 동의했다.

그들은 평소와 다른 일을 하는 예피판을 살림방에서 발견했다. 그는 탁자에 앉아서 종이에 뭔가를 그리고 있었다. 그들을 보자 예피판이 눈썹을 치켜올리며 놀란 빛을 보였지만 금세 인자하게 미소 지었다.

"어서 와라, 아포냐!"

"예피판 아저씨, 여기 철이 저한테 대장간 일 뭐라고 하는데 무슨 말인지 당최 알아먹을 수 있어야지요. 철이 그만두는데 제가 자기 대신에 이

자리에서 일하라는 건가요?"

아포냐의 목소리가 도전적으로 들렸다. 자기를 빼놓고 어떻게 그런 결정을 내렸냐는 듯.

"철이 그만두는 게 아니야, 내가 그만둬. 철이 이제 대장장이인데 너와 같이 일하고 싶어 해."

"제가 철이랑 같이요?"

"그래, 철이랑 같이. 이 사람이 대장간에서 일한 지 얼마 안 됐다는 생각은 버려라. 청년이 일머리가 있고 손은 금손이다. 아포냐 너도 이 사람과 같이 일하면 이 사람 못지않은 대장장이가 될 거다."

"예피판 아저씨는 어디로 가시는데요?"

"아무 데도 안 가." 예피판이 슬며시 웃었다. "단지 다른 일을 할 거야. 그래, 어떡할 거야, 일할 거냐, 아포냐? 손기술을 배워두면 나중에 얼마가 됐든 돈벌이에 보탬은 될 거다."

아포냐가 강철에게 시선을 돌렸다가 다시 예피판을 바라보았다.

"철과 같이 일할게요."

"그래, 잘됐다. 솔직히 말하면, 네가 하겠다고 할 거라고 생각 못 했다. 내일부터 일하거라. 막히는 일이 있으면 나를 부르고. 내 대장간을 사용하는 동안은 수익의 절반을 나한테 주는 거다. 이제 그만들 가보고 … "

그들이 밖으로 나왔다. 마리야를 보자, 아포냐의 어리둥절하던 얼굴에 환한 웃음이 금세 번졌다. 자기를 보고 깜짝 놀라는 아가씨가 그를 더 유쾌하게 만들었다.

"왜, 왜? 신랑이 신붓집에 뭐 하러 오겠어? 당연히 청혼하러 오겠지!"

"아무렴, 아포냐." 마리야가 손을 내저었다. "철, 이 사람은 왜 온 거야?"

철이 무슨 얘기가 오가는지를 눈치채고, 아포냐를 돕기로 결심했다.

"아포냐, 맞아. 예피판 아저씨, 말했어, '그러마'."

마리야가 경악하여 쏜살같이 집 안으로 달려 들어갔다.

"도망치자, 철." 아포냐가 말했다. "안 그러면 우리에게 달려들 거야."

문밖을 나갔을 때 그들은 마리야가 현관으로 뛰어나와 주먹을 쥐고 그들을 향해 으르는 모습을 보았다.

"그런데 너도 장난칠 줄 아네." 아포냐가 낄낄거리며 말했다. "진짜로 청혼할 때가 되면 꼭 너랑 같이 올 거다. 너 지금 어디 가, 철? 집에 가?"

"응."

"집에서 뭐 할 건데? 우리 집에서 저녁 먹고 타시카한테 가자. 내가 그 여자에게 소개해 줄게. 유쾌한 여편네야. 갈 거야?"

강철이 고개를 끄덕였다. 강철은 어디로 가자는 말인지 못 알아들었지만 이제 친구가 된 아포냐와 그냥 헤어지기가 섭섭해서 동의했다. 그들은 아포냐의 집으로 다시 향했다.

광장을 지나갈 때 상점에서 나온 니콜라이와 마주쳤다.

"어이, 철, 안녕!" 그가 인사했다. "어디 가는데?"

"나는… 음… " 강철이 머뭇거렸다.

러시아 청년들이 교환하는 눈빛을 보아하니 그들 사이에 화해할 수 없는 적의가 흐르고 있었다.

"쿠딘킨 산으로 간다."(대답하기 곤란하거나 싫을 때 건성으로 하는 말 - 옮긴이) 아포냐가 쏘아붙이고 걸음을 멈춰 서서 어깨를 폈다. "이 사람이 어디를 가든 네가 무슨 상관인데?"

니콜라이가 싸움꾼을 훑어보더니 엮이지 말아야겠다고 생각했다. 아무 말도 없이 그들을 지나쳐 갔다.

강철이 아포냐를 나무라는 눈초리로 바라보았다.

"저런 놈 신경 쓰지 마." 아포냐가 손을 내저었다. "상전 납셨네. 어디 가는데, 어디 가는데? 개새끼, 지랑 무슨 상관이라고?"

아포냐가 계속 뭔가 악담을 퍼부었지만, 강철은 자기 생각에 빠지느라 듣지 않았다. 청년들이 한마을에 사는데, 저리 사이가 안 좋다니. 출신 계급 이 다르다면 이해할 만하지만, 이 둘은 다 농민 집안 출신이다. 강철은 양 반 집안에서 자랐기에 농민의 아이들과 놀 때는 항상 지위의 차이를 느꼈 다. 그 아이들이 양반에게 하듯 그를 대했기 때문이다. 강철은 그 아이들이 놀이에서 봐주거나 일대일로 겨룰 때 일부러 져주지 않고, 그를 자기들 안 으로 받아들여 주길 바랐다. 그들의 우정과 동등한 관계가 부러웠다. 그 아 이들에게는 공유하는 뭔가가 있고 그들 자체가 똘똘 뭉쳐있다고 언제나 느 껴졌다. 실제로 루자옙카에 사는 청년들이 부모들의 경제적 형편에 따라 두 패로 나뉘었다는 이야기를 표트르가 해준 적이 있지 않은가.

'그건 너무 가변적이잖아. 오늘의 가난뱅이가 내일의 부자가 될 수도 있 는데. 재산이 불어나도 사람은 예전 그대로일 텐데 … 하기야 그렇진 않다. 사람 역시 항상 변하니까. 그때로부터 너 자신은 변하지 않았단 말인가? 너 안에 양반의 무엇이 남았나? 그렇다, 나는 농민들, 품팔이들과도 동등하 지만, 나탈리야와도 동등하다. 교양이 우리를 평등하게 만든다. 두말할 여 지도 없이 교육이 사람을 고상하게 하는 가장 중요한 것이다.' 강철이 생각 했다.

이런 결론에 이르자 강철이 만족스럽게 웃었다.

멜리니야 고모가 집에 없어서 아포냐가 직접 저녁을 차리게 되었다. 흑 빵과 숙성된 돼지비계를 자르고 양배춧국을 대접에 펐다. 아포냐가 분주한 동안 강철이 살림방을 둘러보았다. 커다란 난로, 성상화, 기다란 의자. 장식 이 수수함을 넘어서는 점만 제외하고는 예피판네와 다를 건 없었다. 수를 놓은 수건도, 커튼도, 식탁보도 없었다. 비어있고 초라하지만 깨끗하게 정리되어 있었다.

아포냐가 잠시 자리를 비운 뒤 병을 들고 돌아왔다. 그것을 식탁에 놓고 묻는 표정으로 손님을 보았다. 아포냐는 강철이 담배를 거절했던 일이 생각났다. 사마곤(가양주)도 마시지 않을지 모르니까.

"철, 한잔할까?"

동의하는 뜻으로 고개를 끄덕거리는 걸 보고 아포냐가 아이처럼 기뻐했다. 옥수수 대로 만든 마개를 이빨로 열고 토기 잔에 부었다. 자기 잔을 들고 뜻깊게 외쳤다.

"됐어, 충분해."

그는 잔을 단번에 비우고도 인상 한 번 쓰지 않았다. 그냥 숨을 한번 몰아쉬고 오이로 손을 뻗었다. 강철이 겨우 한 모금만 마신 것을 보고 물었다.

"왜? 맛이 없어?"

"나, 사마곤, 잘 못, 마셔라."

"그래, 알아서 해, 철. 강요하진 않을게. 우리 러시아 사람들은 잔을 단번에 비우는데 한국에서는 어떻게 하는지 모르니까."

빵을 담은 통 옆에 나무로 만든 작은 소금 통이 있었다. 강철이 그것을 집어 들고 말했다.

"한국인들은, 여기로, 가양주를. 이런 잔이, 마셔라."

"어떻게?" 아포냐가 아연실색했다. "이런 작은 잔으로 술을 마신단 말이야? 아마 그쪽 가양주가 더 도수가 높겠지? 가양주, 독하다고."

"아니야." 강철이 고개를 가로저었다.

아포냐가 의아한 표정으로 강철을 보더니, 병을 집어서 자기 잔에 조금 따랐다.

"요만큼, 맞아?"

"그래, 그래."

아포냐가 가양주 한 모금을 마시고 벽을 응시하며 그렇게 조금 마신 사람의 기분을 느껴보려고 했다. 한 사발 들이켠 후의 느낌과 다른 모양이었다. 이렇게 말했으니까.

"에이, 아니야. 러시아 사람은 그렇게 안 마실 거야. 술을 제대로 마셔야지 … "

밥을 다 먹고 나자마자 아포냐가 제안했다.

"밖에 가서 담배 한 대 피우자."

그들은 다시 자작나무 아래 긴 의자에 자리를 잡았다.

"피울 거야?"

강철이 고개를 가로저었지만, 내민 담배쌈지를 손으로 집었다. 단단한 직물로 만든 쌈지에는 수놓은 무늬가 있었다. 솜씨 좋은 누군가가 정성껏 만든 것 같았다.

"마리야가 만든 거야." 아포냐가 자랑했다. "안 믿어?"

강철이 믿지 못할 이유는 없었다. 마리야도 아포냐를 좋아하는 것처럼 보였지만 총각이 처녀와 비교하면 너무 진중하지 않아 보였다. 마리야도 당연히 그렇게 느껴서 거리를 두는 모양이었다. 그녀의 부모님도 싸움꾼이라고 명성이 자자한 아포냐가 딸내미를 따라다니는 것을 틀림없이 아주 못마땅해할 것이다.

아포냐가 담배를 커다랗게 말아서 맛있게 불을 붙였다.

"담배 피우다, 몇 년 동안?" 강철이 물었다. 한국인들은 스무 살까지는 거의 담배를 안 피우기에 강철은 그것이 궁금했다.

"나? 일곱 살부터." 아포냐가 씨익 웃었다. 자랑하는 건지, 아니면 자기가 생각해도 너무 일찍 담배를 시작했다는 건지 알 수 없었다.

강철이 질겁했다.

"아빠, 엄마가 혼내지, 안 했어?"

"그땐 이미 세상 떴을 때지. 살아계셨으면 두어 번 채찍으로 나를 때렸을 수도 있고. 그랬다면 아예 담배엔 손도 안 댔을지도 몰라. 알아듣겠어? 아빠가 나를 착-착, 나는 아야, 아야, 담배 필요 없어, 없어 … "

"너가 직접, 필요 없어."

"나? 스스로 끊기가 어려워. 게다가 담배도 안 피우면 뭘 하겠어. 네가 나한테 아침에 담배 필요 없다고 했잖아. 그래서 내가 얼마나 고생했게? 에이, 이런 이야기나 하고 있네. 타시카한테 갈까?"

"어디로?"

"과부가 하나 사는데 명랑하고 젊어. 우리는 그 집에 저녁마다 모여. 노래도 부르고, 춤도 추고, '병' 놀이도 해."

"가양주?"

"그게 아니고, 그런 놀이가 있어. 병놀이라고 해. 병을 돌려서 멈출 때 주둥아리가 가리키는 사람이 키스해야 해."

"키스해야 해?"

"그러니까, 이렇게 '쪽'하는 거지." 아포냐가 손등에 입을 맞췄다.

강철은 의아했다. 러시아 농민들이 여자의 손에 입을 맞추는지를 몰랐기 때문이다.

"흐음, 가자?"

"가자."

아포냐와 친구들이 모이는 집의 여주인은 스물셋 먹은 타시카인데 2년 전 남편이 죽고 과부가 된 후 지금까지 앞뒤 없이 흥청거리고 살았다. 어릴 때 자기보다 열 살 정도 많은 티혼에게 강제로 시집갔는데, 그녀는 남편을 사랑하지 않았고 몹시 두려워하기만 했다. 남편은 원래 많은 이들에게 공포심을 주는 사람이었다. 티혼은 말수가 적고 붙임성도 없었다. 그가 무엇을 하며 먹고 사는지 아무도 제대로 알지 못했는데, 열매나 버섯을 따러 가는 아낙네들이 숲에서 그와 심심치 않게 마주쳤다. 그는 사냥을 잘한다고 소문이 났지만, 항상 혼자 다녔다. 게다가 그의 집도 외딴곳에 있었다. 모두가 뒤에서 그를 마법사라고 불렀다.

그럴만할 필요가 충분해서 타시카를 그에게 시집보냈다. 티혼이 타시카를 데려오는 대가로 적지 않은 금화를 지불했다는 소문이 돌았는데 아니 땐 굴뚝에 연기가 나지 않는 법이다. 여름 한 철 동안 타시카의 부모님은 벽이 다섯 개가 있는 새 오막살이를 지었고, 부러워할 만한 지참금으로 신랑들을 유혹하여 과년한 딸 둘을 시집보냈다.

4년 동안 결혼 생활을 하며 타시카는 얼어붙은 것처럼 살았다. 처음에는 그녀의 쾌활한 성정이 남편의 무뚝뚝한 성격과 어떻게도 어우러지지 못했지만, 나중에는 남편에게 점차 익숙해지는 것 같았는데 전례 없는 일이 일어났다. 시골 마을에 갑자기 기마경찰들이 들이닥쳤다. 나중에 밝혀진 바로는 타시카의 남편이 도망친 죄수였는데 그는 상인의 행렬을 공격한 강도단 중 한 명으로 유죄 판결을 받은 사람이었다.

체포되는 과정에서 티혼은 두 명에게 총격을 가했고, 다리에 상처를 입지 않았더라면 포위망을 뚫고 숲으로 도망칠 수 있었을 것이다. 분노한 기마경찰들이 그를 총검으로 즉시 찔러버렸다.

거의 일 년을 마을 사람들이 젊은 과부를 멀리했다. 하지만 러시아인의 마음이 뒤끝이 없는 데다 마음을 끄는 호기심이 다른 감정을 눌렀다. 사실 타시카는 남편 이야기를 별로 하지 않고 살았다. 남편이 죽자, 그녀는 마치 빽빽하게 둘러싸인 잡초에서 해방된 꽃처럼 활짝 피어났고, 마치 잃어버린 시간을 만회라도 하듯 질펀하게 놀았다. 게다가 티혼이 어려울 때를 대비해 뭔가를 남겨두었는지 그녀는 별 고민과 걱정 없이 살았다. 하루가 멀다 하고 타시카의 집 굴뚝에는 연기가 피어올랐고 아침까지 춤을 추고 놀았다. 아랫길에 사는 총각들이 그녀에게 푹 빠졌고, 그녀 때문에 총각들 사이에 주먹다짐이 일어난 적이 한두 번이 아니라 다른 아가씨들이 그녀를 몹시도 시기했다.

타시카가 아포냐를 상냥하게 반기면서 평가하는 눈길로 강철을 훑으며 노래하는 듯한 목소리로 질문을 던졌다.

"같이 오신 이렇게 잘생긴 분은 누굴까?"

"내 친구 철이야. 잘해줘."

"예피판 대장간에서 일한다는 그 사람이야?"

"바로 그 사람이야. 말귀를 못 알아먹는 사람들에게 내가 다시 한 번 말하는데, 철은 내 친구야."

아포냐는 명령에 익숙한 사람의 시선으로 손님들을 둘러보았다. 아포냐가 위풍당당하게 출입문 맞은편에 있는 상석으로 강철을 데리고 갔다.

소란스럽고, 피워댄 담배로 연기가 자욱하고, 흥겨웠다. 큰방의 벽 세 개를 둘러 놓인 긴 의자에는 청년들이 밀착하여 앉아있었다. 사람이 한 스무 명 모였다. 오른쪽 구석에 놓인 탁자에는 술병과 술잔, 안줏거리가 있었다. 아직 아무도 술을 마시지 않았지만, 모두가 흥이 난 상태였다. 아포냐가 특이한 손님과 함께 등장하자 흥이 한껏 더 달아올랐다. 강철에게 와서 악수를 청하고, 어깨를 두드렸으며, 흥겹고 반갑게 웃으며 뭔가를 말했다. 낯선 사람이 많은 곳에 있으니, 강철은 머리가 살짝 어지러웠다. 주변 사람들의 잔치 기분이 저절로 강철에게도 전이되었다.

안주인 포함 여자 다섯 명이 술과 안주를 내오는 것으로 잔치가 시작되었다. 아포냐와 강철 앞에는 타시카가 쟁반에 더 많은 것을 날라왔다. 청년들이 일어섰다.

"자, 친애하는 손님들, 보드카 한 잔씩 드세요." 타시카가 고개를 살짝 숙이며 말했다.

"철, 컵 받아. 그렇게, 이제는 쭉 다 마셔. 하하… 이제 안주인한테 키스해야지."

강철이 아포냐의 말을 알아듣고 당황했다.

"어이, 뭐야, 철? 타시카에게 키스해야지! 자, 자, 모두 같이 외치자. 타시카, 키스! 타시카, 키스!"

모두가 따라서 외쳤다. 하지만 강철은 어찌할 바를 몰라 동상처럼 얼어붙었다. 그때 타시카가 쟁반을 누군가에게 준 다음 당당하게 강철에게 다가가 목을 끌어안고 진하게 입을 맞췄다. 여자 입술의 촉촉한 맛과 탱탱한 젖가슴의 감촉, 세차게 끌어안는 부드러운 손길이 느껴지자, 강철은 온몸이 달아올랐고 숨이 멎을 것 같아 수십 개의 눈이 자기를 주시한다는 사실도 잊어버렸다.

아포냐도 컵을 비우고 타시카에게 키스했다. 하지만 동작이 매우 짧았고 능숙했다.

"러시아 여자와 하는 키스 맛이 어때, 어?" 아포냐의 목소리가 강철에게 들려왔다. 그다음에 뭔가를 확신하는 이해할 수 없는 말이 이어졌다. "이건 아직 꽃이야, 열매를 맛볼 때가 올 거다."

그다음으로 벌어진 일들은 강철의 기억 속에 어렴풋이 남았다. 모두 함께 합창으로 노래를 불렀고 춤을 추다가 다시 술을 마셨다. 마음이 가볍고 자유로웠다. 일명 병놀이를 하면서는 모두가 함께 키스하는 사람들을 부추겼고 병 주둥이가 강철을 가리켰을 때는 전혀 당황하지 않고 입술을 내밀었다. 흥이 한창 올랐을 때 누군가 자기 팔을 당기는 것을 느꼈다. 타시카였다. 그녀가 강철을 밖으로 데리고 나갔다. 신선한 밤공기를 마시니 정신이 드는 것 같았다. 균형을 잃지 않으려고 애를 쓰며 현관에서 내려갔다.

"이쪽으로 와, 어서." 강철의 팔을 끌면서 타시카가 흥분된 목소리로 속삭였다.

강철이 헛간 문 앞까지 순순히 그녀를 따라갔다.

"정지." 강철이 소리치고 그 자리에 멈춰 섰다.

타시카가 돌아보고 놀라서 물었다.

"뭐야, 이 귀염둥이. 가자, 하고 싶지 않아?" 그러고선 끈질기게 강철의 팔을 잡아당겼다.

하지만 그는 자리에 붙박이처럼 서서 꿈쩍도 하지 않았다. 타시카가 다가와 강철을 껴안았다. 또다시 여자의 뜨거운 육체가 닿자, 머리끝부터 발끝까지 달콤한 전율이 일었다 …

"자기야, 온몸이 떨리잖아. 가자."

강철이 머뭇거리며 헛간으로 들어갔다. 그녀가 강철을 구석으로 데리고 가 껴안고서 건초 더미 위로 같이 쓰러졌다.

"얼른, 얼른, 자기야, 내 옷을 벗겨." 그녀가 열병에 들린 것처럼 속삭였다. "이 귀여운 한인, 내 말 못 알아듣는 거야, 그럼 내가 벗을게. 이것 봐, 내 젖가슴. 여기에 얼굴을 파묻어봐 … 그렇게 … 입술로 빨아봐, 마구마구, 더 세게 … 웃옷 벗고 … 이제 바지도 벗어 … 내가 도와줄게, 자기야 … 허리띠가 너무 빡빡해. 그래, 벗어, 벗어 … 세상에나, 이렇게 실하다니! 내가 만지니까 기분 좋아, 기분 좋지, 응? 아아, 자기야, 부끄러워하지 마 … 무슨 일이야? 잠깐, 어디 가? 거기 서, 가지 마 … 바보같이, 도망가 버렸네. 아포냐한테는 뭐라고 하나? … "

제29장

 구든 살면서 제자와 선생의 역할을 번갈아 가며 여러 차례 경험한다. 받아들일 줄 아는 사람은 전할 줄도 안다.

강철은 겨우 한 달 반 전에 난생처음으로 가죽 앞치마를 두르고 손에 망치를 쥐고서 대장장이의 지시에 따르며 철을 벼리는 일을 배웠다. 그런데 이제는 자신이 대장장이 역할을 맡았고, 전에 없이 진지한 표정을 한 아포냐가 조수의 자리에 등극했다. 예피판은 말수가 적었는데, 그건 러시아인과 한인 사이의 언어 장벽 때문이 아니었다. 배우는 생활과 가르치는 생활을 다 거친 사람의 인생 경험이 눈으로 배우지 못하는 자는 말로 설명해도 모른다는 것을 알려주었기 때문이다. 백번 말로 하는 것보다 한번 보여주는 것이 낫다.

강철에게 이미 익숙해진 대장간이 오늘따라 새롭게 보였다. 이곳에서 이제는 다른 역할이 시작되기 때문이었다. 그렇다 해도 예전 역할이 기억 속에서 아직 사라지지 않았기에 지금 아포냐가 느끼는 감정을 잘 감지할 수 있었다.

장교로 있을 때 강철은 자기 기술과 경험을 다른 사람에게 전수해 준 적이 있었다. 군대에 있을 때였는데 그곳은 명령 수행이라는 하나의 목적에 모든 것이 종속되는 곳이다. 그때 강철이 깨달은 것은 고분고분하다고 해서 훌륭한 병사가 되는 것은 아니라는 것이다. 신병들은 참으로 다양한 청년들이었는데 경쟁심이 강한 자들이 가장 빨리 군사학을 이해했다.

경쟁심! 그것은 사람이면 다 가지고 있다. 어떤 사람에게는 경쟁심이 앞서려는 불굴의 욕망으로 표현되고, 어떤 사람에게는 뒤처지지 않으려는 노력으로, 남보다 못하지 않으려는 노력으로 표현된다. 눈에 띄는 경쟁자가 옆에 있을 필요는 없다. 이 경쟁자는 우리 각자의 마음속에 있고 그래서 우리는 항상 자기와 비슷한 사람들과 경쟁하는 마음에서 출발한다. 그가 할 수 있다면, 나라고 왜 못 하겠는가? 그가 그렇게 했다면, 왜 내가 더 잘 할 수 없겠는가? 그가 해냈다면 나도 할 수 있다!

무의식적으로 자신을 예피판과 비교하면서 대장장이로서 독립의 첫날을 시작할 때 이런 생각이 강철을 사로잡았었다. 그리고 아포냐를 유심히 살펴보니 다른 이들도 하는데 자기라고 못 할쏘냐, 그들 못지않게, 오히려 더 훌륭하게 할 수 있다는 마음가짐이 그의 얼굴에 쓰여 있었다. 마침 이 러시아 청년은 남보다 앞서려 애쓰는 사람에 속하기 때문이었다. 그런 성격이 강철은 마음에 들었다.

… 세 번째 말굽이 쉬익 소리를 내며 물속으로 뛰어들 때 예피판이 대장간으로 들어왔다.

"어이, 잘들 만드네!" 미소를 지으며 예피판이 말했다. "나는 누가 대체 댓바람부터 온 동네에 소란을 피우나 했지. 너를 보니까 좋네, 아포냐. 어제 네가 한다고는 했지만, 어쨌든 확신이 없었잖아… "

"제가 언제 그랬다고요?" 아포냐가 고개를 쳐들었다.

"여기 일은 그… 의무적인 거다. 원칙을 지키는 사람을 좋아하지." 예피판이 훈계하듯 말하고 나서 아포냐가 반박하려는 걸 눈치채고 화제를 얼른 다른 곳으로 돌렸다. "왜 밥들도 안 먹고 일을 시작했나? 가서 나스텐카에게 빨리 먹을 걸 갖다주라고 말해두지. 아 그리고, 철, 내가 이틀 동안 니콜스크에 갔다 올 거야. 주인 노릇 단단히 하고, 알았지?"

"예." 강철이 대답했다.

"지금껏 네가 번 돈이 6루블 반이다. 자, 여기 받아라." 예피판이 돈을 내밀었다. "니콜스크에서 사다 줄 것이 있으면 말해라."

강철이 생각해 보더니 고개를 가로저었다.

"그럼, 젊은이들, 잘들 있게. 내가 많이 믿고 있네." 예피판이 마지막 말을 하고 나갔다.

밥을 먹는 시간은 아주 짧았다. 두 청년은 맛있는 차가운 우유를 마시면서 갓 구운 빵 반 덩어리를 순식간에 해치웠다. 아포냐가 먼저 벌떡 일어나 풀무에 불을 피우기 시작했다. 강철이 흐뭇하게 바라보며 웃었다. 바로 얼마 전에 자신도 이렇게 조바심에 휩싸여 있지 않았었나.

강철이 제품을 완성할 때마다 그는 자기를 바라보는 젊은 조수의 호기심 어린 시선을 느꼈다. 이 사수가 등 뒤로 뭔가를 조금 감춰두진 않았나 하는 의심이 그 시선 속에서 이따금 불거지기도 했다. 그런 시선이 강철을 자극해 쉽고 자연스럽게 일하고 싶은 욕구를 불러일으켰다.

강철이 러시아 땅에 산 지 벌써 반년이 되었다. 이 시간 동안 강철은 적지 않은 것을 배웠지만 앞으로 배워야 할 것이 더 많았다. 얻은 지식과 기술, 경험의 가치는 다른 사람에게 전수하는 과정에서 인식하게 된다. 강철은 진정한 장인이 되기까지 아직 멀었다는 것을 잘 알고 있었다. 세상에는 진정한 예술가들이 연마하여 만든 아름다운 물건들이 얼마나 많은가, 하지만 그것을 만들기까지 얼마나 많은 시간과 땀을 쏟아 부어야 하는지 생각하는 사람은 적다. 왜냐하면 사람들은 지루한 세부 사항까지 생각할 이유나 겨를이 없고, 사무라이의 푸르스름한 칼날이냐, 정교한 촛대냐 하는 결과 자체만 중시하기 때문이다. 완벽한 작품은 무엇보다도 감정을 건드려야 하고 환희와 놀람, 기쁨을 선사해야 한다. 장인이 결과만을 본다면 완성품에 매력을 느끼지 못한다. 그 물건을 창조하면서 장인이 느꼈던 영감으로 가득 찬 지복에 대한 기억을 남기기에 완성품이 장인에게 소중한 것이다.

열정적인 작업을 멈춘 것은 마차를 타고 온 서른쯤 돼 보이는 사내였다. 강철을 보고서 그가 물었다.

"예피판은 어디 갔어? 니미, 이제 대체 누가 내 마차 바퀴를 고쳐줄 거야? 아폰까, 너 여기서 뭐 해?"

"일하잖아, 안 보여? 뭐가 문젠데, 예고르 아재?"

"여기 바퀴가… 근데 예피판은 어디 있는 거야?"

"지금 없어." 아포냐가 말했다. "바퀴가 어떻다는 건데?"

"덜렁거려. 그런데 나한테 예피판…"

"예고르 아재, 내가 러시아말로 말해주잖아, 예피판 없다고. 여기 철이 아저씨 대신이야. 이 바퀴가 덜컹거리는 거야?"

"그래."

아포냐가 테두리를 잡고 흔들었다. 철이 그에게 다가갔다. 바퀴의 철제 굴대가 낡아서 나간 것 같았다. 새것을 끼워 넣는 것은 식은 죽 먹기다. 하지만 이 청년들과 엮이지 않고 그냥 돌아가고 싶은 바람이 사내의 얼굴에 역력했다. 아포냐가 없었다면, 아포냐의 고압적인 어조가 사내를 붙잡으면서 동시에 자신감으로 으르지 않았다면 사내는 그냥 나가버렸을 것이다.

"걱정하지 마, 철이 순식간에 고쳐줄 거야." 신참 아포냐가 사내를 안심시켰다.

사내가 체념한 듯 어깨를 으쓱했다. '마음대로 하세요'라는 표시로 보였다. 그러고선 한 손으로 쉽게 마차 한쪽을 들어 올리고 다른 손으로 지지대를 끼워 넣는 한인을 인상을 찌푸리고 바라보았다. 능숙하게 안전핀을 뽑고 바퀴를 빼내어 대장간으로 가져갔다. 가면서 아포냐를 보고 따라오라는 고갯짓을 했다. 이 작업은 혼자서도 할 수 있지만, 강철은 그것을 조수에게 보여주고 싶었다. 사내 또한 그들을 따라 들어와 새 굴대를 삽입하고 가장자리를 구부려 능숙하게 망치질하는 모습을 잠자코 지켜보았다. 그런 다음 강철은 구멍에 타르를 바르고 아무 말 없이 바퀴를 아포냐에게 내밀었다.

그는 뭘 해야 할지 알아듣고 사내와 함께 마차로 돌아갔다.

"자, 다 됐어." 아포냐가 바퀴를 제자리에 끼우고 핀으로 고정하고서 명랑하게 말했다. 바퀴가 제대로 달렸는지 검사한 다음 무심코 말했다. "이건 오줌싸는 것만큼 쉬운 일이야. 예고르 아재, 다 됐어."

사내가 미심쩍게 바퀴를 흔들어 보고 나서야 얼굴에 미소 비슷한 것이 스쳤다.

"에, 얼마 주면 되지?"

"가양주 2.5리터, 숙성 돼지비계 한 덩어리에 곡물 반 푸드(8.19kg)야." 쏜살같이 대답하고 나서 아포냐가 깔깔거렸다. "농담이야, 예고르 아재. 가서 철에게 물어볼게…"

청년 둘이서 처음으로 벌어들인 은화 두 닢이 깡통에서 큰 소리로 쟁그랑 울렸다.

"아흐, 기분 좋은 소리네. 매일 통이 가득 찼으면 좋겠다…"

강철이 슬며시 웃었다. 첫 주문이 잘 돼서 둘은 기분이 좋아졌다.

첫 손님이 다녀간 후 온 남자 손님들도 오자마자 예피판이 어디 있는지를 물었고 예고르 아재와 똑같이 행동했다. 아포냐가 오는 사람마다 안심시켜 붙들어 놓았다.

양배춧국과 잡곡을 삶은 밥을 곁들인 점심을 먹고 나서 아포냐가 담배에 불을 붙여 맛있게 한 모금 빨더니 질문을 던졌다.

"있지, 어제 타시카랑 어땠어?"

강철이 질문을 알아듣지 못한 척했지만, 당황해서 얼굴이 빨개지는 것은 어찌할 수 없었다.

"별일 없었어."

"어떻게 별일이 없어?" 아포냐가 소리쳤다. "여편네가 진짜 안 줬단 말이야? 에이, 쌍년! 내가 손 좀 봐줘야겠네 … 근데 진짜 아무 일도 없었어?"

러시아 사람들은 이 '별일 없다'는 단어를 대화에서 자주 사용했다. 그래서 강철도 이 말을 '괜찮다' 나 '그저 그래, 특별한 것 없다' 정도의 뜻으로 이해하고 있었다. 그래서 아포냐의 반응에 어리둥절했다. 그는 다시 설명하기로 마음먹었다.

"그거 … 좋았어."

"좋았어? 그럼 줬단 얘기네." 아포냐의 얼굴이 환해졌다. "내가 말했잖아. 뜨거운 여자라 누구에게도 거절하는 법이 없다고. 저녁에 그 집에 또 갈까?"

아포냐가 강철에게 명랑한 눈빛을 보냈다. 하지만 그의 장난에 강철이 아무 반응을 보이지 않았다. 아포냐가 다시 한 번 강철의 알쏭달쏭한 얼굴을 유심히 들여다보고 입술을 오므렸다. 그렇지만 고집을 피우진 않았다.

저녁이 올 때까지 그들은 허리를 펴지도 않고 잡담이나 담배를 피우느라 한눈을 팔지도 않고서 줄곧 뜨거운 쇠를 두드렸다. 가끔 손님이 방문하면 작업을 멈췄지만, 돌아가면 곧바로 모루로 돌아왔다. 대장간 일이 피곤하거나 지루하지 않았는데 같이 일하는 사람과 자기 자신과의 경쟁심에 사로잡혔기 때문이었다. 작업을 마쳤을 때 강철이 강에 가서 목욕하자며 즐겨 찾는 후미진 계곡으로 아포냐를 데리고 갔다.

한낮의 더위가 이미 가셨다. 시간이 순식간에 지나간 것 같았지만, 그들이 오늘 아침에 달렸던 오솔길에 접어드는 순간 오늘 아침이 아득한 옛날 일이고 오늘 하루가 영원히 이어질 것 같은 느낌이 들었다. 저지대에서 상쾌한 바람이 불어왔다.

강철이 속바지를 잘라 직접 만든 아주 짧은 속옷만 놔두고 잽싸게 옷을 벗었다. 아포냐가 왠지 서두르지 않는 걸 보고 팬티를 입지 않아서 부끄러

위하는 것일지도 모른다고 강철은 생각했다. 마음을 편하게 해주려고 소리 내 웃으면서 말했다.

"여자가 없다."

아포냐가 마지못해 바지를 벗기 시작했다.

어린 시절에 어머니는 강철에게 더운 날 물에 급하게 뛰어들지 말라고 일러주셨다. 먼저 손과 어깨, 가슴에 물을 묻히라고 하셨다. 그는 항상 이 말을 따랐다.

뜨겁게 달궈진 대장간에서 오랜 일과를 마친 몸이 조금 식었을 때 강철은 제방에 올라 제비처럼 냇물 위로 날아올랐다.

이처럼 환희에 넘치는 순간이 어디 있겠는가! 사람이 한순간이긴 하지만 공중에서 나는 것 아닌가. 그다음 급격하게 하강하여 물에 부딪힌다. 그러고 나면 이제 다른 탄력적인 환경이 순식간에 인간의 몸을 차갑게 포옹하여 심장이 미친 속도로 뛰게 만든다.

강철이 급류 속으로 바로 뛰어들어서 그의 몸이 빠르게 아래로 끌려갔다. 강이 두 줄기로 나뉘는 곳에서 그는 팔을 몇 번 세차게 휘둘러 역류의 소용돌이 안으로 들어갔다. 물이 이제 강철을 다시 급류 속으로 보내기 위해 있던 곳으로 다시 밀었다. 그런 식으로 특별히 애쓰지 않고도 몇 번이나 회전할 수 있었다. 하지만 물이 너무 차가워 한 번 돌고는 그만둘 수밖에 없었다.

강철이 냇가로 나왔다. 기침을 한번 하고 팔로 수영하는 사람을 흉내 내며 온 목소리로 외쳤다.

"아포냐, 해봐!"

하지만 아포냐가 고개를 가로저었다. 이 러시아 청년이 수줍어하는 이유를 강철이 이제 알아챘다.

"너, (여기서 강철이 헤엄치는 시늉을 했다) 못한다, 예?"

아포냐가 당황스러운 듯 고개를 끄덕였다. 강철은 그가 안타까웠다. 이런 기쁨을 맛보지 못하다니! 자신의 실천 능력을 발휘하여 이 청년에게 수영을 가르치겠다고 마음먹었다. 그런데 어떻게 가르치지? 이 계곡은 소용돌이가 얼마나 센지 그냥 서 있기도 어려울 정도다. 급류는 말할 필요도 없다.

갑자기 강철에게 좋은 생각이 떠올랐다. 그가 미소 지으며 말했다.

"내가 너를, 가르치다." 그러고선 또다시 팔을 휘저었다.

"됐어." 아포냐가 냅다 소리 질렀다. "꿈도 안 꿔. 나는 그냥 이렇게 냇가에서 물을 적실 거야."

쪼그려 앉아서 아포냐가 물을 한 움큼 떠서 가슴에 흩뿌렸다. 그의 몸은 햇빛을 본 적이 없는 것처럼 하였다. 강철은 다시 그가 안쓰러웠다. 강철은 바다에서 수영을 배웠다. 짠물이 사람을 둥둥 뜨게 만들고 몇 시간을 헤엄쳐도 좋을 만큼 더웠었다. 그러나 다른 면에서 보면 그런 바다에서 여기, 이 작고 고집이 센 계곡이 주는 위험한 매혹적인 도취를 경험할 수 있겠는가? 아니다, 그는 아포냐에게 반드시 수영을 가르칠 거다. 사실 강철이 의지하려는 방법은 상당한 용기가 필요하다. 그래도 이 러시아 청년은 무릅쓰고 감행하기를 겁내지 않는 그런 사람이 아니던가?

첫 근무일이 몹시 아포냐를 지치게 했는지, 자기 패거리들에게는 아무 의무도 없을 법한 수영을 할 줄 모른다고 강제로 털어놓게 된 것이 몹시도 힘들었는지는 모르겠으나, 그는 말을 하지 않았다. 대장간 근처에 와서야 작은 소리로 물었다.

"저녁 먹고 뭐할 거야? 그리고 싶으면 타시카 집에 가자. 그 여자가…에이, 그 집에 안 가면 어디라도 가자."

강철이 아포냐가 자기를 저녁에도 보고 싶어 한다고 알아들었다. 이상하게 강철도 그런 마음이 들었다. 그들은 동틀 녘부터 해질녘까지 내내 같이 있지 않았나.

"나는 읽고 쓸 거야." 천천히 대답을 마치자, 강철은 미칠 듯이 기뻤다. 남의 나라 말로 처음으로 똑바로 문장을 말했다는 것을 느꼈다. 아포냐가 이를 눈치채지 못하자 심지어 섭섭하기까지 했다. 그러나 곧 흐뭇하게 웃었다. 러시아인이 들은 말을 당연하게 받아들이고 아무 지적도 하지 않는 것은 좋은 일 아닌가.

"원하면 내가 와서 널 도와줄게." 아포냐의 말투가 애원하는 것처럼 들렸다.

"좋아." 강철이 고개를 끄덕였다. "와."

저녁 식탁에서도 그는 자기가 말하는 문장이 올바르게 배치된다고 느꼈다. 주인이 없는 식사 시간이 처음에는 예의를 차리느라 말을 별로 하지 않고 지속되었다. 하지만 침묵은 그리 오래가지 않았다. 여자들이 먼저 침묵을 깨뜨렸다.

"새 직원은 어때요, 철? 아포냐가 일은 잘하던가요?"

"아주 잘해요. 그는, 뭐냐 그게, 강하고 손이 빨라요."

"마을 사람들이 아침에 아포냐와 함께 강 쪽으로 뛰어가 나무에 매달린다고 하던데. 그게 맞아?" 마리야가 물었다.

"예." 강철이 고개를 끄덕였다. "아침에 우리는 달리다, 그리고 뛰다."

"뭐 하러?"

질문들이 거의 동시에 튀어나왔다. 강철은 놀라서 반짝거리는 호기심으로 가득 찬 어머니와 딸들의 얼굴을 바라보았다. 이 일에 왜 이리들 관심을 가지나?

"그건 … " 강철이 어떻게 설명할지 몰라 뭉그적거렸다. 양팔을 들어 주먹을 쥐고 허공으로 몇 번 치는 모습을 보여주었다. "재빠르고 강하게 하다."

그의 말이 식구들에게 실망을 안겨준 모양이다.

"아아, 사람들이 온갖 말을 다 수군거리던데." 카테리나가 말했다.

강철이 마지막 말을 확실하게 이해하고서 빙그레 웃었다. 만약에 아포냐와 함께 아침마다 가양주를 마시고, 노랫소리로 소란을 피우고, 치고받고 싸우고, 한마디로, 정상적인 사람의 시각으로 볼 때 정신 나간 짓을 벌이고 다녔다면, 마을 사람들은, 어쩌면, 별 신경을 쓰지 않았을 수도 있다. 왜냐하면 그들의 개념으로는 그런 행위에는 의미가 들어있기 때문이다. 그런데 아침마다 달리고 뭔가 힘들게 훈련하는 것은 익숙한 현상을 벗어나는 일이라 그들이 볼 때 괴상한 짓이었다.

물론 어떤 민족이든 자기만의 생활방식과 전통이 있다. 강철 자신도 러시아식 한증막에서 나와 바로 얼음 구덩이에 뛰어드는 것을 보고 깜짝 놀라지 않았나? 춤은 또 어떻고. 한 사람이 다른 사람보다 더 오래, 더 잘 추려고 버티지 않나? 가슴으로 누가 더 두꺼운 장대를 부러뜨리는가를 겨루는 시합은 어떻고? 그런 것들을 보고 얼마나 놀랐던가! 강철은 이를 괴상한 짓으로 절대 받아들이지 않을 것이다. 그런데 왜 러시아 사람들은 그의 훈련을, 허약함을 극복하고 경쟁자를 이기려는 목적으로 하는 그의 훈련을 뭔가 정상적인 것에서 멀리 벗어난 행위로 받아들일까?

해명은 저절로 찾아왔다. 강철이 시골 농민들과 함께 살기 때문이다. 국경수비대의 그 장교가 냉수를 부어 몸을 단련하는 법을 보여주지 않았나? 그 사람의 근육은 얼마나 멋졌던가! 일상적으로 꾸준히 자신을 단련하는 사람임을 금방 봐도 알 수 있었다.

나탈리야는 아침 훈련을 그리 놀라운 일로 받아들이지 않을 것이다. 오히려 그녀는 그것을 달가워할 것이다.

육체 훈련이 여가의 일부가 되게 하려면 형편이 좋은 것 외에도 문화가 더 필요하다. 자연이 복을 내린 러시아 사람의 힘과 키, 외모를 부러워할 수도 있다. 그런데 어쩌면 그것은 자연이 내린 복이 전혀 아니고, 혹독한 환경에서 생존하기 위해 벌인 치열한 전투 속에서 다져진 속성이 조상들에게서 유전된 게 아닐까? 확실히 두 번째 가정이 더 그럴듯해 보인다. 어쨌든 그들은 얼마나 광대하고 거칠고 광활한 지역에서 살도록 내던져졌는가? 그들의 선조들은 활을 쏘고, 말을 타고, 칼로 싸울 능력을 갖추는 것이 급선무였다. 농민의 생활 방식은 다른 직업적 능력을 요구했고, 정착 생활은 다른 부족, 다른 생활 방식과의 소통을 제한했다.

강철이 러시아로 오면서 새롭게 알게 된 것들이 얼마나 많은가! 그의 어머니가 당시 주변 사람들과는 다른, 평범하지 않은 여인이어서, 그녀의 시각과 영적 관심이 관습의 틀을 넘어서는 것이어서 얼마나 다행인가.

강철은 〈몬테크리스토 백작〉을 읽으며 저녁을 보냈다. 자려고 누워서야 아포냐가 오겠다고 해놓고선 어째서인지 오지 않았다는 사실을 생각했다. 어쨌든 아포냐는 아주 분주한 청년이다. 그는 얼마나 활기차고 매력적인가, 그와 동시에 또 얼마나 순진하고 편협한가. 하지만 그런 건 나쁘지 않다. 중요한 건, 이 멋진 세상을 향해 눈을 크게 뜨고 있어야 한다.

아포냐는 아주 단순한 이유로 오지 않았다. 오랜 친구들을 마주쳤고 술 마시자는 유혹을 뿌리칠 수가 없었다. 첫 번째 잔은 억지로 마시고, 두 번째 잔은 맛있어서 마시고, 세 번째 잔부터는 술이 술을 불렀다. 강철이 아니었다면 그는 예전 습성대로 해가 중천에 뜰 때까지 늘어지게 자면서 아무런 양심의 가책도 느끼지 않았을 것이다. 그런데 두 번째 수탉이 울자, 뭔가가 그의 눈을 뜨게 만들었고 심한 숙취를 이겨내고 일어나 대장간으로 향했다. 목적지에 도착한 그는 짝꿍이 없어서 깜짝 놀랐다. 자기가 늦게 온 날은 항상 그랬다. 그런데 오늘은 웬일인지 아포냐는 겁이 났다. 잠시 생각하더니 자기 몸에 남아있는 술 냄새를 없애기 위해 숨을 깊게 들이마시고 내쉬기를 반복하면서 늘 그들이 가는 경로를 따라 강으로 갔다.

강철이 동작을 하면서 아포냐가 옆에 와 섰는데도 고개조차 돌리지 않았다. 아포냐는 자기가 술을 마셔서 늦잠을 잤다고 해명했다.

아침을 먹으면서 그는 눈을 마주치지 않았다. 우유 한 컵을 한 번에 들이켰다. 손바닥으로 입술을 닦으며 우연히 강철과 눈이 마주쳤다. 마음속에서 돌덩이가 쿵 하고 떨어지는 것 같았다. 강철의 눈이 웃고 있었다.

"머리가, 나쁘다?" 강철이 공감한다는 듯 물었다.

"아휴, 얼마나 나쁘게." 아포냐가 털어놓고서 손을 왼쪽 가슴에 대었다. "여기가 더 나빠. 철, 어제 내가 안 와서 미안해."

"괜찮아." 강철이 싱긋 웃었다. "너의 고모부가 … 너는 그를, 기억하다, 오늘, 내일, 모레."

"알아들었어, 알아들었어." 아포냐가 고개를 끄덕끄덕했다. "그런데 나는 그런 술주정뱅이가 되지 않을 거야. 참말로 안 될 거야!"

그리고 눈을 깜빡이지 않으려고 애쓰면서 강철의 엄격한 눈빛을 바라보았다.

"너 먹어, 먹어. 지금 일을 많이 할 거다. 그러면 보드카가 휘익 빨리 날아갈 거다."

강철이 휘파람으로 낸 휘익 소리가 얼마나 적재적소였는지 아포냐가 자기도 모르게 웃음을 터뜨렸다. 그리고 나서 일을 하러 벌떡 일어섰다.

이날 강철은 대장간 일을 일찍 끝내기로 했다. 두 가지 이유가 있어서였다. 아포냐에게 수영을 가르치고 싶었고 명명일(자기와 이름이 같은 성자나 천사를 기념하는 날 - 옮긴이)을 맞은 나탈리야에게 줄 선물을 만들고 싶어서였다.

한국인들이 성대하게 생일을 치르는 때는 살면서 두 번밖에 없다. 돌과 61세 생일인 환갑이다. 당연히 부모들이 아이의 생일상을 차려주고 노인이 환갑 때까지 살아있다면 아이들이 환갑상을 차려준다. 그런데 강철의 어머니는 유럽의 멋진 관습대로 매년 가족들의 생일을 축하하겠다고 결정했다. 어머니가 죽고 나서도 김 씨 가족들은 생일 축하를 잊지 않았고 선물을 주었다.

예피판이 니콜스크에서 사다 줄 게 없냐고 물었을 때 강철은 나탈리야에게 줄 선물을 생각했지만 말하지 않았다. 아무거나 주느니 차라리 안 주는 게 낫다. 더구나 누구를 통해서 준다니. 주는 사람이 소중하다고 여기는 것을, 자기 마음의 일부를 넣은 것을 선물해야 하는 법이다. 그는 아버지의 선물들을 떠올렸다. 어린 시절에는 아버지가 직접 화려한 그림을 그려 넣은 연이었고, 청소년기에는 무기와 말이었다. 어머니의 선물은 직접 지은 옷이었다. 동생 동철은 자기가 좋아하는 장난감이나 그림, 직접 쓴 시를 선물했다.

나탈리야에게 줄 선물로 그는 자기 손으로 만든 것을 주자고 마음먹었고 엊저녁에서야 뭘 만들지 결정했다.

일을 일찍 끝내자, 아포냐가 놀라서 물었다.

"무슨 일이 생긴 거야?"

"별일 없어." 강철이 말했다. "그만. 수영하러 가자. 내가 너에게, 수영하다, 가르치다."

"근데 나는 별로 안 하고 싶네." 아포냐가 확신 없이 중얼거렸다. "차라리 그냥 일을 더 하자."

"아니야, 아포냐. 가자, 그러지 마." 강철이 두 손을 들어 흔들며 겁을 내는 시늉을 했다. "너는 빨리, 배우다."

"알았어, 가보지 뭐. 목을 맨 사람이 물에 빠져 죽지는 않으니까."

"뭐? 뭐라고 했어?"

아포냐가 목매달아 죽는 것처럼 눈알이 튀어나오고 입이 벌어진 모양을 흉내 냈다. 그리고 나서 질식하여 익사하는 모습을 흉내 냈다. 강철은 여전히 무슨 말인지 이해하지 못했지만, 아포냐가 배우처럼 흉내 내는 모습이 우스워 배를 잡고 웃었다.

강으로 출발할 때 강철의 손에는 밧줄이 들려 있었다. '아마 나를 이 밧줄로 구하겠지.' 아포냐가 이젠 어쩔 수 없다고 생각했다. 겁쟁이라고 자랑하지는 않겠노라 속으로 다짐했다.

저번과 마찬가지로 강철은 제방에 올라 뛰어내린 다음 물살을 한 바퀴 돌고 계곡 밖으로 나왔다. 그런 다음 밧줄을 쥐고 아포냐를 불렀다. 아포냐는 순순히 다가와 강철이 허리에 밧줄을 묶는 동안 가만히 있었다.

군에 있을 때 강철은 바닷가에서 자란 병사 중에서도 수영할 줄 모르는 사람이 많다는 사실에 깜짝 놀랐다. 그때 그는 이 방법을 이용하여 그들에게 수영을 가르쳤다. 신참을 밧줄로 묶은 채 배를 타고 깊은 곳으로 데리고 가 뛰어내리게 시켰다. 신참이 팔과 다리를 버둥거리며 필사적으로 허우적거릴 동안 밧줄 끝을 잡고 있었다. 죽을 만큼 물을 무서워하는 병사들도 있었지만, 결국에는 그들도 헤엄치는 법을 배웠다.

"너는, 물은." 강철이 손가락으로 강을 가리켰다. "나는, 이것은, 잡다. 너는 이렇게, 바로 이렇게, 이쪽으로. 알아들었어?"

"여기서 알아먹지 못할 게 뭐가 있겠어." 아포냐가 중얼거렸다. "아아, 물은 실컷 마시겠네 … "

강철이 밧줄을 풀면서 제방으로 올라갔고 안전을 위해 나무에 밧줄 끝을 묶었다. 그리고 외쳤다.

"아포냐, 가, 물!"

아포냐가 조금 꼼지락거리더니 빠르게 성호를 긋고 강으로 뛰어들었다. 하나, 둘, 셋, 그리고 탄력적인 물살이 그를 쓰러뜨리고 앞으로 쓸고 가는 것을 느꼈다. 물살이 빠르게 그를 휩쓸고 갔다. 그는 필사적으로 팔을 움직였다. 그리고 어떤 기적이 일어났는지 몸이 아직 물 위에 떠 있는 것을 느끼며 새삼 놀랐다. 가슴에는 두려움만이 아니라 섬뜩한 황홀감이 차올랐다. 그 순간 아포냐가 의식을 잃고 물을 먹으면서 바닥으로 가라앉았다. 밧줄이 즉시 팽팽하게 당겨졌고 그를 수면 위로 끌어올렸다. 하지만 그는 갑자기 물속에 잠긴 바람에 눈, 코, 입이 물로 가득 차 멍멍한 상태가 되었다.

"팔로, 팔로 흔들어, 아포냐!" 물살이 내는 소음과 자기가 하는 기침 소리를 뚫고 강철의 목소리가 아포냐에게 들려왔다.

'냇가가 어디지?' 그가 몸부림을 치면서 젖은 얼굴을 손바닥으로 쓸었다. 그러자 바로 냇가가 보였다. 바로 옆이다, 빠르게 가까워지고 있다. 그러자 발이 바닥에 닿았다.

밧줄의 도움으로 아포냐는 땅으로 나와 앉아서 숨을 고르고 기침했다. 정신을 조금 차렸을 때 이를 드러내고 환하게 웃고 있는 고문 기술자가 선제방을 보았다. 아포냐의 가슴에서 뭔가 웃음소리를 닮은 그르렁거리는 소리가 새어 나왔다. 웃음이 점점 더 그를 강하게 사로잡을수록 금방 겪은 일이 완전히 별일 아니라는 생각이 들었다. 세상에, 뭐에 그리 놀랄 일이 있었어? 생각해 봐, 물을 좀 마신 것뿐이야! 생각보다 그리 무섭지 않네. 팔과 다리를 조금 더 빠르게 움직이기만 하면 익사할 일이 없는 거야. 두고 봐라, 이 한인에게 러시아 사람도 허깨비가 아니라는 것을 보여주자.

"어이, 철, 한 번 더 하자!"

"더? 하자!"

아포냐가 씩씩하게 물로 들어갔다. 이번에는 물을 한 모금도 먹지 않았고 계속하여 팔과 다리를 움직였다. 냇가로 나와 주먹을 쥐고 흔들었다. 마치 '봤어, 잘했지!'라고 하는 양.

아포냐가 빠른 역류를 따라 네 바퀴를 돌았다. 횟수가 거듭될수록 자신감이 더해졌다. 마지막 입수를 할 때 그가 밧줄을 풀겠다고 했지만, 위에서 강철 교관이 그러지 않도록 말렸다.

수영하고 나왔을 때 강철이 말했다.

"너는 집에 가."

"너는?" 아포냐가 놀라 물었다.

"나는 여기 필요해." 강철이 알아들을 수 없는 말을 했다.

아포냐가 어깨를 한번 으쓱하고 마을 쪽으로 걷기 시작했다. 경사진 곳으로 오르면서 아포냐가 뒤를 돌아보았다. 넓은 범람원이 펼쳐진 가운데선 강철의 모습은 작고 외로워 보였다. 그는 막대기 같아 보이는 것들을 주우면서 강가를 따라 천천히 걸었다. 뭔가를 찾는 것 같았다. 뭘 찾고 있을까?

지금껏 다른 사람에게는 느껴보지 못한 따스한 느낌이 아포냐를 사로잡았다. 그는 친구가 많았지만, 진정으로 필요한 사람은 없었다. 누군가를 따르는 일은 말할 것도 없었다. 누구에게라도 생각하는 대로 말하고, 원하는 대로 행동했으며, 남들의 의견 따위는 귓등으로도 듣지 않았다. 그런데 어디서 나타났는지 모를 이 한인을 만나게 되었고 그가 아포냐 생활의 많은 것들을 뒤집어 놓았다. 중요한 것은 어떤 식으로인지는 모르겠지만 그 사람은 아포냐의 마음과 의식에 둥지를 틀고 앉아 많은 것을 다르게 보고, 생각하게 하고, 마음을 좋이게 한다. 그렇다, 마음을 좋이게 한다, 즉, 어떤 행동에 대해서는 후회하게 만드는데 예전에는 아포냐가 그런 감정을 겪은 적이 없었다. 마음을 약하게 하는 온갖 것들을 그냥 무시하고 싶었다. 그래서 어쩌라고! 그런데 지금은 … 그리고 가장 놀라운 것은 철은 아무것도 강요하지 않고 그저 물어보거나 제안하거나 그냥 보여줄 뿐이다. 게다가 그는 자신의 나이와 지혜, 경험과 지식을 내세우는 법이 없다. 그것은 러시아 말을 잘 몰라서가 아니라 철이 그런 사람이기 때문이다.

이 사람이 아포냐의 친구다.

이 생각을 하며 아포냐는 흐뭇하게 웃었다. 무슨 일이든 할 수 있을 만큼 믿는 친구가 옆에 있으니 참 좋네. 헤엄도 못 치면서 소용돌이치는 강에 뛰어들 정도니.

아포냐가 다시 아래를 내려다보고 소리쳤다.

"어이, 철! 저녁에 만나자, 친구!"

"만나자⋯"

두 사람이 서로에게 손을 흔들었다. 얼마나 찬란하고도 쓰라린 생이 앞으로 그들을 기다리고 있는지 강철도, 아포냐도 알지 못했다.

제30장

이고르 블라디미로비치 부베노프 부관의 편지

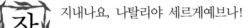 지내나요, 나탈리야 세르게예브나!

서두르느라 자세히 쓰지 못하고 급히 떠난다는 메모만 남겨 미안합니다. 당신께 보내는 편지는, 성급하게 쓰기에는 제게 너무 많은 의미가 있습니다. 그 편지는 제가 어딘가로 떠나려고 짐을 꾸리고 옷을 입으면서 당신과 이야기를 나누는 것과 같습니다. 하바롭스크로 가는 여정 내내 저의 상상 속에서 당신은 저와 함께 있었습니다. 당신과 나눈 행복했던 수많은 대화 중에서 가장 재미있는 것을 고하려 합니다. 지금 창밖은 밤이 내려앉아 고요합니다. 이 세상천지에서 가장 멀고도 가장 가까운 당신 혼자만이 지금 저의 삶에 존재합니다.

편지라면 으레 이렇게 시작하니 질문부터 하겠습니다.

당신은 어떻게 지내시나요, 건강은 어떠신지요?

기분이 어떤지 감히 물어볼 엄두가 나지 않습니다. 이번 여름에 모스크바에 다녀오려는 우리의 계획이 연기될 것 같아서 제 기분이 그렇듯 당신의 기분도 어둡게 가라앉았을 것 같아서입니다. 만약 그렇지 않다면, 어떤 구름이라도 그 뒤쪽은 은빛으로 빛난다는 말이 실제로 맞는 말일 겁니다.

느닷없이 급히 떠나는 바람에 제가 루자옙카에 들르지 못해 마음이 몹시 무겁습니다. 당신의 눈동자를 바라보며 당신의 목소리를 듣고 당신의 손에 키스하는 것이 누군가에겐 별일이 아닐 수 있지만, 제게는…… 당신이 우리 부대 스미린 중위의 누이와 함께 온 총독의 무도회에서 당신을 만나는 행운을 선사한 운명에 거듭 감사할 따름입니다. 그런 일이 없었다면 제가 감히 왈츠로 당신을 초대하여 가까이 알게 될 영광을 누릴 수가 있었겠습니까?

저는 그날 저녁을 자주 회상합니다. 당신의 말, 미소, 눈빛을 기억합니다. 그날 당신을 봤을 때 떠들썩한 무도회에 자주 드나드는 사람은 아니겠다고 생각했습니다. 그런 곳을 늘 드나드는 사람은 당신처럼 자연스럽게 행동하지 않으니까요. (톨스토이의 〈전쟁과 평화〉에 나오는 먀카야 백작 부인이 항상 자연스럽게 행동했고 주변 모두가 그것을 특이하게 바라봤던 것 기억하시지요?) 제가 당신을 책 속의 인물에 빗댔다고 생각하시는 건 아니겠지요? 당신이 누군가와 비슷하다는 생각을 한 번도 하신 적은 없을 겁니다. 그렇기에 당신은 진정 유일하고도 특별한 사람입니다!

그 후에 당신은 김나지움을 졸업하고 시골로 가서 교사로 살고 싶다고 말했습니다. 당신의 마음속 결심을 들어 기뻤다는 것을 굳이 말할 필요가 있을까요? 그 결심은 조국을 위하는 일이라는 제 생각과 공명했습니다.

그렇게 우리는 지금 러시아의 변방에 있습니다. 군 복무 때문에 저는 명령을 받은 곳에 있어야 한다면, 당신의 결단은 주변 지인들이 보기에는 무모할지 모르지만, 저에게는 감탄을 자아냅니다. 당신은 말을 행동으로 실천하는 사람이며, 이 점이 저를 끝없이 행복하게 합니다. 아마도 대다수 농민이 항상 당신을 이해하고 받아들이지는 않을 겁니다. 당신이 직접 겪었거나 겪고 있을 것이기에 실제로 그렇다는 것을 저보다 더 잘 알고 있을 겁니다. 저는 당신 앞에 무릎을 꿇습니다.

러시아 귀족은 러시아 농민에게 갚을 길 없는 크나큰 빚을 지고 있습니다. 오랫동안 그들을 속박과 무지 속에 가둬두었기 때문입니다. 신문에 보도된 최근 연구 결과에 따르면 농민 96%가 읽고 쓰는 법을 모른다고 합니다. 얼마나 끔찍합니까! 교육 문제에서 우리는 유럽의 다른 많은 나라보다 뒤처졌습니다. 그렇기에 자본주의를 받아들이는 과정에서 러시아에 비정상적으로 잔인한 노동 착취가 있었고 과중한 육체노동이 수반되었습니다.

문맹과 문화 부재, 무학이 체제를 정착시키기 어렵게 만들었습니다. 현재 정부는 이를 분명히 알고 있어서 농민, 노동자 가정의 자녀들 교육에 지대한 관심을 쏟습니다. 대도시에서는 성인을 위한 야간학교가 도처에 개교하였습니다.

한편 부당하게 비난받고 처참하게 죽임을 당한 스톨리핀이 시작한 개혁은 이미 열매를 맺고 있습니다. 러시아의 광활한 변방으로 이주한 농민 수천 명은 미국 같은 다른 나라 농장들과 비슷한 방식으로 자작농이 되어 땅을 갈고 있으며, 노동자의 목을 조이며 독립성을 앗아가고 한 줌 부자들의 뜻에 복종하는 노예가 되게 하는 공산체 생활방식에서 해방되고 있습니다.

제가 이 모든 것을 당신에게 이렇게 쓰지만, 이 주제로 쓴 저의 기사가 심한 비판에 놓였었다는 것을 인정해야 합니다. 그러나 이 모든 상황에서도 저는 저의 관점을 고수합니다. 진정 시베리아와 극동이 이를 입증하는 명백한 예시가 아니라는 말입니까? 연구자가 아니더라도 누구든 그곳에 가본 사람이라면 연해주 농민이 결핍에 짓밟히고 노동에 내몰리는 러시아 중부 농민들과는 다르다는 것을 인정하지 않을 도리가 없을 겁니다. 동아시아에서 유입되는 아시아 이주민들은 이 변방의 번영에 또 하나의 기폭제가 될 것이고, 이는 우리 러시아 제국 전체에 유의미한 일입니다.

제가 갑자기 이런 주제까지 나가서 미안합니다. 하지만 당신이 아니면 누구에게 제 생각을 말할 것이며, 당신이 아니라면 누가 제 말을 제대로 이해하겠습니까?

이제 저를 급히 불러들인 원인에 관해 쓰고자 합니다. 제3아무르원정대가 기획되었는데 제가 부대장 두 명 중 하나가 되는 영광을 누렸습니다. 할 일이 아주 많습니다만, 우리의 열정은 끝을 모릅니다. 제가 '우리'라고 말하는 것은 같은 생각과 열정을 가진 훌륭한 대원들이 선발되었기 때문입니다. 7월 중순경에 연해주 땅을 밟습니다. 제가 얼마나 기쁜 마음으로 우리가 만날 날을 손꼽아 기다리는지 굳이 말로 표현할 필요는 없을 겁니다.

마지막으로 가장 중요한 것입니다. 나탈리야 세르게예브나, 당신의 명명일을 제가 직접 축하해 드리지 못해 몹시 애석합니다. 저의 서신이 명명일 전에 도착하기만 기도드릴 따름입니다.

모든 가장 좋은 것들이 당신과 함께하기를, 건강하기를, 당신이 원하는 모든 것이 이루어지기를 기원합니다. 상상 속에서 그날 저는 당신과 함께 있겠습니다. 명명일을 어떻게 보냈는지 저에게 소상히 적어서 보내주십시오. 모든 것이, 당신의 일 전부가 저에게 흥미롭습니다.

만날 날을 기약하며,
당신의 I.V.

하바롭스크, 1912년 7월 2일

나탈리야 세르게예브나의 편지

잘 계시나요, 이고르 블라디미로비치!

다른 서신과 전보 꾸러미 속에서 또렷하게 눈에 띄는 당신의 편지를 받아들고 이루 말할 수 없이 행복했습니다. 따스한 축하와 축복의 말씀 정말로 감사합니다! 당신이 정성을 다해 노력한 직책에 임명되셨다니 정말로 기쁘기 그지없습니다. 좋아하는 일을 하는 것, 자기가 믿는 이상을 실현하기 위해 자신을 온전히 바치는 것, 그보다 더 좋은 것이 무엇이 있겠습니까.

당신이 급작스럽게 떠나고, 저는 마음이 상했을 뿐 아니라 지극히 두려웠다는 사실을 숨기지 않겠습니다. 저는 이것이 예전에 당신을 박해하던 일과 연관되었다고 생각했습니다. 그래서 무슨 일이 일어나면 언젠가 남편을 따라 유배지까지 가셨던 할머니의 훌륭한 모범을 따르겠다는 생각까지 했습니다. 그래도 저는 할머니보다는 훨씬 더 쉬운 길을 가는 겁니다. 할머니께서는 수도에서 네르친스크까지 가셔야 했는데 저는 지금 러시아 변방에 있어서 특별히 먼 길을 가야 할 필요가 없기 때문이지요. 만약 당신을 수도로 유배 보내지 않는다면요 … 왜냐하면, 우리에게 가장 큰 형벌은 좋아하는 일을 못 하게 하는 것일 테니까요.

제가 염려하는 까닭은 새로운 사고와 비범한 문제 해결 방식이 필요한 일이 당신이 선택했기 때문입니다. 그래서 이런저런 행보가 공식적인 정책에서 이탈하는 행위처럼 여겨지기 쉽기 때문입니다. 저는 당신 자신의 원칙을 포기하시라는 말이 아닙니다. 신중함을 잊지 말라는 말씀입니다. 도움이 되도록 니콜스크에 있는 한 학교 교사 이야기를 해드리겠습니다. 그 교사는 다윈의 종의 기원 이론을 무슨 일이 있어도 교과 과정에 넣어야겠다고 마음먹었습니다. 결과적으로 학교에서 해고되었어요.

당신은 저를 합리주의자라고 여기실지 모르겠지만 모두를 먹일 식량도 부족한 상황에서 디저트를 꿈꾸는 것보다는 합리론자가 되는 편이 차라리 낫다고 생각해요. 저는 정신적인 식량을 말하는 겁니다. 신문에서 보신 끔찍한 러시아 문맹률 수준을 제게 알려주셨지요? 저는 매일 그것을 눈으로 확인합니다. 그런데 가장 끔찍한 것은 사람들이 교육의 필요성을 느끼지 못할뿐더러, 오히려 아이들을 교육에서 멀어지게 하려고 온갖 방법을 쓴다는 것입니다. 바보가 명예로워지고 글을 아는 사람이 창피를 당하는 동화나 속담, 격언이 얼마나 많은지요. 당신 말이 맞아요. 러시아 농부의 마음이 지식을 갈구하기까지 수년, 수십 년의 시간이 필요하고, 여러 인종과 민족성이 혼합되어야 할 것입니다.

당신의 편지글을 되풀이해서 읽으며 저는 그 글이 아프게 깨우침을 준다고 생각했습니다. 누구랑 가까이 지내는지가 중요하다고들 하잖아요 … 이고르 블라디미로비치, 당신은 편지로 저를 아픈 주제로 고민하도록 만들었어요.

진정 러시아 지식인의 숙명은 고민하고 신음하는 것인가요? 민중의 운명에 대한 신음 뒤에서 빛과 지식, 선으로 뻗어갈 새싹이 자라나는 것을 감지하지 못하는 것인가요? 방학이 이제 막 시작되었지만, 저는 벌써 아이들이 그립습니다. 제 명명일을 어떻게 보냈는지 자세하게 말해달라고 하셨지요? 저도 그 이야기를 들려드리고 싶기에 당신의 부탁을 흔쾌히 들어드리지요.

제가 일전에 시골 마을에 사는 총각, 처녀들과 친하게 되었고, 그들을 위해 일주일에 한 번씩 시골식 잔치처럼 어떤 모임을 한다고 얘기한 적 있지요. 시를 읽고, 노래를 부르고, 춤도 추고, 차도 마십니다. 그들 중 김나지움에 다니는 누군가도 있어요. 한마디로 말해서, 상대적으로 형편이 넉넉한 부모 덕분에 그 청년들은 기초교육을 받을 기회가 있어서 대다수 농민과는 다른 방식으로 살아갑니다.

그들 모두가 제 명명일에 선물과 온갖 맛있는 먹거리를 싸 들고 집으로 찾아왔어요. 가장 흥미로운 사실은 꽃다발을 제게 선사했다는 거예요. 시골에서는 들어본 적이 없는 일이지요.

손님 중에는 당신이 좋아하는 한인들도 있었어요. 표트르 아시지요, 우리 집에서 보신 적이 있잖아요. 그리고 니콜스크에서 학교에 다니는 그의 여동생 옐레나, 반년 전에 한국에서 온 그들의 먼 친척 철도 왔어요. 표트르와 옐레나 남매가 러시아에서 자랐다면, 철은 완전히 외국인이라고 할 수 있지요. 그 사실은 당신도 아시다시피 호기심을 불러일으키지 않을 수가 없지요. 더구나 당신은 한국이 세상에서 가장 오래된 나라 중 하나라면서 그 나라 이야기를 저에게 자주 들려주셨잖아요.

여하튼 철은 러시아말을 잘 못 했어요. 그래서 소통이 어려웠지요. 제가 '잘 못 했어요'라고 쓴 이유는 그가 놀라운 속도로 발전하고 있기 때문입니다. 집념을 가지고 러시아어 공부에 매진하는데 저도 여러 방법으로 공부를 돕고 있어요. 한 달 전 즈음 그가 루자옙카로 옮겨와 대장간 일을 시작했어요. 그는 스물두 살인데 키는 당신보다 조금 작고 아주 강하고 침착하고 탐구심이 강해요. 저는 그가 많은 일을 겪었으리라 추측해요. 그의 부인은 일본인 손에 죽임을 당했고 아기는 러시아로 오는 길에 중국에서 잃어 버렸다고 해요.

그가 얼마나 교육받았는지 제가 판단하긴 어렵지만, 그는 확실히 유럽의 문화와 문학에 정통한 사람이고, 그의 이야기 속에선 사람마다 인생길이 숙명적으로 예정되었다는 확신이 언뜻언뜻 비칩니다. 하지만 러시아 사람들이 운명에서 벗어날 수 없다고 생각하는 것과는 달리, 그는 벗어날 수 없다면 운명을 맞으러 성큼성큼 나아가는 것이 낫다고 여깁니다. 정말 재미있는 시각 아닌가요?

그런데, 철이 가장 놀랄 만한 선물을 가져왔어요. 나무 받침 위에 백학 두 마리가 놓인 조각상이에요. 그런데 이것을 그가 직접 조각한 게 아니라 강가에서 찾아냈다고 했어요. 그곳에서는 물과 돌에 침식당한 기이한 모양의 나무뿌리가 물살에 쓸려오곤 하잖아요. 철이 그걸 하얀색으로 칠한 다음 검은 반점 무늬와 빨간 볏, 동그란 회색 눈동자를 그려 넣었어요. 말로다 표현하지 못할 아름다운 선물을 보면서 발견한 사람의 높은 예술적 안목을 가늠할 수 있었어요.

제가 왜 학이냐고 묻자, 철의 고국에서는 학을 사랑과 정절의 상징으로 여긴다고 말해주었어요. 우리나라에도 이 우아한 새가 짝과 일생을 같이한다는 전설이 있잖아요. 한 마리가 죽으면 남은 새는 높은 곳에서 떨어져 스스로 생을 마감한다는…

이 백학 조각상이 지금 제 앞에 있습니다. 한 마리는 당신인데 하늘을 보면서 위험한 것이 없는지 살피고 있고, 다른 한 마리는 저인데 평화롭게 고개를 숙이고 뭔가를 꿈꾸고 있어요. 나무 쟁반에는 당신이 지난 연해주 원정에서 가져다주신 희귀석들을 올려놨어요.

원정 준비 잘하시길 바라며 하루빨리 우리 지역으로 당도하시길 빌겠습니다.

당신의 N.I.

루자옙카에서

1912년 7월 15일

이고르 블라디미로비치 부베노프 부관의 편지

잘 지내고 계시나요, 나탈리야 세르게예브나!

저는 텅 빈 호텔 객실에서 여행을 앞두고 이 서한을 씁니다. 제가 텅 비었다고 말씀드리는 것은 이 방이 신발과 무기, 옷과 식량 등 타이가 장기 원정에 필요한 온갖 물품들로 가득 찼었는데, 아마 당신이 상상도 하지 못할 정도일 겁니다. 무수히 많은 유통회사와 개인이 우리 원정의 목적을 알고서 아무런 대가를 바라지 않고 우리를 물질적으로 돕고 있어 참으로 즐겁습니다. 시베리아도 위대하고, 시베리아 사람들의 마음도 위대합니다.

당신의 서한을 어제저녁에 받고 이루 말할 수 없이 행복했습니다. 벅찬 상태로 며칠을 보내서 답신을 어떻게 시작해야 할지 엄두를 못 냈습니다. 이렇게 오늘, 지금 저는 다시 당신과 함께 있습니다. 우리 앞에는 붉은 보르도 와인이 있습니다. 두 가지 뜻을 가진 '아무르'라는 레스토랑에서 당신과 처음으로 둘이서 만났던 날 마셨던 것입니다. 그때 당신이 무슨 차림을 하고 있었는지 전혀 기억하지 못하지만, 머리에 썼던 챙모자는 기억합니다. 당신이 모자를 바로 벗으려고 했는데 제가 그러지 마시라고 말려서 그런 것 같습니다. 그때 누군가 당신을 알아볼까 봐 걱정스러워 제가 말렸다고 당신은 생각했고 저는 솔직하게 그렇다고 고백했지요. 우리가 그날 얼마나 유쾌하게 웃었던지요! 저는 그때 아마 뼛속 깊이 이해했을 겁니다. 당신은 다른 이의 말과 의견을 전혀 겁내지 않는 사람이라는 것을요. 당신은 자주적인 사람이라는 것을 말입니다.

내면이 자유로운 사람만이 스스로 무언가에 전념하고 맡은 의무를 자발적으로 거룩하게 수행할 수 있습니다. 나 자신에게 하는 말보다 우리에게 더 중요하고 신성한 것이 무엇이 더 있겠습니까! 자기 자신을 존중하지 않으면서 어떻게 다른 사람을 존중할 수 있겠습니까!

우리는 크고 작은 관습의 세계에 살고 있습니다. 도덕과 명예, 윤리 같은 것들은 실체라기보다는 우리가 의미를 두는 관습일 따름입니다. 평민과 서민, 농민, 한마디로, 육체노동을 하며 사는 사람들은 그런 관습에 그리 연연하지 않습니다. 그들에게 중요한 것은 선과 악의 개념입니다. 실제로 그러합니다. 왜냐하면 나머지 것들은, 자신이 악에 맞서지 못하는 것을 위장하고 자신의 허물을 그럴싸한 말과 어떤 윤리 법칙으로 덮으려는 허울일 때가 많기 때문입니다. 일을 하면서 당신처럼 저도 농민의 자식들과 접촉할 때가 많습니다. 그들도 각기 다르긴 하지만 대체로 어둡고 억눌려 있습니다. 특히 유럽 대륙에 속하는 러시아 지역에서 온 청년들이 그렇습니다. 그런데 이제는 신참 중에서 소시민 계급인 장인의 자제들이 뛰어납니다. 징병 지역으로 구분하면 시베리아 신참들 역시 지혜롭고 독립적입니다.

장교라면 모두가 그런 병사를 거느리고 싶어 하지만 우리나라의 문맹과 무학의 수준을 참작하면 아직은 이 꿈이 이루어지기 힘들 것 같습니다. 지혜와 영원, 선의의 씨를 뿌리는 당신과 같은 이들에게만 희망을 겁니다.

보편적인 문해력과 보통교육, 바로 이런 것이 우리 시대의 신분과 잔인하기 그지없는 계급을 철폐할 것입니다. 하지만 선과 악이라는 신분은 행복과 슬픔, 아름다움과 추악함처럼 영원히 존재할 것입니다. 왜냐하면 대립하는 것들이 통일되어 조화를 이루는 것이 세상이 작동하는 방식이기 때문입니다. (유럽 철학자들은 이것을 자기들이 발견한 것으로 생각하지만, 이 존재의 법칙은 훨씬 앞선 기원전부터 중국 사상가들이 언급하였습니다. 그들의 개념으로 선과 빛을 가진 것은 '양', 어둠과 악을 가진 것은 '음'입니다.)

우리는 대아시아에 관해 아는 바가 적습니다. 그런데 제 생각에 아시아야말로 유럽 사람으로 대변되는 서구의 대척점이자 대항점입니다. 러시아는 유라시아 국가이고 아시아로 향하는 창을 이제 막 만들기 시작했습니다. 미지의 근사한 것들이 이 창으로 쏟아져 들어와 얼마나 많은 영감을 줄지는 아직 아무도 모릅니다! 저와 당신은 이 화합의 과정을 지켜볼 뿐만 아니라 화합을 만드는 사람이 될 것이기에 저는 참으로 기쁩니다.

저에게 명명일 풍경을 세세하게 묘사해 주셨네요. 특히 한인 철 이야기가 흥미로웠습니다. 그는 올봄에 러시아로 이주한 한 청년을 떠올리게 합니다. 그 청년의 이주를 계기로 로모프쩨프 대위님과 저는 아시아 사람들의 연해주 유입이 불러오는 이득과 피해에 관해 격렬한 논쟁까지 벌였습니다. 이 지역의 빠르고 합리적인 변화를 위해 값싼 노동력을 제공할 대상으로서만 이주자들을 취급하는 오만한 러시아인들과 대위님이 같은 생각을 하는 건 아닙니다. 그분은 단지 그러한 시각이 러시아인을 타락시킬 수 있고, 러시아인이 미국의 대농장주들처럼 노예 주인이 될 수도 있기에 우려하고 있습니다. 우리 사회에 충격이 가해질 때 기존 질서에 맞서는 폭발물이 될 수 있는 요소를 우리 스스로 우리 땅에 심고 있다고 대위님은 지적합니다. 그의 주장에 근거가 있습니다. 하지만 로모프쩨프 대위님이 무슨 말씀을 하더라도 이주는 계속되고, 대규모로 이루어지고 있습니다. 그래서 우리의 과제는 고대부터 우리의 광활한 영토에서 사는 여러 소수민족을 대하는 방식으로 외국인을 러시아화하는 것입니다.

이번 원정에서 저는 가장 좋아하는 지도 만들기 외에 아시아 이주민 조사 작업도 할 것입니다. 숫자, 거주지, 관습, 형편, 사회적 신분, 농사 방식, 생활방식, 언어 등 알아볼 것이 많습니다. 조사는 당연히 이주민의 대다수를 구성하는 '제가 좋아하는 한인'을 중심에 두고 진행할 생각입니다. 저는 심지어 한국어 공부도 시작했는데 그 독창성에 놀라고 있습니다. 그래서 저는 당신이 표트르와 그 여동생의 가족을 소개해 주면 좋겠습니다. 그들의 관습과 생활방식 등을 조사할 수 있을 테니까요.

원정의 경로를 보건대 저는 9월 초 무렵에 당신에게 갈 수 있을 것 같습니다. 제가 상시 거주지가 없는 상태라 제게 보내는 당신의 서신들을 모아

두세요. 때가 되면 우리가 함께 그것들을 읽으면서 특별한 즐거움을 만끽할 수 있을 것입니다.

당신의 조언에 감사드립니다. 특히 불복종으로 인해 저에게 문제가 생기면 힘이 돼주시겠다니 정말로 고맙습니다. 심지어 그런 행복을 누리기 위해 고난이 닥쳤으면 좋겠다는 마음이 들 정도입니다. 퉤, 퉤! (말이 씨가 되는 걸 막고 싶을 때 하는 러시아인의 행동 - 옮긴이)

창문 너머 동쪽에서 새벽이 밝아오는 것 같습니다. 마치 저에게 당신의 소식을 가져다주는 것 같네요. 이렇게 고요하고 이른 시간에 행복한 단꿈이 당신에게 임하기를 바랍니다!

당신의 I.V.
하바롭스크에서

1912년 7월 30일

나탈리야 세르게예브나의 부치지 못한 편지

이고르 블라디미로비치, 안녕하세요!

당신에게 쓴 편지를 부치지 않고 나중에 함께 읽자는 당신의 제안이 처음에는 조금 우스웠지만, 받아들이기로 했습니다. 편지를 쓴 사람이 편지를 받아 읽는 사람의 표정을 보기가 쉬운 일은 아닐 겁니다. 그렇게 하면 아마 재미있을 거예요.

조금씩 매일 써보겠어요. 사실상 일기이자 당신 앞으로 쓰는 편지가 될 거예요.

8월 17일부터 시작하겠습니다.

저는 보편적인 교육이 계급을 타파하리라는 당신의 생각이 정말로 좋습니다. 지혜만큼 출신 성분과 상관없이 사람들을 평등하게 하는 것은 없기 때문입니다. 그런데 한가지 같이 생각할 점은, 선택받은 사람들을 위한 교육은 앞으로도 항상 존재할 것이고, 계급 또한 존재하겠지만, 이제는 다른 범주로 표시된다는 겁니다. 러시아의 정신적 부흥을 위해 많은 일을 하는 지식인층, 선진적인 상인과 제조업자들이 많이 생겨나는 것이 그 예입니다.

제가 사는 러시아 변방의 작은 마을 루자옙카를 예로 들어 보지요. 15년 전에 처음으로 사람들이 이곳으로 살러 왔는데 그들은 모두 동등한 형편에 있었습니다. 그런데 지금은 계층이 나뉘어져 있어요. 쉴 새 없이 부지런히 일하면서 올바른 생활을 했던 사람은 잘살게 되었고, 빈둥거리고 번 돈을 술 마시는 데 쓴 사람들은 당연히 궁핍에서 벗어나질 못하고 있어요. 저는 아이들을 통해 이를 봅니다. 허름한 옷을 입고, 공부할 준비를 안 하고, 잠을 푹 자지 못하는 아이들의 아버지는 반드시 술을 마십니다. 러시아 사람들이 얼마나 술을 마셔대는지는 당신도 잘 아실 거예요. 삶의 방식은 계급을 구성하는 또 하나의 기준이 되었어요.

우리 마을은 두 개의 진영으로 나뉜 것 같습니다. 한편은 윗길 쪽에 사는 사람들을 말하는데 부유하고 거만하고 선심을 씁니다. 아랫길에 모여 사는 집들은 가난하고 질투하고 악에 받쳐 있습니다. 부모의 감정이 아이들에게 전이되어 학교에서도 끼리끼리 어울립니다. 특히 이런 구분은 심심찮게 주먹질로 문제를 해결하는 남자아이들 사이에서 두드러집니다. 마치 그들이 전혀 다른 부족 출신인 듯 불화하고 적대적으로 대하는 것을 보면 소름이 끼칩니다. 계급이 이런 식으로 나타납니다.

제가 마을로 옮겨와 교사 일과 별도로 집에 작은 독서방을 열기로 결심했을 때는 이런 상황을 몰랐어요. 저는 지식에 목마른 사람이면 누구나 환영하려고 했었어요. 그러나 결국 제가 친해진 사람들은 누가 봐도 넉넉하게 사는 집 자제들이었어요. 모두에게 동등하게 대하려는 저의 시도를 그들은 질투합니다. 아랫길에 사는 청년들은 저를 아예 없는 사람처럼 대합니다. 뭐라도 바꿔보려던 저의 소심한 시도는 아무런 성과 없이 실패했어요. 그런데 의도치 않게 저를 도와준 사람이 있었어요. 제가 앞서 편지에 썼던 한인 철이에요.

철이 일하면서 기거하는 대장간 대장장이의 딸이 있는데 마리야라고 훌륭한 처녀예요. 그들이 같이 저희집에 오는데 이 사실이 아포냐라고 그 마을에 사는 청년의 질투를 불러일으키는 구실이 되었어요. 아포냐는 아랫길에서 대장 노릇을 하고 싸움을 제일 잘해요. 어느 날 아포냐가 청년 몇을 데리고 철을 손봐주기로 했어요. 그날 무슨 일이 있었는지는 모르지만, 얼마 안 가 그들이 친구가 돼서 이편저편 모두가 놀랐답니다. 그들은 아침마다 달리기도 하고 동양의 어떤 무술을 배우고 있어요. 게다가 대장간에서 일도 같이한답니다. 철의 '배신'을 윗길 마을 청년들이 참아줄 수가 없었어요. 마침 저의 명명일에 그들이 이 문제를 명확하게 정리하려고 작정했는데 철이 얼마나 적절하게 응수했는지 청년들이 당황했답니다. 그런 다음 저의 허락을 받고 아포냐를 우리 집에 데려왔는데, 알고 보니 아포냐는 놀랄 정도로 수줍음이 많은 사람이었어요. 아포냐를 필두로 해서 아랫길 다른 청년과 처녀들도 모임에 오기 시작했답니다.

우리 마을의 백장미와 홍장미 전쟁은 이런 모습이었답니다…

8월 20일

시골 마을에서는 어떤 소식이든 순식간에 퍼집니다. 얼마나 삽시간에 퍼지는지 때로는 아연실색할 지경이에요. 그런데 어제 대장장이 예피판이 방앗간을 짓는다는 소식을 듣고 루자옙카 사람들이 일대 소동을 벌였어요. 출장 온 기술자들이 뭔가를 측정하고 그리는 모습을 구경하려고 온 동네 남녀노소가 다 강가로 모여들었어요. 저도 참지 못하고 모여있는 군중 속으로 들어갔답니다. 사람들이 온갖 이야기를 쑥덕거렸어요. 그런데 모두가 궁금해하는 질문은 '대장장이가 돈이 어디서 났을까?'였어요. 후에 예피판이 표트르와 옐레나의 아버지인 트로핌과 같이 동업한다는 사실이 밝혀지자 많은 사람이 이상한 분노에 휩싸였어요. 이 '한인 집'에는 곡식을 빻으러 가지 않을 거다! 이러면서요. 러시아인들이 품은, 자기와 다른 것을 배척하는 마음은 어디에서 온 걸까요? 이제는 곡식을 들고 4~5km를 가서 지칠 때까지 줄을 서지 않아도 되고, 일을 엉망으로 했다고 술 취한 방앗간 주인을 욕하지 않아도 되니 기뻐해야 하는 일 아닌가요? '한인' 방앗간을 문제 삼는 사람들은 하던 데서 계속 곡식을 빻으라고 하지요.

러시아 역사가 표트르 대제 시대부터 외국에서 온 전문가들, 예를 들어, 독일인, 프랑스인, 네덜란드인 등과 떼려야 뗄 수 없는 관계가 있는 것에 비추어 볼 때는 이 사건이 더 이상하게 느껴집니다. 경제와 문화 발전에 이바지한 그들의 공헌은 측량할 수 없이 귀중합니다. 새로운 외래어로 역동적으로 풍요로워지는 러시아어는 말할 것도 없고요. 외국인에 대한 그런 적개심은 어디서 온 것일까요?

스스로 뭔가를 창조할 능력이 없고, 사리사욕을 위해 주민들의 민족주의적 감정을 부추기면서 새롭고 진보적인 모든 것을 헐뜯는 데만 몰두하는 우리 사회 대다수에게서 나온다고 저는 생각해요. 러시아 국민의 무지가 이 '외국인 혐오증'의 자양분이며, 대다수 대중은 다른 나라, 특히 수백의 인종과 부족들이 공존하며 사는 미국 같은 나라에서 사람들이 어떻게 사는지를 전혀 모릅니다. 국민 전체를 포함하여 어떤 공동체든 그것이 동질적이라면 쇼비니즘의 싹을 품고 있습니다. 이 싹이 계속 자라나지 않도록 할 수 있는 것은 교육과 문화, 그리고 정권의 현명한 정책밖에 없습니다.

8월 23일

어제 마리야와 함께 표트르와 옐레나 집에 다녀왔습니다. 그들이 사는 한인 마을은 루자옙카에서 십여 킬로미터 떨어져 있어서 철과 아포냐가 우리와 동행해 주었어요. 제가 주변의 숲속을 산책하는 경우는 잘 없어서, 걷는데 참으로 기분이 좋았습니다. 버섯도 따고 나무 열매도 따면서 가다가 어딘가에서 시베리아 사슴을 보았어요. 총을 가져온 아포냐가 뒤를 쫓으려하니까 철이 한마디 말로 그를 제지했어요. '뭐 하러?'. 아포냐는 아무것도 설명하지 못했습니다. 러시아인의 성질은 먼저 쏘고 나서 나중에 생각하잖아요 …

한인 마을을 처음 보고 받은 인상은 아주 좋았습니다. 대다수 집이 크지 않았고 장대와 진흙으로 지어졌어요. 지붕은 짚으로 만들었고요. 바깥쪽에 석회를 발라 어두운 숲을 배경으로 보면 하얗고 깨끗해서 경쾌한 느낌을 자아냈습니다. 그중에 통나무로 지은 작은 집도 몇 채 있었는데 루자옙카에 있는 통나무집과 별반 다르지 않았어요. 문턱과 처마 테두리 조각 장식이 덜하다는 것만 차이가 났어요.

표트르와 옐레나의 가족은 부유한 가족이에요. 그 집은 마당이 크고 집도 널찍하고 별채가 여러 채 있었어요. 가족이 전부 대문 밖에 나와 있는 것으로 보아 우리가 오는 걸 기다렸나 봐요.

이 집의 가장이 마흔 줄로 보이는 트로핌 루키치인데, 호기심 많은 작은 눈에 키는 크지 않고 살집이 잡힌 사람이에요. 러시아어를 꽤 잘했습니다. 우리를 맞이한 사람 중에서 부인은 보이지 않았는데, 어머니가 지금 병중에 있어서 대부분 침대에 누워계신다고 나중에 옐레나가 말해주었어요. 표트르와 옐레나 외에 이 집의 장남 게라심과 그의 부인 글라피라가 있었어요. 진짜 동양의 미인이었습니다. 한국 민속의상을 입고 있지 않아서 아쉬웠어요. 나이 든 하인 두 사람을 제외하고 그 사람들은 전부 러시아식 복장을 하고 있었어요.

집안 장식을 보고 이곳에 한인들이 산다고 추측하기는 어려울 것 같았어요. 성상화가 없는 것만 빼면요.

손님상을 차렸는데 식탁이 유럽식으로 준비되었어요. 접시, 포크, 칼이 놓여 있고 젓가락은 없었어요. 피를 넣어 만든 소시지를 내왔는데 우리는 독특한 향과 맛을 가진 검은 간장에 찍어 먹었어요. 다양한 채소로 만든 샐러드 종류가 많았어요. 심지어 고사리 샐러드도 있었어요. 저는 고사리를 먹을 수 있다고, 그것이 그렇게 훌륭한 맛을 낼 거라고 한 번도 생각해본 적이 없었어요. 샐러드마다 마늘과 고추를 넣은 소스를 뿌렸어요. 소금없이 물만 넣고 끓인 쌀을 사람들 앞에 놓았는데 그것이 한인들이 흑빵 대신 먹는 주식이라고 했어요. 흑빵도 내왔는데 아주 잘 구운 것이었어요.

쌀로 만든 음료를 내왔는데 뭔가 꿀술을 닮은 맛이었어요. 발효를 더 시키면 도수가 상당히 올라간다고 말해주었어요.

식사를 마치고 제가 노부부 하인이 살았던 한국식 오두막을 보고 싶다고 했습니다. 그곳은 모든 것이 완전히 달랐어요. 바닥에는 노란 종이를 발라놓았는데 난로에서 나는 연기가 바닥 밑을 통과해서 전체가 따뜻해지는 형태로, 우리식 페치카 침대 기능을 하는 것이었어요. 가구라고 할만한 것은 없고 낮은 상을 펴고 바닥에 앉아 밥을 먹는 형태라고 했어요. 문지방에 신발을 벗고 들어가 바닥에 그냥 앉아서 생활하고 잠도 바닥에서 잡니다. 이것은 … 평범하지는 않네요.

그런데 가장 저를 감탄하게 한 건 텃밭이었어요. 두둑한 이랑이 정확하게 나뉘어져 있고 잡초가 한 포기도 보이지 않았어요. 거기에는 없는 채소가 없을 정도였어요! 제가 세어 보니 서른두 가지 채소가 자라고 있었는데 모두 실하고 싱싱했어요. 한인들은 정말로 가장 뛰어난 농사꾼이라 러시아 농민들이 그들에게서 배워야 할 게 많을 것 같았어요.

조선인 가족의 집, 살림, 생활방식, 가족들 간의 관계는 전부 놀랍고도 흥미로웠습니다. 젊은이들이 연장자를 공경하는 점이 특히 인상적이었어요.

집으로 가는 길에 한인 정착촌을 둘러보려고 일부러 길을 둘러 갔어요. 마을 중심에 있는 가장 좋은 건물에 학교가 들어서 있어서 저는 매우 기뻤어요. 한인 선생님들과 꼭 인사하고 싶어요. 만나면 그들과 나눌 이야기가 많을 것 같습니다.

마리야와 아포냐의 눈에도 새롭게 발견된 것들이 많았을 거예요. 집으로 돌아가는 길 내내 철에게 이런저런 질문들을 퍼부었습니다.

8월 28일

가을의 숨결이 느껴집니다. 나뭇잎이 노란색으로 물들고 새들이 남쪽으로 날아가네요. 학기가 시작되길 애타게 기다립니다. 그리고 당신도요. 어느 날 갑자기 머리 위로 눈이 내려앉듯 당신이 나타나는 상상을 합니다. 고대하고 있지만 그래도 … 느닷없이!

종일을 학교에서 보냈습니다. 수업 시작을 준비하느라고요. 올해는 저를 도와줄 보조교사가 다샤입니다. 옐레나도 한인 학교에서 가르치게 될 거예요.

이런 소식들이 있네요.

| 지은이 소개 |

블라디미르 김(용택) (Vladimir Kim)

1946년 우즈베키스탄 수도 타슈켄트 근교의 쿠일류크 마을에서 출생하여 유년기에는 북한, 중국 등지에서 거주했다. 타슈켄트 국립대학교 언론학부 재학 시절부터 우즈베키스탄 청년 신문기자와 한인 신문 <레닌기치>의 우즈베키스탄 특파원을 역임했다. 1988년 고려인 가운데 유일하게 우즈베키스탄 명예기자 칭호를 받았으며, 2018년 KBS 해외동포상을 수상했다. 1980-90년대 소련에서 활발하게 진행되었던 민족문화 부흥 운동의 주축이 된 인물 중 한 명이다. 우즈베키스탄에서 한국어 교육 활성화와 한국문학센터 설립 운동을 진행했다. 대표작은 『김가네』 1, 2편(2003, 2020), 『멀리 떠나온 사람들』(2010), 『우리 영웅』(2012, 2015, 2017) 등으로 중앙아시아로 이주한 고려인들의 역사와 문화 그리고 삶을 주제로 한 작품들을 발표하고 있다. 현재 『김가네』 3편을 집필하고 있다.

| 옮긴이 소개 |

손은정

러시아어 통번역사이다. 옮긴 책으로는 이반 투르게네프의 『첫사랑』, 표도르 도스토옙스키의 『지하에서 쓴 회상록』, 엮은 책으로는 『테마별 회화 러시아 단어 2300』, 지은 책으로는 『컴팩트 러시아어 단어』가 있다.

접경인문학 번역총서 009

김가네 **1**

초판 인쇄   2024년   5월   31일
초판 발행   2024년   6월   10일

지 은 이 | 블라디미르 김(용택) (Vladimir Kim)
옮 긴 이 | 손은정
삽   화 | 갈리나 리(Galina Li)
펴 낸 이 | 하운근
펴 낸 곳 | 學古房

주   소 | 경기도 고양시 덕양구 통일로 140 삼송테크노밸리 A동 B224
전   화 | (02)353-9908 편집부(02)356-9903
팩   스 | (02)6959-8234
홈페이지 | http://hakgobang.co.kr/
전자우편 | hakgobang@naver.com, hakgobang@chol.com
등록번호 | 제311-1994-000001호

ISBN 979-11-6995-500-3 94890
     979-11-6995-489-1 (세트)

값 : 48,000원

■ 파본은 교환해 드립니다.